DRÁCULA

O VAMPIRO DA NOITE

Bram Stoker

TEXTO INTEGRAL

Série Ouro

4ª EDIÇÃO

TRADUÇÃO: MARIA LUÍSA LAGO BITTENCOURT

A ORTOGRAFIA DESTE LIVRO FOI ATUALIZADA SEGUNDO O ACORDO ORTOGRÁFICO DA LÍNGUA PORTUGUESA (1990), QUE PASSOU A VIGORAR EM 2009.

COLEÇÃO A OBRA-PRIMA DE CADA AUTOR

DRÁCULA

O VAMPIRO DA NOITE

Bram Stoker

TEXTO INTEGRAL

MARTIN CLARET

Título original em inglês: *Dracula* (1897)

CONSELHO EDITORIAL
Martin Claret

PRODUÇÃO EDITORIAL
Taís Gasparetti

CAPA
Ilustração: Jeff Thrower / Shutterstock

MIOLO
Tradução: Maria Luísa Lago Bittencourt
Revisão: Ana Cristina Teixeira / Maria Lucia Bierrenbach / Pedro Baraldi
Projeto gráfico: José Duarte T. de Castro
Editoração eletrônica: Editora Martin Claret
Impressão e acabamento: Paulus Gráfica

Dados Internacionais de Catalogação na Publicação (CIP)
(Câmara Brasileira do Livro, SP, Brasil)

Stoker, Bram, 1847-1912.
Drácula: o vampiro da noite / Bram Stoker; tradução Maria Luísa Lago Bittencourt. — 4. ed. — São Paulo: Martin Claret, 2012. — (Coleção a obra-prima de cada autor. Série ouro; 17)

Título original: Dracula.
"Texto integral"
ISBN 978-85-7232-570-7

1. Drácula, Conde (Personagem fictício) 2. Ficção irlandesa 3. Vampiros - Ficção I. Título. II. Série.

12-00751 CDD-ir823.9

Índices para catálogo sistemático:

1. Ficção: Literatura irlandesa ir823.9

EDITORA MARTIN CLARET LTDA.
Rua Alegrete, 62 – Bairro Sumaré – CEP: 01254-010 – São Paulo – SP
Tel.: (11) 3672-8144 – Fax: (11) 3673-7146
www.martinclaret.com.br / editorial@martinclaret.com.br

6ª reimpressão - 2017

Sumário

❖

A história do livro e a coleção "A Obra-Prima de Cada Autor"

MARTIN CLARET

Que é o livro? Para fins estatísticos, na década de 1960, a Unesco considerou o livro "uma publicação impressa, não periódica, que consta de no mínimo 56 páginas, sem contar as capas".

O livro é um produto industrial. Mas também é mais do que um simples produto. O primeiro conceito que deveríamos reter é o de que o livro como objeto é o veículo, o suporte de uma informação. O livro é uma das mais revolucionárias invenções do homem.

A *Enciclopédia Abril* (1972), publicada pelo editor e empresário Victor Civita, no verbete "livro" traz concisas e importantes informações sobre a história do livro. A seguir, transcrevemos alguns tópicos desse estudo didático.

O livro na Antiguidade

Antes mesmo que o homem pensasse em utilizar determinados materiais para escrever (como, por exemplo, fibras vegetais e tecidos), as bibliotecas da Antiguidade estavam repletas de textos gravados em tabuinhas de barro cozido. Eram os primeiros "livros", depois progressivamente modificados até chegarem a ser feitos — em grandes tiragens — em papel impresso mecanicamente, proporcionando facilidade de leitura e transporte. Com eles, tornou-se possível, em todas as épocas, transmitir fatos, acontecimentos históricos, descobertas, tratados, códigos ou apenas entretenimento.

Como sua fabricação, a função do livro sofreu enormes modificações dentro das mais diversas sociedades, a ponto de constituir uma mercadoria especial, com técnica, intenção e utilização determinadas. No moderno movimento editorial das chamadas sociedades de consumo, o livro pode ser considerado uma mercadoria cultural, com maior ou menor significado no contexto socioeconômico em que é publicado. Como mercadoria, pode ser comprado, vendido ou trocado. Isso não ocorre, porém, com sua função intrínseca, insubstituível: pode-se dizer que o livro é essencialmente um instrumento cultural de difusão de ideias, transmissão de conceitos, documentação (inclusive fotográfica e iconográfica), entretenimento ou ainda de condensação e acumulação do conhecimento. A palavra escrita venceu o tempo, e o livro conquistou o espaço. Teoricamente, toda a humanidade pode ser atingida por textos que difundem ideias que vão de Sócrates e Horácio a Sartre e McLuhan, de Adolf Hitler a Karl Marx.

Espelho da sociedade

A história do livro confunde-se, em muitos aspectos, com a história da humanidade. Sempre que escolhem frases e temas, e transmitem ideias e conceitos, os escritores estão elegendo o que consideram significativo no momento histórico e cultural que vivem. E, assim, fornecem dados para a análise de sua sociedade. O conteúdo de um livro — aceito, discutido ou refutado socialmente — integra a estrutura intelectual dos grupos sociais.

Nos primeiros tempos, o escritor geralmente vivia em contato direto com seu público, que era formado por uns poucos letrados, já cientes das opiniões, ideias, imaginação e teses do autor, pela própria convivência que tinham com ele. Muitas vezes, mesmo antes de o texto ser redigido, as ideias nele contidas já haviam sido intensamente discutidas pelo escritor e parte de seus leitores. Nessa época, como em várias outras, não se pensava na enorme porcentagem de analfabetos. Até o século XV, o livro servia exclusivamente a uma pequena minoria de sábios e estudiosos que constituíam os círculos intelectuais (confinados aos mosteiros durante o começo da Idade Média) e que tinham acesso às bibliotecas, cheias de manuscritos ricamente ilustrados.

Com o reflorescimento comercial europeu, nos fins do século XIV, burgueses e comerciantes passaram a integrar o mercado livreiro da época. A erudição laicizou-se e o número de escritores aumentou, surgindo também as primeiras obras escritas em línguas que não o latim e o grego (reservadas aos textos clássicos e aos assuntos considerados dignos de atenção). Nos séculos XVI e XVII, surgiram diversas literaturas nacionais, demonstrando, além do florescimento intelectual da época, que a população letrada dos países europeus estava mais capacitada a adquirir obras escritas.

Cultura e comércio

Com o desenvolvimento do sistema de impressão de Gutenberg, a Europa conseguiu dinamizar a fabricação de livros, imprimindo, em cinquenta anos, cerca de 20 milhões de exemplares para uma população de quase 100 milhões de habitantes, cuja maioria era analfabeta. Para a época, isso significou enorme revolução, demonstrando que a imprensa só se tornou uma realidade diante da necessidade social de ler mais.

Impressos em papel, feitos em cadernos costurados e posteriormente encapados, os livros tornaram-se empreendimento cultural e comercial: os editores passaram logo a se preocupar com melhor apresentação e redução de preços. Tudo isso levou à comercialização do livro. E os livreiros baseavam-se no gosto do público para imprimir, principalmente obras religiosas, novelas, coleções de anedotas, manuais técnicos e receitas.

Mas a porcentagem de leitores não cresceu na mesma proporção que a expansão demográfica mundial. Somente com as modificações socioculturais e econômicas do século XIX — quando o livro começou a ser utilizado também como meio de divulgação dessas modificações e o conhecimento passou a significar uma conquista para o homem, que, segundo se acreditava, poderia ascender socialmente se lesse — houve um relativo aumento no número de leitores, sobretudo na França e na Inglaterra, onde alguns editores passaram a produzir obras completas de autores famosos a preços baixos. O livro era então interpretado como símbolo de liberdade, conseguida por conquistas culturais. Entretanto, na maioria dos países, não houve nenhuma grande modificação nos índices porcentuais até o fim da Primeira Guerra Mundial (1914-1918), quando surgiram as primeiras grandes tiragens de um só livro, principalmente romances, novelas e textos didáticos. O número elevado de cópias, além de baratear o preço da unidade, difundiu ainda mais a literatura. Mesmo assim, a maior parte da população de muitos países continuou distanciada do livro, em parte porque ele tinha sido durante muitos séculos considerado objeto raro, atingível somente por um pequeno número de eruditos. A grande massa da população mostrou maior receptividade aos jornais, periódicos e folhetins, mais dinâmicos e atualizados, e acessíveis ao poder aquisitivo da grande maioria. Mas isso não chegou a ameaçar o livro como símbolo cultural de difusão de ideias, como fariam, mais tarde, o rádio, o cinema e a televisão.

O advento das técnicas eletrônicas, o aperfeiçoamento dos métodos fotográficos e a pesquisa de materiais praticamente imperecíveis fazem alguns teóricos da comunicação de massa pensarem em um futuro sem os livros tradicionais (com seu formato quadrado ou retangular, composto de folhas de papel, unidas umas às outras por um dos lados). Seu conteúdo e suas mensagens (racionais ou emocionais) seriam transmitidos por outros meios, como por exemplo microfilmes e fitas gravadas.

A televisão transformaria o mundo todo em uma grande "aldeia" (como afirmou Marshall McLuhan), no momento em que todas as sociedades decretassem sua prioridade em relação aos textos escritos. Mas a palavra escrita dificilmente deixaria de ser considerada uma das mais importantes heranças culturais, entre todos os povos.

Através de toda a sua evolução, o livro sempre pôde ser visto como objeto cultural (manuseável, com forma entendida e interpretada em função de valores plásticos) e símbolo cultural (dotado de conteúdo, entendido e interpretado em função de valores semânticos). As duas maneiras podem fundir-se no pensamento coletivo, como um conjunto orgânico (onde texto e arte se completam, por exemplo, em um livro de arte) ou apenas como um conjunto textual (onde a mensagem escrita vem em primeiro lugar — em um livro de matemática, por exemplo).

A mensagem (racional, prática ou emocional) de um livro é sempre intelectual e pode ser revivida a cada momento. O conteúdo, estático em si, dinamiza-se em função da assimilação das palavras pelo leitor, que pode discuti-las, reafirmá-las, negá-las ou transformá-las. Por isso, o livro pode ser considerado instrumento cultural capaz de liberar informação, sons, imagens, sentimentos e ideias através do tempo e do espaço. A quantidade e a qualidade de ideias colocadas em um texto podem ser aceitas por uma sociedade, ou por ela negadas, quando entram em choque com conceitos ou normas culturalmente admitidos.

Nas sociedades modernas, em que a classe média tende a considerar o livro como sinal de *status* e cultura (erudição), os compradores utilizam-no como símbolo, mesmo desvirtuando suas funções ao transformá-lo em livro-objeto. Mas o livro é, antes de tudo, funcional — seu conteúdo é que lhe dá valor (os livros de ciências, filosofia, religião, artes, história e geografia, que representam cerca de 75% dos títulos publicados anualmente em todo o mundo).

O mundo lê mais

No século XX, o consumo e a produção de livros aumentaram progressivamente. Lançado logo após a Segunda Guerra Mundial (1939-1945), quando uma das características principais da edição de um livro era as capas entreteladas ou cartonadas, o livro de bolso constituiu um grande êxito comercial. As obras — sobretudo *best-sellers* publicados algum tempo antes em edições de luxo — passaram a ser impressas em rotativas, como as revistas, e distribuídas nas bancas de jornal. Como as tiragens elevadas permitiam preços muito baixos, essas edições de bolso popularizaram-se e ganharam importância em todo o mundo.

Até 1950, existiam somente livros de bolso destinados a pessoas de baixo poder aquisitivo; a partir de 1955, desenvolveu-se a categoria do livro de bolso "de luxo". As características principais destes últimos eram a abundância de coleções — em 1964 havia mais de duzentas, nos Estados Unidos — e a variedade de títulos, endereçados a um público intelectualmente mais refinado. A essa diversificação das categorias adiciona-se a dos pontos de venda, que passaram a abranger, além das bancas de jornal, farmácias, lojas, livrarias, etc. Assim, nos Estados Unidos, o número de títulos publicados em edições de bolso chegou a 35 mil em 1969, representando quase 35% do total dos títulos editados.

Enciclopédia Abril, vol. 7. São Paulo: Abril, 1973, p. 2840-2842.

Proposta da coleção
"A obra-prima de cada autor"

"Coleção" é uma palavra há muito tempo dicionarizada e define o conjunto ou reunião de objetos da mesma natureza ou que têm alguma relação entre si. Em um sentido editorial, significa o conjunto não limitado de obras de autores diversos, publicado por uma mesma editora, sob um título geral indicativo de assunto ou área, para atendimento de segmentos definidos do mercado.

A coleção "A obra-prima de cada autor" corresponde plenamente à definição acima mencionada. Nosso principal objetivo é oferecer, em formato de bolso, a obra mais importante de cada autor, satisfazendo o leitor que procura qualidade.*

Desde os tempos mais remotos existiram coleções de livros. Em Nínive, em Pérgamo e na Anatólia existiam coleções de obras literárias de grande importância cultural. Mas nenhuma delas superou a célebre biblioteca de Alexandria, incendiada em 48 a.C. pelas legiões de Júlio César, quando estas arrasaram a cidade.

A coleção "A obra-prima de cada autor" é uma série de livros a ser composta por mais de 400 volumes, em formato de bolso, com preço altamente competitivo, e pode ser encontrada em centenas de pontos de vendas. O critério de seleção dos títulos foi o já estabelecido pela tradição e pela crítica especializada. Em sua maioria, são obras de ficção e filosofia, embora possa haver textos sobre religião, poesia, política, psicologia e obras de autoajuda. Inauguram a coleção quatro clássicos: *Dom Casmurro*, de Machado de Assis; *O Príncipe*, de Maquiavel; *Mensagem*, de Fernando Pessoa; e *O lobo do mar*, de Jack London.

Nossa proposta é fazer uma coleção quantitativamente aberta. A periodicidade é mensal. Editorialmente, sentimo-nos orgulhosos de poder oferecer a coleção "A obra-prima de cada autor" aos leitores brasileiros. Nós acreditamos no poder do livro.

---

* Atendendo a sugestões de leitores, livreiros e professores, a partir de certo número da coleção começamos a publicar, de alguns autores, outras obras além da sua obra-prima.

DRÁCULA
O VAMPIRO DA NOITE

Este livro estava ainda sendo impresso quando os jornais divulgaram a seguinte notícia:

"Monteros, Tucumán, Argentina, 15-2-60 (UPI).

Um trabalhador de 25 anos de idade foi acusado, hoje, de ser o vampiro que havia invadido os quartos de 15 mulheres, pelo menos, para chupar-lhes o sangue. O trabalhador Florencio Roque Fernández foi perseguido pela polícia, que o prendeu numa cova onde vivia, nas imediações desta localidade.

O 'Vampiro', como ele é chamado, atacava as mulheres que viviam sozinhas, pulando as janelas, e, enquanto suas vítimas dormiam, lhes mordia o pescoço e chupava o sangue, fugindo em seguida."

Os leitores daí tirem suas conclusões...

CAPÍTULO I

Diário de Jonathan Harker
(anotado em taquigrafia)

3 de maio. Bistritz — Parti de Munique às 20h35 do dia 1º de maio e cheguei a Viena cedo na manhã seguinte; deveria ter chegado às 6h46, mas o trem atrasou-se uma hora. Pelo que pude avistar do trem e pelo que percebi durante o curto passeio através das ruas, Budapeste pareceu-me um lugar maravilhoso. Temi afastar-me demasiado da estação, pois havíamos chegado atrasados; porém prosseguiríamos viagem o mais possível dentro do tempo previsto. Tinha a impressão de que abandonávamos o Ocidente e penetrávamos no Oriente; a mais oriental das esplêndidas pontes sobre o Danúbio, que aqui apresenta imponente largura e profundidade, colocou-nos entre as tradições do domínio turco.

Partimos na hora oportuna e, quando chegamos a Klausenburg, já era noite. Parei nesta cidade para pernoitar no Hotel Royal e comi no jantar, ou melhor, na ceia, galinha cozida de algum modo com pimenta-malagueta, prato que me pareceu muito saboroso, porém provocador de sede. (Lembrete: obter uma receita para Mina.) Perguntei ao garçom e ele me disse que aquilo se chamava *paprika hendl* e que, sendo prato nacional, eu poderia consegui-lo em qualquer lugar ao longo dos Cárpatos. Descobri que meus conhecimentos rudimentares da língua alemã me são muito úteis aqui; com efeito, não sei como me teria arranjado sem eles.

Tendo tido algum tempo à minha disposição, quando em Londres, visitara o Museu Britânico e realizara pesquisas acerca da Transilvânia, entre os livros e mapas da biblioteca. Concebera a ideia de que conhecimentos antecipados sobre aquele país não poderiam deixar de ter sua importância, quando se tratava de lidar com um nobre daquela região. Descobri que o distrito a que ele deu seu nome situava-se no extremo este do país, confrontando com três estados — Transilvânia, Moldávia e Bucóvina — entre os montes Cárpatos: e verifiquei também que é uma das regiões mais selvagens e inexploradas da Europa. Em nenhum mapa ou livro pude conseguir informações sobre a exata localização do castelo de Drácula, pois aquele país ainda não possui mapas que se possam comparar aos nossos próprios atlas oficiais; porém verifiquei que Bistritz, a cidade da costa a que o Conde Drácula dera o nome, é um lugar muito conhecido. Referir-me-ei aqui a algumas de minhas anotações, pois poderão refrescar minha memória quando falar a Mina sobre minhas viagens.

Entre a população da Transilvânia encontram-se membros pertencentes a quatro nacionalidades. Ao sul os saxões, aos quais se misturam os valáquios, que descendem dos dácios; magiares a oeste e "szekelys" a este e ao norte. Penetrarei entre estes últimos, que alegam descender de Átila e dos hunos. Talvez tenham razão, pois, quando os magiares conquistaram o país, no século XI, encontraram os hunos já estabelecidos nele. Segundo o que li, todas as superstições em voga pelo mundo se concentram na ferradura dos Cárpatos, como se estes constituíssem o centro de alguma espécie de redemoinho da imaginação. Se for isso verdade, talvez minha estada seja muito interessante. (Lembrete: devo perguntar ao Conde tudo a respeito delas.)

Apesar de julgar a cama suficientemente confortável, não dormi bem, pois tive inúmeros sonhos estranhos. Esta ocorrência talvez possa ser explicada pelo fato de ter um cachorro latido durante toda a noite, embaixo de minha janela: ou também porque a *paprika* me causava demasiada sede, obrigando-me a beber toda a água de minha garrafa. Pela manhã dormi e acordei com contínuas batidas em minha porta, o que me faz supor que deveria dormir profundamente naquele momento. Na refeição matinal comi *paprika*, uma espécie de mingau de farinha de milho que chamavam *mamaliga* e berinjela recheada com carne, prato muito saboroso que denominam *impletata*. (Lembrete: obter também essa receita.) Tive de apressar essa refeição, pois o trem partiu pouco antes das oito, ou melhor, assim deveria ter sucedido; porém, depois de correr para a estação às sete e meia, tive de sentar-me no vagão durante mais de uma hora, antes de prosseguir viagem. Parece-me que, quanto mais avançamos para leste, mais impontuais se tornam os trens. Em vista disso, qual será o atraso que apresentarão na China?

Durante o dia inteiro, vagamos por um país repleto das mais variadas belezas. Às vezes avistávamos cidadezinhas e castelos no cimo de morros íngremes, semelhantes a estampas que encontramos em velhos missais; outras vezes passávamos junto a rios e riachos que, devido às largas muralhas de pedra em cada margem, deveriam ser sujeitos a grandes enchentes. É necessária muita água, correndo com intensidade, para conseguir ultrapassar completamente as margens de um rio. Em cada estação havia grupos de pessoas, algumas vezes multidões, com as mais variadas vestimentas. Alguns eram iguais aos camponeses de minha terra ou semelhantes àqueles que vi atravessando a França e a Alemanha, com jaquetas curtas, chapéus redondos e calças nacionais; porém outros eram muito pitorescos. As mulheres ao longe pareciam bonitas, mas eram desajeitadas na cintura. Usavam roupas com grandes mangas brancas e bufantes de fazendas diversas, e quase todas traziam cintos largos dos quais se desprendiam tiras esvoaçantes, como vestidos de dançarinas, mas é claro que havia anáguas por baixo. Os mais estranhos indivíduos que vimos foram os eslovacos, mais incultos do que os outros, com seus grandes chapéus de vaqueiros, suas grandes calças balofas, de um branco turvo, camisas de linho branco e enormes e pesados cintos de couro, de quase 30 centímetros de largura, enfeitados em toda a extensão da superfície com tachas de metal. Usavam altas botas, dentro das quais enfiavam as calças, e tinham longos cabelos pretos, assim como espessos e negros bigodes. No palco, seriam imediatamente considerados componentes de algum antigo bando oriental de salteadores. Contudo, segundo o que me disseram, são inofensivos e falta-lhes a natural confiança pessoal.

Quando chegamos a Bistritz, interessante e antiga localidade, o crepúsculo já se transformava em escuridão. Como este local está praticamente na fronteira — pois o Desfiladeiro de Borgo comunica-o com Bucóvina — sua existência é tempestuosa, havendo disto sinais inequívocos. Há cinquenta anos ocorreu uma série de grandes incêndios, provocando terríveis devastações em cinco épocas diferentes. Bem no início do século XVII, o local sofreu um cerco de três semanas, e as ocorrências normais da guerra foram acompanhadas de fome e doenças.

O Conde Drácula indicara-me o Hotel Coroa Dourada, que descobri ser completamente à moda antiga, o que me causou grande prazer, pois é claro que eu desejava ver tudo o que pudesse acerca dos costumes do país. Era evidente que me esperavam, pois, quando me aproximei da porta, encontrei uma velha senhora de aspecto alegre, que usava a vestimenta costumeira dos camponeses: roupa interior branca com longo avental dobrado, apresentando fazendas coloridas tanto na frente como atrás, tudo tão apertado que quase ofendia o recato. Quando me aproximei, inclinou-se e disse:

— O *Herr* inglês?

— Sim — afirmei. — Jonathan Harker.

Sorriu e falou algo com um homem idoso em mangas de camisa branca que a seguira até à porta. Ele saiu, mas retornou imediatamente com uma carta:

"Meu amigo, seja bem-vindo aos Cárpatos. Espero-o ansiosamente e faço votos para que durma bem. Amanhã, às três, a diligência partirá para Bucóvina e nela haverá lugar para você. No Desfiladeiro de Borgo minha carruagem o esperará a fim de trazê-lo para junto de mim. Desejo que sua viagem tenha sido feliz desde Londres, e também que a estada em minha linda terra lhe seja propícia.

Seu amigo
Drácula."

4 de maio — Descobri que o estalajadeiro recebera uma carta do Conde, mandando-o reservar na carruagem o melhor lugar para mim; porém, quando procurei indagar acerca dos detalhes, o estalajadeiro pareceu-me um tanto discreto e simulou não compreender meu alemão. Percebi logo que isso não poderia ser verdade, pois até ali ele me compreendera perfeitamente; pelo menos, respondera a minhas perguntas como se as tivesse entendido. Ele e sua esposa, a velha senhora que me recebera, entreolharam-se assustados. Ele afirmou num murmúrio que o dinheiro fora enviado por carta e que aquilo era tudo quanto sabia. Quando lhe perguntei se conhecia o Conde Drácula e se poderia dizer-me algo sobre seu castelo, tanto ele como sua esposa se benzeram e, dizendo não saber absolutamente nada, simplesmente se recusaram a prosseguir com a conversa. O momento da partida já estava tão próximo que não tive tempo de perguntar a mais ninguém, pois tudo era muito misterioso e nem um pouco animador.

Pouco antes de minha partida, a velha senhora subiu ao meu quarto e falou muito histérica:

— É necessário ir? Oh! Jovem *Herr*, é necessário ir?

Achava-se em tal estado de nervosismo que parecia haver esquecido seus parcos conhecimentos de alemão e misturava-os com outra língua que me era completamente estranha. Para entendê-la, tive de formular-lhe várias perguntas. Quando lhe disse que deveria partir imediatamente e que importantes negócios me prendiam, ela perguntou mais uma vez:

— Sabe que dia é hoje?

Respondi-lhe que era o dia quatro de maio. Sacudiu a cabeça ao afirmar novamente:

— Oh, sim! Já sei. Já sei, mas sabe que dia é hoje?

Quando declarei não compreender, prosseguiu:

— É a véspera do dia de São Jorge. Sabe que hoje, quando o relógio bater meia-noite, todas as maldades do mundo estarão à solta? Sabe para onde vai e o que o espera?

Ela estava de tal modo desesperada que tentei consolá-la, porém nada consegui. Finalmente ajoelhou-se, implorando-me que não partisse; pediu-me que esperasse pelo menos um dia ou dois, antes de viajar. Era tudo muito ridículo, mas não me sentia à vontade. Contudo, teria de realizar um negócio e não poderia permitir que coisa alguma o atrapalhasse. Tentei erguê-la, portanto, dizendo-lhe de modo o mais sério possível que lhe agradecia, mas que meu dever era imperativo e me obrigava a partir. Levantou-se em seguida, enxugou os olhos e, tirando um crucifixo do pescoço, ofereceu-me. Eu não sabia o que fazer, pois, pertencendo à Igreja Anglicana, aprendera a considerar tais coisas algo idólatras; contudo, parecia-me falta de delicadeza recusar a oferta de uma velha senhora tão bem-intencionada e em tal estado de espírito. Acho que viu a dúvida em meu rosto, pois, colocando o rosário ao redor de meu pescoço, disse: "Faça isso por sua mãe", e saiu do quarto. Estou escrevendo esta parte do diário enquanto espero a carruagem que, como sempre, está atrasada; porém o crucifixo ainda se encontra no meu pescoço. Não me sinto tão calmo quanto usualmente, não sei se devido aos temores da velha senhora, às muitas fantasmagóricas tradições deste lugar ou ao próprio crucifixo. Se por acaso este livro for ter às mãos de Mina antes de mim mesmo, que ele lhe leve o meu adeus. Aí vem a carruagem!

5 de maio. O castelo — Desapareceu o cinzento da manhã e o sol se ergue alto no horizonte distante, que parece recortado, não sei se por árvores ou montanhas, pois está tão longe que as grandes coisas se misturam com as pequenas. Não sinto sono e, como amanhã não terei de acordar cedo, escreverei até sentir-me sonolento. Há muitas coisas estranhas a serem anotadas e, para que não imaginem que comi demais antes de retirar-me de Bistritz, permitam-me esmiuçar o meu jantar. Comi o que denominavam "Carne de ladrão" — pedaços de toicinho defumado, azeitona e carne; tudo temperado com pimenta-malagueta, colocado em espetos e assado sobre o fogo, semelhante ao estilo simples da carne que se dá a um gato londrino. O vinho era Medisch dourado, que produz um invulgar ardor na língua, sem contudo ser desagradável. Bebi apenas um copo dele e nada mais.

Quando cheguei à carruagem, o cocheiro ainda não se sentara em seu lugar e eu o vi conversar com a estalajadeira. Evidentemente falavam de mim, pois por de vez em quando me olhavam e também algumas pessoas que se sentavam em bancos do lado de fora (indivíduos esses que naquela língua recebem uma denominação que significa "mexeriqueiros") aproximaram-se e ouviram, olhando-me depois, quase todos com piedade. Eu conseguia distinguir inúmeras palavras muitas vezes repetidas, estranhas palavras, pois entre a multidão se misturavam indivíduos de muitas nacionalidades; portanto, sem despertar atenção, retirei de minha sacola meu dicionário poliglota e apurei o sentido daqueles vocábulos. Devo dizer que não eram muito auspiciosos, pois entre eles havia *Ordog* (Satanás), *pokol* (inferno), *stregoica* (feiticeira), *vrolok* e *vlkoslak*, ambos significando a mesma coisa, um de origem eslovaca e outro sérvia, designativos de lobisomem ou vampiro. (Lembrete: devo perguntar ao Conde tudo sobre essas superstições.)

Quando partimos, a multidão junto à porta da hospedaria, que naquele momento já aumentara consideravelmente, persignou-se e apontou dois dedos em minha direção. Com alguma dificuldade, consegui que um companheiro de viagem me explicasse o que significava aquilo; a princípio ele não respondeu, mas, sabendo que eu era inglês, declarou que constituía um amuleto ou proteção contra o mau-olhado. Aquilo não me foi muito agradável, principalmente no momento em que partia para um lugar desconhecido e ia ao encontro de um homem também desconhecido; mas todos tinham aspecto tão bondoso, tão penalizado e condoído, que tive de ficar emocionado. Nunca esquecerei a última visão do pátio da hospedaria e da multidão de pitorescos membros que se persignavam em pé ao redor da ampla arcada, num cenário de ricas folhagens de oleandros e laranjeiras, dentro de verdes cercados que se agrupavam no centro do pátio. Em seguida, nosso cocheiro, cujas amplas calças de linho cobriam toda a frente do banco sobre a carruagem (*Gotza* é o nome que recebem essas calças), estalou seu grande chicote sobre os quatro pequenos cavalos que corriam emparelhados e partimos em nossa viagem.

Com a beleza do cenário à medida que avançávamos, logo perdi a visão e a lembrança de temores fantasmagóricos, porém, se conhecesse a língua, ou melhor, as línguas que falavam meus companheiros de viagem, talvez não pudesse ter afastado com tanta facilidade tais pensamentos. Diante de nós se estendia uma terra verde e em declive, coberta de florestas e matas, apresentando aqui e ali morros íngremes, ornados com grupos de árvores ou casas campestres, desde o cimo até a estrada. Em toda parte, havia surpreendente número de frutos em flor — maçãs, peras, ameixas, cerejas; e, quando passávamos por ali, eu percebia que a grama verde sob as árvores brilhava repleta de pétalas caídas. A estrada penetrava e saía entre aqueles verdes morros da região que denominavam "Mittel Land"; parecia desaparecer nas curvas devido à vegetação, ou era quase fechada pelos ramos desgarrados dos pinheiros que aqui e ali delineavam as encostas como labaredas. A estrada era áspera, mas mesmo assim parecíamos voar sobre ela com pressa doentia. Eu não podia compreender por que íamos tão velozmente, mas estava claro que o cocheiro desejava alcançar o Desfiladeiro de Borgo o mais rapidamente possível. Disseram-me que essa estrada é excelente no verão, mas que não a tinham consertado após as neves do inverno. Quanto a esse aspecto, difere das outras estradas dos Cárpatos em geral, pois, devido a antiga tradição, acham que não devem conservá-las em condições excessivamente boas. Em passadas épocas, os hospodares não podiam fazer nelas reparos, pois os turcos julgariam que as preparavam para trazerem tropas estrangeiras, o que apressaria a guerra que estava sempre prestes a estourar.

Além dos morros protuberantes e verdes da Mittel Land, erguiam-se imensos declives cobertos de florestas que se elevavam até os cumes arrogantes dos próprios Cárpatos. Eles se erguiam à nossa direita e à nossa esquerda e o sol da tarde batia em cheio sobre eles, revelando todas as cores maravilhosas dessa belíssima região: o azul-escuro e o roxo nas sombras dos picos, verde e marrom onde a grama e a rocha se uniam; uma infindável perspectiva de rochas recortadas e penhascos pontiagudos que se perdiam na distância, onde os picos nevados se alteavam imponentes. Através das gretas esparsas nas montanhas divisávamos por de vez em quando, agora que o sol principiava a desaparecer, o brilho alvo de uma queda-d'água. Um de meus companheiros tocou-me o braço quando entramos em uma curva na base de uma colina e avistamos o pico de uma montanha, imponente e coberta de neve, que parecia estar bem diante de nós, quando rodávamos pelo caminho sinuoso.

— Olhe! *Isten Szek*! (O trono de Deus!) — E o passageiro benzeu-se reverentemente.

Enquanto serpenteávamos em nosso infindável caminho e o sol descia cada vez mais atrás de nós, as sombras do crepúsculo principiaram a insinuar-se ao nosso redor. Isso era acentuado pelo cimo nevado da montanha que ainda detinha o sol que se punha e apresentava um brilho de delicada tonalidade rósea. Aqui e ali passávamos por tchecos e eslovacos, todos em pitorescas vestimentas, porém notei que infelizmente o bócio prevalecia. Muitas cruzes se encontravam ao lado da estrada e, quando por ela passávamos velozes, todos os meus companheiros se persignavam. Aqui e ali um camponês ou camponesa se ajoelhava diante de um santuário, porém não se voltava quando nos aproximávamos, parecendo, no abandono a que a devoção os entregava, não terem olhos nem ouvidos para o mundo exterior. Havia muitos fatos novos para mim: por exemplo, montes de feno nas árvores e, de quando em quando, lindos feixes de vidoeiros chorões, cujas raízes brilhantes luziam como prata através do verde suave da folhagem. Diversas vezes passamos por singulares veículos — a carroça comum do camponês — com seu arcabouço longo e sinuoso, calculado para adaptar-se às deficiências da estrada. Sobre elas era certo encontrarmos um grupo bem grande de camponeses que regressavam aos lares; os tchecos com seus couros brancos de carneiro e os eslovacos usando couros coloridos, sendo que estes últimos carregavam, à feição de lanças, longas varas com machado na ponta. Quando a noite principiou a descer, a temperatura tornou-se muito fria e o crescente crepúsculo pareceu fundir numa só névoa escura a aparência sombria das árvores — carvalhos, faias e pinheiros; mas, à medida que subíamos pelo desfiladeiro, os escuros abetos se destacavam aqui e ali contra o fundo de neve há muito caída, nos vales que se aprofundavam entre os espigões das montanhas. Algumas vezes, nos trechos em que a estrada fora talhada entre os pinheiros que pareciam emboscar-nos na escuridão, grandes massas de cinzento, que em lugares diversos se espalhavam sobre as árvores, produziam um efeito estranhamente fantástico e solene; isso estimulava os pensamentos e horripilantes devaneios engendrados antes naquele anoitecer, quando o sol poente destacava as nuvens de aspecto fantasmagórico que parecem esvoaçar incessantemente através dos vales, nos Cárpatos. Certas vezes, os morros eram tão íngremes que, apesar da pressa de nosso cocheiro, os cavalos eram obrigados a prosseguir com lentidão. Eu quis saltar e subir a pé, porém o cocheiro não aprovou a ideia.

— Não, não — disse ele —, não deve andar aqui, os cachorros são demasiado ferozes. — Depois acrescentou: — E talvez você ainda tenha transtornos suficientes, antes de ir dormir.

Pronunciara as últimas palavras em tom de chiste, pois olhou ao redor para ver o sorriso aprovador dos outros, mas a piada fora repugnante. Ele parou apenas por um momento, para acender as lanternas.

Quando a escuridão se tornou mais intensa, notei que os passageiros estavam agitados e que dirigiam continuamente a palavra ao cocheiro, um após outro, como se insistissem para que apressasse mais a carruagem. Ele chicoteava impiedosamente os cavalos, e com gritos selvagens de encorajamento os incitava a maiores esforços. Em seguida, através da escuridão, vi uma espécie de rastro de luz cinzenta adiante de nós, como se houvesse uma fenda nos morros. A agitação dos passageiros tornou-se maior; a louca carruagem sacudia-se sobre suas grandes molas de couro e balançava como uma embarcação à mercê de águas tempestuosas. Tinha de segurar-me. A estrada tornou-se mais plana e parecíamos voar por ela. Então, de todos os lados, as montanhas pareceram aproximar-se de nós, intimidando-nos; penetrávamos no Desfiladeiro de Borgo. Um por um, diversos passageiros ofereceram-me presentes, insistindo com tal sinceridade que eu os aceitasse, que uma recusa não seria possível; os objetos eram evidentemente estranhos e variados, mas cada um me era entregue de modo simples e bondoso, com uma palavra amável, uma bênção e aquela estranha mistura de movimentos designativos de temor que eu vira no exterior do hotel de Bistritz — o sinal da cruz e o resguardo contra o mau-olhado. Depois, enquanto voávamos, o cocheiro inclinou-se para diante e em cada lado os passageiros, estendendo o pescoço pela extremidade da carruagem, espreitavam ansiosos a escuridão. Era evidente que algo muito emocionante sucedia ou deveria suceder, mas, embora eu perguntasse a cada passageiro, ninguém me dava a menor explicação. Esse estado de agitação prosseguiu durante algum tempo, e finalmente vimos diante de nós o desfiladeiro, estendendo-se no lado este. Acima de nossa cabeça havia nuvens escuras e ressoantes; no ar percebíamos intensos e opressivos trovões. Parecia que a cadeia de montanhas separara duas atmosferas e que penetrávamos na que era tempestuosa. Agora eu mesmo procurava o transporte que me levaria até o Conde. A cada momento esperava ver o brilho de luzes através da escuridão, mas tudo era negro. Havia apenas os raios bruxuleantes de nossas próprias luzes, junto às quais o vapor do suor de nossos esgotados cavalos se erguia em branca nuvem. Podíamos ver agora a estrada arenosa que se estendia alva diante de nós, porém nela não havia sinal de veículo. Os passageiros recuaram com um suspiro de satisfação que parecia zombar de meu desapontamento. Eu já pensava no que seria melhor fazer, quando o cocheiro, observando o relógio, disse aos outros algo que eu mal pude ouvir, pois foi pronunciado de modo muito sem alarde e em tom baixo. Julguei que a frase fora a seguinte: "Uma hora antes do tempo". Depois, voltando-se para mim, disse em um alemão pior do que o meu:

— Não há carruagem aqui. Afinal, não esperam o *Herr*. Agora prosseguirá até Bucóvina e retornará amanhã ou no dia seguinte; será melhor no dia seguinte. — Enquanto falava, os cavalos principiaram a bufar e a escoicear selvagemente, de modo que o cocheiro era obrigado a detê-los. Em seguida, entre o coro dos gritos dos camponeses e da persignação geral, uma caleça com quatro cavalos surgiu atrás de nós, alcançou-nos e parou ao lado da carruagem. Eu podia perceber pelo faiscar de nossos lampiões, quando seus raios luminosos caíram sobre os cavalos, que aqueles eram animais esplêndidos, negros como carvão. Eram guiados por um homem alto, com uma longa barba castanha e um grande chapéu negro que parecia ocultar seu rosto. Consegui ver apenas o brilho de um par de olhos muito reluzentes, que pareciam vermelhos à luz dos lampiões, quando o homem se voltou para nós. Ele disse ao nosso cocheiro:

— Chegou cedo esta noite, meu amigo.

— O *Herr* inglês estava com pressa — gaguejou o cocheiro em resposta.

Ao que o estranho replicou:

— Suponho que esse era o motivo por que você desejava que ele fosse para Bucóvina. Não pode enganar-me, amigo; sei coisas demais e meus cavalos são velozes. — Sorria enquanto falava e a luz dos lampiões incidiu em sua boca cruel, de lábios vermelhos e dentes muito afiados, brancos como marfim. Um de meus companheiros murmurou para o outro um verso do poema *Leonore*, de Burger:

> *"Denn die Todten reiten schnell"*
> ("Pois os mortos viajam velozmente")

O estranho guia certamente ouviu essas palavras, pois levantou o olhar com o vislumbre de um sorriso. O passageiro desviou o rosto, estendendo seus dois dedos e fazendo o sinal da cruz ao mesmo tempo.

— Dê-me a bagagem do *Herr* — disse o guia e, com incrível rapidez, minhas malas foram entregues e colocadas na caleça. Depois saltei pelo lado da carruagem e, como a caleça estava próxima, ao lado dela, o guia ajudou-me com a mão, agarrando meu braço com vigor semelhante ao aço; sua força devia ser prodigiosa. Sem uma palavra, sacudiu as rédeas, os cavalos se voltaram e penetramos com grande velocidade na escuridão do desfiladeiro. Quando olhei para trás, vi o vapor dos cavalos da carruagem à luz das lâmpadas e, destacando-se, a visão de meus antigos companheiros que se benziam. Então o cocheiro estalou os chicotes, chamou seus cavalos e partiram velozmente a caminho de Bucóvina. Quando sumiram na escuridão, senti um estranho arrepio, e um sentimento de solidão apoderou-se de mim; porém uma capa foi atirada sobre meus ombros, um cobertor sobre meus joelhos, e o guia disse em excelente alemão:

— A noite está fria, meu *Herr*, e recebi ordens de meu senhor, o Conde, para cuidar bem do senhor. Há um frasco de *slivovitz* (aguardente de ameixas da região) embaixo do assento ao seu dispor.

Não bebi nem um pouco, mas foi um consolo saber que poderia encontrá-la ali. Tinha uma sensação estranha e estava bastante assustado. Creio que, se me fosse possível escolher, teria preferido outra alternativa, em vez de prosseguir naquela viagem noturna para o desconhecido. A carruagem continuou rapidamente em linha reta; depois realizamos uma volta completa e penetramos em outra estrada estreita. Parecia que percorríamos inúmeras vezes o mesmo caminho, e por isso prestei atenção a um ponto importante do local para ver se realmente repetíamos o trajeto. Desejava perguntar ao guia o que significava tudo aquilo, mas na realidade tinha medo de fazê-lo, pois achava que, devido à minha situação, se desejassem provocar um atraso, de nada valeria meu protesto. Contudo, após algum tempo, como estivesse curioso para saber quantas horas se haviam passado, acendi um fósforo e, à luz de sua chama, contemplei meu relógio; faltavam poucos minutos para a meia-noite. Tal descoberta me provocou um choque, pois suponho que a superstição que geralmente existe acerca da meia-noite fora aumentada por minhas recentes experiências. Esperei com um sentimento doentio de ansiedade.

Logo um cachorro principiou a uivar em alguma casa campestre, muito longe na estrada — era um lamento longo e agoniado, indicando medo. O som foi imitado por outro cachorro, depois por outro e mais outro, até que, carregado pelo vento, que agora sussurrava suavemente no desfiladeiro, se ouviram uivos selvagens que pareciam provir de toda a região, de tão longe quanto a imaginação podia percebê-los, cortando a noite aterrorizante. Ao primeiro uivo, os cavalos tornaram-se inquietos e principiaram a empinar-se, porém o guia falou-lhes docemente, e os animais se acalmaram, continuando, contudo, a tremer e a suar, como se tivessem escapado de súbito perigo. Em seguida, muito longe das montanhas que nos rodeavam, surgiu um uivo mais alto e mais agudo (desta vez eram os lobos), que afetou do mesmo jeito a mim e aos cavalos — pois eu desejava pular da caleça e correr enquanto os animais do veículo davam novos pinotes e escoiceavam furiosos, de modo que o guia necessitava empregar toda a sua força para impedi-los de disparar. Contudo, após alguns minutos, meus ouvidos se habituaram ao som, e os cavalos se tornaram calmos, permitindo que o guia descesse e ficasse em pé junto deles. O guia os afagou e consolou, murmurando algo em seus ouvidos, como me disseram que os domadores de cavalos fazem; obteve extraordinário efeito, e sob suas carícias os animais se tornaram novamente dóceis, embora ainda tremessem. O guia mais uma vez subiu ao seu assento e, sacudindo as rédeas, partiu em grande velocidade. Dessa vez, depois de passarmos por uma das extremidades do desfiladeiro, penetramos num caminho estreito que se curvava pronunciadamente para a direita.

Logo fomos cercados pelas árvores, que, em certos lugares, formavam arcos sobre a estrada, assemelhando-a a um túnel; e mais uma vez enormes penhascos ameaçadores guarneceram-nos arrogantes de ambos os lados. Embora estivéssemos abrigados, ouvíamos o vento, que se tornava mais intenso, pois gemia e assobiava entre as rochas, também atirando os ramos das árvores uns sobre os outros, à medida que éramos impulsionados pelo caminho. A temperatura tornou-se cada vez mais fria, e flocos finos de neve começaram a cair, cobrindo com branco tapete nossas pessoas e tudo ao redor de nós. O vento fúnebre ainda transportava o lamento dos cães, embora estes se tornassem mais fracos, à medida que prosseguíamos. Os uivos dos lobos pareciam cada vez mais próximos, como se nos envolvessem, vindos de todos os lados. Fiquei apavorado e os cavalos compartilharam meu temor. O guia, contudo, não demonstrava a menor perturbação; ele voltava continuamente a cabeça para a esquerda e para a direita, porém eu nada conseguia ver através da escuridão.

Súbito, longe, à nossa esquerda, avistei fraca chama azul bruxuleante. O guia viu-a imediatamente, parou os cavalos e, saltando, desapareceu na escuridão. Eu não soube o que fazer naquele momento e muito menos quando o uivar dos lobos se tornou mais próximo; porém, enquanto eu pensava, o guia reapareceu repentinamente e sem dizer palavra retornou a seu assento, reiniciando a viagem. Devo ter dormido e sonhado inúmeras vezes com o incidente, pois ele pareceu repetir-se infindavelmente e agora, ao recordar o passado, o episódio me aparece como um terrível pesadelo. De certa feita, a chama surgiu tão próxima da estrada que pude observar os movimentos do guia, apesar da escuridão que nos envolvia. Ele corria rapidamente para o lugar em que a chama azul aparecia (ela deveria ser muito fraca, pois não iluminava coisa alguma ao seu redor) e, apanhando poucas pedras, arrumava-as segundo alguma fórmula. Certa vez houve um estranho efeito óptico: quando ele ficou em pé entre mim e a chama, não a obstruiu, porém continuei a ver com a mesma intensidade aquele brilho fantasmagórico. Aquilo me assustou, mas, como o efeito foi momentâneo, julguei que meus olhos me haviam iludido, esforçando-se através da escuridão. Então, durante algum tempo, não houve chamas azuis e disparamos para a frente, através do ambiente lúgubre, com o uivo dos lobos, que ao nosso redor pareciam mover--se num círculo deslocante.

Finalmente chegou o momento em que o guia se desviou para mais longe do que havia ido até então e, durante sua ausência, os cavalos principiaram a tremer mais do que nunca, a bufar e a relinchar de medo. Não via motivo para aquilo, pois os uivos dos lobos haviam cessado completamente; mas, naquele instante, a lua, deslizando entre nuvens negras, apareceu por trás da rugosa cresta de um penhasco que pendia ameaçador, coberto de pinheiros. À luz do astro, vi ao nosso redor um círculo de lobos com dentes brancos e língua vermelha pendente da boca; eram providos de membros longos e sinuosos, assim como de pelos em desalinho. Eram mil vezes mais terríveis quando conservavam lúgubre silêncio do que quando uivavam. Quanto a mim, o medo paralisara-me. É apenas quando um homem se vê face a face com tais horrores que pode compreender seu significado.

Imediatamente, todos juntos, os lobos principiaram a uivar, como se o luar exercesse sobre eles algum efeito peculiar. Os cavalos pinoteavam sem direção e empinavam-se, olhando indefesos ao redor, com olhos que se agitavam, causando dó; porém o círculo vivo de terror os cingia por todos os lados, compelindo-os a permanecerem dentro dele. Gritei para que o guia viesse, pois pareceu-me que nossa única esperança seria a de ajudá-lo a aproximar-se, para tentarmos romper o círculo; portanto, berrei e bati do lado da caleça, esperando que o barulho assustasse os lobos laterais, permitindo-lhe assim penetrar na armadilha. Não sei como ele conseguiu chegar ali, porém ouvi sua voz erguer-se em tom de comando, e, olhando para a direção do som, avistei-o na estrada. Quando balançava seus longos braços, como que afastando algum obstáculo impalpável, os lobos recuavam cada vez mais. Naquele instante, uma nuvem pesada escondeu a face da lua, envolvendo-nos mais uma vez na escuridão.

Quando pude ver novamente o guia, este subia na caleça e os lobos haviam desaparecido. Tudo isso era tão estrambótico e sinistro que um terrível temor se apoderou de mim; tive medo de falar ou mover-me. O tempo parecia interminável enquanto prosseguíamos em nosso caminho, agora mergulhados em quase total escuridão, pois as nuvens agitadas obscureciam a lua. Continuávamos a subir, havendo ocasionais períodos de rápidas descidas; porém o caminho era principalmente em ascensão. Súbito, percebi que o guia parava os cavalos no pátio de um vasto castelo arruinado, de cujas altas janelas nenhum raio de luz provinha; suas seteiras quebradas formavam uma linha serreada que se destacava contra o céu enluarado.

❖

CAPÍTULO II

Diário de Jonathan Harker

(continuação)

5 de maio — Eu devia ter cochilado, pois, se estivesse acordado, teria notado a aproximação de tão extraordinário lugar. Nas trevas, o pátio parecia ser muito extenso e, como diversos caminhos escuros saíam dele, encimados por grandes arcos, talvez parecesse maior do que era na realidade. Ainda não o vi à luz do dia.

Quando a caleça parou, o guia saltou e estendeu a mão para ajudar-me a descer. Novamente não pude deixar de notar sua força prodigiosa. Sua mão pareceu apertar-me como aço e teria esmigalhado a minha se o desejasse. Depois ele apanhou minha bagagem e colocou-a no chão ao meu lado enquanto eu permanecia próximo de uma grande porta, velha e guarnecida com grandes tachas de ferro, encaixada em uma protuberância de pedra maciça. Pude ver, mesmo à luz fraca, que havia esculturas sólidas na pedra, mas que estavam muito gastas pelos anos. Enquanto eu permanecia ali, o guia saltou mais uma vez para o assento e sacudiu as rédeas; os cavalos adiantaram-se, a carruagem e tudo o mais desapareceu por uma das escuras passagens.

Conservei-me em silêncio onde estava, pois não sabia o que fazer. Não havia sinal de campainha ou aldrava e era pouco provável que minha voz conseguisse penetrar através daquelas paredes sombrias e das aberturas escuras das janelas. Pareceu-me esperar durante um tempo inesgotável e senti dúvidas e temores circundarem-me. Que espécie de lugar era aquele ao qual chegara e que espécie de gente abrigava? Que sombria aventura era aquela de que eu participava? Seria este um incidente costumeiro na vida de um auxiliar de advogado, enviado para explicar a um estranho a aquisição de uma propriedade londrina? Auxiliar de advogado! Mina não gostaria de ouvir isso. Advogado, isto sim, pois pouco antes de partir de Londres soubera que havia passado no exame; sou agora um advogado formado! Principiei a esfregar os olhos e a beliscar-me para verificar se estava acordado. Julgava que tudo aquilo não passava de um horrível pesadelo e esperava acordar repentinamente, encontrar-me em casa e verificar que a alvorada se esforçava para penetrar pelas janelas, sensação que eu tinha algumas vezes de manhã, após um dia de trabalho exaustivo. Porém minha carne aguentou o exame dos beliscões e meus olhos não se deixavam enganar. Eu estava realmente acordado e entre os Cárpatos. Agora me restava apenas ser paciente e esperar a manhã que surgia.

Assim que cheguei a essa conclusão, ouvi pesados passos que se aproximavam por trás da grande porta e vi através das frestas o brilho de uma luz que se adiantava. Ouviu-se em seguida o som de correntes que chocalhavam e o retinir de maciços trincos que eram afastados. Uma chave girou, provocando um rangido intenso que demonstrava há muito não ter sido usada a fechadura, e a grande porta recuou.

Lá dentro havia um velho de estatura elevada, muito bem barbeado, porém com um longo bigode branco, vestido de preto da cabeça aos pés e sem o menor sinal de cor em seu corpo ou em suas vestes. Segurava nas mãos um antigo lampião de prata, no qual a chama brilhava sem vidro ou proteção de espécie alguma, lançando longas e trêmulas sombras enquanto bruxuleava ao vento que penetrava pela porta aberta. Com sua mão direita, o velho fez-me sinal para que entrasse, em um gesto cortês, e disse em excelente inglês, que apresentava, contudo, um estranho sotaque:

— Seja bem-vindo à minha casa! Entre livre e espontaneamente! — Ele não fez menção de aproximar-se para cumprimentar-me, mas ficou em pé qual estátua, parecendo que seu gesto de acolhimento o transformara em pedra. Porém, no instante em que atravessei a soleira da porta, moveu-se impulsivamente para a frente e, estendendo a mão, agarrou a minha com tal força que me fez estremecer, efeito esse que foi intensificado pelo fato de que sua mão era fria como gelo, assemelhando-se mais à de um morto do que à de um vivo. Novamente ele disse:

— Seja bem-vindo à minha casa. Entre livremente. Parta em segurança e deixe aqui alguma parte da felicidade que traz! — A força do aperto de mão era tão semelhante àquela que eu notara no guia cujo rosto não pudera ver, que, por um momento, imaginei serem os dois a mesma pessoa; para certificar-me, indaguei curioso:

— É o Conde Drácula?

Ele inclinou-se polidamente enquanto replicava:

— Sou Drácula e peço-lhe que seja bem-vindo à minha casa, sr. Harker. Entre; o ar noturno está frio e o senhor necessita comer e descansar.

Enquanto falava, colocou a lâmpada sobre um suporte na parede e, pisando fora de casa, apanhou minha bagagem; trouxe-a para dentro antes que pudesse impedi-lo. Protestei, porém ele insistiu:

— Não, o senhor é meu hóspede. Já é tarde e meus criados não estão disponíveis. Permita-me cuidar do senhor. — Insistiu em carregar minhas malas pelo corredor e depois subiu uma grande escada em forma de caracol; em seguida, penetrou em outro corredor, em cujo chão de pedra nossos passos ecoavam pesados. Ao atingir o final da passagem, abriu uma pesada porta e regozijei-me ao ver que ela dava para uma sala bem iluminada na qual havia uma mesa preparada para a ceia e uma imponente lareira, onde um intenso fogo, repleto de lenha recentemente colocada, ardia e chamejava.

O Conde parou, colocando as malas no chão; fechou a porta, atravessou a sala e abriu outra porta que se comunicava com um pequeno aposento octogonal iluminado por uma única lâmpada, parecendo não possuir janela de espécie alguma. Atravessando-o, abriu mais uma porta e fez-me sinal para que entrasse. Uma visão bem-aventurada me acolheu, pois ali estava outro grande quarto de dormir, bem iluminado e aquecido com outra grande lareira (também alimentada recentemente, pois a lenha de cima ainda estava fresca), produzindo um ruído abafado que subia pela larga chaminé. O próprio Conde deixou minha bagagem lá dentro e recuou, dizendo antes de fechar a porta:

— Depois desta viagem, necessitará refrescar-se, fazendo a toalete. Creio que aqui há tudo o que deseja. Quando estiver pronto, venha para a outra sala, onde encontrará a ceia preparada.

A delicadeza e a cordialidade do acolhimento cortês do Conde pareciam haver dissipado todos os meus temores e dúvidas. Atingindo então o meu estado normal, descobri que estava meio morto de fome; por isso, refazendo apressadamente a toalete, fui para a outra sala.

Encontrei a ceia já posta. Meu anfitrião, que estava em pé junto a um dos lados da grande lareira, apoiando-se sobre a parte de pedra, apontou graciosamente para a mesa e disse:

— Rogo-lhe que se sente e coma à vontade. Estou certo de que me desculpará por não acompanhá-lo, mas já jantei e não costumo cear.

Entreguei-lhe a carta lacrada que o sr. Hawkins me confiara. Abriu-a, lendo-a sério; depois, com um sorriso encantador, entregou-ma para que a visse. Certo trecho, pelo menos, deu-me grande prazer.

> "Infelizmente, durante muito tempo não poderei viajar devido a um ataque de gota, doença de que sofro constantemente; porém me sinto feliz por dizer que posso enviar um substituto competente, pessoa em quem deposito toda a confiança. É um jovem cheio de energia e talento a seu modo, também de natureza muito fiel. É discreto e silencioso e tornou-se um adulto enquanto trabalhava para mim. Estará pronto para atendê-lo quando o senhor o desejar, em qualquer momento de sua permanência aí, e também receberá suas instruções acerca de qualquer assunto."

O próprio Conde adiantou-se, destampando um prato, e imediatamente principiei a devorar uma excelente galinha assada. Dela consistiu minha ceia, assim como de queijo, salada e uma garrafa de antigo vinho húngaro, da qual bebi dois copos. Enquanto eu comia, o Conde me perguntou muitas coisas a respeito de minha viagem e gradativamente contei-lhe todas as experiências por que passara.

Já terminara então a minha ceia e, atendendo a um pedido de meu anfitrião, puxara uma cadeira para junto da lareira e principiara a fumar um charuto que ele me oferecera, desculpando-se por ele próprio não fumar. Tive naquele momento oportunidade de observá-lo e descobri que sua fisionomia era muito singular.

Seu rosto era enérgico, muito enérgico e másculo, o nariz fino era aquilino e as narinas eram peculiarmente arqueadas. A testa formava uma curva arrogante e o cabelo crescia escasso ao redor das têmporas, porém aparecia em profusão em todos os outros locais. Suas sobrancelhas eram muito espessas e quase se uniam sobre o nariz, formadas por bastos pelos que pareciam encaracolar-se devido à sua profusão. O pouco que via de sua boca, pois um grosso bigode a escondia, indicava-me que era séria e de aparência bastante cruel, apresentando dentes brancos particularmente afiados; estes se projetavam sobre os lábios, cuja extraordinária vermelhidão denotava surpreendente vitalidade para um homem já idoso. Quanto ao resto, suas orelhas eram pálidas, extremamente pontudas em cima; o queixo aparecia largo e enérgico e as faces denotavam firmeza, embora fossem finas. O efeito geral era de extraordinária palidez.

Até ali eu notara as costas de suas mãos que se apoiavam sobre os joelhos à luz da lareira, e elas me haviam parecido brancas e finas; mas observando-as agora de perto, não pude deixar de notar que eram bastante grosseiras — largas com dedos grossos. E, coisa estranha, havia pelos no centro das palmas. As unhas eram longas e finas, cortadas em pontas afiadas. Quando o Conde se inclinou sobre mim e suas mãos me tocaram, não pude reprimir um arrepio. Talvez ele tivesse mau hálito, mas o fato é que me senti completamente nauseado e não pude escondê-lo. O Conde recuou, evidentemente notando aquilo, e com uma espécie de sorriso repugnante, que mostrou mais do que nunca seus dentes protuberantes, sentou-se mais uma vez junto ao seu lado da lareira. Ficamos ambos em silêncio durante algum tempo e, quando olhei para a janela, vi os primeiros vagos vestígios da alvorada que surgia. Uma estranha quietude a tudo parecia envolver; porém, quando prestei atenção, distingui uivos de muitos lobos, que por certo provinham do vale lá embaixo. Os olhos do Conde faiscaram quando falou:

— Ouça-os... são as crianças da noite. Que melodia transmitem! — Suponho que ele haja visto em meu rosto alguma expressão que lhe era estranha, pois acrescentou: — Ah, os senhores citadinos não podem compreender os sentimentos de um caçador.

Depois se levantou e prosseguiu: — Mas deve estar cansado. Seu quarto está preparado e amanhã não precisará acordar cedo. Terei de ausentar-me e só regressarei à tarde; portanto, durma bem e tenha bons sonhos! — Com uma mesura cortês, ele próprio abriu-me a porta do aposento octogonal e eu entrei em meu quarto...

Um mar de pensamentos me envolve. Tenho dúvidas, receios e penso em coisas estranhas, que não ouso confessar a mim mesmo. Que Deus me preserve, pelo menos por causa daqueles que me são caros!

7 de maio — A manhã principiou há pouco, mais uma vez, porém descansei e passei agradavelmente as últimas vinte e quatro horas. Dormi até tarde e acordei por mim mesmo. Depois de vestir-me, passei para a outra sala em que havíamos ceado e encontrei preparada a mesa do café da manhã; o líquido estava quente, pois o bule fora colocado sobre a lareira. Na mesa havia um cartão com os seguintes dizeres:

"Terei de ausentar-me durante algum tempo. Não me espere. — D."

Iniciei com prazer uma substanciosa refeição. Quando acabei, procurei uma campainha a fim de avisar aos criados que terminara, mas não pude encontrá-la. Há certamente estranhas deficiências nesta casa, considerando-se as extraordinárias mostras de riqueza que me rodeiam. As peças para a refeição são de ouro e tão magnificamente ornadas que devem ter imenso valor. As cortinas e os estofados das cadeiras e sofás, assim como o cortinado de minha cama, são constituídos dos mais lindos tecidos, e devem ter custado fortunas quando fabricados, pois têm existência de séculos, apesar de ainda estarem perfeitos. Vi algo parecido na Corte de Hampton, mas estavam gastos, rotos e comidos por traças. Mas, mesmo assim, em nenhum desses aposentos há um espelho. Nem sequer há objetos de toucador em minha mesa e tive de retirar de minha mala o pequeno espelho de barbear, a fim de que pudesse pentear os cabelos e fazer a barba. Ainda não vi criados em lugar algum, e o único som próximo do castelo é do uivar de lobos. Algum tempo após o término da refeição (não sei se deveria chamá-la de café matinal ou de jantar, pois ocorreu entre as cinco ou seis horas da tarde), procurei algo para ler, pois não queria andar pelo castelo antes de obter a permissão do Conde. Nada encontrei no aposento; não havia livros nem jornais, o que me fez abrir outra porta: encontrei uma espécie de biblioteca. Tentei a porta oposta à minha, mas descobri que estava trancada.

Para meu grande prazer, encontrei na biblioteca vasto número de livros ingleses — prateleiras repletas — assim como revistas e jornais encadernados. No centro, uma mesa estava cheia de revistas e jornais de meu país, embora nenhum fosse de data muito recente. Havia livros sobre os mais variados assuntos: História, Geografia, Política, Economia Política, Botânica, Geologia, Direito; todos concernentes à Inglaterra, à vida inglesa, a suas tradições e costumes. Havia até mesmo livros de consulta, como catálogos ingleses, almanaques, listas ilustrativas a respeito do exército e da marinha; também um livro informativo sobre leis, o que fez meu coração bater alegremente.

Enquanto contemplava os volumes, a porta se abriu e o Conde entrou. Saudou-me cordialmente e disse desejar que eu tivesse passado uma boa noite. Depois prosseguiu:

— Estou satisfeito porque descobriu isso aqui, pois tenho certeza de que encontrará muitas coisas interessantes. Estes companheiros —

e colocou a mão sobre alguns livros — têm sido meus bons amigos e, há bastante tempo, desde o momento em que concebi a ideia de ir a Londres, me proporcionaram muitas e muitas horas de alegria. Por meio deles conheci sua grande Inglaterra e aprendi a amá-la. Desejo ardentemente caminhar através das ruas populosas de sua poderosa Londres, mesclar-me à agitação e azáfama da humanidade, compartilhar de sua vida, suas modificações, sua morte e tudo o que a torna aquilo que é. Mas, céus! Até agora, só conheci sua língua por meio dos livros e parece-lhe, meu amigo, que a sei falar.

— Mas Conde — afirmei eu —, o senhor sabe e fala inglês fluentemente! — Ele fez uma mesura, sério.

— Obrigado por sua opinião muito lisonjeira, meu amigo, porém receio ainda estar no princípio daquilo que desejo realizar. É verdade que conheço a gramática e as palavras, mas na realidade não sei empregá-las na fala.

— Ora, o senhor fala um inglês excelente — afirmei.

— Não é verdade — replicou. — Bem sei que, se me mudasse para a sua Londres e lá falasse, todos imediatamente verificariam que sou um estrangeiro, o que não me satisfaz. Aqui sou um nobre, um *boyar*; o povo me conhece e sou o amo. Mas um estranho em uma terra estranha é ninguém; os homens não o conhecem, e aqueles que não são conhecidos não são amados. Ficarei satisfeito se puder assemelhar-me aos outros, de modo que não parem ao ver-me e não façam pausas ao me ouvirem falar, afirmando "Ah, ah! Um estrangeiro!" Fui amo durante tanto tempo que pretendo continuar a sê-lo ou, pelo menos, não ter de sujeitar-me a nenhum outro senhor. Veio aqui não apenas como agente de meu amigo Peter Hawkins, de Exeter, enviado para falar-me a respeito de minha nova propriedade em Londres. Espero que o senhor permaneça comigo durante algum tempo para que, conversando, eu possa aprender a pronúncia inglesa. Quero também que me diga quando me vir cometer algum erro em conversa, por mínimo que seja. Lamento ter sido obrigado a permanecer afastado durante tanto tempo, hoje; mas sei que perdoará uma pessoa que deve realizar importantes afazeres.

É claro que disse que me submeteria com prazer aos desejos dele e perguntei se poderia entrar na biblioteca quando o desejasse.

Respondeu: — Sim, certamente. — E acrescentou: — Poderá penetrar em qualquer parte do castelo, à sua vontade, exceto nos locais em que as portas estiverem trancadas; mas é claro que não desejará entrar aí. Há um motivo para que todas as coisas sejam como são, e se tivesse meus olhos e meus conhecimentos, talvez compreendesse melhor. — Eu disse que tinha certeza disso e ele continuou:

— Estamos na Transilvânia e esta não é a Inglaterra. Nossos costumes não são os seus e notará muitas coisas que lhe serão singulares. Ora, pelo que me contou acerca de suas experiências, já deve saber algo sobre coisas estranhas que podem suceder.

Aquelas palavras deram assunto para muitas conversas e era evidente que ele desejava falar, pelo menos para pronunciar palavras. Fiz-lhe muitas perguntas acerca dos fatos que já me haviam sucedido ou acerca daqueles que notara. Algumas vezes ele mudava de assunto, ou voltava a conversa para outro curso, fingindo não compreender; mas em geral respondia com franqueza tudo o que eu lhe perguntava. Então, à medida que o tempo foi passando e fui me tornando mais corajoso, perguntei-lhe algumas coisas sobre as fantásticas ocorrências da noite anterior, por exemplo, o motivo pelo qual o guia se aproximara dos lugares em que vira as chamas azuis. Explicou-me em seguida que era crença geral o fato de que em certa noite do ano — certamente, a noite que passara e que era aquela na qual supunham que todos os espíritos maus tinham livre domínio — uma chama azul era vista em todos os lugares em que havia um tesouro escondido.

— Que há um tesouro oculto — prosseguiu ele — na região que você atravessou a noite passada, é fato certo, pois pela posse daquele solo lutaram durante séculos os valáquios, os saxões e os turcos. Ora, é difícil encontrar algum centímetro dessa região que não foi enriquecido pelo sangue de homens, patriotas ou invasores. Nos tempos antigos, houve dias agitados em que os austríacos e os húngaros surgiam em hordas e os patriotas vinham enfrentá-los, compostos de homens e mulheres, de crianças, assim como de velhos. Os patriotas esperavam a chegada dos outros sobre as rochas acima do desfiladeiro, a fim de que pudessem destruí-los com suas avalanchas artificiais. Quando o invasor triunfava, pouco encontrava, pois tudo o que havia era escondido no solo bendito.

— Mas como — perguntei eu — podem as riquezas ter permanecido durante tanto tempo sem serem descobertas, uma vez que a luz as indica, bastando que os homens se deem ao trabalho de olhar?

O Conde sorriu e, enquanto seus lábios se abriam sobre as gengivas, os dentes caninos, longos e afiados, se destacavam estranhamente. Respondeu:

— Porque o camponês é um covarde e um tolo! Aquelas chamas

só aparecem numa noite e nessa noite nenhum homem desta terra ousará pisar fora de casa, se puder evitar. E, caro senhor, ainda que o fizesse, não saberia como agir. Ora, até mesmo aquele camponês que você me disse ter marcado o lugar da chama não saberia encontrá-la à luz do dia, apesar de ter sido ele próprio o marcador. Não é verdade que nem mesmo você seria capaz de encontrar novamente aqueles lugares?

— Quanto a isso, acertou — afirmei. — Sei tanto quanto os mortos onde encontrá-lo. — Passamos então a outros assuntos.

— Vamos — disse ele afinal —, fale-me de Londres e da casa que comprou para mim.

Pedindo desculpas por meu desleixo, fui ao meu quarto apanhar os papéis em minha mala. Enquanto os colocava em ordem, ouvi um ruído de louças e prata no aposento ao lado e, quando passei por ali, notei que a mesa fora limpada e que o lampião estava aceso, pois naquela hora tudo já estava mergulhado na escuridão. Os lampiões também brilhavam no escritório ou biblioteca e encontrei o Conde deitado no sofá, lendo imaginem o que: um guia ferroviário inglês. Quando entrei, retirou da mesa os livros e papéis e comecei a discutir com ele planos, realizações e contas de todas as espécies. Tudo o interessava e me fez inúmeras perguntas a respeito do lugar e de suas redondezas. Via-se claramente que estudara de antemão tudo o que pudera encontrar a respeito das vizinhanças do local, pois, afinal, tornou-se claro que sabia muito mais do que eu. Quando declarei isso, observou:

— Bem, meu amigo, mas não é necessário que assim seja? Quando for para lá, ficarei sozinho e meu amigo Harker Jonathan — desculpe-me, caí no hábito do país de colocar primeiro o sobrenome — meu amigo Jonathan Harker não estará ao meu lado para corrigir-me e ajudar-me. Estará em Exeter, a milhas de distância, provavelmente trabalhando em documentos legais com meu outro amigo, Peter Hawkins. Eis o caso!

Discutimos detalhadamente a compra da propriedade em Purfleet. Após lhe haver narrado os fatos e obtido sua assinatura nos papéis necessários, e também depois da carta que escrevi para seguir juntamente com os outros documentos, endereçada ao sr. Hawkins, o Conde me perguntou como encontrara lugar tão adequado. Li para ele as anotações que tomara naquela ocasião e que transcrevo aqui:

"Em Purfleet, numa estrada secundária, encontrei um lugar que parecia ajustar-se ao pedido e onde se via uma tabuleta arruinada, indicativa de que o local estava à venda. A propriedade é rodeada por altos muros de estrutura antiga, construídos de sólidas pedras, e há muito que ali não se realizam reparos. Os portões são de pesado carvalho antigo e de ferro, todos devorados pela ferrugem.

A propriedade denomina-se *Carfax*, sem dúvida uma corruptela de *Quatre Faces*, uma vez que a casa possui quatro lados, de acordo com os quatro pontos cardeais. Mede ao todo cerca de vinte acres, completamente rodeados pelo muro de pedra maciça acima mencionado. Nela se encontram muitas árvores, o que torna o lugar triste em certos trechos, e há uma fonte ou pequeno lago profundo e escuro, evidentemente alimentado por nascentes, pois a água é límpida e afasta-se dali transformando-se num córrego de tamanho considerável. A casa é muito grande e creio que deve pertencer ao período medieval, pois uma parte é construída de pedra imensamente espessa, com poucas janelas bem no alto, e possui pesadas barras de ferro. Esta parte se assemelha a uma prisão e situa-se próxima de uma velha capela ou igreja. Não pude entrar nela, pois não possuía a chave da porta que a comunica com a casa, porém tirei diversas fotografias daquela parte, com minha Kodak, que captou diversos ângulos. A casa sofreu aumentos, porém de modo muito irregular, sendo-me impossível afirmar com precisão a área total que cobre do terreno; sei dizer apenas que deve ser muito grande. Há poucas habitações nas proximidades: uma é a imensa mansão aumentada recentemente e transformada num hospício particular. Entretanto, este não é visível do local que compramos".

Quando eu havia terminado, ele disse:

— Alegro-me porque é antiga e grande. Eu mesmo provenho de antiga família e creio que morreria se tivesse de morar numa casa moderna. Não é num dia que preparamos uma casa para ser habitável e, afinal, poucos dias constituem um século. Alegro-me também porque lá existe uma velha capela. Nós, os nobres da Transilvânia, detestamos imaginar que nossos ossos possam misturar-se com os dos mortos comuns. Não procuro alegria e prazeres nem desejo a ardente voluptuosidade de muito sol e de águas brilhantes que agradam aos jovens e alegres. Já não sou jovem e meu coração, cansado de chorar durante anos os mortos, não se adapta aos prazeres. Além do mais, as paredes de meu castelo estão arruinadas, as sombras são muitas e o vento respira frio através dos batentes e das ameias quebradas. Amo a escuridão e a sombra, e gosto de ficar a sós com meus pensamentos, quando possível.

Por algum motivo, suas palavras não pareciam concordar com sua aparência, ou talvez fosse a expressão de seu rosto o que fizesse seu sorriso parecer maligno e ameaçador.

Naquele momento me deixou, desculpando-se e pedindo-me que reunisse todos os meus papéis. Ausentou-se durante algum tempo e principiei a olhar os livros que me rodeavam. Um deles era um atlas, que naturalmente descobri estar aberto na página da Inglaterra, como se o mapa desse país tivesse sido muito usado. Contemplando-o, verifiquei que em certos lugares havia círculos assinalados e, ao examiná-los, notei que um deles se situava próximo de Londres, no lado este, certamente onde se localizava sua nova propriedade; os outros dois marcavam Exeter e Whitby, na costa de Yorkshire.

Quando o Conde voltou, quase uma hora já se passara.

— Ah, ah! — exclamou ele. — Ainda olhando os livros? Ótimo! Mas não deve trabalhar durante todo o tempo. Venha; informaram-me que sua ceia está pronta.

Segurou meu braço e fomos para a sala ao lado, onde encontrei uma excelente ceia disposta sobre a mesa. O Conde novamente se desculpou, dizendo haver jantado durante sua ausência, mas sentou--se como durante a noite anterior e conversou enquanto eu comia. Depois da ceia, fumei, como também fizera na véspera, e o Conde ficou comigo, conversando e perguntando-me muitas coisas sobre todos os assuntos imagináveis, hora após hora. Comecei a perceber que realmente estava ficando muito tarde, porém não disse coisa alguma, pois me sentia obrigado a satisfazer os desejos de meu anfitrião, de todos os modos possíveis. Não sentia muito sono, pois a longa dormida da véspera me fortificara, porém não pude deixar de sentir o arrepio que geralmente nos acomete quando surge a alvorada, que, a seu modo, se assemelha à mudança de maré. Dizem que os moribundos comumente morrem quando a noite se transforma em dia ou na mudança de maré; todos aqueles que, cansados ou amarrados a seu posto, já experimentaram essa mudança na atmosfera acreditam nesse fato. Súbito, ouvimos o canto de um galo elevar-se com sobrenatural agudeza através do ar límpido da manhã. O Conde Drácula, pondo-se em pé num pulo, disse:

— Ora, aí está a manhã novamente! Fui descuidado, obrigando-o a ficar acordado até tão tarde. Deve tornar menos interessante sua conversa a respeito de nossa querida e nova Inglaterra, para que eu não me esqueça de como o tempo voa entre nós.

Com mesura cortês, deixou-me rapidamente.

Fui para o meu quarto e afastei as cortinas, mas havia pouco a ser visto; minha janela dava para um pátio, e tudo o que eu podia enxergar era o cinzento vivo da madrugada. Por isso baixei as cortinas novamente e anotei o que sucedera nesse dia.

8 de maio — Ao escrever todas essas anotações receei estar sendo por demais prolixo, mas agora me alegro por ter cuidado dos detalhes desde o início; há algo de tão estranho acerca deste lugar e dentro de todo ele que não posso deixar de sentir-me inquieto. Feliz seria por estar em segurança fora dele ou nunca haver entrado aqui. Talvez seja esta estranha existência noturna que me esteja afetando, e eu gostaria que isso fosse tudo! Se ao menos houvesse alguém com quem pudesse falar, poderia suportar isso, mas não há ninguém. O Conde é a única pessoa com quem posso conversar, e logo ele! Temo ser o único ser vivo neste lugar. Permitam-me ser prosaico até onde os fatos o sejam, pois isso me ajudará a suportá-los e a não dar largas à imaginação, o que não deve acontecer. Caso contrário, estarei perdido. Permitam-me explicar imediatamente a situação em que me encontro... ou pareço encontrar-me.

Dormi apenas poucas horas quando fui para a cama e, sentindo que não poderia dormir mais, levantei-me. Pendurara meu espelho de barbear junto à janela e principiava a fazer a barba. Súbito, senti que alguém colocava a mão sobre meu ombro e ouvi a voz do Conde, que me desejava bom dia. Assustei-me, pois me perturbara o fato de que não o vira, uma vez que o espelho refletia todo o aposento atrás de mim. Eu me havia cortado ligeiramente ao principiar a raspagem da barba, mas não o notara no momento. Tendo respondido ao cumprimento do Conde, voltei-me para o espelho novamente, a fim de verificar como me enganara. Porém desta vez não havia possibilidade de erro: o espelho não revelava homem algum junto de mim, mas eu podia vê-lo sobre o meu ombro! Todo o quarto atrás de mim se projetava no espelho, porém nele não havia sinal de homem, a não ser eu mesmo. Isso era assustador e, somado a tantas outras coisas fantásticas, principiava a aumentar aquela vaga sensação de insegurança que eu sempre sentia quando o Conde estava próximo. Entretanto, naquele instante, vi que o corte sangrava ligeiramente e que o sangue escorria por meu queixo. Larguei a lâmina e, ao fazê-lo, dei meia volta procurando um esparadrapo. Quando o Conde viu meu rosto, seus olhos fuzilaram com uma espécie de fúria demoníaca e súbito deu um bote para agarrar meu pescoço. Afastei-me e suas mãos tocaram as contas que seguravam o crucifixo. Aquilo produziu-lhe modificação instantânea, pois a fúria passou tão rapidamente que mal pude acreditar que o vira agressivo.

— Cuidado — disse ele —, cuidado ao cortar-se. Neste país, é muito mais perigoso do que pensa. — Depois, apanhando o espelho, prosseguiu: — O responsável pelo acidente foi este objeto malvado. É um instrumento repugnante e inútil da vaidade humana. Fora com ele!

E, abrindo a pesada janela com um arranco de sua terrível mão, atirou fora o espelho, que se espatifou em mil pedaços nas pedras do pátio muito embaixo. Em seguida, retirou-se sem dizer palavra. O fato é muito perturbador, pois não sei como poderei fazer a barba, a não ser que me contemple no estojo de meu relógio ou no fundo de meu pote de barbear, que felizmente é de metal.

Quando fui para a sala de jantar, o café matinal já estava preparado, mas não pude encontrar o Conde em lugar algum. Por isso, comi sozinho. É estranho que até agora não tenha visto o Conde beber ou comer. Deve ser um homem muito singular! Após o café matutino, realizei pequenas explorações pelo castelo: indo pelas escadas, descobri um aposento que dava para o sul. A vista era magnífica, e do local em que eu estava podia-se vê-la claramente. O castelo situa-se na extremidade de um terrível precipício e uma pedra que caísse da janela despencaria mil pés antes de tocar em algo! Tão longe quanto os olhos alcançam, há um mar de verdes copas de árvores e ocasionalmente fendas de abismos podem ser encontradas. Aqui e ali há fios prateados onde os rios serpenteiam em profundos vales através das florestas.

Mas não tenho disposição para descrever a beleza porque, após haver contemplado o panorama, prossegui em minhas explorações; encontrei portas, portas e mais portas, todas muito bem trancadas. As janelas das paredes do castelo constituem a única saída possível para mim.

O castelo é uma verdadeira prisão e eu sou um prisioneiro!

❖

CAPÍTULO III

Diário de Jonathan Harker

(continuação)

Quando descobri que era um prisioneiro, fui tomado de uma espécie de crise selvagem. Descia e subia correndo as escadas, tentando abrir todas as portas e olhando através de todas as janelas que conseguia encontrar; porém, após pouco tempo, a certeza de que estava desamparado e indefeso sobrepujou todos os outros sentimentos. Recordando agora, que já se passaram algumas horas, creio que devo ter estado maluco naquele momento, pois me comportei como um rato numa ratoeira. Contudo, quando a convicção de que estava ao desamparo se apoderou de mim, sentei-me sossegadamente — mais sossegado do que nunca em minha vida — e principiei a pensar na melhor forma de agir. Ainda estou pensando, porém não cheguei a conclusões definitivas. Estou certo apenas de uma coisa: que de nada adiantaria contar minhas ideias ao Conde. Sabe muito bem que estou aprisionado e, uma vez que é ele o responsável por essa situação, tendo sem dúvida seus próprios motivos para provocá-la, só poderia trair-me se eu lhe confiasse com clareza os fatos. Até onde posso ver, meu único plano deve ser nada revelar acerca de meu conhecimento e de meus temores, e conservar os olhos abertos. Sei que ou estou sendo enganado como um bebê pelos meus próprios medos ou me encontro em terríveis dificuldades. Se esta última hipótese for a verdadeira, preciso e precisarei de todo o meu raciocínio para vencer.

Mal chegara a essa conclusão, quando ouvi a grande porta de baixo fechar-se e soube que o Conde regressara. Não foi imediatamente para a biblioteca, de modo que penetrei cautelosamente em meu próprio quarto e o encontrei fazendo a cama. Isso era estranho, mas apenas confirmava o que eu já pensara antes: não havia criados na casa. Mais tarde, quando, através das estreitas aberturas das dobradiças da porta, consegui vê-lo pondo a mesa na sala de jantar, tive a confirmação daquele fato. Se ele próprio realiza todos esses encargos servis, certamente isso prova que não há mais ninguém no castelo e também demonstra que deve ter sido o próprio Conde quem dirigiu a carruagem que me trouxe aqui. Tal pensamento é aterrorizante, pois, se isso sucede, como pode ele controlar o lobo daquela forma, apenas com um levantar silencioso de mão? Por que todos em Bistritz e na carruagem temiam tanto por mim? Por que me haviam dado o crucifixo, o dente de alho, a rosa silvestre e o cornogodinho? Abençoada seja aquela bondosa mulher que pendurou este crucifixo ao meu pescoço! Ele me proporciona consolo e força, sempre que o toco. É estranho que um objeto que me tenham ensinado a considerar como desvantajoso e indicador de idolatria possa ajudar-me em momentos de solidão e dificuldade. Será que há algo em sua própria essência ou constituirá ele um agente, uma ajuda tangível a transportar recordações de dó e conforto? Algum dia, se possível, examinarei esse assunto e concluirei acerca dele. Entrementes, procurarei descobrir tudo o que puder sobre o Conde Drácula, pois assim talvez compreenda melhor os fatos. Hoje, à noite, possivelmente falará de si mesmo, se eu voltar a conversa para esse rumo. Devo ter cuidado, contudo, para evitar que suas suspeitas despertem.

Meia-noite — Conversei demoradamente com o Conde. Fiz-lhe algumas perguntas sobre a história da Transilvânia e ele discorreu muito bem sobre o assunto. Ao referir-se a coisas e pessoas, especialmente a batalhas, falou como se tivesse assistido a tudo. Mais tarde explicou isso, dizendo que, para um *boyar*, o orgulho, a glória e o fado de sua família e de seu nome constituíam seu próprio orgulho, glória e fado. Sempre que mencionava a família, dizia “nós” e construía quase todas as frases no plural, assemelhando-se a um rei que discursasse. Eu gostaria de poder escrever tudo o que ele disse, com as mesmas palavras que empregou, pois achei fascinante sua exposição. Toda a história do país parecia estar ali contida. Emocionou-se ao falar e principiou a andar pela sala, cofiando seu grande bigode branco e agarrando tudo o que suas mãos alcançavam, como se fosse esmigalhar os objetos com força notável. Procurarei descrever o mais literalmente possível certo trecho de sua conversa, que narra de certo modo a história de sua raça:

— Nós, os Szekelys, temos o direito de ser orgulhosos, pois em nossas veias corre o sangue de muitas estirpes bravas, que lutaram pelo poder com fúria leonina. Aqui, no turbilhão das raças europeias, a tribo úgrica trouxe da Islândia o espírito lutador que recebera de Tor e Wodin, e que seus guerreiros nórdicos ostentaram com tão bárbaras intenções no litoral da Europa, e também da Ásia e da África, até o povo julgar que os próprios lobisomens haviam surgido. Aqui também, quando vieram, encontraram os hunos, cuja fúria guerreira devastara a terra como chama viva até os moribundos afirmarem que em suas veias corria o sangue daquelas velhas feiticeiras que, expulsas da Cítia, se haviam acasalado com demônios no deserto. Tolos, tolos! Que demônio ou feiticeira foi tão poderoso quanto Átila, cujo sangue corre nas veias daquele povo? — levantou os braços. — É pois de admirar que fôssemos uma raça conquistadora? Que demonstrássemos orgulho e que, quando os magiares, os lombardos, os bávaros, os búlgaros e os turcos despejaram seus milhões em nossas fronteiras, nós os tenhamos afastado? É estranho que Arpad e suas legiões nos tivessem encontrado aqui quando atravessaram a pátria húngara e alcançaram a fronteira, que os honfoglalas aqui se adaptassem? Quando a maré húngara se moveu para o este, os Szekelys foram considerados consanguíneos pelos vitoriosos magiares, e a nós durante séculos foi confiada a guarda da fronteira da Turquia; mais do que isso, o infindável dever dessa guarda, pois, como dizem os turcos, "as águas dormem, porém o mesmo não ocorre com os inimigos". Quem recebeu mais alegremente do que nós, através das Quatro Nações, a espada sangrenta? E quem, ao ouvir seu apelo guerreiro, se agrupou mais rapidamente sob o estandarte do rei? Quando foi redimida aquela grande vergonha de minha nação, a vergonha de Cassova, quando as bandeiras dos valáquios e dos magiares caíram sob o emblema do antigo império turco? Quem, senão alguém de minha raça, como Vladaka, atravessou o Danúbio e abateu os turcos em suas próprias terras? Este, sim, foi um Drácula! Que infortúnio, o fato de seu próprio irmão, após sua queda, ter vendido seu povo aos turcos e feito a pecha da escravidão cair sobre eles! Com efeito, não foi esse Drácula que inspirou aqueles de sua raça que, em épocas posteriores, inúmeras vezes transportaram suas forças através do grande rio, penetrando em terras turcas? Aquele que, quando vencido, retornou vezes sem conta, embora tivesse de regressar sozinho do campo sangrento onde suas tropas eram trucidadas, pois sabia que apenas ele poderia triunfar posteriormente! Dizem que ele pensava apenas em si mesmo. Bobagens! De que valem camponeses sem um chefe? O que sucede à guerra quando não há um cérebro nem um coração para conduzi-la? Mais uma vez quando, após a batalha de Mohács, nos libertamos do jugo húngaro, nós, os que possuíamos sangue dos Drácula, estávamos entre os chefes, pois nosso espírito não podia suportar a ideia de não sermos livres. Ah, jovem senhor, os Szekelys e os Drácula, constituindo estes o coração, o cérebro e a espada daqueles, podem orgulhar-se de um passado que os novos ricos, como os Habsburgos e os Romanovs, jamais poderão igualar. Os tempos de guerra terminaram; o sangue é precioso demais nestes dias de paz desonrosa e as glórias das grandes raças assemelham-se a lendas.

Como a manhã já se aproximava, fomos para a cama. (Lembrete: este diário se parece horrivelmente com o princípio das *Mil e uma noites*, pois tudo se interrompe ao canto do galo... ou então se assemelha ao fantasma do pai de Hamlet.)

12 de maio — Permitam-me principiar com fatos, fatos específicos e diretos, que possam ser provados com livros e números, e dos quais não duvidemos. Não devo confundi-los com experiências que terão de apoiar-se apenas em minha observação ou memória. Na noite passada, quando o Conde saiu de seu quarto, principiou a fazer-me perguntas sobre questões legais e acerca da realização de certas espécies de negócios. Eu passara um dia enfadonho com os livros e, apenas para conservar minha mente ocupada, recordara certos assuntos que tivera de estudar para passar no exame de Direito. O interrogatório do Conde obedecia a certo método, por isso tentarei colocar as perguntas em ordem, uma vez que esse conhecimento me pode servir em alguma ocasião ou tempo.

Primeiramente, perguntou-me se um homem na Inglaterra poderia ter dois advogados ou mais. Disse-lhe que poderia ter uma dúzia, se o desejasse, mas que seria aconselhável possuir apenas um ao realizar uma transação, pois apenas um poderia agir de cada vez e mudá-lo seria certamente lutar contra os próprios interesses. Pareceu compreender muito bem e prosseguiu perguntando se haveria alguma dificuldade prática em ter um daqueles profissionais para cuidar, por exemplo, de assuntos bancários e outro para dedicar-se ao transporte de mercadorias, caso fosse necessária ajuda local em lugar longe da residência do advogado dos negócios bancários. Pedi-lhe que explicasse mais claramente, a fim de que eu não o orientasse de modo errôneo, o que o fez prosseguir:

— Exemplificarei: seu amigo e meu, Peter Hawkins, à sombra de sua linda catedral em Exeter, que fica longe de Londres, comprou para mim, por intermédio de sua bondosa pessoa, uma propriedade na capital da Inglaterra. Ótimo! Agora deixe-me falar com franqueza, para que não pareça estranho o fato de eu haver procurado os serviços de alguém tão longe de Londres, em vez de outro que lá residisse; ao proceder assim, fi-lo para que ele me servisse em meus interesses locais, apenas quando eu o desejasse. Como o indivíduo que morasse em Londres poderia ter aí algum interesse pessoal ou de amigos para cuidar, fui buscar longe um agente, a fim de ter certeza de que ele trabalharia apenas para os meus interesses. Agora, suponhamos que eu, tendo muitos negócios, deseje embarcar mercadorias, digamos, para Newcastle, Durham, Harwich ou Dover. Não seria mais fácil designar para o caso alguém que residisse em uma dessas partes?

Respondi que certamente seria mais fácil, mas que nós, advogados, possuíamos um sistema de atividades em conjunto, de modo que o trabalho em um lugar poderia ser realizado localmente, por meio de instruções enviadas por um advogado de outro lugar; dessa forma, o cliente, colocando-se apenas nas mãos de um homem, veria todos os seus interesses cuidados por esse mesmo homem, sem maiores dificuldades.

— Mas — declarou ele — também tenho a liberdade de escolher por mim. Não é verdade?

— É claro — repliquei. — Assim agem inúmeras vezes os homens de negócios que não desejam que todas as suas atividades sejam conhecidas por uma única pessoa.

— Ótimo! — Falou-me desse modo e depois me perguntou como poderia redigir procurações e as fórmulas que teriam de ser empregadas; indagou-me acerca de todas as espécies de dificuldades que porventura surgissem, mas das quais lhe seria possível defender-se de antemão. Expliquei-lhe tudo isso empregando o máximo de minha habilidade, e ele me deu a impressão de que teria sido ele próprio um ótimo advogado, pois pensava em tudo e tudo previa. Para um homem que nunca havia estado no país, e que evidentemente não realizava muitos negócios, seu conhecimento e perspicácia eram estupendos. Quando ficou satisfeito com os pontos que havia abordado, e quando eu já tinha verificado tudo da melhor forma possível nos livros disponíveis, levantou-se de súbito e disse:

— Após aquela sua última carta, escreveu outra para o nosso amigo Peter Hawkins ou para alguma outra pessoa?

Foi sentindo certa amargura que respondi negativamente, alegando não ter visto possibilidade de enviar cartas para alguém.

— Então escreva agora, meu jovem amigo — disse ele, colocando pesadamente a mão sobre meu ombro. — Escreva ao meu amigo ou a quem desejar e diga, se assim o quiser, que ficará comigo mais um mês, a partir de hoje.

— Espera que eu fique tanto tempo? — perguntei, sentindo o coração gelar ao pensar no caso.

— Desejo-o muito; efetivamente, não aceitarei recusas. Quando seu mestre ou empregador, o que queira, estabeleceu que outro alguém deveria vir no lugar dele, ficou implícito que apenas minhas necessidades seriam consultadas. Não fiz restrições, não é verdade?

O que mais me restava fazer, senão inclinar-me concordando? Era o interesse do sr. Hawkins e não o meu, e eu necessitava pensar nele e não em mim; além do mais, quando o Conde falava, em seus olhos e em seu porte tudo me fazia lembrar que eu era um prisioneiro e que, ainda que desejasse, não poderia escolher. O Conde percebeu que vencera quando me inclinei, e pela perturbação de meu rosto pôde ver que era ele o dominador; logo procurou utilizar-se de sua vantagem, porém daquele jeito que lhe era próprio: suave e irresistível.

— Rogo-lhe, meu amigo, que fale apenas sobre negócios, em suas cartas. Seus amigos certamente ficarão satisfeitos por saber que você está bem e que espera ansiosamente o momento de regressar para vê-los. Não é verdade?

Enquanto falava, entregou-me três folhas de papel de carta e três envelopes. Eram todos do mais fino papel de cartas para o estrangeiro e, ao olhar primeiro para eles e depois para o Conde, notando seu calmo sorriso e os afiados dentes caninos projetando-se sobre o rubro lábio inferior, compreendi tão bem quanto se ele tivesse dito que deveria ter cuidado com o que escrevesse, pois ele conseguiria lê-lo. Por isso, decidi preparar naquele momento apenas cartas formais, porém narrar tudo detalhadamente ao sr. Hawkins em segredo, e também a Mina, que me poderia escrever em taquigrafia, o que espantaria o Conde, se o visse. Depois de haver terminado minhas duas cartas, sentei-me calmo, lendo um livro enquanto o Conde escrevia diversas notas, referindo-se a alguns livros sobre a mesa enquanto as completava. Depois apanhou minhas duas cartas e colocou-as com as suas próprias, afastando em seguida seu material de escrever. No instante em que a porta se fechou atrás dele, inclinei-me e olhei suas cartas, cujos envelopes estavam voltados para o tampo da mesa. Não me senti culpado por fazê-lo, pois, nas circunstâncias em que me encontrava, achava que deveria proteger-me da melhor forma possível.

Uma das cartas era dirigida a Samuel F. Billington, Crescent, nº 7, Whitby; a outra era para Herr Leutner, Varna; a terceira, para Coutts & Cia., Londres; e a quarta, para Herren Klopstock & Billreuth, banqueiros, Budapeste. A segunda e a quarta não estavam fechadas. Ia examiná-las quando vi a maçaneta mover-se. Recuei rápido em meu assento, tendo tido tempo apenas para recolocar as cartas no lugar devido e para segurar mais uma vez meu livro antes que o Conde, ainda segurando outra carta na mão, entrasse no aposento. Apanhou os envelopes sobre a mesa e selou-os cuidadosamente; depois, voltando-se para mim, disse:

— Permita-me dar-lhe um conselho, caro e jovem amigo... Não apenas um conselho, mas uma advertência com toda a seriedade: se sair destes aposentos, em hipótese alguma adormeça em outras partes do castelo. Ele é muito antigo, evoca muitas recordações e há maus sonhos para aqueles que dormem imprudentemente. Está avisado! Se sentir sono agora ou em qualquer momento, ou se julgar que ele se aproxima, corra para o seu quarto ou para estes aqui, pois poderá então descansar em segurança. Porém, se não tiver cuidado com isso, então... — Encerrou suas palavras de modo horripilante, pois moveu as mãos como se as lavasse. Compreendi muito bem, mas minha única dúvida era a seguinte: poderia haver sonho mais terrível do que aquela fantástica e horripilante teia de ameaças e mistérios que me cercava?

Mais tarde — Apoio as últimas palavras escritas, porém desta vez sem sombra de dúvida. Não terei medo de dormir em qualquer parte, desde que o Conde lá não esteja. Coloquei meu crucifixo sobre a cabeceira de minha cama e lá ele ficará, pois creio que meu sono assim será mais livre de sonhos.

Quando o Conde me deixou, fui para o meu quarto. Depois de certo tempo, como não ouvia som algum, saí e subi a escada de pedra que dava para o local de onde me seria possível olhar para o sul. Aquela vista de grande amplitude dava-me uma sensação de liberdade quando comparada com o aspecto estreito e escuro do pátio, embora eu soubesse que tal extensão me era inacessível. Contemplando esse panorama, sentia-me como se me encontrasse realmente numa prisão e parecia desejar uma lufada de ar fresco, ainda que este fosse da noite. Creio que essa existência noturna produz seus efeitos sobre mim: está destruindo meus nervos. Assusto-me com minha própria sombra e imagino as coisas mais tenebrosas. Deus sabe que há razão para meus intensos temores, neste lugar maldito! Lancei o olhar sobre a linda vastidão que a luz suave e amarela do luar banhava, tornando-a quase tão clara quanto o dia. À luz delicada, os morros distantes fundiam-se e as sombras nos vales e abismos tornavam-se de um negro aveludado. Aquela bela visão bastou para alegrar-me; havia paz e conforto em cada hausto de ar que penetrava em mim. Quando recuei na janela, meus olhos se detiveram em algo que se movia no andar abaixo do meu e um pouco para a esquerda, no local onde imaginei, devido à ordem dos quartos, que deveriam estar as janelas do aposento do Conde. A janela junto à qual eu estava era alta e profunda, as barras verticais entre os vidros eram de pedra e, embora tivessem o aspecto gasto pelo tempo, ainda estavam inteiras; porém era evidente que havia muito o revestimento não existia mais ali. Escondi-me atrás da pedra e olhei cuidadosamente para fora.

O que vi foi a cabeça do Conde saindo da janela e, apesar de não ver seu rosto, reconheci o homem pelo pescoço e pelos movimentos das costas e mãos. Em nenhuma hipótese poderia eu deixar de reconhecer as mãos que tivera tantas oportunidades de estudar. A princípio julguei aquilo interessante e um pouco divertido, pois é realmente para admirar quão triviais são os fatos que interessam e divertem um homem, quando este é um prisioneiro. Porém meus próprios sentimentos se transformaram em repugnância e terror quando vi o Conde inteiro vagarosamente emergir da janela e principiar a descer rastejando as muralhas do castelo, sobre aquele assustador abismo, de rosto para baixo e com a capa a estender-se ao redor dele, como grandes asas. A princípio, não pude acreditar no que via. Julguei que fosse algum truque do luar, algum fantástico efeito das sombras; porém continuei a olhar e verifiquei que não poderia ser ilusão. Vi os dedos dos pés e das mãos agarrarem-se às quinas das pedras, que já não possuíam argamassa devido ao gasto dos anos. Utilizando-se assim de todas as saliências e ângulos, ele descia com notável rapidez, assemelhando-se a uma lagartixa que se movesse ao longo de uma parede.

Que espécie de homem será ele, ou que espécie de criatura disfarçada em homem? Sinto que os pavores deste lugar tenebroso me dominam; tenho medo... um medo horrível... e não posso fugir. Estou cercado de terrores tais que nem ouso pensar neles...

15 de maio — Vi mais uma vez o Conde sair a seu modo de lagartixa. Desceu movendo-se lateralmente cerca de cem pés para baixo; voltou-se bastante para a esquerda e depois desapareceu em algum buraco ou janela. Quando sua cabeça sumiu, inclinei-me para fora, tentando enxergar mais, porém sem resultado, porque a distância era muito grande para permitir um ângulo visual adequado. Sabia que, àquela hora, ele já havia deixado o castelo, e pensei então em utilizar a oportunidade para explorar mais do que até então havia ousado. Voltei ao quarto e, apanhando um lampião, tentei abrir todas as portas. Estavam trancadas, como supunha, e as fechaduras eram relativamente novas; porém desci a escada de pedra, indo até o corredor por onde entrara no dia de minha chegada. Verifiquei que poderia facilmente afastar os trincos e abrir a grande corrente; mas a porta estava trancada e a chave desaparecera! Deveria estar no quarto do Conde, por isso eu teria de vigiar a porta do aposento dele, pois, quando esta se destrancasse, poderia apanhar a chave e fugir. Prossegui examinando detalhadamente as diversas escadas e corredores e tentando abrir as portas que davam para esses locais, porém nada pude ver naqueles aposentos, a não ser velhas mobílias, gastas pelo tempo e roídas pelas traças. Finalmente, contudo, encontrei no cimo da escadaria uma porta que, embora parecesse estar trancada, cedeu um pouco sob pressão. Empreguei mais força e descobri que não estava realmente trancada, mas que a resistência provinha do fato de terem as dobradiças caído ligeiramente, fazendo que a porta pesada se apoiasse no chão. Aqui estava uma oportunidade que talvez não encontrasse novamente; esforcei-me, portanto, como era indispensável, e muito lutei para empurrá-la, a fim de poder entrar. Estava agora numa ala do castelo mais para a direita do que os aposentos já meus conhecidos e também um andar abaixo. Da janela eu podia ver o grupo de quartos estendendo-se para o sul do castelo, e as janelas do quarto da extremidade davam tanto para o oeste como para o sul. Em ambas as direções havia um grande precipício. O castelo fora construído no canto de um grande penhasco, o que o tornava praticamente inexpugnável por três lados; grandes janelas haviam sido colocadas onde lanças, flechas e colubrinas (antigas peças de artilharia) não poderiam alcançá-las. Consequentemente, a luz e o conforto estavam assegurados, o que seria impossível caso aquelas aberturas se situassem em local destinado a ser defendido. Havia um grande vale no oeste e depois, erguendo-se muito distante, massas de grandes montanhas serreadas, elevando-se pico sobre pico e apresentando a rocha bruta guarnecida de tramazeiras e espinheiros, cujas raízes se prendiam nas fissuras, gretas e fendas da pedra. Esta era evidentemente a parte do castelo ocupada pelas damas em tempos passados, pois a mobília tinha mais aspecto de conforto do que as outras que eu vira. As janelas não possuíam cortinas e a luz amarela do luar, inundando tudo através das vidraças em forma de losango, permitia-nos ver cores harmônicas enquanto suavizava a abundância de poeira que havia sobre tudo e disfarçava até certo ponto os danos do tempo e das traças. Meu lampião parecia ter pouco efeito junto ao luar brilhante, mas estava contente por tê-lo comigo, pois o lugar provocava uma terrível solidão que me gelava e me produzia tremedeiras. Mesmo assim, aquilo era melhor do que viver sozinho nos quartos que eu passara a odiar devido à presença do Conde, e, depois de tentar dominar meus nervos um pouco, uma suave calma apoderou-se de mim. Aqui estou eu, junto a uma mesinha de carvalho onde possivelmente em tempos passados sentou-se alguma linda dama para escrever, com muitos pensamentos e rubores, sua carta de amor repleta de erros ortográficos; entretanto, agora, no mesmo local escrevo meu diário em taquigrafia, anotando tudo o que aconteceu desde a última vez em que o fechei. Estamos hoje no turbulento século XIX, contudo, a não ser que meus sentidos me enganem, os velhos séculos tiveram e têm poderes próprios que o simples modernismo não pode extinguir.

Mais tarde: manhã do dia 16 de maio — Que Deus preserve minha sanidade mental, pois apenas isto me resta. A segurança e a certeza de possuí-la são coisas do passado. Enquanto viver aqui, devo desejar apenas uma coisa: não enlouquecer, isto é, caso ainda não esteja louco. Se é que estou são é certamente enlouquecedor o fato de pensar que, de todas as coisas repugnantes que se emboscam neste lugar odioso, o Conde é o que representa menor perigo para mim; ele será o único capaz de me defender, embora isso suceda apenas enquanto eu servir aos seus desígnios. Grande e piedoso Deus! Permita-me ter calma, pois, caso contrário, certamente perderei a razão. Principio a compreender melhor certos fatos que constituíram enigmas para mim. Até agora, nunca soube muito bem o que Shakespeare quis significar quando obrigou Hamlet a dizer:

> "Meus papéis! Rápido, meus papéis!
> É preciso escrever isso" etc.

Porém, neste momento, com a sensação de que meu cérebro está confuso ou de que tivesse recebido um choque capaz de o perturbar, volto-me para o meu diário, em busca de repouso. O hábito de anotar os detalhes deve ajudar a consolar-me.

O misterioso aviso do Conde assustara-me naquele momento e assusta-me ainda mais quando penso nele; no futuro, o temor me unirá ao Conde. Terei medo até de duvidar do que ele diz!

Após ter escrito em meu diário e, felizmente, também após havê-lo colocado no bolso juntamente com a caneta, senti sono. Recordei-me do aviso do Conde, mas tive prazer em desobedecê-lo. A sensação do sono me acometera juntamente com a obstinação que a vontade de dormir traz. O suave luar acalmava e o vasto horizonte lá fora proporcionava uma sensação de liberdade que me aliviava. Resolvi não voltar naquela noite para os aposentos sombrios, mas dormir ali onde antigamente as damas se sentavam, cantavam e viviam docemente enquanto aninhavam em seu gentil coração a tristeza que seus companheiros, longe, entre guerras cruéis, lhes provocavam. Retirei um grande divã de seu lugar, junto a um dos cantos, para que, ao deitar-me, pudesse contemplar a linda vista do este e do sul; sem pensar e sem dar importância à poeira, preparei-me portanto para dormir. Suponho que devo ter adormecido, pelo menos tenho esperanças disso, porém receio que tudo não haja sido sonho, uma vez que os fatos seguintes foram assustadoramente reais... tão reais que, agora, sentado sob o sol intenso da manhã, sou obrigado a duvidar que tudo haja sido sonho.

Eu não estava sozinho. O aposento era o mesmo e não houvera nele a menor modificação, desde a minha entrada; via, ao longo do chão, à luz brilhante do luar, minhas pegadas que tinham perturbado o longo acúmulo da poeira. À luz do luar, e do lado oposto ao meu, avistei três jovens mulheres; deveriam ser damas, segundo o que indicavam seus vestidos e modos. Quando as vi naquele momento, julguei estar sonhando, pois, embora houvesse o luar sobre elas, não formavam sombra no chão. Chegaram perto de mim e contemplaram-me durante algum tempo; depois cochicharam juntas. Duas eram morenas, possuíam nariz aquilino como o Conde e grandes e penetrantes olhos escuros, que pareciam quase vermelhos em comparação com o pálido amarelo da lua. A outra era clara, o mais clara possível, com cabelos compridos, dourados e cacheados; apresentava olhos como pálidas safiras. Pareceu-me que já vira aquele rosto e associei-o a algum sonho de pavor, porém não pude lembrar-me em que momento ou como o vira. Todas possuíam brilhantes dentes brancos que luziam como pérolas em contraste com os rubis de seus lábios sensuais. Havia algo nelas que me tornou inquieto, algum desejo e ao mesmo tempo algum medo terrível. Senti no coração o anseio mau e ardente de que me beijassem com aqueles lábios vermelhos. É bom não anotar isto, pois algum dia talvez Mina leia o que escrevo e estas palavras poderão magoá-la; porém é a verdade. Cochicharam juntas e depois todas riram... foi um riso claro e musical, porém cruel, como se o som jamais tivesse passado através da maciez de lábios humanos. Assemelhou-se ao suave, porém intolerável, tinido de copos de água quando tocados por mão hábil. A moça clara sacudiu a cabeça de modo faceiro, e as outras duas a impeliram. Uma disse:

— Vá! Você será a primeira e nós a seguiremos; o direito de iniciar é seu.

A outra acrescentou:

— Ele é jovem e forte; há beijos para todas nós.

Deitava-me quieto, olhando através de minhas pestanas numa agonia de feliz antecipação. A moça clara adiantou-se, inclinando-se até fazer-me sentir o movimento de sua respiração sobre mim. Em certo sentido aquilo era doce, doce como o mel, e enviava assim como sua voz um tinido através dos nervos; porém havia fel sob aquela doçura, a amarga agressividade que às vezes sentimos ao cheirar sangue.

Tinha medo de abrir as pálpebras, porém olhava e via perfeitamente através das pestanas. A garota ajoelhou-se e inclinou-se sobre mim, demonstrando satisfação maligna. Apresentava deliberada voluptuosidade, que era ao mesmo tempo emocionante e repulsiva; quando arqueou o pescoço, lambeu os lábios como um animal e pude ver, à luz da lua, a umidade que brilhava em seus lábios escarlates e na língua vermelha que cobria os afiados dentes brancos. Sua cabeça se inclinou cada vez mais e os lábios desceram abaixo do nível de minha boca e queixo, parecendo fixar-se em minha garganta. Depois ela parou por um instante e pude ouvir o som de sua língua agitada, que lambia os dentes e lábios; também sentia sua respiração quente sobre meu pescoço. Em seguida a pele de minha garganta começou a formigar, como sucede com a nossa carne quando a mão que nos vai fazer cócegas se aproxima cada vez mais. Eu podia sentir o suave e trêmulo toque dos lábios dela na pele sensível de meu pescoço, assim como percebia as pontas duras de dois dentes afiados que se colocaram sobre aquele local, parando ali. Fechei os olhos em lânguido êxtase e esperei... com o coração a bater.

Mas, naquele instante, outra sensação se apoderou de mim, rápida como um relâmpago. Percebi a presença do Conde e de todo o seu ser, que parecia envolto em tempestade de fúria. Quando meus olhos se abriram involuntariamente, vi sua forte mão agarrar o pescoço da mulher clara e afastá-la, com força gigantesca; os olhos azuis transbordaram de fúria, os dentes brancos rangeram com raiva e as faces claras incendiaram-se de paixão. E o Conde... nunca antes eu imaginara tamanha indignação e fúria, nem mesmo nos demônios das trevas! De seus olhos saíam faíscas e a luz vermelha que neles havia era lúgubre, como se as chamas do fogo do inferno queimassem por trás deles. Seu rosto apresentava a palidez da morte, com rugas que eram ásperas como arames puxados; as sobrancelhas espessas que se encontravam sobre o nariz agora se assemelhavam a pendentes barras de metal incandescente. Estendendo ferozmente os braços, arremessou a mulher para longe de si e depois fez um gesto para as outras, como se batesse nelas; era o mesmo gesto autoritário que eu vira ser usado com os lobos. Numa voz que, embora baixa e constituindo quase um sussurro, parecia cortar o ar e ecoar através do quarto, o Conde disse:

— Como ousaram tocar nele? Como ousaram lançar os olhos sobre ele, apesar de minha proibição? Ordeno-lhes que se afastem! Este homem me pertence! Cuidado com o que fazem com ele ou terão de ajustar contas comigo.

A moça clara, com uma risada desafiadora de coqueteria, voltou-se para replicar-lhe:

— Você mesmo nunca amou, nunca amou! — As outras mulheres também fizeram coro e uma gargalhada tão cruel, sem alegria e sem alma, ecoou pelo aposento, que quase me fez desmaiar ao ouvi-la; todos pareciam demônios que se divertiam. Em seguida, o Conde se voltou, após observar meu rosto atentamente, e disse num sussurro:

— Sim, também sou capaz de amar. O passado lhes demonstra isso muito bem, não é verdade? Prometo-lhes que, quando terminar meu serviço com ele, poderão beijá-lo à vontade. Agora saiam! Saiam! Devo acordá-lo, pois precisamos trabalhar.

— Não teremos nada esta noite? — perguntou uma delas, rindo baixo enquanto apontava para o saco que ele atirara no chão e que se movia como se encerrasse algo vivo. Em resposta, ele balançou a cabeça. Uma das mulheres pulou para diante e abriu o saco. Se meus ouvidos não me iludiram, ouvi uma respiração ofegante e um vagido baixo, igual ao de uma criança meio sufocada. As mulheres rodearam-na enquanto o horror me consternava; mas, quando olhei, sumiram carregando também o saco. Não havia porta perto delas e não poderiam ter passado por mim sem que eu o notasse. Desapareceram simplesmente aos raios do luar e saíram pela janela, pois pude ver lá fora suas formas semelhantes a sombras mal delineadas, que após um momento desapareceram completamente.

Em seguida, o horror se apoderou de mim e mergulhei na inconsciência.

❖

CAPÍTULO IV

Diário de Jonathan Harker
(continuação)

Acordei em minha cama. Se é que não sonhei, o Conde deve ter-me trazido para cá. Tentei verificar se aquilo fora realidade, mas não cheguei a nenhuma conclusão segura. Para certificar-me, havia certos pequenos indícios: minhas roupas estavam dobradas e colocadas de modo diferente. Meu relógio estava sem corda e estou rigorosamente habituado a dar-lhe corda antes de ir para a cama; havia muitos outros detalhes semelhantes. Porém esses fatos não constituem provas; podem indicar que minha mente não estava como sempre e, devido a alguns motivos, era certo que estava muito perturbado. Devo procurar provas. Uma coisa me alegra: se foi o Conde quem me trouxe para cá e me despiu, certamente algo o obrigou a realizar o serviço com rapidez, pois meus bolsos estão intactos. Tenho certeza de que este diário constituiria um mistério para ele, o que lhe seria intolerável; ele o teria levado consigo ou destruído. Agora, quando olho este quarto ao meu redor, julgo-o uma espécie de santuário, apesar de anteriormente me ter causado medo; é que nada pode ser mais horripilante do que aquelas terríveis mulheres que esperavam sugar meu sangue.

18 de maio — Desci novamente para contemplar aquele aposento à luz do dia, pois tenho de saber a verdade. Quando alcancei a porta no cimo das escadas, encontrei-a fechada. Fora empurrada contra o umbral com tanta força que parte da madeira se lascara. Pude ver que a fechadura não estava trancada, mas que a porta fora escorada por dentro. Receio que tudo haja sido realidade, e é baseado nesta suposição que devo agir.

19 de maio — Estou preso numa armadilha. Na noite passada, o Conde pediu-me em seu tom mais suave que escrevesse três cartas, uma afirmando que meu trabalho estava quase terminado e que eu partiria para casa dentro de poucos dias, outra dizendo que eu partiria na manhã seguinte após a carta e uma terceira declarando que já deixara o castelo e chegara em Bistritz. De bom grado eu teria desobedecido, porém julguei que, devido ao estado atual das coisas, seria loucura discutir abertamente com o Conde, uma vez que me encontro tão completamente em seu poder; além do mais, recusar seria causar-lhe suspeitas e provocar-lhe raiva. Ele percebe que sei demais e que não devo viver, pois posso ser-lhe perigoso; em prolongar minhas oportunidades reside minha única esperança de escapar. Algo pode ocorrer, capaz de me dar essa oportunidade. Vi nos olhos dele lampejos daquela raiva crescente que manifestou ao afastar de si aquela mulher clara. Explicou que os mensageiros eram poucos e incertos e que, se eu escrevesse agora, proporcionaria paz de espírito a meus amigos. Se o tivesse contrariado, criaria novas suspeitas, pois me assegurou com muita convicção que reteria as últimas cartas, obrigando-as a permanecerem em Bistritz até o tempo devido, caso houvesse necessidade de prolongar minha estada. Fingi, portanto, concordar com seus pontos de vista e perguntei-lhe que datas deveria colocar nas cartas. Ele calculou um instante e depois disse:

— Dia 12 de junho na primeira, 19 de junho na segunda e 29 de junho na terceira.

Sei agora quanto tempo poderei viver. Que Deus me ajude!

28 de maio — Há uma oportunidade de fuga ou, pelo menos, de enviar notícias para casa. Chegou ao castelo uma tribo de ciganos que acampou no pátio. Essa tribo é denominada Szgany e possuo anotações sobre ela em meu livro. Seus membros existem apenas nesta parte do mundo, mas se relacionam com os ciganos comuns de todo o globo terrestre. Há milhares deles na Hungria e na Transilvânia, e se situam fora do alcance de quase todas as leis. Em geral se unem a algum grande nobre ou *boyar* e adquirem o nome deste. São temerários e não seguem religião alguma, com exceção das superstições; falam apenas variações próprias da língua cigana.

Escreverei algumas cartas para casa e tentarei fazer que eles enviem pelo correio. Já falei com eles através das janelas a fim de travar conhecimento. Retiraram o chapéu, fizeram reverências e muitos sinais que entretanto não pude entender, assim como não posso compreender a língua que falam...

Já escrevi as cartas. A de Mina está taquigrafada e a do sr. Hawkins apenas pede a este que se comunique com ela. Expliquei a situação a Mina, sem contudo narrar os horrores sobre os quais posso apenas tecer conjeturas. Se lhe revelasse tudo o que se passa comigo, isso serviria apenas para chocá-la e assustá-la mortalmente. Se as cartas não prosseguirem, o Conde não conhecerá ainda meu segredo nem a extensão de meus conhecimentos...

Já entreguei as cartas, atirando-as através das barras de minha janela, juntamente com uma moeda de ouro, e fazendo ao mesmo tempo inúmeros sinais indicativos de que deveriam ser colocadas no correio. O homem que as apanhara apertou-as contra o coração e fez uma mesura, depois as colocou em sua roupa. Como nada mais podia fazer, regressei sorrateiramente à biblioteca e principiei a ler. O Conde não surgiu e resolvi então dedicar-me a estas anotações...

O Conde já veio. Sentou-se ao meu lado e disse com voz muito macia enquanto abria os dois envelopes:

— Os ciganos me deram estas cartas de que cuidarei, embora não saiba de onde provêm. Veja! — ele deve ter olhado para uma delas. — Esta é sua para o meu amigo Peter Hawkins; a outra — agora ele avistava os estranhos símbolos enquanto abria o envelope; seu rosto assumiu aquela expressão sombria e seus olhos faiscaram cruelmente — a outra é um objeto vil, um ultraje à amizade e à hospitalidade! Não está assinada. Bem! Esta não nos importa.

Calmo, segurou a carta e o envelope junto à chama do lampião até queimar ambos. Depois prosseguiu:

— Esta carta para Hawkins... eu a enviarei, é claro, uma vez que é sua. Suas cartas são sagradas para mim. Desculpe-me, amigo, se sem saber eu a abri. Não quer fechá-la novamente? — Entregou-me a carta e com mesura cortês deu-me novo envelope. Tive de colocar novamente o endereço e estendê-lo de volta. Quando saiu do quarto, pude ouvir a chave girando suavemente. Um minuto mais tarde me adiantei e tentei abrir a porta, mas encontrei-a fechada.

Quando, uma hora ou duas após, o Conde surgiu silenciosamente no quarto, sua entrada me acordou, pois eu adormecera no sofá. Foi muito cortês e alegre a seu modo e, vendo que eu estivera dormindo, disse:

— Então, está cansado, meu amigo? Vá para a cama. É o melhor lugar para descansar. Não terei o prazer de conversar esta noite, pois muitos trabalhos me aguardam; mas espero que você durma.

Dirigi-me ao meu quarto e deitei-me na cama. É estranho que haja dormido sem sonhar, mas o desespero tem suas próprias tréguas.

31 de maio — Hoje de manhã quando acordei pensei em arranjar papéis e envelopes em minha mala para guardá-los no bolso, a fim de poder escrever caso houvesse oportunidade. Porém tive nova surpresa e novo choque!

Os mínimos pedaços de papel haviam desaparecido e com eles todas as minhas anotações; meu memorando sobre estradas de ferro e viagens, minha carta de crédito, de fato tudo o que me poderia ser útil quando me encontrasse fora do castelo. Sentei pensativo durante algum tempo; depois, algum pensamento me ocorreu e procurei na maleta e no armário onde colocara minhas roupas.

A roupa com que eu viajara desaparecera, assim como o meu sobretudo e a manta; não encontrei traços destes em lugar algum. Isso me parece ser mais algum plano vil...

17 de junho — Nesta manhã, enquanto me sentava na beirada da cama, quebrando a cabeça, ouvi o estalar de chicotes e o ruído de patas de cavalo que subiam o caminho rochoso além do pátio. Apressei-me a ir até a janela, com alegria; vi dois grandes carroções se aproximarem da casa, cada um puxado por oito musculosos cavalos, tendo à cabeça de cada par um eslovaco, com largo chapéu, grande cinturão enfeitado com tachas, capa de couro de carneiro suja e botas altas. Também carregavam suas longas machadinhas. Corri para a porta querendo descer e tentar unir-me a eles através do corredor principal, pois julgava que aquela saída estivesse aberta para eles. Novamente um choque: minha porta fora trancada pelo lado de fora.

Logo corri para a janela e berrei para que me ouvissem. Levantaram os olhos e fitaram-me como tolos; depois apontaram para mim, porém naquele momento o chefe dos ciganos apareceu e, vendo que indicavam minha janela, disse algo que lhes provocou risos. Daí por diante nenhum esforço meu, nenhum grito súplice ou agoniada ameaça conseguiu fazer que pelo menos me olhassem. Afastaram-se resolutamente. Os carroções continham grandes caixas quadradas com alças de grossas cordas; evidentemente estavam vazias, o que se podia perceber devido à facilidade com que os eslovacos as manobravam e pela ressonância que produziam quando eram movidas rudemente. Depois que todas haviam sido retiradas do veículo e colocadas num grande monte num dos cantos do pátio, os eslovacos receberam algum dinheiro dos ciganos, e, cuspindo nele para que desse sorte, cada um se dirigiu preguiçosamente para o comando de seus cavalos. Pouco depois, ouvi o estalar de chicotes que desaparecia ao longe.

24 de junho, pela madrugada — Na noite passada, o Conde deixou-me cedo e trancou-se em seu quarto. Logo que reuni coragem, subi a escada em forma de caracol e olhei pela janela que se voltava para o sul. Julguei melhor observar o Conde, pois algo se passa. Os ciganos estão alojados algures no castelo e realizam alguma espécie de serviço. Eu o sei porque, por de vez em quando, ouço um som distante e abafado de picaretas e pás; porém, o que quer que seja, deve destinar-se a alguma vil crueldade.

Estivera olhando por menos de meia hora quando vi algo sair da janela do Conde. Recuei e observei cuidadosamente; vi o homem inteiro emergir. Recebi novo choque ao descobrir que vestia minhas roupas, as mesmas que eu usara ao viajar por esta região; colocara aos ombros o terrível saco que eu vira as mulheres carregarem. Não poderia haver dúvidas acerca de seu intento, e o pior era que usava minhas roupas! Seu novo plano malvado é portanto este: permitirá que os outros julguem ver-me para que haja provas de que fui avistado nas cidades ou vilas, colocando no correio minhas cartas e também para que o povo do local me considere culpado das maldades que ele deseja praticar.

Enraivece-me o pensamento de que isso pode suceder enquanto estou trancado aqui como verdadeiro prisioneiro, mas sem a proteção da lei que constitui um direito e consolo até mesmo do criminoso.

Pensei esperar o retorno do Conde e durante longo tempo sentei-me obstinadamente à janela. Então principiei a notar que havia estranhas e pequenas manchas flutuando ao luar. Eram semelhantes a minúsculos grãos de poeira e rodavam agrupando-se e transformando-se numa espécie de nebulosa. Observei-as com uma sensação de conforto, e uma espécie de calma se apoderou de mim. Reclinei-me no vão da janela, procurando posição mais confortável para que pudesse divertir-me mais amplamente com aqueles rodopios aéreos.

Algo me fez levantar bruscamente; foi um uivo súplice e grave de cachorros em algum lugar, lá embaixo no vale, que meu raio visual não alcançava. Aquilo pareceu ecoar mais alto em meus ouvidos e as partículas flutuantes de pó assumiram novas formas ao som enquanto dançavam à luz do luar. Senti que lutava para acordar a algum chamado de meus instintos; era minha alma que lutava e também minha sensibilidade semi-inconsciente que tentava responder ao apelo. Estava sendo hipnotizado! O pó dançava cada vez mais rápido; os raios de luar pareciam tremer ao passarem por mim e penetrarem na massa ameaçadora que se encontrava além. Uniam-se cada vez mais até adquirirem vagas formas fantasmagóricas. Em seguida levantei-me, completamente acordado e com plena posse dos sentidos; fugi correndo daquele lugar. As formas fantasmagóricas, que gradativamente se materializavam, separando-se do luar, eram as das três mulheres demoníacas que me deveriam destruir. Escapei e senti-me mais seguro em meu quarto, onde não havia luar e onde a lâmpada brilhava intensamente.

Após algumas horas, ouvi algo que se mexia no quarto do Conde, algo semelhante a um choro agudo de criança, rápido e abafado; depois houve silêncio, um silêncio horrível e profundo que me gelou. Com o coração galopando, tentei abrir a porta; mas estava encerrado em minha prisão e nada podia fazer. Pude apenas sentar-me e chorar. Enquanto sentava, ouvi um som no pátio lá fora: o grito agoniado de uma mulher. Corri para a janela e, levantando-a, olhei por entre as grades. Lá, realmente, havia uma mulher desgrenhada, segurando as mãos contra o coração, como alguém muito cansado de correr. Ela se inclinava contra o canto do portão. Quando viu meu rosto à janela, atirou-se para a frente e gritou com uma voz repleta de ameaça:

— Monstro, me dê meu filho!

Ajoelhou-se e, elevando as mãos, gritou as mesmas palavras em um tom que as fez ecoar em meu coração. Depois arrancou os cabelos, bateu contra o peito e abandonou-se a toda espécie de violências e emoções extravagantes. Finalmente, jogou-se para diante e, embora eu não a visse, podia ouvir o bater de suas mãos nuas contra a porta.

Em algum lugar muito no alto, provavelmente na torre, ouvi a voz do Conde berrando com seu assobio cruel e metálico. O uivo dos lobos pareceu responder de muito longe ao seu apelo. Após uns poucos minutos, muitos desses animais penetraram no pátio através da larga entrada; assemelhavam-se às águas contidas de uma represa quando libertas.

A mulher não gritou e o uivo dos lobos foi breve. Pouco depois saíram isolados, lambendo os beiços.

Não pude ter dó dela, pois agora sabia o que acontecera com sua criança. Era melhor que a mãe morresse.

O que farei? O que posso fazer? Como poderei escapar deste lugar horrível que a noite, as ameaças e o medo envolvem?

25 de junho, manhã — O homem só sabe quão doce e agradável a seu coração e aos seus olhos pode ser a manhã quando a noite já o fez sofrer. Nesta manhã, quando o sol se ergueu tão alto que tocou o cimo do grande portão do lado oposto de minha janela, pareceu-me que, àquele alto lugar atingido por ele, chegara o mensageiro da paz. Meu medo se dissipou como veste vaporosa que se derretesse ao calor. Devo agir de algum modo enquanto a coragem do dia me envolve. A noite passada, uma de minhas cartas datadas de antemão foi colocada no correio, a primeira de uma série fatal que apagará todos os traços de minha existência sobre a terra.

Que eu não pense nisso, mas me dedique à ação!

Anteriormente, fora sempre à noite que havia sido ameaçado ou molestado, ou que me defrontara com algum perigo e medo. Ainda não vi o Conde à luz do dia. Será que ele dorme enquanto os outros estão despertos, para que possa acordar enquanto os outros dormem? Se ao menos eu pudesse entrar em seu quarto! Mas isso não é possível; a porta está sempre trancada e não há entrada para mim.

Sim, há uma entrada para quem tiver coragem. Por que um outro corpo não pode entrar por onde o corpo dele passa? Já o vi descer rastejando de sua janela. Por que não o posso imitar e entrar também por ali? As probabilidades são desesperadoras, mas minha necessidade ainda o é mais. Arriscarei. Na pior das hipóteses enfrentarei a morte, e a morte de um homem não é a de um animal; as temidas portas de outra visão poderão estar abertas para mim. Deus me ajude em minha tarefa! Se falhar, adeus, Mina; adeus, meu fiel amigo e segundo pai; adeus para todos e, finalmente, para Mina!

No mesmo dia, mais tarde — Realizei a tentativa e, com a ajuda de Deus, regressei em segurança para o meu quarto. Devo descrever todos os detalhes em ordem. Enquanto tinha coragem, fui diretamente para a janela do lado sul e coloquei-me imediatamente do lado de fora, naquele local. As pedras são grandes e asperamente cortadas; além disso, o revestimento entre elas gastou-se devido ao tempo. Retirei minhas botas e aventurei-me pelo perigosíssimo caminho. Olhei para baixo uma vez, para certificar-me de que a súbita visão do terrível abismo não me perturbaria, mas depois conservei meus olhos afastados. Conheço muito bem a direção e a distância da janela do Conde e para lá me dirigi como melhor me era possível, aproveitando as oportunidades disponíveis. Não me senti tonto, pois creio que estava excitado demais para isso; o tempo me pareceu ridiculamente curto até o momento em que me encontrei no peitoril da janela, tentando abrir o caixilho. Contudo, estava muito agitado quando me inclinei e entrei pela janela, colocando primeiro os pés. Depois procurei o Conde ao meu redor, mas com surpresa e alegria descobri que no quarto não havia vivalma! Era mobiliado com poucos e estranhos objetos, que me pareceram nunca ter sido usados; os móveis eram do mesmo estilo dos que se encontravam nos quartos do sul e estavam cobertos de poeira. Procurei a chave, mas não estava na fechadura e não pude encontrá-la em lugar algum. Encontrei apenas uma grande pilha de ouro num dos cantos — ouro de todas as espécies: romano, britânico, austríaco e húngaro; havia também dinheiro grego e turco, coberto com camadas de poeira, como se tivesse permanecido longo tempo enterrado. Nenhum dos que observei datava de menos de trezentos anos. Ali também se encontravam correntes e ornamentos, alguns constituindo joias, mas todos velhos e manchados.

Num dos cantos do aposento havia uma pesada porta. Tentei abri-la; como não pude encontrar a chave do quarto nem a da porta externa, que era o principal objetivo de minha busca, deveria investigar mais, ou todos os meus esforços teriam sido vãos. Ela estava aberta e dava para uma escada circular e muito íngreme, à qual se chegava através de um corredor de pedra. Desci olhando cuidadosamente para onde ia porque a escada era escura, iluminada apenas por buracos na pesada alvenaria. Embaixo havia um corredor escuro, semelhante a um túnel, o qual exalava um odor nauseabundo de terra antiga recentemente revolvida. Quando atravessei o corredor, o cheiro tornou-se mais próximo e intenso. Finalmente, puxei uma pesada porta que estava entreaberta e encontrei-me numa velha capela arruinada, que evidentemente fora utilizada como cemitério. O telhado estava quebrado e em dois lugares havia escadas que se comunicavam com catacumbas, porém o chão fora recentemente revolvido e a terra colocada em grandes caixas de madeira, obviamente aquelas que os eslovacos haviam trazido. Como não se via ninguém nos arredores, examinei cada centímetro de chão, a fim de não perder a oportunidade. Desci até mesmo às catacumbas (onde a luz fraca parecia lutar contra a escuridão), embora descer constituísse uma ameaça à minha alma. Entrei em duas delas, mas nada vi, exceto fragmentos de caixões velhos e pilhas de pó; na terceira, contudo, descobri algo. Lá, numa das grandes caixas, das quais havia cinquenta ao todo, sobre um monte de terra recentemente cavada, estava o Conde! Podia estar morto ou dormindo; eu não sabia qual das duas alternativas era a verdadeira, pois seus olhos abriam-se como pedra, porém não possuíam a transparência da morte. As faces apresentavam o calor da vida, apesar de sua palidez, e os lábios estavam vermelhos como sempre. Mas não havia sinal de movimento: nem pulso, nem respiração, nem batidas do coração. Inclinei-me sobre ele, tentando em vão descobrir algum sinal de vida. Ele não poderia estar deitado lá há muito tempo, pois o cheiro de terra teria desaparecido em poucas horas. Ao lado da caixa avistei a tampa com buracos aqui e ali. Julguei que as chaves talvez estivessem com o Conde, mas, quando as fui procurar, vi aqueles olhos mortos que, embora inermes e inconscientes de minha presença, demonstravam tal ódio que me fizeram fugir correndo do local. Saí do aposento dele pela janela e subi rastejando a muralha do castelo. Ao chegar ao meu quarto, atirei-me arquejante sobre a cama e tentei raciocinar...

29 de junho — A data de hoje é a da minha última carta e o Conde providenciou as provas que indicarão a veracidade dela, pois novamente o vi deixar o castelo pela mesma janela e com as minhas vestes. Quando desceu pela parede, semelhante a uma lagartixa, desejei possuir um revólver ou alguma arma mortífera que pudesse destruí-lo, mas creio que nenhuma arma manobrada exclusivamente por mãos humanas poderia afetá-lo. Não ousei esperar que regressasse, pois temia aquelas irmãs misteriosas. Voltei à biblioteca e li até adormecer.

Fui acordado pelo Conde, que me olhou tão austeramente como um homem pode olhar outro e disse:

— Amanhã nos separaremos, meu amigo. Você retornará à sua linda Inglaterra e eu a um trabalho cujo final talvez impeça que nos encontremos mais uma vez. Sua carta para casa já foi enviada e amanhã eu não estarei aqui, mas tudo ficará preparado para sua viagem. Pela manhã chegarão os ciganos e alguns eslovacos; realizarão alguns trabalhos aqui. Depois de partirem, minha carruagem virá buscá-lo para transportá-lo ao Desfiladeiro de Borgo, onde encontrará a diligência que vai de Bucóvina a Bistritz. Porém espero vê-lo ainda neste castelo.

Suspeitei dele e resolvi investigar sua sinceridade. Sinceridade! É uma profanação estabelecer uma ligação entre tal palavra e esse monstro, por isso, perguntei-lhe sem rodeios:

— Por que não posso ir hoje à noite?

— Porque, caro senhor, meu cocheiro e meus cavalos partiram para realizar uma missão.

— Mas irei a pé com prazer. Quero partir imediatamente.

Ele sorriu, porém foi um sorriso tão suavemente diabólico que percebi algum truque por trás da suavidade. Perguntou-me:

— E sua bagagem?

— Não tem importância. Mandarei buscá-la em outra ocasião.

O Conde levantou-se e disse com uma delicadeza que me fez esfregar os olhos, pois parecia muito real:

— Vocês, ingleses, possuem um ditado que muito estimo, porque seu espírito é aquele pelo qual se guiam nossos *boyars*: "Receba cordialmente os que vêm; despeça com rapidez os hóspedes". Venha comigo, jovem amigo. Não ficará mais uma hora em minha casa contra a sua vontade, embora sua partida, assim como seu desejo repentino de ir, me entristeçam. Venha! — Com imponente seriedade antecedeu-me na escada e ao longo do corredor, segurando o lampião. Súbito, parou.

— Ouça!

Percebia-se próximo o uivo de muitos lobos. O som parecia subir quando ele elevava a mão, assim como a música de uma grande orquestra parece pular sob a batuta do maestro. Depois de parar um momento continuou a se aproximar da porta com seu modo imponente; afastou as grossas trancas, soltou as correntes pesadas e principiou a abrir a porta.

Muito surpreso, verifiquei que ela não estava trancada. Desconfiado, olhei ao meu redor mas não vi chave de espécie alguma. Quando a porta principiou a entreabrir-se, o uivo dos lobos lá fora tornou-se mais alto e furioso; suas mandíbulas vermelhas, seus dentes que rangiam e as unhas afiadas de suas patas, quando pulavam, entravam pela porta entreaberta. Seria inútil lutar contra o Conde naquele momento. Com aqueles aliados sob o seu comando, eu nada poderia fazer. Mas, mesmo assim, a porta continuou a ser aberta e apenas o corpo do Conde se situava na fresta. Súbito, concebi a ideia de que talvez aquele fosse o fim a que estivesse destinado; entregar-me-ia aos lobos atendendo à minha própria insistência. A ideia era suficientemente má e diabólica para o Conde; fazendo uma última tentativa, gritei:

— Feche a porta; esperarei até amanhã! — Cobri meu rosto com as mãos a fim de esconder as lágrimas de amargo desapontamento.

Estendendo seu braço poderoso, o Conde fechou a porta com um empurrão e as pesadas trancas, ao voltarem rápidas para os seus lugares, tiniram e ecoaram pelo corredor.

Retornamos à biblioteca em silêncio e, depois de um minuto ou dois, fui para o meu quarto. Vi o Conde pela última vez quando beijava minha mão com um brilho vermelho de triunfo nos olhos e com um sorriso que faria orgulho ao próprio Judas no inferno.

Quando estava em meu quarto, prestes a deitar-me, julguei ouvir sussurros à minha porta. Aproximei-me dela em silêncio e prestei atenção. Se meus ouvidos não me iludiram, ouvi a voz do Conde afirmar:

— Voltem, voltem para os seus lugares! Sua hora ainda não chegou. Esperem! Tenham paciência! Hoje, a noite me pertence. A noite de amanhã será de vocês!

Ouviu-se uma gargalhada baixa, doce e ondulante; enraivecido, empurrei a porta, abrindo-a, e vi do lado de fora as três terríveis mulheres que lambiam os lábios. Quando apareci, todas se uniram numa gargalhada tenebrosa e fugiram.

Regressei a meu quarto e atirei-me ao chão, de joelhos. Será que estou tão próximo do fim? Amanhã! Amanhã! Senhor, ajude a mim e àqueles que me são caros.

30 de junho, manhã — Talvez estas sejam as últimas palavras que escrevo neste diário. Dormi até pouco antes da madrugada e, quando acordei, atirei-me ao chão, de joelhos, pois decidira que se a morte viesse deveria encontrar-me preparado.

Finalmente senti aquela sutil mudança no ar e soube que a madrugada surgira. Em seguida ouvi o agradável canto do galo e senti-me em segurança. Abri a porta alegremente e desci com rapidez o corredor. Vira que a porta de fora não estava trancada e agora poderia escapar. Com mãos trêmulas de ansiedade, soltei as correntes e afastei as maciças trancas.

Mas a porta não se movia. O desespero apoderou-se de mim. Puxei-a inúmeras vezes e sacudi-a até vê-la ranger contra o batente, embora fosse sólida. Vi o trinco fechado; fora trancado após eu haver deixado o Conde.

Senti-me então possuído pelo desejo de obter a chave enfrentando qualquer risco; resolvi naquele momento e naquele lugar escalar novamente a parede e penetrar no quarto do Conde. Talvez ele me matasse, porém agora a morte me parecia dos males o menor. Sem parar, apressei-me para ir à janela do este e desci engatinhando a parede, como na vez anterior, até o aposento do Conde. Não havia ninguém lá; porém, era isso o que eu esperava. Não encontrei chave em lugar algum, mas a pilha de ouro permanecia. Passei pela porta do canto, desci a escada em caracol e atravessei o escuro corredor até a velha capela. Agora já sabia muito bem onde encontrar o monstro procurado.

A grande caixa estava no mesmo lugar, junto da parede, mas a tampa estava sobre ela, embora ainda não tivesse sido fechada; os pregos se encontravam em seus lugares, prontos para serem martelados. Sabia que deveria procurar o corpo para encontrar a chave, por isso levantei a tampa e coloquei-a contra a parede; vi então algo que me horripilou. Ali estava o Conde, porém como se a sua juventude tivesse retornado parcialmente. O cabelo branco e o bigode se tinham transformado num cinzento escuro; as faces apareciam mais cheias e a pele branca por baixo era de um vermelho vivo; a boca estava mais rubra do que nunca, porque em seus lábios havia gotas de sangue fresco que escorriam dos cantos, descendo pelo queixo e pelo pescoço. Até os olhos profundos e ardentes pareciam fixos entre a carne intumescida, pois as pálpebras e bolsas embaixo estavam inchadas. Toda a horripilante criatura tinha o aspecto de quem está simplesmente repleto de sangue. Deitava-se qual repugnante sanguessuga exausta com sua fartura. Tremi ao inclinar-me para tocá-lo e todos os meus sentidos se revoltaram contra aquele contato, mas era necessário procurar, caso contrário não haveria salvação para mim. A noite que se aproximava poderia transformar do mesmo modo meu corpo num banquete para aquelas três diabas. Apalpei todo o corpo do Conde, porém não encontrei sinal de chave; depois parei para contemplá-lo. Havia um sorriso zombeteiro no rosto intumescido que pareceu enlouquecer-me. Era este o ser que eu ajudava a transferir para Londres. Lá, talvez, durante os séculos seguintes, entre a população fervilhante, saciaria seu desejo de sangue e criaria um novo e sempre crescente círculo de semidemônios que se refestelariam com os indefesos. Só esse pensamento já me fazia perder a razão. Senti o terrível desejo de livrar o mundo de tal monstro. Não possuía arma mortífera disponível, porém apanhei uma pá que os operários utilizavam para encher as caixas e, levantando-a, com a extremidade voltada para baixo, golpeei aquele rosto odiado. Porém, quando assim procedia, a cabeça se voltou e aqueles olhos se fixaram em mim com um brilho aterrorizador, semelhante ao de uma serpente.

A visão pareceu paralisar-me e a pá girou em minha mão, resvalando pelo rosto e produzindo apenas um corte profundo acima da testa. A pá caiu de minha mão sobre a caixa e, quando a retirei de lá, a beira da lâmina atingiu a extremidade da tampa, que tombou novamente, escondendo a pavorosa visão. Ao dar a última olhadela, percebi o rosto intumescido, sujo de sangue e apresentando uma careta fixa de malícia que poderia muito bem pertencer ao mais baixo dos demônios.

Pensei muito, a fim de saber qual seria minha próxima ação, mas sentia o cérebro pegar fogo; aguardei, notando o desespero crescer dentro de mim. Enquanto esperava, ouvi a distância uma canção cigana entoada por vozes alegres que se aproximavam e, juntamente com a canção, o girar de pesadas rodas e o estalar de chicote; aproximavam-se os ciganos e eslovacos a que o Conde se referira. Lançando um último olhar ao meu redor e à caixa que continha o vil corpo, fugi daquele lugar e cheguei ao quarto do Conde, resolvido a correr para fora no instante em que abrissem a porta. Prestei atenção com ouvidos cansados e ouvi lá embaixo o ranger da chave na grande fechadura e o recuo da pesada porta. Deveria haver outro modo de entrar, ou então outra pessoa possuía a chave de uma das portas trancadas. Em seguida, ouviu-se o som de muitos pés que pisavam fortemente e desapareciam em algum corredor que enviava para cima um clangor que ecoava. Voltei-me para descer, correndo mais uma vez em direção às catacumbas, onde poderia encontrar nova saída; mas naquele momento surgiu um poderoso pé de vento e a porta da escada em forma de caracol bateu com tamanha força que fez voar o pó das vergas. Quando corri para abri-la, encontrei-a definitivamente fixa. Eu era novamente um prisioneiro e minha condenação se aproximava cada vez mais.

Enquanto escrevo, há no corredor embaixo o som de muitos pés que pisam fortemente e o ruído de pesos colocados no chão com energia; sem dúvida são as caixas com sua carga de terra. Há o som de martelos; é a caixa que estão pregando. Agora posso ouvir as pisadas fortes ecoando ao longo do corredor, seguidas de muitas outras pisadas mais leves.

Fecham a porta e as correntes chocalham, ouço o ranger da chave na fechadura; agora ela é retirada, depois outra porta se abre e fecha. Ouço o estalido da fechadura e da tranca.

Atenção! No pátio, descendo o caminho rochoso, há o girar de pesadas rodas, o estalar de chicotes e o coro dos ciganos que desaparecem ao longe.

Encontro-me a sós no castelo, com aquelas terríveis mulheres. Ora! Mina é uma mulher, porém nada tem em comum com as daqui. Estas são diabólicas!

Não permanecerei a sós com elas; tentarei descer pela muralha do castelo, indo mais longe do que até então já tentei. Levarei algum ouro comigo, pois poderei precisar dele. Talvez encontre um caminho que me afaste deste lugar tenebroso.

Em seguida partirei para casa! Apanharei o trem mais rápido e mais próximo! Irei para longe deste amaldiçoado lugar e deste país perdido, onde o demônio e seus filhos ainda caminham com pés humanos!

Deus pelo menos é mais piedoso do que estes monstros e o precipício é íngreme e alto. Em sua base, um homem pode dormir como homem. Adeus para todos! Adeus, Mina!

❖

CAPÍTULO V

Carta da srta. Mina Murray para a srta. Lucy Westenra

9 de maio.

Querida Lucy:

Desculpe-me por haver demorado muito a escrever, mas estive simplesmente assoberbada de serviço. A vida de uma professora assistente algumas vezes é difícil. Estou ansiosa para estar novamente com você, junto ao mar, onde poderemos conversar livremente e construir castelos no ar. Trabalhei muito ultimamente, porque quero ser capaz de acompanhar os estudos de Jonathan e tenho praticado intensamente a taquigrafia. Quando nos casarmos, poderei ser-lhe útil e, se souber taquigrafia suficientemente, serei capaz de anotar o que ele deseja dizer a seu modo e depois bater tudo a máquina; por isso também tenho estudado datilografia intensamente. Eu e ele algumas vezes nos correspondemos em taquigrafia, e ele mantém um diário de suas viagens no estrangeiro utilizando os mesmos símbolos. Quando estiver com você, terei um diário na mesma forma. Não quero referir-me a um daqueles diários que têm duas páginas para a semana, com um domingo espremido num dos cantos, porém uma espécie de caderno de apontamentos onde possa escrever quando me sinta inclinada a isso. Creio que não interessará às outras pessoas, mas não se destina a elas. Talvez o mostre a Jonathan algum dia, se houver algo digno de ser mostrado, mas será na realidade um livro de exercícios. Tentarei fazer como as moças jornalistas: entrevistarei, escreverei descrições e tentarei recordar conversas. Disseram-me que, com um pouco de prática, podemos lembrar-nos de tudo o que se passa e de tudo o que ouvimos durante o dia. Contudo, veremos. Quando nos encontrarmos, contar-lhe-ei meus pequenos planos. Recebi de Jonathan, da Transilvânia, apenas algumas linhas apressadas. Está bem e regressará dentro de uma semana. Estou ansiosa para ouvir todas as novidades dele; deve ser tão bom viajar por terras estranhas! Será que nós — quero dizer, Jonathan e eu — viajaremos até lá algum dia, juntos? A campainha das dez horas está soando. Adeus.

Sua amiga
Mina

P. S. — Conte-me todas as suas novidades quando escrever. Há muito tempo que nada me diz. Ouvi boatos, especialmente sobre um homem alto, atraente e de cabelos crespos. São verdadeiros?

Carta de Lucy Westenra para Mina Murray

Rua Chatam, 17
Quarta-feira

Cara Mina:

Devo dizer que você me acusa muito injustamente de ser má correspondente. Já lhe havia escrito duas vezes desde que partimos e essa carta sua que recebi foi apenas a segunda. Além do mais, nada tenho para contar-lhe, nada realmente que possa interessar. A cidade está muito agradável agora e frequentamos muitas exposições de pintura, passeamos e andamos pelo parque. Quanto ao homem alto e de cabelos crespos, suponho que se refere ao que me acompanhou ao último concerto popular. Alguém evidentemente andou espalhando boatos falsos, pois esse foi o sr. Holmwood, que nos visita frequentemente e parece dar-se muito bem com mamãe; os dois têm muita coisa em comum para conversar. Encontramos há algum tempo um homem que seria ideal para você, se já não estivesse noiva de Jonathan. É um excelente partido, atraente, rico e de boa origem; é um médico muito hábil. Imagine só! Tem apenas vinte e nove anos e já dirige sozinho um imenso hospício. O sr. Holmwood apresentou-me a ele; veio visitar-nos uma vez e agora vem repetidamente. Creio que é um dos homens mais decididos que já conheci, sendo contudo muito calmo. Parece não se perturbar jamais. Imagino que maravilhoso poder deve ter sobre seus pacientes. Tem o hábito curioso de olhar-nos diretamente no rosto, como se tentasse ler nossos pensamentos. Comigo ele procede assim com frequência, porém me orgulho de dizer que constituo uma tarefa difícil para ele. Sei disso porque me olho no espelho. Já tentou decifrar seu próprio rosto? Eu já, e posso dizer-lhe que o estudo não é mau e que dá mais trabalho do que supõe quem nunca tentou. Ele diz que eu lhe ofereço um curioso estudo psicológico e, modéstia à parte, creio que é verdade. Como sabe, não me interesso o suficiente por moda para poder descrever-lhe os novos vestidos. A moda chateia. Utilizei-me da gíria novamente, mas não dê importância a isso; Arthur fala assim todos os dias. Agora já lhe disse tudo. Mina, sempre trocamos confidências quando éramos crianças, dormimos e comemos juntas, rimos e choramos ao mesmo tempo; agora, apesar de já ter comentado um assunto, gostaria de falar mais. Oh, Mina, será que não adivinha? Amo-o. Enrubesço ao escrever, pois, embora ache que ele me ame, ainda não o ouvi declarar-se. Mas, oh, Mina, amo-o; amo-o! Faz-me bem desabafar. Queria estar com você, querida, sentada junto à lareira confessando-me, como costumávamos sentar; tentaria então contar-lhe o que sinto. Nem sequer sei como tenho coragem para escrever-lhe isso. Temo findar ou rasgar a carta e não quero parar, pois desejo tanto contar-lhe tudo. Escreva-me imediatamente e diga-me tudo o que pensa sobre o caso. Mina, devo encerrar já. Boa noite. Abençoe-me em suas orações, Mina, e reze por minha felicidade.

Lucy

P. S. — Não será necessário dizer-lhe que é segredo o que lhe contei. Boa noite novamente.

L.

Carta de Lucy Westenra para Mina Murray

24 de maio.

Cara Mina:

Muito, muito, muito obrigada por sua terna carta. Foi tão bom poder contar-lhe tudo e obter sua aprovação!

Querida, nunca chove pouco, mas sempre desaba um aguaceiro. Como é verdadeiro esse provérbio. Aqui estou eu, prestes a fazer vinte anos em setembro, e nunca havia recebido uma verdadeira proposta de casamento até hoje; porém neste dia recebo logo três. Imagine! Três propostas num só dia! Não é horrível?! Sinceramente, tenho muita pena dos outros dois pobres sujeitos. Oh, Mina, estou muito feliz, mas não sei o que fazer. E três propostas! Mas, pelo amor de Deus, não conte nada às meninas, pois elas teriam toda espécie de ideias extravagantes e se sentiriam magoadas e injuriadas se não recebessem pelo menos seis, no primeiro dia em casa. Certas moças são tão fúteis! Eu e você, Mina querida, que estamos comprometidas e em breve nos tornaremos velhas e sérias senhoras casadas, podemos desprezar a vaidade. Bem, falarei sobre os três, mas você deverá guardar segredo disto, querida; não conte a ninguém, com exceção, é claro, de Jonathan. Contará a ele porque, se a situação fosse contrária, eu certamente narraria tudo a Arthur. Uma mulher deve contar tudo a seu marido... não acha, querida? Devo ser justa. Os homens desejam que suas mulheres, especialmente quando são suas esposas, sejam tão sinceras quanto possível, e receio que elas não sejam sempre fiéis assim. Bem, querida, o número *um* chegou pouco antes do almoço. Já lhe falei dele... é o dr. John Seward, o diretor do hospício; possui grande queixo e testa ampla. Exteriormente, apresentou-se bem calmo, mas interiormente estava nervoso. Evidentemente ensaiou todos os pequenos detalhes e recordou-se deles; porém quase sentou sobre seu chapéu de seda, o que os homens geralmente não fazem quando calmos: depois, quando quis parecer estar à vontade, principiou a brincar com sua lanceta de tal modo que quase me fez gritar. Falou-me muito diretamente, Mina. Disse-me que, embora me conhecesse pouco, muito me amava, e falou sobre o que seria sua vida se me tivesse para ajudá-lo e alegrá-lo. Ia declarar-me o quanto ficaria infeliz se eu não o amasse, mas, quando me viu chorar, afirmou ser um bruto e disse que não aumentaria minha dificuldade atual. Em seguida, descontrolou-se e perguntou-me se eu poderia amá-lo após algum tempo; quando sacudi a cabeça, suas mãos tremeram e então, com alguma hesitação, perguntou-me se eu já amava outro alguém. Expressou-se muito delicadamente, dizendo-me que não queria arrancar-me uma confidência à força, mas que desejava apenas saber, pois sempre havia esperança quando o coração de uma mulher estava livre. Julguei então, Mina, que o dever me obrigava a contar-lhe que havia outro alguém. Disse-lhe apenas isso e ele se levantou; parecendo muito forte e sério, colocou ambas as minhas mãos nas dele e afirmou desejar que eu fosse feliz, dizendo-me também que, se necessitasse algum dia de um amigo, poderia contar com sua sincera amizade. Oh, Mina querida, não consigo deixar de chorar; deve portanto perdoar os borrões desta carta. Receber uma proposta de casamento é ótimo e tudo o mais, mas não é nem um pouco agradável ver um pobre sujeito, que nos ama sinceramente, partir com o coração em ruínas e saber que, quaisquer que sejam as palavras dele, naquele momento, você está saindo de sua vida. Querida, tenho de parar aqui; sinto-me tão desesperada e, contudo, muito feliz.

À noite:

Arthur acaba de partir e sinto-me com melhor disposição do que quando interrompi minha escrita; portanto, contar-lhe-ei o que sucedeu durante o resto do dia. Bem, querida, o número *dois* chegou depois do almoço. É um sujeito muito bonzinho, um americano do Texas, e parece tão jovem e inexperiente que mal podemos acreditar que já conhece tantos lugares e já passou por tantas aventuras. Tenho pena da pobre Desdêmona, pois que lhe derramaram tão perigosa torrente de palavras nos ouvidos, apesar de ter sido por um negro. Agora suponho que nós, mulheres, somos tão covardes que, ao julgarmos que um homem nos pode salvar de temores, nos casamos com ele. Contudo já sei o que faria se fosse um homem e desejasse conquistar uma mulher. Não, na realidade não sei, pois o sr. Morris me contou muitas histórias e Arthur ainda não as narrou, contudo... Querida, estou me antecedendo. O sr. Quincey P. Morris encontrou-me sozinha. Parece que os homens sempre encontram as mulheres a sós. Não, isso não ocorre, pois Arthur tentou duas vezes forçar uma oportunidade e, não me envergonho de confessá-lo, eu o ajudei o mais possível. Devo dizer-lhe inicialmente que o sr. Morris nem sempre emprega gíria, isto é, nunca o faz dirigindo-se a estranhos ou diante deles, pois é realmente muito educado e tem modos elegantes; porém descobriu que eu me divertia ao ouvi-lo falar gíria americana e dizia as coisas mais gozadas quando eu estava presente e não havia mais ninguém para ficar chocado. Querida, receio que ele invente tudo aquilo, pois se ajusta exatamente ao que quer dizer. Mas a gíria é assim mesmo. Não sei se algum dia virei a empregar gíria, pois ignoro o que Arthur pensa, já que nunca o ouvi falar gíria. Bem, o sr. Morris sentou-se ao meu lado parecendo o mais feliz e alegre possível, mas deixando-me perceber apesar disso que estava nervoso. Segurou minhas mãos e disse muito ternamente:

— Srta. Lucy, sei que nem sequer sou digno de arrumar os enfeites de seu sapatinho, mas se tiver de esperar um homem que lhe sirva, irá para o convento. Por que, então, não damos o nó górdio e viajamos juntos pela longa estrada?

Parecia tão bem-humorado e alegre que deveria ser duplamente mais fácil recusá-lo do que dizer "não" ao pobre dr. Seward; por isso afirmei tão levemente quanto possível que nada sabia acerca de nós górdios e que ainda não pensava em casamento. Então ele declarou que falara de modo jocoso, mas que esperava ser perdoado por mim, se por acaso havia cometido o erro de brincar em momento tão grave e importante para ele. Parecia realmente falar com sinceridade ao pronunciar estas palavras e eu também não pude deixar de julgar igualmente a situação com alguma seriedade. Mina, sei que me achará muito namoradeira —, porém não pude deixar de sentir uma espécie de euforia ao pensar que ele era o número *dois*, num único dia. E, em seguida, querida, antes que eu pudesse pronunciar uma palavra, ele principiou a despejar uma verdadeira torrente de frases de amor, colocando o coração e a alma a meus pés. Parecia-me tão sincero que jamais julgarei que o homem que brinca algumas vezes nunca fala com seriedade, mas sempre para fazer graça. Suponho que ele descobriu algo em meu rosto que o deteve, pois súbito parou, e com dedicação máscula disse que eu o poderia ter amado se fosse livre:

— Lucy, sei que é uma garota muito sincera. Não lhe estaria falando agora se não soubesse que é intensamente corajosa. Diga-me, portanto, como se fôssemos apenas amigos: ama outra pessoa? Se isso sucede, não mais lhe causarei o mínimo incômodo, porém serei, se me permitir, um amigo muito fiel.

Querida Mina, por que são os homens tão nobres, e nós, as mulheres, tão pouco dignas deles? Ali estava eu, quase zombando daquele verdadeiro cavalheiro, tão bondoso. Debulhei-me em lágrimas e realmente lamentei muito... Receio, querida, que julgue esta carta muito sentimental e lamacenta. Por que não permitem que uma garota se case com três homens ou com todos aqueles que a desejam, a fim de evitar toda essa confusão? Mas isto é heresia e não devo falar assim. Orgulho-me de poder dizer que, apesar de estar chorando, pude contemplar diretamente os olhos do sr. Morris e dizer-lhe sem rodeios:

— Sim, amo alguém, embora ele ainda não me haja declarado seu amor. — Acertei ao falar-lhe com tanta franqueza, pois o rosto dele iluminou-se e segurou com suas duas mãos as minhas (talvez fosse eu quem tivesse colocado as minhas nas dele), e disse cordialmente:

— Garota corajosa. É melhor chegar atrasado para conquistar o seu amor do que chegar a tempo para o amor de qualquer outra garota no mundo. Não chore, querida. Se essas lágrimas são para mim, saiba que sou duro de quebrar e recebo tudo com altivez. Se esse outro sujeito não conhece a sua felicidade, é melhor procurá-la logo, ou terá de enfrentar-me. Garotinha, sua honestidade e bravura a tornaram minha amiga, o que é mais raro do que namorada; de qualquer modo, é um sentimento menos egoísta. Querida, terei de prosseguir muito só, até bater as botas. Quer dar-me um beijo? Será uma recordação que tornará mais claro o caminho, aqui e ali. Poderá fazê-lo se o desejar, pois o outro sujeito (e ele deve ser muito bondoso, querida, para que possa amá-lo) ainda não se declarou.

Isso quase me venceu, Mina, pois a atitude dele foi brava, terna e também nobre para com o rival, não é verdade? E ele estava muito triste... portanto, inclinei-me e beijei-o. Ficou em pé com minhas mãos entre as dele e, quando olhou para baixo, contemplando meu rosto (receio estar enrubescendo muito), disse:

— Garotinha, seguro suas mãos e você me beijou; se isso não nos tornar amigos, nada mais o tornará. Obrigado por sua terna franqueza para comigo e adeus.

Apertou minhas mãos mais do que nunca e, apanhando o chapéu, saiu diretamente do aposento sem olhar para trás, sem chorar, sem tremer ou fazer uma pausa: as lágrimas escorrem por meu rosto como se eu fosse um bebê. Oh, por que um homem desses deve ser infeliz quando há inúmeras moças que adorariam até mesmo o chão que ele pisa? Sei que tal sucederia comigo se fosse livre... mas não o desejo ser. Querida, isso me perturbou muito, de modo que não posso escrever agora sobre a felicidade, depois do que lhe disse; também não quero mencionar o número *três* enquanto não estou completamente feliz.

Sua amiga de sempre,
Lucy

P. S. — Oh, a respeito do número *três*, não preciso mencioná-lo, preciso? Além do mais, foi tudo tão confuso; pareceu-me que apenas um minuto se passou entre sua entrada no aposento e o momento em que me envolveu em seus braços, beijando-me. Estou muito, muito satisfeita e não sei o que fiz para merecê-lo. Resta-me apenas tentar mostrar a Deus, no futuro, que Lhe sou grata por Sua grande bondade em enviar-me tão bom namorado e amigo.

Adeus.

Relatos cotidianos do dr. Seward

(em discos)

25 de maio — Maré baixa de apetite, hoje. Não posso comer, não posso descansar, por isso me dedicarei a meu diário. Tenho a sensação do vácuo, desde o meu fracasso de ontem; nada no mundo parece ser suficientemente importante para ser realizado... Como sei que a única cura para esta espécie de sentimento é o trabalho, procurei meus clientes. Escolhi um que me proporcionou um estudo muito interessante. É tão estranho que estou decidido a compreendê-lo o melhor possível. Hoje pareceu-me aproximar-me mais do que nunca do âmago do mistério.

Interroguei-o mais detalhadamente do que nos outros dias, pretendendo dominar os fatos que causam sua alucinação. Agora percebo que houve certa crueldade em meu modo de perguntar. Pareceu-me desejar que ele se mantivesse dentro do assunto causador de sua loucura, o que evito fazer com os pacientes, assim como evitaria a embocadura do inferno.

(Lembrete: sob que circunstâncias não evitaria eu o abismo do inferno?) *Omnia Romæ venalia sunt*. O inferno tem seu preço! Se houver algo por trás desse instinto, será útil examiná-lo detalhadamente mais tarde, por isso seria melhor começar agora; portanto...

R. M. Renfield, idade 59 — Temperamento sanguíneo; grande

força física; excitação mórbida; períodos de depressão que terminam com a fixidez de uma ideia que ainda não consegui determinar. Presumo que o próprio temperamento sanguíneo e a influência perturbadora terminem num final mentalmente realizado; um homem possivelmente perigoso se for altruísta. Nos homens egoístas, a precaução é uma proteção tão segura para os seus adversários quanto para si mesmos. O que penso a respeito disso é o seguinte: quando o ego é o ponto fixo, a força centrípeta é contrabalançada pela centrífuga; quando o dever, alguma causa, etc. constituem o ponto fixo, a força centrífuga é a superior e apenas um acidente ou uma série de acidentes poderá contrabalançá-la.

Carta de Quincey P. Morris ao ilustre Arthur Holmwood

25 de maio.

Caro Art:

Já contamos histórias junto à fogueira dos acampamentos nos prados, cuidamos reciprocamente de nossos ferimentos após tentarmos um desembarque nas Marquesas e bebemos à nossa saúde nas margens do Titicaca. Há mais histórias a serem contadas, outros ferimentos a serem curados e outra saúde a ser brindada. Não quer permitir que isso suceda junto à fogueira de meu acampamento, amanhã à noite? Não hesito em convidá-lo, pois sei que certa dama deverá comparecer a certo jantar e que você estará livre. Haverá apenas mais outra pessoa, nosso velho amigo da Coreia, Jack Seward. Ele virá também, pois ambos queremos misturar nossas lágrimas sobre um copo de vinho e beber à saúde do homem mais feliz sobre a terra e que obteve o mais nobre dos corações que Deus já fabricou, assim como também o mais digno. Prometemos recebê-lo cordialmente, cumprimentá-lo com afeto e proporcionar-lhe um brinde tão sincero quanto a nossa mão direita. Ambos juramos levá-lo até em casa, se beber demais em honra de certo par de olhos. Venha!

O que sempre foi e sempre será seu,

Quincey P. Morris

Telegrama de Arthur Holmwood a Quincey P. Morris

26 de maio.

Conte sempre comigo. Levarei mensagens que farão suas duas orelhas formigarem.

Art

CAPÍTULO VI

Diário de Mina Murray

24 de julho. Whitby — Lucy encontrou-me na estação, com aspecto mais meigo e lindo que nunca; depois fomos para a casa no bairro de Crescent, onde estão seus aposentos. Este lugar é lindo. O pequeno rio, o Esk, atravessa um vale profundo que se alarga ao se aproximar do porto. Um grande viaduto de altas pilastras o corta, fazendo o panorama mais distante do que está na realidade. O vale apresenta um verde maravilhoso e é tão abrupto que, se olharmos do alto de qualquer das duas extremidades, só o veremos se nos aproximarmos o suficiente para olhar para baixo. As casas da cidade velha, que está do lado oposto ao nosso, têm todas telhado vermelho e se empilham assimetricamente umas sobre as outras, como os quadros que vemos de Nurembergue. Logo acima da cidade, encontramos as ruínas da Abadia de Whitby, que foi saqueada pelos dinamarqueses e constitui o cenário de parte de *Marmion* (poema de *Sir* Walter Scott), no trecho em que a moça é emparedada. É uma ruína imensa e muito imponente, repleta de trechos lindos e românticos; a lenda diz que certa moça de branco é vista numa das janelas. Entre esse local e a cidade há outra igreja, a paroquial, ao redor da qual há um grande cemitério repleto de pedras tumulares. Para mim, esse é o mais lindo lugar de Whitby, pois está logo acima da cidade e apresenta o panorama completo do porto e da baía, onde o promontório chamado Kettleness (Cabo da Caldeira) se estende para o mar. Despenca tão íngreme sobre o porto que parte da rampa desmoronou, causando a destruição de alguns túmulos. Em determinado local, o trabalho de pedra das tumbas se estende sobre um caminho arenoso muito embaixo. Há atalhos, com bancos laterais, que atravessam o pátio da igreja; lá o povo se senta durante o dia inteiro, contemplando a bela vista e gozando a brisa. Eu mesma virei trabalhar aqui muitas vezes. Com efeito, escrevo agora com meu caderno sobre os joelhos, e ouço a conversa de três velhos sentados ao meu lado. Creio que nada fazem durante o dia, mas sentam-se aqui e conversam.

O porto se espraia abaixo de mim; numa das extremidades, uma longa parede de granito se estende mar adentro, apresentando uma curva exterior em seu final, em cujo meio se encontra um farol. Um pesado dique a acompanha externamente. No lado de dentro, o dique realiza um ângulo invertido e também nesta extremidade há outro farol. Entre os dois quebra-mares há uma estreita abertura no porto, que súbito se alarga.

Aquela vista é bonita quando a maré está alta, porém, quando baixa, as águas somem quase por completo e há apenas a corrente do Esk a correr entre margens arenosas, com pedras aqui e ali. Deste lado, no exterior do porto, ergue-se um grande recife com cerca de meia milha de extensão, cuja extremidade aguçada se lança diretamente para fora, por trás do farol do sul. Em seu final, há uma boia com um sino que o mau tempo faz balançar, enviando com o vento um som pesaroso. A lenda diz que, quando um navio se perde, se ouvem sinos no mar. Perguntarei isso ao velho, pois ele se aproxima...

É um homem engraçado e deve ser incrivelmente velho, porque tem o rosto todo sulcado e retorcido como a casca de uma árvore. Disse-me que tem quase cem anos e que foi marinheiro da frota pesqueira da Islândia, na época da batalha de Waterloo. Receio que seja uma pessoa muito cética, pois, quando lhe perguntei a respeito dos sinos no mar e da moça de branco da abadia, respondeu-me muito bruscamente:

— Sinhá, num acreditaria nelas. São coisa velha. Num digo qui nunca ixistiram, mas digo que num ixistiram no meu tempo. Os chegador e viajantes acreditam, mas não uma moça bonita como ocê. Os pedestre de York e Leeds que veve cumeno arenque defumado e bebeno chá e cumprano azeviche barato também acreditam. Num sei quem teria trabalho de menti pra eles... nem mesmo os jorná cheio de bobage.

Julguei que poderia aprender coisas interessantes com ele e por isso lhe perguntei se poderia contar-me algo sobre a pesca da baleia nos velhos tempos. Preparava-se para principiar, quando o relógio bateu as seis; então se esforçou para levantar-se, dizendo:

— Perciso ir pra casa, sinhá. Minha neta num gosta de esperá quando o chá tá pronto. Além disso, perciso descê muitos degrau e meu estômago gosta de vê comida na hora certa.

Partiu mancando e percebi que se apressava o mais possível, descendo os degraus. Estes constituem uma importante atração do local, pois levam da cidade para a igreja; há centenas deles, não sei quantos, e se dispõem em ligeira curva de inclinação tão suave que um cavalo poderia facilmente subir e descer as escadas. Creio que, inicialmente, deveriam ligar-se de algum modo à abadia. Eu também irei para casa. Lucy e sua mãe saíram para fazer visitas, mas, como iam apenas cumprir um dever, não as acompanhei. Agora já deverão ter chegado.

1º de agosto — Subi aqui há uma hora com Lucy e tivemos uma conversa muito interessante com meu velho amigo e os outros dois que sempre se unem a ele. O meu é uma espécie de oráculo e creio que deve ter sido muito autoritário quando jovem. Não aceita opinião alguma e procura humilhar a todos. Quando não pode vencê-los na discussão, insulta-os e considera o silêncio deles um acordo com seus pontos de vista. Lucy estava muito meiga e linda em seu vestido branco de algodão; adquiriu uma bela cor, desde que veio para cá. Notei que os velhos não perderam tempo, mas logo se aproximaram para sentar-se junto dela quando nós nos sentamos. É tão terna com os idosos que julgo que se apaixonam por ela à primeira vista. Até mesmo o meu velho entregou os pontos e não a contradisse, preferindo, em vez disso, contrariar-me duplamente. Abordei com ele o assunto das lendas e imediatamente ministrou-me um sermão. Devo tentar recordá-lo para escrevê-lo aqui:

— É tudo invencionice e bobage, isso é que é. Esses boato, dito, história só serve pra assustá criança e muié tonta. São mentiras. As história e todos esses siná e aviso são inventados pelos padre, e patrão, e diretô de estrada de ferro pra arranjá freguês e obrigá os otro a fazê o que eles não qué. É eles que, não contente em pregá mentira no papé e ensiná essas mentira no púlpito, ainda escreve elas nas pedras dos túmulo. Olhe ao redor; essas pedra toda pareceno levantá a cabeça orgulhosa como pode... tão é quase caindo com o peso da mentira escrita nelas: "Aqui jaz o corpo" ou "Consagrado à memória". Isso tá escrito, mas em quase metade delas não tem cadave nenhum, ninguém se lembrô deles e muito menos consagrô coisa nenhuma. Tudo mentira, só mentira de um jeito ou de otro. Ôxa, mas vai havê briga horrive, no dia do Juízo Finá, quando eles vierem tropeçano nas mortalha, todos junto e tentano arrastá as pedra dos túmulo com eles pra prová que foram bons; arguns tremeno e tateano tanto com as mão entorpecida e com sono por tê dormido no mar, que nem pode agarrá as pedras.

Pude ver pelo aspecto satisfeito do velho e pelo modo que olhava ao redor de si, procurando a aprovação de seus companheiros, que desejava "mostrar-se". Interrompi-o, portanto, com uma exclamação que o fizesse prosseguir:

— Oh, sr. Swales, não pode falar com seriedade. Certamente, nem todos esses túmulos estão trocados?

— Não! Talvez haja arguns não trocados, inxceto quando falam bem demais das pessoa; pois há gente que acha uma bacia iguá ao mar, desde que seja dono da bacia. Tudo é mentira. Agora, veja só; ocê vem aqui como estranha e vê este cemitério. — Movi a cabeça afirmativamente, pois julguei melhor concordar, embora não compreendesse muito bem o dialeto que ele falava. Sabia que se referia à igreja. Prosseguiu: — E acha que toda essas pedra cobre cadave que está aqui? — Concordei novamente. — Mas aí é que tá a mentira. Há dúzia delas que não tem nada dentro. — Ele cutucou os companheiros e todos riram. — Diabo! Como podia sê de otro jeito? Olhe aquela ali sobre a sepurtura: leia!

Aproximei-me e li: "Edward Spencelagh, capitão de navio mercante, assassinado por piratas fora da costa de Andres, abril de 1854, idade 30 anos".

Quando voltei, o sr. Swales prosseguiu:

— Fico só pensano, quem troxe ele pra sê enterrado aqui? Foi assassinado fora da costa de Andres! E acha que seu cadave tá aqui! Ora, posso dizê uma dúzia de ossos que estão lá no mar da Islândia — ele apontou para o norte — ou então tão pra onde as corrente levaram eles. Mas as pedras desses tão aí. Ocê pode lê com seus óio jove, leia as mentira daqui. Esse que se chamava Braithwaite Lowrey... conheci o pai; morreu num navio perto da Islândia, em 1820. Andrew Woodhouse morreu afogado no mesmo mar em 1777; ou John Paxton, afogado junto ao Cabo da Boa Esperança, um ano mais tarde; ou John Rawlings, cujo avô navegou comigo, morreu afogado no golfo da Finlândia em 1850. Acha que todos esse homens vão tê de corrê pra Whitby quando a trombeta soá? É claro! Digo que quando eles chegá aqui, vão se sacudi e se impurrá; vai havê uma briga pior que inferno e iguá à dos dias antigo, no gelo, quando brigávamos de dia até de noite e consertávamos nosso ferimentos na luz da aurora boreá.

Estas últimas palavras constituíam certamente alguma piada local, pois o velho riu delas e seus camaradas o acompanharam com gosto.

— Mas — disse eu —, certamente não fala com muito acerto, pois se baseia na presunção de que todas essas pobres pessoas, ou de que seus espíritos, terão de apanhar suas pedras tumulares no dia do julgamento. Acha que isso será realmente necessário?

— Pra quê, então, serviriam as pedra das sepurtura? Responda, senhorita.

— Para agradar a seus parentes, suponho.

— Pra agradar aos parente, ocê supõe! — Ele disse isso com intenso desprezo. — Como pode agradá aos parente o fato de sabê que as mentira tão escrita aí? — Apontou para uma pedra a nossos pés que fora transformada em laje e cuja base estava apoiada junto à extremidade do recife. — Leia as mentira na pedra — falou.

Do local em que me sentava, via as letras de cabeça para baixo, porém Lucy encontrava-se em melhor posição, podendo portanto inclinar-se e ler:

"Consagrado à memória de George Canon, morto na esperança da ressurreição gloriosa, em 29 de julho de 1873, ao cair das rochas do Kettleness. A inconsolável mãe dedica este túmulo ao filho muito amado. Ele era o filho único de uma viúva".

— Realmente, sr. Swales — prosseguiu Lucy —, não vejo nada engraçado nisso! — Ela acrescentou esse comentário com muita seriedade e ligeira rispidez.

— Ocê não vê graça! Ah, ah! Isso é purque não sabe que a mãe inconsolave era uma muié vil que odiava o filho purque ele era desonesto, e ele odiava tanto ela que se suicidô pra ela não recebê o seguro de vida dele. Explodiu o tampo da cabeça com um velho mosquete que usavam pra espantá os corvo. Mas não foi pra os corvo que serviu então, foi pru cemitério. Foi assim que ele caiu das pedra. E, quanto as esperança da ressurreição gloriosa, sempre ouvi ele dizê que esperava ir pru inferno, pois a mãe era tão piedosa que decerto ia pru céu e ele não queria apodrecê onde ela estava. Então essa pedra — o velho bateu com sua bengala ao falar — não mostra um monte de mentira? E isso não vai fazê São Gabrié dá risada quando o falecido George subi arquejante os degrau, com a laje sobre a corcunda, pedindo pra servi de prova?!

Eu não sabia o que falar, porém Lucy desviou o assunto da conversa, dizendo ao levantar-se:

— Oh, por que nos contou isso? Este é o meu banco favorito e não poderei abandoná-lo; agora, entretanto, sei que me sento sobre a sepultura de um suicida.

— Isso não fará mal a ocê, minha bela; pelo contrário, o pobre George é que ficará alegre purque tão linda moça se senta em seu colo. Isso não fará mal a ocê. Ora, eu me sento aqui há mais de vinte anos e nunca sufri nada. Deverá se assustá é quando todas essas lajes fugirem e o lugá ficá igual a um campo limpo. O relógio bate e vô embora. Sempre às orde de ocês, moças! — E partiu mancando.

Lucy e eu nos sentamos ali durante algum tempo e, como tudo ao nosso redor era lindo, ficamos de mãos dadas enquanto ela me falava mais uma vez a respeito de Arthur e do próximo casamento. Aquilo me deixou muito triste, pois há um mês inteiro não recebo notícias de Jonathan.

No mesmo dia — Subi aqui sozinha, pois estou muito triste por não ter recebido carta. Espero que nada tenha acontecido a Jonathan. O relógio acaba de bater as nove e vejo luzes espalhadas por toda a cidade, algumas em fileiras acompanhando as ruas e outras isoladas; vão diretamente para o Esk e desaparecem na curva do vale. Não vejo o panorama à esquerda porque ele é interrompido pela linha negra do telhado da velha casa junto à abadia. As ovelhas e os carneiros balem nos campos, longe, por trás de mim, e há o ruído dos cascos dos asnos que sobem a estrada pavimentada. A banda junto ao quebra-mar toca uma berrante valsa em bom ritmo e, mais adiante, ao longo do cais, há uma reunião do Exército da Salvação numa rua distante. Nenhuma das duas bandas ouve a outra, porém daqui de cima ouço e vejo a ambas. Quisera saber onde Jonathan está e se ele também pensa em mim! Quisera que ele estivesse aqui.

Relatos cotidianos do dr. Seward

5 de junho — O caso de Renfield se torna mais interessante à medida que compreendo mais o homem. Ele tem certas tendências muito desenvolvidas: o egoísmo, a discrição e a resolução. Gostaria de saber qual é o objetivo desta última. Parece decidido a realizar algo, mas não sei o quê. A qualidade que o redime é o amor que sente pelos animais, embora esse amor assuma tão curiosos aspectos que, às vezes, tenho a impressão de que ele é excessivamente cruel. Seus animais de estimação pertencem a estranhas espécies; atualmente seu *hobby* é apanhar moscas. Possui no momento presente tal quantidade delas que tive de admoestá-lo. Para minha surpresa, não teve um ataque de fúria como eu esperava, mas recebeu a censura com simples seriedade. Pensou por um momento e depois disse:

— Pode dar-me três dias? Nesse tempo eu me livrarei delas.

É lógico que lhe respondi afirmativamente, porém devo vigiá-lo.

18 de junho — Agora voltou sua mente para as aranhas e colocou muitas delas, enormes, numa caixa. Alimenta-as com suas moscas, e o número destas diminuiu muitíssimo, embora ele esteja utilizando metade de sua própria comida para atrair mais moscas para o quarto.

1º de julho — Agora suas aranhas se tornaram tão grande transtorno quanto suas moscas, e hoje eu lhe disse que deverá livrar-se delas. Pareceu muito triste com isso, o que me fez afirmar que pelo menos deveria desfazer-se de algumas. Concordou alegremente e dei-lhe o mesmo tempo quanto o anterior para a redução. Causou-me um desgosto enquanto estava em sua companhia: quando uma horrível mosca varejeira entrou zunindo no quarto, empanturrada de lixo devorado, segurou-a exultante entre o polegar e o indicador durante poucos momentos, colocou-a na boca e comeu-a, antes que eu tivesse tempo de perceber o que fazia. Admoestei-o por isso, mas ele replicou calmo, afirmando que aquilo era muito gostoso e bom para a saúde; que era vida, vida saudável que lhe proporcionaria mais vida. Isso me fez conceber uma ideia ou o rudimento de uma ideia. Devo observá-lo para verificar como se livra das aranhas. Evidentemente, preocupa-lhe o cérebro algum intenso problema, pois guarda um caderno de notas em que está sempre anotando algo. Páginas inteiras estão repletas de números, geralmente isolados e somados em grupos, cujos totais são em seguida adicionados a outros grupos, como se ele "ajustasse" alguma soma, conforme fazem os contadores.

8 de julho — Há método em sua loucura, e uma ideia rudimentar em minha mente se desenvolve. Em breve será uma ideia completa e então, oh, atividade inconsciente, terás de apoiar teu irmão, o consciente. Fiquei alguns dias afastado de meu amigo, para poder verificar se ocorriam mudanças. As coisas permanecem como anteriormente, exceto pelo fato de ele ter-se apartado de alguns animais de estimação e arranjado novos. Conseguiu um pardal e já o domesticou parcialmente. Seu método de domar é simples e as aranhas já diminuíram. Contudo, aquelas que permanecem são bem alimentadas, pois ele ainda atrai moscas, tentando-as com a comida.

19 de julho — Progredimos. Meu amigo tem agora uma colônia inteira de pardais e suas moscas e abelhas quase desapareceram. Quando entrei, ele se aproximou correndo e pediu-me que lhe fizesse um favor... um enorme favor. Enquanto falava, bajulava-me como um cachorro. Perguntei-lhe o que desejava; demonstrando uma espécie de êxtase na voz e no porte, declarou-me:

— Um gatinho bonzinho, macio e brincalhão para que eu possa brincar com ele, ensiná-lo e alimentá-lo... alimentá-lo... alimentá-lo!...

Eu já estava preparado para esse pedido, pois notava como seus animais continuavam a desenvolver-se em tamanho e vivacidade, porém não me importaria de ver sua linda família de pardais mansos desaparecer da mesma forma que as moscas e aranhas; por isso lhe disse que pensaria no caso e perguntei-lhe se um gato não seria melhor do que um gatinho. Sua ansiedade o traiu, quando respondeu:

— Oh, sim, gostaria de ter um gato! Pedi o gatinho apenas porque temia que um gato me fosse recusado. Ninguém se negaria a dar-me um gatinho, não é verdade?

Sacudi a cabeça e disse recear que aquilo não fosse possível no momento, mas prometi fazer o que pudesse. Mostrou-se desanimado, e li em seu rosto uma advertência de perigo, pois apresentou súbita ferocidade e disfarce, o que significava desejo de matar. Esse homem é um maníaco homicida latente. Examinarei seus desejos momentâneos para ver o que sucede; saberei então mais.

22 horas — Visitei-o novamente e o encontrei sentado sorumbático num canto. Quando me aproximei, atirou-se de joelhos junto de mim, implorando-me que lhe permitisse ter um gato, dizendo que sua salvação dependia disso. Fui firme, contudo, declarando que não poderia obtê-lo, o que o fez sentar-se sem uma palavra no canto em que o havia encontrado, roendo as unhas. Vê-lo-ei amanhã cedo.

20 de julho — Visitei Renfield muito cedo, antes que o assistente realizasse a sua ronda. Encontrei o doente já em pé, cantarolando. Espalhava na janela o açúcar que economizara e era óbvio que principiava a caçar moscas, novamente; fazia-o com alegria e bom humor. Olhei ao meu redor à procura dos pássaros e, não os vendo, perguntei onde estavam. Replicou, sem voltar-se, que haviam todos voado, fugindo. Encontrei algumas penas espalhadas pelo quarto e uma gota de sangue em seu travesseiro. Nada disse, mas procurei o assistente, pedindo que me avisasse, caso notasse algo de estranho com o doente.

11 horas da manhã — O assistente acaba de dizer-me que Renfield sentiu-se mal e vomitou muitas penas.

— Doutor, acredito que o doente comeu os pássaros — disse ele. — Acho que simplesmente os apanhou e devorou crus!

23 horas — Dei a Renfield um forte soporífero, suficiente para fazê-lo dormir, e retirei seu caderno de bolso para examiná-lo. O pensamento que florescia em meu cérebro completou-se recentemente e provei minha teoria. Meu homicida maníaco é muito estranho. Terei de inventar nova classificação para ele e chamá-lo zoófago (comedor de vidas) maníaco; o que ele deseja é absorver tantas vidas quanto possível e propôs-se a realizá-lo de modo cumulativo. Deu muitas moscas a uma aranha e muitas aranhas a um pássaro; depois queria ver um gato comer os muitos pássaros. O que teria feito em seguida? Quase valeria a pena completar a experiência, o que poderia ser feito, se pelo menos houvesse causa suficiente. Os homens desprezaram a vivissecção e, contudo, vejam seus resultados hoje! Por que não avançar a ciência em seu aspecto mais difícil e vital: o conhecimento do cérebro? Tivesse eu o segredo de ao menos uma dessas mentes, obtivesse a chave da imaginação de apenas um lunático, e poderia avançar no ramo da ciência que escolhi a um tal grau que transformaria em nada a fisiologia de Burdon-Sanderson e o conhecimento cerebral de Ferrier. Se ao menos houvesse uma causa suficiente! Não devo pensar muito nisto, pois poderei ceder à tentação; uma boa causa talvez resolvesse tudo para mim, pois não posso também eu ter um cérebro congenitamente superior?

Como o homem raciocinava bem! Mas isso sempre sucede com os lunáticos, dentro de seu próprio objetivo. Gostaria de saber por quantas vidas ele julga que pode ser trocada a de um homem. Talvez ache que uma só bastará. Quantos de nós iniciamos um novo balanço diariamente, em nossa vida?

Para mim, parece que apenas ontem toda a minha vida findou juntamente com minha nova esperança e que, na realidade, principiei novo registro. Assim será, até o dia em que o Grande Registrador ajustar contas comigo e fechar meu balanço, indicando se houve débito ou crédito. Oh, Lucy, Lucy, não posso zangar-me com você nem com o amigo cuja felicidade é a sua; porém resta-me apenas prosseguir sem esperanças e trabalhar. Trabalhar! Trabalhar!

Se ao menos existisse para mim um motivo tão intenso quanto o que faz agir meu pobre amigo louco, um motivo bom e altruísta que me impulsionasse ao trabalho, então sim, seria feliz.

Diário de Mina Murray

26 de julho — Estou ansiosa e acho que é um consolo poder exprimir-me aqui; é como se falasse baixo comigo e ouvisse ao mesmo tempo. Além disso, há algo nos símbolos de taquigrafia que os torna diversos da escrita. Estou infeliz por causa de Lucy e também de Jonathan. Há já algum tempo não recebo notícias dele, e estava muito preocupada; porém ontem o caro sr. Hawkins, sempre tão bondoso, enviou-me uma carta de Jonathan. Escrevera para aquele caro senhor perguntando-lhe se sabia algo sobre o meu noivo, e ele enviou a carta que acabara de receber. Contém apenas uma linha datada do castelo de Drácula, afirmando que meu amado já vem para casa. Jonathan não costuma escrever assim; não compreendo o que se passa, e por isso estou inquieta. Por outro lado, Lucy, embora esteja bem, readquiriu recentemente seu velho hábito de caminhar durante o sono. Sua mãe falou-me do caso e resolvemos que eu trancaria a porta do nosso quarto todas as noites. A sra. Westenra acha que os sonâmbulos sempre procuram os telhados das casas e as beiras dos recifes; julga que, depois, acordando subitamente, caem com gritos desesperados que ecoam por toda parte. Pobre mãe, naturalmente se sente ansiosa por causa da filha; contou-me que seu marido, o pai de Lucy, tinha o mesmo hábito. Levantava-se durante a noite, vestia-se e saía, caso ninguém o impedisse. Lucy casar-se-á no outono e já está pensando em seu vestido e no modo de arrumar a casa. Compreendo o que ela sente, pois faço o mesmo, havendo entretanto uma diferença: Jonathan e eu teremos de iniciar a vida modestamente, esforçando-nos para enfrentar as despesas. O sr. Holmwood — ele é o ilustre Arthur Holmwood, filho único de Lorde Godalming — virá para cá brevemente, logo que puder deixar a cidade, pois seu pai não passa muito bem. Creio que Lucy vive contando os momentos que faltam para sua chegada; quer levá-lo ao local onde se situa o penhasco do cemitério da igreja, para que ele veja as belezas de Whitby. Tenho a impressão de que é a espera que a perturba e que ficará boa quando ele chegar.

27 de julho — Nenhuma notícia de Jonathan. Estou ficando muito preocupada por causa dele, embora não veja razão para que isso suceda; porém desejaria que escrevesse, pelo menos uma única linha. Lucy tem andado mais do que nunca e todas as noites acordo com seus movimentos ao redor do quarto. Felizmente tem feito muito calor, o que a impede de se resfriar; mas, ainda assim, a ansiedade e o fato de estar sempre acordando principiam a me influenciar, e eu mesma me sinto nervosa, acordando com facilidade. Graças a Deus, a saúde de Lucy mantém-se boa. O sr. Holmwood foi chamado repentinamente ao Ring para ver seu pai, que ficou seriamente doente. Lucy aborrece-se com o adiamento da chegada do noivo, porém isso não afetou sua aparência; está ligeiramente mais gorda e suas faces apresentam um lindo rosado. Perdeu o aspecto anêmico que tinha. Rezo para que se conserve assim.

3 de agosto — Outra semana se passou sem notícias de Jonathan, que nem sequer escreveu para o sr. Hawkins, pois me comuniquei com ele. Oh, desejo que ele não esteja doente. Teria certamente escrito. Olho para sua última carta mas, por algum motivo, ela não me satisfaz. Não parece ser dele, apesar de apresentar caligrafia que, sem dúvida, é dele. Durante a semana passada, Lucy não andou muito durante o sono, porém parece estar estranhamente concentrada, o que não compreendo: julgo que me observa até mesmo dormindo. Tenta abrir a porta e, encontrando-a fechada, anda pelo quarto procurando a chave.

6 de agosto — Mais três dias sem notícias. Esse suspense se torna desesperador. Se ao menos soubesse para onde escrever e para onde ir, sentir-me-ia mais calma; porém ninguém soube mais nada de Jonathan, desde a sua última carta. Resta-me apenas orar a Deus, pedindo paciência. Lucy está mais excitada que nunca, mas fora isso passa bem. A noite passada ameaçou chover muito e os pescadores dizem que virá tempestade; se assim ocorrer, tentarei observá-la para aprender a conhecer os sinais do tempo. Hoje o dia está cinzento e o sol, enquanto escrevo, se esconde atrás de espessas nuvens, alto sobre o Kettleness. Tudo está cinzento: as rochas, terrosas; as nuvens, tintas com raios solares nas extremidades distantes e que pairam sobre o mar escuro com bancos de areia como manchas cinzentas. Apenas a grama é verde, assemelhando-se a esmeraldas em contraste com a escuridão. O mar se contorce sobre os baixios e areias rasas com um rugido abafado pela névoa que avança para a terra. O horizonte perde-se em nevoeiro cinzento. Tudo é vastidão; as nuvens se empilham como rochas gigantescas e há um barulho sobre o ar que soa qual presságio de destruição. Figuras escuras encontram-se na praia aqui e ali, algumas vezes encobertas pela névoa e parecendo "homens semelhantes a árvores que caminham". Os barcos de pesca apressam-se a regressar, erguendo-se e abaixando-se, enquanto penetram com rapidez no porto, um embornal inclinado. Aí vem o velho sr. Swales. Dirige-se diretamente para mim e vejo que pretende falar, pelo jeito com que levanta o chapéu...

Senti-me emocionada com a modificação ocorrida no pobre velhinho. Quando se sentou ao meu lado, disse muito gentilmente:

— Quero falar com a senhorita.

Vi que não se sentia à vontade, por isso coloquei aquela pobre e velha mão enrugada sobre as minhas, pedindo-lhe que falasse francamente. Prosseguiu então, sem retirar sua mão do lugar:

—Temo, amiga, que a choquei com as coisas más que ando dizendo sobre os mortos e tudo o mais, nas semanas passadas; mas não fiz por mal e quero que se lembre disso quando eu parti. Nós, veio, que somos repelido e temos um pé sobre o túmulo, não gostamos de pensá nisso e de senti medo; por este motivo, pilheriei sobre o fato pra alegrá um pouco meu coração. Mas Deus abençoe a senhorita, num tenho medo de morrê; nem um pouco. Quero só evitá a morte, se pudé. Meu tempo já deve tá chegano, pois sô muito veio e a idade de cem anos é demais pra um homem pensá em atingi; mas tô tão perto disso que Deus já está afiano a ceifa. Não posso largá o hábito de pilheriá sobre tudo de vez em quando; as piada serão gozadas como sempre. Algum dia o Anjo da Morte tocará suas trombeta pra mim, mas não fique triste, queridinha! — Ele viu que eu chorava. — Se o anjo viesse essa noite mesmo, eu não recusaria ir com ele. Afinal, a vida é apenas um tempo de espera pra uma coisa diferente e é somente na morte que podemos dependê. Mas estou contente purque ela vem pra mim, querida, e muito depressa. Pode vir enquanto olhamos e pensamos. Talvez esteja no vento lá fora sobre o mar que traz consigo perdas e naufrágios, infortúnios e tristezas. Olhe! Olhe — gritou súbito. — Há algo no vento e na costa lá embaixo que soa, cheira, parece morte e tem gosto de morte. Está no ar, sinto que chega. Deus, faça que eu responda alegremente quando chegá a minha vez! — Ergueu os braços com devoção e elevou o chapéu. Sua boca se moveu como se rezasse. Depois de alguns minutos de silêncio, levantou-se, disse adeus e afastou-se mancando. Tudo aquilo me emocionou e me perturbou muito.

Senti-me satisfeita quando o guarda-costas surgiu com a luneta embaixo do braço. Parou para falar comigo, como sempre fazia, mas durante todo o tempo ficou a observar um estranho navio.

— Não compreendo — disse ele. — O navio parece russo devido ao seu aspecto; mas vagueia de forma muito estranha. Não sabe o que quer; parece perceber que a tempestade se aproxima, mas não decide se irá para o norte, ao largo, ou se ancorará aqui. Olhe novamente! É manobrado de modo muito estranho, pois não obedece à mão que o pilota; muda de rumo a cada sopro do vento. Amanhã, a esta mesma hora, já teremos ouvido mais acerca dele.

❖

CAPÍTULO VII

Recorte do jornal *Dailygraph*, de 8 de agosto

(colado no diário de Mina Murray)

De um correspondente

Whitby

Uma das maiores e mais súbitas tempestades já registradas acaba de ocorrer aqui, com resultados estranhos e únicos. O tempo estivera um tanto abafado, porém isso é comum no mês de agosto. A noite de sábado fora linda e os inúmeros excursionistas escolheram o dia de ontem para visitar as matas de Mulgrave, a Baía de Robin Hood, Rig Mill, Runswick, Staithes, assim como para realizar vários passeios nas vizinhanças de Whitby. Os vapores "Emma" e "Scarborough" fizeram pequenas viagens subindo e descendo a costa e houve uma quantidade incomum de viajantes vindo e saindo de Whitby. O dia esteve mais bonito do que usualmente até à tarde quando os mexeriqueiros, que frequentam os terrenos da igreja no penhasco Este e observam daquele ponto alto a extensa faixa de mar visível para o norte e este, chamaram a atenção para o súbito aparecimento de nuvens do tipo cirro, muito altas no céu, do lado noroeste. O vento soprava então do sudoeste, no grau leve que, na linguagem barométrica, é conhecido como "Nº 2: brisa leve". O oficial de plantão da guarda costeira anunciou imediatamente o que avistava, e um velho pescador, que por mais de meio século observa sinais do tempo no penhasco Este, antecipou de modo enfático a chegada de uma súbita tempestade. A aproximação do pôr do Sol foi linda, grandiosa, com suas massas de nuvens de um colorido esplêndido;

havia realmente muitas pessoas no caminho ao longo do penhasco no velho cemitério da igreja, todos querendo admirar a beleza. Antes que o Sol mergulhasse nas negras massas do Kettleness, quando se quedava audazmente no céu do oeste, seu caminho de descida era marcado por incontáveis nuvens que apresentavam todas as cores do sol poente: cor de fogo, roxo, cor-de-rosa, verde, violeta e todos os matizes dourados; aqui e ali se viam aglomerados de nuvens não muito extensas, mas completamente negras, de muitas formas, que se destacavam como se fossem silhuetas colossais. Os pintores não perderam o espetáculo e, sem dúvida, alguns esboços do "Prelúdio de uma Tempestade" ornarão as paredes de exposições artísticas na próxima temporada. Vários capitães decidiram manter sua "pedra" ou sua "mula" (termos empregados para vários tipos de barco) no porto até a tempestade passar. O vento caiu inteiramente durante a noite, e à meia-noite houve calmaria, um calor abafado, e aquela preponderante tensão que afeta as pessoas de natureza sensível quando uma tempestade se aproxima. Havia poucas luzes à vista no mar, pois mesmo os barcos costeiros, que geralmente se situam muito próximos da costa, mantiveram-se a distância; apenas escassas embarcações de pesca se conservaram visíveis. O único navio a vela que se podia perceber era uma escuna estrangeira com todas as velas enfunadas e que parecia ir para o oeste. A imprudência ou ignorância de seus oficiais constituiu um tema prolífico para comentários enquanto ela permaneceu visível; esforçaram-se também para fazer sinais, a fim de que reduzisse as velas em face do perigo. Antes da chegada da noite, a escuna foi vista com as velas oscilando ao léu, balançando-se suavemente no mar ondulante,

> "Tão inativa como um navio pintado sobre um oceano também pintado".

Pouco antes das dez horas, a quietude do mar se tornou muito opressiva e o silêncio, tão marcante, que o balido de uma ovelha no campo ou o latido de um cão na cidade podiam ser ouvidos distintamente; a banda, no cais, tocando uma música francesa, parecia discordar da grande harmonia do silêncio da natureza. Um pouco após a meia-noite, veio do mar um estranho som, e no alto se ouviu um estrondo abafado.

Então, sem aviso, irrompeu a tempestade. Com uma rapidez que naquele momento pareceu incrível, e mesmo depois se tornou impossível de ser imaginada, todo o aspecto da natureza pareceu convulsionar-se imediatamente. As ondas ergueram-se com crescente fúria, cada uma maior do que a anterior, de modo que, em pouquíssimos minutos, o mar, que se apresentara como um espelho, transformou-se num monstro ruidoso e devorador. Ondas de cristas brancas batiam loucamente na areia e subiam nos penhascos íngremes; outras arrebentavam contra o cais e com sua espuma varriam as luzes dos faróis que se erguem na extremidade de cada um dos dois quebra-mares do porto de Whitby. O vento rugia como o trovão e soprava com tamanha força que até mesmo os homens fortes sentiam dificuldade para se conservar em pé ou se segurar fortemente nos espeques de ferro. Foi necessário retirar toda a multidão de observadores que se havia colocado nos quebra-mares, pois, caso contrário, as catástrofes daquela noite teriam sido muito maiores. Para aumentar as dificuldades e perigos, massas de bruma marítima penetraram no continente flutuando: eram nuvens brancas e úmidas que passavam como fantasmas, tão úmidas e frias que era necessária pouca imaginação para julgar serem elas espíritos dos que haviam morrido no mar, e que agora tocavam os irmãos vivos com as mãos viscosas da morte. Muitos estremeceram, quando a bruma em espiral passou por ali. Em determinados momentos ela clareava e se podia ver o mar até certa distância, à luz dos relâmpagos que agora surgiam intensos e rápidos, seguidos pelo estrépito de tantos trovões súbitos que todo o céu acima tremia sob o choque das pegadas da tempestade.

Algumas das cenas assim reveladas eram de intensa grandiosidade e absorvente interesse: o mar, cujos volteios pareciam montanhas elevadas, lançava com cada onda em direção ao céu poderosas massas de espuma, que a tempestade parecia agarrar, fazendo rodopiar pelo espaço. Aqui e ali um barco de pesca, tendo por vela um farrapo, corria loucamente em busca de abrigo diante da borrasca; ocasionalmente, avistavam-se as asas brancas de alguma ave marinha que o mau tempo agitava. No cimo do Penhasco Leste um novo holofote encontrava-se pronto para ser experimentado, o que ainda não ocorrera. Os oficiais encarregados dele puseram-no a funcionar e varriam com o foco de luz a superfície do mar, nos intervalos da bruma que penetrava em terra com rapidez. Uma ou outra vez seu serviço foi muito eficiente, como, por exemplo, quando um barco de pesca já quase submerso entrou rapidamente no porto, não colidindo com o quebra-mar devido à luz do holofote que o guiava. À medida que cada barco alcançava a segurança do porto, um grito de alegria provinha das pessoas aglomeradas na costa, e esse grito parecia varar o temporal, para depois ser arrastado em sua fúria.

Em breve, a luz do holofote descobriu a escuna de velas enfunadas, ligeiramente distante, aparentemente a mesma que já fora notada mais cedo naquela noite. O vento àquela hora já recuara para o oeste, e os observadores no penhasco estremeceram ao perceberem o perigo terrível que ameaçava aquela embarcação. Entre ela e o porto situava-se o imenso rochedo achatado, onde tantos bons navios já haviam batido ocasionalmente; além disso, com o vento soprando na direção em que soprava, seria praticamente impossível que ela encontrasse a entrada do porto. A hora da maré alta se aproximava, porém as ondas eram tão gigantescas que quase deixavam perceber em suas depressões os baixios da costa; a escuna, entretanto, a toda a vela, corria com tamanha velocidade que, segundo as palavras de um velho marujo experimentado, "certamente chegaria a algum lugar, ainda que ao inferno". Em seguida surgiu outra corrente de bruma marítima, mais intensa que a anterior — massas de cerração úmida que pareciam cobrir tudo qual mortalha cinzenta, permitindo ao homem apenas utilizar o sentido da audição, pois o rugido da tempestade, o estouro dos trovões e o estrondo dos poderosos vagalhões atravessavam o espaço nublado mais alto do que antes. Os raios do holofote se mantinham fixos sobre a embocadura do porto através do Cais do Este, onde se esperava que ocorresse o choque; os homens contemplavam retendo a respiração. Súbito, o vento mudou para noroeste e o remanescente da bruma dissolveu-se no temporal; em seguida, *mirabile dictu*, entre os quebra-mares, pulando de onda para onda enquanto avançava impetuosamente, prosseguiu a estranha escuna diante do temporal e, com as velas enfunadas, alcançou a segurança do porto. A luz do holofote seguiu-a, e todos que a contemplavam estremeceram, pois, amarrado ao leme, estava um cadáver cuja cabeça pendia e balançava horrivelmente para diante e para trás, a cada movimento do navio. Nenhuma outra forma se avistava no tombadilho. Um grande pavor se apossou de todos, quando perceberam que a embarcação, como que por milagre, entrara no porto manobrada unicamente pelas mãos de um morto! Contudo, todos esses acontecimentos se passaram em tempo menor do que o necessário para escrever estas palavras. A escuna não parou, mas, avançando através do porto, lançou-se sobre o acúmulo de areia e cascalho trazidos por muitas marés e muitas tempestades para o canto noroeste do quebra-mar que se projeta sob o Penhasco Este e é conhecido no local como Cais do Pequeno Morro.

Houve, é claro, considerável abalo quando a embarcação subiu no banco de areia. Todas as vergas, cordas e esteios se deslocaram e parte da aparelhagem das velas desabou. Porém houve um fato ainda mais estranho: no mesmo instante em que a escuna tocou a terra, um cachorro saltou no tombadilho vindo de baixo, como se o choque o tivesse arremessado, e, correndo, saltou da proa para a areia. Dirigindo-se diretamente ao rochedo íngreme, onde o cemitério da igreja se debruça sobre o caminho que leva ao quebra-mar do este, de modo tão íngreme que algumas das lajes achatadas (denominadas pedras terminais pelos habitantes de Whitby) verdadeiramente se projetam sobre o local onde o recife de apoio desabou, o cão desapareceu na escuridão que parecia intensificar-se no local logo além da luz do holofote.

Por acaso, não havia ninguém no Cais do Pequeno Morro naquele momento, pois todos os que possuem casas nas proximidades estavam na cama ou no penhasco. Assim, o oficial da guarda costeira em atividade no lado este do porto, que imediatamente correu para o pequeno quebra-mar, foi o primeiro a subir a bordo. Os homens que trabalhavam no holofote, depois de examinarem a entrada do porto, não vendo nenhuma embarcação, voltaram a luz para o navio abandonado e a mantiveram fixa. O oficial correu em direção à popa e, quando atingiu a roda do leme, inclinou-se para examiná-la; recuou imediatamente, como se sentisse repentina emoção. Aquilo pareceu excitar a curiosidade geral, e um grande número de pessoas principiou a correr. O caminho que vai do Penhasco Oeste para o Cais do Pequeno Morro, através da ponte giratória, é bem longo, mas, como vosso correspondente também é bom corredor, chegou bem à frente da multidão. Entretanto, ao chegar lá, já encontrei outra multidão reunida no quebra-mar, retida pelo guarda e por um policial, que impediam a subida a bordo. Por condescendência do chefe dos barqueiros, eu, por ser correspondente, recebi permissão para subir ao tombadilho e fui um dos componentes do pequeno grupo que viu o marujo morto ainda amarrado à roda do leme.

Não era para admirar o fato de o guarda estar surpreso, ou mesmo apavorado, pois não é todo dia que vemos tal coisa. O morto estava simplesmente amarrado pelas mãos, uma sobre a outra, a um dos raios da roda. Entre a mão de baixo e a madeira havia um rosário cujas contas se amarravam ao redor de ambos os pulsos e da roda, e cordas conservavam tudo muito ajustado. Talvez o pobre coitado estivesse sentado anteriormente, porém a oscilação e as pancadas das velas tinham mudado a direção da roda, arrastando-o para a frente e para trás, de modo que as cordas a que ele estava atado lhe haviam cortado a carne até os ossos. Anotaram com precisão a ocorrência, e um médico — o cirurgião J. M. Caffyn —, que chegou imediatamente depois de mim, declarou, após proceder ao exame, que o homem já devia estar morto há dois dias. No bolso do cadáver havia uma garrafa cuidadosamente tampada e contendo apenas um pequeno rolo de papel que se verificou ser um anexo do diário de bordo. O guarda disse que o homem deveria ter atado as próprias mãos e apertado os nós com os dentes. O fato de um guarda ter sido o primeiro a penetrar a bordo pode evitar complicações, mais tarde, no Tribunal da Marinha, uma vez que esses guardas não podem reclamar para si os salvados do naufrágio, que por direito pertencem ao primeiro cidadão a penetrar no navio abandonado. Entretanto, os especialistas em leis já se movimentam, e um jovem estudante afirma em altas vozes que os direitos do proprietário já são completamente nulos, uma vez que a propriedade está sendo mantida em desacordo com as normas dos bens inalienáveis, e que o leme foi manobrado por *mão morta*, o que constitui o símbolo da posse delegada, quando não constitui a sua prova. É desnecessário dizer que o piloto morto foi reverentemente retirado do lugar onde honradamente se manteve e realizou seu trabalho até a morte (atitude tão nobre quanto a do jovem Casabianca); foi recolhido ao necrotério para aguardar investigações.

A tempestade repentina já está passando e o tempo se acalma; a multidão se dispersa, regressando aos lares, e o céu principia a avermelhar-se sobre os descampados de Yorkshire. Enviarei para a próxima edição mais detalhes do navio abandonado que tão milagrosamente encontrou o caminho do porto durante a tempestade.

9 de agosto — Os episódios posteriores à estranha chegada do navio abandonado, na tempestade da noite passada, foram ainda mais assustadores do que o próprio fato. A escuna é russa, provinha de Varna, e se denomina "Demeter". Está quase inteiramente carregada de lastro constituído de areia prateada e contém apenas pequena quantidade de carga: certo número de grandes caixas de madeira repletas de terra. Este carregamento está endereçado ao advogado de Whitby, o sr. S. F. Billington, residente em Crescent, nº 7. Hoje pela manhã, ele subiu a bordo e apossou-se formalmente dos bens a ele destinados.

Também o cônsul russo, agindo pelo contrato de fretamento, apossou-se formalmente do navio e pagou todas as taxas portuárias. Aqui, as conversas do dia de hoje giraram em torno da estranha coincidência: os oficiais da Junta do Comércio foram muito severos e exigiram que tudo fosse feito de acordo com os regulamentos existentes. O fato é de pasmar qualquer um, pois esses oficiais julgaram que tudo estava em ordem e que ninguém terá direito de reclamar. O cachorro que saltou do navio quando este atracou despertou o interesse geral, e inúmeros membros da Sociedade Protetora dos Animais, que é muito forte em Whitby, tentaram ajudá-lo. Contudo, para desapontamento de todos, não o encontraram; parece ter desaparecido completamente da cidade. Talvez se tenha assustado e fugido para os pântanos, e é possível que ainda esteja escondido lá, aterrorizado. Há muitos que encaram essa possibilidade com temor, porque o animal pode tornar-se perigoso, uma vez que é evidentemente feroz. Hoje bem cedo, um grande cachorro mastim meio-sangue, pertencente a um vendedor de carvão que reside perto do Cais do Pequeno Morro, foi encontrado morto na estrada à frente do quintal de seu dono. Lutara, e percebia-se que seu oponente era selvagem, pois ele tinha a garganta dilarecada e a barriga aberta, o que parecia ter sido causado por garras violentas.

Mais tarde — O inspetor da Junta do Comércio permitiu-me bondosamente examinar o diário de bordo do "Demeter", que estava em ordem até três dias antes da catástrofe mas nada continha de especial, excetuando-se as referências a homens desaparecidos. O fato mais interessante, porém, dizia respeito ao papel encontrado na garrafa, que foi hoje apresentado no interrogatório; nunca ouvi mais estranhas narrativas do que as duas que ali estavam. Como não há motivo para segredo, permitiram-me anotá-las, de modo que posso enviar-vos uma cópia, omitindo apenas as particularidades técnicas da arte marítima e dos encargos de bordo. Parece que o Capitão adquirira uma espécie de mania antes de entrar em mar alto, e que esta se desenvolveu constantemente durante a viagem. É claro que minha observação deve ser considerada *cum grano*, uma vez que escrevo baseado no ditado de um funcionário do consulado russo, que bondosamente traduziu para mim, apesar de ter pouco tempo.

Diário de bordo do "Demeter" de Varna a Whitby

Escrito em 18 de julho; ocorrem coisas tão estranhas que anotarei tudo com precisão, até alcançarmos terra.

No dia 6 de julho, acabamos de carregar o navio com areia prateada e caixas de terra. Partimos ao meio-dia. O vento este estava fresco. Tripulação, cinco homens..., dois imediatos, um cozinheiro e eu (capitão).

No dia 11 de julho, entramos no Bósforo ao amanhecer. Fomos abordados por oficiais da alfândega, turcos. *Backsheesh*: tudo em ordem. A caminho às 16 horas.

No dia 12 de julho, atravessamos os Dardanelos. Mais oficiais da alfândega, e embarcação que levava a bandeira da esquadra de guarda. *Backsheesh* novamente. Os oficiais trabalharam com eficiência, mas foram rápidos. Quero partir logo. Ao anoitecer passamos pelo arquipélago.

No dia 13 de julho, passamos pelo Cabo Matapan. A tripulação está preocupada com algo. Parece assustada, mas os homens não falaram.

No dia 14 de julho, senti-me inquieto por causa da tripulação. Os homens são vigorosos e já navegaram comigo antes. O imediato não soube dizer o que havia de errado; os outros apenas falaram que havia algo e se benzeram. O imediato perdeu a paciência com um deles e o esbofeteou. Esperamos briga feroz, mas houve calma.

No dia 16 de julho, o imediato relatou pela manhã que um membro da tripulação, Petrofsky, desaparecera. Não sabia dizer como. Vigiara a bombordo durante a noite, na oitava ronda; fora substituído por Abramov, porém não regressara ao leito. Os homens estão mais desanimados do que nunca. Todos afirmaram esperar fatos assim, mas quiseram dizer apenas que havia *algo* a bordo. O imediato se torna muito impaciente com eles; temo encontrar dificuldades à frente.

No dia 17 de julho, um dos homens, Olgaren, veio à minha cabina e, atemorizado, falou-me confidencialmente que julgava haver um estranho a bordo. Disse que, enquanto vigiava, se abrigara por trás da cabina do convés, pois chovia tempestuosamente. Avistara então um homem alto e magro, diferente de qualquer outro da tripulação, que subira a escada da escotilha, caminhara pelo tombadilho da frente e desaparecera. O vigia seguira-o cautelosamente, mas não encontrara ninguém na proa e verificara que todas as escotilhas estavam fechadas. O vigia estava em pânico, com um medo supersticioso, e temo que esse sentimento se espalhe. Para acalmar todos, hoje revistarei cuidadosamente o navio inteiro, da proa à popa.

Mais tarde, no mesmo dia, reuni toda a tripulação e disse aos homens que, se pensavam que havia mais alguém a bordo, revistaríamos tudo. O primeiro imediato ficou zangado; disse que aquilo não passava de imaginação e que apoiar tão tolas ideias seria desmoralizar os homens. Declarou ainda que os conservaria fora de perigo com uma vara. Deixei-o dirigir o navio enquanto os outros iniciavam detalhada busca, lado a lado, com lanternas: vasculhamos todos os cantos. Como havia apenas as grandes caixas de madeira, não se encontravam cantos desiguais onde um homem pudesse esconder-se. A tripulação mostrou-se muito aliviada quando a busca terminou, e todos voltaram alegremente ao trabalho. O primeiro imediato franziu a testa, mas nada disse.

22 de julho — Mau tempo nos últimos três dias e todas as mãos ocupadas com as velas; não houve tempo para temores. Os homens parecem haver esquecido o medo. O imediato está novamente alegre e todos em paz. Elogiei os homens por seu trabalho durante o mau tempo. Passamos Gibraltar e atravessamos o estreito. Tudo bem.

24 de julho — Este navio parece amaldiçoado. Já nos faltava um ajudante, e, ao penetrarmos na baía de Biscaia, com mau tempo à frente, perdemos a noite passada outro homem... desaparecido. Como o primeiro, terminou sua ronda e não foi mais visto. Os homens estão em pânico; enviaram-me um abaixo-assinado pedindo que, durante o quarto, vigiem dois juntos porque temem ficar a sós. O imediato está zangado. Receio que haja dificuldade, pois ele ou os homens podem praticar alguma violência.

28 de julho — Quatro dias no inferno, balançando numa espécie de redemoinho; vento tempestuoso. Ninguém dorme. Os homens estão cansados. Não sei como organizar o período de vigia, pois não há ninguém apto. O segundo imediato ofereceu-se para dirigir o navio e vigiar ao mesmo tempo, permitindo que os homens durmam algumas horas. O vento diminui; o mar ainda está furioso, mas nós o sentimos menos porque o navio está mais firme.

29 de julho — Outra tragédia. Um homem vigiou sozinho ontem à noite, porque a tripulação se encontrava cansada demais para dobrar. Quando o vigia da manhã foi ao tombadilho, não encontrou pessoa alguma, com exceção do homem do leme. Deu um grito e os outros também foram para o tombadilho. Revistamos tudo, mas nada encontramos. Agora não temos segundo imediato e a tripulação está em pânico. O primeiro imediato e eu decidimos andar armados de agora em diante, à espera de algum sinal que nos indique a causa de tudo.

30 de julho — Última noite. Alegramo-nos por estar perto da Inglaterra. Bom tempo, velas enfunadas. Fui para a cama cansado e dormi profundamente; acordei com o imediato dizendo-me que os dois homens de vigia e também o piloto haviam desaparecido. Para trabalhar no navio restam apenas o imediato, dois ajudantes e eu mesmo.

1º de agosto — Dois dias de nevoeiro e nenhum outro navio à vista. Tinha esperanças de, ao alcançar o Canal da Mancha, poder sinalizar pedindo socorro ou desembarcar em algum lugar. Não tendo força para manobrar as velas, tenho de navegar diante do vento. Não ouso abaixá-las, pois não poderia erguê-las novamente. Parecemos ir ao encontro de um terrível destino. O imediato está agora com o moral mais baixo que os outros dois homens. Seu temperamento mais forte parece agora se voltar contra ele. Os outros superaram o medo e trabalham firme e pacientemente, preparados para o pior. São russos e o imediato é romeno.

2 de agosto, meia-noite — Acordei, após ter dormido durante alguns minutos, despertado por um berro que pareceu provir do exterior da minha cabina. Nada pude ver no nevoeiro. Corri para o tombadilho e esbarrei no imediato. Disse-me que ouvira o berro e correra, porém não avistara sinal do homem que vigiava. Mais um desaparecido. Que Deus nos ajude! O imediato diz que devemos ter passado pelo Estreito de Dover, porque, num momento de tempo mais claro, avistou o Cabo Norte, justamente na ocasião em que ouvi o homem gritar. Se isso estiver correto, estamos no Mar do Norte e apenas Deus nos pode guiar no nevoeiro que parece se mover conosco; porém acho que Deus nos abandonou.

3 de agosto — À meia-noite fui substituir o homem ao leme mas, quando cheguei, não o encontrei. O vento não estava forte e, enquanto navegávamos diante dele, o navio não sacudia muito. Não ousei deixar o leme, por isso gritei pelo imediato. Depois de alguns segundos, ele subiu apressadamente ao tombadilho, vestido em suas roupas de flanela. Tinha os olhos esbugalhados e parecia desfigurado, o que me fez temer que tivesse perdido a razão. Aproximou-se de mim e falou com voz baixa e rouca, junto ao meu ouvido, como se receasse que o próprio ar pudesse ouvir:

— *Aquilo* está aqui; agora sei. Ao vigiar, a noite passada, vi a coisa; era semelhante a um homem alto e magro, fantasmagoricamente pálido. Estava na proa e olhava para fora. Aproximei-me sorrateiramente por trás daquilo e enfiei-lhe a faca, porém ela atravessou o ar como se nada houvesse ali. — Enquanto falava, apanhou a faca e moveu-a selvagemente no ar. Depois prosseguiu: — Mas *aquilo* está aqui e eu o encontrarei. Está no porão, talvez numa daquelas caixas. Vou abrir uma por uma e examinar. Manobre você o leme.

Com um olhar de cautela e o dedo nos lábios, desceu. Um vento agitado me impedia de largar o leme. Vi-o retornar mais uma vez ao tombadilho com uma caixa de ferramentas e uma lanterna; em seguida, desceu pela escotilha da frente. Está louco, louco furioso, de modo que não adianta tentar detê-lo. Não poderá estragar aquelas grandes caixas porque, segundo as faturas, elas contêm argila; o fato de movê-las não produzirá dano. Por isso, aqui fico eu, cuidando do leme e escrevendo estas notas. Resta-me apenas confiar em Deus e esperar que o nevoeiro se dissipe. Se com este vento puder dirigir-me a algum porto, reduzirei as velas, vagarei ao sabor da corrente e sinalizarei pedindo socorro...

Agora, quase tudo já terminou. Justamente quando eu principiava a esperar que o imediato regressasse mais calmo, pois o ouvira martelando algo no porão e sabia que o trabalho lhe faria bem, ouvi um grito súbito e assustado, provindo da escotilha. Meu sangue gelou e o imediato subiu no tombadilho com rapidez invencível: estava completamente doido, revirando os olhos, e o medo convulsionava-lhe o rosto.

— Salve-me, salve-me! — gritou ele, olhando em seguida através da cortina de nevoeiro. Seu horror transformou-se em desespero e, com voz firme, prosseguiu: — É melhor vir também, Capitão, antes que seja tarde demais. Ele está lá. Agora conheço o segredo. O mar me salvará dele, é só o que me resta!

Antes que eu pudesse dizer uma palavra ou mover-me para agarrá-lo, subiu à amurada e deliberadamente atirou-se ao mar. Suponho que agora decifrei o mistério. Foi esse louco que se livrou dos outros homens, um a um, e agora segue o mesmo destino. Que Deus me ajude! Como prestarei contas de todos esses horrores quando chegar ao porto? Mas será que chegarei?

4 de agosto — O nevoeiro persiste e o sol nascente não o consegue varar. Sei que o sol nasce apenas porque sou homem do mar, creio que por nenhum outro motivo. Não ousei descer, não ousei largar o leme; por isso fiquei aqui a noite inteira e, na escuridão da noite, vi a *coisa*... Ele! Que Deus me perdoe, mas o imediato teve razão ao se atirar ao mar. Foi melhor morrer como homem; ninguém opõe objeções à morte de um marujo em águas azuis. Mas sou o capitão e não posso abandonar este navio. Porém iludirei esse espírito maligno ou monstro, pois amarrarei minhas mãos à roda do leme quando sentir minhas forças principiarem a falhar e, juntamente com elas, amarrarei também o objeto que ele (a *coisa*!) não ousará tocar. Então, quer o vento seja bom ou mau, salvarei minha alma e minha honra de capitão. Torno-me mais fraco e a noite se aproxima. Se ele puder olhar-me no rosto novamente, talvez eu não tenha tempo para agir... Se naufragarmos, poderão encontrar esta garrafa, e os que a virem talvez compreendam; senão... então todos os homens saberão que cumpri meu dever. Que Deus, a Virgem Maria e os santos ajudem uma pobre alma ignorante que tenta cumprir seu dever...

É claro que não se chegou a uma conclusão. Não há provas a serem apresentadas e não há ninguém para dizer se foi o próprio homem quem cometeu os assassínios. A grande maioria do povo daqui considera o capitão um herói, e seu funeral será público. Já providenciaram para que seu corpo suba o Esk com acompanhamento de barcos durante certo trecho; depois o trarão de volta ao Cais do Pequeno Morro e ele subirá as escadas da abadia, pois será enterrado no cemitério da igreja, sobre o penhasco. Os donos de mais de uma centena de barcos já declararam querer homenageá-lo até o túmulo.

Não descobriram sinal do grande cachorro, o que entristece muitos, pois, com o presente estado da opinião pública, creio que toda a cidade cuidaria do animal. O enterro será amanhã, e assim terminará mais um "mistério do mar".

Diário de Mina Murray

8 de agosto — Lucy esteve muito inquieta durante toda a noite e eu também não pude dormir. A tempestade foi assustadora, e os raios explodiam ensurdecedoramente sobre os tubos das chaminés, fazendo-me estremecer. Quando se ergueu um vento mais intenso, assemelhou-se ao tiro de uma arma distante. Por estranho que parecesse, Lucy não acordou, porém levantou-se duas vezes e vestiu-se. Felizmente, acordei a tempo em ambas as vezes, consegui despi-la sem acordá-la, e levei-a de volta à cama. Seu sonambulismo é muito estranho, pois, quando há um obstáculo físico, sua intenção, se é que possui alguma, desaparece e ela se entrega quase de modo completo à rotina da vida.

De manhã cedo, ambas nos levantamos e fomos ao porto ver se sucedera algo durante a noite. Encontramos poucas pessoas; embora o sol estivesse brilhante e o tempo, claro e fresco, as ondas grandes e sinistras, que pareciam escuras devido à espuma branca como a neve que as encimava, atravessavam com força a estreita garganta do porto — semelhante a um homem briguento que abrisse caminho entre a multidão. Senti-me satisfeita porque Jonathan não estava no mar a noite passada, mas em terra. Entretanto, por acaso sei ao certo que ele está em terra? Onde e como estará? Começo a temer ansiosamente por ele. Se ao menos soubesse o que fazer e pudesse agir!

10 de agosto — Hoje, o funeral do pobre capitão foi muito chocante. Parecia que todos os barcos do porto haviam comparecido e o caixão foi carregado por capitães durante todo o caminho do Quebra-Mar do Pequeno Morro até ao cemitério da igreja. Lucy veio comigo e fomos cedo para o nosso velho banco enquanto o cortejo de barcos subia o rio até o viaduto e descia novamente. Avistamos maravilhoso espetáculo e vimos quase toda a procissão. Enterraram o cidadão perto de nosso banco, por isso ficamos ali e vimos tudo, quando chegou a hora. Lucy, coitada, pareceu muito perturbada; acho que o sonambulismo principia a fazer-lhe mal. Mas um fato é estranho nela: não admite que haja motivo para inquietações ou afirma que, caso haja, ela própria não compreen-de o motivo. Há outra causa para preocupação: o pobre velho sr. Swales foi encontrado morto de manhã, perto de nosso banco, com o pescoço quebrado. O médico afirmou que ele deveria ter caído para trás do banco, assustado por algum motivo, pois havia tal expressão de medo e horror em seu rosto que os que o viram disseram ter estremecido. Coitado do pobre velhinho! Talvez tivesse visto a Morte com seus olhos de moribundo! Lucy é tão terna e sensível que as circunstâncias a influenciam mais do que às outras pessoas. Agora mesmo, mostrou-se muito perturbada com uma coisinha a que eu mesma não dei muita atenção, embora goste muito de animais. Um dos homens que sobe aqui muitas vezes para vigiar os barcos foi seguido por seu cachorro, que o acompanha sempre. Ambos são seres calmos e nunca vi o homem zangado ou o cachorro latindo. Durante a cerimônia, o cachorro não se aproximou do seu dono, que estava junto de nós, mas conservou-se a alguns metros de distância, latindo e uivando. O dono falou-lhe a princípio com suavidade, depois áspero e finalmente zangado; mas o animal não quis aproximar-se nem parar de fazer barulho. Uma espécie de fúria dominou-o, seus olhos se tornaram selvagens, e seus pelos se eriçaram como os de um gato pronto para a luta. Finalmente, o homem também se zangou e desceu, dando um pontapé no cachorro; depois agarrou-o pelo pescoço, arrastando-o e atirando-o sobre a pedra tumular onde o banco está fixado. No momento em que o animal tocou a laje, o pobrezinho ficou quieto e principiou a tremer muito. Não tentou fugir, mas agachou-se, trêmulo e acovardado, em estado de tão lamentável terror que tentei consolá-lo, embora sem resultado. Lucy também sentiu muita pena, mas não tentou tocar no cachorro; quedou-se agoniada a contemplá-lo. Receio que o temperamento dela seja sensível demais para que possa passar pelo mundo sem dificuldades. Tenho certeza de que sonhará com isso durante a noite. Com todo o aglomerado de fatos: o navio levado ao porto por um cadáver; a atitude deste, amarrado à roda do leme com o crucifixo e as contas, o tocante funeral e o cachorro, ora furioso, ora aterrorizado... tudo isso proporcionará material para os seus sonhos.

Creio que será melhor deitar-se fisicamente esgotada, por isso, levá-la-ei para um longo passeio de ida e volta pelos recifes da Baía de Robin Hood. Assim, perderá a disposição para andar durante o sono.

❖

CAPÍTULO VIII

Diário de Mina Murray

Mesmo dia, às 23 horas — Oh, como me sinto cansada! Se não considerasse um dever escrever neste diário, não o abriria esta noite. Nosso passeio foi muito agradável. Após algum tempo, Lucy ficou alegre novamente, creio que graças às boas vacas que avançaram para nós num campo próximo do farol, desnorteando-nos. Acho que nos esquecemos de tudo, com exceção, é claro, do medo pessoal; o episódio varreu nossos pensamentos, proporcionando-nos novo começo. Tomamos excelente chá na Baía de Robin Hood, numa agradável estalagem, pequena e à moda antiga, que tinha uma janela arqueada abrindo bem em cima das rochas da praia, cobertas de plantas marinhas. Creio que chocaríamos a "mulher moderna" com nosso apetite, mas os homens são mais tolerantes, abençoados sejam eles! Em seguida, voltamos para casa com algumas, ou melhor, muitas paradas para descanso e sentindo um medo terrível de bois selvagens. Lucy estava muito cansada e pretendíamos ir para a cama assim que pudéssemos. Contudo, o jovem cura apareceu e a sra. Westenra convidou-o para jantar. Lucy e eu tivemos de nos esforçar para aturá-lo, pois isso não foi fácil; entretanto, portei-me como heroína. Acho que um dia os bispos se devem reunir para criar uma nova classe de curas que não jantem, por mais insistentes que sejam os convites, e que saibam reconhecer quando moças se cansam. Lucy dorme e respira suavemente. Está mais corada do que em geral e, realmente, muito linda. Se o sr. Holmwood se apaixonou por ela apenas porque a viu na sala de estar, não sei o que diria se a visse agora. Algumas das escritoras que pertencem à classe das "mulheres modernas" algum dia defenderão a ideia de que os homens e as mulheres devem ver-se dormindo, antes de propor ou aceitar matrimônio. Porém, suponho que a "mulher moderna" futuramente não se conformará em aceitar, mas desejará ela própria propor casamento. E o fará muito bem, fato que nos consola um pouco. Sinto-me muito feliz esta noite porque a cara Lucy parece melhor. Acredito realmente que o pior já tenha passado e que seu sonambulismo não mais ocorra. Eu seria ainda mais feliz se ao menos soubesse se Jonathan... Deus o abençoe e proteja.

11 de agosto, três horas — Apanho novamente meu diário. Não tenho sono, por isso posso escrever. Estou nervosa demais para dormir. Passamos por incrível aventura, aterrorizante experiência! Adormeci logo após fechar meu diário... Acordei repentinamente e sentei-me, com uma sensação horrível de medo e de vazio ao meu redor. Como o quarto estava escuro, não conseguia ver a cama de Lucy; aproximei-me silenciosamente e apalpei os lençóis. A cama achava-se vazia. Acendi um fósforo e descobri que Lucy não estava no quarto. A porta estava fechada, mas não trancada como eu a deixara. Temi acordar sua mãe, que ultimamente andava muito doente; por isso, vesti-me apressadamente e preparei-me para procurá-la. Quando saía do quarto raciocinei, pensando que, se soubesse que roupas ela usava, teria uma pista quanto ao lugar para o qual ela pretendia ir. Quimono significaria casa; vestido, um lugar fora de casa. Tanto o quimono quanto os vestidos estavam em seus lugares. "Graças a Deus", disse para mim mesma. "Não pode ter ido longe, pois está apenas de camisola." Corri para baixo e procurei-a na sala de estar. Não estava! Depois olhei em todos os outros quartos abertos da casa, com crescente medo. Finalmente, cheguei à porta do vestíbulo e encontrei-a aberta. Não estava escancarada, mas o trinco não prendera. O pessoal da casa fecha cuidadosamente a porta, todas as noites, por isso receei que Lucy tivesse saído com os trajes que usava. Não havia tempo para pensar no que poderia suceder, pois um vago e preponderante medo obscurecia todos os detalhes. Apanhei um xale grande e pesado e corri para fora. O relógio batia uma hora enquanto eu estava no Crescent e não havia vivalma à vista. Corri pela rua North Terrace, mas não vi sinal da figura branca que eu procurava. Na extremidade do Penhasco Oeste sobre o cais olhei através do porto para o Penhasco Leste, não sei se com medo ou com esperança de ver Lucy em nosso banco favorito. A lua cheia brilhava e nuvens negras e pesadas moviam-se, mergulhando todo o cenário num contraste móvel de luz e sombra. Durante um minuto ou dois, nada pude ver, pois a sombra de uma nuvem escureceu a Igreja de Santa Maria e tudo ao redor dela. Depois, quando a nuvem passou, pude ver que as ruínas da abadia reapareciam e, à medida que a extremidade de uma estreita faixa de luz, afiada como uma espada, se movia, a igreja e o cemitério se tornaram gradativamente visíveis. Qualquer que fosse a minha expectativa, não fiquei desapontada, pois lá, em nosso banco favorito, o luar prateado atingiu uma figura semi--inclinada, branca como a neve. Outra nuvem surgiu rápida demais, impedindo-me de ver muito, pois as sombras eclipsaram a luz quase imediatamente; porém, pareceu-me que algo escuro estava atrás do banco onde brilhava a figura branca, inclinando-se sobre ela. Eu não sabia se aquilo era um homem ou um animal, mas não esperei mais; desci voando os degraus íngremes do cais e corri junto ao mercado de peixe até a ponte, único caminho para atingir o Penhasco Leste. A cidade parecia morta e não avistei ser vivo; alegrei-me com o fato, pois não desejava que testemunhassem a desgraçada condição de Lucy. O tempo e a distância pareceram-me intermináveis, meus joelhos tremeram e minha respiração se tornou difícil enquanto subi com esforço os intermináveis degraus da abadia. Devo ter ido depressa, porém pareceu-me que meus pés possuíam chumbo e que todas as juntas de meu corpo se encontravam entorpecidas. Quando já estava quase em cima, pude ver o banco e a figura branca, pois agora estava suficientemente perto para distingui-la, até mesmo nos momentos de sombra. Sem dúvida havia algo comprido e negro, inclinando-se sobre a figura semirreclinada. Gritei assustada:

— Lucy! Lucy! — Algo levantou a cabeça e, de onde estava, pude ver um rosto pálido, olhos vermelhos e chamejantes. Lucy não respondeu, e corri para a entrada do cemitério. Quando lá penetrei, a igreja ficou entre mim e o banco, o que interceptou minha visão de Lucy, durante um minuto. Quando consegui ver novamente, a nuvem passara e o luar brilhava com tanta intensidade que pude avistar Lucy, semirreclinada e com a cabeça tombada, apoiando-se sobre a parte de trás do banco. Estava sozinha e não havia sinal de ser vivo a seu lado.

Ao me inclinar sobre ela, percebi que ainda dormia. Tinha os lábios entreabertos e respirava, não tão suave quanto habitualmente, mas com sorvos longos e pesados, como se lutasse para encher completamente os pulmões, de cada vez. Quando me aproximei, levantou as mãos durante o sono e tentou fechar mais a gola da camisola, como se sentisse frio. Atirei o xale quente sobre ela e apertei as pontas firmemente sobre seu pescoço, temendo que o ar frio lhe produzisse alguma doença mortal, desagasalhada como estava. Receei acordá-la repentinamente e, por isso, a fim de ter as mãos livres para poder ajudá-la, prendi o xale em sua garganta com um grande alfinete de segurança; entretanto, devo ter sido desajeitada em minha ansiedade, porque a feri com ele, o que percebi quando gradativamente sua respiração se tornou mais calma e ela colocou mais uma vez a mão no pescoço, gemendo. Depois de tê-la coberto cuidadosamente, coloquei nela os meus sapatos e comecei a acordá-la muito levemente. A princípio não respondeu, mas seu sono foi se tornando cada vez mais inquieto e de vez em quando gemia e suspirava. Finalmente, como o tempo passava rápido e também por outras razões, desejei levá-la para casa imediatamente e sacudi-a com mais força, até que, afinal abriu os olhos e acordou. Não pareceu surpresa ao ver-me, mesmo porque não percebeu imediatamente onde estava. Lucy é sempre bonita quando acorda, e mesmo naquele momento, quando o frio gelava seu corpo e se sentia um tanto amedrontada por andar com pouca roupa à noite num cemitério, não perdeu o encanto. Tremeu ligeiramente e agarrou-se a mim; quando lhe ordenei que voltasse imediatamente para casa comigo, levantou-se sem dizer palavra, qual criança obediente. Enquanto caminhávamos, o cascalho machucava meus pés e Lucy percebeu que eu estremecia. Parou para insistir que eu ficasse novamente com meus sapatos, mas não concordei. Porém, quando chegamos no caminho fora da igreja, onde havia uma poça de água, remanescente da tempestade, sujei meus pés de lama molhando um de cada vez; assim, se a caminho de casa encontrássemos pessoas, ninguém notaria que eu estava descalça.

A sorte favoreceu-nos e chegamos sem encontrar vivalma. Vimos em determinado momento um homem, que parecia ligeiramente bêbedo, passar pela rua à nossa frente; mas escondemo-nos num portal até vê-lo desaparecer por uma pequena e íngreme entrada, semelhante às muitas que há aqui. Meu coração bateu tão alto durante todo o tempo que julguei por vezes desmaiar. Sentia-me muito preocupada com Lucy, não apenas por sua saúde (poderia sofrer as consequências da imprudência), mas também por sua reputação, caso a história se espalhasse. Depois de entrarmos, lavarmos os pés e rezarmos juntas em agradecimento, coloquei-a na cama. Antes de adormecer, pediu-me, implorou-me até, que não contasse a ninguém sua aventura de sonâmbula, nem mesmo à mãe. A princípio hesitei em prometer, mas, pensando no estado de saúde da mãe e nas consequências que poderiam surgir caso soubesse do fato, assim como pensando também que tal história certamente seria excessivamente deturpada se a comentassem, julguei melhor silenciar. Espero ter agido com acerto. Como tranquei a porta e amarrei a chave ao meu pulso, tenho esperanças de não ser mais perturbada. Lucy dorme pesadamente; o reflexo da madrugada já está no céu e longe sobre o mar...

No mesmo dia, às 12 horas — Tudo vai bem. Lucy dormiu até ser despertada por mim, e pareceu nem sequer ter-se virado durante o sono. Aparentemente, a aventura noturna a deixou ilesa; pelo contrário, parece até havê-la beneficiado, pois há semanas não apresenta aspecto tão bom quanto o desta manhã. Lamentei o fato de a ter ferido involuntariamente com o alfinete de segurança. Com efeito, o machucado poderia ter sido sério, pois a pele do pescoço foi furada. O alfinete deve ter atravessado um pedaço solto de pele, transpassando-o, porque há dois pontinhos vermelhos como os de uma picada e encontrei no laço de sua camisola uma gota de sangue. Quando pedi desculpas e me mostrei preocupada com o fato, ela riu e me acariciou, dizendo que nada sentira. Felizmente, aquilo não deixará cicatriz, pois é minúsculo.

No mesmo dia, à noite — Tivemos um dia feliz. O tempo estava bom, o sol brilhava e havia brisa fresca. Almoçamos nas matas de Mulgrave; a sra. Westenra foi de carruagem pela estrada, e Lucy e eu andamos a pé pelo caminho do penhasco, unindo-nos a ela junto ao portão. Sentia-me um pouco triste, pois não podia deixar de pensar como seria completamente feliz se Jonathan estivesse comigo. Mas tenho de ser paciente! À noite passeamos no terraço do cassino e ouvimos boa música de Spohr e Mackenzie; deitamo-nos cedo. Lucy pareceu mais descansada do que ultimamente e dormiu no mesmo instante. Trancarei a porta e cuidarei da chave como antes, embora não espere complicações esta noite.

12 de agosto — Errei em minhas expectativas, pois duas vezes durante a noite fui acordada por Lucy, que tentava sair. Pareceu impacientar-se por encontrar a porta fechada, mesmo dormindo, e foi para a cama numa espécie de protesto. Acordei com a madrugada e ouvi os passarinhos cantando do lado de fora de minha janela. Lucy acordou também e alegrei-me por ver que tinha ainda melhor aspecto do que na manhã anterior. Parecia haver readquirido todo o seu temperamento alegre, aconchegou-se junto a mim e falou-me de Arthur. Contei-lhe como estava ansiosa acerca de Jonathan, e ela tentou consolar-me. Obteve algum sucesso, pois, embora a simpatia não possa alterar os fatos, ajuda a torná-los mais suportáveis.

13 de agosto — Outro dia calmo, fui para a cama com a chave amarrada ao pulso, como anteriormente. Mais uma vez acordei de noite e encontrei Lucy sentando-se na cama, ainda adormecida, apontando para a janela. Levantei-me calma e, afastando a persiana, olhei para fora. O luar estava esplêndido e o suave efeito da luz sobre o mar e o céu (unidos num mistério grande e silencioso) era mais lindo do que as palavras o poderiam descrever. Entre mim e o luar voou um grande morcego que ia e vinha, realizando grandes círculos. Por uma ou duas vezes chegou bem próximo, mas suponho que se assustou ao ver-me e afastou-se voando para o porto e em direção à abadia. Quando saí da janela, Lucy já se deitara novamente e dormia em paz. Não se moveu durante toda a noite.

14 de agosto — Estive no Penhasco Leste, lendo e escrevendo o dia inteiro. Lucy parece gostar tanto do lugar quanto eu, pois é difícil afastá-la de lá quando chega o momento de voltar para casa, à hora das refeições. Regressamos para o jantar e havíamos chegado ao cimo dos degraus que sobem do Penhasco Oeste; paramos para contemplar o panorama, como em geral fazemos. O sol poente escondia-se por trás do Kettleness, a luz vermelha jorrava sobre o Penhasco Leste e a velha abadia, parecendo envolver tudo em maravilhoso brilho róseo. Ficamos em silêncio durante algum tempo e súbito Lucy murmurou algo, como se falasse consigo:

— Novamente aqueles olhos vermelhos! São os mesmos. — Foi uma exclamação tão estranha e tão fora de propósito que me assustou. Voltei-me um pouco para poder ver Lucy bem, sem contudo parecer encará-la; percebi que estava num estado de semi-inconsciência e que seu rosto apresentava um ar estranho, que não pude decifrar muito bem. Nada disse, porém segui-a com os olhos. Parecia procurar nosso banco favorito, onde uma figura estava sentada sozinha. Eu própria me assustei um pouco, pois julguei por um segundo que o estranho tinha grandes olhos que ardiam como brasas; porém uma segunda olhadela desfez a ilusão. A luz vermelha do sol brilhava nas janelas da Igreja de Santa Maria por trás de nosso banco e, enquanto o astro rei mergulhava, havia suficientes modificações de refração e reflexão que faziam que a luz parecesse mover-se. Chamei a atenção de Lucy para o interessante efeito e ela voltou a si com um estremecimento, mas seu aspecto de tristeza não desapareceu; talvez se recordasse daquela terrível noite lá em cima. Nunca mencionamos aquele fato, por isso nada disse e fomos para casa jantar. Lucy estava com dor de cabeça e foi cedo para a cama. Vi-a dormir e desci para dar um pequeno passeio; andei ao longo do caminho dos Penhascos Leste, repleta de melancolia, pois pensava em Jonathan. Quando voltava para casa (o luar estava tão brilhante que, embora a frente de nossa propriedade no Crescent estivesse em sombras, tudo o mais podia ser bem visto), olhei para nossa janela e vi a cabeça de Lucy inclinada para fora. Como julguei que talvez me procurasse, abri o lenço e acenei. Ela não o notou nem sequer fez algum movimento. Naquele instante, o luar atingiu um ângulo da construção e a luz caiu sobre a janela. Vi Lucy distintamente, com a cabeça recostada na vidraça e os olhos fechados. Dormia profundamente e, ao seu lado, apoiado na janela, havia algo que se parecia com um pássaro de bom tamanho. Temi que se resfriasse e por isso subi correndo; mas, quando cheguei ao quarto, ela retornava à cama, completamente adormecida e respirando com dificuldade; tinha a mão sobre a garganta, como para se proteger do frio.

Não a acordei mas cobri-a bem; cuidei para que a porta ficasse trancada e a janela estivesse fechada com segurança.

Ela parece muito terna enquanto dorme, mas está mais pálida do que habitualmente e sob seus olhos há olheiras profundas, o que não me agrada. Algo a preocupa. Gostaria de descobrir o que é.

15 de agosto — Acordei mais tarde do que habitualmente. Lucy estava mole e cansada e dormiu mesmo depois de nos chamarem. No café matinal tivemos uma agradável surpresa. O pai de Arthur está melhor e deseja que o casamento se realize logo. Lucy está feliz, e sua mãe está ao mesmo tempo alegre e pesarosa. Mais tarde, naquele dia, ela me explicou a causa de seus sentimentos. Lamenta porque de certo modo perderá a filha, mas alegra-se porque Lucy em breve terá um protetor. Pobre e terna senhora! Em suas confidências, disse-me que está condenada à morte. Não contou a Lucy e obrigou-me a prometer segredo: seu médico lhe disse que não viverá mais do que alguns meses, pois seu coração se enfraquece. A qualquer momento, até mesmo agora, um choque súbito provavelmente a mataria. Ah, fizemos muito bem não lhe contando aquele terrível episódio do sonambulismo de Lucy.

17 de agosto — Não escrevi neste diário durante dois dias inteiros. É que não tive disposição para isso. Uma espécie de mortalha sombria empana a nossa felicidade. Não há notícias de Jonathan, Lucy parece tornar-se mais fraca e as horas finais de sua mãe se aproximam. Não compreendo por que Lucy se enfraquece assim. Ela come e dorme bem, também goza o ar puro; mas torna-se cada vez mais pálida e enfraquece dia a dia. À noite, ouço-a arquejar como se sentisse falta de ar. Conservo a chave da porta sempre amarrada ao meu pulso durante a noite, mas Lucy se levanta, anda pelo quarto e senta-se junto à janela aberta. Na noite passada, encontrei-a inclinada para fora quando acordei; estava desmaiada. Quando consegui fazê-la voltar a si, estava muito fraca e chorou em silêncio enquanto se debatia longa e dolorosamente, tentando respirar. Quando lhe perguntei por que havia ido à janela, sacudiu a cabeça e virou para outro lado. Espero que sua doença não seja motivada pelas desastradas espetadelas de alfinete. Examinei-lhe o pescoço há pouco, enquanto ela dormia, e os pequenos ferimentos não cicatrizaram. Estão abertos, parecem maiores do que anteriormente e apresentam as extremidades ligeiramente esbranquiçadas. São como pequenos pontos brancos com centro vermelho. Se não sararem dentro de um dia ou dois, insistirei para que um médico os examine.

Carta de Samuel F. Billington & Filho, procuradores de Whitby, aos srs. Carter, Paterson & Co., de Londres

17 de agosto.

Caros Senhores,

Enviamos com a presente carta a fatura dos bens embarcados pela Grande Estrada de Ferro do Norte. Eles serão entregues em Carfax, perto de Purfleet, juntamente com o recibo, na ocasião do desembarque no depósito de mercadorias da estação de King's Cross. No momento a casa está vazia, mas enviamos junto as chaves com as respectivas etiquetas.

Pedimos por favor que depositem as caixas, cinquenta ao todo, na construção parcialmente arruinada que faz parte da propriedade e está marcada com um "A" na planta anexa. Seu agente reconhecerá facilmente o local, pois constitui a antiga capela da mansão. A mercadoria partirá hoje à noite, às 9h30, e atingirá King's Cross às 4h30 da tarde de amanhã. Como nosso cliente deseja que a entrega se realize o mais breve possível, ficaremos gratos se mantiverem veículo à espera em King's Cross, na hora mencionada, para o transporte das mercadorias a seu destino. A fim de impedir qualquer atraso quanto a algumas das exigências de pagamento de seu departamento, enviamos cheque de dez libras, pedindo que notifiquem o recebimento deste. Se o dinheiro for superior ao exigido, pedimos enviar de volta o troco; se a quantia for menor do que a necessária, imediatamente mandaremos cheque com a diferença, assim que recebermos comunicação dos senhores. Quando partirem, poderão deixar as chaves no vestíbulo principal, onde o proprietário as apanhará ao entrar na casa, utilizando a duplicata da chave.

Esperamos não estar excedendo os limites da cortesia comercial ao insistir que procedam com a maior presteza.

Atenciosamente,

Samuel F. Billington & Filho

Carta dos srs. Carter, Paterson & Co., de Londres, aos srs. Billington & Filho, de Whitby

21 de agosto.

Caros Senhores,

Participamos recebimento de 10 libras e pedimos remessa de cheque contendo 1 libra, 17 shillings e 9 pence, quantia que nos falta, como indicamos pela conta anexa. A mercadoria foi entregue exatamente de acordo com as instruções e as chaves estão num pacote, no vestíbulo principal, segundo as ordens.

Atenciosamente,

Carter, Paterson & Co.

Diário de Mina Murray

18 de agosto — Hoje estou feliz e escrevo sentada no banco do cemitério. Lucy está muitíssimo melhor. Dormiu bem durante toda a noite passada e não me perturbou nenhuma vez. O rosado parece querer voltar às suas faces, embora ainda esteja pálida e abatida. Se apresentasse anemia, seu estado seria muito bem compreensível; mas isso não ocorre. Ela está de bom humor, alegre e cheia de vida. Parece haver perdido toda a mórbida reserva e acaba de recordar-me (como se houvesse necessidade de alguém me recordar) *aquela* noite, afirmando que aqui estivera, neste mesmo banco, onde eu a encontrara dormindo. Ao dizer-me isso, bateu galhofeiramente com o salto da bota na laje e falou:

— Meus pobres pezinhos não fizeram muito barulho, então! Creio que o pobre sr. Swales teria dito que aquilo ocorrera porque eu não desejava acordar Geordie. — Como ela estava muito comunicativa, perguntei-lhe se havia sonhado aquela noite. Antes de responder, mostrou aquele ar terno de perplexidade que Arthur (chamo-o de Arthur devido ao hábito dela) diz que ama; efetivamente, não é de admirar que isso ocorra. Depois ela prosseguiu como se sonhasse, tentando recordar-se:

— Não foi exatamente um sonho, mas pareceu muito real. Queria apenas vir para este lugar, não sei por que, pois tinha medo de algo, não sei de quê. Recordo-me de ter passado por ruas e atravessado pontes, embora estivesse dormindo. Um peixe pulou enquanto eu caminhava e inclinei-me para olhá-lo; ouvi muitos cachorros uivando (toda a cidade parecia repleta de cães que uivavam ao mesmo tempo) enquanto eu subia as escadas. Depois me recordo vagamente de algo comprido e escuro, com olhos vermelhos, iguais àqueles que vimos à luz do sol poente; em seguida, algo muito terno e muito amargo me envolveu toda. Logo depois, pareceu-me mergulhar profundamente em águas verdes e ouvi cantos em meus ouvidos, como ouço dizer que ocorre com os homens que se afogam; minha alma pareceu sair do corpo e flutuar no espaço. Parece-me recordar de que, em certo momento, a luz do Farol Oeste esteve bem embaixo de mim e de que senti então uma espécie de agonia, como se estivesse num terremoto; voltei a mim e encontrei você sacudindo meu corpo. Vi sua ação, antes de ver você.

Ela começou a rir. Aquilo me pareceu um pouco estranho e a ouvi assustada. Não estava apreciando a história e julguei melhor afastá-la do pensamento de Lucy, por isso mudamos de assunto e ela voltou ao seu estado habitual. Quando chegamos à casa, a brisa fresca animara Lucy e suas faces pálidas estavam realmente mais rosadas. A mãe alegrou-se ao vê-la, e todos passamos juntos uma noite muito agradável.

19 de agosto — Houve muita alegria, embora não fosse completa: finalmente recebi notícias de Jonathan! Meu querido esteve muito doente, e esse foi o motivo pelo qual não escreveu. Agora que sei o que aconteceu, não tenho medo de pensar ou de me referir ao fato. O sr. Hawkins enviou-me a carta e escreveu-me ele também; foi realmente muito gentil.

Partirei pela manhã e irei ver Jonathan: se necessário ajudarei a cuidar dele e o trarei para casa. O sr. Hawkins disse achar que deveríamos casar lá mesmo. Chorei tanto sobre a carta da bondosa freira que ainda a sinto molhada entre meus seios, onde a coloquei. É de Jonathan e deve ficar junto de meu coração, onde meu amado está. Meus planos de viagem estão completos e minha bagagem, pronta. Levarei apenas uma muda de roupa e Lucy enviará minha mala para Londres, onde ficará guardada até minha ordem, pois talvez... Não devo escrever mais porque o segredo terá de ser guardado para ser dito a Jonathan, meu marido. A carta que me enviou e na qual tocou me servirá de consolo até o nosso encontro.

Carta da Irmã Agatha, Hospital de S. José e Sta. Maria em Budapeste, para a srta. Wilhelmina Murray

12 de agosto.

Cara Senhorita:

Escrevo a rogo de Jonathan Harker, que ainda não está suficientemente forte para fazê-lo, embora melhore sempre, graças a Deus, a São José e a Santa Maria. Está sob os nossos cuidados há quase seis semanas, sofrendo de violenta meningite. Pede-me para enviar-lhe carinhos e também para dizer-lhe que mandarei juntamente com esta outra carta para o sr. Hawkins em Exeter, afirmando que Jonathan lamenta a demora e que já completou o trabalho. Terá de repousar durante algumas semanas em nosso sanatório nos morros, mas depois irá para casa. Pede-me para dizer-lhe que não trouxe suficiente dinheiro e que gostaria de pagar sua estada aqui, a fim de que outros necessitados não permaneçam sem auxílio.

Com afeto,

Irmã Agatha

P. S. — Como meu paciente dorme, escrevo novamente para informar algo mais. Ele contou-me tudo a seu respeito e disse que em breve a desposará. Deus abençoe ambos! Ele sofreu algum terrível choque segundo a opinião do médico, e em seu delírio abordou assuntos tenebrosos, como lobos, veneno e sangue, fantasmas e demônios. Disse coisas ainda mais horríveis. Tenha cuidado com ele, pois durante muito tempo não deverá passar por emoções que possam agitá-lo desse modo; os sinais de uma doença como essa não desaparecem facilmente. Devíamos ter escrito há muito tempo, mas nada sabíamos acerca de seus amigos e ele por sua vez nada podia explicar. Chegou no trem vindo de Klausenburg e o chefe da estação disse ao guarda que aquele homem penetrara correndo na estação, dizendo aos gritos que desejava uma passagem para casa. Podendo perceber pela sua violenta conduta que era inglês, deram-lhe uma passagem para a estação mais distante daquele lugar, porém mais próxima ao caminho da Inglaterra.

Pode estar certa de que cuidamos muito bem dele aqui. Conquistou todos os corações com sua ternura e delicadeza. Melhora realmente e tenho certeza de que, daqui a algumas semanas, estará completamente bom. Contudo, cuide bem dele, por precaução. Rezo a Deus, a São José e Santa Maria para que ambos tenham muitos anos felizes pela frente.

Relatos cotidianos do dr. Seward

19 de agosto — Houve súbita e estranha modificação no estado de Renfield, a noite passada. Cerca de oito horas principiou a tornar-se agitado e a farejar como um cachorro que procura o rumo certo. O assistente notou sua conduta e, sabendo que me interesso por ele, encorajou-o a falar. O louco em geral respeita o assistente e é, às vezes, até servil; porém tratou-o com brutalidade naquela noite, segundo me disse o próprio enfermeiro. Não quis de modo algum falar com ele e dizia apenas:

— Não quero conversar com você, pois você não me interessa agora. O mestre está perto.

O assistente julga que o louco apresenta alguma espécie de mania religiosa. Se isso ocorre, devemos ter cuidado, pois um homem forte com mania homicida e religiosa ao mesmo tempo poderá tornar-se perigoso. A combinação é terrível. Às nove horas, eu mesmo o visitei. Tratou-me exatamente como tratara o assistente. Nos seus sentimentos pessoais de grandeza, não pareceu notar diferença entre minha pessoa e a de meu auxiliar. Acho que apresenta mania religiosa e em breve julgará ser o próprio Deus. Assim sendo, as diferenças infinitesimais de um homem para outro homem são por demais medíocres para interessar a um Ser Onipotente. Como esses loucos se traem! Deus se incomoda até com a queda de um pardal, porém, o deus que a vaidade humana cria não vê diferença entre uma águia e um pardal. Oh, se ao menos os homens compreendessem!

Durante meia hora ou mais, Renfield continuou a tornar-se cada vez mais agitado. Fingi não o observar, mas mesmo assim o vigiei durante todo o tempo. Repentinamente, seus olhos apresentaram aquele olhar evasivo que sempre notamos quando um louco concebe uma ideia; e também aqueles movimentos furtivos de cabeça e costas que os guardas do asilo conhecem tão bem. Tornou-se muito quieto e foi sentar-se na beira da cama resignadamente; contemplou o espaço com olhos inexpressivos. Decidi verificar se a sua apatia era real ou apenas fingida e, por isso, tentei fazê-lo falar sobre seus animais de estimação, tema que nunca deixava de lhe despertar a atenção. A princípio não respondeu, mas depois disse de mau humor:

— Não amole! Não me importo com eles!

— O quê? — disse eu. — Quer dizer que não dá importância a aranhas? (Estas constituem agora o seu *hobby,* e o livro de notas está se enchendo de parcelas de pequenos algarismos.) Respondeu de modo enigmático:

— As damas de honra regozijam os olhos de quem espera a noiva, mas, quando esta aparece, as outras perdem o brilho.

Não quis explicar, mas conservou-se sentado obstinadamente em sua cama, durante todo o tempo em que estive com ele.

Estou cansado esta noite e também deprimido. Não posso deixar de pensar em Lucy e em como as coisas poderiam ter sido diferentes. Se eu não conseguir dormir, recorrerei ao cloral, o moderno Morfeu (C_2HCL_2O — H_2O). Devo ter cuidado, contudo, para que isso não se torne um hábito. Não, não o tomarei esta noite! Pensei em Lucy e não a desonrarei, misturando os dois elementos. Se for necessário, não dormirei hoje...

Mais tarde — Estou satisfeito porque tomei aquela resolução e ainda mais porque a cumpri. Deitei-me e rolei na cama; ouvira o relógio bater duas vezes quando o vigia noturno me apareceu, dizendo-se enviado pelo assistente e declarando que Renfield fugira. Vesti rapidamente minhas roupas e imediatamente desci correndo; meu paciente é por demais perigoso para andar à solta. Suas ideias podem causar dano a estranhos. O vigia me esperava. Disse que vira o louco há menos de dez minutos, parecendo dormir em sua cama, quando olhara através da abertura de observação da porta. Depois sua atenção fora despertada pelo barulho de uma janela que se abria. Voltara imediatamente, vira os pés do louco desaparecerem pela janela e logo mandara avisar-me. O doente veste apenas roupa de dormir e não pode estar muito distante. O guarda julgou melhor verificar para que direção ele fora, em vez de segui-lo, pois poderíamos perdê-lo de vista enquanto saíssemos do edifício pela porta. O guarda é robusto e não pode passar pela janela. Como sou magro, consegui sair com sua ajuda, pondo os pés à frente; como a janela era baixa, saltei sem machucar-me. O guarda me disse que o doente fora para a esquerda, em linha reta, por isso corri tão rapidamente quanto podia. Quando atravessei o amontoado de árvores, vi uma figura branca subir no muro alto que comunica nossos terrenos com os da casa vazia.

Voltei no mesmo instante, mandei que o guarda arranjasse imediatamente três ou quatro homens e que estes me seguissem aos terrenos de Carfax, caso nosso amigo se mostrasse perigoso. Eu mesmo arranjei uma escada, e, subindo no muro, pulei para o outro lado. Pude ver Renfield justamente quando desaparecia por trás de um dos ângulos da casa; corri atrás dele. Encontrei-o na extremidade da mansão, comprimindo-se contra a porta de ferro e carvalho da capela. Falava, aparentemente, com alguém, mas temi aproximar-me o suficiente para ouvir o que dizia, pois isso talvez o assustasse, fazendo-o fugir. Perseguir um bando errante de abelhas é nada comparado à perseguição de um lunático possuído pelo desejo de fugir! Contudo, após alguns minutos, percebi que ele nada observava ao redor de si, e por isso aventurei uma aproximação, principalmente agora que meus homens haviam pulado o muro e o cercavam. Ouvi-o dizer:

— Obedeço a seu chamado, Mestre. Sou seu escravo e me recompensará, pois lhe serei fiel. Adoro-o de longe e há muito tempo.

Agora que está perto, espero suas ordens. Não me desprezará ao distribuir boas recompensas, não é, Mestre querido?

De qualquer forma, ele é um mendigo egoísta. Pensa em vantagens pessoais mesmo quando se crê diante de uma presença sublime. Suas manias se misturam de forma assustadora. Quando nos aproximamos dele, lutou como um tigre. É muitíssimo forte, pois se assemelhava mais a um animal feroz do que a um homem. Nunca vi um lunático em tal paroxismo de raiva; e espero nunca mais ver. Devemos agradecer o fato de termos descoberto a tempo sua força e periculosidade. Com tal energia e resolução, poderia ter causado muitos estragos, antes de ser enclausurado. De qualquer modo, agora está seguro. Nem Sansão conseguiria fugir da camisa de força que o mantém preso e está acorrentado à parede de um quarto reforçado. Seus berros são por vezes horripilantes, mas o silêncio que a eles se segue ainda o é mais, pois cada gesto e movimento seu significa homicídio.

Ainda agora, pronunciou pela primeira vez palavras coerentes:

— Terei paciência, Mestre. Está chegando... chegando... chegando!

Aproveitei a sugestão e vim para cá. Estava inquieto demais para poder dormir, mas este diário me acalmou e dormirei um pouco esta noite.

CAPÍTULO IX

Carta de Mina Harker a Lucy Westenra

Budapeste, 24 de agosto.

Querida Lucy:

Sei que deve estar ansiosa para saber tudo o que sucedeu desde que nos separamos na estação ferroviária de Whitby. Minha cara, consegui chegar bem a Hull e tomei o barco para Hamburgo; depois vim de trem até aqui. Acho que mal posso recordar a viagem, pois pensava apenas em ver Jonathan e sabia que, como talvez tivesse de cuidar dele, seria melhor dormir o mais possível... Encontrei meu querido muito magro, pálido e também muito enfraquecido. A vontade parecia ter desaparecido de seus olhos e toda a aparência de dignidade calma, que eu lhe disse perceber no rosto de Jonathan, desapareceu. Ele é apenas a sombra do que foi e não se lembra de coisa alguma que lhe sucedeu nos últimos tempos. Pelo menos deseja que eu acredite que assim é; por isso, nunca lhe perguntarei sobre esses tempos. Sofreu algum terrível choque e receio que isso lhe perturbe o cérebro, se tentar recordá-lo. A irmã Agatha, que é uma boa criatura e uma enfermeira inata, contou-me que ele falou de coisas tenebrosas enquanto delirava. Eu quis que ela me contasse o que havia sido, mas ela apenas se persignava, dizendo que jamais falaria sobre o assunto; que os desvarios dos doentes constituíam segredos de Deus e que, se uma enfermeira os ouvisse, deveria mostrar-se digna da confiança nela depositada. Ela é boa e terna; no dia seguinte, quando viu que eu estava perturbada, abordou o assunto novamente e, depois de dizer que nunca poderia mencionar o que meu querido declarou durante o delírio, acrescentou:

— Posso dizer-lhe isto, meu bem: não falou sobre nenhum erro que ele próprio cometera, e você, como sua futura esposa, não precisa preocupar-se. Ele não se esqueceu de você, nem do que lhe deve. Tinha medo de coisas grandes e terríveis, que não podem ser abordadas por seres mortais.

Acho que a boa irmã julgou que eu poderia sentir ciúmes se soubesse que meu querido se apaixonara por outra moça. Como se eu pudesse sentir ciúmes de Jonathan! Contudo, minha cara, confesso que senti grande alegria envolver-me quando soube que outra mulher não era a causadora do infortúnio. Estou agora sentada junto ao leito dele, onde posso ver seu rosto enquanto dorme. Está acordando!...

Quando acordou, pediu-me que lhe levasse seu casaco, pois queria apanhar algo no bolso. Falei com a irmã Agatha e ela trouxe todas as coisas dele. Vi que entre elas se encontrava seu livro de notas e ia pedir-lhe que me deixasse vê-lo, pois sabia que lá acharia uma pista para o fato que o perturbara; mas creio que ele leu esse desejo em meus olhos, pois mandou-me até a janela, dizendo que desejava ficar sozinho durante um momento. Depois me chamou de volta e disse com muita seriedade:

— Wilhelmina — soube que ele certamente abordaria um assunto muito sério, pois nunca mais me chamara por esse nome, desde que me pedira em casamento —, minha querida, você já conhece minhas ideias a respeito de marido e mulher; não deve haver segredo entre os dois, nenhum fato oculto. Sofri um grande choque, e quando tento pensar nele sinto a cabeça girar; não sei se foi realidade ou o sonho de um louco. Sabe que tive meningite e que, portanto, estive louco. O segredo está aqui e não quero conhecê-lo. Quero principiar minha vida agora, com nosso casamento. — Cara Lucy, eu e ele decidimos casar-nos assim que os papéis estiverem prontos. — Está disposta, Wilhelmina, a compartilhar minha ignorância? Aqui está o caderno. Leve-o e guarde-o; se quiser poderá lê-lo, mas nunca me fale sobre ele, a não ser que algum dever solene me obrigue a recordar aquelas horas amargas aqui registradas, horas que passei acordado ou dormindo, são ou louco. — Recostou-se exausto e coloquei o caderno embaixo de seu travesseiro, beijando-o em seguida. Pedi à irmã Agatha que implorasse ao superior permissão para nos casarmos esta tarde; espero sua resposta...

Ela regressou e me disse que chamaram o capelão da igreja da missão inglesa. Devemos casar-nos dentro de uma hora ou assim que Jonathan acordar...

Lucy, a hora chegou e passou. Estou muito compenetrada, porém muitíssimo feliz. Jonathan acordou ligeiramente após a hora; tudo estava pronto e ele sentou-se na cama, amparado por travesseiros. Pronunciou o "sim" firme e fortemente. Mal pude falar; estava tão emocionada que até mesmo aquelas palavras não queriam sair. As caras irmãs foram muito bondosas. Se Deus quiser, não as esquecerei nunca e também não olvidarei a grave e doce responsabilidade que assumi. Devo falar-lhe de meu presente de casamento. Quando o capelão e as irmãs me deixaram sozinha com meu marido — oh, Lucy, é a primeira vez que escrevo as palavras "meu marido" —, bem, quando isso ocorreu, apanhei o caderno embaixo do travesseiro dele, embrulhei-o em papel branco, amarrei-o com uma pequena fita azul-clara que estava ao redor de meu pescoço e lacrei o nó, colocando a marca de meu anel de casamento sobre ele. Depois beijei aquilo e mostrei-o a meu marido, dizendo-lhe que conservaria o caderno assim, e que ele constituiria um sinal visível e externo para nós, durante toda a vida, significativo de que confiávamos um no outro. Disse também que jamais abriria o lacre, a não ser que o bem dele ou algum sério dever o tornasse necessário. Então ele colocou minha mão na dele e, oh, Lucy, foi a primeira vez que segurou a mão da esposa; disse que minha mão era a coisa mais querida do mundo e que, se fosse necessário, viveria todo o passado novamente para conquistá-la. O pobre coitado quis, com certeza, referir-se a uma parte do passado, porém ainda não pode pensar em tempo e não me admirarei se ele, às vezes, confundir não só o mês, mas também o ano.

Bem, minha cara, o que lhe poderia eu responder? Disse-lhe apenas que era a mulher mais feliz do mundo e que nada tinha a dar-lhe, a não ser minha vida e minha confiança, meu amor e o sentimento do dever, durante o resto de minha existência. Minha cara, quando ele me beijou e me aproximou de si com suas mãos fracas, foi como se realizássemos um juramento solene entre nós...

Amiga Lucy, sabe por que lhe digo isso? Não apenas porque encaro estas recordações com alegria, mas também porque gosto muito de você, e sempre gostei. Tive o privilégio de ser sua amiga e guia quando saiu da escola e se preparou para a vida. Quero que veja agora, e com os olhos de uma esposa muito feliz, onde o dever me levou, para que em sua vida de casada possa ser tão feliz quanto eu. Minha cara, queira Deus que sua vida seja repleta de felicidade: um caminho cheio de flores, sem momentos desagradáveis, sem o dever de esquecer algo, sem desconfianças. Não posso dizer que espero que a dor nunca a atinja — isso não poderá ocorrer; mas tenho esperanças de que você seja sempre tão feliz quanto eu o sou agora. Adeus, querida. Colocarei imediatamente esta carta no correio e talvez lhe escreva outra muito em breve. Tenho de parar, pois Jonathan acorda e preciso cuidar do meu marido!

Da sempre sua,

Mina Harker

Carta de Lucy Westenra para Mina Harker

Whitby, 30 de agosto.

Cara Mina:

Envio-lhe milhões de beijos e espero que volte logo para casa com seu marido. Desejaria que você pudesse regressar depressa e ficasse conosco. O bom clima em breve restabeleceria Jonathan; eu mesma já estou quase boa. Tenho um apetite de gigante, estou cheia de vida e durmo bem. Você se alegrará ao saber que praticamente já deixei de caminhar durante o sono. Acho que há uma semana não saio da cama durante a noite. Arthur até diz que estou ficando gorda; por falar nisso, esqueci-me de dizer-lhe que ele está aqui. Passeamos muito a pé e de carruagem, remamos, jogamos tênis e pescamos juntos; amo-o mais do que nunca. Ele me diz que seu amor supera o meu, mas duvido, pois a princípio me disse que não poderia amar-me mais do que já me amava. Mas isto é bobagem. Ele me chama, por isso, aqui termina a carta da amiga que lhe quer,

Lucy

P. S. — Mamãe lhe envia recomendações. Ela parece estar melhor, coitada.

P. P. S. — Eu e Arthur casar-nos-emos no dia 28 de setembro.

Relato cotidiano do dr. Seward

20 de agosto — O caso de Renfield se torna ainda mais interessante. Ele se acalmou tanto que há momentos em que sua obsessão passa. Durante a primeira semana após seu ataque mostrou-se incessantemente violento. Depois, certa noite, justamente quando a lua subia, acalmou-se e repetiu inúmeras vezes para si mesmo: "Agora posso esperar, posso esperar". O guarda veio avisar-me, por isso corri imediatamente para vê-lo. Ainda se encontrava na camisa de força, no aposento reforçado, mas seu rosto não demonstrava fúria e seus olhos haviam readquirido a antiga expressão súplice, posso dizer "quase servil". Mostrei-me satisfeito com sua condição atual e ordenei que o soltassem. Os guardas hesitaram, mas finalmente cumpriram meu pedido sem protestos. Era estranho que o doente tivesse suficiente senso de humor para perceber a desconfiança deles, pois, aproximando-se de mim, disse num sussurro e olhando-os furtivamente:

— Julgam que posso machucá-lo! Imagine só; *eu* machucar o *senhor*! Que tolos!

Contudo, era-me confortador verificar que até mesmo a mente daquele pobre louco conseguia ver a diferença entre os outros e eu; mas, mesmo assim, não captei bem seu raciocínio. Presumo que ele acha que nós dois temos algo em comum, de modo que somos obrigados a ficar lado a lado; ou julga que eu lhe proporcionarei algum lucro tão estupendo que meu bem-estar lhe é necessário? Devo descobrir isso mais tarde. Hoje à noite não falará. Nem mesmo a oferta de um gatinho ou de um gato crescido o tentará. Dirá apenas: "Não coleciono gatos e tenho coisas mais importantes em que pensar agora. Posso esperar, posso esperar".

Depois de algum tempo, deixei-o. O guarda disse-me que o doente ficou sossegado até pouco antes da madrugada, mas depois principiou a tornar-se inquieto, violento e, finalmente, caiu em tal paroxismo que se tornou exausto e entrou numa espécie de coma.

... Nas três últimas noites, a mesma coisa sucedeu: mostrou-se violento durante o dia inteiro e depois ficou calmo desde o nascer da lua, até o nascer do sol. Quisera ter alguma pista quanto à causa disso. Parece haver algo que o influencia, indo e vindo. Feliz ideia! Hoje à noite, jogaremos o jogo das mentes sãs contra as loucas. Antes, ele fugiu sem a nossa ajuda, hoje à noite fugirá com ela. Dar-lhe-emos uma oportunidade e manteremos os homens prontos para segui-lo, caso haja necessidade...

23 de agosto — "O inesperado sempre acontece." Disraeli, autor dessas palavras, conhecia bem a vida. Nosso pássaro, ao ver a gaiola aberta esta noite, não quis fugir; todos os nossos sutis arranjos foram inúteis. Pelo menos, provamos uma coisa: os períodos de calma duram um tempo razoável. Poderemos, no futuro, aliviar-lhe o cativeiro durante algumas horas por dia. Dei ordens ao funcionário do turno da noite para que apenas o fechasse no quarto reforçado até uma hora antes do nascer do sol, nos períodos em que estivesse calmo. A alma do pobre coitado gozará do alívio, ainda que sua mente não possa apreciá-lo. Céus! O inesperado novamente! Chamam-me, o paciente fugiu mais uma vez.

Mais tarde — Outra aventura noturna. Habilmente, Renfield esperou que o guarda entrasse no quarto para inspecioná-lo. Em seguida, passou correndo por ele e atravessou com a máxima velocidade o corredor. Mais uma vez, foi ao terreno da casa deserta e o encontramos no mesmo lugar, comprimindo-se contra a porta da velha capela. Quando me viu ficou furioso e, se os guardas não o pegassem a tempo, teria tentado matar-me. Enquanto o segurávamos, algo estranho aconteceu. Repentinamente redobrou sua força e depois súbito se tornou calmo. Olhei ao meu redor instintivamente, mas nada vi. Então segui os olhos do doente, nada notando enquanto eles contemplavam o céu enluarado; avistei apenas um grande morcego que voava fantasmagórica e silenciosamente para o oeste. Os morcegos em geral fazem curvas, mas este pareceu ir em direção reta, como se soubesse para onde ir e como se tivesse vontade própria. O paciente se tornou cada vez mais calmo e em seguida disse:

— Não precisam amarrar-me; obedecerei. — Sem maiores dificuldades, voltamos. Acho que há algo agourento em sua calma, e jamais esquecerei esta noite...

Diário de Lucy Westenra

Hillingham, 24 de agosto — Preciso imitar Mina e anotar tudo. Poderemos então conversar muito, quando nos encontrarmos. Não sei quando isso ocorrerá. Quisera tê-la aqui comigo, pois me sinto muito infeliz. Na noite passada pareceu-me sonhar novamente, como em Whitby. Talvez a causa seja a mudança de ar ou o retorno ao lar. Tudo é escuro e terrível para mim, pois de nada me recordo; porém sinto um medo vago e estou muito fraca e cansada. Quando Arthur veio almoçar, mostrou-se triste ao ver-me e não tive coragem de parecer alegre. Desejaria poder dormir no quarto de mamãe esta noite. Arranjarei uma desculpa e tentarei.

25 de agosto — Outra noite má. Mamãe não pareceu gostar de minha proposta. Ela também não está com boa aparência e, sem dúvida, teme preocupar-me. Tentei ficar acordada e o consegui durante algum tempo; mas quando o relógio bateu doze horas acordei, percebendo que dormira. Alguém parecia arranhar e bater as asas em minha janela, mas não dei importância àquilo; como de nada mais me lembro, acredito que devo ter dormido. Mais pesadelos. Quisera poder recordá-los. Esta manhã, sinto-me terrivelmente fraca. Meu rosto está cadavericamente pálido e minha garganta dói. Acho que estou doente dos pulmões, pois sinto falta de ar. Tentarei mostrar-me animada quando Arthur chegar, pois sei que ele se sentirá muito triste por me ver assim.

Carta de Arthur Holmwood ao dr. Seward

Hotel Albermale, 31 de agosto.

Caro Jack:

Quero que me faça um favor. Lucy está doente; isto é, não apresenta nenhuma moléstia caracterizada, mas tem a aparência doentia e piora dia a dia. Perguntei-lhe se existe algum motivo para isso; não ouso interrogar a mãe porque perturbar a mente da pobre senhora, fazendo-a preocupar-se com a filha, seria fatal em seu estado de saúde. A sra. Westenra me disse confidencialmente que já conhece o seu destino (está doente do coração), embora Lucy não o saiba. Tenho certeza de que algo aflige a mente de minha querida. Sinto-me quase louco ao pensar nela e fico angustiado ao contemplá-la. Disse-lhe que pediria a você para examiná-la e ela hesitou a princípio (sei por que, velho companheiro), mas finalmente concordou. Sei que lhe será um encargo penoso, amigo, porém, como é para o bem dela, não devo hesitar em pedir, nem você em agir. Venha almoçar em Hillingham amanhã, às duas horas, a fim de não despertar as suspeitas da sra. Westenra; depois da refeição, Lucy aproveitará a oportunidade de ficar a sós com você. Aparecerei para o chá e poderemos partir juntos; estou muito aflito e desejo consultá-lo a sós, logo após o exame. Não deixe de vir!

Arthur

Telegrama de Arthur Holmwood ao dr. Seward

1º de setembro.

Fui chamado para ver meu pai, que piorou. Enviarei carta. Escreva-me detalhadamente e envie tudo hoje à noite para Ring. Telegrafe-me, se necessário.

Carta do dr. Seward a Arthur Holmwood

2 de setembro.

Caro amigo:

Com respeito à saúde da srta. Westenra, apresso-me a dizer-lhe que, em minha opinião, não há distúrbio funcional nem moléstia conhecida por mim. Porém, ao mesmo tempo, não estou nada satisfeito com a sua aparência; está totalmente diferente do que quando a vi pela última vez. Você deve, contudo, notar que não me foi possível examiná-la muito detalhadamente; nossa amizade criava uma dificuldade que nem a ciência médica ou os costumes podiam transpor. Será melhor dizer-lhe exatamente o que ocorreu, permitindo-lhe tirar suas próprias conclusões, dentro de certos limites. Narrar-lhe-ei, portanto, o que fiz e o que pretendo fazer.

Encontrei a srta. Westenra aparentemente alegre. Sua mãe estava presente e, após alguns segundos, percebi que a moça se esforçava o mais possível para iludir a mãe e impedir que esta se preocupasse. Não tenho dúvidas de que ela adivinha, se é que não sabe, quanta cautela é necessária. Almoçamos juntos e, como todos nos esforçamos para demonstrar alegria, recebemos certa recompensa e alguma felicidade real surgiu entre nós. Em seguida, a sra. Westenra foi deitar-se e

Lucy ficou comigo. Fomos ao seu vestiário e, até chegarmos lá, ela permaneceu contente, pois os criados iam e vinham. Contudo, logo que a porta se fechou, a máscara caiu de seu rosto e ela afundou numa cadeira com um grande suspiro, escondendo os olhos com as mãos. Quando vi seu desânimo, imediatamente aproveitei aquela reação para um diagnóstico. Ela me disse muito ternamente:

— Detesto falar sobre mim mesma!

Recordei-lhe que o juramento de um médico não permitia que as confidências a ele feitas fossem reveladas, mas declarei-lhe que você estava terrivelmente aflito por causa dela. Imediatamente percebeu o que eu queria dizer e esclareceu-o com palavras:

— Diga a Arthur o que quiser. Não dou importância a mim mesma, mas ele é tudo para mim na vida! — Assim, concedeu-me liberdade para falar.

Verifiquei logo que está com pouco sangue, mas não encontrei os sintomas típicos de anemia; casualmente, pude examinar a qualidade de seu sangue, pois, ao abrir uma janela endurecida, um estilete cedeu, e ela cortou ligeiramente a mão com o vidro partido. Foi um fato insignificante, mas permitiu-me guardar algumas gotas de sangue que mandei analisar. A análise qualitativa demonstrou normalidade e até mesmo bom estado de saúde. Também quanto a outros fatores físicos, estou muito satisfeito porque não há necessidade de apreensões. Contudo, tem de existir alguma causa em algum lugar, e julgo que deve ser mental. Ela se queixa de falta de ar em determinadas ocasiões e de sono letárgico e pesado, com sonhos que a assustam, mas dos quais não pode recordar-se. Diz que era sonâmbula quando criança e que em Whitby esse hábito ressurgiu; contou que certa noite levantou-se e foi para o Penhasco Leste, onde a srta. Murray a encontrou; porém assegura-me que ultimamente não tem tido esse hábito. Tenho certas dúvidas e por isso resolvi fazer o que melhor me pareceu: escrevi ao meu velho amigo e mestre, o professor Van Helsing, de Amsterdã, que muito sabe acerca de doenças obscuras. Pedi-lhe que viesse para cá e, como você declarou que pagaria tudo, falei-lhe acerca de sua pessoa, assim como de suas relações com a srta. Westenra. Fiz isso, camarada, de acordo com seus desejos, pois me sinto orgulhoso e feliz em poder fazer por ela tudo o que me for possível. Sei que Van Helsing, por motivos pessoais, fará qualquer coisa por mim; devemos portanto aceitar os desejos dele, venha em que termos vier. Aparentemente, parece ser um homem despótico, mas isso ocorre porque sabe o que diz, mais do que qualquer outro.

É um filósofo e um metafísico, assim como um dos mais avançados cientistas de sua época; segundo creio, é também muito compreensivo.

Isto, aliado a nervos de aço, sangue-frio, vontade indomável, domínio próprio, tolerância repleta de virtudes e bênçãos e o coração mais bondoso e fiel que já existiu. Estes são os elementos de que dispõe para o nobre trabalho que realiza em benefício da humanidade; trabalha com essas qualidades, tanto prática quanto teoricamente, pois seus pontos de vista são tão amplos quanto sua simpatia que a tudo envolve. Disse-lhe estes fatos para que saiba por que confio tanto nele. Pedi-lhe que viesse imediatamente. Visitarei a srta. Westenra amanhã, mais uma vez. Ela se encontrará comigo em Stores, a fim de não alarmar sua mãe com minhas tão repetidas visitas.

Sempre seu,

John Seward

Carta de Abraham Van Helsing, médico, doutor em Filosofia, etc., ao dr. Seward

2 de setembro.

Meu bom amigo:

Recebi sua carta e já parto para vê-lo. Felizmente, poderei ir agora, sem causar dano àqueles que em mim confiam. Se a ocasião fosse outra, isso seria mau para aqueles que depositam fé em mim, pois atendo a meu amigo quando me chama para ajudar àqueles que lhe são caros. Diga a seu amigo que, quando você sugou rapidamente de meu ferimento o veneno da gangrena produzida por aquela faca que o nosso outro amigo, nervoso demais, deixou cair, fez mais bem ao seu amigo que agora pede a minha ajuda, do que todo o dinheiro dele poderia fazer. Mas servi-lo é um prazer redobrado, já que ele é seu amigo. Por favor, faça que possamos ver a jovem amanhã, não tarde demais, pois talvez eu tenha de voltar para cá amanhã mesmo, à noite. Porém, se necessário for, irei novamente após três dias e ficarei mais tempo. Até essa ocasião, amigo John,

Van Helsing

Carta do dr. Seward ao ilustre Arthur Holmwood

3 de setembro.

Caro Art:

Van Helsing já veio e já voltou. Veio comigo para Hillingham e descobrimos que, graças às providências de Lucy, a mãe dela almoçou fora e ficamos a sós com a moça. Van Helsing a examinou minuciosamente. Comentará o caso comigo e darei conselhos a você, pois não assisti a todo o exame. Receio que ele esteja preocupado, mas disse que pensará. Quando lhe falei sobre nossa amizade e sobre a confiança que você depositou em mim, declarou:

— Diga a ele tudo o que você mesmo pensa. Diga-lhe também o que penso, se puder adivinhá-lo e se o desejar. Não estou brincando, pois trata-se de um caso de vida ou de morte, talvez até de algo mais.

Perguntei-lhe o que queria dizer com isso, pois estava muito sério. Esses momentos se passaram quando já havíamos regressado à cidade e ele tomava uma xícara de chá, antes de retornar a Amsterdã. Nada mais me disse. Não deve zangar-se comigo, Art, pois a discrição dele significa que todo o seu cérebro trabalha para o bem dela. Esteja certo de que ele falará com clareza, quando chegar a hora. Por isso, lhe contei que comunicaria a você apenas o relato de nossa visita, como se eu escrevesse um artigo especial para o jornal. Não deu atenção às minhas palavras, mas observou que a fuligem em Londres não estava tão intensa quanto na época em que era estudante, aqui. Receberei o relatório dele amanhã, se for possível. De qualquer modo, enviar-me-á uma carta.

Quanto à visita que fizemos a Lucy, a moça estava mais alegre do que no primeiro dia em que a vi, e sua aparência também era melhor. Perdera um pouco a palidez terrível que tanto o perturbou e sua respiração apresentou-se normal. Foi muito meiga para com o professor (como sempre é) e tentou pô-lo à vontade, embora eu pudesse perceber que era com muito esforço que assim procedia. Creio que Van Helsing notou o que ocorria, pois reconheci um rápido movimento de suas espessas sobrancelhas, que há muito me era familiar. Em seguida, principiou a falar de tudo, com exceção de nós mesmos e de doenças; houve-se com tamanha habilidade que vi a fingida animação de Lucy transformar-se em realidade. Depois, sem nenhuma modificação visível, levou suavemente a conversa para o motivo de sua visita, dizendo gentilmente:

— Cara mocinha, tenho o grande prazer de conhecê-la, devido àqueles que muito a amam. E isso teria sido suficiente, minha filha, ainda que não estivesse doente. Disseram-me que estava desanimada e terrivelmente pálida. Eu poderia dizer-lhes: "Qual nada!" — Estalou os dedos para mim e prosseguiu: — Mas eu e você mostraremos a eles o quanto estão errados. Como pode o dr. Seward saber alguma coisa a respeito de jovens? — apontou para mim com o mesmo olhar e expressão que apresentara ao apontar para mim em sua aula, quando ocorreu um certo caso particular que nunca deixa de recordar-me. — Ele tem os loucos para diverti-lo e deve proporcionar-lhes a felicidade de devolvê-los aos que os amam. Há muito que fazer e nos sentimos recompensados pela felicidade que proporcionamos. Mas as jovens! Ele não tem mulher nem filha e as jovens não fazem confidências aos jovens, mas aos velhos como eu, que conhecem muitas tristezas e suas causas. Portanto, minha cara, nós o mandaremos fumar no jardim enquanto conversamos particularmente. — Entendi a insinuação e saí; depois o professor foi à janela e mandou-me entrar. Contemplou-me com seriedade, porém me disse: — Examinei cuidadosamente, mas não há causa funcional. Concordo com sua opinião de que muito sangue se perdeu; isso ocorreu, mas não ocorre. Entretanto, ela não está de nenhum modo anêmica. Pedi-lhe para falar com sua aia, pois desejo formular-lhe uma pergunta ou duas, a fim de nada deixar escapar. Já sei o que ela responderá. E, contudo, há uma causa, pois existe causa para tudo. Voltarei para casa e pensarei. Telegrafe-me todos os dias e, se houver motivo, regressarei. A moléstia (pois quando nem tudo está bem há moléstia) me interessa, assim como a terna jovem. Ela me encanta e, ainda que não houvesse doença, nem a sua amizade, viria por ela.

Como já lhe declarei, ele não disse mais palavras, nem quando ficamos a sós. Agora sabe de tudo, Art. Vigiarei com o máximo cuidado. Espero que seu pai esteja melhor. Deve ser horrível para você, caro camarada, ver doentes duas pessoas que tanto ama. Sei que o dever o prende ao pai, e age com razão ao permanecer aí. Se for necessário, eu o chamarei imediatamente para o lado de Lucy, por isso não se preocupe demais, a não ser que receba aviso meu.

Relato cotidiano do dr. Seward

4 de setembro — O paciente zoófago continua ainda a despertar meu interesse. Teve apenas um ataque, ontem, em hora fora do comum. Pouco antes do meio-dia, principiou a tornar-se inquieto. O enfermeiro conhece os sintomas e imediatamente pediu ajuda. Felizmente esta chegou a tempo, pois quando o relógio bateu meio-dia, o doente tornou-se tão nervoso que os homens tiveram de empregar toda a força para detê-lo. Depois de cerca de cinco minutos, contudo, acalmou-se cada vez mais e uma espécie de melancolia o invadiu; permaneceu nesse estado até agora. O enfermeiro relatou-me que seus gritos durante a crise foram realmente apavorantes; tive muito serviço quando entrei, atendendo os outros pacientes que ele assustara com seus berros. Pude muito bem compreender o sucedido, pois eu próprio me senti perturbado com o som, embora estivesse a certa distância. A hora do jantar dos doentes já passou e meu paciente ainda se senta num canto, sorumbático, com uma expressão abatida e magoada que parece sugerir mais do que demonstrar algo diretamente. Não compreendo bem.

Mais tarde — Outra mudança apresentou o paciente. Às cinco horas procurei-o e o encontrei tão feliz e satisfeito como antigamente. Agarrava moscas para comê-las e anotava sua captura com marcas de unha na extremidade da porta entre os encaixes de madeira. Quando me viu, aproximou-se, pedindo desculpas por seu mau comportamento; implorou-me muito humildemente que o levasse para o seu próprio quarto e para que lhe desse novamente seu caderno de apontamentos. Achei melhor satisfazê-lo: está novamente em seu quarto, e a janela se encontra aberta. Espalhou o açúcar de seu chá no peitoril da janela e está obtendo boa coleta de moscas. Agora já não as come, mas coloca-as numa caixa, como antigamente, e já examina os cantos do aposento, a fim de encontrar uma aranha. Tentei obrigá-lo a falar sobre os últimos dias, pois qualquer pista para os seus pensamentos constituiria grande ajuda para mim; porém não falou. Durante um minuto ou dois quedou-se muito triste e disse com voz distante, como se falasse mais para si mesmo do que para mim:

— Tudo terminou! Tudo terminou! Ele me abandonou. Só há uma esperança para mim: agir sozinho! — Em seguida, voltando-se repentina e resolutamente para mim, afirmou: — Doutor, seja bonzinho e veja se pode fornecer-me um pouco mais de açúcar. Creio que isso me faria bem.

— E as moscas? — perguntei.

— Sim, as moscas gostam de açúcar e eu gosto das moscas; portanto, também gosto de açúcar. — E ainda há pessoas tão ignorantes que não sabem que os loucos discutem bem. Dei-lhe uma ração dupla e deixei-o felicíssimo. Quisera compreender sua mente.

Meia-noite — Outra modificação. Eu fora ver a srta. Westenra, que encontrei muito melhor; acabara de retornar e estava em pé junto ao portão do hospício, contemplando o pôr do sol, quando mais uma vez ouvi o louco berrar. Como seu quarto fica neste lado do prédio, ouvi-o melhor do que de manhã. Senti um choque ao desviar-me da maravilhosa beleza nublada de um pôr do sol sobre Londres, repleto de suaves luzes e escuras sombras, assim como de todas as cores estonteantes que surgem nas nuvens turvas, e ao voltar-me para a sombria frieza de meu próprio edifício de pedra, exalando miséria humana; tenho apenas meu coração desolado para suportar tudo isso. Aproximei-me do doente quando o sol descia, e de sua janela vi o disco vermelho mergulhar. Enquanto o astro-rei desaparecia, o louco se tornava cada vez menos exaltado e, quando o sol sumiu completamente, o homem escorregou das mãos que o seguravam e caiu ao chão inerme. Contudo, é assombroso o poder intelectual recuperativo dos lunáticos; após poucos minutos ele se levantou muito calmo, olhando ao redor de si. Fiz sinal para que os enfermeiros não o segurassem, pois estava ansioso para ver o que ele faria. Foi diretamente para a janela e limpou-a, retirando os torrões de açúcar; depois apanhou a caixa de moscas e esvaziou-a, jogando-a fora em seguida. Fechou a janela e, atravessando o aposento, sentou-se na cama. Tudo isso me surpreendeu e perguntei-lhe:

— Não quer mais conservar moscas?

— Não — disse ele. — Cansei-me dessas bobagens! — Na realidade, ele constitui um interessante estudo. Quisera poder compreender algo de sua mente ou da causa da súbita mudança. Mas, afinal, talvez descubramos uma pista se soubermos por que hoje sua crise ocorreu ao meio-dia e ao pôr do sol. Será que o sol em determinados períodos exerce uma influência maligna sobre certos temperamentos, como sucede com a lua? Veremos.

Três telegramas do dr. Seward, de Londres, para Van Helsing, em Amsterdã

4 de setembro — Doente muito melhor hoje.

5 de setembro — Doente muito melhor. Bom apetite, bom sono, bom humor. Cores voltam.

6 de setembro — Terrível mudança para pior. Venha imediatamente; não perca uma hora. Só telegrafarei para Holmwood depois que você a examinar.

❖

CAPÍTULO X

Carta do dr. Seward ao ilustre Arthur Holmwood

6 de setembro.

Caro Art:

As notícias hoje não são muito boas. Lucy piorou um pouco esta manhã. Contudo, algo de bom surgiu daí: a sra. Westenra mostrou-se preocupada com Lucy, como era de esperar, e consultou-me profissionalmente sobre o caso. Aproveitei a oportunidade e disse-lhe que meu antigo mestre, Van Helsing, o grande especialista, passaria algum tempo comigo, e que eu colocaria a moça, assim como a minha própria pessoa, sob os cuidados dele. Agora poderemos ir e vir sem alarmá-la indevidamente, o que poderia provocar sua morte repentina, fato que talvez fosse desastroso para Lucy, devido a sua fraqueza. As dificuldades nos cercam, a todos nós, meu pobre amigo; mas, se Deus quiser, serão ultrapassadas. Escreverei se necessário, mas, se não receber palavras minhas, considere que estou apenas à espera de notícias para dar-lhe. Despeço-me apressadamente.

Sempre seu,

John Seward

Relato cotidiano do dr. Seward

7 de setembro — As primeiras palavras de Van Helsing, a mim dirigidas, quando nos encontramos na rua Liverpool, foram:

— Contou algo a nosso amigo, namorado da moça?

— Não — respondi. — Esperei para vê-lo, como disse no telegrama. Escrevi-lhe uma carta, declarando simplesmente que você viria, pois a srta. Westenra estava um pouco pior. Afirmei que mandaria avisá-lo se necessário.

— Bem, meu amigo — disse ele —, muito bem! É preferível que o namorado não saiba já; talvez que não saiba nunca. Ah, amigo John, permita-me adverti-lo. Você lida com os loucos, e todos os homens têm algo de louco; assim como cuida secretamente de seus alienados, cuide também com discrição dos outros alienados de Deus: o resto da humanidade. Você não conta a seus loucos o que faz, nem por que o faz; não lhes conta o que pensa. Guarde portanto a sabedoria em seu devido lugar, e deixe-a descansar lá, onde poderá medrar e florescer. Eu e você conservaremos o que sabemos aqui, e aqui. — Tocou-me o coração e a testa, fazendo o mesmo consigo. — Atualmente, tenho minhas próprias ideias. Mais tarde lhe explicarei.

— Por que não agora? — perguntei. — Talvez seja bom falar já, pois podemos chegar a alguma conclusão.

Contemplou-me e disse: — Amigo John, quando o milho cresce, mesmo antes de amadurecer, quando ainda contém os elementos nutritivos da mãe-terra e o sol ainda não principiou a torná-lo dourado, o agricultor puxa a espiga e esfrega-a em suas mãos ásperas; afasta o refugo verde e lhe diz: "Olhe! Este milho é bom. Dará boa colheita quando chegar a hora".

Não percebi que relação existia entre essa história e o nosso caso. Em resposta, puxou-me galhofeiramente a orelha, como costumava fazer há muitos anos em suas aulas, e disse:

— O bom agricultor só fala assim naquela ocasião porque sabe, não fala antes. Mas nunca encontramos um bom agricultor cavando o lugar em que plantou, para ver se o milho está crescendo; assim agem apenas as crianças que brincam de agricultura e não aqueles que fazem dela o trabalho de sua vida. Vê agora, amigo John? Plantei meu milho e a natureza terá o trabalho de fazê-lo crescer; se isso acontecer, poderei ter esperanças e aguardarei para ver a espiga principiar a desenvolver-se. — Parou, pois evidentemente percebeu que eu compreendera. Depois prosseguiu com seriedade:

— Você sempre foi um estudante cuidadoso e seu caderno de observações médicas esteve sempre mais cheio que o dos outros. Mas você era apenas estudante naquela época, agora é mestre e estimo que aquele bom hábito não haja passado. Recorde-se, meu amigo, de que o conhecimento é mais forte que a memória e de que devemos confiar no mais forte. Ainda que você não tivesse conservado a boa prática, permita-me dizer-lhe que o caso de nossa cara senhorita talvez possa ser tão importante para nós e para os outros que todos os demais casos pareçam migalhas quando comparados a esse. Portanto, anote-o bem. Nada é por demais insignificante. Aconselho-o a gravar até mesmo suas dúvidas e suposições. Daqui por diante, ser-lhe-á interessante verificar até se adivinha os fatos corretamente. É o fracasso que nos ensina, não o sucesso!

Quando descrevi os sintomas de Lucy (que eram os mesmos, porém mais intensos), o professor ficou sério, mas nada disse. Apanhou a mala em que levava muitos instrumentos e remédios, "a apavorante parafernália de nossa útil profissão", como ele denominou o equipamento de um professor da arte de curar, em uma de suas aulas. Quando entramos, encontramos a sra. Westenra. Estava alarmada, mas não tanto quanto eu esperava. A natureza, num de seus momentos de condescendência, dispôs as coisas de tal modo que até mesmo a morte tem um antídoto para os seus próprios terrores. Aqui, num caso em que qualquer choque pode ser fatal, os fatos se ordenam de tal forma que, por algum motivo, as coisas que não dizem respeito à sua própria pessoa (até mesmo a terrível modificação da filha que ela adora) não parecem atingi-la. É como se a mãe-natureza colocasse, ao redor de um corpo estranho, um invólucro de material insensível, capaz de proteger o indivíduo do mal que de outro modo o perturbaria. Se isso constitui um egoísmo ordenado, devemos parar antes de atribuir a alguém o vício do egoísmo, porque para a sua causa podem existir raízes mais profundas do que conhecemos.

Aproveitei-me do conhecimento desta fase da patologia espiritual, e estabeleci a norma de que a mãe só deveria permanecer com Lucy e pensar em sua doença o tempo que fosse absolutamente necessário. Consentiu prontamente, tão prontamente que aí vi mais uma vez a mão da natureza lutando pela vida. Van Helsing e eu fomos ao quarto de Lucy. Ficara chocado ao vê-la no dia anterior, mas mais horrorizado fiquei ao contemplá-la naquele mesmo dia. Estava assustadoramente, cadavericamente pálida; o vermelho parecia haver desaparecido de seus lábios e gengivas, os ossos de seu rosto se salientavam e era desagradável vê-la respirar. O rosto de Van Helsing tornou-se duro como o mármore e suas sobrancelhas quase se uniram sobre o nariz. Lucy permaneceu imóvel; como não parecia ter forças para falar, ficamos em silêncio durante algum tempo. Em seguida,

Van Helsing chamou-me e saímos do quarto. Assim que fechamos a porta, entrou rapidamente em outro aposento aberto. Puxou-me apressadamente e fechou a porta.

— Meu Deus! — disse ele. — É horrível. Não temos tempo a perder. Ela morrerá simplesmente por lhe faltar o sangue necessário para manter as batidas do coração. Temos de realizar imediatamente uma transfusão de sangue. Do meu ou do seu?

— Sou mais jovem e forte, professor. Tem de ser meu.

— Então se prepare imediatamente. Apanharei minha mala. Já estou pronto.

Desci com ele e, enquanto caminhávamos, bateram na porta de saída. A empregada acabara de abri-la quando chegamos ao vestíbulo; Arthur entrava. Aproximou-se rapidamente de mim e disse num sussurro ansioso:

— Jack, estive muito preocupado. Percebi as entrelinhas de sua carta e fiquei agoniado. Papai melhorou e por isso vim para cá ver com meus olhos o que se passa. Este cavalheiro não é o dr. Van Helsing? Agradeço-lhe muitíssimo, senhor, pelo fato de ter vindo.

Quando os olhos do professor o viram pela primeira vez, mostraram-se zangados com a interrupção sofrida naquele momento; agora, porém, quando viu a robustez do jovem e a masculinidade que dele emanava, seus olhos brilharam. Sem parar, estendeu a mão ao moço e lhe disse:

— Senhor, chegou a tempo. É o namorado de nossa querida senhorita. Ela está muito mal. Ora, meu filho, não desanime assim. — O rapaz se tornara subitamente pálido e sentou-se em uma cadeira, quase desmaiando. — Você a ajudará. Poderá fazer mais do que todos os outros, e sua coragem será a sua melhor ajudante.

— O que posso fazer? — perguntou Arthur asperamente. — Diga-me e eu o farei. Ela é toda a minha vida e por ela daria até a última gota de meu sangue.

O professor tem muito senso de humor e, como o conheço há muito, pude verificar que este aspecto de seu temperamento influiu em sua resposta:

— Jovem, não peço tanto assim... a última gota não é necessária.

— O que devo fazer? — Havia fogo nos olhos do jovem e suas narinas abertas tremiam de resolução. Van Helsing deu-lhe uma pancadinha no ombro.

— Venha! — disse. — Você é um homem e é o homem que desejamos. É melhor do que eu e meu amigo John.

Arthur estava perplexo e o professor prosseguiu, explicando delicadamente:

— A jovem está mal, muito mal. Necessita de sangue, e se não o tiver morrerá. Meu amigo John e eu trocamos opiniões e estamos prestes a realizar uma transfusão de sangue: o líquido passará das veias cheias de um indivíduo para as vazias de outro que definha. John daria o seu sangue, pois é mais jovem e forte do que eu. — Arthur naquele momento sacudiu fortemente minha mão, em silêncio. — Mas agora você está aqui e é melhor do que nós, velhos ou jovens, mas que labutamos no campo dos pensamentos. Nossos nervos não são tão calmos e nosso sangue não é tão vivo quanto o seu!

Arthur voltou-se para ele e disse:

— O senhor compreenderia, se soubesse como me sentiria satisfeito em morrer por ela... — Parou, com uma espécie de soluço.

— Bom rapaz! — exclamou Van Helsing. — Daqui a pouco tempo sentir-se-á feliz por saber que fez tudo por sua amada. Agora venha em silêncio. Beije-a antes da transfusão e depois se retire; deverá sair quando eu o avisar. Nada diga à mãe; sabe o que se passa com ela! Não pode receber choques e teria um se soubesse o que ocorre. Venha!

Todos subimos ao quarto de Lucy. Atendendo à recomendação do médico, Arthur ficou do lado de fora. Lucy voltou a cabeça e olhou-nos sem nada dizer. Não dormia, mas estava simplesmente fraca demais para fazer esforço. Apenas seus olhos nos falaram. Van Helsing tirou alguns objetos de sua maleta e colocou-os sobre uma mesinha, longe da vista. Em seguida, misturou um narcótico e, aproximando-se da cama, disse alegremente:

— Tome, senhorita, aqui está seu remédio. Beba como uma criança obediente. Veja, levanto-a para que engula facilmente. Assim. — Ela realizou o esforço com sucesso.

Surpreendi-me ao verificar como o remédio custara a fazer efeito. Aquilo era um sinal de sua fraqueza. O tempo pareceu interminável até o sono fazê-la piscar. Finalmente, o narcótico principiou a manifestar sua potência e ela dormiu profundamente. Quando o professor se mostrou satisfeito, chamou Arthur ao quarto e pediu-lhe que retirasse o casaco. Em seguida acrescentou:

— Pode dar aquele beijinho enquanto trago a mesa. Amigo John, ajude-me!

Portanto, nenhum de nós dois olhou enquanto ele se inclinou sobre ela. Van Helsing, voltando-se para mim, disse:

— Ele é muito jovem e forte, tem o sangue puro, não necessitamos analisá-lo.

Em seguida, com rapidez, porém com técnica perfeita, Van Helsing realizou a operação. Enquanto a transfusão se realizava, a vida pareceu retornar às faces de Lucy e, embora cada vez mais pálido, o rosto de Arthur espelhava a mais completa felicidade. Após algum tempo, principiei a tornar-me ansioso, pois a perda de sangue começava a afetar Arthur, apesar de sua robustez. Aquilo me fez perceber quão terrível abalo havia sofrido a saúde de Lucy, já que a quantidade de sangue enfraquecia Arthur e a restabelecia apenas em parte. Mas o rosto do professor estava firme enquanto mantinha o relógio na mão, e contemplava ora a doente, ora Arthur. Eu ouvia as batidas de meu próprio coração. O professor disse, então, com voz suave:

— Fique quieto um instante. Basta. Cuide dele, cuidarei dela.

Quando tudo terminou, vi como Arthur enfraquecera. Fiz um curativo na ferida e segurei-lhe o braço para que viesse comigo; contudo, Van Helsing falou sem voltar-se (o homem parece ter olhos nas costas):

— O bravo namorado merece outro beijo; já o receberá. — Como terminara a operação, ajustou o travesseiro na cabeça da doente. Ao fazê-lo, suspendeu ligeiramente a fita de veludo presa que ela sempre usa no pescoço e que sustém um enfeite de diamante, presenteado pelo namorado. Pudemos então ver certa marca vermelha na altura de sua garganta. Arthur não o notou, mas ouvi o profundo silvo do ar inspirado, que constitui uma das formas de Van Helsing trair sua emoção. Nada falou no momento, mas voltou-se para mim, dizendo:

— Agora, leve o bravo namorado para baixo, dê-lhe vinho do Porto e faça-o deitar-se um pouco. Em seguida, ele terá de ir para casa descansar, dormir e comer muito para que se possa restabelecer do que deu a seu amor. Não deve ficar aqui. Espere um momento! Creio que está ansioso por um resultado. Saiba que a transfusão foi muito bem-sucedida. Você salvou a vida da srta. Lucy desta vez, e pode voltar para casa com a mente sossegada, sabendo que fizemos o possível. Contarei tudo a ela, quando ficar boa, e ela o amará ainda mais pelo que fez. Adeus.

Depois da partida de Arthur, voltei ao quarto. Lucy dormia suavemente, mas respirava com mais força; eu podia ver a colcha mover-se com o arfar de seu tronco. Na cama ao lado dela estava Van Helsing, que a observava atentamente. A fita de veludo já recobria a marca. Perguntei baixinho ao professor:

— O que acha da marca na garganta dela?

— O que acha você?

— Ainda não a examinei — respondi, começando em seguida a soltar a fita. Sobre a veia jugular externa havia duas picadas pequenas, porém inflamadas. Não havia sinal de doença, mas as extremidades se apresentavam brancas e gastas, como se tivesse ocorrido alguma trituração. Imediatamente concebi a ideia de que esse ferimento, ou o que quer que fosse, poderia constituir a causa da manifesta perda de sangue; mas abandonei a ideia na mesma hora em que se formou, pois não poderia corresponder à verdade. Toda a cama ficaria ensopada de sangue, pois para adquirir a palidez que apresentava antes da transfusão, a moça deveria ter perdido grande quantidade do líquido.

— Então? — perguntou Van Helsing.

— Bem — disse eu —, ainda não cheguei a uma conclusão.

— Tenho de voltar a Amsterdã esta noite — falou o professor levantando-se. — Lá terei de apanhar livros e objetos de que necessito. Você deverá permanecer aqui durante toda a noite. Não deixe de vigiá-la.

— Devo arranjar uma enfermeira? — perguntei.

— Nós somos as melhores enfermeiras, eu e você. Vigie durante toda a noite. Verifique se está bem alimentada e não permita que algo a perturbe. Permaneça acordado durante a noite inteira. Mais tarde dormiremos, você e eu. Voltarei o mais breve possí vel e então principiaremos.

— Principiaremos? — perguntei. — Céus, o que quer dizer?

— Veremos! — respondeu ele ao sair apressadamente. Voltou um minuto mais tarde, colocou a cabeça no vão da porta e advertiu-me com um dedo levantado: — Lembre-se de que é responsável por ela. Se a deixar e suceder uma desgraça, você não dormirá facilmente no futuro!

Relato cotidiano do dr. Seward

(continuação)

8 de setembro — Vigiei Lucy durante toda a noite. O narcótico produziu efeito até ao anoitecer e, então, ela acordou naturalmente; parecia ser uma pessoa diversa daquela que tomara a transfusão. Estava até animada e cheia de feliz vivacidade, porém eu percebia sinais da grande prostração pela qual passara. Quando disse à sra.

Westenra que, devido às ordens de Van Helsing, permaneceria acordado, vigiando a filha, ela achou a ideia tola, afirmando que a moça ganhara renovadas forças e bom humor. Fui firme, contudo, e preparei-me para a longa vigília. Depois que a criada a preparara para dormir, entrei e sentei-me ao lado da cama: jantara antes. Lucy não opôs objeções, mas olhava-me com gratidão, quando quer que nossos olhos se encontrassem. Depois de um longo período, o sono pareceu querer dominá-la, mas com esforço cabeceou, afastando-o. Aquilo se repetiu diversas vezes, com maiores esforços e menores pausas, à medida que o tempo prosseguia. Como se percebia claramente que ela não desejava dormir, abordei logo o fato:

— Não quer dormir?

— Não, tenho medo.

— Medo de dormir! Por quê? É o bálsamo que todos desejamos.

— Ah, isso não ocorreria se fossem como eu... se o sono significasse para vocês um presságio de terror.

— Um presságio de terror! Céus, o que quer dizer?

— Não sei, oh, não sei. E é isso que é terrível. Toda essa fraqueza surge durante o sono e faz-me ter horror de dormir.

— Mas, minha querida, pode dormir esta noite. Estou aqui para vigiá-la e prometo-lhe que nada sucederá.

— Ah, posso confiar em você.

Aproveitei a oportunidade e disse:

— Prometo-lhe que, se vir sinais de pesadelo em seu rosto, acordá-la-ei imediatamente.

— Fará realmente isso? Oh, como é bom para mim! Dormirei, então! — Nem bem acabara de pronunciar essas palavras, quando afundou na cama, dormindo.

Durante toda a noite zelei por ela. Não fez o mínimo movimento, porém continuou a dormir um sono profundo, tranquilo, restaurador da vida e da saúde. Seus lábios estavam ligeiramente separados, seu peito subia e descia com a regularidade de um pêndulo. Havia um sorriso em seu rosto, e tornava-se evidente que nenhum pesadelo lhe perturbava a paz mental.

De manhã cedo, a aia surgiu e deixei a moça sob seus cuidados enquanto ia para casa, pois tinha muita coisa a fazer. Enviei breves telegramas, um para Van Helsing e outro para Arthur, narrando-lhes o excelente resultado da transfusão. Minhas próprias tarefas, já atrasadas, ocuparam-me todo o dia; já era escuro quando perguntei por meu paciente zoófago. Recebi boas notícias, ele estivera calmo durante o dia e a noite anterior. Chegou de Van Helsing um telegrama vindo de Amsterdã enquanto eu jantava. Sugeria que eu fosse para Hillingham hoje à noite, onde minha presença talvez fosse necessária; declarava também que o professor partiria à noite e me encontraria de manhã cedo.

9 de setembro — Estava muito cansado quando cheguei a Hillingham. Durante duas noites, mal dormira e meu cérebro principiava a apresentar aquela incapacidade de raciocínio que marca a exaustão cerebral. Lucy estava de pé e muito animada. Quando me apertou as mãos, olhou-me firmemente e disse:

— Não zelará por mim esta noite. Está esgotado e eu me sinto muito, muito bem, muito bem mesmo. Se alguém tiver de ficar acordado, serei eu, para vigiar você. — Não discuti o fato, mas fui jantar.

Lucy acompanhou-me e, estimulado por sua encantadora presença, comi otimamente, bebendo também alguns copos do mais excelente vinho do Porto.

Em seguida, Lucy levou-me para cima e mostrou-me um quarto pegado ao seu, onde o fogo ardia numa acolhedora lareira.

— Agora — disse ela — terá de ficar aqui. Deixarei aberta a porta que comunica com o meu quarto. Pode dormir no sofá, pois sei que nada convencerá um médico a ir para a cama enquanto há um paciente à vista. Se necessitar de algo, pedirei e você poderá vir imediatamente. — Fui obrigado a aquiescer, pois estava completamente exausto e não poderia ficar acordado, ainda que o desejasse. Portanto, ao receber dela a promessa de que me chamaria se quisesse algo, deitei-me no sofá e esqueci-me de tudo.

Diário de Lucy Westenra

9 de setembro — Sinto-me muito feliz esta noite. Fiquei tão terrivelmente fraca que poder pensar e mover-me é como sentir o sol após um longo período de vento ingrato num céu nublado. Sinto Arthur muito próximo de mim, sua presença parece aquecer-me. Creio que a doença e a fraqueza são egoístas, pois nos fazem voltar nossos olhos para nós mesmos e nos fazem sentir dó de nossa própria pessoa.

Mas a saúde e a força concedem o reinado ao amor, e este em pensamentos e sentimentos vagueia por onde quer. Sei onde meus pensamentos estão e quisera que Arthur também soubesse! Meu querido, deve sentir as orelhas ardendo enquanto dorme, pois as minhas ardem mesmo quando estou acordada. Oh, o abençoado descanso da noite passada! Como dormi bem com o querido e bom dr. Seward a observar-me. E esta noite não terei medo de dormir, pois ele está perto e poderei chamá-lo. Agradeço a todos por serem tão bons para mim! Graças a Deus! Boa noite, Arthur.

Relato cotidiano do dr. Seward

10 de setembro — Percebi que a mão do professor estava sobre a minha cabeça e despertei completamente num segundo. Acordar assim é pelo menos uma das coisas que aprendemos num hospício.

— Como está a doente?

— Estava bem quando a deixei, ou melhor, quando ela me deixou — respondi.

— Venha, vejamos — falou ele. Juntos, entramos no quarto.

A persiana estava abaixada e fui levantá-la devagar enquanto Van Helsing caminhava, com seus passos silenciosos, até a cama.

Quando levantei as persianas e os raios do sol matutino invadiram o quarto, ouvi o chiado baixo que significava inspiração no professor; sabendo como aquilo era raro, senti o medo invadir-me o coração. Quando me adiantei, ele recuou e sua exclamação: "Deus do céu!", assim como seu rosto agoniado, tudo disse. Elevou as mãos e apontou para a cama; seu rosto firme contraiu-se e palidez cadavérica o invadiu. Senti meus joelhos principiarem a tremer.

A pobre Lucy estava ali na cama, aparentemente desfalecida, mais horrivelmente branca e abatida do que nunca. Até os lábios se apresentavam sem cor e as gengivas pareciam haver-se afastado dos dentes, o que às vezes sucede com o cadáver de alguém morto por prolongada doença. Van Helsing ergueu o pé furioso, porém seu instinto e seus longos anos de hábito o contiveram e baixou o pé sem batê-lo no chão.

— Rápido — disse ele. — Traga a aguardente.

Saí voando do quarto e regressei com a garrafa. Molhou com o líquido os lábios pálidos da pobre moça e, juntos, fizemos uma fricção nas palmas das mãos, no pulso e no coração. Ele auscultou e, após alguns momentos de enervante tensão, disse:

— Não é tarde demais. Ainda bate, embora muito fracamente. Todo o nosso trabalho está desfeito e precisamos principiar mais uma vez. Agora já não temos o jovem Arthur aqui e é de você que me tenho de servir, desta vez, amigo John. — Enquanto falava, enfiava a mão na maleta e apanhava os instrumentos para a transfusão; eu retirara o casaco e enrolava a manga da camisa. Não havia necessidade de narcótico naquele momento e, por isso, sem um minuto de atraso, principiamos a operação.

Depois de algum tempo, que não pareceu breve (pois o fato de sentirmos o nosso sangue secar, ainda quando o damos de boa vontade, é algo terrível), Van Helsing levantou um dedo de aviso.

— Não se mova — disse —, pois temo que ela acorde ao sentir as forças renovadas e isso seria perigoso, muito perigoso. Mas tomarei cuidado. Darei uma injeção hipodérmica de morfina. — Principiou então, rápida e habilmente, a realizar seu intento. O efeito sobre Lucy não foi mau, pois o desmaio transformou-se suavemente em sono narcotizado. Foi com um sentimento de orgulho pessoal que vi um leve rosado substituir a palidez dos lábios e faces. Um homem só pode saber o que significa ver o sangue de suas próprias veias ser retirado para penetrar nas veias da mulher que ama quando tem a experiência real deste fato.

O professor me observava com espírito crítico.

— Basta — disse ele.

— Só isso? — reclamei. — Você tirou muito mais de Art.

Sorriu tristemente ao responder:

— Ele é o namorado dela, o noivo. Você ainda tem muito trabalho a realizar por ela e pelos outros. Chega, portanto.

Quando terminou a operação, cuidou de Lucy enquanto eu aplicava pressão digital sobre meu próprio corte. Deitei-me enquanto esperava que ele tivesse tempo de cuidar de mim, pois sentia-me fraco e ligeiramente enfermo. Mais tarde, atou meu ferimento e mandou-me descer para apanhar uma garrafa de vinho para mim. Quando deixava o quarto, veio logo após e disse baixinho:

— Cuidado para que ninguém saiba disso. Se o jovem namorado aparecer inesperadamente, como da outra vez, nada lhe conte. Ficaria assustado e também enciumado. Ninguém deverá saber!

Quando voltei, observou-me cuidadosamente e depois disse:

— Você também está fraco. Vá para o quarto, deite-se no sofá e descanse um pouco; depois coma bastante durante o café da manhã e venha ver-me.

Cumpri aquelas ordens, pois sabia o quanto eram sábias. Realizara minha parte, e agora meu próximo dever seria conservar meu vigor.

Sentia-me muito fraco, e isso eliminava a surpresa do que ocorria. Contudo, adormeci no sofá, imaginando por que Lucy piorara tanto e sem saber como ela poderia ter perdido tanto sangue, já que não havia sinal de hemorragia. Creio que devo ter continuado a imaginar em meus sonhos, pois, adormecido ou acordado, meus pensamentos sempre se voltavam para os pequenos furos de seu pescoço e as extremidades que pareciam rasgadas e gastas, embora a abertura fosse minúscula.

Lucy dormiu até tarde durante o dia, e quando acordou estava bastante bem e forte, embora não tanto quanto no dia anterior. Van Helsing, depois de vê-la, saiu para um passeio; permaneci vigiando a moça e recebi estritas ordens de não abandoná-la nem um minuto. Pude ouvir a voz do professor no corredor, perguntando qual o posto telegráfico mais próximo.

Lucy tagarelou comigo abertamente e pareceu nada saber do ocorrido. Tentei diverti-la e mantê-la interessada. Quando a mãe apareceu para vê-la, não notou modificação alguma e me disse muito grata:

— Devemos-lhe muito, dr. Seward, por tudo o que fez, mas deve tomar cuidado para não se cansar demais. Está muito pálido. Vê-se logo que necessita de uma esposa para cuidar do senhor!

Enquanto a mãe falava, Lucy voltou-se vermelha, mas logo a cor lhe fugiu novamente; suas veias gastas não podiam atender ao desusado afluxo de sangue para a cabeça. A reação seguinte foi de excessiva palidez, o que ocorreu quando ela voltou para mim seus olhos súplices. Sorri, concordei e coloquei meu dedo em seus lábios; com um suspiro, recostou-se nos travesseiros.

Van Helsing voltou após algumas horas e disse-me:

— Agora vá para casa; beba e coma muito. Torne-se forte. Ficarei aqui à noite e eu mesmo observarei a senhorita. Você e eu cuidaremos do caso e mais ninguém deve saber dele. Tenho motivos sérios para isso. Não, pense o que quiser, mas não me pergunte quais são. Não receie pensar nas mais absurdas hipóteses. Boa noite.

No vestíbulo, duas criadas se aproximaram de mim, perguntando-me se uma ou as duas não poderiam cuidar de Lucy durante a noite. Imploraram-me e, quando afirmei ser o desejo do dr. Van Helsing que apenas eu ou ele velássemos, pediram-me que intercedesse junto ao "estrangeiro"; causava dó vê-las. Emocionei-me com a beleza delas, talvez porque esteja fraco atualmente e talvez porque aquilo se relacionasse com Lucy, pois era devoção por ela o que manifestavam; inúmeras vezes já presenciara exemplos semelhantes da bondade feminina. Cheguei aqui a tempo de um jantar tardio; depois inspecionei os doentes e encontrei tudo bem. Anotei isto enquanto esperava o sono que está chegando.

11 de setembro — Hoje, à tarde, fui a Hillingham. Encontrei Van Helsing muito animado e Lucy muito melhor. Pouco depois de minha chegada, trouxeram um grande pacote vindo do estrangeiro para o professor. Ele o abriu fingindo estar muito impressionado e mostrou um grande embrulho de flores brancas.

— Estas são para a srta. Lucy — disse.

— Para mim? Oh, dr. Van Helsing!

— Sim, minha cara, mas não são um divertimento. São um remédio. — Lucy fez então uma careta. — Mas não são para beber nem para serem tomadas sob outra forma enjoativa, por isso não precisa arrebitar seu encantador nariz. Se o fizer, contarei ao amigo Arthur que terá de passar por muitos aborrecimentos ao ver a beleza que ele tanto ama contorcida dessa forma. Ah, minha linda senhorita, isto faz seu nariz ficar reto novamente. As flores servirão de remédio, mas você não sabe como. Colocá-las-ei em sua janela, farei também uma linda guirlanda para pendurar em seu pescoço, a fim de que durma bem. Oh, sim, elas, como as flores do lótus, farão que esqueça as suas preocupações. Têm cheiro semelhante ao das águas do Lete e ao da fonte da juventude que os conquistadores procuraram na Flórida e que encontraram tarde demais.

Enquanto ele falava, Lucy examinava as flores e as cheirava. Atirou-as para o lado, dizendo entre risonha e contrariada:

— Oh, professor, creio que está brincando. São apenas flores de alho.

Para minha surpresa, Van Helsing levantou-se e disse com toda a seriedade, uma expressão firme e sobrancelhas que quase se encontravam:

— Nada de futilidade comigo! Nunca brinco! Procedo com seriedade e previno-os de que não me atrapalhem. Tomem cuidado, para o próprio bem e o bem dos outros. — Então, vendo que a pobre Lucy se assustara, prosseguiu com mais delicadeza: — Oh, senhorita, minha cara, não tenha medo de mim. Penso apenas no seu bem, pois muito poderá lucrar com estas flores tão comuns. Veja, eu mesmo as coloco em seu quarto. Eu mesmo faço a guirlanda que deve usar. Mas cuidado! Nada diremos aos outros que perguntam tanto. Devemos obedecer, e o silêncio constitui parte da obediência; isso a fará forte e saudável e a levará aos braços do amado que a espera. Agora, fique quieta um instante. Venha, amigo John, e ajude-me a ornar o quarto com as flores que vieram de Haarlem, onde meu amigo Vanderpool cultiva ervas medicinais, durante o ano inteiro, em suas estufas. Para que chegassem hoje, tive de telegrafar-lhe ontem.

Fomos para o quarto, levando conosco as flores. As ações do professor eram certamente estranhas e não podiam ser explicadas por nenhum dos livros médicos que eu conhecia. Primeiro, fechou as janelas, trancando-as bem; em seguida, apanhando um punhado de flores, esfregou-as em todos os caixilhos da janela, como se desejasse impedir que o mínimo golpe de ar entrasse sem o cheiro do alho. Em seguida, com outro punhado de flores, esfregou todo o batente da porta, em cima, embaixo e lateralmente; rodeou a lareira procedendo da mesma forma. Tudo aquilo me pareceu absurdo e, afinal, declarei:

— Bem, professor, sei que tem sempre algum motivo para fazer o que faz, mas isso na realidade me deixa perplexo. Ainda bem que não temos um cético aqui, pois ele diria que está realizando algum feitiço para afastar um espírito mau.

— Talvez esteja — declarou ele calmo enquanto principiava a fazer a guirlanda que Lucy usaria ao redor do pescoço.

Esperamos então que Lucy se preparasse para dormir e, quando ela foi para a cama, ele se aproximou e pessoalmente prendeu a guirlanda de flores de alho ao redor do pescoço dela. As últimas palavras que dirigiu à moça foram:

— Tenha cuidado para não tirá-la do lugar e, mesmo que sinta abafamento, não abra esta noite a janela, nem a porta.

— Prometo — disse Lucy — e agradeço mil vezes a ambos a bondade com que me trataram! Oh, o que fiz para merecer tão bons amigos?

Quando partimos em meu cabriolé, que estava à espera, Van Helsing disse:

— Esta noite poderei dormir em paz, e preciso mesmo disso: passei duas noites viajando, li muito no dia que se entremeou, tive muita ansiedade no dia seguinte e passei uma noite inteira acordado, vigilando. Venha ver-me amanhã cedo e iremos juntos para a casa de nossa linda senhorita, que estará muito melhor depois do "feitiço" que operei. Ah, ah!

Sentia-se tão confiante que me recordei de minha própria confiança e de seus resultados desastrosos, duas noites antes; tive então um pressentimento e um vago terror. Acho que hesitei em contar aquilo a meu amigo devido a minha fraqueza, porém senti ainda mais intensamente, como sucede quando retemos as lágrimas.

❖

CAPÍTULO XI

Diário de Lucy Westenra

12 de setembro — Como são todos bons para mim! Gosto muito do dr. Van Helsing. Não sei por que se mostrou tão ansioso a respeito destas flores. Efetivamente me assustou, pois estava muito violento. Mas devia ter razão, pois elas já me consolam de algum modo. Não tenho medo de ficar sozinha hoje à noite e posso dormir sem temores. Não me incomodarei se ouvir baterem asas do lado de fora da janela. Oh, que terrível luta tenho mantido contra o sono ultimamente; tenho sofrido muito com a insônia e o medo de dormir! Quão benditas são certas pessoas cuja vida não apresenta medos, nem pavores, para as quais o sono é uma bênção que vem todas as noites, trazendo apenas bons sonhos. Bem, aqui estou eu esta noite, desejando dormir e deitada como Ofélia na peça, "rodeada de enfeites próprios de uma virgem". Nunca antes apreciara as flores de alho, porém hoje acho-as muito agradáveis! Há paz em seu cheiro; sinto que o sono se aproxima. Boa noite para todos.

Retrato cotidiano do dr. Seward

13 de setembro — Fui a Berkeley e encontrei Van Helsing, pontual como sempre. A carruagem chamada do hotel estava à espera. O professor apanhou a maleta, que agora sempre traz consigo.

Relatemos tudo com exatidão. Van Helsing e eu chegamos a Hillingham às oito horas. A manhã estava linda; o sol brilhava e todos os sentimentos leves do princípio do outono pareciam ser o complemento do trabalho anual da natureza. As folhas adquiriam matizes vários e belos, mas ainda não tombavam das árvores. Quando entramos, encontramos a sra. Westenra, que saía do quarto. Ela sempre acorda cedo. Cumprimentou-nos afetuosamente e disse-nos:

— Ficarão satisfeitos por saber que Lucy está melhor. A queridinha ainda dorme. Olhei para dentro de seu quarto e a vi; porém não entrei para não perturbá-la.

O professor sorriu e pareceu rejubilar-se. Esfregou as mãos, dizendo:

— Ah! Achei que já havia diagnosticado a doença. Meu tratamento está dando certo.

— Não deve considerar que tudo se deve ao senhor, doutor. O estado de Lucy nesta manhã também ocorre em parte devido a mim.

— O que quer dizer, Madame? — inquiriu o professor.

— Bem, fiquei preocupada com a queridinha durante a noite e por isso fui ao seu quarto. Dormia tão profundamente que minha entrada não a acordou. Mas o quarto estava terrivelmente abafado. Por todo canto havia flores que cheiravam horrivelmente e vi um ramalhete delas no pescoço de Lucy. Tive medo de que o forte cheiro fosse excessivo para a doentinha, que está muito fraca, por isso as tirei todas de lá e entreabri a janela para deixar entrar um pouco de ar fresco. Ficarão satisfeitos com o estado dela agora, com certeza.

A mãe de Lucy foi para o seu quarto de vestir, onde geralmente tomava cedo o café matutino. Enquanto ela falara, eu observava o rosto do professor e percebera que se tornara completamente cinzento. Controlara-se enquanto a senhora estava presente, pois conhecia o estado de saúde dela e o mal que um choque lhe causaria; pode-se dizer que sorria aparentemente ao abrir a porta para deixá-la passar. Porém, no mesmo instante em que a viu desaparecer, puxou-me com força para a sala de jantar e fechou a porta.

Então, pela primeira vez na vida, vi Van Helsing perder o controle. Elevou as mãos sobre a cabeça numa espécie de desespero mudo; depois bateu palmas desolado e, finalmente, sentando-se numa cadeira, colocou as mãos diante do rosto. Principiou a soluçar; eram soluços altos e secos, que pareciam brotar do próprio coração. Em seguida elevou mais uma vez os braços, como se invocasse o universo inteiro.

— Deus! Deus! Deus! — exclamou. — O que fizemos nós, o que fez essa pobre moça, para que nos víssemos cercados de tantos males? Existe ainda entre nós o destino, enviado pelo antigo mundo pagão, e é ele que faz que tudo seja como é e obriga as coisas a ocorrerem deste modo? Essa pobre mãe, sem o saber e com a melhor das intenções, age de tal modo que destrói o corpo e a alma de sua filha; mas não lhe podemos dizer nada, nem sequer avisá-la, pois poderá morrer e então ambas perecerão. Oh, como somos perseguidos! Todos os poderes demoníacos lutam contra nós! — Súbito ficou em pé num pulo. — Venha — disse —, venha, pois temos de ver e agir. Quer isto provenha de um diabo, de todos eles ou de nenhum, teremos de lutar do mesmo modo. — Foi até a porta do vestíbulo apanhar a maleta, e juntos subimos ao quarto de Lucy.

Mais uma vez suspendi as persianas enquanto Van Helsing se aproximava da cama. Desta vez não se assustou ao contemplar o pobre rosto com a mesma palidez cadavérica que apresentara anteriormente. A expressão dele foi de tristeza e infinita piedade.

— Como eu esperava — murmurou, emitindo aquele chiado de inspiração que significava tanto. Sem dizer palavra, foi trancar a porta e depois começou a colocar na mesinha os instrumentos para mais outra transfusão de sangue. Eu há muito já percebera a necessidade e principiei a retirar o meu casaco, mas ele com um gesto me fez parar.

— Não! — disse. — Hoje, você fará a transfusão e eu darei o sangue. Já está enfraquecido. — Enquanto falava, ele mesmo despiu o casaco e enrolou a manga da camisa.

Mais uma vez a operação, mais uma vez o narcótico e novamente o retorno de cores às faces pálidas, a volta da respiração normal e do sono saudável. Desta vez observei enquanto Van Helsing doava e depois descansava.

Aproveitou a oportunidade e disse à sra. Westenra que ela não deveria remover coisa alguma do quarto de Lucy, sem consultá-lo; afirmou que as flores tinham valor medicinal e que seu aroma constituía parte do sistema de cura. Em seguida ele mesmo cuidou do caso, dizendo que vigiaria nesta noite e na outra, e que me avisaria quando minha vinda fosse necessária.

Após uma hora Lucy acordou, fortalecida e radiante; não parecia pior, apesar do que ocorrera.

O que significa tudo isso? Começo a pensar que talvez o antigo hábito de viver entre os loucos esteja afetando meu cérebro.

Diário de Lucy Westenra

17 de setembro — Quatro dias e quatro noites de paz. Estou ficando forte novamente e pareço outra pessoa. É como se tudo tivesse sido um longo pesadelo e eu acordasse para encontrar um lindo sol e para sentir o ar fresco da manhã ao meu redor. Lembro-me muito obscuramente de intermináveis e ansiosos momentos de espera e medo; da escuridão na qual nem sequer havia a dor da esperança para tornar o infortúnio do momento mais lancinante. Em seguida surgiam os longos períodos de esquecimento e o retorno à vida, semelhante ao nadador que procura a superfície através da forte pressão da água. Contudo, desde que o dr. Van Helsing está comigo, esses maus sonhos parecem haver passado. Cessaram todos os ruídos que me alucinavam: o bater de asas contra minha janela, as vozes distantes que pareciam tão próximas, os sons estridentes que vinham não sei de onde e me davam ordens para fazer não sei o quê. Agora, deito-me sem o menor medo de dormir. Nem sequer tento acordar. Aprendi a apreciar as flores do alho, e uma caixa cheia delas me chega todos os dias de Haarlem. Hoje à noite o dr. Van Helsing partirá, pois precisa ficar um dia em Amsterdã. Mas não é necessário que velem por mim, estou suficientemente boa para ficar sozinha. Agradeço a Deus por minha mãe, pelo querido Arthur e por todos os nossos amigos que foram tão bons! Nem sequer notarei que há algo diferente, pois a noite passada o dr. Van Helsing dormiu em sua cadeira muitas vezes. Acordei em duas ocasiões e verifiquei que ele dormia, mas não tive medo de adormecer novamente, embora os galhos ou morcegos (não sei ao certo) batessem quase zangados contra as vidraças.

Gazeta de Pall Mall, 18 de setembro

LOBO FORAGIDO

Perigosa aventura de nosso entrevistado —
Entrevista com o zelador no Jardim Zoológico

Após muitas perguntas e recusas, utilizando sempre as palavras *Gazeta de Pall Mall* como talismã, consegui encontrar o zelador da seção do jardim zoológico onde se incluem lobos. Thomas Bilder mora numa das cabanas situadas no cercado existente por trás da casa do elefante, e acabava de sentar-se para o chá, quando o encontrei. Thomas e sua esposa são pessoas amáveis, idosas e sem filhos; devem viver confortavelmente, se é que vivem segundo a amostra de hospitalidade que lá gozei. O zelador não quis discutir "negócios" antes do término da refeição, o que nos satisfez. Depois, quando a mesa foi tirada e acendeu o cachimbo, disse:

— Agora, sinhô, pode perguntá o que quiser. Desculpa eu não falá de assunto prefessional antes das refeição. Sempre dô chá aos lobo, chacais e hiena de nossa seção, antes de perguntá coisas a eles.

— O que quer dizer: perguntar coisas a eles? — indaguei, querendo estimular-lhe a vontade de falar.

— É o mesmo que batê neles com um pau na cabeça; puxá as orelha deles é outro. Faço isso quando os cavalheiro querem mostrá coisas às namoradas. Não me incomodo muito de batê com o pau na cabeça; mas, pra puxá as orelha espero que tomem seu xerês e café, por assim dizê. Olhe só — acrescentou filosoficamente —, a natureza dos animá é muito parecida com a nossa. Você veio me perguntá assunto de negócio e eu respondi de mau modo. Depois você me disse que ia fazê queixa ao superintendente. Não mandei você i pru inferno, sem ofensa?

— Mandou.

— Quando você disse que ia se queixá purque eu usava linguage obscena, foi como se batesse na minha cabeça. Mas, depois, o dinhero que me deu arresolveu tudo. Eu num ia brigá, por isso esperei a comida; agi como meus lobos, leão e tigre. Mas agora que a velhinha me empanturrô de bolo e me lavô com seu velho bule, agora que acendi meu cachimbo, pode me puxá as orelha. Nem ao menos resmungarei. Pergunte logo. Sei pur quê veio, pru causa do lobo fugido.

— Exatamente. Quero que me exponha seu ponto de vista. Diga-me apenas o que aconteceu e, quando eu souber os fatos, pedirei que me indique qual julga ser a causa de tudo e como acha que o caso terminará.

— Está bem, chefe. A história é esta: esse lobo que se chama Bersicker era um dos três chegado da Noruega para Jamrach, de quem compramos quatro anos atrás. Era um lobo bem-comportado e num dava trabalho. Fiquei muito surpreso dele querê fugi, como ficaria com qualquer outro animá que fugisse. Mas os lobo são iguá às mulheres: não se pode confiá neles.

— Não se importe com ele, senhor! — interrompeu a sra. Tom, com uma alegre risada. — Tomou conta dos animá durante tanto tempo que é quase iguá a um lobo! Mas não faz por mal.

— Bem, sinhô, ontem, mais ou menos duas horas após dá de comê aos bicho, ouvi a confusão. Fazia um leito pra um jovem puma que está doente, na casa dos macaco; mas, quando ouvi os berro todo, fui logo ver o que era. Bersicker se jogava furioso contras as grade, como se quisesse fugi. Não havia muita gente por ali naquele dia, perto estava só um home alto e magro, com nariz de águia e barba pontuda e com alguns fio de cabelo branco nela. Tinha cara cruel, fria, e os óio eram vermelho; num simpatizei com ele purque achei que era quem irritava o animá. Usava luvas de pelica nas mão e apontou para os animá dizeno: "Zelador, parece que alguma coisa perturba esses lobo."

"Talvez seja o sinhô", respondi, pois num gostava do ar importante que ele tinha. Não se zangô como eu desejava, mas riu de modo insolente e mostrô os dente afiado e branco. "Oh, não gostariam de mim", afirmou ele. "Oh, gostariam sim", disse eu imitano ele. "Sempre gostam de um osso ou dois pra limpá os dente na hora do chá. E você daria muitos osso pra eles."

Bem, foi gozado, mas quando os animá viram nós dois conversano, deitaram e, quando me cheguei para junto de Bersicker, deixou que eu acarinhasse a orelha dele, como sempre. Então aquele homem chegô e, por Deus, também acariciou as orelha do lobo!" "Cuidado", disse eu. "Bersicker é rápido." "Não faz mal", declarou ele. "Estou acostumado com os lobos." "Também trabalha com animá?", perguntei tirano o chapéu, pois um home que lida com lobos é um bom amigo dos zelador. "Não é bem nisso que eu trabalho", disse ele, "mas tenho muitos animais de estimação." Dizeno isso, levantô o chapéu como um lorde e foi embora. O velho Bersicker ficou olhano pra ele até vê ele desaparecê; depois se deitô num canto e num quis saí de lá durante toda a tarde. Bem, a noite passada, logo que a lua subiu, os lobo daqui começaram a uivá. Num havia motivo pra isso. Num havia ninguém perto, só arguém que devia está chamano um cachorro em argum lugá lá atrás nos jardim, na estrada do Parque. Uma ou duas vez, saí pra vê se tudo estava bem; estava e então os uivo pararam. Pouco antes da meia-noite fui oiá pra vê se estava tudo certo, antes de dormi; mas, diabo, quando cheguei junto à jaula do velho Bersicker, encontrei ela vazia e as grade quebrada e retorcida. É só isso o que sei ao certo."

— Viu mais alguma coisa?

— Um de nossos jardineiros voltava pra casa naquela hora, vindo de um concerto, quando viu um grande cachorro cinzento saindo pela cerca. Pelo menos, ele disse isso, mas num acredito muito, pois num disse nada à muié dele quando chegô em casa; só depois que todos souberam da fuga do lobo e que caçamos durante toda a noite o lobo no parque, ele se lembrô de tê visto algo. Acho que foi a música que atrapalhô as ideia dele.

— Agora, sr. Bilder, sabe o motivo por que o lobo fugiu?

— Acho que sim, sinhô — ele falou com uma espécie de modéstia suspeita. — Mas num sei se a teoria agradará.

— É lógico que sim. Quem melhor do que você, conhecedor dos animais por experiência, poderá dar um bom palpite?

— Bem, sinhô, explico o caso assim: acho que o lobo escapô... apenas purque queria fugi.

Pelas gargalhadas de Thomas e de sua esposa após a piada, pude perceber que já a tinham contado antes e que a explicação constituía simplesmente um logro. Não podia competir em piadas com o digno Thomas, mas, como conhecia um caminho mais certo para o seu coração, disse:

— Agora, sr. Bilder, considere gasto o primeiro dinheiro recebido e saiba que esta outra moeda irmã poderá ser ganha, quando me narrar o que acha que acontecerá.

— Tem razão, sinhô — disse ele com esperteza. — Me desculpe pur brincá com você, mas a muié aqui me piscô o olho, como se mandasse continuá.

— Num fiz isso! — disse a velha.

— Minha opinião é esta: esse lobo tá escondido em algum lugá. O jardineiro que num se lembrava disse que viu o bicho galopano mais depressa do que um cavalo, indo pru norte. Mas num acreditei, purque os lobo num correm mais do que os cavalo; a natureza deles num permite. Os lobo são bonito nos livro de história e digo que, quando estão em grupo e desejam arguma coisa, são mais perigoso, podem fazê muito barulho e transformá em picadinho aquilo que querem, seja lá o que fô. Mas, graças a Deus, na vida reá o lobo é um animá inferior, num tem a metade da esperteza nem da coragem de um bom cachorro e nem um quarto da capacidade de luta. O que fugiu num tá habituado a lutá nem a arranjá comida. É mais provave que esteja em algum lugá no Parque, se escondeno e tremeno e, se é que pode pensá, está imaginando onde arranjará o café da manhã. Talvez também tenha arranjado outro lugá pra ficá, como num depósito de carvão. Céus, talvez arguma cozinheira tenha um susto horrive quando vê aqueles óio verde brilhano pra ela no escuro! Se ele não consegui comida, com certeza vai procurá e pode sê que entre num açogue. Se num entrá e alguma babá saí passeano cum um sordado, e deixá a criança no carrinho... bem, então num ficarei surpreso se houvé um bebê de menos. Só isso.

Ia entregar-lhe o dinheiro quando algo surgiu junto à janela e o rosto do sr. Bilder se tornou ainda maior, devido à sua surpresa.

— Graças a Deus! — disse ele. — É o veio Bersicker que volta sozinho.

Foi até a porta e a abriu, procedimento que me pareceu desnecessário. Sempre achei que um animal feroz fica melhor quando existe algum obstáculo material firme entre ele e o adversário; a experiência pessoal aumentou ainda mais essa noção.

Contudo, nada se equipara ao hábito, pois Bilder e sua esposa tratavam o lobo como se fosse simples cachorro. Este, entretanto, mostrou-se tão pacífico e bem-comportado quanto o pai de todos os lobos pintados, o amigo da Chapeuzinho Vermelho, enquanto este tentava ganhar-lhe a confiança, disfarçadamente.

A cena constituía um inenarrável misto de comédia e tragédia. O lobo mau, que durante metade de um dia paralisara Londres e fizera tremer todas as crianças da cidade, ali se apresentava aparentando arrependimento e era recebido como uma espécie de ladino filho pródigo. O velho Bilder examinou-o todo com a mais terna solicitude e, quando terminou, disse:

— Ora, já sabia que o velho camarada se envolveria em arguma dificuldade. Sua cabeça está toda cortada e cheia de caco de vidro. Andou trepano em algum muro. É uma vergonha permiti que as pessoa coloquem vidros quebrado em cima dos muros. É isso o que acontece. Venha, Bersicker.

Levou o lobo e trancou-o na jaula com um bom pedaço de carne, cuja quantidade pelo menos satisfazia às necessidades do gordo animal. Depois foi relatar aos superiores o ocorrido.

Eu também vim aqui relatar a única informação que hoje foi dada, concernente à estranha fuga do jardim zoológico.

Relato cotidiano do dr. Seward

17 de setembro — Após o jantar, estava ocupado em minha sala de estudos, revendo meus livros que haviam caído no esquecimento devido à pressão dos outros trabalhos e às muitas visitas a Lucy. Súbito, a porta foi aberta com violência e o paciente invadiu o aposento, com a fisionomia alterada pela emoção. Fiquei petrificado, pois é fato muito incomum a entrada de um doente, sozinho, na sala do superintendente. Sem parar um segundo, aproximou-se de mim. Segurava uma faca e, como percebi que se mostrava perigoso, tentei manter a mesa entre nós. Contudo, foi mais forte e rápido do que eu, pois, antes que pudesse manter meu equilíbrio, ele conseguira cortar bastante meu pulso esquerdo. Entretanto, antes que pudesse golpear-me novamente, dei-lhe um soco que o fez cair de costas no chão. Meu pulso sangrava bastante e uma pequena poça manchou o tapete. Vi que meu amigo não pretendia realizar novo esforço e mantive-me ocupado, amarrando meu pulso, mas olhando ao mesmo tempo de soslaio para a figura prostrada no chão. Quando os enfermeiros entraram correndo e voltamos nossa atenção para o doente, senti-me enojado ao ver o que ele fazia. Deitava-se de estômago no chão, lambendo o sangue que caíra de meu pulso ferido, como um cachorro. Conseguiram agarrá-lo facilmente e, para minha surpresa, acompanhou os enfermeiros muito pacificamente, repetindo apenas:

— O sangue é a vida! O sangue é a vida!

Atualmente, não posso perder sangue; já perdi demais e, além disso, a tensão prolongada pela doença de Lucy e suas terríveis fases principia a me afetar. Estou nervoso e cansado; preciso de muito repouso. Felizmente, Van Helsing não me chamou e poderei dormir; não aguentaria outra noite de insônia.

Telegrama de Van Helsing, de Antuérpia, para Seward, em Carfax

(Enviado para Carfax em Sussex, por não haverem mencionado o condado; entregue com atraso de vinte e duas horas.)

17 de setembro — Não deixe de vir para Hillingham esta noite. Se não puder vigiar durante todo o tempo, vá lá frequentemente e veja se as flores estão no devido lugar; isso é muito importante, não falhe. Vê-lo-ei o mais breve possível, após chegada.

Relato cotidiano do dr. Seward

18 de setembro — Acabo de saltar do trem de Londres. A chegada do telegrama de Van Helsing encheu-me de desânimo. Perdi uma noite inteira e sei por amarga experiência o que pode suceder durante esse tempo. É possível que tudo esteja bem, mas o contrário pode ocorrer; o que *terá* acontecido? Certamente terrível maldição pesa sobre nós, pois todos os possíveis acidentes frustram nossas tentativas. Levarei este cilindro comigo e poderei então completar minhas anotações no gravador de Lucy.

Memorando deixado por Lucy Westenra

17 de setembro, à noite — Escrevo isto a fim de que leiam e para que ninguém se veja em dificuldades por minha causa. Relatarei aqui exatamente o que ocorreu esta noite. Sinto-me morrer de fraqueza e mal tenho forças para escrever, mas tenho de anotar isto, ainda que morra ao fazê-lo.

Fui para a cama como habitualmente, cuidando para que as flores fossem colocadas segundo as indicações do dr. Van Helsing; adormeci logo.

Fui acordada por um bater de asas junto à janela, o mesmo que ocorrera depois de meu passeio de sonâmbula no penhasco de Whitby, quando Mina me salvou; conheço muito bem esse barulho agora. Não tinha medo, mas desejei que o dr. Seward estivesse no quarto ao lado (como o dr. Van Helsing disse que estaria), para que pudesse chamá-lo. Tentei dormir, mas não consegui. Senti então o velho medo de adormecer e resolvi permanecer acordada. Cruelmente, o sono tentava apoderar-se de mim, quando eu não o desejava; por isso, como temia ficar só, abri a porta e gritei:

— Há alguém aí?

Não recebi resposta. Receei acordar mamãe e fechei minha porta novamente. Então, do lado de fora, no matagal, ouvi um uivo semelhante ao de um cachorro, embora mais feroz e penetrante. Fui até a janela e olhei para fora; nada vi além de um grande morcego, que evidentemente estivera batendo as asas contra a janela. Voltei para a cama, resolvendo entretanto não dormir. Em seguida a porta se abriu e mamãe olhou para dentro; vendo por meus movimentos que eu não dormia, entrou e sentou-se ao meu lado. Disse-me ainda mais doce e suavemente que de costume:

— Senti-me inquieta por sua causa, querida, e por isso vim ver se estava bem.

Tive medo de que ela apanhasse um resfriado, sentada ali; por isso, pedi-lhe que entrasse e dormisse comigo. Deitou-se em minha cama, ao meu lado. Não tirou o penteador porque disse que ficaria ali durante algum tempo e depois voltaria para a sua cama. Enquanto eu me deitava ali nos braços dela e ela nos meus, o barulho das asas na janela surgiu novamente. Ela estremeceu, mostrou-se um pouco assustada e perguntou:

— O que é isso?

Tentei acalmá-la e, finalmente, consegui. Permaneceu quieta, mas pude ouvir-lhe o pobre coração batendo terrivelmente. Depois de algum tempo, ouviu-se novamente um uivo no matagal e, pouco após, um ruído de vidro partido na janela; em seguida, muitos cacos foram atirados ao chão. O vento penetrou, fazendo recuar a persiana, e, na abertura das vidraças quebradas, apareceu a cabeça de um grande e assustador lobo cinzento. Mamãe gritou assustada e sentou-se num pulo, agarrando o primeiro objeto que julgou poder ajudá-la a erguer-se. Entre outras coisas, agarrou a guirlanda de flores que o dr. Van Helsing fez questão de que eu usasse no pescoço, arrancando-a de mim. Durante um segundo ou dois, sentou-se apontando para o lobo, com um som estranho e borbulhante na garganta: depois caiu, como fulminada por um raio, e sua cabeça bateu contra minha testa, atordoando-me por um momento. O quarto e tudo o mais pareceu girar a meu redor. Conservei os olhos fixos na janela, mas o lobo recuou a cabeça e uma miríade de manchas pequeninas entrou pela janela quebrada, rodopiando como a coluna de poeira que os viajantes descrevem quando ocorre o simum no deserto. Tentei mexer-me, mas parecia enfeitiçada e também o corpo de minha querida mãe (que já se tornara frio, pois seu coração parara de bater) fazia peso sobre mim. Durante algum tempo, de nada mais me lembrei.

O tempo passado até ao meu retorno à consciência não pareceu muito longo, porém foi terrível. Em algum lugar próximo, um sino tocava e todos os cachorros da vizinhança uivavam; em nosso matagal, próximo da casa, um rouxinol cantava. Sentia-me completamente atordoada com a dor, o terror e a fraqueza, mas o som do rouxinol assemelhava-se à voz de minha mãe morta, retornando para consolar-me. O barulho parecia haver acordado as criadas também, pois eu podia ouvir seus pés descalços andando do lado de fora de meu quarto. Chamei-as e entraram. Quando viram o que acontecera e o que se deitava sobre mim na cama, gritaram. O vento penetrou com fúria pela janela quebrada e a porta bateu. Levantaram o cadáver de minha mãe, deitaram-no e cobriram-no com um lençol depois que eu me levantara. Estavam tão assustadas e nervosas que mandei todas à sala de jantar, ordenando que cada uma tomasse um copo de vinho. A porta foi aberta por um instante e bateu novamente. As criadas berraram e foram em grupo para a sala de estar; removi as flores que estavam comigo e coloquei-as sobre o peito de minha mãe. Quando estavam lá, recordei-me do aviso do dr. Van Helsing, mas não quis retirá-las de onde as colocara; além do mais, devido às circunstâncias, pediria a algumas das criadas que velassem comigo. Surpreendi-me quando não voltaram; chamei-as, mas não recebi resposta. Desci então à sala de jantar, para ver onde estavam.

Senti-me completamente desanimada ao ver o que ocorrera. As quatro jaziam deitadas indefesas no chão, respirando pesadamente. A garrafa de xerez estava sobre a mesa, pela metade, mas um cheiro estranho e acre inundava a sala. Suspeitei daquilo e resolvi examinar o frasco. Cheirava a láudano e, quando olhei no guarda-louças, encontrei o vidro que o médico de mamãe lhe receitava... achava-se vazio. O que farei? O que farei? Estou novamente no quarto com mamãe. Não posso deixá-la e estou sozinha, acompanhada apenas pelas criadas que dormem, narcotizadas por alguém. Sozinha com um cadáver! Não ouso sair, pois ouço através da janela quebrada o uivo baixo do lobo lá fora.

O ar parece cheio de manchas que giram e flutuam no ar que vem da janela, as luzes brilham fracas e azuis. O que farei? Que Deus me proteja do perigo esta noite! Esconderei este papel em meu peito e aí o descobrirão quando me encontrarem. Minha querida mãe partiu! É hora de eu ir também. Se não sobreviver esta noite, adeus, querido Arthur. Que Deus ajude a você e a mim também, querido.

CAPÍTULO XII

Relato cotidiano do dr. Seward

18 de setembro — Fui imediatamente para Hillingham e cheguei cedo. Conservando meu cabriolé no portão, subi sozinho a avenida. Bati na porta o mais suavemente possível, pois temia perturbar Lucy ou sua mãe; desejava que apenas uma criada viesse à porta. Depois de algum tempo, vendo que ninguém respondia, bati novamente; ainda assim não obtive resposta. Amaldiçoei a preguiça dos criados que dormiam a tal hora da manhã (já eram dez horas). Por isso bati mais uma vez, com maior impaciência, mas mesmo assim não obtive resposta. Até então, culpara apenas os criados, porém agora um terrível medo se apoderava de mim. Seria aquele abandono outro elo da cadeia de maldições que parecia cercar-nos? Seria aquela na realidade uma casa de mortos a que eu chegava tarde demais? Sabia que minutos, até mesmo segundos, de atraso poderiam significar horas de perigo para Lucy, se lhe ocorresse novamente uma daquelas temíveis pioras. Rodeei a casa com o intuito de encontrar alguma entrada.

Não consegui descobrir um lugar por onde penetrar. Todas as janelas e portas se encontravam bem trancadas; retornei perplexo à varanda. Ouvi então o rápido ruído das patas dos cavalos que galopavam. Pararam junto ao portão e, alguns segundos mais tarde, encontrei Van Helsing, que subia correndo a avenida. Quando me viu, exclamou:

— Então é você que acaba de chegar. Como está ela? Veio tarde demais? Não recebeu meu telegrama?

Respondi o mais rápida e coerentemente possível, declarando que só recebera o telegrama dele naquela manhã e que viera imediatamente, sem perder um minuto. Disse também que ninguém na casa ouvia minhas batidas. Fez uma pausa e ergueu o chapéu, dizendo muito sério:

— Receio que seja tarde demais. Seja feita a vontade de Deus! — Com a usual rapidez com que recuperava as forças, prosseguiu: — Venha. Se não encontrarmos entrada, teremos de arranjar uma. O tempo é tudo para nós, agora.

Fomos até os fundos da casa, onde havia a janela da cozinha. O professor retirou uma pequena serra cirúrgica de sua maleta e, entregando-me o objeto, apontou para as barras de ferro que guarneciam a janela. Lancei-me a elas imediatamente e logo consegui cortar três. Depois, com uma faca longa e fina, conseguimos puxar para trás as trancas dos caixilhos e abrimos a janela. Ajudei o professor a entrar e depois o segui. Não havia ninguém na cozinha nem nos quartos dos criados, situados próximo. Procuramos em todos os quartos enquanto caminhávamos. Na sala de jantar, vagamente iluminada pelos raios de luz que passavam através das persianas, encontramos quatro criadas deitadas no chão. Não havia possibilidade de as julgarmos mortas, pois a respiração entrecortada que apresentavam e o cheiro acre de láudano não permitiam dúvidas quanto ao que ocorria. Van Helsing e eu trocamos olhares e dissemos enquanto nos afastávamos:

— Cuidaremos delas mais tarde.

Subimos então ao quarto de Lucy. Durante um segundo ou dois paramos à porta para ouvir, mas nenhum som era perceptível. Pálidos e com mãos trêmulas, abrimos cuidadosamente a porta e entramos.

Como poderei descrever o que vimos? Na cama, deitavam-se duas mulheres, Lucy e sua mãe. Esta deitava-se mais para o fundo e estava coberta com um lençol branco, cuja extremidade fora afastada pelo vento que vinha da janela quebrada, permitindo ver o rosto pálido e contorcido, que apresentava uma expressão imóvel de terror. Ao seu lado estava Lucy com o rosto ainda mais desfigurado. As flores, que estavam anteriormente em seu pescoço, enfeitavam agora o peito da mãe, e a moça apresentava o pescoço nu onde transpareciam os dois pequenos ferimentos que notáramos antes e que agora se apresentavam terrivelmente brancos e lacerados. Sem dizer palavra, o professor inclinou-se sobre a cama, quase tocando com a cabeça o peito da pobre Lucy; depois voltou rapidamente a cabeça, como alguém que ouve e, erguendo-se num pulo, gritou-me:

— Ainda não é tarde demais! Rápido! Rápido! Traga a aguardente!

Desci voando as escadas e retornei com ela, tomando o cuidado de cheirá-la e prová-la também, a fim de ver se não haviam colocado narcóticos, como na garrafa de xerez que encontrei sobre a mesa. As empregadas ainda respiravam, mas já com maior calma, e imaginei que o narcótico perdia o efeito. Não permaneci lá para certificar-me, mas voltei para junto de Van Helsing. Como na outra ocasião, ele esfregou a aguardente nos lábios e gengivas de Lucy, em seus pulsos e nas palmas das mãos. Disse-me:

— Isso é tudo o que posso fazer no presente. Vá acordar as criadas. Esfregue uma toalha molhada no rosto delas, com força. Faça que arranjem fogo e preparem um banho quente. Esta pobrezinha está quase tão fria quanto a morta a seu lado. Precisa ser esquentada, antes que façamos qualquer coisa.

Saí apressadamente e acordei com facilidade três das mulheres. A quarta era uma jovem e a droga afetara-a mais do que às outras, por isso coloquei-a no sofá e deixei-a dormir. As outras se mostraram perplexas a princípio, mas, quando se recordaram do sucedido, gritaram e soluçaram de modo histérico. Contudo, fui firme com elas e não permiti que falassem. Disse-lhes que já bastava a existência de um cadáver e que, se demorassem mais, sacrificariam a srta. Lucy. Então, soluçando e berrando, foram realizar seus serviços semidespidas como estavam; prepararam o fogo e a água. Felizmente o fogão estava aceso e não faltava água quente. O banho ficou pronto e carregamos Lucy como estava, para colocá-la dentro da água. Enquanto estávamos ocupados, friccionando-lhe os membros, ouvimos uma batida na porta do corredor. Uma das criadas colocou mais alguma roupa sobre si e foi abrir. Retornou, declarando-nos baixo que um cavalheiro chegara com um recado do sr. Holmwood. Eu disse simplesmente que o mandasse esperar, pois não podíamos ver ninguém naquele momento. Ela se afastou com a mensagem e, preocupados com nosso trabalho, esquecemos completamente o homem.

Nunca tinha visto o professor trabalhar com tanta disposição. Eu e ele sabíamos que lutávamos contra a morte e, ao fazer uma pausa, foi isso o que lhe disse. Não compreendi sua resposta, mas ele a pronunciou com a maior seriedade possível:

— Se isso fosse tudo, pararia agora mesmo e a deixaria morrer em paz, pois não vejo alegrias em sua vida futura. — Prosseguiu com seu trabalho, realizando, se possível, ainda maiores e mais intensos esforços.

Ambos percebemos então que o calor principiava a produzir seus efeitos. O coração de Lucy tornou-se mais audível ao estetoscópio e seus pulmões apresentavam movimento mais perceptível. Van Helsing quase sorriu e, quando a erguemos do banho, enrolando-a num lençol quente para enxugá-la, o professor me disse:

— Ganhamos a primeira jogada! Xeque ao rei!

Levamos Lucy para outro quarto que agora fora preparado, deitamo-la na cama e enfiamos, à força, algumas gotas de aguardente por sua garganta. Notei que Van Helsing amarrava um macio lenço de seda ao redor do pescoço dela. Ainda estava desmaiada e seu estado era igual ao das outras vezes, senão pior.

Van Helsing chamou uma das mulheres e pediu-lhe que vigiasse Lucy sem desviar dela os olhos, até nosso retorno. Em seguida, chamou-me para fora do quarto.

— Devemos consultar-nos para ver o que deve ser feito — disse ele enquanto descíamos as escadas. No corredor, abriu a porta da sala de jantar e, depois de lá entrarmos, fechou-a cuidadosamente atrás de si. Os postigos estavam abertos, porém as persianas já haviam sido arriadas, com o espírito de obediência à etiqueta do luto que a mulher britânica das classes mais baixas observa rigorosamente. A sala estava portanto na penumbra, mas havia luz suficiente para os nossos objetivos.

A seriedade de Van Helsing foi de certo modo aliviada por uma expressão perplexa. Sua mente certamente raciocinava a respeito de algo, por isso esperei um instante e ele falou:

— O que faremos agora? Onde obteremos ajuda? Temos de realizar outra transfusão de sangue imediatamente, ou a moça não terá mais uma hora de vida. Você está exausto e eu também. Temo confiar naquelas mulheres, ainda que tenham coragem para se submeterem. Onde arranjaremos alguém que lhe dê sangue?

— Ora, por que não serei eu?

A voz provinha do sofá no outro lado da sala e aquelas palavras alegraram e aliviaram meu coração, pois haviam sido pronunciadas por Quincey Morris. Van Helsing mostrou-se zangado ao primeiro som, mas seu rosto se atenuou e a satisfação transpareceu-lhe nos olhos, quando exclamou:

— Quincey Morris! — e correu para ele de braços abertos.

— O que o traz aqui? — gritei quando nossas mãos se encontraram.

— Creio que vim por causa de Art.

Entregou-me um telegrama:

"Há três dias não tenho notícias de Seward e estou muito ansioso.

Não posso partir. Meu pai está na mesma. Mande-me dizer como passa Lucy. Não demore. — Holmwood."

— Creio que cheguei exatamente na hora. Basta apenas me dizerem o que terei de fazer.

Van Helsing adiantou-se com longos passos, segurou-lhe a mão e, fitando-o diretamente nos olhos, disse:

— O sangue de um homem bravo é a melhor coisa na terra para uma mulher em dificuldade. Não há dúvida de que você é homem. Bem, o diabo pode voltar-se contra nós com todas as suas forças, mas Deus nos envia homens quando deles necessitamos.

Mais uma vez realizamos a temível operação. Não tenho ânimo para narrar os detalhes. Lucy passara por um terrível choque que a afetara mais do que nunca, pois, embora muito sangue penetrasse em suas veias, o corpo não respondeu ao tratamento tão bem quanto nas outras ocasiões. Sua luta pela vida foi algo terrível de se ver e ouvir. Contudo, a ação tanto do coração quanto dos pulmões melhorou e Van Helsing deu-lhe uma injeção subcutânea de morfina, como anteriormente, obtendo bons resultados. O professor vigiou enquanto desci com Quincey Morris e enviei uma das empregadas para pagar o coche de aluguel, cujo guia esperava. Deixei Quincey deitado após beber um copo de vinho e mandei que a cozinheira preparasse um bom desjejum. Então um pensamento me ocorreu e voltei ao quarto onde Lucy se encontrava. Ao entrar vagarosamente, encontrei Van Helsing com uma ou duas folhas de papel na mão. Era evidente que as lera e pensava no caso, com a mão na testa. Havia uma expressão de séria satisfação em seu rosto, semelhante àquela que apresenta alguém que vê uma dúvida resolvida. Entregou-me o papel, dizendo apenas:

— Caiu do peito de Lucy, quando a levamos para o banho.

Depois de o ler, fiquei contemplando o professor e, após uma pausa, perguntei-lhe:

— Em nome de Deus, o que significa tudo isso? Ela esteve, está louca, ou que espécie de terrível perigo é esse? — Encontrava-me tão perturbado que não sabia mais o que dizer. Van Helsing estendeu a mão, apanhando o papel, e disse:

— Não se preocupe com isso agora. Esqueça-o durante o presente momento. Saberá e compreenderá tudo quando chegar a hora, o que ocorrerá mais tarde. E, agora, o que veio dizer-me?

Aquilo me trouxe de volta à realidade e recuperei o equilíbrio.

— Vim falar sobre o atestado de óbito. Se não agirmos devidamente e com sabedoria, talvez haja um inquérito e então o papel teria de ser apresentado. Tenho esperanças de que não haja necessidade de interrogatórios, pois isso certamente mataria a pobre Lucy ainda que outros fatos não lhe causassem a morte. Eu, você e o médico que cuidava da sra. Westenra sabemos que ela sofria do coração e podemos atestar que morreu disso. Terminemos o certificado imediatamente e eu próprio o levarei para ser registrado e procurarei uma empresa funerária.

— Bem pensado, amigo John. Certamente a srta. Lucy pode estar triste pelos infortúnios que a acometem, mas seus amigos só lhe proporcionam alegrias. Três deles abriram suas veias para ela, sem falar neste velho. Ah, sim, seu amigo John; não sou cego! Mas estimo-os ainda mais pelo que fizeram! Agora vá!

No corredor encontrei Quincey Morris com o telegrama que iria enviar para Arthur, dizendo que a sra. Westenra estava morta, que Lucy também estivera muito mal, mas agora melhorara, e que Van Helsing e eu permanecíamos com ela. Disse-lhe aonde ia e ele me apressou, mas falou enquanto eu saía:

— Quando voltar, Jack, poderei falar com você em particular? — Assenti e parti. O registro não foi difícil e o homem da empresa funerária prometeu-me vir à noite para tirar a medida do caixão e tomar as outras providências.

Quando voltei, Quincey me esperava. Disse-lhe que falaria assim que soubesse novas de Lucy e subi para o quarto dela. Ainda dormia e o professor parecia não se ter movido de seu banco ao lado da moça. Ele colocou o dedo nos lábios e deduzi que esperava vê-la acordar em breve, mas não desejava antecipar a natureza. Portanto, desci para ver Quincey e levei-o para a sala do desjejum, cujas persianas não estavam abaixadas e que parecia mais alegre (ou melhor, menos triste) do que os outros aposentos. Quando ficamos a sós, disse-me:

— Jack Seward, não desejo intrometer-me onde não sou chamado, mas este não é um caso comum. Você sabe que amei a moça e que desejei casar-me com ela. Embora tudo isso tenha passado, não posso deixar de sentir-me ansioso por causa dela, da mesma forma. Que doença apresenta? Aquele holandês (e vejo que é boa pessoa) disse, quando entraram na sala, que seria necessária outra transfusão de sangue e que tanto você como ele estavam depauperados. Acho que os médicos falam em código e que um homem não pode esperar que narrem o que dizem em particular. Mas este não é um caso comum e, seja o que for, já realizei a minha parte. Não é assim?

— Está certo — disse eu, enquanto ele prosseguia:

— Concluo que tanto você como Van Helsing já fizeram o que fiz hoje. Não é verdade?

— Exatamente.

— E creio que Art também fez o mesmo. Quando o vi há quatro dias, em sua casa, tinha o aspecto estranho. Só vi algo decair tão depressa quando estava nos pampas e uma égua a quem eu muito apreciava ficou completamente prostrada durante uma noite. Um daqueles grandes morcegos, que são denominados vampiros, apanhara-a durante a noite; com a garganta rasgada e a veia à mostra, o animal não teve sangue suficiente para erguer-se. Tive de matá-la com um tiro enquanto estava deitada. Jack, se é que pode contar-me, diga-me: Arthur foi o primeiro, não foi?

Enquanto falava, o coitado mostrava-se terrivelmente ansioso. A preocupação com a mulher amada mantinha-o em torturante tensão, e a completa ignorância do mistério que parecia rodeá-la aumentava-lhe a dor. Seu próprio coração sangrava e foi necessária toda a sua masculinidade (e ele a possuía em excesso) para impedi-lo de perder o controle. Fiz uma pausa antes de responder, pois não desejava narrar nada que o professor quisesse manter em segredo; mas ele já sabia tanto e adivinhara tanto que não havia motivo para não responder-lhe. Por isso repliquei:

— Tem razão.

— Há quanto tempo se passa isso?

— Há cerca de dez dias.

— Dez dias! Então, Jack Seward, creio que desde essa ocasião a linda criatura que todos amamos recebeu em suas veias o sangue de quatro homens fortes. Caramba, seu corpo não conseguiu conservá-lo. — Em seguida, aproximando-se mais de mim, disse num tom meio baixo e feroz: — O que lhe roubou o sangue?

Sacudi a cabeça, e disse: — Esse é o ponto crucial do problema. Van Helsing está simplesmente fora de si por causa dele e eu estou completamente perturbado. Nem sequer ouso adivinhar. Houve uma série de circunstâncias que atrapalharam nossos arranjos para a observação cuidadosa de Lucy. Mas isso não ocorrerá novamente. Ficaremos aqui até tudo ficar bem... ou mal.

Quincey estendeu a mão, declarando:

— Contem comigo. Você e o holandês dirão o que devo fazer e isso será feito.

Quando acordou no final da tarde, o primeiro movimento de Lucy foi levar a mão ao peito e apanhar, para surpresa minha, o papel que

Van Helsing me mostrara. O cuidadoso professor o recolocara no lugar, a fim de que a moça não se alarmasse, ao acordar. Seus olhos alcançaram o professor e também a mim, iluminando-se. Depois, olhou ao redor do quarto e, vendo onde estava, estremeceu: soltou um grito e colocou as mãos magras sobre o rosto pálido. Ambos compreendemos o que sucedera: tomara amplo conhecimento da morte da mãe; por isso, fizemos o possível para consolá-la. Sem dúvida nossas condolências a aliviaram ligeiramente, porém estava muito deprimida e chorou silenciosa e fracamente durante longo tempo. Dissemos-lhe que um de nós ou ambos ficaríamos a seu lado durante todo o tempo, e isso pareceu consolá-la. Ao anoitecer, cochilou e algo estranho ocorreu então. Enquanto dormia, tirou o papel do peito e rasgou-o em dois. Van Helsing adiantou-se e apanhou os pedaços; entretanto ela continuou a mover as mãos como se os rasgasse e parecendo não perceber que o papel já não se encontrava com ela. Finalmente elevou as mãos e abriu-as, como se dispersasse os fragmentos. Van Helsing surpreendeu-se e suas sobrancelhas se uniram, como se pensasse, mas nada disse.

19 de setembro — Durante toda a noite dormiu espasmodicamente, demonstrando sempre medo do sono e mostrando-se mais débil quando acordava. O professor e eu revezamo-nos na vigilância e não a deixamos nem por um momento. Quincey Morris nada falou sobre suas intenções, mas eu sabia que durante toda a noite rodeou a casa, ficando de sentinela.

Quando o dia surgiu, sua luz demonstrou os danos que sofrera o vigor de Lucy. Mal conseguia mover a cabeça e os poucos alimentos que pôde comer não pareceram fortalecê-la. Às vezes dormia, e tanto Van Helsing como eu notamos a diferença entre seu sono e a vigília. Enquanto dormia parecia mais forte, embora mais desfigurada, e respirava mais suavemente; a boca aberta mostrava as pálidas gengivas afastadas dos dentes, que assim pareciam maiores e mais afiados do que habitualmente. Quando acordava, a suavidade de seus olhos modificava a expressão, pois ela parecia ser a mesma de sempre, embora moribunda. Certa tarde, perguntou por Arthur e nós lhe telegrafamos. Quincey foi buscá-lo na estação.

Quando ele chegou eram quase seis horas e o sol se punha forte e quente; a luz vermelha infiltrava-se através da janela, dando mais colorido às faces pálidas. Quando Arthur a viu, a emoção impediu-o de falar, e todos permanecemos em silêncio. Nas horas que se haviam passado, os períodos em que dormia, ou o estado de coma que se assemelhava ao sono, tornaram-se mais frequentes, de modo que os intervalos que lhe permitiam conversar haviam diminuído. Contudo, a presença de Arthur pareceu agir como estimulante; ela reanimou-se um pouco e falou-lhe mais vivamente do que o fizera desde a nossa chegada. Ele também recuperou o equilíbrio e falou tão alegremente quanto pode, de forma que tudo foi bem.

É quase uma hora; Van Helsing e Art estão com ela. Eu os substituirei dentro de um quarto de hora e gravo estas palavras no fonógrafo de Lucy. Tentarão descansar até as seis horas. Receio que amanhã nossa vigilância termine, pois o choque foi grande demais e a pobre criança não poderá sarar. Que Deus ajude a todos nós.

Carta de Mina Harker a Lucy Westenra

(não foi aberta pela destinatária)

17 de setembro.

Cara Lucy:

Séculos parecem ter passado desde que recebi notícias suas ou mesmo desde que lhe escrevi. Sei que me desculpará todas as faltas quando ler meu estoque de notícias. Bem, consegui trazer meu marido para casa; quando chegamos a Exeter, uma carruagem nos esperava e, dentro dela, embora tivesse tido um ataque de gota, encontrava-se o sr. Hawkins. Levou-nos para sua casa, onde havia bons e confortáveis quartos para nós, e jantamos juntos. Depois da refeição, o sr. Hawkins disse:

— Meus caros, quero beber à saúde e prosperidade de ambos; desejo-lhes todas as felicidades. Conheço-os desde crianças e, com amor e alegria, vi-os crescer. Agora quero que estabeleçam seu lar junto de mim. Não tenho mulher nem filhos; todos já se foram, e em meu testamento deixei tudo o que tinha para vocês.

Chorei, Lucy, quando Jonathan e o velho apertaram as mãos. Aquela noite foi muitíssimo feliz.

De modo que aqui estamos nós, instalados nesta linda e antiga casa; tanto de meu quarto de dormir quanto da sala de estar, vejo os grandes olmos da catedral próxima, com suas grandes raízes negras contrastando com a pedra amarela, e ouço as gralhas crocitando, tagarelando e cochichando durante o dia inteiro, à maneira das gralhas... e também dos humanos. Não é necessário dizer-lhe que estou ocupada, arrumando as coisas e tomando conta da casa. Jonathan e o sr. Hawkins também trabalham o dia inteiro, pois agora Jonathan é sócio; o sr. Hawkins quer que ele saiba tudo a respeito dos clientes.

Como vai sua querida mãe? Desejaria poder ficar aí por um dia ou dois para revê-la, meu bem, mas não ouso partir com tantas responsabilidades sobre meus ombros e, além do mais, Jonathan precisa de cuidados. Está principiando a ter alguma carne sobre os ossos novamente, mas a longa doença enfraqueceu-o terrivelmente. Mesmo agora, às vezes ainda acorda muito assustado, tremendo, e tenho de acalmá-lo para que se aquiete. Contudo, graças a Deus, essas ocasiões se tornam menos frequentes à medida que os dias passam e creio que desaparecerão completamente. Agora que já lhe narrei minhas novas, permita-me perguntar-lhe as suas. Quando e onde será seu casamento, quem realizará a cerimônia, será ela pública ou privada e o que usará você? Fale-me sobre isso, meu bem, e também sobre tudo o mais, pois aquilo que lhe interessa também me diz respeito. Jonathan pede que lhe envie seus "respeitosos cumprimentos", mas não creio que isso seja o suficiente para o jovem sócio da importante firma Hawkins & Harker; portanto, como você gosta de mim, ele gosta de mim e eu gosto muito de você, envio-lhe em vez daquilo, sua "estima". Adeus, cara Lucy, e muitas felicidades

da sua

Mina Harker

Relatório do dr. Patrick Hennessey para o dr. John Seward

20 de setembro.

Caro senhor:

De acordo com seus desejos, envio relatório narrando as condições de tudo o que deixou ao meu encargo... Com relação ao doente Renfield há mais a dizer. Teve outro ataque que poderia ter tido um final terrível, mas que felizmente não produziu resultados maléficos. Esta tarde uma carroça de transporte, com dois homens, visitou a casa vazia cujo terreno confina com o nosso; a casa para a qual, como deve lembrar-se, o doente tentou fugir duas vezes.

Os homens pararam em nosso portão para perguntar ao porteiro o caminho, uma vez que eram estranhos. Eu mesmo olhava através da janela do quarto de estudos, onde fora fumar após o jantar, e vi um deles se aproximar da casa. Quando passou pela janela do quarto de Renfield, o doente principiou a atiçá-lo lá de dentro, dizendo palavrões. O homem, que parecia ser um sujeito decente, contentou-se em mandá-lo fechar a "boca imunda". Nosso doente então acusou o outro de roubo e de desejar assassiná-lo; disse que o atrapalharia, ainda que tivesse de brigar. Abri a janela e fiz sinal ao homem para que não tomasse conhecimento daquilo, e ele se contentou em olhar ao redor do hospício, imaginando que lugar era aquele e dizendo: "Fique com Deus, sinhô, não dô importância ao que me dizem num maldito hospício. Tenho pena do sinhô e do chefe que tem de morá na casa com um animá selvage desses". Em seguida, perguntou delicadamente por qual caminho deveria seguir e indiquei-lhe onde ficava o portão da casa vazia. Afastou-se, seguido por ameaças, maldições e injúrias de nosso doente. Desci para ver se descobria um motivo para a sua zanga, pois, em geral, é um homem bem-comportado e, com exceção de seus ataques de violência, uma situação idêntica ainda não ocorrera. Para minha surpresa, encontrei-o bem tranquilo e muito cordial. Tentei fazê-lo falar sobre o incidente, porém perguntou-me delicadamente o que eu queria dizer e quis fazer-me crer que esquecera completamente o assunto. Lamento dizer, contudo, que aquilo constituiu apenas outra artimanha, pois antes de passada meia hora, recebi novas notícias dele. Dessa vez, conseguira fugir pela janela de seu quarto e descia correndo a avenida. Mandei que os enfermeiros me seguissem e corressem atrás dele, pois temia que pretendesse realizar algum mal. Meu medo justificou-se quando vi a mesma carroça que voltava transportando grandes caixas de madeira. Os homens enxugavam a testa e tinham o rosto esfogueado, como se tivessem realizado intenso exercício. Antes que eu pudesse agarrá-lo, o louco avançou e, derrubando um deles da carroça, principiou a bater-lhe a cabeça contra o chão. Se eu não o tivesse segurado naquele momento, creio que teria matado o homem ali naquele lugar. O outro sujeito desceu da carroça num pulo e golpeou a cabeça do louco com a extremidade mais grossa de seu pesado chicote. Foi um golpe terrível, porém não pareceu afetar o doente, pois este agarrou também o outro e lutou contra nós três, empurrando-nos para a frente e para trás como se fôssemos gatinhos. Não sou um peso leve e os outros também eram fortes. A princípio lutou em silêncio, mas, quando principiamos a dominá-lo e os enfermeiros começaram a colocá-lo na camisa de força, desatou a berrar:

— Impedirei que prossigam! Não podem roubar-me! Não me assassinarão aos poucos! Lutarei por meu Senhor e Mestre! — E continuou a esbravejar coisas semelhantes. Foi com grande dificuldade que conseguiram trazê-lo de volta ao hospício e o colocaram no aposento reforçado. Um dos enfermeiros, Hardy, quebrou um dedo. Contudo, fiz-lhe um bom curativo e ele vai bem.

Os carregadores a princípio berraram cumulando-nos de ameaças, dizendo que nos processariam por perdas e danos e prometendo voltar todas as penas da lei contra nós. Contudo, suas ameaças misturavam-se a uma espécie de desculpa indireta por terem sido derrotados por um louco fraco. Disseram que, se não tivessem despendido muita energia transportando e erguendo as pesadas caixas para colocá-las na carroça, o teriam eliminado rapidamente. Apresentaram ainda como outra razão o estado de sede em que se encontravam devido à natureza poeirenta de suas ocupações e ao fato de haver grande distância entre o local de seu trabalho e os lugares de divertimento público. Compreendi muito bem o que desejavam e, depois de um ou dois copos de aguardente bem forte e de uma moeda de ouro para cada um, não deram mais importância ao ataque. Afirmaram que desejariam encontrar um louco ainda pior, apenas para terem o prazer de conhecer tão "bom chapa" quanto o seu correspondente. Anotei os nomes e endereços de ambos, caso sejam necessários. São os seguintes: Jack Smollet, da Estrada do Rei Jorge, e Thomas Snelling, de Guide Court. Ambos trabalham para Harris & Filhos, companhia de transportes, em Soho.

Relatar-lhe-ei qualquer fato interessante que aqui ocorra e lhe telegrafarei imediatamente se ocorrer algo de importante.

Respeitosamente,

Patrick Hennessey

Carta de Mina Harker para Lucy Westenra

(não foi aberta pela destinatária)

18 de setembro.

Cara Lucy:

Sofremos rude golpe: o sr. Hawkins morreu muito repentinamente. Alguns acham que isso não deveria ser motivo de grande tristeza para nós, porém gostávamos tanto dele que julgamos ter perdido um pai. Como nunca conheci meus verdadeiros pais, a morte daquele velhinho querido me entristeceu deveras. Jonathan está muito perturbado. Lamenta intensamente o fato, pois o velhinho querido protegeu-o durante toda a vida e tratou-o como seu próprio filho agora no final, deixando-lhe uma fortuna que as pessoas de nossa modesta origem jamais poderiam sonhar em possuir. Entretanto, não é só isso o que o abate. Diz que está nervoso devido à grande responsabilidade que agora cai sobre ele. Principia a ter dúvidas de si mesmo. Tento alegrá-lo e minha crença nele dá-lhe maior confiança pessoal. Porém é nesse sentido que o grave choque por ele experimentado o afeta mais. Oh, é realmente de causar dó que um temperamento forte, simples e bom como o dele (um temperamento que o fez subir de empregado a chefe em poucos anos, com o auxílio de nosso bom amigo) tenha sofrido tal impacto que causou o desaparecimento até da essência de sua força. Desculpe-me, querida, preocupá-la com minhas próprias dificuldades, anuviando-lhe a felicidade que a envolve; mas, cara Lucy, tenho de contar a alguém, pois a tensão de manter junto a Jonathan uma aparência alegre e corajosa cansa-me e não tenho outra pessoa a quem confidenciar. Tenho medo de ir para Londres, mas teremos de partir depois de amanhã, porque o sr. Hawkins em seu testamento desejou ser enterrado junto com o pai. Como não há parentes do falecido, Jonathan terá de fazer as honras. Tentarei passar aí para vê-la, meu bem, ainda que apenas por alguns minutos. Desculpe-me o incômodo. Felicidades

Da sua

Mina Harker

Relato cotidiano do dr. Seward

20 de setembro — Apenas a resolução e o hábito me permitem registrar os fatos desta noite. Sinto-me tão infeliz, deprimido, cansado do mundo e da vida, que não me incomodaria de morrer neste momento. Ultimamente, o anjo da morte tem batido suas lúgubres asas com algum objetivo: a mãe de Lucy, o pai de Arthur e agora... Permitam-me narrar o sucedido.

Substituí Van Helsing, que velava junto a Lucy. Queríamos que Arthur também fosse descansar, mas recusou inicialmente. Só concordou quando lhe disse que desejaríamos que ele nos ajudasse durante o dia e que, se todos caíssemos de cansados, Lucy sofreria. Van Helsing foi muito bondoso para com ele.

— Venha, meu filho — disse —, venha comigo. Está doente e fraco; sofreu muito mentalmente e, além disso, a sua força física decresceu em virtude da perda de sangue. Não deve ficar sozinho, pois a solidão traz medos e alarmes. Venha à sala de estar, onde há uma grande lareira e dois sofás. Enquanto você se deita num, eu me deitarei no outro; nós nos consolaremos reciprocamente, mesmo sem dizer palavra, ainda que dormindo.

Arthur partiu com ele, olhando para trás e contemplando ansiosamente o rosto de Lucy sobre o travesseiro, quase mais branco do que os lençóis. Ela estava muito quieta, e olhei ao redor do quarto para ver se tudo ia bem. Pude ver que o professor, também nesse quarto como no outro, continuara em seu propósito de usar as flores de alho. Nos caixilhos das janelas sentia-se fortemente aquele perfume e, ao redor do pescoço de Lucy, sobre o lenço de seda que Van Helsing a obrigava a usar, via-se uma áspera guirlanda formada pelas mesmas flores odoríferas. Lucy respirava entrecortadamente e seu rosto apresentava-se pior do que antes, pois a boca aberta deixava aparecer as pálidas gengivas. Seus dentes, à luz fraca e incerta, pareciam maiores e mais aguçados do que de manhã. Devido a algum efeito óptico, os dentes caninos ainda pareciam mais compridos e afiados do que os outros. Sentei-me ao seu lado e repentinamente ela se moveu inquieta. No mesmo momento, ouviu-se uma espécie de sutil batida ou vibração de asas junto à janela. Aproximei-me em silêncio e espiei sorrateiramente por um dos cantos da persiana. Havia lua cheia e pude ver que o ruído era causado por um grande morcego que rodopiava (sem dúvida atraído pela luz, embora fosse mortiça), e que, por de vez em quando, batia as asas contra a janela. Quando voltei para a minha cadeira, percebi que Lucy se movera ligeiramente e afastara as flores de alho do pescoço. Recoloquei-as no lugar, do melhor modo possível, e fiquei sentado a contemplá-la.

Acordou e dei-lhe comida, como Van Helsing ordenara. Comeu pouco e languidamente. Não mais demonstrava lutar inconscientemente pela vida e pela recuperação das forças, fato que caracterizara antes sua doença. Nos momentos em que ganhava a consciência, apertava as flores de alho contra si, fato que julguei curioso. Era também estranho que, quando entrava em estado de coma e apresentava respiração entrecortada, afastava as flores; mas, quando acordava, aproximava-as de si. Não havia possibilidade de haver erro meu, pois nas longas horas que se seguiram ela caiu em muitos períodos de sono e vigília, repetindo ambos os atos inúmeras vezes.

Às seis horas, Van Helsing veio substituir-me. Arthur cochilava; então o professor, apiedado, permitiu que o outro continuasse a dormir. Quando viu Lucy, ouvi-o respirar com aquele chiado característico e ele me disse num sussurro áspero:

— Levantem as persianas; quero luz! — Em seguida inclinou-se e, com seu rosto quase tocando o de Lucy, examinou-a cuidadosamente. Levantou as flores e retirou o lenço de seda do pescoço. Quando o fez, recuou espantado e pude ouvir sua exclamação: — *Mein Gott!* — que saiu abafada. Inclinei-me e olhei também, sentindo um estranho arrepio percorrer-me.

Os ferimentos da garganta haviam desaparecido completamente. Durante cinco minutos, Van Helsing quedou-se a contemplá-la, com o rosto muito sério. Depois, voltou-se para mim e disse com muita calma:

— Ela está morrendo e não viverá muito agora. Note bem: fará grande diferença o fato de morrer dormindo ou acordada. Acorde aquele pobre rapaz e permita que assista aos últimos momentos da moça; ele confia em nós e nós lhe havíamos prometido isso.

Fui à sala de jantar e acordei-o. Sentiu-se confuso por um momento, mas quando viu os raios de sol atravessando as beiradas das persianas, temeu ser tarde demais e exprimiu seu medo em palavras. Assegurei-lhe que Lucy ainda dormia e disse-lhe, tão suavemente quanto possível, que tanto Van Helsing como eu julgávamos que o fim estava próximo. Cobriu o rosto com as mãos e pôs-se de joelhos junto ao sofá, onde permaneceu com a cabeça coberta, rezando, talvez durante um minuto, enquanto seus ombros tremiam de dor. Segurei-o pela mão e ergui-o.

— Venha, caro companheiro — disse-lhe. — Reúna toda a sua força; assim será melhor e mais fácil para ela.

Quando entrei no quarto de Lucy, pude ver que Van Helsing, com sua habitual prudência, arrumara as coisas tornando-as o mais possível agradáveis. Escovara até o cabelo de Lucy, de modo que este se espalhava sobre o travesseiro com suas habituais ondas douradas. Quando entramos no quarto ela abriu os olhos e, vendo o namorado, sussurrou suavemente:

— Arthur! Oh, meu amor, estou muito feliz porque veio! — Ele se inclinava para beijá-la, quando Van Helsing o impediu.

— Não — murmurou o professor. — Ainda não! Segure-lhe a mão, isso a confortará mais.

Arthur segurou-lhe a mão e ajoelhou-se ao lado dela. A moça tinha o melhor aspecto possível, suas suaves linhas casavam-se com a angelical beleza dos olhos. Então, gradativamente, fechou os olhos e mergulhou no sono. Durante poucos momentos, seu peito arfou suavemente e a respiração foi e veio como a de uma criança cansada.

Então, imperceptivelmente, surgiu aquela estranha modificação que eu notara durante a noite. A respiração tornou-se entrecortada, ela abriu a boca, e as gengivas pálidas, afastadas, tornaram os dentes mais longos e afiados. Numa espécie de sonambulismo, vago e inconsciente, abriu os olhos, que agora pareciam cruéis e inexpressivos ao mesmo tempo. Disse com voz suave e voluptuosa, diversa da que eu sempre ouvira sair de seus lábios:

— Oh, Arthur querido, sinto-me muito feliz porque veio! Beije-me! — Arthur inclinou-se ansioso para beijá-la; mas Van Helsing, que como eu se assustara com a voz da moça, debruçou-se sobre ele, agarrou-o pelo pescoço com ambas as mãos e o arrastou com força muito superior à que se podia imaginar que possuísse; quase o atirou para o outro lado do quarto.

— Por sua vida, não faça isso! — exclamou ele. — Não faça isso, se ama sua alma e a dela! — O professor interpôs-se entre os dois como um leão furioso.

Arthur ficou tão surpreso que, por um momento, não soube o que fazer ou dizer; depois, antes que qualquer impulso de violência pudesse dominá-lo, pareceu tornar-se consciente do local e da ocasião e permaneceu à espera.

Conservei os olhos fixos em Lucy. O mesmo fez Van Helsing e vimos um espasmo de raiva projetar uma sombra rápida sobre o rosto dela; seus dentes afiados apertaram-se. Em seguida, seus olhos se fecharam e ela respirou pausadamente.

Muito tempo após, abriu os olhos mais uma vez muito suavemente e, estendendo a mão muito pálida e magra, segurou a mão grande e bronzeada de Van Helsing, aproximando-a de si, e beijou-a.

— Meu verdadeiro amigo — disse em voz fraca, porém indescritivelmente trágica —, meu verdadeiro amigo e amigo também dele! Proteja-o e dê-me paz.

— Juro! — disse o professor solenemente, ajoelhando-se ao lado dela e erguendo a mão, como alguém que presta juramento. Depois se voltou para Arthur e lhe disse: — Venha, meu filho, segure a mão dela e beije-a na testa, apenas uma vez.

Em vez dos lábios, os olhos dos dois se encontraram e assim ocorreu a separação.

Os olhos de Lucy se fecharam e Van Helsing, que observava atentamente, segurou o braço de Arthur, afastando-o.

Em seguida, a respiração de Lucy tornou-se entrecortada mais uma vez e, repentinamente, cessou.

— Tudo terminou — disse Van Helsing. — Ela está morta!

Segurei o braço de Arthur e levei-o à sala de estar, onde sentou-se, cobrindo o rosto com as mãos e soluçando de um modo que quase me partiu o coração.

Voltei ao quarto e encontrei Van Helsing contemplando a pobre Lucy, com o rosto mais sério do que nunca. Alguma modificação ocorrera no corpo da moça: a morte lhe devolvera parte de sua beleza, pois a testa e as faces haviam recuperado algumas de suas harmônicas linhas e até mesmo os lábios haviam perdido a palidez cadavérica. Era como se o sangue, não mais necessário para impulsionar o coração, decidisse tornar a aspereza da morte o mais suave possível.

"Julgamo-la morta quando dormia, e adormecida quando morta."

Fiquei ao lado de Van Helsing e disse-lhe:

— Ah, pobre moça, finalmente há paz para ela. É o fim!

Ele voltou-se para mim muito gravemente:

— Não é assim, infelizmente! Não é assim. Isso é apenas o princípio!

Quando lhe perguntei o que queria dizer, apenas sacudiu a cabeça, respondendo:

— Nada podemos fazer por enquanto. Espere e verá.

CAPÍTULO XIII

Relato cotidiano do dr. Seward
(continuação)

O funeral foi arranjado para o dia seguinte, para que Lucy e sua mãe pudessem ser enterradas juntas. Cuidei de todas as desagradáveis formalidades, e o homem da empresa funerária urbana provou que seu corpo de assistentes era amaldiçoado (ou abençoado) com algo de sua própria suavidade servil. Até mesmo a mulher que realizou as últimas cerimônias para a morta declarou, ao sair da câmara mortuária, de modo confidencial e como se fosse quase minha irmã de profissão:

— Ela forma um lindo cadáver, senhor. É um privilégio poder atendê-la. Não será demasiado dizer que ela honrará nosso estabelecimento!

Notei que Van Helsing sempre se conservava próximo. Isso era possível devido ao estado de desordem da casa. Não havia parentes disponíveis e, como Arthur tinha de regressar no dia seguinte para assistir ao enterro do próprio pai, não pudemos notificar aqueles que deveriam ter sido avisados. Devido às circunstâncias, Van Helsing e eu nos encarregamos de cuidar dos papéis, etc. Ele insistiu em cuidar dos papéis pertencentes a Lucy. Perguntei-lhe o motivo, pois temia que ele, sendo estrangeiro, não estivesse bem a par das exigências das leis inglesas, o que poderia acarretar dificuldades desnecessárias. Respondeu-me:

— Sei, sei. Esquece que sou não só médico, mas também advogado. Porém isso não é apenas matéria legal. Você sabia disso, quando evitou o médico legista. Não é apenas a ele que tenho de evitar. Pode haver mais papéis... como este.

Enquanto falava, tirou de seu caderno de notas o memorando que estivera no peito de Lucy e que ela rasgara dormindo.

— Quando encontrar algo para o advogado da falecida sra. Westenra, lacre todos os seus papéis e escreva-lhe esta noite. Quanto a mim, velarei durante toda a noite aqui neste quarto e no antigo quarto da srta. Lucy, e verei se encontro algo. Não será aconselhável que os pensamentos dela passem para as mãos de estranhos.

Realizei a minha parte do serviço e, após outra meia hora, já encontrara o nome e o endereço do advogado da sra. Westenra e lhe escrevera. Os papéis da coitada senhora estavam em ordem e indicavam explicitamente o local onde deveria ser enterrada. Eu mal fechara a carta quando, para minha surpresa, Van Helsing entrou no aposento, dizendo:

— Posso ajudá-lo, amigo John? Estou livre e, se me permite, à sua disposição.

— Já encontrou o que procurava? — perguntei-lhe, ao que me respondeu:

— Não procurava nada de especial. Tinha apenas esperanças de encontrar (e realmente encontrei) tudo o que havia: algumas cartas, poucos memorandos e um diário recém-iniciado. Mas tenho-os comigo e presentemente nada diremos acerca deles. Verei aquele pobre rapaz amanhã à noite, e com a permissão dele, utilizarei alguns.

Quando terminamos o trabalho que realizávamos, ele me disse:

— Agora, amigo John, creio que podemos ir para a cama. Tanto eu como você precisamos de sono e de descanso para nos recuperarmos. Amanhã teremos muito que fazer, porém hoje não seremos mais úteis. Que dia infeliz!

Antes de nos recolhermos, fomos contemplar a pobre Lucy. O homem da empresa funerária realizara muito bem o seu trabalho, pois transformara o aposento numa pequena *chapelle* ardente. Havia montões de flores brancas e procuraram tornar a morte menos repulsiva. A mortalha cobria o rosto da defunta; quando o professor se inclinou para afastá-la suavemente, ambos estremecemos ao olhar a beleza diante de nós, que podíamos perceber bem, porque as compridas velas apresentavam luz suficiente. Toda a beleza de Lucy retornara com a morte, e as horas que se haviam passado, em vez de deixarem traços dos "dedos destruidores da decomposição", lhe haviam restaurado a beleza da vida, de modo que eu mal podia acreditar que contemplava um cadáver.

O professor tinha um ar inflexível e sério. Não a amara como eu e por isso não havia necessidade de lágrimas em seus olhos. Disse-me:

— Fique aqui até eu voltar — e saiu do quarto. Regressou com a mão cheia de selvagens flores de alho, retiradas de uma caixa que esperava no corredor, mas que não havia sido aberta. Colocou as flores entre as outras, sobre e ao redor da cama. Depois retirou de seu pescoço, por dentro de seu colarinho, um pequeno crucifixo de ouro que colocou sobre a boca da moça. Recolocou a mortalha em seu lugar e nos afastamos.

Eu me despia em meu quarto quando ouvi uma batida de advertência na porta e ele entrou, imediatamente principiando a falar:

— Amanhã, quero que me traga, antes de a noite cair, bisturis de necropsia.

— Teremos de fazer necropsia? — perguntei.

— Sim e não. Quero operar, mas não como você pensa. Contar-lhe-ei, mas não diga palavra a ninguém. Quero cortar a cabeça dela e retirar-lhe o coração. Ah! Você é cirurgião e se mostra tão chocado! Você a quem já vi realizar operações em que havia perigo de morte sem um tremor de mão ou do coração; operações que fariam os outros tremerem. Oh, mas não devo esquecer-me de que você a amou, caro amigo John; mas fique descansado, operarei e você não ajudará. Gostaria de fazê-lo esta noite, mas não posso por causa de Arthur; ele estará livre após o enterro do pai amanhã e desejará vê-la... ver a *coisa*. Então, quando ela estiver no caixão preparada para o dia seguinte, você e eu viremos quando todos dormirem. Desaparafusaremos a tampa do caixão e realizaremos nossa operação; depois colocaremos tudo nos lugares devidos, para que ninguém mais saiba, além de nós, o que se passou.

— Mas para que tudo isso? A moça está morta. Por que mutilar o pobre corpo sem necessidade? E se não é necessária uma necropsia, pois ninguém lucrará com isso (nem a moça, nem nós, nem a ciência, nem o conhecimento humano), por que realizá-la? Sem necessidade, é monstruosa.

Em resposta, ele colocou a mão sobre meu ombro e disse com infinita ternura:

— Amigo John, tenho pena de seu coração sofredor e estimo-o ainda mais porque tanto sofre. Se pudesse, colocaria em meus próprios ombros o fardo que você suporta. Porém há coisas que não sabe, que irá saber e que me abençoará porque eu sei, embora não sejam agradáveis. John, meu filho, é meu amigo há muitos anos. Já me viu fazer alguma coisa sem ter para isso um forte motivo? Posso errar, pois sou apenas humano; mas acredito em tudo o que faço. Não foi por esses motivos que me mandou chamar quando surgiu a grande dificuldade? Sim! Não ficou surpreso, senão horrorizado, quando não permiti que Arthur beijasse sua amada moribunda, e agarrei-o para afastá-lo com toda a minha força? Sim! E contudo não viu como ela me agradeceu com seus lindos olhos que morriam, com sua voz demasiado fraca e com o beijo que deu em minha velha e áspera mão? Sim! E não viu que, quando lhe fiz aquele juramento, ela fechou os olhos agradecida? Sim!

"Bem, agora tenho forte motivo para tudo o que desejo fazer. Durante muitos anos você confiou em mim; acreditou em mim nas semanas passadas, quando ocorreram fatos tão estranhos que bem poderia ter duvidado. Creia ainda durante algum tempo, amigo John. Se não confiar em mim, terei de dizer-lhe o que penso, e talvez isso não seja bom. E se eu trabalhar (e trabalharei, depositem ou não confiança em mim), fá-lo-ei com o coração pesado e sentir-me-ei muito solitário, justamente quando necessito de toda a ajuda e coragem! — Fez uma pausa durante um momento e prosseguiu solenemente: — Amigo John, há dias estranhos e terríveis diante de nós. Não sejamos dois, porém um, para que em nosso trabalho possamos atingir um bom fim. Acreditará em mim?"

Apertei-lhe a mão e prometi. Mantive minha porta aberta enquanto ele saía e vi-o entrar em seu quarto, fechando a porta. Enquanto me quedava ali imóvel, vi uma das criadas atravessar silenciosamente o corredor e entrar no quarto em que estava Lucy. A empregada não me viu, porque tinha as costas voltadas para mim. Aquela visão comoveu-me. A devoção é muito rara e nos sentimos muito gratos àqueles que a demonstram espontaneamente aos seres que amamos. Ali estava uma pobre moça que punha de lado o medo da morte (que naturalmente possuía), para ir sozinha velar ao lado do caixão da ama adorada, a fim de que o pobre barro não permanecesse só antes do repouso eterno...

Devo ter dormido muito e profundamente, pois já era dia claro quando Van Helsing me acordou ao entrar em meu quarto. Aproximou-se de minha cama e disse:

— Não se preocupe com os bisturis, não necessitaremos deles!

— Por que não? — perguntei. A seriedade dele na noite anterior me impressionara muitíssimo.

— Porque — afirmou gravemente — é tarde demais... ou cedo demais. Veja! — Mostrou-me o pequeno crucifixo dourado. — Isso foi roubado durante a noite.

— Como pode ter sido roubado, se o tem agora? — perguntei perplexo.

— Porque o recuperei da perdida que o roubou, da mulher que roubou os vivos e os mortos. Certamente será castigada, mas não serei eu o autor da punição; ela não sabia ao certo o que fazia e com ignorância apenas roubou. Agora teremos de esperar. — Afastou-se sem dizer palavra, deixando-me um novo mistério para decifrar.

A manhã foi terrível, mas ao meio-dia chegou o advogado: o sr. Marquand, da firma Wholeman, Filhos, Marquand & Lidderdale. Foi muito cordial e apreciou muito o que havíamos realizado; retirou de nossas mãos todos os cuidados acerca dos detalhes. Durante o almoço, disse-nos que a sra. Westenra há algum tempo esperava morrer repentinamente do coração, e que por isso colocara seus negócios em absoluta ordem. Informou-nos que Arthur Holmwood herdaria todos os bens, imóveis e móveis, com exceção de certa propriedade inalienável que o pai de Lucy possuíra por faltarem herdeiros diretos, e que agora retornaria a um ramo distante da família. Quando já nos havia dito tudo isso, prosseguiu:

— Para falar francamente, fizemos o possível para impedir tal disposição testamentária e lhe mostramos que poderiam ocorrer certas contingências capazes de deixar a filha sem dinheiro ou de extinguir-lhe a liberdade de realizar ou não aquele matrimônio. Com efeito, insistimos tanto sobre o caso que quase brigamos, pois ela nos perguntou se estávamos ou não preparados para realizar seus desejos. É claro que não tivemos outra alternativa, senão a de aceitar. Estávamos teoricamente certos e, em noventa e nove vezes contra uma, a lógica dos acontecimentos provaria a veracidade de nossa opinião. Contudo, devo admitir que neste caso qualquer outra forma de disposição teria tornado impossível a realização da vontade da defunta. Morta a mãe antes da filha, esta se apossaria da herança, e no caso de sobreviver a mãe, ainda que por cinco minutos, não havendo testamento (e esse seria praticamente impossível no caso), os bens passariam para os parentes. Neste caso, Lorde Godalming, embora muito amigo, não teria direito algum, pois os herdeiros, sendo remotos, não desejariam abandonar seus direitos indiscutíveis, por motivos sentimentais concernentes a um completo estranho. Asseguro-lhes, caros senhores, que estou completamente satisfeito com o resultado.

Ele era um bom sujeito, mas o fato de, em toda aquela intensa tragédia, alegrar-se apenas pela pequena parte em que era oficialmente interessado constituía uma lição objetiva que demonstrava o quanto a complacência é limitada.

Ele não permaneceu muito tempo, mas disse que voltaria mais tarde para ver lorde Godalming. Contudo, sua vinda nos consolara um pouco, pois assegurou-nos que nenhum de nossos atos poderia ser criticado hostilmente. Arthur deveria chegar às cinco horas e, por isso, um pouco antes daquele momento, visitamos a câmara mortuária. Esta fora muito bem denominada, pois agora tanto a mãe como a filha lá se encontravam. O agente funerário, fiel a seu ofício, dispusera seus apetrechos da melhor forma possível e um ar mortuário impregnava o ambiente, deprimindo-nos imediatamente. Van Helsing ordenou que desfizessem aquilo e arrumassem tudo como antes, pois disse que lorde Godalming logo chegaria e lhe seria menos penoso poder ver a sós tudo o que ficara de sua noiva. O agente pareceu chocado com sua própria estupidez e esforçou-se para dispor tudo como havíamos deixado na noite anterior, a fim de que, quando Arthur chegasse, lhe pudéssemos poupar choques.

Pobre Arthur! Estava alquebrado e mergulhado em desespero. Até mesmo sua inflexível masculinidade parecia haver murchado um pouco sob a tensão de tão fortes emoções. Eu sabia que ele era muito apegado ao pai e que a perda deste, em tal ocasião, constituía um grande golpe. Comigo foi afetuoso como sempre e com Van Helsing mostrou-se extremamente cordial, mas não pude deixar de notar que estava um tanto constrangido. O professor também o percebeu e pediu-me que o trouxesse para cima. Assim fiz e deixei-o à porta do quarto, pois sabia que ele desejaria ficar a sós com ela; mas segurou-me o braço, fazendo-me entrar e dizendo em voz rouca:

— Você também a amou, camarada. Ela me contou isso e disse que você era o amigo que mais estimava. Não sei como agradecer-lhe por tudo o que fez para ela. Ainda não sei...

Aqui perdeu o controle e atirou os braços ao redor de meus ombros, colocando a cabeça em meu peito. Berrou:

— Oh, Jack, Jack! O que farei?! Repentinamente, minha vida tornou-se vazia, e em todo o vasto mundo não encontro uma razão para viver.

Consolei-o como pude; em tais casos, os homens não necessitam de muitas palavras. Um aperto de mão, o toque de um braço sobre o ombro, um soluço em conjunto são expressões de simpatia caras ao coração humano. Permaneci quieto e em silêncio até vê-lo parar de soluçar, e depois lhe disse suavemente:

— Venha vê-la.

Aproximamo-nos juntos da cama e descobri o rosto da morta. Meu Deus, como estava linda! Cada hora que passava parecia aumentar-lhe os encantos. Aquilo me assustava e me intrigava ao mesmo tempo; quanto a Arthur, principiou a tremer, e a dúvida apossou-se dele. Finalmente, depois de longa pausa, indagou-me num vago murmúrio:

— Jack, ela está realmente morta?

Tristemente assegurei-lhe que sim e, como não desejava prolongar tal dúvida, se pudesse evitá-lo, nem por mais um minuto, afirmei que aquilo acontecia inúmeras vezes: o rosto dos mortos muitas vezes se suavizava, readquirindo a jovem beleza. Disse-lhe que isso sucedia principalmente quando a morte era precedida por sofrimentos agudos ou prolongados. Pareceu-me desfazer completamente suas dúvidas e ele se afastou, depois de ajoelhar-se ao lado da cama durante algum tempo, contemplando terna e demoradamente a amada. Declarei-lhe que aquilo teria de ser a despedida, pois era necessário preparar o caixão; ele voltou, portanto, e segurou a mão da morta, beijando-a. Inclinou-se também e lhe beijou a testa. Afastou-se olhando ternamente para trás, sobre o ombro, enquanto prosseguia.

Deixei-o na sala de estar e disse a Van Helsing que o rapaz já se despedira. O professor foi então para a cozinha dizer aos homens da agência funerária que prosseguissem com os preparativos e fechassem o caixão. Quando entrou novamente na sala, falei-lhe da pergunta de Arthur e ele replicou:

— Isso não me surpreende. Ainda agora, eu mesmo duvidei durante um momento!

Todos jantamos juntos e pude ver que o pobre Art tentava portar-se do melhor modo possível. Van Helsing jantara em silêncio durante todo o tempo, mas quando acendemos o cigarro disse:

— Lorde...

Arthur, porém, interrompeu-o:

— Não, não, por Deus! Não me chame assim! Desculpe-me, senhor, não quis ofendê-lo, mas é que minha perda é muito recente.

O professor respondeu muito gentilmente:

— Utilizei essa denominação porque estava em dúvida. Não devo chamá-lo de senhor e já principio a estimá-lo como "Arthur".

Arthur estendeu a mão e apertou afetuosamente a do velho.

— Chame-me como quiser — disse. — Espero ser sempre considerado seu amigo. E permita-me dizer-lhe também que não tenho palavras para agradecer a bondade com que tratou minha amada. —

Fez uma pausa curta e prosseguiu: — Sei que ela compreendeu sua bondade ainda mais do que eu, e se fui algo rude naquele momento em que o senhor agiu... recorda-se? — o professor balançou a cabeça, afirmativamente — deve perdoar-me.

Van Helsing respondeu com séria delicadeza:

— Sei que foi difícil confiar em mim em tal momento, pois seria necessário compreender o motivo da violência para confiar. Por isso, creio que ainda agora você não confia em mim, nem pode confiar, pois ainda não compreende. E talvez ainda haja outras ocasiões em que eu deseje que confie, quando não pode, e ainda não deve compreender. Mas chegará a hora em que confiará completamente em mim e em que compreenderá como se tudo fosse claro como água no pote. Nesse instante, então, me abençoará por sua própria causa, por causa dos outros e daquela a quem jurei proteger.

— Tem razão, tem razão, senhor — afirmou Arthur calorosamente. — Acreditarei sempre no senhor. Sei e creio que tem o coração muito nobre; além do mais é amigo de Jack e o foi também dela. Fará como quiser.

O professor pigarreou diversas vezes como se desejasse falar e finalmente disse:

— Posso perguntar-lhe algo agora?

— Certamente.

— Sabe que a sra. Westenra lhe deixou todos os seus bens?

— Não. Coitada; nunca pensei nisso.

— E, como são todos seus, terá o direito de fazer o que desejar com eles. Gostaria que me permitisse ler todos os papéis e cartas da srta. Lucy. Creia que não lhe peço isso por simples curiosidade. Esteja certo de que tenho um motivo que ela aprovaria. Todos os papéis estão comigo. Apanhei-os antes de saber que tudo era seu, a fim de que nenhum estranho os tocasse... a fim de que nenhum olhar estranho penetrasse na alma dela através das palavras. Guardá-los-ei se me permitir e, ainda que você não possa vê-los no momento, eu os manterei em lugar seguro. Nenhuma palavra se extraviará e, na hora devida, devolvê-los-ei. Pedi algo difícil, mas você o fará pelo bem de Lucy, não?

Arthur falou com firmeza, parecendo voltar a ser o que era:

— Dr. Van Helsing, faça como quiser. Sinto que, dizendo isto, procedo de acordo com o que teria desejado minha amada. Não o perturbarei com perguntas enquanto não chegar a hora.

O idoso professor levantou-se e disse gravemente:

— Está certo. Haverá sofrimento para todos nós, mas nem tudo será dor e esta passará. Nós todos, e principalmente você, meu caro rapaz, teremos de atravessar momentos amargos, antes de atingirmos os doces. Mas tudo sairá bem se formos corajosos e altruístas e se realizarmos nosso dever.

Naquela noite, dormi num sofá no quarto de Arthur. Van Helsing não se deitou. Andava para a frente e para trás, como se vigiasse a casa, e não perdia de vista o quarto onde Lucy estava deitada em seu caixão, enfeitada com as flores selvagens de alho, que enviavam através da noite um cheiro forte e penetrante, misturado ao olor de lírios e rosas.

Diário de Mina Harker

22 de setembro — No trem para Exeter. Jonathan dorme. Parece que foi apenas ontem que escrevi neste caderno pela última vez e, contudo, quanta coisa aconteceu... Eu estava em Whitby e tinha o mundo diante de mim; Jonathan se encontrava longe, e eu não recebia notícias dele. Agora estou casada com Jonathan, que já é advogado, sócio, rico e chefe de seu negócio: o sr. Hawkins está morto e enterrado, e Jonathan teve outro ataque que poderá causar-lhe dano. Algum dia talvez me pergunte a respeito do caso, por isso anotarei tudo. Estou perdendo a prática da taquigrafia (veja o que a prosperidade pode ocasionar) e por isso será bom recordá-la com um exercício...

O enterro foi muito simples e impressionante. Comparecemos apenas nós, alguns criados, um ou dois amigos do falecido que moravam em Exeter, seu agente de Londres e um cavalheiro que representava o sr. John Paxton, o presidente da Sociedade Judiciária. Jonathan e eu permanecemos de mãos dadas e sentimos que nosso melhor e mais estimado amigo partira...

Regressamos à cidade silenciosamente, num ônibus que nos conduziu ao Hyde Park. Jonathan julgou que seria interessante levar-me até a fileira de bancos que lá existe, e por isso nos sentamos. Entretanto, encontramos pouquíssimas pessoas e era desolador ver tantos lugares vazios, pois pensávamos no espaço vago que agora havia em casa. Portanto nos levantamos e caminhamos pelo Piccadilly. Jonathan me segurava o braço, como costumava fazer antigamente, antes de eu ir para a escola. Eu sentia que aquilo era ligeiramente impróprio, pois, depois de ensinar durante alguns anos etiqueta e decoro às moças, aquelas noções sempre penetram um pouco em nós. Mas quem segurava meu braço era Jonathan, meu marido, e não conhecíamos ninguém ao nosso redor. Não nos importávamos, portanto, com o fato de nos verem e continuamos a caminhar. Eu contemplava uma belíssima moça que usava um grande chapéu arredondado e sentava-se numa caleça do lado de fora do Giuliano's quando Jonathan segurou-me o braço com muita força, machucando-me, e disse por entre os dentes: "Meu Deus!" Ando muito preocupada com ele, pois temo que algum ataque nervoso possa perturbá-lo novamente. Portanto, voltei-me para ele com rapidez e perguntei-lhe o que o perturbara.

Estava muito pálido e seus olhos pareciam saltar das órbitas enquanto, aterrorizado e perplexo, contemplava um homem alto, magro, com nariz aquilino, bigode preto e cavanhaque, que também observava a linda moça. O homem a encarava tão fixamente que não nos notou e pude vê-lo bem. Seu rosto não demonstrava bondade: era áspero, cruel, sensual, e seus grandes dentes brancos, que se tornavam ainda mais alvos devido ao contraste dos lábios muito vermelhos, eram pontudos como os de um animal. Jonathan continuou a encará-lo e temi que o homem percebesse. Receei que se aborrecesse, pois tinha o aspecto muito rude. Perguntei a Jonathan por que estava perturbado e respondeu-me, evidentemente achando que eu sabia tanto do caso quanto ele:

— Vê quem é?

— Não, querido — disse-lhe. — Não o conheço; quem é?

Sua resposta me chocou, emocionando-me ao mesmo tempo, pois foi dita como se ele ignorasse que falava comigo, sua esposa Mina:

— É o próprio homem!

Evidentemente algo o aterrorizara intensamente; creio mesmo que, se eu não estivesse ali para segurá-lo, ele teria desmaiado. Continuou a olhar; um homem saiu da loja com um pequeno embrulho que entregou à moça, e ela partiu. O homem sinistro continuou a manter os olhos fixos nela e, quando a carruagem se moveu subindo Picadilly, ele seguiu na mesma direção, fazendo sinal a um carro que passava. Jonathan continuou a olhá-lo e disse, como se falasse sozinho:

— Creio que seja o Conde, mas rejuvenesceu. Que horror, se isso for verdade! Oh, meu Deus, meu Deus! Se ao menos eu soubesse! Se ao menos eu soubesse. — Estava tão perturbado que receei formular-lhe perguntas sobre o assunto, permanecendo em silêncio. Afastei-o suavemente e ele, segurando meu braço, não ofereceu resistência. Caminhamos mais um pouco e depois penetramos no Parque Green, onde nos sentamos durante algum tempo. Aquele era um dia quente para o outono e encontramos um banco confortável na sombra. Jonathan, depois de olhar durante alguns minutos para o vácuo, fechou os olhos e dormiu calmamente, com a cabeça sobre meu ombro. Achei que aquilo seria ótimo para ele e não o perturbei. Depois de cerca de vinte minutos acordou e me disse de modo bem alegre:

— Oh, Mina, dormi! Desculpe-me a rudeza. Venha e tomemos um copo de chá em algum lugar.

Evidentemente, esquecera o sombrio estranho, assim como esquecera em sua doença tudo o que esse episódio lhe recordara. Não vejo com bons olhos esses lapsos de memória, pois poderão produzir ou piorar alguma lesão cerebral. Temo fazer-lhe perguntas que poderão prejudicá-lo, mas tenho de saber alguma coisa acerca dessa viagem ao estrangeiro. Receio que haja chegado a hora em que devo abrir aquele pacote, para saber o que está escrito no caderno. Oh, Jonathan, sei que me perdoará se por acaso procedo erradamente, mas tudo será para o seu próprio bem.

Mais tarde — Nossa chegada ao lar foi muito triste; em casa não mais se encontra aquele que foi tão bom para nós. Jonathan ainda está pálido e tonto, com ligeira recaída da doença. E, além do mais, recebi um telegrama de Van Helsing (que não sei quem é). "Ficará penalizada saber sra. Westenra morreu cinco dias atrás e Lucy anteontem. Enterradas ambas hoje."

Oh, quanta dor transmitiram tão poucas palavras! Pobre sra. Westenra! Pobre Lucy! Partiram para nunca mais voltarem! Coitado do Arthur, que grande perda em sua vida! Que Deus nos ajude a suportar nossos pesares.

Relato cotidiano do dr. Seward

22 de setembro — Tudo terminou. Arthur voltou para o Ring, levando Quincey Morris consigo. Que bom sujeito é o Quincey! Creio que ele sofreu com a morte de Lucy tanto quanto nós, porém suportou tudo como um grande herói. Se a América continuar a produzir homens assim, tornar-se-á certamente muito poderosa. Van Helsing está se deitando, pois pretende descansar antes de viajar. Irá para Amsterdã hoje, mas diz que regressará amanhã à noite, pois deseja apenas cuidar de alguns negócios que só poderão ser realizados pessoalmente. Deverá permanecer comigo, se puder, pois disse que terá de realizar serviços em Londres, que talvez demorem algum tempo. Pobre sujeito! Receio que a tensão das semanas passadas haja alquebrado até mesmo sua força de ferro. Pude ver que, durante todo o tempo do enterro, ele se controlava terrivelmente. Quando tudo terminou, ficamos ao lado de Arthur, que, coitado, falava de como na transfusão seu sangue passara para as veias de Lucy; percebi que o rosto de Van Helsing se tornava branco e roxo. Nenhum de nós falou das outras transfusões; não as mencionaremos. Arthur e Quincey foram juntos para a estação e Van Helsing e eu viemos para cá. No instante em que ficamos a sós na carruagem, ele se entregou a uma série de ataques histéricos. Contudo, negou que aquilo fosse histerismo e insistiu afirmando ter sido apenas uma demonstração de senso de humor surgida em momentos terríveis. Riu até chorar e tive de abaixar as cortinas para que ninguém nos visse nem nos interpretasse mal. Em seguida, chorou até rir novamente e continuou a chorar e rir ao mesmo tempo, exatamente como uma mulher. Tentei ser rígido com ele, como somos com uma mulher em tais circunstâncias, mas não obtive resultado. Os homens diferem muito das mulheres nas manifestações de força ou fraqueza nervosa! Depois, quando seu rosto se tornou mais uma vez grave e sério, perguntei-lhe por que tamanha alegria em tal hora. Sua resposta apresentou as características de sempre: foi lógica, firme e misteriosa. Disse:

— Ah, não compreenderá, amigo John. Não julgue que não estou triste, apenas porque rio. Veja, chorei mesmo quando o riso me sufocava. Mas também não pense que existe apenas tristeza em mim quando choro, pois o riso surge ao mesmo tempo. Guarde bem isto: o riso que lhe bate à porta e diz: "Posso entrar?" não é o verdadeiro riso. Não! Ele é um rei que vem e vai quando quer. Não pergunta se a pessoa o deseja, não escolhe o momento adequado. Diz: "Estou aqui". Por exemplo: fiquei muito triste por causa daquela meiga jovem, dei-lhe meu sangue embora esteja velho e cansado; dei-lhe meu tempo, minha sabedoria, meu sono; sacrifiquei meus outros pacientes em benefício dela. E, contudo, rio em seu próprio túmulo... ri quando o barro da pá do coveiro caiu sobre seu caixão com ruídos surdos que atingiram meu coração, até retirarem o sangue de minhas faces. Sinto o coração sangrar por aquele pobre rapaz que tem a idade de meu próprio filho (que felizmente vive), e que tem os mesmos cabelos e olhos. Agora já sabe por que gosto tanto dele. E quando o pobre rapaz dizia coisas que tocavam meu coração de marido e faziam meu coração de pai estimá-lo como a nenhum outro homem (nem mesmo a você, amigo John, pois o nível de nossas experiências não nos permite uma diferença de pai a filho); até mesmo naquele momento, o Rei Riso me dominava, berrando em meu ouvido: "Aqui estou eu! Aqui estou eu!" — até o sangue voltar dançando, trazendo um pouco de sol que retirara de minhas faces. Oh, amigo John, este mundo é estranho, triste e cheio de dificuldades e misérias; contudo, quando o Rei Riso surge, faz que tudo dance ao som de sua música. Corações ensanguentados, caveiras de cemitérios, lágrimas que queimam ao caírem — tudo dança ao som da música que ele produz com sua boca séria. E, amigo John, creia que é bondade dele vir. Ah, nós homens e mulheres somos como cordas que as emoções puxam para onde desejam. Surgem então as lágrimas e, como a chuva nas cordas, esticam-nas até que possivelmente a tensão se torna demasiada e rebentamos. Porém o Rei Riso vem como o sol e diminui novamente a tensão, permitindo-nos continuar nosso trabalho, seja qual for.

Não quis feri-lo, fingindo não compreender sua ideia, mas, como não sabia por que motivo ele rira, perguntei-lho. Ao responder-me, seu rosto tornou-se sério e disse num tom muito diferente:

— Oh, o que me fez rir foi a amarga ironia de tudo: aquela linda moça enfeitada com flores e parecendo tão linda e viva, a ponto de duvidarmos que estivesse realmente morta. Deitava-se naquela construção de mármore no solitário cemitério onde descansam tantos de seus parentes; onde está a mãe que a amava e a quem a filha também amava. E o sagrado sino que tocava tão triste e baixo. E aqueles homens com vestes de anjos, fingindo ler livros e, contudo, jamais mantendo os olhos sobre as páginas. E nós todos com a cabeça inclinada. E tudo isso para quê? Ela não está morta?

— Por Deus, professor — exclamei —, não posso ver motivo de riso nisso. Ora, suas explicações tornam tudo um enigma ainda maior. Mas, ainda que a cerimônia fúnebre tivesse sido cômica, o que dizer a respeito do pobre Art e de sua dor? Ora, o coração dele simplesmente estourava.

— Amigo John, desculpe-me se sofro. Não demonstrei meus sentimentos aos outros para não feri-los, mas apenas a você, velho amigo em quem posso confiar. Se tivesse podido olhar meu coração quando quis rir, quando o riso chegou e mesmo agora quando o Rei Riso partiu com sua coroa e seu reino (onde permanecerá, longe de mim, durante muito tempo), talvez você tivesse sentido mais pena de mim do que de todos os outros.

O tom de ternura de sua voz emocionou-me e perguntei-lhe por quê.

— Porque sei!

Agora, estamos todos espalhados, e durante muitos dias longos a solidão se aninhará em nós. Lucy jaz no sepulcro de sua família, num majestoso mausoléu de um cemitério solitário, longe da regurgitante Londres; num local onde o ar é fresco, o sol se ergue sobre Hampstead Hill e as flores silvestres crescem espontaneamente.

Assim, posso terminar este diário e só Deus sabe se terei de iniciar outro. Se o fizer, ou se retornar a este, será para lidar com pessoas e temas diferentes; pois aqui, no final da narração do romance de minha vida, retorno para o meu trabalho, dizendo tristemente e sem esperanças: *finis*.

Gazeta de Westminster, 25 de setembro
Um mistério de Hampstead

Nas vizinhanças de Hampstead ocorre atualmente uma série de acontecimentos que se igualam àqueles que provocaram manchetes como "O terror de Kensington", "A mulher do punhal" ou "A mulher de preto": durante os últimos dois ou três dias ocorreram diversos casos de crianças que fugiram de casa ou não retornaram após brincarem na Charneca. Em todos esses casos, as crianças eram jovens demais para poderem relatar de modo inteligível o que lhes ocorrera, porém suas desculpas eram uniformes quanto ao fato de declararem haver estado com a "Dama Transparente". As crianças sempre desaparecem altas horas da noite e, em duas ocasiões, só foram encontradas cedo na manhã seguinte. Nas vizinhanças, a suposição geral é que, como a primeira criança fugida afirmou haver estado com a "Dama Transparente", as outras se utilizaram da expressão e agora a empregam segundo sua necessidade. Esta é a hipótese mais provável, uma vez que no presente momento o jogo favorito dos pequeninos é se enganarem mutuamente com logros. Um correspondente nos escreve dizendo que é extremamente engraçado ver aquelas minúsculas criancinhas fingindo ser a "Dama Transparente". Diz que alguns de nossos caricaturistas aprenderiam lições acerca da ironia do grotesco, comparando a realidade com o desenho. É apenas segundo as leis gerais que regem a natureza humana que a "Dama Transparente" desempenha tão popular papel nessas representações *al fresco*. Nosso correspondente afirma que nem mesmo Ellen Terry seria tão atraente quanto a pessoa que essas crianças de cara suja fingem ou imaginam ser.

Contudo, há possivelmente um lado sério na questão, pois algumas dessas crianças (certamente, todas as que desapareceram durante a noite) apresentam arranhões ou ferimentos na garganta. A forma dos ferimentos se assemelha àquela que seria produzida por um rato ou um pequeno cachorro e, embora não sejam graves, tendem a demonstrar que o animal que os inflige tem um sistema ou método próprio. A polícia do distrito recebeu ordens para observar atentamente as crianças que vagassem à toa, especialmente se forem muito jovens, quando estiverem dentro ou ao redor da Charneca de Hampstead e que também vigiem os cachorros errantes que por lá se encontrem.

Gazeta de Westminster, 25 de setembro

Edição Extraordinária

O horror de Hampstead

Outra Criança Ferida
A "Dama Transparente"

Recebemos notícias de que outra criança, desaparecida na noite passada, foi encontrada somente às últimas horas da manhã de hoje, em um matagal do Morro Shooter, na Charneca de Hampstead. Esse local é provavelmente menos frequentado que os outros. A criança apresentava no pescoço o mesmo minúsculo ferimento notado nos outros casos. Estava impressionantemente fraca e parecia extenuada. Também esta, quando se recobrou parcialmente, narrou a história já comum de ter sido atraída pela "Dama Transparente".

❖

CAPÍTULO XIV

Diário de Mina Harker

23 de setembro — Jonathan passou mal a noite, mas está melhor. Sinto-me satisfeita porque ele tem muito que fazer, o que afasta de sua mente pensamentos tão terríveis. Alegro-me também porque não se sente amedrontado com a responsabilidade de sua nova posição. Eu sabia que poderia confiar nele e sinto-me orgulhosa por vê-lo elevar-se à altura de seu novo posto, conseguindo resolver todas as obrigações que surgem. Ficará fora o dia inteiro e só chegará tarde, pois disse que não poderia almoçar em casa. Já terminei meu serviço doméstico e apanharei o diário que ele escreveu no estrangeiro. Trancar-me-ei em meu quarto para lê-lo...

24 de setembro — Não tive ânimo para escrever na noite passada; as terríveis anotações de Jonathan me perturbaram muito. Pobre coitado! Como deve ter sofrido, seja aquilo verdade ou imaginação. Será que há alguma verdade naquelas palavras? Será que a meningite o fez escrever tudo aquilo, ou haveria algum motivo para tudo? Acho que nunca saberei, pois nunca terei coragem de abordar o assunto com ele... E, contudo, aquele homem que vimos ontem! Jonathan parecia ter certeza... Pobre rapaz! Creio que o enterro o perturbou, fazendo sua mente voltar para trás... Porém, na realidade, acredita em tudo. Recordo-me de que disse no dia de nosso casamento: "A não ser que algum dever solene me obrigue a recordar aquelas horas amargas em que estive acordado ou dormindo, louco ou são". Parece haver em tudo continuidade... Aquele aterrorizante Conde viria para Londres... Se fosse verdade e ele viesse para Londres, que tem milhões de habitantes... Talvez haja um dever sagrado e, se isso ocorrer, não poderemos recuar... estarei preparada. Apanharei minha máquina de escrever agora mesmo e datilografarei tudo, decifrando a taquigrafia. Então estaremos preparados, caso seja necessário que outros olhos vejam as anotações. Se por acaso isso for preciso, talvez o pobre Jonathan não se perturbe se eu estiver preparada, pois poderei falar com ele e impedir que se preocupe com tudo o que ocorreu. Se Jonathan algum dia se recuperar desse nervosismo, talvez queira narrar-me tudo; poderei fazer-lhe perguntas e descobrir coisas, vendo então como será possível consolá-lo.

Carta de Van Helsing para a sra. Harker

24 de setembro.
(Confidencial)

Cara Senhora:

Peço que me perdoe o fato de escrever-lhe. Conhece-me apenas como sendo aquele que lhe enviou a triste notícia da morte de Lucy Westenra. Bondosamente, lorde Godalming concedeu-me a liberdade de ler as cartas e papéis da falecida, uma vez que estou muito preocupado com certos assuntos vitalmente importantes. Entre os papéis encontrei algumas cartas suas, que demonstraram que ambas eram muito amigas e que a senhora muito a estimava. Oh, sra. Mina, por essa sua estima, imploro-lhe que me auxilie. É pelo bem dos outros que peço, para reparar grandes males e impedir muitas e terríveis dificuldades, maiores talvez do que julga. Poderia encontrar-me com a senhora? Pode confiar em mim. Sou amigo do dr. John Seward e de lorde Godalming (aquele que era o Arthur da srta. Lucy). Ninguém deverá saber disso atualmente. Irei imediatamente entrevistá-la em Exeter, se assim mo permitir e se me disser quando e onde poderei encontrá-la. Peço-lhe desculpas pelo incômodo, minha senhora. Li suas cartas para a pobre Lucy e sei o quanto é boa e como seu marido padeceu. Rogo-lhe portanto que nada diga a ele, pois isso poderá afetá-lo. Despeço-me, pedindo-lhe novamente desculpas.

Van Helsing

Telegrama da sra. Harker para Van Helsing

25 de setembro — Venha hoje trem dez e um quarto se puder. Poderei vê-lo qualquer hora.

Wilhelmina Harker

Diário de Mina Harker

25 de setembro — Não consigo deixar de sentir-me intensamente ansiosa pela visita do dr. Van Helsing, pois espero que ela projete alguma luz sobre a triste experiência de Jonathan; também, como ele cuidou da pobre Lucy em sua última doença, poderá falar-me dela. Vem por isso: por causa de Lucy e de seu sonambulismo, e não devido a Jonathan. Então, não saberei a verdade agora! Como sou tola! Aquele terrível diário arrebata minha imaginação e tinge tudo com suas cores. É claro que o doutor deseja falar-me sobre Lucy. Retornara ao antigo hábito e aquela tenebrosa noite no recife deve tê-la feito adoecer. Devido à minha própria situação, esqueci-me de como ficou doente depois daquilo. Ela deve ter falado com ele acerca de sua aventura no Penhasco, dizendo-lhe que eu sabia tudo. Agora, certamente, ele deseja perguntar-me o que sei, para que também possa compreender. Espero ter feito bem em não mencionar o caso à sra. Westenra, pois nunca me perdoaria se por algum ato meu, ainda que omissivo, algum mal ocorresse a Lucy. Espero que o dr. Van Helsing não me culpe; passei por tantas dificuldades e angústias ultimamente, que no presente momento não aguentaria mais uma.

Acho que o choro algumas vezes nos faz bem... clareia o tempo, assim como faz a chuva. Talvez o que me tivesse perturbado fosse o fato de ler o diário ontem, e também a partida de Jonathan, que ficará longe de mim durante vinte e quatro horas, pela primeira vez desde o nosso casamento. Espero que tenha cuidado e que nada ocorra para perturbá-lo. Já são duas horas e em breve chegará o médico. Nada direi acerca do diário de Jonathan, a não ser que ele me pergunte algo. Sinto-me satisfeita por haver datilografado o meu próprio diário também; assim, se ele me interrogar sobre Lucy, mostrarei as anotações, o que poupará indagações.

Mais tarde — O dr. Van Helsing já veio e já partiu. Oh, que estranho encontro, que me fez a cabeça girar! Sinto-me como se sonhasse. Será que tudo foi mesmo realidade? Se não tivesse lido anteriormente o diário de Jonathan, não aceitaria sequer a hipótese de ser tudo verdade. Pobre Jonathan, como deve ter sofrido! Queira Deus que tudo isso não o perturbe novamente. Tentarei preservá-lo disso, mas talvez o fato de saber que seus ouvidos e seu cérebro não o enganaram, mas que tudo foi verdade, constitua para ele um consolo e um auxílio (embora estes sejam de terrível e pavorosa consequência). Talvez seja a dúvida o que o perturba e talvez, se esta for removida e a verdade provada, ele se sinta mais satisfeito e mais capaz de suportar o choque. O dr. Van Helsing deve ser tanto um homem inteligente quanto bom, já que é amigo de Arthur e do dr. Seward e já que o fizeram realizar a longa viagem da Holanda até aqui, para examinar Lucy. Também sinto, depois de vê-lo, que é um indivíduo bom e nobre. Quando vier amanhã, eu o interrogarei acerca de Jonathan e então, se Deus quiser, toda esta tristeza e ansiedade poderão conduzir a uma boa finalidade. Antigamente, julgava que gostaria de realizar entrevistas. Um amigo de Jonathan, no jornal *Exeter*, disse-lhe que a memória é muito importante em tais serviços; que a pessoa deve ser capaz de anotar exatamente quase todas as palavras ditas, ainda que depois tenha de retocá-las. Tentarei escrever aqui, procurando repetir exatamente o que ocorreu.

Eram duas e meia quando bateram à porta. Arranjei coragem e esperei. Após alguns minutos, Mary abriu a porta, anunciando: "O dr. Van Helsing".

Ergui-me fazendo uma reverência e ele se aproximou de mim; era um homem de tamanho médio, forte, ombros recuados sobre um tronco largo, com pescoço e cabeça proporcionais. O equilíbrio da cabeça indicou-me imediatamente raciocínio e poder; ela era imponente, de bom tamanho, larga e grande atrás das orelhas. O rosto bem barbeado apresentava um queixo quadrado e firme, um nariz de bom tamanho, um pouco estreito, porém com narinas sensíveis que pareciam dilatar-se enquanto as sobrancelhas espessas desciam e a boca se estreitava. A testa era ampla, erguendo-se a princípio quase reta e recuando para trás sobre duas rugas bem afastadas. Era uma testa tal que o cabelo avermelhado não podia cair sobre ela, porém tombava naturalmente para trás e para os lados. Possuía grandes olhos de um azul-escuro, muito afastados, que eram vivazes, ternos ou sérios, segundo a disposição do homem. Disse-me:

— É a sra. Harker, não?

Inclinei-me concordando.

— A ex-srta. Mina Murray?

Novamente concordei.

— Vim ver Mina Murray, amiga da pobre Lucy Westenra. Sra. Mina, venho por causa das mortas.

— Senhor — afirmei —, nada me comove mais do que saber que foi amigo de Lucy Westenra e que muito a ajudou. — Estendi-lhe a mão e ele segurou-a, dizendo ternamente:

— Oh, sra. Mina, sabia que a amiga de uma tão boa moça como Lucy teria de ser boa também, mas faltava-me conhecê-la... — Finalizou suas palavras com uma reverência cortês. Perguntei-lhe o motivo da visita e ele principiou imediatamente:

— Li as cartas que enviou à srta. Lucy. Desculpe-me tal fato, mas tinha de interrogar alguém e não encontrava ninguém. Sei que esteve com ela em Whitby. Não se surpreenda, mas ela às vezes escrevia um diário. Iniciou-o após sua partida, imitando a senhora... Nesse caderno, refere-se a um certo passeio que realizou dormindo e declara que a senhora a salvou. Como estou perplexo, desejaria que me contasse acerca dele tudo aquilo de que se recorda.

— Creio que posso contar-lhe tudo o que aconteceu, dr. Van Helsing.

— Então tem boa memória para os fatos, para os detalhes? As jovens nem sempre são assim.

— Não, doutor. É que escrevi tudo na ocasião. Poderei mostrá-lo, se o quiser.

— Oh, sra. Mina, isso seria um grande favor e ficaria muito grato. — Não pude resistir à tentação de intrigá-lo ligeiramente (creio que o gosto da maçã do paraíso ainda permanece um pouco em nossa boca), por isso lhe entreguei o diário em taquigrafia. Apanhou-o com uma reverência de agradecimento e perguntou:

— Posso lê-lo?

— Se assim o desejar — respondi-lhe com a maior seriedade possível. Abriu o caderno, mas imediatamente seu rosto demonstrou desapontamento. Em seguida, levantou-se e fez nova reverência.

— Oh, que mulher inteligente! — exclamou. — Há muito tempo sabia que o sr. Jonathan era um homem que tinha muito o que agradecer a Deus; sua esposa possui todas as boas qualidades. Quer por favor ajudar-me a ler o que foi escrito? Céus! Eu não sei taquigrafia.

Naquele momento, minha brincadeira terminara e sentia-me quase envergonhada; por isso, retirei a cópia datilografada de minha pasta, entregando-a a ele.

— Desculpe-me — disse eu. — Não pude evitá-lo, mas como pensei que gostaria de perguntar-me algo acerca de minha cara Lucy e talvez não tivesse tempo para esperar (não por minha causa, mas porque sei que seu tempo é precioso), escrevi tudo a máquina para o senhor.

Apanhou os papéis e seus olhos brilharam.

— É tão bondosa — disse. — Posso lê-los agora? Talvez deseje perguntar-lhe algo, após haver lido.

— Certamente — respondi. — Leia-os enquanto ordeno que tragam o almoço; depois poderá fazer-me perguntas enquanto comemos. Inclinou-se e sentou-se em uma cadeira, com as costas voltadas para a luz. Entreteve-se com os papéis e parti para ver o almoço, mas principalmente porque não desejava perturbá-lo. Encontrei-o andando de um lado para o outro da sala, apressadamente. Tinha o rosto esfogueado. Aproximou-se de mim e segurou-me ambas as mãos.

— Oh, sra. Mina — falou —, como poderei agradecer-lhe? Estes papéis são raios de luz e me elucidam. Estou deslumbrado com tanta luz e, contudo, de vez em quando nuvens rolam por trás da claridade. Mas não poderá compreender isso. Sou-lhe muito grato, mulher inteligente. Minha senhora — disse com muita seriedade —, se um dia Abraham Van Helsing puder fazer algo pela senhora ou pelos seus, espero que me diga. Será um prazer poder servi-la como amigo; coloco meus conhecimentos à sua disposição e à daqueles que ama. Na vida há escuridão e luz; a senhora é uma fonte de luz. Terá uma vida boa e feliz e seu marido será abençoado devido à senhora.

— Mas, doutor, elogia-me demais sem me conhecer.

— Não a conheço, eu, que já estou velho e estudei durante toda a vida os homens e as mulheres; eu que me especializei nos conhecimentos do cérebro, em tudo o que a ele pertence e que dele decorre! Conheço-a, pois li o diário que tão bondosamente escreveu para mim e que apresenta apenas a verdade em cada linha. Como posso deixar de conhecê-la, se já li a carta muito terna que enviou à pobre Lucy, narrando seu casamento e responsabilidade? Oh, sra. Mina, as boas mulheres narram sua vida e nada há nela que os anjos não possam ler; nós, homens, que desejamos conhecê-las, teremos para isso de adquirir olhos de anjo. Seu marido e a senhora têm boa índole, pois confiam e a confiança não é própria dos espíritos mesquinhos. Quanto a seu marido... como passa ele? A febre cedeu? Já está forte e alegre?

Vi aqui uma oportunidade para falar acerca de Jonathan e por isso lhe disse:

— Está quase bom, mas a morte do sr. Hawkins o perturbou muito.

O professor declarou: — Sei, sei. Li suas duas últimas cartas.

Prossegui: — Suponho que aquela morte o perturbou, pois, quando estávamos na cidade, quinta-feira passada, ele teve uma espécie de choque.

— Um choque... e tão próximo de uma meningite! Não é bom sinal. Que espécie de choque foi?

— Julgou ver alguém que lhe recordava algo terrível, algo que lhe causara a meningite. — Aqui, pareceu-me estar envolta por um turbilhão. A piedade por Jonathan, o horror que ele experimentara, todo o temível mistério do diário e o medo que se apoderara de mim desde então; tudo se tumultuou. Suponho que fiquei histérica, pois me atirei de joelhos e ergui as mãos para o médico implorando-lhe que pusesse meu marido bom mais uma vez. Segurou minhas mãos e ergueu-me, fazendo-me sentar no sofá e ocupando um lugar a meu lado. Segurou minhas mãos e disse com infinita bondade:

— Minha vida é árida e solitária; tão repleta de trabalho que não tenho tido muito tempo para amizades. Mas desde que meu amigo John para cá me chamou, conheci tão boas pessoas e encontrei tanta nobreza de caráter que sinto mais do que nunca a solidão de minha vida crescente com os anos. Creia-me que aqui cheguei cheio de respeito para com a senhora, mas que me deu esperança, não sobre aquilo que procuro, mas quanto ao fato de que ainda há boas mulheres que podem proporcionar felicidade; mulheres cuja vida e cuja sinceridade constituem grandes lições para as crianças que criarão. Sinto-me imensamente feliz por ser-lhe útil; se seu marido sofre, isto ocorre dentro do ramo de meu estudo e experiência. Prometo-lhe, com o maior prazer, fazer por ele tudo o que puder... tudo o que puder para restituir-lhe a saúde e o vigor e também para tornar feliz a vida da senhora. Agora deve comer, pois está cansada e talvez excessivamente ansiosa. Seu marido Jonathan não gostará de vê-la tão pálida, e a preocupação que ele sentir por um ente querido não lhe fará bem. Portanto, por causa dele, a senhora deverá comer e sorrir. Já me contou tudo acerca de Lucy e não falaremos mais no caso, para que a senhora não se aflija. Ficarei esta noite em Exeter, porque desejo pensar muito acerca do que me contou. Depois que tiver raciocinado farei as perguntas, se me permitir. E então a senhora também me contará tudo sobre as dificuldades de seu marido Jonathan. Mas agora não. Coma e mais tarde me narre tudo.

Após o almoço, quando retornamos à sala de estar, disse-me:

— Agora, conte-me tudo acerca dele. — Quando chegou o momento de falar com este sábio, tive medo de que ele me julgasse tola e pensasse que Jonathan era louco. Aquele diário é tão estranho que hesitei em prosseguir. Mas, como era muito bondoso e prometera ajudar-me, confiei nele. Falei:

— O que tenho de dizer-lhe é tão estranho que devo pedir-lhe para não rir de mim ou de meu marido. Desde ontem, encontro-me num turbilhão de dúvidas. Por favor, seja bondoso para comigo, e não me julgue boba por haver dado algum crédito a fatos tão estranhos. — Suas maneiras e palavras tranquilizaram-me quando declarou:

— Oh, minha cara, se soubesse como é inacreditável o fato que aqui me traz, seria a senhora quem iria rir. Aprendi a não menosprezar as crenças alheias, por mais estranhas que sejam. Tenho tentado ser compreensivo, e não seriam as coisas comuns da vida que me fariam ser diferente, mas sim os fatos estranhos, extraordinários, que nos fazem duvidar de nossa sanidade mental.

— Obrigada, mil vezes obrigada! Retirou-me um peso da mente! Se me permitir, dar-lhe-ei um papel para ler. É longo, mas eu o datilografei. Narrar-lhe-á o meu problema e do de Jonathan. É a cópia do diário que escreveu no estrangeiro e contém tudo o que lá ocorreu. Não ouso emitir opinião sobre ele, o senhor o lerá e julgará por si mesmo. Depois, então, quando nos encontrarmos, talvez tenha a bondade de dizer-me o que achou.

— Prometo — disse ele quando lhe entreguei os papéis. — Virei de manhã, o mais cedo possível, e verei a senhora e seu marido.

— Jonathan estará aqui às onze e meia, e o senhor terá de vir almoçar conosco para vê-lo; poderá pegar o expresso das 3h34, que o deixará em Paddington antes das oito.

Mostrou-se surpreso por ver que eu sabia o horário dos trens, isso porque ignora que escrevi a tabela dos trens que saem e entram em Exeter, a fim de poder auxiliar Jonathan quando estiver apressado.

Van Helsing levou os papéis consigo e partiu. Sentei-me aqui pensando... não sei em quê.

para a sra. Harker

25 de setembro, às 6 horas.

Cara sra. Mina,

Li o maravilhoso diário de seu marido. Pode dormir sossegada: embora seja estranho e terrível, é verdadeiro! Posso garanti-lo sem sombra de dúvida. O fato pode ser pior para os outros, mas, quanto à senhora e seu marido, não há motivo para alarme. Ele é um nobre indivíduo e permita que minha experiência lhe diga: um homem que desceu pela parede e foi até aquele quarto, duas vezes, não é um indivíduo que um choque possa invalidar permanentemente. Fique descansada, pois, mesmo antes de vê-lo, posso jurar que seu cérebro e coração funcionam bem. Perguntarei muitas coisas a seu marido. Felizmente fui vê-la hoje, pois aprendi simultaneamente tantas coisas que estou perplexo... creio que mais perplexo do que nunca.

Atenciosamente,

Abraham Van Helsing

Carta da sra. Harker para Van Helsing

25 de setembro, às 18h30.

Caro dr. Van Helsing:

Mil agradecimentos por sua bondosa carta, que me retirou um fardo dos ombros. E, contudo, se aquilo é verdade, que coisas terríveis proliferam no mundo, e que grande tragédia o fato de aquele monstro estar em Londres! Receio pensar. Neste momento, enquanto escrevo, recebi um telegrama de Jonathan dizendo que parte hoje de Launceston, às 6h25, e que chegará aqui à 1h18. Assim sendo, esta noite não sentirei medo. Portanto, em vez de almoçar conosco, quererá por acaso comer aqui o desjejum, às oito da manhã, se não for cedo demais? Se estiver apressado, poderá partir no trem das 10h30, que o fará chegar a Paddington às 2h35. Se quiser vir para o desjejum, não responda a esta, pois interpretarei o silêncio como anuência.

De sua amiga fiel e grata,

Mina Harker

Diário de Jonathan Harker

26 de setembro — Julguei que nunca mais escreveria neste diário, mas surgiu a hora. Quando cheguei em casa, na noite passada, Mina já aprontara o jantar e, depois de comermos, falou-me sobre a visita de Van Helsing; disse-me que lhe dera a cópia dos dois diários e contou-me que ficara preocupada comigo. Mostrou-me a carta do médico, declarando que tudo o que escrevera era verdade. Parece-me que aquilo me tornou um novo homem. O que me esmorecia era o fato de não saber se tudo aquilo era real. Sentia-me impotente, na escuridão, e não tinha confiança em mim. Porém, agora que sei, não receio sequer o Conde. Sei, afinal, que foi bem-sucedido em seu propósito de vir para Londres e agora tenho certeza de que ele foi a pessoa que vi. Rejuvenesceu, mas como? Se Van Helsing é como Mina diz, deve ser um homem capaz de desmascará-lo. Deitamo-nos tarde, discutindo o caso. Mina está se vestindo e irei buscar o professor no hotel...

Creio que ele se mostrou surpreso ao ver-me. Quando entrei em seu aposento e me apresentei, segurou-me o ombro, voltou meu rosto para a luz e disse depois de firme exame:

— A sra. Mina contou-me que o senhor estava doente, que sofrera um choque.

Era muito engraçado ouvir aquele homem bondoso, de feições firmes, chamar minha esposa de sra. Mina. Sorri e falei:

— Estive doente e sofri um choque, mas o senhor já me curou.

— Como?

— Por meio da carta que enviou a Mina, a noite passada. Como eu duvidava, tudo me parecia irreal e não sabia em que acreditar, se nas provas, se em meus sentidos. Como não sabia em que acreditar, também não sabia o que fazer e por isso resolvi prosseguir com meus trabalhos rotineiros. Mas estes não me auxiliaram e passei a duvidar de mim mesmo. Doutor, não sabe o que é duvidar de tudo, até de si mesmo. Não pode saber, tendo essas sobrancelhas.

Ele pareceu satisfeito e riu ao declarar:

— Então, é um fisionomista. Aqui, aprendo novos fatos a cada momento. Sinto grande prazer por vir tomar o desjejum cá. Oh, senhor, desculpará o elogio de um velho, mas sua esposa é formidável.

Não me importaria de ficar ali o dia inteiro, ouvindo-o elogiar minha esposa; por isso, movi a cabeça concordando e permaneci em silêncio.

— Ela é uma dessas mulheres que Deus fabricou com suas próprias mãos, para mostrar aos homens e às outras mulheres que há um céu no qual podemos penetrar, e que suas luzes são encontradas aqui na terra. É muito sincera, terna, nobre, altruísta... e em nossa época cética e egoísta isso é muito raro. Quanto ao senhor, como li as cartas que recebia a srta. Lucy e como algumas delas falam do senhor, conheci-o alguns dias após conhecer os outros; porém só penetrei em sua verdadeira alma a noite passada. Quer me apertar a mão? Sejamos amigos por toda a vida.

Apertamos as mãos e ele era tão sincero e bondoso que me senti emocionado.

— E agora — afirmou ele —, posso pedir-lhe maior auxílio? Tenho de realizar uma grande tarefa, mas inicialmente preciso saber algo. Pode narrar-me o que se passou consigo antes de ir para a Transilvânia? Mais tarde talvez lhe peça um auxílio de natureza diferente, mas a princípio isso bastará.

— Senhor, o que terá de fazer diz respeito ao Conde?

— Sim — replicou ele solenemente.

— Então estou completamente do seu lado. Como partirá no trem das 10h30, não terá tempo de ler os papéis, mas poderá levá-los consigo para examiná-los durante a viagem.

Depois do desjejum, levei-o até a estação. Quando nos separamos, falou:

— Se puder, venha à cidade quando eu chamar e traga também a sra. Mina.

— Ambos iremos quando quiser — declarei.

Entreguei-lhe os jornais da manhã e os de Londres, da noite anterior. Passou uma vista de olhos sobre eles enquanto conversávamos na janela do vagão, à espera da partida do trem. Súbito, seus olhos esbarraram em algo num dos jornais (distingui pela cor ser este a *Gazeta de Westminster*); tornou-se muito branco. Leu algo com atenção, resmungando para si mesmo: "*Mein Gott! Mein Gott!* Tão cedo! Tão cedo!" Creio que, naquele momento, não se recordou de minha existência. Naquele instante o trem se afastou, apitando. Isso o fez voltar a si, inclinou-se pela janela, acenando e gritando:

— Lembranças à sra. Mina. Escreverei assim que puder.

Relato cotidiano do dr. Seward

26 de setembro — Na realidade, não existe o fim. Não faz uma semana que escrevi *finis* e contudo aqui estou eu principiando novamente, ou melhor, continuando a antiga gravação. Até esta tarde, não tive motivo para pensar no passado. Renfield parecera tornar-se melhor como nos primeiros tempos. Já ia adiantado em seu negócio das moscas e já principiava a criar também aranhas; não me perturbava. Recebi uma carta que Arthur escrevera no domingo e que me dizia estar ele suportando tudo muito bem. Quincey Morris o acompanha, o que muito ajuda, pois este rapaz é um poço de bom humor. Quincey também me escreveu umas linhas e eu soube por seu intermédio que Arthur está começando a recuperar algo de sua antiga animação; portanto, sinto-me tranquilo quanto a eles. Quanto a mim, dedicava-me ao trabalho com o entusiasmo que me animava anteriormente, de modo que poderia muito bem ter dito que o ferimento que a pobre Lucy em mim causara principiava a cicatrizar. Entretanto, agora tudo recomeçou e só Deus sabe como terminará. Julgo que Van Helsing sabe o que ocorre, mas diz apenas um pouquinho de cada vez para estimular a curiosidade. Foi para Exeter ontem e ficou lá durante toda a noite. Hoje, mais ou menos às cinco e meia da tarde, entrou no aposento quase aos pulos e atirou em minhas mãos a *Gazeta de Westminster* da noite passada.

— O que acha disso? — perguntou recuando e cruzando os braços.

Dei uma olhadela nas folhas, pois não sabia na realidade o que ele queria dizer. Mas apanhou o jornal e mostrou-me um parágrafo sobre crianças que eram atraídas para Hampstead. Aquilo não me elucidou muito, até que atingi um trecho que descrevia pequenos ferimentos no pescoço. Concebi uma ideia e levantei os olhos.

— Então? — perguntou.

— Igual ao que sucedeu com Lucy.

— E o que conclui daí?

— Simplesmente que há alguma causa comum. Aquilo que fez mal a ela, também faz a essas crianças.

Não compreendi muito bem o que ele respondeu:

— Indiretamente, isso é verdade; mas não diretamente.

— O que quer dizer, professor? — perguntei-lhe. Dispunha-me a não dar importância à seriedade dele, pois, afinal, quatro dias de descanso e libertação de uma ansiedade terrível ajudam à recuperação do bom humor.

Entretanto, quando vi o seu rosto, tornei-me sério. Ele nunca tivera aspecto mais grave, nem quando estávamos desesperados com a pobre Lucy.

— Diga-me! — exclamei. — Não posso arriscar uma opinião. Não sei o que pensar e não tenho dados sobre os quais basear minha hipótese.

— Quer dizer, amigo John, que não faz ideia da causa da morte da pobre Lucy? Nem depois de todos os indícios fornecidos pelos acontecimentos e por mim?

— Morreu de prostração nervosa decorrente da grande perda de sangue.

— E qual a causa da perda de sangue?

Sacudi a cabeça, indicando não saber.

Ele se aproximou de mim, sentando-se ao meu lado, e prosseguiu:

— Amigo John, é um homem inteligente, corajoso e raciocina bem; mas os preconceitos o atrapalham. Você não permite que seus olhos vejam nem que seus ouvidos ouçam, e aquilo que se passa longe dos afazeres diários não lhe diz respeito. Não sabe que há coisas que não compreende, mas que existem; não percebe que algumas pessoas enxergam aquilo que outras não veem? Existem coisas novas e velhas que não podem ser contempladas pelos olhos dos homens, porque estes sabem de outras coisas que outros homens lhes disseram. Ah, o defeito de nossa ciência é o de querer explicar tudo; quando não encontra explicação, diz que nada há a explicar. Contudo, vemos diariamente ao nosso redor o florescimento de novas crenças que se julgam novas, mas que são apenas antigas, pretendendo ser novas... assim como as finas damas da ópera. Suponho que não acredita na transferência corpórea. Não? Na materialização. Não? Nos fluidos da alma. Não? Na transmissão de pensamentos. Não? Nem no hipnotismo...

— Sim — declarei eu. — Charcot demonstrou-o muito bem.

Ele sorriu ao prosseguir: — Então ele o satisfaz. Sim? Certamente compreende como ocorre o hipnotismo e também como o grande Charcot penetrava na alma do paciente que desejava influenciar. Não? Devo então concluir, amigo John, que você simplesmente aceita o fato, permitindo que haja um vácuo entre a premissa e a conclusão? Não? Diga-me então (já que sou um estudioso do cérebro) por que aceita o hipnotismo e rejeita a transmissão de pensamento. Permita-me dizer-lhe, amigo, que hoje a ciência elétrica realiza coisas que teriam sido consideradas absurdas pelos próprios descobridores da eletricidade, e que estes mesmos teriam sido queimados como feiticeiros, não muito tempo atrás. Há sempre mistérios na vida. Por que Matusalém viveu novecentos anos e a desventurada Lucy, com o sangue de quatro homens em suas veias, não conseguiu viver um dia? Se tivesse vivido mais um dia, nós a salvaríamos. Conhece todo o mistério da vida e da morte? Conhece o segredo da anatomia comparada e sabe por que certos homens têm tendências de monstros enquanto o mesmo não sucede com outros? Poderá dizer-me por que certas aranhas morrem pequenas e têm vida curta, enquanto houve uma grande aranha que viveu durante séculos na torre de uma velha igreja espanhola, crescendo e crescendo até que, ao descer, conseguia beber o óleo de todas as lâmpadas da igreja? Pode dizer-me por que nos Pampas, e em outros lugares também, há morcegos que surgem durante a noite e abrem as veias do gado e dos cavalos, secando-lhes o sangue? Por que em certas ilhas dos mares do Oeste há morcegos que se penduram nas árvores o dia inteiro, sendo descritos por aqueles que os veem como se fossem semelhantes a nozes ou ervilhas gigantescas; morcegos esses que, quando os marinheiros dormem no convés para evitar o calor, avançam sobre eles... que na manhã seguinte aparecem mortos, pálidos como a srta. Lucy?

— Por Deus, professor — disse eu, levantando-me num pulo. — Está querendo insinuar que Lucy foi mordida por um desses morcegos e que tal fato ocorreu em Londres, no século dezenove?

Ele abanou a mão, pedindo silêncio, e prosseguiu: — Sabe dizer-me por que a tartaruga vive mais do que gerações de homens, por que o elefante sobrevive a dinastias e o papagaio só morre por mordida de gato, cachorro ou fato semelhante? Poderá dizer-me por que em todos os séculos e lugares sempre existiram alguns homens que acreditam que certas pessoas poderão viver eternamente, se lho permitirem, por que há homens e mulheres que não podem morrer? Todos sabemos (porque a ciência garante) que certos sapos viveram milhões de anos confinados em minúsculos buracos de rochas. Sabe dizer-me por que o faquir pode fazer-se de morto e ser enterrado, permitindo que lhe fechem a tumba, plantem trigo inúmeras vezes, o colham, fazendo depois que abram novamente a sepultura e retirem de lá o faquir que vive, levanta-se e anda como antes? — Aqui eu o interrompi, pois estava ficando perplexo, de tal modo ele acumulara em minha mente as excentricidades da natureza e as possíveis impossibilidades. Tinha a vaga ideia de que ele me dava uma lição, como outrora na sala de aula em Amsterdã; porém, naqueles tempos costumava dizer-me o assunto, para que eu tivesse o objeto em mente, durante todo o tempo. Agora não possuía aquele auxílio, porém desejava compreendê-lo. Portanto lhe disse:

— Professor, deixe-me ser seu estimado aluno mais uma vez. Explique-me a tese para que eu possa aplicar seu conhecimento, à medida que prossegue. Atualmente, meu pensamento focaliza os pontos, pulando de um a outro como o louco segue uma ideia e não como o homem são. Sinto-me como um aprendiz que atravessasse um pântano envolto em névoa e que pulasse de uma moita para a outra, cegamente, sem saber para onde ir.

— É uma boa imagem — afirmou ele. — Bem, dir-lhe-ei. Minha tese é esta: quero que acredite.

— Em quê?

— Naquilo em que não pode acreditar. Deixe-me dar um exemplo. Ouvi certa vez um americano estabelecer a seguinte definição para a palavra "crença": "É a faculdade que nos permite acreditar em coisas que sabemos serem inverídicas". Acredito nele. Quis dizer que devemos ser liberais, não permitindo que uma pequena crença abafe uma grande verdade, assim como uma pequena pedra pode atrapalhar o movimento de veículos. Primeiro aprendemos a pequena verdade. Conservamo-la e a valorizamos, mas não devemos julgar que seja toda a verdade do universo.

— Então deseja que minhas convicções prévias não impeçam minha mente de acreditar em algum fato estranho. Compreendi bem?

— Ah, ainda é meu aluno favorito. Vale a pena ensiná-lo. Agora que demonstra vontade de compreender, já deu o primeiro passo para a compreensão. Acha que os pequenos furos no pescoço das crianças foram feitos pelo mesmo indivíduo ou animal que os fez no pescoço de Lucy?

— Suponho que sim.

Levantou-se e disse solenemente:

— Então está enganado. Oh, antes fosse assim! Mas, infelizmente, a verdade é mil vezes pior.

— Em nome de Deus, professor Van Helsing, o que quer dizer? — gritei.

Com um movimento desesperado atirou-se sobre uma cadeira, colocou os cotovelos na mesa e cobriu o rosto com as mãos ao falar:

— Foram feitos pela própria Lucy!

❖

CAPÍTULO XV

Relato cotidiano do dr. Seward
(continuação)

Durante alguns instantes, a fúria apossou-se de mim; era como se ele tivesse esbofeteado Lucy enquanto viva. Bati na mesa com força e ergui-me, dizendo:

— Dr. Van Helsing, está louco? — Ergueu a cabeça e contemplou-me; a suavidade que vi em seu rosto acalmou-me imediatamente.

— Antes estivesse! — exclamou. — Seria mais fácil suportar a loucura do que uma verdade como esta. Oh, meu amigo, por que fiz tantos rodeios, por que lhe contei tão longa história antes de dizer-lhe um fato tão simples? Foi porque o odeio e sempre odiei? Foi porque quis causar-lhe dor? Foi porque quis vingar-me (muito tardiamente) daquela ocasião em que me salvou a vida, livrando-me de morte horrível? Ah, não!

— Desculpe-me — falei.

Ele prosseguiu:

— Meu amigo, foi porque lhe quis dar a notícia suavemente, pois sabia que você amara aquela meiga jovem. Mas mesmo agora ainda não espero que acredite. É muito difícil aceitarmos imediatamente uma verdade abstrata que sempre consideráramos mentira; ainda é mais difícil aceitarmos uma tão terrível verdade concreta, principalmente quando nos referimos a Lucy. Hoje, à noite, provarei tudo. Ousa acompanhar-me?

Aquilo me fez hesitar. Um homem não deseja provar tais verdades; apenas Byron estabeleceu uma exceção para essa categoria: a prova do ciúme:

"E provar a verdade que ele mais abominava."

O professor viu minha hesitação e falou:

— Desta vez a lógica será muito simples e não a de um louco pulando de moita em moita num pântano nevoento. Se a verdade não for esta, nada teremos a perder se procurarmos provas, e estas constituirão um alívio. Se for verdade, haverá temor, mas este ajuda a minha causa, pois provoca a necessidade de alguma crença. Venha, sugiro o seguinte: agora, iremos primeiro ao hospital, ver aquela criança. O dr. Vincent, do Hospital do Norte, onde o jornal diz que a criança está, é meu amigo e creio que seu também, visto que estudou em Amsterdã. Ainda que não permita que dois amigos vejam o caso, permitirá isso a dois cientistas. Dir-lhe-emos apenas que desejamos aprender. E então...

— E então?

Retirou uma chave do bolso, suspendendo-a.

— Então você e eu passaremos a noite no cemitério onde está Lucy. Esta é a chave do túmulo. Apanhei-a com o homem que fez o caixão, para dá-la a Arthur.

Desanimei, pois senti que haveria uma tarefa temerosa diante de nós. Contudo, como nada podia fazer, reuni a coragem que me era possível e disse que seria melhor nos apressarmos, uma vez que a tarde passava...

Encontramos a criança acordada. Dormira, alimentara-se e seu estado geral era bom. O dr. Vincent retirou o curativo do pescoço e mostrou-nos o ferimento. Não havia dúvida de que era igual ao do pescoço de Lucy, apenas menor e com as bordas de aspecto mais recente. Perguntamos a Vincent qual a causa daquilo e ele declarou que devia ser a mordida de algum animal, talvez de um rato. Acrescentou entretanto que estava mais inclinado a julgar que aquilo tivesse sido causado por um desses morcegos tão numerosos na parte mais alta do norte de Londres.

— Entre tantos deles que são inofensivos — declarou —, pode haver alguma espécie mais maligna, vinda do Sul. Algum marinheiro pode ter trazido um para cá, e esse talvez tenha escapado; ou talvez algum filhote de vampiro haja fugido do jardim zoológico. Essas coisas ocorrem. Há apenas dez dias, um lobo fugiu e creio que o viram por estes lados. Até uma semana após, as crianças queriam brincar de Chapeuzinho Vermelho, na Charneca, em todos os caminhos, até o aparecimento dessa "Dama Transparente", que elas julgam ser uma ótima brincadeira. Até mesmo este pirralho, quando acordou, pediu à enfermeira que o deixasse sair. Quando ela lhe perguntou para que, disse que desejava brincar com a "Dama Transparente".

— Espero que, quando enviar essa criança para o lar, previna os pais de que devem vigiá-la rigorosamente — disse Van Helsing. — Esses desejos de vaguear são muito perigosos, e a criança provavelmente morreria se permanecesse ao relento durante outra noite. Mas, de qualquer forma, creio que a deixará aqui durante alguns dias.

— Certamente, pelo menos durante uma semana e até mais, se o ferimento não sarar.

Demoramos mais do que pretendíamos no hospital, e o sol já desaparecera quando saímos. Quando Van Helsing viu como já estava escuro, disse:

— Não há pressa. É mais tarde do que imaginava. Venha, procuremos um lugar para comer e depois prosseguiremos.

Jantamos no "Castelo de Jack Straw", juntamente com uma multidão de ciclistas e de outros indivíduos muito barulhentos. Saímos da hospedaria mais ou menos às dez horas. Naquele momento, a escuridão era intensa e as lâmpadas esparsas tornavam-na ainda maior quando ficávamos fora do alcance de seus raios de luz. O professor sabia certamente qual o caminho que deveríamos seguir, pois prosseguiu sem hesitar; eu, entretanto, não sabia muito bem onde estávamos. À medida que andávamos, encontrávamos cada vez menos gente, até que, afinal, ficamos um tanto surpresos quando deparamos com a polícia montada que realizava sua ronda costumeira pelos subúrbios. Finalmente, chegamos ao cemitério e pulamos o muro. Encontramos o túmulo dos Westenras com alguma dificuldade, pois estava escuro e o local nos pareceu diferente. O professor apanhou a chave e, abrindo a porta, que rangia, recuou com delicadeza, porém inconscientemente, fazendo sinal para que eu o precedesse. A oferta era irônica, pois por delicadeza concedia-me o privilégio de antecedê-lo em tão apavorante situação. Entrou logo após e encostou cautelosamente a porta, depois de certificar-se cuidadosamente de que o trinco não era de mola, caso em que poderia fechar-se sozinho, pondo-nos em má situação. Depois remexeu em sua maleta e, retirando uma caixa de fósforos e uma vela, acendeu-a. O túmulo já parecera suficientemente lúgubre à luz do dia e enfeitado com flores frescas. Mas agora, após alguns dias, quando as flores se penduravam murchas e secas, com a cor branca transformada em cor de ferrugem e o verde em castanho; quando as aranhas e os besouros já dominavam como de costume; quando a luz mortiça da vela se refletia sobre o revestimento coberto de poeira e as grades enferrujadas e gastas, o efeito produzido era mais terrível e sórdido do que se poderia imaginar. Transmitia irresistivelmente a ideia de que a vida animal não era a única a perecer.

Van Helsing realizou seu serviço metodicamente. Segurou a vela de modo a poder ler as placas dos caixões e o espermacete caiu formando placas brancas que endureciam ao tocar o metal; certificou-se assim de estar diante do caixão de Lucy. Deu outra busca em sua maleta, de lá retirando uma chave de fenda.

— O que vai fazer? — perguntei-lhe.

— Abrir o caixão. Assim você se convencerá. — Imediatamente começou a retirar os parafusos e finalmente levantou a tampa, mostrando o revestimento de chumbo embaixo. Aquela visão quase foi demais para mim. Pareceu-me aquilo uma afronta à morta, igual à que seria aquela de a desnudarmos durante o sono enquanto viva. Segurei sua mão para detê-lo, mas ele disse apenas: — Verá — e continuou a remexer em sua maleta, de lá retirando uma minúscula serra. Enfiando a chave de fenda no chumbo, com um golpe rápido que me fez piscar, produziu um pequeno furo por onde poderia passar a ponta da serra. Esperei um jato de gás, pois o cadáver já tinha uma semana. Nós, médicos, que estudamos os perigos, temos de nos acostumar a tais coisas; recuei, portanto, para a porta. Mas o professor nem durante um momento se deteve; serrou um dos lados do caixão de chumbo, alguns centímetros, depois serrou descendo e finalmente serrou o outro lado. Agarrando a extremidade da parte cortada, dobrou a lâmina para os pés do caixão e, segurando a vela na abertura feita, pediu-me que olhasse.

Aproximei-me para olhar. O caixão achava-se vazio.

Aquilo me surpreendeu e recebi um choque, mas Van Helsing não se perturbou. Estava agora mais certo do que nunca acerca de sua teoria e portanto tinha estímulo para prosseguir na tarefa.

— Está satisfeito agora, amigo John? — perguntou.

Senti despertar minha tenaz tendência para argumentar, quando lhe respondi:

— Estou convencido de que o corpo de Lucy não está no caixão; mas isso prova apenas uma coisa.

— O que, amigo John?

— Prova que o cadáver não está aí.

— Até aí, a lógica é boa — declarou ele. — Mas de que modo explica você o fato de ele não estar aí?

— Talvez algum ladrão ou alguém da agência funerária o haja roubado — sugeri. Sentia que falava tolice, mas era a única causa real que poderia imaginar. O professor suspirou.

— Bem — disse ele. — Teremos de arranjar mais provas. Venha comigo.

Tampou novamente o caixão, reuniu todas as suas coisas e colocou-as na maleta, apagou a luz e recolocou também a vela na maleta. Abrimos a porta e saímos. Ele fechou a porta e a trancou; depois me entregou a chave, dizendo:

— Quer guardá-la? Terá mais confiança assim.

Ri, não muito alegremente, quando lhe pedi que a conservasse.

— Uma chave nada significa — disse eu. — Pode haver uma duplicata e, de qualquer forma, não será difícil arrombar tal fechadura.

Ele nada disse, porém colocou a chave no bolso. Em seguida, mandou-me observar um dos lados do cemitério enquanto ele vigiava o outro. Escondi-me atrás de um cipreste e vi o vulto do professor mover-se até desaparecer entre as lápides e árvores.

Foi uma vigília solitária. Logo após me haver colocado naquele lugar, ouvi um relógio distante bater a meia-noite; depois bateu uma hora e duas. Sentia frio e estava furioso com o professor, porque me levara para lá; também sentia raiva de mim mesmo por ter ido. Sentia frio e sono demais para poder observar bem, porém este último não era tão forte que me obrigasse a dormir em vez de vigiar; passei portanto por terríveis momentos.

Súbito, quando me voltei, julguei ver algo como uma faixa branca movendo-se entre dois escuros ciprestes do cemitério, no lado mais afastado do túmulo. No mesmo instante, um vulto negro moveu-se vindo do lado do professor e rapidamente se aproximou da faixa branca. Em seguida, também eu me movi, mas tive de rodear lápides, tumbas gradeadas, e tropecei em sepulturas. O céu estava nublado e, em algum lugar distante, um galo cantou cedo demais. A pequena distância, além de um grupo de árvores esparsas que marcavam o caminho da igreja, uma figura indistinta e esbranquiçada avançou em direção ao jazigo. Como este era escondido por árvores, não pude ver por onde o vulto desaparecera. Ouvi o barulho de alguém que se movia, no local onde inicialmente avistara a figura branca. Indo para lá, encontrei o professor segurando nos braços uma criancinha. Quando me viu, estendeu-me a criança, perguntando:

— Está convencido agora?

— Não — declarei com agressividade.

— Não vê a criança?

— Sim, vejo que é uma criança. Mas quem a trouxe para cá? Está ferida? — perguntei.

— Veremos — disse o professor. Juntos, avançamos pelo caminho que saía do cemitério; ele segurava a criança, que dormia.

Depois de nos termos afastado um pouco, paramos junto de um grupo de árvores e, acendendo um fósforo, examinamos o pescoço da criança. Não tinha o menor sinal ou arranhão.

— Não tive razão? — perguntei triunfante.

— Chegamos a tempo — disse o professor, satisfeito.

Trocamos ideias a respeito do que faríamos com a criança. Se a levássemos a algum distrito policial, teríamos de relatar nossos movimentos durante a noite; pelo menos, teríamos de declarar como a havíamos encontrado. Finalmente decidimos levá-la para a Charneca e, quando ouvíssemos algum policial aproximar-se, nós a deixaríamos num lugar em que ele fatalmente a encontraria. Em seguida, iríamos para casa o mais rapidamente possível. Tudo saiu bem. Na extremidade de Hampstead Heath ouvimos os pesados passos de um policial e, largando a criança no caminho, esperamos até que ele, balançando a lanterna, encontrasse o bebê. Ouvimos uma exclamação de espanto e nos afastamos em silêncio. Felizmente achamos um coche de aluguel perto dos "Spaniards" e fomos para a cidade.

Não posso dormir, por isso resolvi escrever aqui. Mas devo tentar adormecer durante algumas horas, pois Van Helsing virá ao meio-dia. Insiste para que eu o acompanhe noutra expedição.

27 de setembro — Só às duas horas conseguimos adequada oportunidade para nossa tentativa. A cerimônia fúnebre ocorrida ao meio-dia já terminara e os últimos acompanhadores do enterro já se haviam afastado preguiçosamente quando, olhando cuidadosamente por trás de um grupo de amieiros, vimos o sacristão fechar o portão atrás de si. Sabíamos que agora poderíamos ficar ali em segurança até a manhã do dia seguinte, se o desejássemos; porém o professor avisou-me que permaneceríamos uma hora no máximo. Novamente tive a horrível sensação da realidade das coisas e verifiquei que qualquer esforço de imaginação parecia deslocado; percebi claramente o perigo de nossa ação, burlando a lei em nosso trabalho profano. Além do mais, julgava tudo aquilo inútil. Era ultrajante abrir um caixão de chumbo para ver se uma mulher que morrera uma semana antes estava realmente morta; porém parecia-me o cúmulo da tolice abrir novamente o túmulo, quando nossos próprios olhos já nos haviam demonstrado que o caixão estava vazio. Contudo, encolhi os ombros e permaneci em silêncio, uma vez que Van Helsing sabia seguir seu próprio caminho, ainda que houvesse reclamações. Apanhou a chave, abriu a porta, e mais uma vez fez-me um sinal delicado para que eu o precedesse. O local não se mostrava tão lúgubre quanto na noite anterior, mas era um espetáculo horrível de se ver, à luz do sol. Helsing andou até ao caixão de Lucy e eu o segui. Inclinou-se e novamente forçou para trás a lâmina de chumbo; recebi um choque surpreendente e desolador.

Ali estava Lucy, com o mesmo aspecto que apresentava na véspera de seu enterro. Mostrava-se ainda, se possível, mais linda do que nunca e não pude acreditar que estivesse morta. Seus lábios apresentavam um vermelho mais intenso do que antes e as faces espelhavam delicado rubor.

— Que espécie de artimanha é essa? — perguntei-lhe.

— Está convencido agora? — replicou o professor. Ao falar, estendeu a mão com um gesto que me fez estremecer e, puxando os lábios da morta, mostrou os dentes brancos. — Veja — prosseguiu —, estão mais afiados do que nunca. Com esses dois dentes — apontou para o canino e para o dente abaixo — as crianças podem ser mordidas. Acredita agora, amigo John?

Mais uma vez despertou em mim a hostil necessidade de argumentar. Não podia aceitar tão oprimente ideia e, por isso, numa tentativa de discutir que me deixou envergonhado até naquele momento, disse:

— Alguém a pode ter colocado aqui, desde a noite passada.

— Verdade? Se assim sucede, quem?

— Não sei. Alguém.

— E, contudo, ela já está morta há uma semana. A maioria dos cadáveres não tem esse aspecto.

Não tive resposta para isso, o que me obrigou a permanecer em silêncio. Van Helsing não pareceu notá-lo; de qualquer modo, não demonstrou desapontamento nem triunfo. Olhava atentamente para o rosto da morta, levantava-lhe as pálpebras para contemplar-lhe os olhos, abria-lhe os lábios e examinava os dentes. Depois se voltou para mim, falando:

— Encontramos aqui um caso diferente de todos os outros conhecidos; há uma espécie de vida dupla que não é comum. Foi mordida por um vampiro quando estava em transe, em estado de sonambulismo (você se assusta; é que nada sabe disso, amigo John, mas saberá mais tarde). Em transe, ele poderia melhor sugar-lhe o sangue. Ela morreu em transe e é também neste estado que se apresenta como Não Morta. Assim ela difere de todos os outros. Geralmente, quando o Não Morto dorme em casa — e fez um gesto para demonstrar o que era a "casa" de um vampiro —, seu rosto mostra o que é; mas esta foi tão terna que, quando deixar de ser Não Morta, voltará para o nada dos mortos comuns. Veja, não há maldade aqui; ser-me-á portanto difícil matá-la enquanto dorme.

Aquilo principiou a gelar meu sangue e comecei a perceber que aceitava as teorias de Van Helsing; porém, se ela estava realmente morta, que mal haveria em matá-la? Ele me olhou e evidentemente viu a modificação em meu rosto, pois disse quase alegremente:

— Ah, acredita agora?

Respondi-lhe:

— Não faça demasiada pressão de uma só vez. Estou disposto a concordar. Como realizará essa tarefa sangrenta?

— Cortar-lhe-ei a cabeça e encherei sua boca de flores de alho; em seguida lhe atravessarei o corpo com um espeto.

Estremeci ao pensar em mutilar dessa forma o corpo da mulher que eu amara. E, contudo, aquela sensação era menos intensa do que eu esperava. De fato, começava a odiar e aterrorizar-me com a presença daquele ser que Van Helsing denominava de Não Morta. Será possível que o amor seja totalmente subjetivo, ou completamente objetivo?

Esperei muito tempo para que Van Helsing principiasse, porém os pensamentos o envolviam de modo absoluto. Trancou o fecho de sua maleta com um tapa e disse:

— Estive pensando e já sei o que será melhor fazermos. Se seguisse meu desejo, faria o que tem de ser feito agora; mas há outras coisas que têm de ser consideradas. Isto é simples. Ela ainda não roubou nenhuma vida, embora isso fosse devido ao tempo escasso; se eu agisse agora, eliminaria toda a sua periculosidade. Mas talvez precisemos de Arthur, e como poderemos contar-lhe isso? Se você que viu os ferimentos no pescoço de Lucy e os outros iguais no pescoço da criança, no hospital; se você que viu, a noite passada, o caixão vazio e hoje encontrou nele uma mulher, que, depois de morta durante uma semana, não se modificou, mas está mais linda e mais rosada que nunca... se você sabe tudo isso e viu a figura branca levando a criança para o cemitério, a noite passada, se viu tudo e não acredita, como posso esperar que Arthur creia sem ter presenciado nenhum desses fatos? Ele duvidou de mim quando ela morria e não o deixei beijá-la. Sei que ele me perdoou por julgar que, devido a alguma ideia errada, eu o impedi de dizer adeus como devia. Pode pensar que devido a alguma ideia errada essa mulher foi enterrada viva e que também devido a outro erro nós a matamos. Discutirá, então, afirmando que fomos nós que a matamos por engano, devido a nossas ideias; assim, ele será sempre muito infeliz. E, contudo, nunca poderá ter certeza, o que será ainda pior. Às vezes julgará que sua amada foi enterrada viva e terá sonhos terríveis, imaginando o que ela deve ter sofrido; em outras ocasiões pensará que estamos certos e que sua amada foi realmente uma Não Morta. Não! Já lhe falei uma vez e, desde então, aprendi muito. Agora, que já sei ser tudo verdade, sei com muito maior razão que ele deverá passar por águas amargas, antes de atingir as doces. Terá de atravessar uma hora muito terrível, mas depois poderemos agir para o bem e restituir-lhe a paz. Minha mente já resolveu. Vamos. Você irá para o hospício esta noite e verá se tudo vai bem. Quanto a mim, passarei a noite neste cemitério, a meu modo. Amanhã, à noite, irá ver-me no Hotel Berkeley às dez horas. Pedirei que Arthur também venha, acompanhado daquele ótimo jovem americano que doou seu sangue. Mais tarde, todos teremos trabalho a realizar. Irei com você até Piccadilly e lá jantarei, pois devo voltar para cá antes do pôr do sol.

Trancamos o jazigo, afastamo-nos e pulamos o muro do cemitério, o que não foi muito difícil. Regressamos a Piccadilly.

Bilhete deixado pelo dr. Van Helsing em sua maleta, no Hotel Berkeley, e dirigido ao dr. John Seward

(não entregue)

27 de setembro.

Prezado amigo:

Escrevo-lhe esta para o caso de suceder algo. Irei, sozinho, vigiar aquele cemitério. Quero que a Não Morta Lucy permaneça lá hoje, a fim de que amanhã à noite esteja mais ansiosa do que nunca para sair. Portanto, arranjarei objetos de que não gosta (flores de alho e um crucifixo) para com eles fechar a porta do jazigo. Ela é ainda jovem como Não Morta e terá cuidado. Além do mais, esses objetos a impedirão de sair, mas talvez não a impeçam de entrar. Nessas ocasiões os Não Mortos ficam desesperados e têm de descobrir o ponto de menor resistência, seja qual for. Estarei próximo durante toda a noite, desde o pôr do sol até ao seu nascer, e aprenderei o que puder. Quanto à srta. Lucy, nada tenho a temer; mas o outro a quem ela deve o fato de ser Não Morta tem o poder de procurar o jazigo dela e lá se abrigar. Que ele é inteligente, eu o soube por meio do sr. Jonathan e devido ao modo pelo qual nos enganou no tempo em que lutamos pela vida de Lucy e perdemos. Além do mais, os Não Mortos se fortalecem por muitos meios. Têm a força de vinte homens, e nós quatro, que demos nosso sangue a Lucy, não podemos com ele. Além disso, talvez chame seu lobo e não sei o que sucederá. Assim, se vier esta noite, me encontrará, mas os outros só me descobrirão quando for tarde demais. Porém talvez ele não tente vir para esse lugar e não há razão para que venha, pois seu campo de ação está mais cheio de vítimas do que este cemitério em que jaz a Não Morta e em que um velho vigia.

Portanto, escrevo este no caso de... Leve os papéis aqui juntos (o diário de Harker e os outros); leia-os e depois encontre esse grande Não Morto. Decepe-lhe a cabeça e queime-lhe o coração, ou atravesse-o com um espeto, para que o mundo se livre dele.

Se assim for, adeus.

Van Helsing

Relato cotidiano do dr. Seward

28 de setembro — É surpreendente o que pode realizar por nós uma noite bem-dormida. Ontem, quase aceitava as monstruosas ideias de Van Helsing, mas agora me parecem monstruosidades contra o bom-senso. Não duvido de que ele creia em tudo aquilo. Será que está enlouquecendo? Certamente deve haver alguma explicação racional para todos esses mistérios. Terá sido o professor o causador de tudo isso? Sua inteligência é tão superior que, se enlouquecesse, levaria avante todas as suas intenções relativas a uma ideia fixa, de modo surpreendente. Odeio esse pensamento, e o fato de Van Helsing estar louco seria tão surpreendente quanto o outro; contudo, observá-lo-ei cuidadosamente. Talvez o mistério se esclareça um pouco.

29 de setembro — ... na noite passada, pouco antes das dez horas, Arthur e Quincey entraram no aposento de Van Helsing, que disse o que desejava que fizéssemos; contudo, dirigiu-se especialmente a Arthur, como se todas as nossas vontades se centralizassem na dele. Principiou declarando esperar que todos o acompanhássemos.

— Teremos de realizar uma grave tarefa — disse ele. — Surpreenderam-se com minha carta? — Essa pergunta se dirigia diretamente a lorde Godalming.

— Sim, ela perturbou-me ligeiramente. Já passei por tantas dificuldades em casa, ultimamente, que bem poderia ter um descanso. Também não compreendo muito bem o que pretende. Quincey e eu conversamos sobre o assunto, mas, quanto mais falávamos, mais perplexos ficávamos. Agora posso dizer que não entendo mais nada.

— Eu também — afirmou laconicamente Quincey.

— Oh — disse o professor —, então ambos estão mais próximos do início do que o amigo John, que tem de voltar muito atrás para poder chegar ao próprio princípio.

Era evidente que ele percebera o retorno de minhas dúvidas, sem que eu as mencionasse. Depois, voltando-se para os outros dois, declarou com absoluta seriedade:

— Quero sua permissão para agir como me parecer melhor, esta noite. Sei que é pedir muito, e, depois que souber o que pretendo fazer, perceberá como é realmente muito. Portanto, quero pedir-lhes que me prometam no escuro para que depois, quando ficarem zangados comigo durante algum tempo (não devo afastar essa possibilidade), não tenham sentimentos de culpa.

— É franco — disse Quincey. — Eu me responsabilizarei pelo professor. Não percebo muito bem o que deseja, mas posso jurar que é honesto e isso me basta.

— Obrigado, senhor — disse Van Helsing, orgulhoso. — Tenho a honra de considerá-lo um amigo digno de confiança e tal declaração me alegra. — Estendeu a mão, que Quincey apertou.

Em seguida, Arthur falou:

— Dr. Van Helsing, não gosto de comprar no escuro, como dizem na gíria. Se o que me pedir for contrário à minha honra de cavalheiro e à minha fé de cristão, nada posso prometer. Porém, se me assegura que o que pretende não violará nenhuma delas, consinto imediatamente, embora não possa compreender onde quer chegar.

— Aceito suas condições — disse Van Helsing. — Peço-lhe apenas que, se julgar condenável algum ato meu, pense bem e se satisfaça com o fato de ele não violar seus dois preceitos.

— De acordo! — declarou Arthur. — Isso é razoável. E, agora que terminamos as negociações, posso perguntar o que faremos?

— Quero que venham comigo, secretamente, ao cemitério em Kingstead.

Arthur demonstrou seu desapontamento, e exclamou perplexo:

— Onde a desventurada Lucy está enterrada? — prosseguiu Arthur. O professor concordou. — E depois, para onde?

— Entraremos no jazigo!

Arthur levantou-se, dizendo:

— Professor, fala seriamente ou isso é alguma piada monstruosa? Desculpe-me, vejo que fala com seriedade. — Sentou-se mais uma vez, porém pude ver que se quedava firme e orgulhoso, como alguém indignado.

Houve um silêncio, até que ele perguntou novamente:

— E quando estivermos no jazigo?

— Abriremos o caixão.

— Isso é demais! — exclamou ele, erguendo-se zangado. — Serei paciente com tudo o que for razoável, porém nesta... profanação de túmulo... daquela que... — A indignação o sufocava. O professor contemplou-o com piedade.

— Se pudesse poupar-lhe uma dor, infortunado amigo, Deus sabe que eu o faria — declarou Van Helsing. — Porém, nesta noite, nossos pés terão de pisar caminhos espinhentos, a fim de que sua amada não pise em trilhas de fogo, mais tarde ou eternamente!

Arthur levantou-se com o rosto pálido, mas firme, e advertiu:

— Tenha cuidado, senhor! Tenha cuidado!

— Não seria bom ouvir o que tenho a dizer? — exclamou Van Helsing. — Conhecerá então os limites de minha proposta. Devo prosseguir?

— Isso é justo — interrompeu Morris.

Depois de uma pausa, Van Helsing prosseguiu, evidentemente com esforço:

— Lucy está morta, não é verdade? Sim! Então, nada lhe poderá causar mal. Mas se ela não estiver morta...

Arthur pulou.

— Bom Deus! — berrou. — O que quer dizer? Houve algum erro... Ela foi enterrada viva? — Ele gemeu, envolto em angústia sem esperanças.

— Eu não disse que ela está viva, meu filho; não pensei nisso. Falei apenas que talvez seja uma Não Morta.

— Não Morta! Mas também não viva! O que quer dizer? É tudo isso um pesadelo?

— Há mistérios que os homens poderão apenas adivinhar, que serão resolvidos apenas em parte pelos séculos. Creia-me, estamos à beira de um. Entretanto, ainda não terminei. Posso cortar a cabeça da morta Lucy?

— Que horror, não! — berrou Arthur em fúria. — Jamais consentiria que mutilassem seu cadáver. Dr. Van Helsing, o senhor se excede comigo. O que lhe fiz para que me torture tanto? O que lhe fez aquela infeliz e terna moça, para que desonre de tal modo o seu túmulo? É o senhor louco por falar tais coisas, ou sou eu o louco por consentir em ouvi-las? Não ouse mais pensar em tal profanação, não consentirei em mais coisa alguma que fizer. Tenho o dever de proteger o túmulo dela contra a profanação e o farei, por Deus!

Van Helsing ergueu-se de onde estivera sentado todo o tempo e disse muito séria e rispidamente:

— Lorde Godalming, eu também tenho um dever: para com os outros, para com o senhor, para com os mortos. E, por Deus, eu o cumprirei! Tudo o que lhe peço agora é que venha comigo, que veja e ouça; mais tarde, quando lhe formular o mesmo pedido, se o senhor não estiver mais ansioso do que eu para cumpri-lo, realizarei minha obrigação, qualquer que seja ela. E depois, se o lorde desejar, estarei à sua disposição para bater-me em duelo, quando e onde desejar. Sua voz tremeu um pouco, mas prosseguiu cheio de piedade:

— Porém eu lhe imploro que não tenha raiva de mim. Durante minha longa vida, pratiquei atos que inúmeras vezes não foram agradáveis e que em diversas ocasiões me partiram o coração; contudo, nunca realizei tão difícil tarefa quanto esta. Creia-me que, se em alguma ocasião o senhor mudar de opinião a meu respeito, bastará olhar-me e esquecerei esta triste hora, pois faria o que me fosse possível para libertá-lo do sofrimento. Pense. Por que motivo poderia eu sofrer o que sofro e ter o trabalho que estou tendo? Vim de minha pátria para cá a fim de realizar o bem que posso; inicialmente vim para agradar a meu amigo John e depois para ajudar aquela meiga jovem, que também estimei. Por ela (envergonho-me de não guardar segredo, porém faço-o por bondade) dei o que o senhor deu: o sangue de minhas veias. Dei-lhe, eu que não a amava como o senhor, mas era apenas seu médico e amigo. Dei-lhe minhas noites e dias, antes e depois de sua morte; até mesmo agora darei minha vida a ela, que é Não Morta, se com isso a ajudar.

Pronunciou estas palavras com orgulho sério e terno, o que muito afetou Arthur. Ele segurou as mãos do velho e disse emocionado:

— Oh, é difícil pensar no caso e não posso compreender; mas pelo menos o acompanharei e esperarei.

❖

CAPÍTULO XVI

Relato cotidiano do dr. Seward

(continuação)

Faltava um quarto para a meia-noite quando entramos no cemitério, pulando o muro baixo. A noite estava escura e o luar ocasionalmente brilhava entre as massas de pesadas nuvens que se moviam rapidamente pelo céu. Todos nos mantínhamos juntos, mas Van Helsing ia ligeiramente à frente, indicando o caminho. Quando estávamos próximos do jazigo, olhei fixamente para Arthur, pois temia que a proximidade de um lugar tão inspirador de tristes memórias pudesse perturbá-lo; porém ele se portou bem. Creio que o próprio mistério do procedimento de algum modo lhe atenuava a dor. O professor destrancou a porta e, percebendo que cada um de nós hesitava por vários motivos, resolveu a dificuldade entrando primeiro. Nós o seguimos e ele fechou a porta. Em seguida, acendeu uma lanterna escura e apontou para o caixão. Arthur se adiantou hesitante e Van Helsing me disse:

— Veio aqui comigo ontem. O corpo de Lucy estava no caixão?

— Sim, estava.

O professor voltou-se para os outros, dizendo:

— Todos ouviram, e não há ninguém que não acredite também. — Apanhou a chave de fenda e mais uma vez destampou o caixão. Arthur continuava a olhar muito pálido, porém se mantinha em silêncio. Quando removeram a tampa, adiantou-se. Evidentemente não sabia que havia um caixão de chumbo ou, pelo menos, não pensara nisso. Entretanto, quando viu a abertura já perfurada no chumbo, o sangue subiu às suas faces por um momento, mas em seguida ele ficou cadavericamente pálido. Continuou em silêncio. O próprio Van Helsing puxou a lâmina de chumbo e todos nós olhamos, recuando em seguida.

O caixão achava-se vazio!

Durante diversos minutos, ninguém disse nada. O silêncio foi interrompido por Quincey Morris.

— Professor, eu me responsabilizei pelo senhor. Sua palavra é tudo o que desejo. Não lhe perguntaria tal coisa, pois não gostaria de desonrá-lo com uma dúvida; porém este mistério supera toda a honra ou desonra. É responsável por isso?

— Juro por tudo o que é sagrado que não toquei nem removi o cadáver. O que aconteceu foi o seguinte: duas noites atrás, meu amigo Seward e eu aqui viemos, com bons propósitos, creiam-me. Abri o caixão, que estava trancado, e verificamos que nele nada havia. Esperamos em seguida e avistamos um vulto branco que passava pelas árvores. No dia seguinte, aqui viemos durante o dia e a encontramos. Não é verdade, amigo John?

— Sim.

— Naquela noite chegamos na hora exata. Mais uma criancinha desaparecera e graças a Deus nós a encontramos salva, entre os túmulos. Ontem, aqui vim antes do pôr do sol, porque após esse momento os Não Mortos podem movimentar-se. Esperei durante toda a noite até o sol nascer, mas nada vi. Provavelmente isso ocorreu porque coloquei sobre os trincos dessas portas flores de alho, que os Não Mortos detestam, e também outros objetos que temem. A noite passada não houve êxodo, de modo que, esta noite, antes do pôr do sol, retirei minhas flores de alho e os outros objetos. É por esse motivo que encontramos o caixão vazio. Mas permaneçam comigo. Até agora, há muitas coisas estranhas, porém esperem comigo lá fora, escondidos e sem serem vistos, para que possam apreciar coisas ainda mais estranhas. Agora, venham para fora.

Apagou a luz escura da lanterna. Abriu a porta e saímos em fila; ele saiu em último lugar e fechou a porta.

Oh, como o ar noturno parecia puro e fresco, após o terror do jazigo. Como era bom contemplar as nuvens correndo e os raios passageiros do luar que passavam entre as nuvens velozes, como a alegria e a tristeza passam na vida de um homem. Como era bom respirar o ar fresco, livre da morte e da destruição. Quão tranquilizador era ver as tintas vermelhas do céu além do morro e ouvir o ruído distante e abafado que marca a vida de uma grande cidade. Estávamos compenetrados, cada um a seu modo. Arthur quedava-se silencioso; e creio que tentava decifrar o mistério. Eu aceitava tudo com paciência e estava um tanto inclinado a desfazer-me das dúvidas e aceitar as conclusões de Van Helsing. Quincey Morris mostrava-se fleumático, à moda do homem que aceita todas as coisas com espírito de bravura, sabendo tudo o que arrisca. Não podendo fumar, cortou um bom pedaço de tabaco e começou a mascar. Quanto a Van Helsing, possuía sua própria ocupação. Primeiro retirou de sua maleta um grande pedaço de massa fina como biscoito e depois a enrolou cuidadosamente com um guardanapo branco; em seguida retirou dois punhados de uma substância branca, como farinha ou massa de vidraceiro. Esmigalhou bem a massa fina e misturou-a ao que tinha nas mãos. Obteve assim uma pasta que enrolou em finas tiras e principiou a colocá-la nas fendas entre a porta e o encaixe do túmulo. Não sabia por que ele fazia aquilo e, aproximando-me, perguntei-lhe. Arthur e Quincey se aproximaram também, pois estavam curiosos. O professor respondeu:

— Fecho o jazigo para que a Não Morta não possa entrar.

— Essa substância que está pondo será capaz de impedi-la?

— Será.

— O que está usando? — desta vez a pergunta foi de Arthur. Van Helsing levantou reverentemente o chapéu ao responder.

— A hóstia. Trouxe-a de Amsterdã e tenho uma indulgência.

Esta resposta apaziguou o mais cético de nós, pois sentimos individualmente que, na presença de tão sincero propósito por parte do professor, um propósito que lhe permitia utilizar objetos tão sagrados, não seria possível de ele desconfiar. Em respeitoso silêncio nos colocamos nos lugares por ele designados ao redor do jazigo e que nos escondiam das vistas dos que se aproximavam. Tive dó dos outros, especialmente de Arthur. Já me habitua-ra, devido a minhas visitas anteriores, a essa vigília de horror; e contudo eu, que até uma hora atrás repudiara as provas, sentia completo desânimo. Nunca os túmulos se haviam apresentado mais assustadoramente brancos; nunca os ciprestes, teixos e zimbros tinham corporificado de tal forma a morbidez funérea; nunca haviam as árvores e capim balançado com ruído tão agourento, nunca os ramos estalaram tão misteriosamente e nunca o uivo distante dos cães cortara a noite tão sinistramente.

Houve um longo período de intenso silêncio e vácuo; depois o "s-s-s-s!" do professor cortou o ar. Ele apontou e longe, na avenida de teixos, vimos uma figura branca avançando, uma figura tênue que segurava algo escuro no colo. O vulto parou e, naquele momento, um raio de luar caiu sobre as massas de nuvens apressadas, destacando uma mulher de cabelos escuros que usava mortalha. Não lhe vimos o rosto, pois ela se inclinava sobre o que verificamos ser uma criança de cabelos louros. Houve uma pausa e um grito estridente, como aquele que uma criança emite dormindo ou semelhante ao ruído que faz um cachorro, deitado diante da lareira, sonhando. Principiávamos a adiantar-nos, porém a mão do professor, fazendo-nos um sinal por trás de uma árvore, nos deteve. Em seguida, quando olhamos, o vulto branco se aproximou novamente. Estava agora suficientemente próximo e ainda havia luar, de modo que o vimos claramente. Meu coração gelou e ouvi a exclamação de espanto que saiu de Arthur, quando reconhecemos as feições de Lucy Westenra. Era ela, porém como estava modificada. A doçura de seu rosto se transformara em dureza e crueldade; a pureza em sensualidade. Van Helsing saiu de seu esconderijo e, obedecendo a seu gesto, avançamos também; nós quatro nos dispusemos em fila, à porta do jazigo. Van Helsing ergueu a lanterna e apertou o botão; quando a luz concentrada caiu sobre o rosto de Lucy, vimos que seus lábios estavam vermelhos com sangue fresco e este lhe escorria sobre o queixo, manchando o branco de sua mortalha.

O horror nos fez estremecer. Pude ver, à luz trêmula, que até os nervos de aço de Van Helsing falhavam. Arthur estava junto de mim e, se eu não estendesse o braço para segurá-lo, teria caído.

Quando Lucy (chamo de Lucy aquilo que estava diante de nós porque tinha a forma da moça) nos viu, recuou rosnando furiosa, como faz um gato surpreendido. Em seguida, lançou-nos um olhar. Na forma e na cor eram os olhos de Lucy, porém, em vez da pureza e meiguice que anteriormente apresentavam, espelhavam agora o pecado e a sordidez. Naquele momento, o que restava de meu amor se transformou em ódio; se ela tivesse de ser morta naquele instante, eu a teria assassinado com selvagem prazer. Enquanto olhava, seus olhos faiscavam com luz demoníaca e um sorriso voluptuoso lhe assomava aos lábios. Oh, Deus, como estremeci ao ver aquilo! Pérfida, como o diabo, com gesto descuidado atirou ao solo a criança que até então apertara ardorosamente ao seio, rosnando sobre ela como um cão ladra diante de um osso. A criança emitiu um choro agudo e lá permaneceu gemendo. Arthur gritou, ao ver a frieza com que o ato fora cometido. Quando a moça se aproximou dele com os braços estendidos e um sorriso voluptuoso, ele recuou e escondeu o rosto com as mãos.

Ela continuou a adiantar-se e com graça sensual e lânguida disse:

— Venha comigo, Arthur. Deixe os que o acompanham e venha comigo. Meus braços o esperam ansiosos. Venha e descansaremos juntos. Venha, meu marido, venha!

Seu tom de voz continha algo de diabolicamente doce, algo que se assemelhava ao tinido de copos que se entrechocam, e que ecoava em nossos cérebros, apesar das palavras se dirigirem a outro. Quanto a Arthur, parecia em transe; afastando as mãos do rosto, abriu bem os braços. Ela se dispunha a atirar-se para eles, quando Van Helsing pulou, colocando entre os dois o pequeno crucifixo dourado. Ela recuou e, com o rosto subitamente contorcido, raivoso, passou rapidamente por ele como se desejasse entrar no jazigo.

Entretanto, ao se encontrar a um pé ou dois da porta, parou, como se uma força irresistível a prendesse. Em seguida voltou-se revelando muito o rosto, devido ao claro jorro de luar e à luz da lanterna, que desta vez os nervos de aço de Van Helsing não deixaram tremer. Jamais tinha visto tão atrevida malícia num rosto e creio que jamais algum mortal a verá novamente. A linda cor tornara-se lívida, os olhos pareciam emitir faíscas de pecado, na testa formaram-se rugas semelhantes às cobras da medusa, e a boca linda e tinta de sangue transformou-se num quadrado aberto como nas máscaras apaixonadas dos gregos e japoneses. Vimos um rosto que espelhava a morte e que parecia poder matar com um olhar.

Durante meio minuto, que pareceu uma eternidade, ela permaneceu entre o crucifixo erguido e a massa sagrada que impedia sua entrada. Van Helsing quebrou o silêncio, perguntando a Arthur:

— Responda-me, meu amigo! Devo prosseguir em meu trabalho?

Arthur caiu de joelhos e escondeu o rosto com as mãos, ao responder:

— Faça como quiser, amigo, faça como quiser. Não poderá em tempo algum existir horror tão grande como este. — Gemeu em silêncio. Quincey e eu nos aproximamos simultaneamente dele, segurando-lhe os braços. Ouvimos o clique da lanterna que Van Helsing apagava e abaixava. Aproximando-se do jazigo, principiou a remover das fendas uma parte do símbolo sagrado que lá colocara. Perplexos e horrorizados, vimo-lo recuar enquanto a mulher, que parecia possuir um corpo tão real quanto o nosso, passava através de uma minúscula abertura, onde nem sequer a lâmina de uma faca caberia. Sentimo-nos aliviados quando vimos o professor recolocar calmamente as tiras de massa nas extremidades da porta.

Depois levantou a criança e disse:

— Venham agora, amigos. Nada poderemos fazer até amanhã. Haverá um enterro ao meio-dia, e por isso, logo após essa hora, viremos todos para cá. Às duas horas os acompanhantes do funeral já se terão retirado e, quando o sacristão fechar o portão, permaneceremos. Teremos então mais trabalho a realizar, mas não como este desta noite. Quanto à criança, não está muito ferida e amanhã à noite estará boa. Como anteriormente, nós a deixaremos onde a polícia possa encontrá-la e depois iremos para casa.

Aproximando-se de Arthur, prosseguiu: — Passou por momentos difíceis, mas no futuro, quando olhar para trás, verá que tudo foi necessário. Atravessa agora as horas amargas, meu filho. Porém, se Deus quiser, amanhã a esta hora já as terá atravessado e estará bebendo águas doces. Portanto, não se amofine muito. Até lá não lhe pedirei que me perdoe.

Arthur e Quincey regressaram à casa comigo e cada um de nós tentou alegrar o outro no caminho. Já deixáramos a criança em segurança e estávamos cansados, por isso dormimos, uns mais e outros menos intensamente.

No dia 28 de setembro, à noite, um pouco antes do meio-dia, Arthur, Quincey Morris e eu fomos buscar o professor. Era estranho, mas nós havíamos concordado em colocar roupas pretas. É claro que Arthur estava de preto devido ao luto, mas nós outros o usamos por instinto. Chegamos ao cemitério à uma e meia e por lá vagamos, conservando-nos fora das vistas oficiais, a fim de podermos agir livremente, quando os coveiros finalizassem seu serviço e o sacristão fechasse o portão, julgando que todos haviam partido. Em vez de sua maleta negra, Van Helsing levava uma longa maleta de couro, semelhante a uma sacola de jogar críquete; percebia-se que era pesada.

Quando ficamos a sós e ouvimos as últimas passadas morrerem a distância na estrada, seguimos silenciosamente o professor até o jazigo. Ele abriu a porta e entramos, fechando-a atrás de nós. Em seguida apanhou na maleta a lanterna, que acendeu, e também duas velas. Quando acendeu, prendeu-as com o espermacete em outros caixões, para que houvesse luz suficiente para o serviço. Quando levantou novamente a tampa do caixão de Lucy, todos olhamos e vimos o cadáver em toda a sua formosura; Arthur tremia como vara verde. Entretanto, em meu coração não havia amor, mas apenas ódio por aquela coisa impura que se apossara do corpo e da alma de Lucy. Vi que até o rosto de Arthur enrijecia enquanto olhava. Ele falou com Van Helsing:

— Esta é realmente Lucy, ou apenas um demônio que adquiriu sua forma?

— É e não é ela. Mas espere um pouco e verá como era e como é.

Ali deitada, parecia uma versão maléfica de Lucy. Os dentes pontiagudos, a boca voluptuosa e manchada de sangue fazendo estremecer os que a viam, toda aquela aparência carnal e materialista constituía um ultraje à doce pureza de Lucy. Van Helsing, metódico como sempre, principiou a retirar os vários objetos de sua maleta, colocando-os à mão. Primeiro apanhou um aparelho de soldagem e um pouco de solda; em seguida, um pequeno lampião que, quando aceso num dos cantos do jazigo, emitiu um gás que produziu chama azul e quente; depois apanhou os bisturis e, finalmente, um espeto redondo de madeira com duas e meia a três polegadas de espessura e cerca de três pés de comprimento. Uma das extremidades tinha ponta aguçada. Retirou juntamente com o espeto um pesado martelo, semelhante aos que se usam no depósito de carvão das casas, para quebrar os pedaços mais duros. Para mim é sempre estimulante ver um médico preparar-se para um trabalho de qualquer espécie, mas Arthur e Quincey sentiam-se um tanto consternados com aquilo. Entretanto, conservaram a coragem e permaneceram calmos e em silêncio.

Quando tudo estava pronto, Van Helsing disse:

— Antes de mais nada, ouçam o que lhes tenho a declarar e que é fruto do saber e experiência dos antigos e de todos aqueles que estudaram os poderes dos Não Mortos. Quando se transformam nisso, cai sobre eles a maldição da imortalidade: não podem morrer, mas são obrigados a prosseguir século após século, adicionando novas vítimas e multiplicando os males do mundo. Todos aqueles que morrem como presas de um Não Morto se tornam também Não Mortos e por sua vez procuram novas vítimas. Assim, o círculo se estende cada vez mais, como as ondas de uma pedra que se atira na água. Amigo Arthur, se tivesse beijado a pobre Lucy antes de ela morrer ou se, na noite passada, se tivesse entregado ao abraço dela, quando morresse você também seria *nosferatu* (como dizem na Europa Oriental) e durante todo o tempo estaria produzindo mais desses Não Mortos que nos enchem de terror. A carreira desta infortunada jovem está apenas no início. Aquelas crianças, cujo sangue sugou, ainda não estão em estado grave, mas se ela continuar a viver como Não Morta, chupará cada vez mais o sangue e com seu poder atrairá as crianças; assim lhes secará as veias com a boca maldita. Mas se ela morrer de verdade, tudo cessará; os minúsculos ferimentos do pescoço desaparecerão e as crianças continuarão a brincar sem conhecer o que se passou.

Porém, mais importante do que tudo o mais é o fato de que, quando esta Não Morta morrer verdadeiramente, a alma da infortunada moça que tanto estimamos ficará novamente livre. Em vez de tramar maldades durante a noite e se rebaixar cada vez mais, assimilando-as durante o dia, encontrará lugar entre os anjos. Assim, meu amigo, será bendita a mão que lhe der o golpe libertador. Ofereço-me para isso, mas não haverá entre nós alguém com mais direito? Não será uma alegria poder no futuro, durante as noites de insônia, pensar: "Foi minha mão que a enviou às estrelas, foi a mão daquele a quem ela mais amou e que ela teria escolhido para isso, se lhe fosse possível deliberar"? Digam-me: existe esse alguém entre nós?

Todos nos voltamos para Arthur. Ele também percebeu o que pensávamos e notou que infinita bondade encerrava a sugestão de que deveria ser dele a mão encarregada de tornar a memória de Lucy novamente sagrada para nós. Adiantou-se e disse com bravura, embora sua mão tremesse e seu rosto se apresentasse tão branco quanto a neve:

— Meu verdadeiro amigo, agradeço-lhe do fundo do coração. Diga-me o que devo fazer e será realizado!

Van Helsing segurou-lhe o ombro e disse:

— Bravo rapaz! Um minuto! Um minuto de coragem e tudo estará pronto. Este espeto deve atravessá-la. Pode estar certo de que será um temeroso empreendimento, porém durará pouquíssimo tempo e então sua alegria será maior que a dor presente; sairá deste túmulo como se caminhasse nas nuvens. Mas não hesite depois de haver principiado. Pense que nós, seus verdadeiros amigos, estamos ao seu redor e rezamos por você durante todo o tempo.

— Prossiga — falou roucamente Arthur. — Diga-me o que devo fazer.

— Segure este espeto com a mão esquerda, pronto para enfiá-lo no coração; o martelo ficará em sua mão direita; então, quando iniciarmos nossa oração fúnebre (eu lerei deste livro e os outros me acompanharão), dê o golpe em nome de Deus, para que a morta que amamos encontre a felicidade e para que a Não Morta faleça.

Arthur agarrou o espeto e o martelo; uma vez resolvido, suas mãos não apresentaram o mínimo tremor. Van Helsing abriu o missal e principiou a ler, Quincey e eu nos esforçamos para acompanhá-lo. Arthur colocou a ponta sobre o coração e pude vê-la mergulhando na carne branca. Em seguida martelou com toda a força.

A coisa que estava no caixão contorceu-se e um grito terrível e sangrento saiu de seus lábios vermelhos que se abriam. O corpo debateu-se em horríveis convulsões; os dentes rangeram até cortar os lábios e uma espuma avermelhada inundou-lhe a boca. Porém, Arthur não hesitou. Parecia um deus enquanto seu braço firme se abaixava e se erguia, afundando cada vez mais o espeto, enquanto o sangue do coração ferido jorrava em grande quantidade, espalhando-se ao redor do corpo. O rosto do rapaz se mantinha firme, espelhando o cumprimento de um grande dever; aquela visão nos deu coragem, de modo que nossas vozes pareciam ressoar através da pequena abóbada.

Em seguida as contorções do corpo diminuíram; os dentes pareceram trincar e o rosto agitou-se. Depois a coisa permaneceu imóvel. A arrepiante tarefa terminara.

O martelo caiu da mão de Arthur, o qual cambaleou e teria tombado se não o segurássemos. Grandes gotas de suor lhe inundaram a testa e sua respiração tornou-se ofegante. Realmente tivera de realizar tremendo esforço e conseguira completar seu encargo apenas porque era movido por motivos sobre-humanos. Durante alguns minutos, ficamos tão preocupados com ele que nem sequer olhamos para o caixão. Contudo, quando o fizemos, emitimos um murmúrio de surpresa. Olhamos com tanta ansiedade que Arthur se levantou do chão onde estava sentado e veio ver também; então sua fisionomia espelhou satisfação, afastando a expressão sóbria que apresentava.

Ali no caixão não mais se encontrava a coisa impura que temíamos e principiáramos a odiar de tal forma que considerávamos um privilégio obter a faculdade de destruí-la; mas lá estava a própria Lucy que conhecêramos em vida, com o rosto apresentando incomparável ternura e pureza. É verdade que também havia traços de dor e abatimento, como ocorrera em vida, mas estes nos eram caros, pois indicavam que ela estava inocente de tudo aquilo. Todos sentíamos que a santa calma que se espalhava como o sol sobre seu rosto e corpo abatidos era uma dádiva terrestre e um símbolo de paz que reinaria eternamente.

Van Helsing aproximou-se, colocou a mão sobre o ombro de Arthur e disse-lhe:

— Estou desculpado agora, amigo Arthur?

A reação da terrível tensão surgiu quando o rapaz segurou a mão do velho e, levando-a aos lábios, apertou-a dizendo:

— Desculpado! Abençoado seja o senhor, que devolveu à minha amada sua alma e que me proporcionou a paz.

Colocou as mãos sobre o ombro do professor, deitou a cabeça em seu peito e chorou em silêncio enquanto permanecíamos imóveis. Quando ergueu a cabeça, Van Helsing lhe disse:

— Agora, meu filho, pode beijá-la. Se o deseja, beije-lhe os lábios como ela gostaria que você fizesse, caso pudesse escolher. Ela agora não é uma diaba maliciosa, nem será eternamente uma coisa impura. Já não é mais uma Não Morta pertencente ao diabo, mas agora se voltou para Deus e n'Ele sua alma repousa!

Arthur inclinou-se e beijou-a; depois nós o enviamos para fora do jazigo acompanhado de Quincey. O professor e eu serramos a parte de cima do espeto e deixamos a ponta enfiada no cadáver. Em seguida cortamos sua cabeça e enchemos a boca com flores de alho. Soldamos o caixão de chumbo, aparafusamos a tampa e, reunindo nossos pertences, afastamo-nos. Quando o professor trancou a porta, deu a chave a Arthur.

Lá fora o ar era agradável, o sol brilhava, os pássaros cantavam e toda a natureza parecia modificada. Havia alegria, felicidade e paz por todos os lados, pois estávamos em paz conosco e a alegria reinava em nós, embora moderadamente.

Antes de partirmos, Van Helsing disse:

— Agora, meus amigos, demos um passo na realização de nosso trabalho. Foi o mais difícil para nós, porém resta-nos um encargo ainda maior: encontrar o autor de nossos pesares para exterminá-lo. Tenho pistas que poderemos seguir, mas será um trabalho árduo e longo, repleto de perigos e dores. Querem todos ajudar-me? Todos aprendemos a crer, não é verdade? E, já que isso ocorre, enxergamos nosso dever. Não prometemos prosseguir até ao amargo final?

Apertando as mãos, cada um de uma vez, prometemos. Então, enquanto nos afastávamos, o professor falou:

— Daqui a duas noites me encontrarão e jantaremos às sete horas com o amigo John. Convidarei mais duas pessoas que vocês ainda não conhecem, direi qual será nosso trabalho e desenvolverei os planos. Amigo John, venha comigo para casa, pois tenho muito o que consultar e você poderá me ajudar. Hoje partirei para Amsterdã, mas regressarei amanhã à noite. Nossa grande procura principiará então. Mas antes terei muito o que dizer, a fim de que saibam o que lhes incumbe e o que deverão temer. É que, diante de nós, se encontra terrível tarefa, e quando colocarmos o pé na engrenagem não poderemos recuar...

CAPÍTULO XVII

Relato cotidiano do dr. Seward
(continuação)

Quando chegamos ao Hotel Berkeley, Van Helsing encontrou um telegrama para ele:

"Irei por trem. Jonathan está em Whitby. Importantes notícias. — Mina Harker".

O professor mostrou-se encantado.

— Ah, aquela maravilhosa sra. Mina! — exclamou. — Uma pérola de mulher! Ela chega, mas eu não posso ficar. Ela deverá ir para a sua casa, amigo John. Vá encontrá-la na estação. Telegrafe-lhe em caminho para que fique preparada.

Depois que o telegrama foi enviado, tomou uma xícara de chá, falando-me então acerca de um diário escrito por Jonathan Harker no exterior. Deu-me uma cópia datilografada dele e também do diário de uma sra. Harker em Whitby.

— Leve estes — disse — e estude-os cuidadosamente. Quando eu regressar, saberá de tudo e poderemos assim melhor iniciar nossas pesquisas. Guarde-os em lugar seguro, pois valem ouro. Será necessário invocar toda a sua fé, apesar da experiência por que passou hoje. O que é narrado aqui — com seriedade colocou a mão pesadamente sobre o pacote de papéis enquanto falava — talvez signifique o princípio do fim para mim, você e muitos outros; mas também pode significar o falecimento dos Não Mortos que perambulam pela terra. Rogo-lhe que leia tudo sem prevenções e, se puder acrescentar algo à história aqui narrada, faça-o, pois é importante. Você também mantém um diário onde registrou essas estranhas ocorrências, não é verdade? Sim! Então examinaremos tudo quando nos encontrarmos novamente.

Preparou-se para a partida e logo após se dirigiu à rua Liverpool. Fui para Paddington, onde cheguei cerca de quinze minutos antes do trem.

A multidão se dissolveu, após a grande agitação comum nas plataformas de chegada. Começava a me sentir inquieto, temendo não encontrar minha convidada, quando fui abordado por uma jovem meiga e elegante que, após rápido olhar, me disse:

— É o dr. Seward, não?

— E a senhora é a sra. Harker! — respondi imediatamente. Ela me estendeu a mão.

— Reconheci-o devido à descrição da infortunada Lucy; mas... — Parou repentinamente e um rápido rubor lhe invadiu o rosto. A cor rosada que também assomou a minhas faces colocou-nos ambos à vontade, pois foi uma resposta tácita à própria vermelhidão da moça. Apanhei a bagagem dela, que incluía uma máquina de escrever, e tomamos o trem subterrâneo para a rua Fenchurch, depois de eu haver telegrafado para minha empregada, mandando-a preparar imediatamente um quarto e uma sala de estar para a sra. Harker.

Chegamos em hora oportuna. Embora ela soubesse que iria para um hospício, notei que não pôde conter um tremor ao entrarmos. Disse-me que, se eu o permitisse, viria para o meu gabinete, pois tinha muito o que dizer. Por isso aqui estou, terminando meus registros neste diário gravado, enquanto a espero. Ainda não tive tempo de examinar os papéis que Van Helsing deixou comigo, embora estejam abertos diante de mim. Devo entretê-la com alguma coisa para que tenha tempo de lê-los. Ela não sabe como as horas são preciosas nem conhece o encargo que temos em mão. Tenho de ser cuidadoso para não assustá-la. Aí vem ela!

Diário de Mina Harker

29 de setembro — Depois de me arrumar, desci ao gabinete do dr. Seward. Parei durante um momento à porta, pois julguei ouvi-lo falar com alguém. Contudo, como me pedira rapidez, bati na porta e entrei ao ouvi-lo dar-me permissão.

Surpreendi-me muito ao ver que ele estava só. Na mesa junto dele avistei um objeto que reconheci ser um fonógrafo, devido à descrição. Nunca vira um e estava interessada.

— Espero não tê-lo feito esperar — disse eu. — Mas fiquei à porta, pois ouvi-o falar e julguei que estivesse acompanhado.

— Oh — replicou ele com um sorriso —, estava apenas cuidando de meu diário.

— Seu diário? — inquiri surpresa.

— Sim, gravo-o nisto — respondeu ele, colocando a mão sobre o fonógrafo. Fiquei muito curiosa com aquilo e exclamei:

— Ora, isso supera até a taquigrafia! Posso ouvir a máquina dizer algo?

— Claro! — respondeu com vivacidade, levantando-se a fim de preparar o objeto para falar. Depois fez uma pausa, demonstrando embaraço.

— É que conservo meu diário nele — principiou desajeitadamente. — Apenas os meus casos estão gravados aqui... pode não ficar bem... isto é... — Parou e tentei auxiliá-lo a sair de seu constrangimento.

— O senhor ajudou a cuidar de Lucy até o fim. Deixe-me ouvir sua morte e ficarei muito grata. Gostava imensamente dela.

Surpreendi-me, contudo, ao verificar que ele se mostrou horrorizado.

— Falar-lhe acerca da morte dela? Por nada neste mundo!

— Por que não? — perguntei sentindo apoderar-se de mim uma sensação grave e terrível. Novamente fez uma pausa e vi que tentava inventar uma desculpa. Finalmente gaguejou:

— Não sei em que ponto procurar uma parte especial do diário. — Mesmo enquanto falava, uma ideia despertou nele e disse em voz diferente, com inconsciente simplicidade e a inocência de uma criança: — Por minha honra, isso é verdade. Juro por Deus! — Não pude deixar de sorrir, e ele fez uma careta. — Traí-me desta vez! — declarou. — Mas sabe que, embora já conserve este diário há meses, nunca pensei em encontrar uma determinada parte, caso quisesse revisá-lo?

Já naquele momento eu decidira que o diário do médico que cuidara de Lucy talvez acrescentasse algo ao que sabíamos daquele terrível Ser. Por isso, disse corajosamente:

— Então, é melhor permitir que eu copie seu diário em taquigrafia, dr. Seward.

Ele se tornou cadavericamente pálido ao declarar:

— Não! Não! Não! Por nada deste mundo eu permitiria que conhecesse essa tenebrosa história.

Então era terrível; minha intuição estava certa! Pensei durante um momento e, enquanto meus olhos inspecionavam o quarto, procurando inconscientemente algo ou a oportunidade que pudesse auxiliar-me, baixaram sobre um maço de papéis datilografados, em cima da mesa. Os olhos dele perceberam a expressão dos meus e, sem que ele o soubesse, olharam na mesma direção. Quando viu o pacote, percebeu o que eu queria dizer.

— Não me conhece — disse eu. — Quando tiver lido aqueles papéis (o diário de meu marido e o meu, ambos por mim datilografados), conhecer-me-á melhor. Dei tudo o que podia a essa causa. Mas como não me conhece, não posso esperar que já confie em mim.

Certamente o dr. Seward é um homem de nobre caráter, e a infortunada Lucy estava certa a respeito dele. Levantou-se e abriu uma grande gaveta, onde se dispunham em ordem alguns cilindros ocos de metal, revestidos de cera escura. Falou:

— Tem razão, não confiava na senhora porque não a conhecia. Entretanto, agora já a conheço e permita-me dizer-lhe que isso já deveria ter sucedido há muito tempo. Assim como Lucy lhe falou de mim, também me falou a seu respeito. Só há um modo de expiar minha falta: leve os cilindros e ouça-os; a primeira meia dúzia se refere a assuntos pessoais meus e não a horrorizarão. Conhecer-me-á melhor então, e o jantar já estará pronto quando terminar de ouvir. Entrementes, lerei alguns destes documentos e compreenderei melhor certas coisas.

Ele mesmo levou o fonógrafo para minha sala de estar e preparou-o para mim. Agora tenho certeza de que tomarei conhecimento de algo agradável, pois conhecerei o outro lado de um verídico episódio de amor, já meu conhecido...

Relato cotidiano do dr. Seward

29 de setembro — Absorvi-me de tal modo na leitura do maravilhoso diário de Jonathan Harker e no de sua esposa que deixei o tempo correr sem pensar. A sra. Harker ainda não descera quando a empregada apareceu para anunciar o jantar, o que me fez dizer:

— Certamente ela está cansada. Espere uma hora para pôr o jantar.

Prossegui com meu trabalho. Acabara de ler o diário da sra. Harker quando ela entrou. Estava meiga e linda, porém muito triste e tinha os olhos vermelhos de chorar. Aquilo me comoveu, pois Deus sabe que, ultimamente, tenho tido motivo para prantos. Entretanto, apesar de este alívio me ter sido negado, a visão daqueles olhos meigos, que as lágrimas haviam inundado recentemente, tocou-me o coração. Exclamei o mais ternamente possível:

— Lamento tê-la angustiado.

— Oh, não me angustiou — disse ela. — Apenas sua dor me emocionou mais do que minhas palavras podem exprimir. Essa máquina é maravilhosa, porém sua veracidade é cruel. Contou-me com precisão as angústias de seu coração, era como uma alma a clamar ao Deus Todo-Poderoso. Ninguém deve ouvir novamente esta gravação! Veja, tentei ser útil: anotei tudo em taquigrafia, e ninguém mais como eu necessita ouvir seu coração pulsar.

— Ninguém necessita saber nem saberá jamais — afirmei, em voz baixa. Ela colocou sua mão sobre a minha, falando com muita seriedade:

— Ah, mas terão de saber!

— Terão! Mas por quê? — perguntei.

— Porque fazem parte de uma terrível história, parte da morte de Lucy e de tudo o que a ela conduziu. Porque na luta que travaremos para libertar a Terra desse terrível monstro necessitaremos de todo o conhecimento e auxílio de que pudermos dispor. Creio que os cilindros que me deu continham mais do que aquilo que desejava que eu soubesse; entretanto, percebo que há em seu registro muitas luzes para este obscuro mistério. Permitirá que eu o auxilie, não? Sei de tudo até certo ponto e, embora o seu diário só me conduzisse ao dia 7 de setembro, percebo de que modo a infortunada Lucy foi cercada e como seu terrível destino foi provocado. Desde que o professor Van Helsing nos visitou, Jonathan e eu temos trabalhado noite e dia. Ele foi a Whitby conseguir mais informações e estará aqui amanhã para ajudar-nos. Não há necessidade de segredos entre nós; trabalhando juntos e com mútua confiança teremos maior força de que se escondermos algo de alguns.

Ela me encarou de modo tão súplice e demonstrou tanta coragem e firmeza que imediatamente cedi a seus desejos.

— Agirá como quiser no caso — disse eu. — Que Deus me perdoe se estou errado! Ainda terá de saber de coisas terríveis, mas se conseguiu ir até tão próximo da morte de Lucy, certamente não se conformará em permanecer no escuro. De fato, o próprio final lhe poderá proporcionar um vislumbre de esperança. Venha jantar. Temos de nos manter fortes para a cruel e horripilante tarefa que nos espera. Quando tiver comido saberá do resto e responderei a todas as perguntas que formular, caso não compreenda alguma coisa que nos foi clara porque estivemos presentes.

Diário de Mina Harker

29 de setembro — Após o jantar, acompanhei o dr. Seward ao seu gabinete. Ele retirou novamente o fonógrafo de meu quarto e apanhei minha máquina de escrever. Colocou-me numa cadeira confortável, arrumou o fonógrafo de modo que eu pudesse ligá-lo sem levantar-me e mostrou-me como desligá-lo caso quisesse fazer uma pausa. Depois se acomodou pensativamente numa cadeira, me voltou as costas, a fim de que eu me sentisse tão à vontade quanto possível, e principiou a ler. Coloquei em meus ouvidos o metal aforquilhado e prestei atenção.

Quando terminou a terrível história da morte de Lucy e de tudo o que se seguiu, recostei-me sem forças na cadeira. Felizmente, não sou sujeita a desmaios. Quando o dr. Seward viu meu estado, levantou-se num pulo com uma exclamação de horror e correu apressado para o armário, de onde retirou uma garrafa de aguardente; esta me fez recobrar um pouco o ânimo. Sentia o cérebro em turbilhão e só não fiz uma cena porque, através daquela multidão de horrores, havia a felicidade de saber que Lucy finalmente descansava em paz. Era tudo tão brutal, misterioso e estranho, que não teria acreditado em nada, se já não conhecesse a experiência de Jonathan na Transilvânia. Não sabia em que acreditar, na situação em que me encontrava, e resolvi sair daquela dificuldade voltando minha atenção para outro objetivo. Retirei a capa de minha máquina de escrever e disse ao dr. Seward:

— Deixe-me anotar tudo isso agora. Devemos estar prontos quando o dr. Van Helsing chegar. Enviei um telegrama pedindo a Jonathan que viesse para cá quando chegasse a Londres, vindo de Whitby. Nestes casos, as datas são muito importantes, e creio que, se reunirmos todo o nosso material hoje e o colocarmos em ordem cronológica, teremos feito muito. Disse-me que lorde Godalming e o sr. Morris também vêm. Estejamos preparados para podermos contar tudo a eles, quando vierem.

Ele colocou o fonógrafo a pouca velocidade e principiei a datilografar desde o início do sétimo cilindro. Bati três cópias do diário dele, assim como fizera com os outros. Já era tarde quando terminei;

o dr. Seward realizou seu trabalho de examinar os diversos pacientes e depois de finalizar veio ler junto de mim, a fim de que eu não me sentisse só enquanto trabalhava. Como é bondoso; de fato, pode haver monstros no mundo, mas ele está repleto de homens bons. Antes de apartar-me do doutor, recordei-me de que em seu diário mencionara o fato de o professor mostrar-se perturbado ao ler algo no jornal, na estação de Exeter. Apanhei os exemplares da *Gazeta de Westminster* e da *Gazeta de Pall Mall* e levei-os para o meu quarto. Lembrei-me de como os recortes que eu possuía do *Dailygraph* e da *Gazeta de Whitby* haviam contribuído para a compreensão dos terríveis eventos ocorridos na ocasião do desembarque do Conde Drácula. Por isso, resolvi examinar mais uma vez os jornais, desde aquela data, pois assim talvez descubra mais coisas. Não tenho sono e o trabalho me acalmará.

Relato cotidiano do dr. Seward

30 de setembro — O sr. Harker chegou às nove horas. Recebera o telegrama da esposa no momento da partida. É muito inteligente e, a julgar por seu aspecto, é também muito ativo. Se o diário dele for verdadeiro, o que nossas próprias experiências parecem provar, é também um homem de grande coragem. Aquela segunda descida ao subterrâneo demonstrou muita ousadia. Depois de ler essa narrativa eu estava preparado para encontrar um homem de aspecto muito viril, mas não o indivíduo quieto e metódico que aqui veio hoje.

Mais tarde — Após o almoço, Harker e sua esposa regressaram ao quarto e, quando por lá passei há pouco tempo, ouvi as batidas da máquina de escrever. Estão trabalhando muito. A sra. Harker disse que reúnem todos os pequenos indícios que possuem, para colocá-los em ordem cronológica. Harker tem as cartas que os consignatários das caixas em Whitby trocaram com os carregadores de Londres que as transportaram. Ele agora está lendo a cópia datilografada que sua esposa tirou de meu diário. O que será que pensarão deste? Aqui está...

É estranho que nunca me tivesse passado pela cabeça que a casa ao lado de meu hospício fosse o esconderijo do Conde! E Deus sabe que a conduta do paciente Renfield concedeu-nos pistas suficientes! O maço de cartas relativas à compra da casa estava entre a cópia do diário. Oh, se as tivéssemos obtido antes, talvez salvássemos a infortunada Lucy! É melhor não pensar, senão ficaremos loucos! Harker já voltou e está novamente pondo em ordem o material. Disse que, à hora do jantar, já poderão apresentar uma narrativa em que as ocorrências se concatenem. Acha que entrementes devo ver Renfield, pois até este momento ele foi uma espécie de indicador das idas e vindas do Conde. Ainda não cheguei bem a esse ponto, mas creio que descobrirei isso quando obtiver as datas. Foi bom a sra. Harker ter datilografado o que estava em meus cilindros! De outra forma, jamais teríamos descoberto as datas...

Encontrei Renfield sentado calmamente em seu quarto, com as mãos juntas e sorrindo benignamente. Naquele momento, não parecia ser um doente mental. Sentei-me conversando sobre muitos assuntos e ele falou sobre todos com naturalidade. Então, mencionou espontaneamente sua ida para casa, assunto que segundo o que sei nunca abordara, desde sua vinda para cá. De fato, naquele momento mostrou-se confiante em conseguir alta imediatamente. Creio que, se não tivesse conversado com Harker, lido as cartas e comparado as cartas dos ataques de Renfield, dar-lhe-ia alta após um breve tempo de observação. Mas agora suspeito. Todos os seus ataques se relacionavam de algum modo à proximidade do Conde. O que significará agora esse grande contentamento? Será que instintivamente se satisfaz com o supremo triunfo do Conde? Conservá-lo-ei aqui; é zoófago e, ao esbravejar furiosamente junto à porta da capela dessa casa deserta, sempre exclamava "Mestre", o que confirma nossas ideias. Contudo, depois de algum tempo me afastei dele, pois devido ao seu estado atual de sanidade não será seguro formular-lhe muitas perguntas. Talvez elas o façam pensar e então...! Afastei-me, portanto. Como desconfio de sua calma, pedi ao assistente que o observe atentamente e mantenha uma camisa de força à mão.

Diário de Jonathan Harker

29 de setembro, no trem para Londres — Quando recebi do senhor Billington a cordial mensagem em que declarava poder conceder-me todas as informações em seu poder, julguei melhor ir a Whitby e realizar as investigações no próprio local. Meu objetivo era agora verificar em que lugar de Londres se encontrava a terrível carga do Conde. Mais tarde poderemos dispor dela. Billington Júnior, um bom rapaz, encontrou-me na estação e levou-me à casa de seu pai, onde decidiram que eu deveria passar lá a noite. Faziam jus à fama hospitaleira de Yorkshire: concediam tudo ao hóspede, mas lhe permitiam a liberdade de agir como quisesse. Todos sabiam que eu estava ocupado e que minha estada seria breve; o sr. Billington já tinha as cartas relativas à consignação das caixas prontas em seu gabinete. Senti-me quase doente ao avistar as cartas que eu já vira na mesa do Conde, antes de conhecer seus planos diabólicos. Tudo fora cuidadosamente planejado e executado com grande precisão. Ele parecera estar preparado para qualquer obstáculo que por acaso pudesse ser colocado em seu caminho. Acautelara-se contra o azar, e o modo absolutamente preciso por que foram realizadas suas intenções constituía simplesmente o resultado lógico de seu cuidado. Tomei nota da fatura: "cinquenta caixas de terra comum para serem utilizadas em experiências". Também anotei com cópias a carta para Carter Paterson e sua réplica. O senhor Billington nada mais pode informar-me e, por isso, desci ao porto e falei com os homens da Guarda Costeira, os funcionários da alfândega e o chefe do porto. Todos tinham o que dizer acerca da estranha chegada do navio, cuja história já tem seu lugar na tradição local; entretanto, ninguém pôde acrescentar coisa alguma ao fato de que "havia cinquenta caixas com terra comum". Em seguida, avistei-me com o chefe da estação, que bondosamente me pôs em contato com os homens que tinham recebido as caixas. Indicaram o mesmo número delas e nada mais acrescentaram, a não ser o fato de que eram pesadíssimas e que só com muito esforço haviam conseguido transportá-las. Um deles declarou que infelizmente não havia cavalheiros como eu que apreciassem devidamente seus esforços, outro afirmou que o esforço lhes causara tamanha sede que esta ainda não se aplacara. Antes de partir, tive o cuidado de desfazer convenientemente essas reclamações.

30 de setembro — O chefe da estação foi suficientemente bom para dar-me um cartão que deveria ser entregue ao seu colega, o chefe da estação de King's Cross; portanto, quando lá fui na manhã seguinte, pude inquiri-lo acerca da chegada das caixas. Ele me pôs em contato com os funcionários e verifiquei se o número que indicavam correspondia ao da fatura original. Aí, as oportunidades para sentir uma sede muito forte eram limitadas; contudo, os homens se tinham esforçado, e novamente fui obrigado a dar umas gorjetas.

Dali, segui para o escritório central de Carter Paterson, onde fui recebido com a máxima cortesia. Verificaram a transação em seu diário comercial, na pasta de cartas, e imediatamente telefonaram para o escritório de King's Cross para pedir mais detalhes. Felizmente, os homens que haviam trabalhado com a carroça esperavam serviço e o funcionário imediatamente os enviou, mandando também por um deles a guia do transporte das mercadorias e todos os papéis relacionados com a entrega das caixas em Carfax. Mais uma vez, verifiquei que a duplicata estava correta: os carregadores puderam suplementar a escassez das palavras escritas, acrescentando alguns detalhes. Logo verifiquei que estes aludiam à natureza poeirenta do serviço a consequente sede produzida nos operários. Enquanto abordávamos na conversa esses assuntos, ofereci uma oportunidade e um dos homens observou:

— Aquela casa, sinhô, foi a mais esquisita que já vi. Que horrô! Estava abandonada há mais de cem ano. Tinha tanta poeira que o sinhô pudia deitá nela sem machucá os ossos. O lugar tinha cheiro de velhice. E a velha capela... era de arripiá os cabelo. Eu e meu companheiro quisemo saí de lá o mais depressa possive. Pur Deus, pur nada no mundo ficaria lá depois do escurecê.

Como eu já conhecia a casa, achei que era fácil demais acreditar naquelas palavras: porém, se ele soubesse o que sei, creio que teria exagerado mais.

De uma coisa estou certo: *todas* as caixas que chegaram em Whitby vindas de Varna pelo "Demeter" foram depositadas em segurança na velha capela de Carfax. Agora, as cinquenta devem estar lá, a não ser que uma delas tenha sido removida, fato que o diário do dr. Seward me faz recear.

Tentarei entrevistar o carroceiro que retirou as caixas de Carfax, quando Renfield os atacou. Seguindo esta pista, podemos aprender muito.

Mais tarde — Mina e eu trabalhamos durante todo o dia e pusemos todos os papéis em ordem.

Diário de Mina Harker

30 de setembro — Sinto-me tão satisfeito que mal posso conter-me. Creio que sinto a reação do medo que me perseguia: receava que este terrível caso e a reabertura do velho ferimento pudesse afetar perniciosamente Jonathan. Quando ele partiu para Whitby parecia corajoso como nunca, porém eu sentia terrível apreensão. Contudo, o esforço lhe fez bem. Nunca esteve tão decidido, tão forte, tão cheio de energia vulcânica como no presente. Tudo ocorre como previu o bondoso professor Van Helsing: Jonathan é realmente corajoso e melhora com a tensão que arruinaria um homem de natureza mais fraca. Regressou cheio de vida, esperanças e resolução; pusemos tudo em ordem para hoje à noite. Sinto que a ansiedade me faz vibrar. Suponho que deveríamos ter pena de qualquer ser tão perseguido como o Conde, porém ele não é um ser humano... nem sequer um animal. A leitura do relatório do dr. Seward acerca da morte da infortunada Lucy e do que ocorreu depois é suficiente para secar as fontes de piedade existentes em qualquer coração.

Mais tarde — Lorde Godalming e o sr. Morris chegaram mais cedo do que esperávamos. Tive de avistar-me com eles, pois o dr. Seward saíra a negócios e levara Jonathan. Aquele foi um encontro penoso, pois me fez recordar todas as esperanças que a infortunada Lucy nutrira há apenas alguns meses. Tinham ouvido Lucy falar a meu respeito e parece que também o dr. Van Helsing esteve "me gabando", como diria o sr. Morris. Coitados, nenhum deles sabe que estou a par das declarações de amor que dirigiram a Lucy. Não souberam como agir ou o que dizer e tiveram de abordar assuntos neutros, pois não sabiam até que ponto eu conhecia o que se passara. Contudo, pensando no caso, cheguei à conclusão de que o melhor seria pô-los a par do que sucedera até a presente data. O diário do dr. Seward me revelara que eles haviam presenciado a *verdadeira* morte de Lucy, o que me indicava que eu não poderia ter receio de revelar algum segredo antes do tempo. Portanto, disse-lhes que lera todos os papéis e diários e que meu marido e eu, após datilografarmos tudo, colocáramos tudo em ordem. Dei a cada um deles uma cópia que poderiam ler na biblioteca. Quando lorde Godalming folheou a sua, que formava um amontoado de papéis, perguntou:

— Escreveu tudo isso, sra. Harker?

Assenti e ele prosseguiu:

— Não compreendo muito bem o motivo de tudo isso, mas, como vocês foram tão bondosos, gentis, e trabalharam tão intensamente, tenho de aceitar suas ideias, apesar de não compreendê-las. Preciso tentar ajudá-los. Já recebi uma lição, aceitando fatos que tornariam um homem humilde para o resto da vida. Além do mais, sei que a senhora estimou minha desgraçada Lucy... — Virou-se e cobriu o rosto com as mãos. Percebi as lágrimas em sua voz. O sr. Morris, com delicadeza instintiva, colocou durante um momento a mão sobre o ombro do amigo e, em seguida, saiu silenciosamente da sala. Suponho que existe algo no temperamento de uma mulher que faz que o homem tenha a liberdade de se descontrolar diante dela e de exprimir seus sentimentos ternos e emotivos sem aviltar sua masculinidade, pois, quando lorde Godalming se encontrou a sós comigo, sentou-se no sofá e exprimiu abertamente sua dor. Sentei-me ao seu lado e segurei-lhe a mão. Espero que ele não tenha achado que me excedi, e que jamais tenha esse pensamento, quando se recordar do fato. Mas, sou injusta para com ele, pois sei que é um verdadeiro cavalheiro e que nunca pensará mal de mim. Percebi que seu coração se partia e disse-lhe:

— Eu estimava a cara Lucy e sei o que ela significava para você e vice-versa. Nós éramos como irmãs e, agora que ela partiu, permite-me ser também sua irmã na dor? Sei o que tem sofrido, embora não possa medir a profundidade de sua dor. Se a amizade e a pena podem ajudá-lo nestes maus momentos, deixe que eu lhe preste esse pequeno serviço... para o bem de Lucy?

Num segundo, o infortunado rapaz foi subjugado pelo desespero. Pareceu-me que libertava todo o sofrimento interno que ultimamente contivera dentro de si. Tornou-se histérico e ergueu as mãos abertas, batendo palmas em completa agonia. Levantou-se, sentou-se novamente e as lágrimas caíram como chuva por suas faces. Senti grande dó dele e, sem pensar, abri os braços. Soluçando, ele colocou a cabeça sobre meu ombro e chorou como uma criança cansada enquanto tremia de emoção.

Nós, mulheres, temos um instinto maternal que nos faz olvidar as coisas de menor importância, quando esse instinto é invocado. A cabeça desse homem que soluçava encostado em mim era como a cabeça do bebê que algum dia eu talvez colocasse no colo; acariciei-lhe os cabelos como se fosse meu próprio filho. Naquele momento, não pensei em como tudo aquilo era estranho.

Passados poucos minutos, seus soluços cessaram e ele ergueu-se pedindo desculpas, embora não disfarçasse a emoção. Disse-me que nos últimos dias de cansaço e nas noites de insônia não pudera desabafar com ninguém. Não havia mulher que lhe dedicasse amizade e, devido às terríveis circunstâncias que rodeavam sua dor, não podia falar livremente com nenhuma delas.

— Agora sei o quanto sofri — disse ele, secando os olhos. — Mas mesmo agora ainda não sei e ninguém poderá saber quão valiosa me foi hoje sua amizade. O tempo me elucidará melhor, e creia que, embora não seja ingrato neste momento, minha gratidão crescerá com a compreensão. Por Lucy e por nossas vidas permitirá que seja seu irmão?

— Pela infortunada Lucy — respondi, quando apertamos as mãos.

— E também por você — acrescentou ele —, pois saiba que, se a estima e a gratidão de um homem valem a pena de serem conquistadas, as minhas lhe pertencem desde hoje. Se no futuro necessitar do auxílio de um homem, poderá chamar-me sem hesitar. Permita Deus que você não passe por momentos tristes, mas, se isso ocorrer, prometa-me que me avisará.

Falava com tanta seriedade e sua dor era tão recente que não pude deixar de dizer-lhe:

— Prometo.

Quando passei pelo corredor, vi o sr. Morris olhando através da janela. Voltou-se ao ouvir meus passos.

— Como está Art? — perguntou. Depois, notando meus olhos vermelhos, prosseguiu: — Ah, vejo que o estava consolando. Coitado! Precisa mesmo disso. Só uma mulher tem a capacidade de ajudar um homem cujo coração sofre, e ele não tinha uma para consolá-lo.

Morris suportava sua própria aflição com tamanha bravura que me compadeci dele. Vi que ele segurava o manuscrito e que verificaria os limites de meu conhecimento, quando o lesse. Por isso lhe disse:

— Quisera poder consolar todos aqueles que sofrem. Posso ser sua amiga e pedir que venha desabafar comigo quando necessitar? Mais tarde saberá por que falo assim.

Verificou que eu era sincera e, inclinando-se, elevou minha mão aos lábios, beijando-a. Julguei que aquilo não era consolo suficiente para indivíduo tão bravo e altruísta e, impulsivamente, aproximei-me dele e beijei-o. As lágrimas surgiram em seus olhos, e ele sentiu um aperto momentâneo na garganta. Depois falou com muita calma:

— Garotinha, em toda a sua vida jamais se arrependerá dessa sincera bondade! — Em seguida dirigiu-se ao gabinete em que estava seu amigo.

"Garotinha!" Era assim mesmo que ele chamava Lucy. Oh, era realmente um amigo.

CAPÍTULO XVIII

Relato cotidiano do dr. Seward

30 de setembro — Cheguei em casa às cinco horas e já encontrei Godalming e Morris, que também já tinham estudado as cópias dos diversos diários e cartas que Harker e sua maravilhosa esposa haviam datilografado e arrumado. Harker fora visitar os carregadores de que o dr. Hennessey me falara, e ainda não regressara. A sra. Harker deu-nos uma xícara de chá, e, pela primeira vez desde que vivemos aqui, esta velha casa pareceu ser realmente um lar. Quando terminamos, a sra. Harker falou:

— Dr. Seward, posso pedir-lhe um favor? Desejo conhecer seu cliente Renfield. Permita-me vê-lo. Interesso-me muito por ele, devido ao que ouvi em seu diário!

Ela estava tão atraente e linda que não pude recusar seu pedido, mesmo porque não havia motivo para tal; portanto, levei-a comigo. Quando entrei no quarto, disse ao doente que uma dama desejava vê-lo, e ele retrucou apenas:

— Por quê?

— Ela está visitando a casa e quer ver todos os que se encontram aqui — respondi.

— Oh, muito bem — disse ele. — Pois não, deixe-a entrar. Espere apenas um minuto, pois desejo arrumar o quarto. — Seu método de arrumação foi muito peculiar: consistiu em engolir todas as moscas e aranhas da caixa, antes que eu pudesse impedi-lo. Era evidente que ele temia ou tinha ciúmes de que alguém interferisse. Quando terminou sua desagradável tarefa, falou alegremente: — Deixe a dama entrar — e sentou-se na beirada da cama, com a cabeça baixa, porém os olhos erguidos para vê-la. Durante um instante, julguei que ele tivesse desejos homicidas, pois me recordei de como ficara quieto pouco antes de me atacar em meu gabinete. Tive portanto o cuidado de me manter em lugar onde pudesse agarrá-lo imediatamente, caso avançasse para a moça. Ela entrou no quarto com graça e tranquilidade; sua atitude inspiraria respeito a qualquer lunático, pois a calma é a qualidade que os loucos mais respeitam. Aproximou-se dele com um sorriso agradável e estendeu-lhe a mão.

— Boa tarde, Renfield — disse ela. — Já o conheço, pois o dr. Seward me falou sobre você.

Ele não replicou imediatamente, mas observou-a com atenção e a testa franzida. Essa expressão foi substituída por uma de admiração e em seguida pela dúvida. Então, para minha intensa surpresa, disse:

— Você não é a moça com quem o médico queria casar-se, é? Não pode ser, porque ela já morreu.

A sra. Harker sorriu meigamente e respondeu:

— Oh, não, eu sou casada. Casei-me antes de conhecer o dr. Seward. Sou a sra. Harker.

— Então o que faz aqui?

— Meu marido e eu estamos visitando o dr. Seward.

— Então não fiquem aqui.

— Por que não?

Achei que essa conversa talvez não agradasse à sra. Harker, pois eu também a julgava pouco adequada. Por isso, interrompi:

— Como sabe que eu desejava casar-me com alguém?

Replicou com desprezo, e sua resposta se entremeou com uma pausa em que olhou da sra. Harker para mim e em seguida novamente para ela:

— Que pergunta burra!

— Não tenho essa opinião, sr. Renfield — disse a sra. Harker, defendendo-me. O louco replicou-lhe com delicadeza e respeito tão intensos quanto o desprezo que demonstrara por mim:

— Sra. Harker, compreenderá certamente que, quando um homem é tão estimado e respeitado quanto o nosso anfitrião, tudo o que lhe concerne interessa a nossa pequena comunidade. O dr. Seward é amado não apenas por aqueles que o servem e por seus amigos, mas também pelos doentes. Muitos destes, não tendo muito equilíbrio mental, são capazes de distorcer causas e efeitos. Como também eu estou internado num hospício, não posso deixar de notar que as tendências sofísticas de alguns dos pacientes se inclinam para os erros da *non causa* e *ignoratio elenchi*.

Espantei-me com essa nova evolução. Ali estava o meu lunático favorito, o de loucura mais pronunciada para o seu tipo, que agora discorria sobre filosofia fundamental como um educado cavalheiro. Não sei se a presença da sra. Harker lhe tocou de algum modo a memória. Se essa nova fase foi espontânea ou ocorreu devido a alguma influência inconsciente da moça, ela deve ser dotada de algum raro poder.

Continuamos a falar durante algum tempo, e, percebendo que ele parecia raciocinar bem, ela aventurou-se a abordar o tópico favorito do doente, olhando-me de modo indagador ao principiar. Tive nova surpresa, pois ele voltou-se para a pergunta com a neutralidade indicadora da mais completa sanidade. Chegou até a utilizar sua própria pessoa como exemplo, quando mencionou certos fatos.

— Ora, eu mesmo fui um homem que tive estranha crença. De fato, meus amigos tiveram razão quando se alarmaram, insistindo em minha internação. Costumava imaginar que a vida era uma entidade positiva e perpétua e que poderíamos prolongá-la indefinidamente, se consumíssemos uma multidão de seres vivos, embora baixos na escala da criação. Às vezes, essa crença se tornava tão forte que eu tentava destruir uma vida humana. O doutor é testemunha de que, em certa ocasião, tentei matá-lo a fim de aumentar meus poderes vitais com a assimilação de sua vida, por meio da penetração de seu sangue em meu corpo... baseava-me na frase da Sagrada Escritura: "O sangue é a vida". Na realidade, o vendedor de certas panaceias vulgarizou de tal modo essa verdade que a tornou desprezível; não é mesmo, doutor?

Assenti com a cabeça, pois estava tão perplexo que mal sabia o que pensar ou dizer; era difícil imaginar que menos de cinco minutos antes ele comera aranhas e moscas. Contemplando meu relógio, verifiquei que era hora de ir à estação encontrar o dr. Van Helsing, por isso disse à sra. Harker que teríamos de deixar o doente. Ela veio no mesmo instante, depois de falar gentilmente com o sr. Renfield:

— Adeus, e espero vê-lo muitas vezes, em situações mais auspiciosas para o senhor.

— Adeus, minha cara. Peço a Deus para nunca mais ver seu terno rosto. Que Ele a abençoe e a preserve!

Quando fui à estação encontrar o dr. Van Helsing, deixei os rapazes em casa. O infortunado Art nunca estivera tão alegre desde a morte de Lucy, e Quincey estava também mais feliz do que nos últimos tempos.

Van Helsing saltou da carruagem com a vivacidade ansiosa de um garoto. Viu-me imediatamente e aproximou-se às pressas, dizendo:

— Ah, amigo John, como vai tudo? Bem? Ótimo! Estive ocupado, pois vim para cá com a intenção de permanecer, se necessário. Arranjei todos os meus negócios e tenho muito que contar. A senhora Mina está com você? Sim? E também seu gentil marido? Arthur e meu amigo Quincey estão aí, também? Bom!

A caminho de casa, contei-lhe o que se passara e falei de como meu próprio diário se tornara útil, por sugestão da senhora Harker. O professor então me interrompeu:

— Ah, aquela maravilhosa sra. Mina! Tem o coração de mulher, porém o cérebro de um homem muito inteligente. Creia-me que o bom Deus, quando estabeleceu nela essa combinação, fê-lo com um objetivo. Amigo John, até agora o destino nos tornou útil essa mulher; depois de hoje à noite ela não deverá envolver-se mais neste terrível caso. Não é bom que ela se arrisque tanto. Nós, homens, estamos resolutos e até já juramos destruir esse monstro, mas a tarefa não é adequada a uma mulher. Ainda que não sofra danos, seu coração pode não aguentar tantos e tão intensos horrores, fazendo-a sofrer dos nervos acordada, dormindo ou sonhando. Além do mais, é jovem e não está casada há muito. Assim, talvez tenha outros afazeres agora e no futuro. Você me disse que ela escreveu tudo, nesse caso deverá trocar ideias conosco; mas amanhã abandonará este trabalho e prosseguiremos a sós.

Concordei inteiramente com ele e disse-lhe o que descobríramos em sua ausência: que a casa comprada por Drácula era a que ficava ao lado da nossa. Pareceu perplexo e mostrou-se muito preocupado.

— Oh, se tivéssemos sabido antes! — disse ele. — Talvez tivéssemos alcançado o Conde a tempo de salvar a desgraçada Lucy. Contudo, o passado já passou, como dizem. Não pensaremos no que poderia ter acontecido, mas prosseguiremos até o fim. — Em seguida, permaneceu em silêncio até atravessarmos nosso portão. Antes de nos prepararmos para o jantar, declarou à sra. Harker: — Sra. Mina, meu amigo John contou-me que a senhora e seu marido puseram em ordem a narração de tudo o que ocorreu até este momento.

— Não até este momento, professor — corrigiu ela —, mas até esta manhã.

— E por que não até agora? Já vimos como pequenos fatos esclareceram muitas coisas. Contamos nossos segredos, e nenhum de nós se prejudicou por isso.

A sra. Harker enrubesceu e, retirando um papel do bolso, falou:

— Dr. Van Helsing, quer ler isto e dizer-me se devo incluir nos papéis? É o meu relato do que ocorreu hoje. Também eu já percebi a necessidade de anotar tudo o que ocorre, embora seja banal; mas quase tudo aí escrito é assunto pessoal. Devo juntá-lo aos outros? — O professor leu-o com muita seriedade e devolveu, declarando:

— Não necessita colocar entre os outros, se não o desejar, mas rogo-lhe que o faça. Fará que seu marido a ame mais e também que nós, seus amigos, a honremos e estimemos mais.

Ela recebeu o papel ruborizada e com um sorriso feliz.

Assim, todos os nossos registros estão completos e em ordem, até a presente hora. O professor levou uma cópia para estudá-la após o jantar, antes de nossa reunião, que foi fixada para as nove horas. Como o restante de nós já havia lido tudo, ao nos encontrarmos no gabinete estaremos a par de todas as ocorrências e poderemos desenvolver nosso plano de batalha contra esse terrível e misterioso inimigo.

Diário de Mina Harker

30 de setembro — Quando nos encontramos no gabinete do doutor Seward, duas horas após o jantar das seis, inconscientemente formamos uma espécie de junta do comitê. O professor Van Helsing ocupou a cabeceira da mesa, pois o dr. Seward lhe designara esse lugar quando o viu entrar na sala. Fez-me sentar ao seu lado direito e pediu-me que agisse como secretária; Jonathan ocupou o lugar junto a mim. Do lado oposto ao nosso, sentaram-se lorde Godalming, o dr. Seward e o sr. Morris, situando-se o primeiro junto do professor e o dr. Seward ao centro. O professor falou:

— Creio que posso concluir que todos conhecem o conteúdo destes papéis. — Assentimos, e ele prosseguiu: — Então julgo melhor falar-lhes sobre a espécie de inimigo que terão de enfrentar. Contar-lhes-ei algo da história desse homem, que tive oportunidade de averiguar. Poderemos então decidir o que faremos e agir adequadamente.

"Os vampiros realmente existem, e temos provas disso. Ainda que não tivéssemos passado por nossa infeliz experiência, os ensinamentos e os relatos do passado constituiriam prova suficiente para as pessoas sãs. Admito ter sido cético no princípio. Se durante longos anos não tivesse ensinado o liberalismo à minha mente, só teria acreditado ao ver fatos concretos. Ah, se soubesse antes o que agora sei, ou se tivesse podido adivinhá-lo, uma vida muito preciosa teria sido salva para os muitos que a amavam. Porém isso passou, e devemos trabalhar para que outras pobres almas não pereçam, enquanto pudermos salvá-las. O *nosferatu* não morre como a abelha quando pica. É mais forte e por isso tem maior poder para fazer o mal. Esse vampiro que está entre nós tem a força de vinte homens; é mais astuto do que qualquer mortal, pois sua astúcia cresce com os séculos; é ainda auxiliado pela necromancia, que, como indica a etimologia, consiste na adivinhação por intermédio dos mortos, e todos estes, quando próximos dele, lhe obedecem. Ele é bruto e, mais do que isso, tão cruel quanto o diabo; pode, dentro de certos limites, aparecer quando, onde e sob qualquer forma que lhe convenha; pode, também dentro de certos limites, dirigir os elementos: a tempestade, o nevoeiro, o trovão; pode comandar todos os animais vis: o rato, a coruja, o morcego, a mariposa e o lobo; pode crescer, diminuir e, às vezes, é capaz de desaparecer e aparecer sem ser visto. Como principiaremos então nossa luta para destruí-lo? Como encontraremos seu esconderijo e, uma vez descoberto este, como o eliminaremos? Meus amigos, o encargo que nos impusemos é terrível, e podem surgir consequências que farão os bravos tremerem. É que, se perdermos essa luta, ele ganhará; neste caso, qual será nosso fim? A vida nada vale. Não temo o vampiro; mas falhar aqui não é um caso que envolva apenas a vida e a morte. O fato é que nos tornamos, como ele, demônios da noite... sem coração ou consciência, perseguindo o corpo e a alma daqueles a quem mais amamos. As portas do céu estarão para sempre fechadas para nós, pois, quem nos poderá abri-las novamente? Seremos odiados por todos em todas as eras, constituiremos um borrão no sol de Deus, uma flecha enterrada n'Aquele que morreu pelos homens. Porém nos encontramos face a face com o dever, e, em tal caso, poderemos fugir dele? Por mim, digo que não; mas sou velho, e a vida com seu sol, seus lindos lugares, o canto dos pássaros, sua música e seu amor já ficaram muito atrás. Vocês são jovens. Alguns já conheceram a dor, mas dias alegres ainda virão. O que dizem?"

Enquanto o professor falara, Jonathan segurara minha mão. Receei muito que a natureza apavorante do perigo que corríamos o estivesse sobrepujando, quando vi seu gesto; porém, ao sentir aquele toque forte, confiante e resoluto, senti-me reviver. A mão de um bravo fala por si, e não é necessário o amor de uma mulher para ouvir sua música.

Quando o professor terminou a oratória, meu marido e eu trocamos olhares; não houve necessidade de palavras entre nós.

— Respondo por mim e por Mina — declarou ele.

— Pode contar comigo, professor — disse Quincey Morris, lacônico como sempre.

— Estou com vocês — falou lorde Godalming —, pelo menos por causa de Lucy.

O dr. Seward simplesmente concordou com a cabeça. O professor levantou-se e, depois de colocar o crucifixo dourado sobre a mesa, estendeu ambas as mãos. Segurei-lhe a mão direita e lorde Godalming, a esquerda; Jonathan segurou minha mão direita com a esquerda e estendeu a outra para o sr. Morris. Assim, de mãos dadas, realizamos nosso pacto solene. Senti que meu coração gelava, mas não me ocorreu recuar. Retomamos nossos lugares e o dr. Van Helsing prosseguiu com uma espécie de alegria que demonstrava ter principiado nosso trabalho sério. Como qualquer outra transação de nossa vida, deveríamos considerá-lo com seriedade e realizá-lo metodicamente.

— Bem, agora já sabem contra quem terão de lutar; porém também temos poder. Temos a força da união, poder que é negado aos vampiros. Também a liberdade de agir e de pensar é nossa, e tanto as horas do dia quanto as da noite nos pertencem igualmente. De fato, até aí nossos poderes não conhecem limitações e temos a liberdade de utilizá-los. Lutamos com dedicação por uma causa e visamos a um fim altruísta. Tudo isso é muito importante. Agora, vejamos até que ponto são restritos os poderes gerais alistados contra nós e verifiquemos quais as deficiências do indivíduo. Em resumo, consideremos as limitações dos vampiros em geral e deste em particular. “Para nossas conclusões, teremos de nos basear apenas em tradições e superstições, o que não parece muito quando o caso em questão é mais importante do que a vida ou a morte. Contudo, devemos contentar-nos com esses dois elementos, em primeiro lugar porque não temos outros meios sob nosso controle e, em segundo lugar, porque afinal a tradição e a superstição são tudo. Embora o mesmo não ocorra conosco, não é verdade que os outros acreditam nos vampiros exclusivamente por causa desses dois elementos? Há um ano, qual de nós teria acreditado nessa possibilidade, no meio deste século XIX, realista, científico e cético? Rejeitamos até mesmo uma crença que vimos justificada diante dos nossos próprios olhos. Considerem, portanto, que o vampiro e a crença em suas limitações e sua cura se apoiam, no presente, nessas mesmas bases, pois ele é conhecido em todas as partes onde existem homens: na antiga Grécia e em Roma, floresceu em toda a Alemanha, na França, na Índia e até mesmo na China, tão distante de nós em tudo; lá também o povo o teme até hoje. Seguiu os passos dos guerreiros da Islândia, dos hunos diabólicos, dos eslavos, dos saxões, dos magiares. Aí estão, portanto, os fatos que teremos de enfrentar, e muitas dessas crenças são justificadas pelo que vimos em nossa infeliz experiência. O vampiro continua a viver e a passagem dos anos não basta para matá-lo; desenvolve-se, fortalecendo-se com o sangue dos vivos. Já vimos que pode até rejuvenescer, reforçar suas faculdades vitais quando seu alimento especial se torna farto. Mas não se desenvolve em sua dieta e não come como os outros. Até mesmo o amigo Jonathan, que viveu com ele durante semanas, nunca o viu comer! Também como Jonathan observou, o vampiro não tem sombra e não se reflete no espelho. Tem a força de muitos homens, como mais uma vez percebeu a testemunha Jonathan, que o viu fechar a porta contra os lobos e ajudá-lo na diligência. Pode transformar-se num lobo — o episódio da chegada do navio em Whitby nos indica isso; naquela ocasião, conseguiu despedaçar um cachorro. Também pode assumir a forma de um morcego, como a sra. Mina observou na janela em Whitby, — o amigo John o viu saindo desta casa vizinha e o amigo Quincey o avistou na janela da srta. Lucy. Pode produzir nevoeiro e dentro dele chegar, como provou o nobre capitão daquele navio; porém, segundo o que sabemos, a distância desse nevoeiro é limitada, podendo apenas ficar ao redor dele. Já surgiu em raios do luar como poeira; nessa forma Jonathan entrou em contato com as irmãs do monstro, no castelo de Drácula. Pode tornar-se muito pequeno; nós mesmos já presenciamos a srta. Lucy passar por minúscula abertura na porta do jazigo, antes de sua alma descansar em paz. Consegue, uma vez descoberto o caminho, entrar em qualquer objeto ou sair, por mais fechado ou amalgamado que este seja. Enxerga no escuro, o que é muito importante neste mundo cuja metade está sempre envolta em escuridão. Ah, mas ouçam o resto: tem todos esses poderes, mas não é livre; é mais prisioneiro do que um escravo nas galés ou do que um louco em sua cela. Não pode ir aonde deseja; não sabemos por que, ele, que não pertence à natureza, é obrigado a seguir algumas leis desta. Não pode entrar pela primeira vez em lugar algum, a não ser que o convidem, embora depois possa penetrar quando quiser. Seus poderes, como os de todas as coisas más, cessam ao surgir o dia. Apenas em certas ocasiões tem liberdade limitada. Se não está no lugar a que pertence, só pode mudar ao meio-dia ou na hora exata do nascer ou pôr do sol. Ouvimos essas coisas e nossos relatos apresentam disso provas indiretas. Assim, pode fazer o que deseja dentro de seus limites, quando está em sua casa terrena, no caixão, na casa infernal ou no lugar sacrílego, como vimos no túmulo do suicida em Whitby: contudo, em outras ocasiões, só pode modificar-se quando chega a hora. Dizem também que só pode atravessar água corrente quando a maré baixa. Há também coisas que o afligem de tal modo que destroem seu poder, como sabemos ocorrer com o alho; as coisas sagradas, como este crucifixo que mesmo agora está entre nós, são mais fortes do que ele, que foge dessa presença em silêncio e com respeito. Há ainda outros objetos dotados da mesma qualidade e falarei sobre eles, pois talvez haja necessidade de utilizá-los. Se colocarmos um ramo de rosas silvestres sobre seu caixão, não conseguirá sair de lá; uma bala benta atirada dentro de seu caixão matá-lo-á verdadeiramente; já sabemos que, se o atravessarmos com um espeto, haverá paz; também se lhe cortarmos a cabeça teremos descanso. Já vimos isso com nossos olhos.

"Assim, quando encontrarmos a habitação desse ex-homem conseguiremos prendê-lo no caixão e destruí-lo, se obedecermos a nossos conhecimentos. Entretanto, ele é hábil. Pedi a meu amigo Arminius, da Universidade de Budapeste, que me fizesse um resumo da vida do vampiro e, pelos meios existentes, ele conseguiu descobrir o que fora o monstro. Deve ter sido aquele Vladaka Drácula, que se tornou famoso lutando contra os turcos, sobre o grande rio na própria fronteira da Turquia. Se isso é verdade, ele não foi um homem comum, pois, naquela época e mesmo séculos após, consideraram-no o mais hábil e astucioso, assim como o mais bravo dos filhos da 'terra além da floresta'. Aquele cérebro poderoso e aquela vontade férrea acompanharam-no ao túmulo e agora se reúnem contra nós. Arminius disse que os Dráculas constituíram grande e nobre estirpe, embora por de vez em quando alguns de seus descendentes fossem acusados por seus contemporâneos de terem pacto com o diabo. Aprenderam os segredos deste em Scholomance, entre as montanhas sobre o lago Hermanstadt, onde o diabo declara ter ensinado. Nos registros encontramos palavras como *stregoica* (feiticeira), *ordog* e *pokol* (Satã e inferno); em outro manuscrito se referem a este Drácula como sendo *vampyr*, que todos compreendemos muito bem. A força que gerou esse monstro também produziu grandes homens e boas mulheres, cujos túmulos tornam sagrada a única terra que pode abrigar esse vampiro. O que o torna ainda mais aterrorizante é o fato de as raízes da maldade mergulharem no bem e de ele só poder descansar em terras repletas de memórias sagradas."

Enquanto conversávamos, o sr. Morris olhava com atenção para a janela; levantou-se silenciosamente e saiu do aposento. Houve uma pequena pausa e depois o professor prosseguiu:

— Agora, temos de resolver o que faremos. Já reunimos muitos dados e devemos começar a planejar. Devido às investigações de Jonathan, sabemos que cinquenta caixas de terra vieram do castelo para Whitby e que, pelo menos algumas dessas caixas, foram de lá removidas. Parece-me que, primeiramente, deveremos verificar se todas as outras permanecem na casa ao lado ou se outras também foram retiradas. Se isso ocorre, temos de encontrar...

Fomos interrompidos de modo assustador. Ouvimos, vindo do lado de fora, o barulho de um tiro de pistola, e o vidro da janela foi varado por uma bala que, ricocheteando através da abertura da janela, atingiu a parede oposta do aposento. Receio ser covarde, pois gritei. Todos os homens pularam; lorde Godalming correu para a janela e levantou a vidraça, e então ouvimos a voz de Morris no exterior:

— Desculpem-me! Creio que os alarmei. Vou entrar e contar o que aconteceu. — Um minuto mais tarde, surgiu dizendo: — Agi tolamente e peço perdão à sra. Harker, pois creio que a assustei muito. Mas, enquanto o professor falava, um grande morcego apareceu e sentou-se no peitoril. Os acontecimentos recentes me fizeram detestar esses monstros; por isso corri lá para fora, a fim de atirar nele, como tenho feito nas últimas noites, sempre que avisto um. Art, você costumava rir de mim por isso.

— Acertou no alvo? — perguntou o dr. Van Helsing.

— Não sei, mas creio que não, porque o animal voou para a mata. — Sem mais palavras, Morris retornou ao seu assento e o professor fez um resumo do que dissera:

— Verifiquemos em que lugar se encontra cada uma dessas caixas, pois teremos de capturar ou matar esse monstro em sua toca; poderemos também esterilizar a terra que se encontra dentro delas, para que ele não possa encontrar lá a segurança. Assim, finalmente o encontraremos sob a forma de homem entre o meio-dia e o pôr do sol, e lutaremos com ele nas horas em que está mais fraco.

"Quanto à sra. Mina, esta noite encerrará seus trabalhos, até que tudo volte ao normal. Ela não pode arriscar-se, pois é preciosa demais para nós. Depois de nossa partida hoje à noite, nada mais deverá perguntar. Contar-lhe-emos tudo no momento adequado. Somos homens e tudo somos capazes de suportar, mas a senhora terá de ser nossa estrela e esperança, e agiremos com maior liberdade sabendo que está salva do perigo que nos ameaça."

Todos os homens se mostraram aliviados, inclusive Jonathan. Não gostei muito daquilo, porque achava que não deveriam afrontar o perigo e diminuir sua segurança, reduzindo também sua força, devido ao cuidado que me dispensavam. Entretanto, como já tinham resolvido, tive de aceitar em silêncio aquele cavalheirismo, apesar de não ser agradável para mim.

O sr. Morris retomou a discussão:

— Ah, não há tempo a perder; sugiro darmos uma busca na casa ao lado do hospício agora mesmo. O tempo é tudo para ele, e, se agirmos com rapidez, talvez salvemos outra vítima.

Minha coragem começou a falhar quando surgiu o momento de agir; entretanto, nada falei, por recear que nem sequer me deixassem participar das reuniões, se me tornasse um empecilho ou atrasasse o serviço. Partiram todos para Carfax, com intenção de entrar na casa.

À moda dos homens, mandaram-me ir para a cama; como se uma mulher pudesse dormir sabendo que aqueles a quem ama correm perigo! Fingirei dormir, para que Jonathan não se preocupe ainda mais comigo quando regressar.

Relato cotidiano do dr. Seward

1º de outubro, às 4 horas da manhã — Quando estávamos prestes a sair, recebi uma mensagem urgente de Renfield, pedindo-me que fosse vê-lo imediatamente, pois tinha algo muito importante para dizer-me. Declarei ao mensageiro que mais tarde atenderia ao desejo do doente, pois no momento estava ocupado. O enfermeiro acrescentou:

— Ele está muito insistente, senhor. Nunca o vi tão preocupado. Se não for vê-lo agora, terá um de seus ataques violentos.

Sabia que o homem não falaria assim sem motivo e por isso respondi:

— Está bem, irei agora.

Pedi aos outros que me esperassem alguns instantes, pois teria de ver meu paciente.

— Leve-me consigo, amigo John — disse o professor. — Em seu diário o caso dele se mostrou interessante e também houve ocasiões em que se relacionou com o nosso. Gostaria imensamente de vê-lo, principalmente quando se encontra em estado de agitação.

— Posso ir também? — perguntou lorde Godalming.

— E eu também posso acompanhá-los? — indagou Quincey Morris.

Harker também pediu para ir e concordei; assim, atravessamos todos juntos o corredor.

Encontramos o doente muito nervoso, porém sua fala e modos eram bem mais racionais do que antes. Apresentava um discernimento fora do comum, que eu jamais encontrara em outro lunático; considerou que aceitaríamos seus argumentos como se pertencessem aos de um indivíduo são. Entramos todos no quarto, mas os outros nada disseram no início. Ele solicitava que o deixasse sair imediatamente do hospício e o enviasse para casa. Sustentou seu pedido com argumentos relativos à sua completa recuperação e atual sanidade.

— Faço um apelo a seus amigos — declarou. — Talvez eles consintam em julgar meu caso. A propósito, não me apresentou.

Eu estava tão estupefato que não percebi como era ilógico apresentar um louco num hospício; além do mais, como os modos do paciente apresentavam certa normalidade e se mostravam regulares, procedi imediatamente às apresentações:

— Lorde Godalming; professor Van Helsing; sr. Quincey Morris, do Texas; sr. Jonathan Harker; sr. Renfield.

Ele apertou a mão de cada um, dizendo por sua vez:

— Lorde Godalming, tive a honra de ser ajudante de seu pai em Windham e, como o senhor detém o título, sei que ele está morto, o que lamento. Foi um homem honrado e amado por todos aqueles que o conheceram; creio que na mocidade também foi o inventor de um ponche de rum queimado, muito em voga na noite da grande corrida de cavalos em Epson. Sr. Morris, deve orgulhar-se de sua posição. O reconhecimento desta pelo governo talvez tenha profundas consequências daqui por diante, quando a Inglaterra se aliar aos Estados Unidos. O poder do Tratado poderá transformar-se numa grande máquina de expansão, quando a doutrina de Monroe se transformar numa fábula política. Quanto ao dr. Van Helsing, o que pode um homem dizer do prazer de conhecê-lo? Senhor, não me escuso por ter abandonado as formas cerimoniosas. Quando um indivíduo revolucionou a medicina com a descoberta da contínua evolução da matéria cerebral, as formas convencionais não se ajustam, porque o limitam. Os senhores, que por nacionalidade, hereditariedade ou posse de dons naturais se podem manter respeitosamente em seus lugares no mundo, são testemunhas de que sou pelo menos tão são quanto a maioria dos que conservam a plena posse de sua liberdade. Dr. Seward, tenho certeza de que o senhor, que além de cientista é humanitário e médico jurista, julgará ser um dever moral tratar-me com especial consideração. — Apresentou este último apelo com ar cortês e seguro, que nos impressionou bastante.

Todos estávamos perplexos. Apesar de conhecer a história e o caráter daquele homem, eu estava convicto de que recuperara a razão; senti-me impelido a dizer-lhe que acreditava em sua sanidade e que pela manhã providenciaria para que fosse solto. Contudo, achei melhor esperar antes de formular tão séria declaração, pois nos últimos tempos conhecera as súbitas mudanças a que estava sujeito esse paciente especial. Portanto, declarei-lhe apenas que parecia apresentar grandes melhoras, que conversaria mais demoradamente com ele de manhã e que veria de que modo poderia atender a seus desejos.

Não pareceu satisfeito, pois declarou:

— Receio que não haja compreendido bem meu desejo, dr. Seward. Se puder, quero sair daqui imediatamente, neste instante. O tempo urge e pertence à essência do contrato, em nosso acordo tácito com a morte. Tenho certeza de que necessito apenas expor diante do admirável médico, que é o dr. Seward, esse meu simples porém grande desejo, a fim de vê-lo realizado.

Observou-me atentamente e, vendo a negativa em meu rosto, voltou-se para os outros a fim de examinar cada um. Não encontrando reação suficiente, prosseguiu:

— Será possível que eu haja errado em minha suposição?

— Errou — respondi com franqueza, e ao mesmo tempo com brutalidade. Houve uma pausa longa e depois ele falou vagarosamente:

— Então, suponho que tenha apenas de mudar a forma do pedido. Implorei essa concessão, privilégio ou o que quiser, não por motivos pessoais, mas para o bem alheio. Não sou livre para explicar todos os meus motivos, mas creia que são bons, sadios e altruístas; e que também atendem ao mais intenso sentimento de dever. Se pudesse ler em meu coração, senhor, aprovaria os sentimentos que me animam.

Mais do que isso, colocar-me-ia entre os seus melhores e mais fiéis amigos.

Observou-nos novamente com atenção. Crescia dentro de mim a convicção de que essa súbita mudança de seu método puramente intelectual constituía apenas outra fase de sua loucura. Assim, resolvi permitir que continuasse, pois a experiência me ensinara que no final todos os loucos se traem. Van Helsing o observava com a máxima atenção e suas espessas sobrancelhas quase se encontravam, devido à fixa expressão concentrada. Ele disse a Renfield em um tom que não me surpreendeu no momento, mas apenas mais tarde quando pensei no caso, pois era o tom de alguém que se dirigia a um igual:

— Pode contar-me francamente o verdadeiro motivo que o faz desejar sair esta noite? Se me satisfizer (a mim que sou um estranho sem preconceitos e com o hábito do liberalismo), o dr. Seward lhe concederá o privilégio desejado, responsabilizando-se ele próprio por tudo.

O paciente sacudiu a cabeça com expressão de pungente remorso. O professor prosseguiu:

— Vamos, senhor, reflita. Quer que o consideremos completamente lúcido e procura impressionar-nos com seu poder de raciocínio. Age assim, mas temos motivo para duvidar de sua sanidade mental, uma vez que está sob tratamento médico justamente devido à ausência dela. Se não quer ajudar-nos a escolher o caminho mais certo, como poderemos cumprir o dever que nos impôs? Seja razoável e nos auxilie; se pudermos, ajudá-lo-emos a concretizar seus desejos.

O doente continuou a negar com a cabeça, e disse:

— Dr. Van Helsing, nada tenho a declarar. Seu argumento foi completo e, se tivesse liberdade para falar, não hesitaria um momento. Mas não sou senhor de mim no assunto. Posso apenas pedir que confiem em mim. Se me recusarem, a responsabilidade não recairá sobre minha pessoa.

Julguei já ser hora de terminar a cena, que se tornava de uma comicidade excessivamente trágica. Dirigi-me então para a porta, dizendo:

— Venham, meus amigos, precisamos trabalhar. Boa noite.

Contudo, quando cheguei perto da porta, nova modificação ocorreu em meu paciente. Aproximou-se de mim com tamanha rapidez que o julguei acometido de outra crise homicida. Contudo, meus temores foram infundados, porque ergueu as duas mãos em atitude súplice e apresentou sua petição de forma comovente. Quando viu que o próprio excesso de sua emoção advogava contra si, restabelecendo minhas antigas convicções a seu respeito, tornou-se ainda mais exagerado. Lancei um olhar ao dr. Van Helsing e vi que concordava comigo; confirmei portanto minha atitude, se é que não me tornei mais ríspido, e lhe indiquei que seus esforços seriam baldados. Já vira anteriormente aquela crescente excitação dentro dele, quando pedia algo que lhe era muito importante na ocasião, como, por exemplo, no momento em que desejou um gato. Esperava vê-lo mergulhar então num estado de silenciosa raiva, mas também de aquiescência. Mas meus prognósticos não se realizaram, pois, quando verificou que seu apelo não seria atendido, tornou-se frenético. Caiu de joelhos e estendeu as mãos, despejando uma torrente de súplicas, com as lágrimas a lhe escorrerem pelas faces, e exprimindo a mais profunda emoção.

— Dr. Seward, rogo-lhe, imploro-lhe que me deixe sair desta casa imediatamente. Escolha o senhor como e para onde deverei ir, envie comigo guardas com chicotes e cadeias; permita que me coloquem numa camisa de força, algemado e acorrentado. Pode até levar-me para o cárcere, mas deixe-me sair daqui. Não sabe o que faz, obrigando-me a permanecer neste lugar. Falo com a máxima sinceridade. Não sabe a quem fará mal, nem como, e eu também não lhe posso dizer. Ai, desgraçado de mim! Não posso dizer. Mas, por tudo o que considera sagrado, por tudo o que ama, por sua amada que está morta, pela esperança que nutre, por Deus, tire-me daqui e não permita que minha alma caia em culpa! Não me ouve, homem? Não compreende? Não aprenderá jamais? Não sabe que agora procedo com lucidez e sinceridade, que não sou um lunático em crise, mas um homem lutando pela salvação da alma? Ouça-me! Ouça-me! Deixe-me ir! Deixe-me ir! Deixe-me ir!

Achei que, quanto mais aquilo se prolongasse, mais furioso ele se tornaria e maior seria a probabilidade de ter um ataque; segurei-lhe a mão e o ergui.

— Vamos, acabe com isso — falei gravemente. — Já presenciamos demais. Vá para a cama e procure comportar-se melhor.

Ele parou e encarou-me fixamente durante certo tempo. Depois, em silêncio, se levantou e foi sentar-se na beirada da cama. A prostração surgia justamente como nas ocasiões anteriores, exatamente como eu esperara.

Quando ia partindo em último lugar, ouvi-o dizer em voz equilibrada e calma:

— Espero que me faça justiça, dr. Seward, lembrando-se mais tarde de que fiz tudo para convencê-lo esta noite.

❖

CAPÍTULO XIX

Diário de Jonathan Harker

1º de outubro, às 5 da manhã — Parti para a busca com o grupo descansado, pois deixara Mina melhor e mais forte do que nunca. Sinto-me satisfeito porque ela consentiu em recuar, permitindo que os homens realizassem o trabalho. Detestava vê-la neste perigoso empreendimento; mas agora que já terminou seu serviço, empregando suas energias e raciocínio para dar ordem e tornar compreensiva toda esta história, deve sentir que já realizou sua parte e que o resto ficará por nossa conta. Creio que a cena com o sr. Renfield perturbou um pouco a todos. Depois de sairmos de seu quarto, ficamos em silêncio até regressarmos ao gabinete. Então Morris disse ao dr. Seward:

— Jack, se aquele homem não fingia, é o lunático mais são que já vi. Não tenho certeza, mas acho que havia um motivo sério para o seu pedido; se assim foi, imagino que lhe deve ter sido difícil suportar a falta de oportunidade.

Lorde Godalming e eu nos mantivemos em silêncio, mas o dr. Van Helsing acrescentou:

— Amigo John, ainda bem que conhece mais os lunáticos do que eu. Se eu tivesse de decidir, tê-lo-ia deixado sair, diante de sua última crise histérica. Porém viver é aprender e não nos podemos arriscar, como diria o amigo Quincey. Tudo é melhor como está.

O dr. Seward pareceu responder a ambos pensativamente:

— Não sei se deveria concordar com vocês. Se esse homem fosse um louco comum, teria arriscado confiando nele. Mas parece ter alguma relação característica com o Conde e por isso tenho medo de errar, se o ajudar. Não posso esquecer-me de como suplicou com igual fervor a um gato, e de como depois se atirou contra mim, tentando despedaçar-me o pescoço com os dentes. Além do mais, chamou o Conde de "senhor" e "mestre"; pode desejar sair para ajudá-lo de algum modo diabólico. Como aquele ser maligno recorre a lobos e ratos, suponho que também poderá utilizar-se de um respeitável louco. Contudo, pareceu realmente sincero. Tenho esperanças de que procedemos acertadamente. Estas ocorrências, aliadas ao selvagem trabalho que estamos realizando, ajudam a enervar um homem.

O professor adiantou-se e, colocando a mão sobre o ombro dele, falou com seu modo sério e bondoso:

— Amigo John, nada receie. Tentamos agir de acordo com nosso dever, num caso terrível e triste; nossos atos deverão basear-se naquilo que julgarmos melhor. Resta-nos apenas confiar na piedade do bom Deus.

Lorde Godalming partira discretamente durante alguns minutos, mas agora já retornara. Ergueu um pequeno apito de prata enquanto declarava:

— Aquele velho casarão pode estar cheio de ratos e aqui tenho um antídoto para eles.

Passamos pelo muro e nos dirigimos à casa, escondendo-nos à sombra das árvores enquanto a lua brilhava. Quando chegamos à varanda, o professor abriu sua maleta e retirou dela muitos objetos, que colocou sobre o degrau; separou-os em quatro pequenos grupos, que evidentemente entregaria a cada um de nós. Depois falou:

— Meus amigos, enfrentaremos terríveis perigos e necessitaremos de muitas espécies de armas. Nosso inimigo não é só espírito. Recordem-se de que possui a força de vinte homens e que, embora nosso pescoço e traqueia possam ser quebrados ou esmagados, os dele não podem ser danificados com a força comum. Um homem ou um grupo de homens mais fortes do que ele poderão detê-lo em determinadas ocasiões, mas não poderão causar-lhe mal como ele a nós. Não devemos portanto permitir que nos toque. Conservem isto perto do coração — como eu estava mais próximo dele, estendeu-me um pequeno crucifixo de prata. — Coloquem estas flores ao redor do pescoço — neste momento, entregou-me uma guirlanda de flores de alho murchas. — Para outros inimigos mais mundanos, este revólver e esta faca servirão; em qualquer caso, estas pequenas lanternas que poderão amarrar no peito serão valiosas. Por último, mas acima de tudo, isto que não deve ser profanado desnecessariamente.

Aquilo era uma parte da hóstia sagrada, que ele colocou num envelope e me entregou. Cada um dos outros também recebeu.

— Agora, amigo John, onde estão as chaves falsas? — perguntou Van Helsing. — Serão úteis para que possamos abrir a porta, em vez de quebrar uma janela, como fizemos na casa da srta. Lucy.

O dr. Seward experimentou uma ou duas chaves falsas e a habilidade que adquirira nas mãos como cirurgião lhe foi valiosa. Conseguiu arranjar uma conveniente e, depois de empurrar um pouco, o trinco cedeu recuando com um rangido. Forçamos a porta, cujos gonzos enferrujados estalaram e ela se abriu vagarosamente. Aquela cena era exatamente igual à que eu concebera ao ouvir no diário do dr. Seward a narração da abertura do túmulo da srta. Westenra. Creio que todos julgaram o mesmo, pois recuaram juntos. O professor foi o primeiro a entrar.

— *In manus tuas Domine!* — disse, benzendo-se ao passar. Fechamos a porta atrás de nós, para que as luzes de nossas lanternas não atraíssem a atenção daqueles que passassem pela estrada. O professor experimentou cuidadosamente a fechadura para certificar-se de que conseguiríamos abrir a porta, caso tivéssemos de abandonar o local às pressas. Em seguida, acendemos nossas lanternas e iniciamos a busca.

À luz das minúsculas lanternas divisamos todas as espécies de estranhas formas, quando os raios se entrecruzavam ou nosso corpo projetava grandes sombras. Não pude livrar-me da sensação de que havia algo mais entre nós. Creio que foi a recordação da terrível experiência da Transilvânia que aquele ambiente lúgubre reavivava. Acho que a sensação foi geral, pois notei que os outros continuamente olhavam por cima do ombro a cada som ou nova sombra, exatamente como eu.

A poeira se acumulava por toda parte. No chão, parecia ter a espessura de polegadas, com exceção dos lugares onde havia pegadas recentes; abaixando minha lanterna, vi marcas de tachões de botas. As paredes também estavam fofas de tanto pó, e nos cantos se encontravam inúmeras teias de aranha, que se assemelhavam a velhos trapos rasgados, porque a poeira se grudara nelas e o peso as partira parcialmente. Em certa mesa no vestíbulo havia um grande molho de chaves, cada uma contendo uma etiqueta amarelada pelo tempo. Alguém as havia utilizado várias vezes, pois na mesa notei também diversas falhas na poeira, semelhantes à que apareceu quando o professor pegou o molho. Ele se voltou para mim e disse:

— Conhece este lugar, Jonathan. Copiou a planta dele, e pelo menos o conhece mais do que nós. Qual o caminho para a capela?

Eu tinha ideia de sua localização, embora em minha visita anterior não tivesse podido penetrar nela. Fui indicando o caminho à frente do grupo e, após dobrar algumas vezes por lugares errados, encontrei-me diante de uma porta de carvalho baixa e arqueada, com suportes de ferro.

— É aqui — declarou o professor ao voltar a lanterna para a pequena planta da casa; copiara-a do fichário de minha correspondência original acerca da compra. Com alguma dificuldade encontramos a chave no molho e abrimos a porta. Preparamo-nos para uma sensação desagradável, pois, enquanto empurrávamos a porta, já um mau odor leve parecia exalar pela abertura, mas nenhum de nós esperou encontrar tão intensa fedentina. Jamais nos deparamos com o Conde em compartimentos fechados. Quando eu o vira em seus aposentos, estava na fase do jejum e, quando o encontrei entupido de sangue fresco, encontrava-se numa construção arruinada onde o ar corria livremente. Mas ali o lugar era pequeno e abafado; a falta de uso tornara o ar impuro e estagnado. Havia um cheiro de terra, semelhante ao de animais ou plantas em decomposição, que atravessava as impurezas daquele ar. Mas como poderei descrever o próprio odor? Não parecia composto apenas de todos os males da mortalidade nem tinha somente o cheiro acre e penetrante do sangue, mas parecia indicar corrupção elevada à máxima potência. Enojo-me ao pensar naquilo. Era como se cada respiração do monstro tivesse impregnado o lugar, intensificando sua podridão.

Em circunstâncias normais, tal fedor teria posto fim ao que nos propuséramos, porém aquele caso não era comum; o objetivo terrível e elevado que tínhamos em mente dava-nos uma força que sobrepujava as causas físicas. Após o primeiro bafo nauseoso, recuamos involuntariamente e depois nos pusemos a trabalhar como se aquele lugar repugnante fosse um jardim de rosas.

Examinamos minuciosamente o local, e o professor disse quando principiamos:

— Inicialmente teremos de verificar quantas caixas ficaram; depois examinaremos cada canto, buraco e greta, a fim de ver se conseguimos alguma pista indicativa do que sucedeu às outras.

Um olhar foi suficiente para demonstrar quantas ali permaneciam, pois as grandes caixas eram volumosas e não poderíamos confundi-las.

Havia apenas vinte e nove das cinquenta! Em certo momento assustei-me, porque vi lorde Godalming voltar-se para a porta em arco que dava para o escuro corredor de baixo. Olhei também e por um instante meu coração parou. Julguei avistar em algum lugar, olhando por entre as sombras, o rosto maldoso do Conde, a saliência do nariz, os olhos e lábios vermelhos, a indescritível palidez. Aquilo durou apenas um momento, pois voltei minha lanterna para aquela direção e penetrei no corredor, quando lorde Godalming disse: "Julguei ver um rosto, mas foram apenas as sombras" e prosseguiu na procura. Não havia sinal de ninguém e, como não existiam quinas, portas, aberturas de espécie alguma, mas somente as paredes sólidas do corredor, não havia esconderijo, nem mesmo para ele. Achei que o medo ajudara a imaginação e nada disse.

Alguns minutos mais tarde, vi Morris recuar repentinamente de um canto que examinava. Todos seguimos seus movimentos com os olhos, pois sem dúvida o nervosismo crescia; vimos certa massa fosforescente que brilhava como estrelas. Todos retrocedemos instintivamente. O lugar principiou a regurgitar de ratos.

Durante alguns momentos, todos nos aterrorizamos, com exceção de lorde Godalming, que se preparara para a emergência. Correndo para a grande porta de carvalho e ferro que o dr. Seward descrevera do lado de fora, ele girou a chave, afastou o imenso trinco e abriu a porta. Depois, apanhando o pequeno apito de prata no bolso, assobiou longa e estridentemente. Seu chamado foi atendido pelo latido de cães por trás da casa do dr. Seward; após cerca de um minuto, três *terriers* surgiram rápidos. Inconscientemente nos movemos para a porta e, ao fazê-lo, notei que a poeira ali se mostrava muito revolta: as caixas retiradas haviam percorrido aquele caminho. Naquele veloz minuto, o número de ratos aumentara incrivelmente. Pareciam ter inundado tudo, e a luz da lanterna sobre seus corpos escuros e perniciosos olhos chamejantes tornava o lugar semelhante a uma rampa de terra repleta de vaga-lumes. Os cães continuaram a se adiantar, porém pararam no limiar da porta, rosnando e farejando, e começaram a uivar de modo muito lúgubre. Os ratos se multiplicavam aos milhares; saímos.

Lorde Godalming ergueu um dos cachorros e, carregando-o no colo, colocou-o no chão. No instante em que os pés do animal tocaram o piso, ele pareceu recuperar a coragem e avançou para os seus inimigos naturais. Os ratos fugiram tão rapidamente que aquele cão não pôde matar mais de vinte e os outros cães, agora já animados, ficaram com poucas presas, porque toda a massa desaparecera.

Quando partiram, pareceram levar consigo a presença do mal, pois os cachorros brincaram e latiram alegremente e se arremessaram sobre os inimigos prostrados; rolavam-nos pelo chão e os atiravam para o ar com violência. Todos nos animamos, não sei se porque a abertura da porta da capela purificara a atmosfera viciada, ou se nos alegramos por nos encontrarmos ao ar livre. O fato é que o terror nos abandonou e nossa tarefa ali perdeu algo de seu significado lúgubre, embora nos mostrássemos tão resolutos como nunca. Trancamos a porta externa e principiamos a busca na casa, levando conosco os cães. Nada encontramos além da poeira, cujo acúmulo era extraordinário; tudo dava mostras de não ter sido tocado, e encontramos apenas as marcas de meus passos, formadas na ocasião de minha primeira visita. Os cachorros não se assustaram nenhuma vez e, mesmo quando retornamos à capela, brincaram por ali como se caçassem coelhos em mata tropical.

A madrugada se adiantava no este, quando saímos pela frente. O dr. Van Helsing apanhara no molho a chave do corredor e fechara a porta à moda de sempre. Colocou novamente as chaves no bolso.

— Até aqui — disse ele —, fomos muito bem-sucedidos esta noite. Já sabemos quantas caixas faltam e descobrimos tudo isso sem que, como temia, algum perigo ocorresse. Muito me alegro porque este passo, que foi talvez o mais difícil e perigoso, se realizou sem que a terna sra. Mina se envolvesse e sem que perturbássemos seus pensamentos ou sonhos com visões e cheiros tão terríveis, que ela talvez jamais olvidasse. Aprendemos também uma lição, se é que podemos discutir *a particulari*: os animais que obedecem ao Conde não estão ligados ao seu poder espiritual. Assim, vimos que os ratos obedeceram ao chamado dele, da mesma forma que no castelo os lobos lhe responderam na ocasião da partida de Jonathan, e também quando aquela mãe foi procurar o filho; mas os ratos fugiram apavorados dos cãezinhos do meu amigo Arthur. Teremos outras tarefas diante de nós, outros perigos e outros temores; também esta noite não foi a única nem a última em que aquele monstro utilizou seu poder sobre os animais irracionais. Ele partiu para outro lugar. Ótimo! Neste xadrez que jogamos em benefício das almas humanas, podemos gritar "xeque!" Agora, voltemos para casa; a madrugada está próxima e há razão para nos contentarmos com a nossa primeira noite de trabalho. Talvez o destino ainda nos proporcione muitos dias e noites repletos de perigo, mas temos de prosseguir sem jamais recuar.

Quando regressamos, o hospício estava em silêncio, com exceção de algum infortunado doente que berrava em alguma enfermaria distante e de um baixo gemido vindo do quarto de Renfield. Sem dúvida aquele desgraçado se torturava à moda dos loucos, com desnecessários pensamentos de dor.

Entrei em nosso quarto na ponta dos pés e verifiquei que Mina dormia com a respiração tão baixa que seu ruído só foi perceptível quando abaixei os ouvidos. Estava mais pálida do que habitualmente e espero que a reunião desta noite não a tenha perturbado. Alegro-me muito, porque não participará de nossos trabalhos nem de nossas deliberações futuras. A tensão por que passamos é demasiada para uma mulher. A princípio não julgava assim, mas agora aprendi mais. Ela ouviria coisas que a assustariam e, se as escondêssemos e ela suspeitasse disso, talvez fosse pior. Assim, daqui por diante nosso trabalho será um livro fechado para ela, até podermos dizer-lhe que tudo terminou e que livramos a Terra de um monstro do mundo dos mortos. Será difícil manter silêncio, depois de termos revelado nossos segredos até este ponto; mas devo ser resoluto e nada declarar amanhã acerca de nossas realizações desta noite. Recusar-me-ei a contar o que aconteceu. Dormirei no sofá, para não perturbá-la.

1º de outubro, mais tarde — Todos acordamos muito tarde, mas acho que isso foi natural devido ao dia trabalhoso e à noite sem descanso por que passáramos. Aquela exaustão devia ter-se estendido até mesmo a Mina, pois embora eu acordasse quando o sol já estava alto, despertei antes dela e tive de chamá-la duas ou três vezes. Dormia tão profundamente que durante alguns segundos não me reconheceu, pois me contemplou numa espécie de terror sem compreensão, semelhante àquele de alguém que desperta de um pesadelo. Queixou-se de cansaço e permiti que repousasse até mais tarde. Agora sabemos que vinte e uma caixas foram removidas e, se diversas foram retiradas de cada vez, poderemos descobrir onde estão todas elas. É claro que isso simplificará imensamente nosso trabalho e, quanto mais cedo cuidarmos do assunto, melhor. Procurarei Thomas Snelling hoje.

Relato cotidiano do dr. Seward

1º de outubro — Já era quase meio-dia quando acordei com o ruído do professor entrando em meu quarto. Estava mais alegre do que o habitual, e é claro que o trabalho da noite passada tirou-lhe um peso da mente. Depois de recapitular o episódio da noite anterior, disse:

— Seu doente me interessa muito. Posso visitá-lo com você esta manhã? Se estiver ocupado demais, irei sozinho. Para mim, é uma experiência nova encontrar um lunático que fala sobre filosofia e raciocina com tanta lógica.

Como tinha de realizar um serviço de urgência, disse-lhe que ficaria satisfeito se ele fosse sozinho, porque assim não teria de fazê-lo esperar. Chamei um enfermeiro e dei-lhe as instruções necessárias. Antes que o professor deixasse o quarto, preveni-o para que o doente não lhe causasse falsa impressão.

— Quero falar com ele a respeito da ilusão que o faz comer seres vivos — respondeu o professor. — Como vi no relato de ontem em seu diário, ele disse à sra. Mina que tivera essa crença em determinada época. Por que sorri, amigo John?

— Desculpe-me. Mas a resposta está aqui. — Coloquei a mão sobre a máquina de escrever. — Quando nosso são e sábio lunático assim declarou, dizendo que no passado comia vidas, tinha a boca cheia das moscas e aranhas que acabara de comer antes da entrada da sra. Harker.

Van Helsing sorriu também.

— Ótimo! — disse ele. — Esqueci-me de que tem boa memória, amigo John. Mas é justamente a ubiquidade do pensamento e da memória que torna a doença mental um estudo fascinante. Talvez eu aprenda mais com as tolices desse louco do que com os ensinamentos dos mais sábios. Quem sabe?

Prossegui com meu serviço e em breve terminei tudo o que tinha à mão. Pareceu-me que pouco tempo se passara, porém o dr. Van Helsing regressava a meu gabinete.

— Estou interrompendo? — perguntou delicadamente, parando junto à porta.

— Nem um pouco — respondi. — Entre. Terminei meu trabalho e estou livre. Poderei acompanhá-lo agora, se quiser.

— Não é preciso. Já o vi!

— E então?

— Receio que ele não tenha boa opinião sobre mim. Nossa entrevista foi breve. Quando entrei, encontrei-o sentado num banco, no centro do quarto; colocara os cotovelos nos joelhos e parecia a encarnação do descontentamento. Falei-lhe o mais alegremente possível e também com o maior respeito, porém ele não me respondeu. "Não me conhece?", perguntei-lhe. Sua resposta não foi confortadora: "Conheço-o demais. É aquele velho tolo, o dr. Van Helsing. Quisera que fosse embora com suas estúpidas ideias acerca do cérebro. Para o inferno com todos esses holandeses malucos!" Nada mais quis dizer, porém sentou-se com sua implacável rabugice, tão indiferente como se eu não estivesse no quarto. Assim, perdi desta vez a oportunidade de aprender muito com esse hábil lunático. Trocarei agora algumas palavras com a terna sra. Mina, a fim de me alegrar. Sinto-me felicíssimo porque ela não sofrerá mais com o nosso terrível caso. É melhor assim, embora sintamos muita falta de sua ajuda.

— Concordo plenamente — respondi com sinceridade, pois não desejava vê-lo fraquejar neste ponto. — É melhor deixar a sra. Harker fora do caso. As coisas já são bastante ruins para nós, homens experientes que já atravessamos muitas dificuldades em nosso tempo; porém uma mulher não suportaria nosso caso atual e este a arruinaria infalivelmente com o tempo.

Van Helsing foi conferenciar com o casal Harker; Quincey e Art saíram em busca das pistas das caixas de terra. Terminarei meu trabalho de visitar os doentes e todos nos encontraremos à noite.

Diário de Mina Harker

1º de outubro — Tenho uma sensação esquisita quando me conservam no escuro, como hoje. Depois de Jonathan ter-me revelado seus segredos durante tantos anos, é estranho vê-lo deliberadamente evitar certos assuntos que são os mais importantes. Esta manhã dormi até tarde devido às fadigas de ontem, e, embora Jonathan tivesse dormido até tarde, levantou-se mais cedo que eu. Falou-me antes de sair, mais terno que nunca, mas não disse nada acerca da visita à casa do Conde, apesar de saber que eu estava muito ansiosa. Coitado! Creio que sentiu mais do que eu o fato de ser obrigado a silenciar. Todos acharam melhor não me envolverem mais nesse apavorante caso e concordei. Porém, é desagradável saber que ele esconde algo de mim! Aqui estou eu, chorando como uma tolinha, apesar de saber que meu marido e os outros assim procedem porque muito me amam.

Desabafei. Algum dia Jonathan me contará tudo e, para que não pense que lhe ocultei algo, continuarei este diário como sempre. Então, se desconfiar de mim, mostrar-lhe-ei estas linhas que contêm tudo o que se passa em meu coração. Estou estranhamente triste e desanimada hoje. Creio que deve ser a reação àquela terrível excitação.

Ontem à noite, quando os homens partiram, fui para a cama apenas para lhes obedecer. Não tinha sono e a ansiedade me dominava. Pensei sem cessar no que se passara desde que Jonathan me fora ver em Londres, e tudo me pareceu uma horrível tragédia que o destino nos impunha sem piedade, com um fim em vista. Tudo o que fazemos, apesar de certo, parece acarretar justamente aquilo que mais tememos. Se eu não tivesse ido para Whitby, talvez a infortunada Lucy se encontrasse ainda entre nós. Ela só começou a visitar o cemitério depois de minha chegada, e se não fosse lá durante o dia talvez não caminhasse durante o sono, e se o seu sonambulismo não a tivesse levado para lá durante a noite, aquele monstro não a teria destruído. Oh, por que fui para Whitby? Ora, choro novamente. Não sei o que se passa comigo hoje. Jonathan não deve saber que já chorei duas vezes esta manhã, justamente eu que nunca chorei por mim e a quem ele jamais causou lágrimas; ficaria desolado. Arranjarei uma aparência corajosa e, se tiver vontade de chorar, ele não perceberá. Creio que essa é uma das lições que nós, mulheres, temos de aprender.

Não me recordo muito bem de como adormeci a noite passada. Lembro-me de ter ouvido o súbito latido de cachorros e muitos outros estranhos sons, como se alguém rezasse agitadamente no quarto do sr. Renfield, que fica abaixo deste. Depois desceu sobre tudo um silêncio tão profundo que me assustou e fui até à janela. O silêncio e a escuridão envolviam tudo; as sombras negras produzidas pelo luar apresentavam mistério próprio. Nada parecia mover-se, porém tudo estava sombrio e imóvel como a morte, o que fez que uma tênue faixa branca de nevoeiro, que se movia vagarosa e quase imperceptivelmente pela grama em direção à casa, parecesse ter sensibilidade e vida própria. Creio que aqueles devaneios me fizeram bem, pois, quando voltei para a cama, me sentia letárgica. Deitei-me durante algum tempo, mas não consegui dormir; levantei-me então e olhei através da janela mais uma vez. O nevoeiro se espalhava e agora estava bem junto da casa, situava-se espesso contra as paredes, como se penetrasse furtivamente pelas janelas. O louco fazia mais barulho do que nunca, e, embora não pudesse distinguir uma palavra do que dizia, notei, por sua voz, que suplicava algo desesperadamente. Houve em seguida barulho de luta, e percebi que os enfermeiros cuidavam dele. Estava tão assustada que me encolhi na cama, cobrindo até minha cabeça e tapando os ouvidos com as mãos. Naquele momento, julguei não sentir o mínimo sono, mas devo ter dormido porque, com exceção dos sonhos, lembro-me apenas do que aconteceu de manhã, quando Jonathan me acordou. Creio que necessitei de algum tempo e esforço para perceber onde estava e reconhecer que era Jonathan quem se inclinava sobre mim. Meu sonho foi muito estranho e demonstrou tipicamente o modo pelo qual os pensamentos de vigília se unem ou continuam nos sonhos.

Pensei estar dormindo e esperando o regresso de Jonathan. Sentia-me preocupada por ele e não podia agir; meus pés, mãos e cérebro pareciam pesar, de modo que nada ocorria em seu devido tempo. Assim, dormia inquieta e pensava. Percebi então que o ar estava pesado, úmido e frio. Descobri o rosto e verifiquei surpresa que a escuridão me envolvia. A luz do lampião que eu deixara acesa, embora não muito forte, para a chegada de Jonathan, agora surgia apenas como minúscula fagulha vermelha através do nevoeiro que evidentemente se intensificara e penetrava no quarto. Ocorreu-me então que fechara a janela antes de me deitar. Queria levantar-me para me certificar do fato, porém meus membros e até mesmo minha vontade pareciam presos por uma letargia que pesava como chumbo. Permaneci imóvel e tudo suportei. Fechei os olhos, mas pude ver através das pálpebras. (As ilusões do sonho são admiráveis e a imaginação é muito conveniente.) A névoa tornou-se cada vez mais espessa, e percebi que não penetrava pela janela, mas surgia pela fresta da porta, semelhante à fumaça ou como vapor de água fervente. Intensificou-se cada vez mais e pareceu se concentrar no quarto como uma nuvem em forma de coluna, acima da qual a chama do gás brilhava como um olho vermelho. Senti o cérebro rodando como a coluna de fumaça que girava no quarto, e as palavras da Escritura me vieram à mente: "Uma coluna de nuvens durante o dia e de fogo durante a noite". Seria meu cérebro assim guiado durante o sono? Mas a coluna continha tanto o sinal que deveria guiar de dia como o que seria próprio da noite, pois o fogo estava no olho vermelho, que começou a me fascinar. Enquanto observava, o fogo pareceu dividir-se e brilhar sobre mim através do nevoeiro, como dois olhos vermelhos; Lucy, em suas divagações mentais, me contara que exatamente aquilo sucedera quando estivera no recife e a luz do sol poente caíra sobre as janelas da igreja de Santa Maria. Súbito, recordei-me horrorizada de que aquela fora a forma pela qual Jonathan avistara aquelas terríveis mulheres, que haviam adquirido forma através do nevoeiro que girava à luz da lua. No sonho, devo ter desmaiado, porque tudo se tornou escuridão. Num último esforço consciente de imaginação, vi um rosto lívido que saiu da névoa, inclinando-se sobre mim. Devo ter cuidado com esses sonhos, pois quando muito repetidos poderão enlouquecer uma pessoa. Gostaria de pedir ao dr. Van Helsing ou ao dr. Seward que me receitassem algo para dormir, mas temo alarmá-los. No momento presente, tal sonho aumentaria a preocupação que demonstram ter por mim. Hoje à noite esforçar-me-ei para dormir naturalmente. Se não o conseguir, pedirei que me deem uma dose de cloral; isso não me poderá fazer mal e me proporcionará uma noite bem-dormida. A noite passada me cansei mais do que se não tivesse dormido.

2 de outubro, às dez horas — Dormi a noite passada, mas não sonhei. Creio que adormeci profundamente, pois não acordei quando Jonathan se deitou; entretanto, o sono não me descansou, pois hoje me sinto incrivelmente fraca e sem ânimo. Ontem passei o dia inteiro tentando ler, ou deitada cochilando. À tarde, o sr. Renfield pediu para me ver. Coitado, foi muito gentil e, quando me avistou, beijou-me a mão, pedindo a Deus que me abençoasse. Aquilo me comoveu muito e agora, ao pensar no caso, choro. Devo ter cuidado com esta minha nova fraqueza. Jonathan se aborreceria se soubesse que chorei. Ele e os outros só regressaram à hora do jantar e chegaram cansados. Fiz o que pude para alegrá-los, e creio que o esforço me fez bem, porque me esqueci da minha exaustão. Depois do jantar me mandaram para a cama e disseram que iam fumar juntos, mas sei que desejavam apenas conversar sobre o que ocorrera a cada um durante o dia, pois vi pelo comportamento de Jonathan que tinha algo importante a comunicar. Não sentia tanto sono quanto deveria sentir e, por isso, antes de recolher-me, pedi ao dr. Seward um soporífero, dizendo-lhe que não dormira bem durante a noite anterior. Teve a bondade de me dar uma pílula para dormir e declarou que, como ela era muito fraca, não me faria mal... Já a tomei e estou à espera do sono que ainda se mantém a distância. Espero não ter errado, pois agora que o sono parece flertar comigo surge novo medo: talvez tenha sido tolice minha privar-me do poder de acordar, que talvez me seja necessário. Aqui vem o sono. Boa noite.

❖

CAPÍTULO XX

Diário de Jonathan Harker

1º de outubro, à noite — Encontrei Thomas Snelling em sua casa, situa-da em Bethnal Green, mas infelizmente ele não estava em condições de recordar coisa alguma. A perspectiva de beber cerveja com a minha chegada o estimulara muito, e ele se entregou cedo demais à bebida. Contudo, sua pobre esposa, que parecia decente, me disse que ele era apenas o auxiliar de Smollet, o qual, dos dois colegas, era o responsável pelos trabalhos. Portanto fui a Walworth e encontrei o sr. Joseph Smollet em casa e em mangas de camisa, tomando no pires um chá tardio. Ele é um sujeito honesto e inteligente, um operário com ideias próprias e em quem se pode confiar. Recordou-se de tudo acerca do incidente das caixas e deu-me a destinação delas depois de consultar um caderno de notas muito usado, que apresentava sinais meio ilegíveis em lápis grosso, e que ele retirou de um misterioso bolso traseiro de suas calças. Disse que na carroça levara seis caixas de Carfax e as deixara na rua Chicksand, 197; depositara outras seis em Jamaica Lane, Bermondsey. Se o Conde desejava espalhar seus apavorantes refúgios por Londres, aqueles lugares haviam sido escolhidos para as primeiras entregas, a fim de que mais tarde ele pudesse distribuir todas mais convenientemente. O método sistemático que empregava fez-me perceber que não pretendia confinar-se em duas extremidades de Londres. Estabelecera-se na extremidade leste da costa norte, na parte leste da costa sul e no sul. Certamente não pretendia deixar fora de seu plano diabólico o norte e o oeste, sem mencionar a própria cidade e o centro elegante de Londres, no sudoeste e no oeste. Fui ver Smollet novamente e perguntei se alguma outra caixa fora retirada de Carfax. Replicou:

— Bem, sinhô me tratô muito bem — eu lhe dera uma gorjeta. — Por isso contarei tudo. Há quatro noite, ouvi um homem chamado Bloxam dizê que em Pincher Alley ele e seu companheiro tinham feito um serviço muito poeirento, numa velha casa em Purfleet. Como não há muitos serviço como esse, acho que Sam Bloxam poderá lhe dizê alguma coisa.

Perguntei-lhe onde poderia encontrar aquele homem e disse-lhe que, se me fornecesse o endereço, receberia nova gorjeta. Sorveu o resto do chá e levantou-se, dizendo que começaria a busca ali mesmo, naquele momento. Junto à porta, parou declarando:

— Olhe, sinhô, não há necessidade de ficá aqui. Talvez eu encontre Sam logo, talvez não; ainda que encontrá, ele não vai tá em condição de falá essa noite. Quando começa a bebê, é um desastre. Se me dé um envelope selado e colocá seu endereço nele, encontrarei Sam e mandarei a carta pro sinhô hoje de noite. Se quisé encontrá ele, procure de manhã cedo, pois apesar de bebê ele sai de madrugada.

Como aquela era uma sugestão prática, uma das crianças partiu com dinheiro para comprar um envelope e uma folha de papel; poderia ficar com o troco. Quando voltou, coloquei meu endereço e selei o envelope; depois de obter de Smollet novamente a promessa de me enviar pelo correio o endereço do colega, fui para casa. Agora estamos na pista. Esta noite me sinto cansado e quero dormir. Mina dorme profundamente e parece pálida demais, seus olhos têm aspecto de choro. Coitada, sei que é martirizante não saber o que se passa, o que talvez faça que se sinta duplamente preocupada, por mim e pelos outros. Mas é melhor assim. É melhor ficar desapontada e preocupada, agora, do que ter um esgotamento nervoso. Os médicos têm razão em insistir para que fique fora deste terrível caso. Devo ter paciência e suportar esse fardo de silêncio. Jamais, em circunstância alguma, mencionarei esse assunto a ela. Afinal, talvez esse encargo não seja difícil, pois ela mesma se tornou reticente a respeito e ainda não falou do Conde e de seus feitos, desde que lhe informamos nossa decisão.

2 de outubro, ao anoitecer — Tivemos um dia agitado e estafante. O primeiro carteiro me trouxe um envelope contendo um sujo pedaço de papel, no qual havia escrito desajeitadamente e com um lápis de carpinteiro:

"Sam Bloxam, Korkrans, 4, Bairro Poters, Rua Bartel, Walworth. Peça pra falá com o Delgado."

Recebi a carta na cama e levantei-me sem acordar Mina, que não tem passado bem, estando sonolenta e pálida. Resolvi não despertá-la, mas decidi preparar seu regresso para Exeter, assim que eu voltasse desta nova busca. Creio que ficará melhor em nossa própria casa, realizando suas tarefas diárias, do que permanecendo entre nós na ignorância. Quando vi o dr. Seward por um momento, disse-lhe que estava de partida e prometi voltar para contar o resto, assim que descobrisse algo. Fui a Walworth e encontrei com alguma dificuldade o bairro de Potter. O endereço fora escrito errado, o que aumentara meus obstáculos; contudo, quando encontrei o bairro, logo descobri a pensão de Corcoran. Perguntei ao homem que abrira a porta se ali residia o Delgado.

— Num cunheço ninguém com esse nome — disse ele balançando a cabeça. — Nunca ouvi falá nele. Acho que num mora aqui. — Apanhei a carta de Smollet, e o nome do bairro escrito errado me serviu de lição.

— Quem é você? — perguntei.

— Sou o delegado — respondeu. Vi imediatamente que estava na pista certa e que o erro ortográfico me perturbara novamente. Uma gorjeta colocou a sabedoria do delegado à minha disposição, e soube que o sr. Bloxam partira às cinco da manhã para trabalhar em Poplar, após curtir a bebedeira da noite anterior em Corcoran. O homem não soube dizer onde exatamente o outro trabalhava, mas achava que era "num armazém novo". Com esta vaga pista, parti para Poplar. Só ao meio-dia consegui obter alguma indicação satisfatória acerca daquele armazém, e isso quando me encontrava num restaurante onde alguns operários comiam. Um deles afirmou que haviam aberto na rua Cross Angel um novo armazém e para lá me dirigi imediatamente. Depois de entrevistar um rude porteiro e um ainda mais rude gerente, e após apaziguá-los com uma moeda, colocaram-me na pista de Bloxam. Mandaram chamá-lo depois de eu dizer que pagaria seu dia de trabalho ao chefe, a fim de ter o privilégio de formular-lhe algumas perguntas acerca de um assunto particular. Era um indivíduo esperto, embora tivesse aspecto e fala grosseiros. Depois de receber dinheiro pela informação, declarou-me que realizara duas viagens entre Carfax e uma casa situada em Piccadilly. Levara da primeira para a segunda casa nove grandes caixas, muito pesadas, numa carroça que alugara para esse fim. Perguntei-lhe se sabia o número da casa em Piccadilly, e ele informou:

— Bem, sinhô, num recordo os número, mas foi perto de uma grande igreja branca ou coisa parecida, não muito antiga. A casa é que era muito poeirenta e velha, embora não se pudesse compará com aquela de onde retiramos as caixa.

— Como entrou nas casas, se elas estavam desabitadas?

— O velho que me contratô estava me esperando na casa em Purfleet. Me ajudô a levantá as caixa e a colocá elas no carretão. Diabo, mas apesá de velho, era o sujeito mais forte que já vi; tinha bigode branco e era tão magro que num parecia tê força nenhuma.

Esta frase me fez vibrar. Ele prosseguiu:

— Agarrô aquelas caixa como se fossem caixa de chá, e eu que num sô nada fraco suei e arquejei antes de podê movê uma.

— Como entrou na casa de Piccadilly? — perguntei.

— Ele também estava lá. Deve ter partido e chegado lá antes de mim, purque quando toquei a campainha ele mesmo abriu e me ajudô a levá as caixa pra dentro.

— Todas as nove? — indaguei.

— Sim; levei cinco no primeiro carregamento e quatro no segundo. Foi um trabaio difici, que me deixô seco; num me lembro nem como cheguei em casa.

Interrompi-o:

— As caixas foram deixadas no vestíbulo?

— Sim, o vestíbulo era muito grande e estava vazio.

Tentei descobrir mais:

— Tinha alguma chave?

— Num usei chave nem nada assim. O velho abriu a porta e fechô novamente quando partiu. Num me lembro da última vez que estive lá... mas isso pur causa da cerveja.

— E não se recorda do número da casa?

— Não, sinhô, mas isso não atrapalhará. É uma casa alta com a frente de pedra, tem um arco e grandes escadas que dão para a porta. Conheço aquelas escada porque tive de carregá as caixas pra cima, com três vadio que queriam ganhá um dinheirinho. O velho deu dinheiro a cada um e eles, vendo que tinham ganho tanto, quiseram mais. Mas aí o velho segurô um deles pelo ombro e quase atirô ele escada abaixo, os outro fugiram xingando.

Achei que aquela descrição serviria para encontrar a casa. Paguei então ao meu amigo a informação e parti para Piccadilly. Fiz outra descoberta desagradável: é evidente que o Conde poderia carregar ele mesmo as caixas de terra. Assim sendo, o tempo era precioso, pois agora que ele conseguira distribuí-las até certo ponto, poderia completar a tarefa sem ser observado e no tempo que desejasse. Dispensei o veículo de aluguel em Piccadilly Circus e andei em direção ao oeste; encontrei a casa descrita, que com satisfação verifiquei ser outro covil de Drácula. O prédio parecia deserto há muito. As janelas estavam incrustadas com poeira e as venezianas suspensas. O tempo enegrecera todo o madeirame e a tinta que recobria o ferro descascara quase toda. Notava-se que até recentemente houvera uma grande tabuleta na varanda da frente; fora contudo rudemente despregada e as varas que a sustinham ainda permaneciam. Por trás da grade da varanda, vi tábuas soltas cujas extremidades estavam embranquecidas. Ter-me-ia sido muito útil ver o aviso da tabuleta intacto, pois isso talvez me indicasse qual o proprietário da casa. Recordei-me de minha experiência na investigação e compra de Carfax; julgava que, se pudesse descobrir o antigo proprietário, talvez recebesse alguma indicação sobre como entrar na casa.

Nada mais poderia descobrir daquele lado de Piccadilly, por isso rodeei o quarteirão, a fim de ver se encontrava algo nos fundos. Havia atividade nas estrebarias, pois quase todas as casas de Piccadilly estavam ocupadas. Perguntei a alguns cavalariços e ajudantes que se encontravam nos arredores se sabiam algo acerca da casa desocupada. Um deles declarou que fora comprada há pouco, não sabia por quem. Disse-me contudo que até pouco tempo houvera uma tabuleta com a indicação: “À VENDA”. Declarou que talvez Mitchell, Filhos & Candy, os agentes da casa, me pudessem informar algo, pois achava ter visto o nome da firma também na tabuleta. Não desejava mostrar-me ansioso demais, nem permitir que meu informante adivinhasse muito; por isso agradeci-lhe da forma costumeira e afastei-me. Como escurecia e a noite outonal se aproximava, não perdi tempo. Obtendo o endereço de Mitchell, Filhos & Candy num livro de endereços em Berkeley, logo cheguei ao escritório deles, na rua Sackville.

O cavalheiro que me atendeu tinha modos muito gentis, mas era pouco comunicativo. Após dizer que a casa de Piccadilly (a qual denominou mansão) estava vendida, achou que nada mais me tinha a dizer. Quando lhe perguntei quem a tinha comprado, arregalou os olhos e parou durante alguns segundos antes de responder:

— Foi vendida, senhor.

— Desculpe-me — disse-lhe com igual delicadeza —, mas tenho um motivo especial para desejar saber quem a comprou.

Parou novamente, erguendo ainda mais as sobrancelhas.

— Foi vendida, senhor — respondeu mais uma vez, lacônico.

— Certamente não se incomodará por dizer-me o nome — falei.

— Incomodar-me-ei — respondeu ele. — Os assuntos dos clientes estão em segurança nas mãos de Mitchell, Filhos & Candy. — Sem dúvida, ali estava um homem excessivamente pedante, não adiantaria discutir com ele. Julguei melhor enfrentá-lo com atitude semelhante à dele. Disse-lhe portanto:

— Senhor, seus clientes são felizardos por colocarem suas confidências sob guarda tão resoluta. Também sou um profissional. — Entreguei-lhe o meu cartão. — Não pergunto por curiosidade, mas venho enviado por lorde Godalming, que deseja saber algo acerca da propriedade que estava à venda.

Essas palavras mudaram o curso da conversa. Ele disse:

— Gostaria de servi-lo, sr. Harker, e também especialmente ao lorde. Em certa ocasião, cuidamos de um pequeno caso para ele, a respeito do aluguel de uns quartos; mas naquela época ainda não era lorde. Se quiser fornecer-me o endereço dele, consultarei os sócios e, de qualquer forma, enviar-lhe-ei a carta hoje à noite. Será um prazer se pudermos desviar-nos de nossas normas para servir ao lorde.

Como queria ganhar um amigo e não fazer inimizades, agradeci-lhe, dei o endereço do dr. Seward e parti. Já estava escuro e me sentia cansado e faminto. Tomei uma xícara de chá e depois retornei a Purfleet pelo trem seguinte.

Encontrei todos os outros já em casa. Mina tinha a aparência cansada e pálida, mas fez corajoso esforço para mostrar-se alegre. Eu sofria por pensar que tinha de esconder-lhe algo e assim inquietá-la. Graças a Deus, esta será a última noite em que conferenciamos mas nada lhe dizemos. Necessitei de toda a coragem para manter a sábia decisão de conservá-la fora de nossos trabalhos. Ela parece aceitar melhor a situação, ou talvez comece a julgar o caso mais repugnante, pois estremece quando aludimos acidentalmente a ele. Ainda bem que resolvemos silenciar a tempo, pois os conhecimentos que vamos adquirindo a torturariam ainda mais.

Só poderia contar aos outros as descobertas daquele dia quando ficássemos a sós; portanto, após o jantar, ao qual se seguiu um pouco de música, para salvar as aparências mesmo entre nós, levei Mina para o quarto e deixei-a lá para que se deitasse. Minha esposa querida foi mais afetuosa do que nunca e agarrou-se a mim como se me quisesse deter; mas eu tinha muito que falar com os outros e me afastei. Graças a Deus, o fato de haver segredos entre nós não influiu em nosso amor.

Quando desci novamente, encontrei os outros no gabinete, reunidos ao redor da lareira. No trem, anotei o sucedido em meu diário, de modo que naquele momento tive apenas de lê-lo para que tomassem conhecimento dos fatos. Quando terminei, Van Helsing disse:

— Esse foi um grande dia de trabalho, amigo Jonathan. Sem dúvida estamos na pista das caixas ausentes. Se encontrarmos todas naquela casa, o término de nosso serviço estará próximo. Mas se algumas lá não se encontrarem, teremos de buscar até descobri-las. Daremos então nosso golpe final e caçaremos o diabo para matá-lo verdadeiramente.

Ficamos todos sentados em silêncio durante algum tempo e repentinamente o Sr. Morris falou:

— Como entraremos naquela casa?

— Entramos na outra — respondeu lorde Godalming rapidamente.

— Mas aquilo foi diferente, Art. Arrombamos a casa de Carfax, mas tivemos a noite e um parque murado para nos proteger. Será coisa muito diferente de praticar um arrombamento em Piccadilly, de dia ou de noite. Confesso que não vejo como entraremos, a não ser que aquele sujeito da agência nos arranje alguma chave.

A testa de lorde Godalming contraiu-se e ele se levantou, caminhando pelo aposento. Parou e disse, voltando-se para cada um de nós:

— Quincey tem razão. Esse negócio de arrombar se torna sério. Conseguimos escapar uma vez, mas o serviço agora será muito mais difícil... a não ser que encontremos as chaves do Conde.

Como nada poderia ser feito antes do amanhecer, e como seria aconselhável esperar que lorde Godalming recebesse notícias de Mitchell, decidimos só agir após o desjejum. Durante muito tempo nos sentamos — fumando e discutindo nosso caso de diversos ângulos; aproveitei a oportunidade para continuar a escrever este diário até o momento. Estou com sono e irei para a cama...

Escreverei apenas uma linha. Mina dorme profundamente e tem a respiração regular. Sua testa apresenta muitas ruguinhas, como se pensasse até mesmo dormindo. Ainda está demasiado pálida, mas não tão abatida quanto esta manhã. Espero que o dia de amanhã solucione tudo; ela irá para casa em Exeter. Oh, como sinto sono!

Relato cotidiano do dr. Seward

1º de outubro — Estou novamente perplexo com Renfield. Sua atitude se modifica tão rapidamente que acho difícil segui-la e, como ela não é importante apenas para o bem-estar do doente, mas tem outra significação, constitui um estudo muito interessante. Hoje de manhã, quando fui vê-lo depois de sua implicância com o dr. Van Helsing, tinha a atitude de um homem senhor de seu destino. E, de fato, subjetivamente, ele o comandava. Não se preocupava com as coisas terrenas, caminhava nas nuvens e desprezava todas as fraquezas e desejos peculiares a nós, pobres mortais. Pretendi melhorar a situação e aprender algo. Perguntei-lhe, portanto:

— O que há com as moscas, desta vez? — Ele sorriu para mim de modo superior e respondeu:

— Caro senhor, a mosca tem uma característica: suas asas são símbolos do poder aéreo que possuem as faculdades mentais. Os antigos andaram bem ao considerarem a borboleta o símbolo da alma!

Eu quis que ele desenvolvesse a sua analogia com a máxima lógica, e por isso perguntei:

— Oh, agora deseja uma alma?

Sua loucura frustrou sua razão e um ar perplexo espalhou-se por seu rosto quando sacudiu a cabeça com uma firmeza que raramente demonstrava, e disse:

— Oh, não, não! Não desejo almas, a vida é tudo o que eu quero. — Alegrou-se quando respondeu. — Isso me deixa indiferente no momento. A vida existe, tenho tudo o que desejo. Terá de arranjar um novo doente, doutor, se quiser estudar zoofagia!

Aquilo me intrigou ligeiramente e insisti:

— Então você comanda a vida... é um deus, suponho?

Sorriu com benigna superioridade.

— Oh, não! Estou longe de me arrogar os atributos de um deus. Nem sequer me preocupo com seus feitos quase sempre espirituais. Se quer conhecer minha posição intelectual, saiba que, quanto aos assuntos terrenos, ocupo a posição que Enoque ocupou quanto às coisas espirituais!

Aquela foi uma questão embaraçosa para mim. Não conseguia recordar-me o suficiente de Enoque no momento para verificar que relação tinha com o caso. Formulei portanto uma pergunta simples, embora soubesse que, ao fazê-lo, me rebaixava aos olhos do lunático.

— Por que Enoque?

— Porque andou com Deus.

Não consegui descobrir a analogia, mas não o admiti; em vez disso, retornei ao que ele negara:

— Então não dá importância à vida e não se interessa pelas almas. Por que não?

Formulei a pergunta com rapidez e também rispidamente, porque desejava embaraçá-lo. Obtive resultado: durante um instante ele conscientemente readquiriu seu antigo modo servil; inclinou-se diante de mim e quase me afagou ao replicar:

— Não quero almas, é verdade, é verdade! Se as tivesse, não encontraria utilidade para elas. Não conseguiria comê-las... — Parou subitamente, e a antiga expressão de astúcia espalhou-se por seu rosto, como um golpe de vento na superfície da água. — O que é a vida afinal, doutor? Termos tudo o que é necessário e sabermos que não precisaremos de mais nada, apenas isso. Tenho bons amigos como o senhor, dr. Seward — ao dizer isso olhou de soslaio, com indescritível astúcia. — Sei que nunca me faltarão os meios de vida!

Creio que percebeu algum antagonismo em mim, pela confusão em que a loucura o punha, pois imediatamente recuou para o último refúgio daqueles que são como ele, pois se tornara rabujento; afastei-me, portanto.

Mais tarde mandou chamar-me. Em dias normais eu não teria ido sem motivo especial, mas no presente estou tão interessado nele que realizei aquele esforço com prazer. Além do mais, alegrou-me ter algo para ajudar a passar o tempo. Harker, lorde Godalming e Quincey saíram atrás de novas pistas. Van Helsing está em meu gabinete, estudando com atenção o relato preparado pelos Harkers; acha que com o conhecimento correto dos detalhes encontrará novas pistas. Não deseja que perturbem seu trabalho sem motivo. Poderia levá-lo também para ver o doente, mas acho que depois de ter sofrido a repulsa deste, o professor não quererá ir novamente. Também houve outro motivo para não me deixar acompanhar por ele: Renfield talvez falasse menos diante de outra pessoa.

Ele estava sentado no centro do aposento, em seu banco: atitude que geralmente indica que está mentalmente ativo. Quando entrei, perguntou imediatamente, como se tivesse retido a interrogação nos lábios, à espera de minha chegada:

— E as almas?

Era evidente que minha suposição fora correta e que a atividade cerebral inconsciente realizava seu trabalho, até mesmo no lunático. Resolvi fazê-lo falar.

— O que acha delas? — perguntei.

Ele não respondeu por um momento, mas olhou ao redor, para cima e para baixo, como se esperasse inspiração para a resposta.

— Não quero almas! — disse em voz fraca e apologética. O assunto parecia remoer em seu cérebro, por isso resolvi prosseguir naquilo; "agia com crueldade apenas para fazer o bem". Disse portanto:

— Gosta da vida e a deseja?

— Oh, sim! Mas ela vai bem, não necessito preocupar-me!

— Mas como conseguiremos a vida sem a alma? — perguntei. Aquilo pareceu torná-lo perplexo, por isso prossegui: — Você se divertirá muito quando estiver lá fora, voando com as almas de milhões de moscas, aranhas, passarinhos e gatos; todos zunindo, miando e piando ao seu redor. Comeu a vida deles e terá de aturar suas almas!

Algo pareceu afetar sua imaginação, pois colocou os dedos nos ouvidos e fechou os olhos, cerrando-os bem, como faz um garotinho quando lavam seu rosto com sabão. Havia algo de patético na cena, o que me comoveu. Aquilo também me deu uma lição, pois o doente diante de mim parecia apenas uma criança, apesar das feições envelhecidas e da barba branca no queixo. Era evidente que sofria de um processo de perturbação mental e, sabendo que sua atitude passada o fizera interpretar coisas que lhe eram estranhas, pensei em tentar compreender o que se passava em sua mente. Primeiro deveria recuperar a confiança dele e para isso lhe perguntei, falando muito alto para que me pudesse ouvir através das orelhas tampadas:

— Quer açúcar para ter moscas novamente?

Ele pareceu acordar, e sacudiu a cabeça. Rindo, replicou:

— Não desejo isso muito! Afinal, as moscas não têm muita importância! — Depois de uma pausa, acrescentou: — Contudo, não quero ver suas almas zunindo ao meu redor.

— Quer aranhas? — prossegui.

— Ora, aranhas! Para que servem? Nelas não há nada que se possa comer ou... — parou repentinamente, como se recordasse um assunto proibido.

Essa é a segunda vez que para na palavra "beber", pensei comigo. O que significará isso? Renfield pareceu perceber seu lapso, pois continuou a falar apressadamente, como se desejasse distrair minha atenção.

— Não ligo para tais assuntos. "Ratos, camundongos e outros

animais semelhantes podem ser chamados de devoradores das despensas", como disse Shakespeare. Já passei por essas tolices. Tentar interessar-me por esses mais baixos carnívoros, agora que sei o que há diante de mim, é tão difícil quanto pedir a um homem que coma moléculas com pauzinhos chineses.

— Percebo — respondi. — Deseja grandes animais? Gostaria de comer um elefante no desjejum?

— Quanta bobagem diz o senhor!

Ele parecia por demais alerta, e julguei melhor insistir no assunto.

— Gostaria de saber — falei pensativo — como é a alma do elefante!

Obtive o efeito desejado, pois ele abandonou seu ar imponente e transformou-se mais uma vez numa criança.

— Não desejo a alma de um elefante nem qualquer outra! — exclamou. Durante alguns momentos, sentou-se desalentado. Súbito, pôs-se de pé num pulo, com os olhos em brasa e apresentando todos os sinais de intensa excitação cerebral. — Para o inferno com o senhor e suas almas! — gritou. — Por que me tortura com essa história de almas? Já não tenho suficientes preocupações e dores, sem pensar em almas?!

Parecia tão hostil que julguei que sofria de outra crise homicida e soprei meu apito. Contudo, no instante em que o fiz, tornou-se calmo e falou, pedindo desculpas:

— Desculpe-me, doutor, perdi a cabeça. Não necessitará de ajuda. Em minha mente há tantas preocupações que fico irritado. Se conhecesse os problemas que tenho de enfrentar e que estou solucionando, teria dó, suportar-me-ia e me perdoaria. Por favor, não me coloque numa camisa de força. Quero pensar e não posso raciocinar livremente quando sinto o corpo preso. Tenho certeza de que compreenderá!

Era evidente que ele tinha controle pessoal e, por isso, quando os enfermeiros vieram, lhes disse que não se incomodassem e recuaram. Renfield viu-os partir e, depois de fecharem a porta, falou com muita dignidade e brandura:

— Dr. Seward, foi muito atencioso para comigo. Creia-me que lhe sou muito grato!

Julguei melhor deixá-lo naquele estado e me afastei. Há realmente algo que nos faz pensar no temperamento desse homem. Há nele diversos aspectos que, se colocados na devida ordem, constituiriam o que o entrevistador americano denominaria de uma "história". Aqui estão esses pontos:

Não menciona a palavra "beber".

Teme a perseguição de alguma alma.

Não teme o fato de necessitar de "vida" no futuro.

Despreza de modo geral as mais baixas formas de vida, embora receie ser perturbado pelas almas desses seres.

É lógico que todos esses fatores apontam para um caminho: ele tem certeza de que adquirirá alguma forma mais elevada de vida, mas teme a consequência: o peso de uma alma. Então é para uma vida humana que se volta!

Sua certeza provém...

Céus! O Conde esteve com ele, e um novo plano de terror está sendo concretizado!

Mais tarde — Após visitar os doentes, fui ver Van Helsing e falei-lhe de minhas suspeitas. Ficou muito sério e, depois de pensar no assunto durante algum tempo, pediu-me que o levasse a Renfield. Assim fiz. Quando chegamos à porta, ouvimos lá dentro o lunático que cantava alegremente, como costumava fazer em época que agora parece tão distante. Ao entrarmos, verificamos surpresos que espalhara seu açúcar como anteriormente; as moscas que o outono tornava letárgicas penetravam zumbindo no quarto. Tentamos fazê-lo abordar o assunto de nossa prévia conversa, mas ele não quis atender-nos. Continuou a cantar, como se não estivéssemos presentes. Arranjara um pedaço de papel, que dobrou formando uma espécie de caderno de notas. Tivemos de nos afastar tão ignorantes quanto entramos.

Ele é realmente curioso e temos de observá-lo esta noite.

Carta de Mitchell, Filhos & Candy, para Lorde Godalming

1º de outubro.

Ilustríssimo Lorde:

É com grande prazer que atendemos sua vontade. Temos a honra de realizar o desejo do Ilmo. Lorde, expresso pelo sr. Harker: aqui está a informação desejada acerca da venda do nº 347, em Piccadilly. Os vendedores originais foram os herdeiros do falecido sr. Archibald Winter-Suffield. O comprador foi um nobre estrangeiro, o Conde de

Ville, que efetuou a compra pessoalmente, pagando à vista. Além disso, nada mais sabemos sobre ele.

Muito respeitosamente,
os humildes servos do Ilmo. Lorde,

Mitchell, Filhos & Candy

Relato cotidiano do dr. Seward

2 de outubro — Na noite passada, coloquei um homem no corredor e disse-lhe que prestasse muita atenção para ouvir qualquer som provindo do quarto de Renfield; ordenei-lhe que me chamasse se houvesse algo estranho. Depois do jantar, quando todos nos reunimos ao redor da lareira no gabinete e a sra. Harker já se havia deitado, discutimos as tentativas e descobertas do dia. Harker foi o único a obter resultados, e temos grandes esperanças de que essa pista seja importante.

Antes de me deitar, fui ao quarto do paciente e olhei através do buraco de observação. Ele dormia profundamente e seu peito subia e descia, demonstrando respiração regular.

Hoje de manhã o enfermeiro de plantão me declarou que, um pouco após a meia-noite, o doente se tornara inquieto e repetira continuamente e em voz alta as orações. Perguntei-lhe se aquilo fora tudo e afirmou-me que era tudo o que ouvira. Algo em sua atitude me fez desconfiar, e por isso lhe perguntei sem rodeios se dormira. Negou o fato, mas declarou ter cochilado durante algum tempo. É lamentável que os homens só cumpram seus deveres quando vigiados.

Hoje, Harker saiu para seguir sua pista; Art e Quincey estão procurando cavalos. Godalming acha que será bom tê-los sempre preparados, pois quando obtivermos a informação desejada não haverá tempo a perder. Teremos de esterilizar entre o nascer e o pôr do sol toda a terra importada para que possamos agarrar o Conde quando estiver mais fraco e não tiver um lugar de refúgio. Van Helsing foi ao Museu Britânico procurar escritos sobre medicina antiga; é que os velhos médicos davam importância a fatos que seus seguidores não aceitam, e o professor está à procura de curas por feitiçaria, assunto que nos poderá ser útil mais tarde.

Às vezes acho que estamos todos loucos e que, quando recuperarmos a sanidade, nos encontraremos em camisa de força.

Mais tarde — Reunimo-nos novamente. Parece que afinal estamos na pista e nosso trabalho de amanhã poderá constituir o princípio ou o fim. Será que a calma de Renfield tem algo a ver com o caso? Sua atitude é tão influenciada pelos feitos do Conde, que não sei se a ameaça da próxima destruição desse monstro o afetou de algum modo sutil. Se ao menos tivesse ideia do que se passou no cérebro do doente, entre a hora de minha discussão com ele hoje e seu retorno às moscas, obteria uma valiosa pista. Presentemente, parece estar calmo... estará mesmo?... Esse grito vindo do seu quarto...

O enfermeiro invadiu meu aposento e me disse que Renfield sofrera um acidente. Ouvira-o gritar e quando fora vê-lo encontrara-o deitado de bruços no chão, todo coberto de sangue. Tenho de ir imediatamente...

❖

CAPÍTULO XXI

Relato cotidiano do dr. Seward

(continuação)

3 de outubro — Declararei com exatidão tudo o que aconteceu desde minhas últimas anotações aqui, tão bem quanto posso recordá-lo. Não devo esquecer um detalhe sequer, e procederei com toda a calma.

Quando entrei no quarto de Renfield, encontrei-o deitado no chão, do lado esquerdo, numa poça de sangue brilhante. Quando o movi, verifiquei que estava gravemente ferido; nem sequer parecia apresentar aquela unidade entre as diversas partes do corpo, que marca até mesmo a sanidade letárgica. O rosto, quando exposto, revelou horríveis machucados, como se alguém o tivesse batido contra o chão... com efeito, era dos ferimentos do rosto que proviera o sangue da poça. O enfermeiro, ajoelhado ao lado do corpo, me disse quando viramos o doente:

— Acho que quebrou as costas. Veja, tanto o braço como a perna direita e todo o lado do rosto estão paralisados.

O enfermeiro não compreendia como sucedera aquilo. Estava perplexo e tinha a testa franzida ao falar:

— Não posso compreender como ocorreram as duas coisas. Poderia ter marcado o rosto assim se batesse a cabeça contra o chão. Vi uma jovem fazer isso no asilo de Eversfield, antes que alguém pudesse segurá-la. Creio que ele poderia ter quebrado o pescoço se caísse da cama de mau jeito. Mas, por Deus, não consigo compreender como as duas coisas aconteceram. Se quebrasse as costas, não poderia bater a cabeça; e se já tivesse o rosto assim, antes de cair da cama, haveria sinais disso.

— Vá ver o dr. Van Helsing e peça-lhe que tenha a bondade de vir para cá imediatamente — disse eu. — Quero que ele venha sem um minuto de atraso.

O homem correu e, após alguns minutos, o professor apareceu com roupa de dormir e chinelos. Quando viu Renfield no chão, observou-o atentamente por um minuto e depois se voltou para mim. Creio que leu em meus olhos o que eu pensava, pois disse muito calmo, a fim de que o enfermeiro ouvisse:

— Ah, triste acidente! Ele necessitará de cuidadosa observação e muita atenção. Eu mesmo ficarei com você, mas antes preciso vestir-me. Se permanecer aqui, em pouco voltarei.

O doente agora respirava com dificuldade, e foi fácil verificar que recebera terrível ferimento. Van Helsing retornou com incrível rapidez e trouxe uma maleta cirúrgica. Evidentemente estivera pensando e chegara a uma decisão, pois, quase antes de olhar o paciente, murmurou para mim:

— Mande o enfermeiro embora. Temos de ficar a sós com o doente, quando recuperar a consciência, após a operação.

Portanto, falei:

— Creio que pode ir, Simons. Fizemos tudo o que era possível no momento. É melhor ir visitar os outros doentes enquanto o dr. Van Helsing opera. Se encontrar algo fora do comum, avise-me sem demora.

O homem afastou-se e procedemos a minucioso exame do doente. Os ferimentos do rosto eram superficiais, o mais grave era uma fratura do crânio, que se estendia pela área motora. O professor pensou durante um instante e disse:

— Temos de reduzir a pressão e voltar às condições normais, o mais possível; a rapidez do derrame demonstra a natureza do ferimento. Toda a área motora foi atingida. Temos de trepanar imediatamente, antes que seja tarde demais, pois o derrame cerebral aumentará com rapidez.

Enquanto falava, bateram levemente na porta. Fui abri-la e encontrei Arthur e Quincey de pijama e chinelos, no corredor. Arthur falou:

— Ouvi o enfermeiro chamar o dr. Van Helsing e contar-lhe que houvera um acidente. Chamei então Quincey, que não estava acordado. Os acontecimentos se passam com demasiada rapidez e são por demais estranhos para que possamos dormir bem nestes dias. Acho que amanhã à noite as coisas serão diferentes. Teremos de olhar para trás e para a frente um pouco mais do que até agora. Podemos entrar?

Assenti e segurei a porta para que passassem; depois fechei-a novamente. Quando Quincey viu o estado do doente e notou a horrível poça no chão, falou baixo:

— Meu Deus! O que aconteceu com ele? Pobre coitado!

Narrei-lhe brevemente o ocorrido e declarei que o doente recobraria a consciência após a operação... e que a conservaria apenas por algum tempo. No mesmo instante, Quincey foi sentar-se na beirada da cama, com lorde Godalming a seu lado; todos observamos com paciência.

— Esperaremos apenas o tempo suficiente para encontrar o melhor lugar para trepanar — disse Van Helsing. — Assim agiremos para que com maior rapidez e perfeição possamos remover o coágulo, pois é evidente que a hemorragia aumenta.

Os minutos de espera passaram com incrível vagarosidade. Sentia-me muito desanimado e percebi, pelo rosto de Van Helsing, que estava apreensivo pelo que poderia suceder. Eu receava as palavras que Renfield pronunciaria; tinha medo de pensar, mas pressentia o que sucederia, assim como às vezes há homens que ouvem o chamado da morte. O doente arquejava. A cada instante parecia que abriria os olhos ou falaria, porém, no momento seguinte, apresentava apenas uma respiração ofegante e tornava-se mais insensível. Apesar de estar acostumado com a doença e os leitos de morte, senti a tensão crescer cada vez mais dentro de mim. Podia quase ouvir o bater de meu próprio coração, e o sangue em minhas têmporas pulsava como um tambor. O silêncio finalmente se tornou insuportável. Contemplei meus companheiros um a um e verifiquei pelos rostos ruborizados e testas úmidas que suportavam tortura igual à minha. A tensão nervosa nos dominava completamente.

Afinal verificamos que Renfield piorava com rapidez; poderia morrer a qualquer instante. Olhei para o professor e vi que me encarava. Seu rosto demonstrava firmeza quando falou:

— Não há tempo a perder. As palavras dele podem valer muitas vidas; foi isso o que pensei enquanto estava aqui. Talvez haja uma alma em perigo! Operaremos acima da orelha.

Sem mais palavras, realizou a operação. Durante poucos momentos a respiração prosseguiu ofegante. Depois houve uma inspiração tão profunda que pareceu capaz de rebentar o peito. Súbito o doente abriu os olhos e estes se mantiveram fixos numa expressão selvagem e indefesa. Continuou assim por algum tempo e depois a expressão se suavizou, indicando feliz surpresa enquanto seus lábios deixaram passar um suspiro de alívio. Moveu-se convulsivamente e, ao fazê-lo, pronunciou as seguintes palavras:

— Ficarei quieto, doutor. Diga-lhes que retirem a camisa de força. Tive um terrível pesadelo, que me deixou tão fraco que não posso mover-me. O que há com meu rosto? Parece inchado e dói muito.

Tentou mover a cabeça, mas o esforço fez que seus olhos se tornassem vidrados novamente. Ajeitei-lhe então a cabeça, mais uma vez. Depois Van Helsing disse em tom calmo e sério:

— Conte-nos seu sonho, sr. Renfield.

Quando ouviu aquela voz, seu rosto se tornou brilhante, apesar de mutilado. Falou:

— É o dr. Van Helsing. Como é bom o senhor estar aqui! Dê-me um pouco de água, porque meus lábios estão secos. Tentarei contar tudo, então. Sonhei... — parou e julgamos que fosse desmaiar. Mandei Quincey buscar rápido a aguardente em meu gabinete. Voou, retornando com um copo, uma garrafa de aguardente e um vidro de água. Umedecemos os lábios ressecados e o doente reanimou-se logo. Contudo, parece que seu cérebro ferido trabalhara no intervalo, pois, quando recobrou a consciência, contemplou-me fixamente, com uma expressão de agonia e atordoamento que jamais esquecerei, e disse:

— Não devo enganar a mim mesmo. Não foi sonho, tudo foi triste realidade.

Seus olhos percorreram o aposento e, quando se detiveram nos dois sentados pacientemente na beirada da cama, prosseguiu:

— Se eu não tivesse certeza, saberia por causa da expressão deles.

Durante um segundo seus olhos se fecharam, não devido à dor ou ao sono, mas voluntariamente, como se ele desejasse reunir todas as suas faculdades. Quando os abriu, falou apressado e com mais energia do que demonstrara antes:

— Rápido, doutor, rápido! Estou morrendo! Sinto que tenho apenas poucos minutos de vida e que depois devo retornar para a morte... ou para algo pior. Molhe meus lábios mais uma vez com aguardente. Tenho algo a dizer antes de morrer, ou antes que meu pobre cérebro esmigalhado pereça. Não podia falar antes porque sentia a língua presa, mas, a não ser por isso, estava tão bem quanto agora. Depois que me deixou, fiquei desesperado durante horas. E, repentinamente, a paz desceu sobre mim. Meu cérebro pareceu desanuviar-se mais uma vez, e percebi onde estava. Ouvi os cachorros latindo por trás do nosso hospício, mas não no local em que ele estava!

Enquanto o doente falava, os olhos de Van Helsing nem sequer piscaram, e ele segurou minha mão com força. Contudo não se traiu, mas moveu ligeiramente a cabeça e falou em voz baixa:

— Prossiga.

Renfield continuou:

— O Conde subiu até à janela pelo nevoeiro, como já o vira fazer anteriormente. Era naquele momento um corpo sólido e não um fantasma; seus olhos estavam ferozes como os de um homem zangado. Ria com aquela boca vermelha, e seus afiados dentes brancos brilhavam à luz do luar quando, em local mais alto do que a copa das árvores, se voltou para olhar para onde os cachorros latiam. Não lhe pedi imediatamente que entrasse, embora soubesse que era isso o que desejava, como ocorrera nas vezes anteriores. Então começou a prometer-me coisas, não com palavras, mas com ações.

O professor interrompeu-o:

— Como?

— Fazendo que as coisas acontecessem, como ocorria, por exemplo, quando me enviava moscas durante o dia. Moscas grandes e gordas com asas fortes e vermelhas; à noite, grandes mariposas com crânio e coluna vertebral.

Van Helsing moveu a cabeça aprovando, enquanto murmurava inconscientemente para mim:

— A *Acherontia atronos* da Esfinge... ou, como dizem, a Mariposa da Morte?

O doente prosseguiu sem parar:

— Então o Conde começou a murmurar: "Ratos, ratos, ratos! Centenas, milhões deles, e cada um contendo uma vida; também cachorros e gatos. Todos vivos! Todos com sangue vermelho e anos de vida, pois não são simples moscas que zumbem". Ri-me dele porque desejava verificar o que faria. Naquele momento, os cachorros latiram longe, por trás das árvores escuras, na casa dele. Pediu-me que chegasse junto da janela. Levantei-me e olhei para fora; ele ergueu as mãos e pareceu chamar algo sem utilizar palavras. Certa massa escura espalhou-se pela grama e surgiu com a forma de uma chama. Em seguida ele moveu o nevoeiro para a direita e para a esquerda; pude ver milhões de ratos com olhos vermelhos como fogo, semelhantes aos do Conde, mas menores. Ele ergueu as mãos e todos os animais pararam. Parecia que ele dizia que todas aquelas vidas e muitas outras seriam minhas, durante muitos séculos, se eu me inclinasse para adorá-lo! Em seguida, uma nuvem vermelha como sangue pareceu envolver meus olhos e, antes de saber o que fazia, abri a janela e disse-lhe: "Entre, senhor e mestre!" Os ratos já haviam partido, mas ele entrou pela janela, apesar de estar aberta apenas uma polegada... Assemelhava-se à lua, que às vezes penetra através da mínima fenda e fica diante de mim com todo o seu tamanho e esplendor.

Como a voz se tornava mais fraca, molhei-lhe os lábios outra vez com aguardente, e ele prosseguiu. Sua memória parecia haver trabalhado no intervalo, porque a história continuou mais adiante. Eu ia fazê-lo retornar ao ponto anterior, mas Van Helsing murmurou:

— Deixe-o prosseguir. Não o interrompa, porque ele não pode retroceder e talvez não consiga continuar se perder o fio dos pensamentos.

O doente prosseguiu:

— Durante todo o dia esperei notícias dele, mas nem sequer me enviou uma varejeira. À noite eu estava muito zangado com o Conde. Fiquei furioso quando penetrou pela janela fechada, sem bater. Escarneceu de mim, e seu rosto pálido, assim como seus brilhantes olhos vermelhos, se projetaram do nevoeiro; agia como se fosse o dono de tudo aqui. Nem sequer tinha o mesmo cheiro, ao passar por mim. Não sei por que, parecia que a sra. Harker entrara no quarto.

Os dois homens sentados na cama levantaram-se e se aproximaram, ficando por trás do doente em local onde não poderiam ser vistos por ele, mas conseguiam ouvir melhor. Ambos ficaram em silêncio, porém o professor estremeceu, tornando-se contudo mais sério do que antes. Renfield continuou sem nada notar:

— Só soube que ela estava aqui depois que falou e, mesmo assim, não parecia a mesma. Não gosto de pessoas pálidas e sim com muito sangue, mas o dela parecia ter-se escoado completamente. Não pensei naquilo no momento, mas, quando ela se afastou, começei a matutar e fiquei furioso por perceber que ele andava tirando-lhe a vida. — Pude ver que os outros tremeram como eu, mas permaneceram em silêncio enquanto o louco prosseguia: — Assim, quando ele chegou esta noite, encontrou-me preparado para recebê-lo. Vi o nevoeiro que penetrava e agarrei-o com força. Ouvira dizer que os loucos têm poder sobrenatural, e, como sabia que pelo menos às vezes eu era insano, resolvi utilizar meu poder. *Ele* também sentiu minha energia, pois teve de sair do nevoeiro para lutar comigo. Agarrei-o tenazmente; pensei em ganhar, pois não desejava que ele continuasse a retirar a vida dela. Porém, quando vi seus olhos, eles me queimaram e minha energia eclipsou-se. Ele se livrou de mim e, quando tentei segurá-lo, ergueu-me e atirou-me no chão. Havia uma nuvem vermelha ao meu redor, um barulho como o trovão, e a névoa parecia fugir por baixo da porta.

A voz do doente se tornava mais fraca e a respiração ficava mais estertorante. Van Helsing ergueu-se instintivamente.

— Agora já sabemos do pior — disse ele. — O Conde está aqui e sabemos o que ele pretende. Talvez ainda não seja tarde demais. Armemo-nos como fizemos ontem à noite, mas não percamos tempo, porque isso poderia ser fatal.

Não há necessidade de traduzirmos em palavras os temores e as convicções que eram comuns a todos nós. Todos nos apressamos e retiramos de nossos aposentos os objetos que havíamos utilizado para entrar na casa do Conde. O professor já os tinha prontos e, quando nos encontramos no corredor, apontou significativamente para eles, dizendo:

— Guardo estes objetos sempre comigo e assim farei até terminarmos todo este infeliz caso. Sejam sábios também, amigos; não lidamos com um inimigo comum. Que infortúnio, o fato de a sra. Mina ter de sofrer!

Parou; não conseguia falar e eu também não sabia se em meu coração predominava a raiva ou o terror.

Detivemo-nos junto à porta de Harker. Art e Quincey recuaram, e Quincey perguntou:

— Temos de perturbar a sra. Mina?

— Sim — falou firmemente Van Helsing. — Se a porta estiver trancada, eu a arrombarei.

— Isso não a assustará terrivelmente? Não é comum arrombarem a porta do quarto de uma dama!

Van Helsing disse com seriedade:

— Como sempre, você tem razão; mas este é um caso de vida ou morte. Todos os aposentos são iguais para um médico, e, mesmo que isso não ocorresse, seriam iguais para mim esta noite. Amigo John, se eu forçar a maçaneta e a porta não abrir, você e nossos amigos empurrarão com os ombros. Agora!

Girou a maçaneta, mas a porta não cedeu. Jogamo-nos contra ela e a abrimos com um só golpe; quase caímos de cabeça no chão. O professor tombou realmente, e consegui ver por cima dele enquanto se esforçava para levantar-se. O que vi aterrorizou-me. Senti meu cabelo erguer-se na nuca e meu coração quase parou.

O luar era tão forte que, apesar da grossa persiana amarela, havia luz suficiente para que enxergássemos. Jonathan Harker estava deitado na cama junto da janela, com o rosto ruborizado e a respiração pesada. Ajoelhada na extremidade da cama, também junto à janela e olhando para fora, estava a figura vestida de branco de sua esposa. Ao seu lado havia um homem alto e magro, com vestes negras. Estava de costas para nós, mas todos o reconhecemos no instante em que o vimos: era o Conde e tinha aquela mesma cicatriz na testa. Com a mão esquerda segurava ambas as mãos da sra. Harker e continha seus braços, que faziam força para livrar-se; com a direita segurava-lhe a nuca, obrigando-a a inclinar o rosto sobre o peito dele. A camisola branca que ela usava estava manchada de vermelho, e um fino fio de sangue escorria pelo peito do Conde, que aparecia através da camisa aberta. A atitude dos dois assemelhava-se à de uma criança que forçasse um gatinho a beber leite num pires. Quando invadimos o quarto, o Conde voltou-nos o rosto e a expressão diabólica que já ouvira descreverem assomou-lhe à face. Seus olhos vermelhos chamejaram diabolicamente; as grandes aberturas do nariz branco e aquilino abriram-se e tremeram nas extremidades. Os dentes brancos e afiados cerraram-se, como os de um animal selvagem, por trás dos lábios volumosos, que pingavam sangue. Largando sua vítima com um arrancão violento, que a atirou sobre a cama, se lançou sobre nós. Mas o professor já conseguira levantar-se e segurava na direção dele o envelope que continha a hóstia sagrada. O Conde parou repentinamente, como fizera a infortunada Lucy do lado de fora de seu túmulo, e recuou. Levantando nossos crucifixos, adiantamo-nos cada vez mais enquanto ele recuava continuamente. Súbito, a lua foi coberta por uma grande nuvem negra que interceptou a luz e, quando Quincey acendeu o lampião, nada vimos a não ser um tênue vapor. Este passou por baixo da porta, que se fechara novamente, após o impulso com que a havíamos arrombado. Van Helsing, Art e eu nos adiantamos para a sra. Harker, que contivera o fôlego e dera em seguida um grito tão selvagem e desesperado que creio que nunca mais conseguirei esquecê-lo. Durante alguns segundos, esteve transtornada e em atitude indefesa. Seu rosto apavorava, com uma palidez que era acentuada pelo sangue que lhe manchava os lábios, face, queixo e escorria pelo pescoço; em seus olhos havia indescritível terror. Depois ela cobriu o rosto com as mãos machucadas, cuja brancura espelhava a marca vermelha das garras do Conde; soltou um gemido baixo e desolado, que fez que o terrível grito anterior parecesse apenas a rápida expressão de uma dor interminável. Van Helsing adiantou-se e arrumou gentilmente a coberta sobre o corpo dela enquanto Art, depois de contemplar o rosto de Mina por um instante, desesperadamente saiu do quarto. Van Helsing declarou-me baixo:

— Jonathan apresenta aquele estado de letargia que o Vampiro é capaz de produzir. Será necessário esperar a infortunada sra. Mina recobrar-se, a fim de que possamos fazer algo por ela. Tenho de acordar o marido!

O professor mergulhou a ponta da toalha em água fria e começou a friccionar o rosto de Jonathan; Mina durante todo o tempo mantinha o rosto coberto com as mãos e soluçava de forma a causar dó. Ergui as persianas e olhei pela janela. O luar brilhava intensamente, e quando olhei vi Quincey Morris atravessar o gramado e esconder-se sob uma grande árvore. Fiquei imaginando por que ele agia assim, mas naquele instante ouvi a rápida exclamação de Harker, que recobrara parcialmente a consciência; dirigi meu olhar para a cama. O rosto dele demonstrava a mais completa surpresa. Pareceu perplexo por alguns segundos e súbito despertou completamente, levantando-se. Sua esposa percebeu o rápido movimento e voltou-se para ele com os braços estendidos, como se quisesse abraçá-lo; no mesmo instante, contudo, encolheu-os e, unindo os cotovelos, cobriu o rosto novamente com as mãos, tremendo de tal modo que sacudia a própria cama.

— Em nome de Deus, o que significa isso? — gritou Harker. — Dr. Seward, dr. Van Helsing, o que há? O que aconteceu? Meu Deus, Meu Deus! A situação chegou a este ponto! — Ajoelhando-se, bateu as mãos com selvageria. — Bom Deus, ajude-nos! Ajude-a, oh, ajude-a! — Pulou da cama rapidamente e começou a puxar a roupa, completamente desperto e necessitando realizar algum esforço momentâneo. — O que aconteceu? Contem-me! — continuou a gritar sem parar. — Dr. Van Helsing, sei que estima Mina. Oh, faça algo para salvá-la. As coisas ainda não foram longe demais. Cuide dela enquanto eu o procuro!

A esposa, apesar de seu terror e desespero, percebeu que ele se exporia a perigos; imediatamente esqueceu a própria dor e segurou-o, gritando:

— Não! Não! Jonathan, não pode deixar-me. Deus sabe que já sofri demais hoje, sem falar no receio de que o Conde lhe cause algum mal. Deve ficar comigo e com estes amigos que o protegerão!

Ela ficou frenética ao falar, e o marido cedeu. Mina puxou-o e fê-lo sentar-se na cama, agarrando-o violentamente.

Van Helsing e eu tentamos acalmar ambos. O professor levantou seu crucifixo dourado e disse com surpreendente calma:

— Não receie, minha cara. Aqui estamos, e, enquanto esse objeto estiver próximo, nenhuma maldade poderá atingi-la. Por hoje, está em segurança. Temos de nos acalmar e nos aconselhar mutuamente.

Ela estremeceu e ficou em silêncio, inclinando a cabeça sobre o peito do marido. Quando se ergueu, a camisa de dormir do marido estava manchada com o sangue dos lábios dela e do pequeno ferimento que apresentava no pescoço. No instante em que ela viu aquilo, recuou; soltou um gemido baixo e sussurrou entre soluços entrecortados:

— Impura, impura! Não posso mais tocá-lo nem beijá-lo. Oh, que infortúnio ser eu agora a sua maior inimiga e aquela a quem ele mais deve temer.

Ao ouvir essas palavras, Jonathan falou resolutamente:

— Bobagem, Mina. Sinto-me envergonhado por ouvir o que disse. Não permitirei que fale assim. Que Deus me julgue de acordo com meus merecimentos e que me castigue com amargos sofrimentos se eu fizer algo que me separe de você!

Estendeu os braços e encostou-a ao peito; durante algum tempo ela permaneceu assim, soluçando. Ele nos contemplou sobre a cabeça inclinada da esposa, com olhos que piscavam sobre narinas trêmulas; mantinha a boca imóvel. Depois de algum tempo, os soluços dela se tornaram menos frequentes e mais fracos. Ele dirigiu-lhe a palavra com estudada calma, que demonstrava o máximo autodomínio nervoso.

— Agora, dr. Seward, conte-me tudo. Sei muito bem o que se passou, mas quero conhecer os detalhes.

Satisfiz seu desejo e ele ouviu com aparente impassividade, mas suas narinas se contraíram e seus olhos faiscaram quando narrei como as mãos cruéis do Conde haviam segurado Mina naquela horrível posição, obrigando-a a encostar a boca sobre o ferimento aberto de seu peito. Com interesse observei que, enquanto o rosto de Jonathan se convulsionava sobre a cabeça da esposa, suas mãos ternamente lhe afagavam os cabelos revoltos. No momento em que terminei, Quincey e Godalming bateram na porta. Mandamos que entrassem. Van Helsing contemplou-me interrogativamente. Compreendi que me perguntava se deveríamos tirar partido da ocorrência para tentar fazer que o casal não pensasse em si mesmo, nem em nós. Quando movi a cabeça concordando, ele perguntou aos recém-chegados o que tinham visto ou feito.

Lorde Godalming respondeu:

— Não encontrei o Conde em lugar algum; nem no corredor, nem nos outros quartos. Olhei no gabinete, mas, embora ele tivesse estado lá, já partira. Contudo tinha...

Parou subitamente, ao ver a figura martirizada na cama. Van Helsing declarou com seriedade:

— Continue, amigo Arthur. Não queremos mais segredos aqui, e nossas esperanças se baseiam apenas em sabermos tudo. Fale sem constrangimento!

Então Arthur prosseguiu:

— Embora ele só tenha estado lá durante alguns segundos, fez grande confusão. Queimou todos os manuscritos e as chamas azuis brilhavam entre as cinzas brancas; os cilindros do fonógrafo do dr. Seward também foram atirados ao fogo e a cera ativou as chamas.

— Graças a Deus, temos uma cópia no cofre! — comentei.

Seu rosto iluminou-se por um momento, mas se mostrou novamente desanimado ao continuar:

— Corri para baixo, mas não vi sinal do Conde. Olhei no quarto de Renfield e lá não havia traços dele, apenas... — Fez nova pausa.

— Prossiga — disse Harker com voz rouca.

Lorde Godalming inclinou a cabeça e, molhando os lábios, acrescentou:

— O infortunado homem está morto.

A sra. Harker ergueu a cabeça e, olhando para cada um de nós, declarou solenemente:

— Seja feita a vontade de Deus!

Pressenti que Art escondia algo, mas como imaginei que tinha algum motivo para agir assim, nada mencionei. Van Helsing voltou-se para Morris e perguntou:

— E você, amigo Quincey, tem algo para narrar?

— Pouca coisa — respondeu ele. — Mas poderá vir a ser muito, ainda não sei. Julguei que seria melhor saber para onde o Conde iria depois que saísse de casa. Não o vi, mas avistei um morcego saindo da janela de Renfield e voando para leste. Esperava vê-lo assumir alguma de suas formas e partir para Carfax, mas evidentemente ele tem outro refúgio. Não regressará esta noite, pois o céu se avermelha no este e a madrugada se aproxima. Teremos de trabalhar amanhã!

Pronunciou as últimas palavras entre os dentes. Houve silêncio durante alguns minutos e imaginei ouvir as batidas dos outros corações. Em seguida Van Helsing disse, colocando a mão sobre a cabeça da sra. Harker, ternamente:

— E agora, sra. Mina, coitadinha, conte-nos exatamente o que aconteceu. Deus sabe que não desejo causar-lhe dor, mas é imprescindível que todos saibamos de tudo, porque agora, mais do que nunca, nosso trabalho deverá realizar-se com firmeza e rapidez. O final do caso está próximo, se Deus quiser, e agora há uma oportunidade para vivermos e aprendermos.

A infortunada senhora tremia e seu estado de tensão transpareceu quando agarrou o marido, aproximando-o de si e inclinando cada vez mais a cabeça que ainda apoiava em seu peito. Em seguida, ela ergueu a cabeça e estendeu a mão para Van Helsing, que se inclinou para beijá-la reverentemente e depois a segurou com força. A outra mão estava presa na do marido, que a abraçava protetoramente. Depois de uma pausa, em que ela decerto procurava ordenar os pensamentos, principiou a falar:

— Tomei a pílula de dormir que me tinham dado, mas durante muito tempo ela não fez efeito. Eu estava mais desperta do que nunca e terríveis devaneios me povoavam a mente, todos relacionados com morte, vampiros, sangue, dor e dificuldades. — Seu marido gemeu involuntariamente quando ela se voltou para ele e disse com ternura: — Acalme-se, querido. Deve ser bravo e forte para ajudar-me nesta terrível tarefa. Se soubesse o quanto me tenho de esforçar para tocar neste assunto, compreenderia o quanto necessito de seu auxílio. Bem, verifiquei que teria de ajudar o remédio com minha vontade, por isso me dispus a dormir. O sono certamente me dominou, pois de nada mais me lembro. Jonathan ao entrar não me acordou e, quando despertei, já o encontrei a meu lado. Havia no quarto a mesma fina névoa que eu já notara antes. Não sei se já lhes falei sobre isso, mas encontrarão tudo em meu diário, que lhes mostrarei mais tarde. Senti o mesmo vago terror que se apoderara de mim antes e a mesma vaga sensação de que havia alguém ali. Voltei-me para acordar Jonathan, porém ele dormia tão profundamente que parecia haver tomado a pílula em meu lugar. Tentei acordá-lo, mas não o consegui, o que me causou grande medo e me fez olhar ao redor, aterrorizada. Então, súbito, realmente desesperei: ao meu lado, na cama, estava um homem alto, magro e vestido de negro. Parecia ter saído da névoa, ou melhor, era a própria névoa que parecia haver adquirido aquela forma, pois a fumaça desaparecera por completo. Reconheci imediatamente aquilo, devido à descrição dos outros. O rosto pálido, o nariz aquilino, os lábios vermelhos e separados que deixavam transparecer os dentes brancos e afiados, os olhos vermelhos que eu julgara ver durante o pôr do sol nas janelas da igreja de Santa Maria, em Whitby. Também conhecia a cicatriz vermelha na testa, causada pelo golpe que Jonathan lhe dera. Por um instante não respirei e desejei gritar, mas estava paralisada. Naquele momento de pausa, ele falou numa espécie de assobio penetrante, apontando ao mesmo tempo para Jonathan: "Silêncio! Se emitir um som, esmigalharei os miolos dele diante de seus olhos". Apavorada e por demais perplexa, não consegui dizer coisa alguma. Com um sorriso zombeteiro, ele colocou a mão sobre meu ombro e, segurando-me com força, desnudou-me com a outra mão o pescoço, dizendo ao fazê-lo: "Primeiro, tomarei um refresco para compensar meu esforço. Pode ficar quieta, pois não é a primeira vez, nem a segunda, que suas veias me aliviam a sede!" Estava surpresa, mas não desejava atrapalhá-lo, o que era estranho. Suponho que isso faz parte do terrível feitiço que ele provoca em suas vítimas. Oh, meu Deus, tenha piedade de mim! Ele colocou os repugnantes lábios em meu pescoço!

Jonathan gemeu novamente. Ela segurou-lhe a mão com mais força e, contemplando-o penalizada, como se tivesse sido ele o ferido, prosseguiu:

— Senti as forças me abandonarem e fiquei semidesfalecida. Não sei quanto tempo durou aquela coisa terrível, porém um longo tempo pareceu escoar, antes que ele afastasse aquela boca imunda. Vi-a gotejar sangue fresco!

A recordação pareceu sobrepujá-la; enlanguesceu e teria caído se o braço de Jonathan não a tivesse sustentado. Com grande esforço, recobrou-se e prosseguiu:

— Em seguida o Conde zombou de mim, dizendo: "Então, como os outros, quer lutar contra mim? Você quis ajudar esses homens a me caçarem e a impedirem meus desígnios! Agora sabe o que significa cruzar o meu caminho e eles também já o sabem em parte e saberão completamente mais tarde. Deveriam ter conservado suas energias para a luta mais perto da casa. Enquanto utilizavam sua sabedoria para combater a mim, que já comandei nações, fiz intrigas e lutei por elas centenas de anos antes do nascimento deles, eu anulava seus ardis. E você, a quem mais amam, agora me pertence; é carne da minha carne, sangue do meu sangue. Pertence à minha família e é temporariamente a generosa produtora de meu vinho; porém mais tarde será minha companheira e ajudante. Entretanto, sua vez de vingar-se chegará, pois todos eles terão de submeter-se à sua vontade. Mas agora você mesma ainda tem de ser castigada pelo que fez.

Ajudou-os na luta contra mim e presentemente terá de obedecer ao meu chamado. Quando meu cérebro a convocar, terá de atravessar terra ou mar para me obedecer!" Dizendo isso, abriu a camisa e com as longas garras cortou uma veia no peito. Quando o sangue começou a espirrar, segurou minhas duas mãos com uma das suas, violentamente. Com a outra agarrou meu pescoço e obrigou-me a colocar a boca no ferimento, de modo que, para não sufocar, fui obrigada a engolir um pouco de... Oh, meu Deus, meu Deus, o que fiz! O que fiz para merecer tal destino, eu que sempre tentei agir com humildade e correção? Que Deus se apiede de mim! Que o Todo-Poderoso tenha dó desta pobre alma em perigo mais do que mortal e que se apiede daqueles que a amam!

Em seguida, ela começou a enxugar os lábios, como se desejasse limpá-los da poluição. Enquanto contava sua história, o céu no lado este principiara a clarear e a luz surgia com crescente intensidade. Harker estava imóvel; porém, à medida que a narrativa prosseguia, apresentava cor cada vez mais cinzenta à luz matinal, até que, quando a primeira faixa vermelha da madrugada se espalhou no céu, a escuridão de seu rosto contrastava com os cabelos encanecidos.

Decidimos que um de nós ficará à disposição do infeliz casal, até nos encontrarmos novamente e resolvermos nosso modo de agir.

De uma coisa tenho certeza: em todo o seu grande percurso diário, os raios solares não cairão hoje sobre casa mais desgraçada.

❖

CAPÍTULO XXII

Diário de Jonathan Harker

3 de outubro – Escrevo este diário para não enlouquecer. São seis horas e daqui a trinta minutos nos reuniremos no gabinete para comer algo, pois o dr. Van Helsing e o dr. Seward concordam quanto ao fato de não podermos trabalhar bem se não nos alimentarmos. Deus sabe que hoje necessitaremos do máximo de nossos esforços. Devo escrever em todas as oportunidades, pois não ouso pensar. Anotarei inclusive os detalhes, pois talvez os pequenos fatos nos ensinem grandes coisas. Todos os ensinamentos, grandes ou pequenos, não poderiam ter colocado Mina e a mim em situação pior do que estamos hoje. Contudo, temos de confiar e esperar. A desventurada Mina acaba de dizer-me, com lágrimas escorrendo pelas faces, que nossa fé é posta à prova justamente nos momentos de dificuldade... que devemos portanto continuar a confiar, pois Deus nos ajudará no final. Oh, meu Deus, o que nos reservará o final?... Ao trabalho! Ao trabalho!

Depois que o dr. Van Helsing e o dr. Seward regressaram da visita ao infortunado Renfield, voltamo-nos com seriedade para nossas obrigações. Inicialmente o dr. Seward contou-nos que, quando havia descido ao quarto de baixo com o dr. Van Helsing, encontraram Renfield deitado no chão, como um amontoado de massa. O rosto estava esmigalhado e os ossos do pescoço quebrados.

O dr. Seward perguntara ao enfermeiro de plantão no corredor se ouvira algo. Ele confessou ter cochilado e disse que estava sentado quando ouvira vozes no quarto. Em seguida, Renfield bradara diversas vezes: "Deus! Deus! Deus!" Depois ocorrera o barulho de algo que caíra e, quando entrara no quarto, encontrara o doente no chão, com o rosto para baixo, justamente como os médicos o tinham visto. Van Helsing perguntou ao enfermeiro se escutara uma ou mais vozes, e ele respondeu que a princípio julgara ter ouvido duas, mas não encontrara ninguém no quarto ao entrar, o que indicava que só poderia ter sido uma. Declarou poder jurar que o paciente mencionara a palavra "Deus". Quando ficamos a sós, o dr. Seward disse que poderiam ocorrer investigações acerca daquela morte e que a verdade não poderia ser atestada, porque ninguém nela acreditaria. Afirmou ser melhor declarar no atestado de óbito que a morte fora causada por uma queda acidental da cama, fato que seria confirmado pelo enfermeiro. Se o legista o exigisse, haveria inquérito formal, mas este conduziria ao mesmo resultado.

Quando principiamos a discutir o que faríamos em seguida, resolvemos inicialmente que Mina deveria saber de todas as ocorrências, por mais dolorosas que fossem. Ela julgou muito adequada essa decisão; causa dó vê-la tão corajosa quando se encontra em situação de tão intenso desespero.

— Não deve haver segredos — declarou ela. — Já os tivemos demais. Além disso, seriam desnecessários, pois sofro agora a máxima dor que um ser humano pode suportar. Os fatos futuros só me poderão trazer novas esperanças e coragem!

Van Helsing observava-a com atenção enquanto ela falava, e perguntou, com voz calma:

— Mas, minha filha, se não teme por si mesma as ocorrências passadas, não tem receios acerca do que possa acontecer aos outros?

O rosto dela ficou sério, porém seus olhos brilharam com a devoção de um mártir, e respondeu:

— Ah, isso não, porque já decidi algo!

— O quê? — perguntou ele gentilmente, enquanto todos permanecemos imóveis, pois todos tínhamos uma vaga ideia do que ela queria dizer. Respondeu sem rodeios e com simplicidade, como se falasse sobre um fato banal:

— Porque prestarei muita atenção e, se descobrir que causo mal a algum dos que amo, morrerei!

— Pretende matar-se? — perguntou ele em voz grave.

— Eu o faria, mas tenho amigos que agirão em meu lugar, poupando-me essa dor e esse desesperado esforço!

Ela contemplou-o significativamente ao falar. O professor estava sentado, mas levantou-se e aproximou-se dela, colocando-lhe a mão sobre a cabeça e dizendo:

— Minha filha, haveria uma pessoa com coragem para matá-la, se isso fosse necessário. Eu realizaria a eutanásia em você e depois prestaria contas a Deus, se julgasse ser essa a melhor atitude, e se isso fosse seguro. Mas, minha filha...

Durante um momento pareceu sufocado e um grande soluço lhe atravessou a garganta; engoliu-o e disse:

— Há aqui alguns que se interporiam entre você e a morte. Não deve morrer por mãos alheias e muito menos pelas suas. Não poderá perecer antes da verdadeira morte daquele outro que lhe tornou a vida impura, pois ele ainda está entre os Não Mortos, e, se você morresse antes dele, ficaria igual a ele. Não, você tem de viver! Terá de lutar pela vida, embora a morte lhe pareça uma bênção inigualável. Deverá lutar pessoalmente contra a morte, surja ela na dor ou na alegria, de dia ou de noite, na segurança ou no perigo! Por sua alma viva, digo-lhe que não poderá morrer nem pensar na morte... enquanto esse grande mal persistir.

A pobre moça ficou pálida e tremeu como areia quando a maré sobe. Todos ficamos em silêncio, nada podíamos fazer. Finalmente ela se acalmou e, estendendo a mão para o professor, disse-lhe terna, porém penosamente:

— Prometo-lhe isso, meu amigo: se Deus permitir que eu viva, esforçar-me-ei para viver até que, se Ele assim o desejar, esses horrores se afastem de mim.

Foi tão boa e brava que sentimos crescer dentro de nós a energia para o trabalho e para a aceitação de nosso fardo. Principiamos a discutir a forma de agir. Disse-lhe que ela ficaria com os papéis do cofre e também com todos os outros, assim como os diários e fonógrafos que utilizássemos em seguida. Deveria mantê-los em ordem, como fizera antes. Sentiu prazer com a perspectiva de ter o que fazer, se é que podemos aplicar a palavra "prazer" a tão lúgubre interesse.

Como sempre, Van Helsing pensara antes de nós e já estava com nossos planos de trabalho preparados.

Foi bom que em nossa última reunião após a visita a Carfax decidíssemos nada fazer com as caixas de terra que lá se encontravam. Caso contrário, o Conde teria adivinhado nossos propósitos e sem dúvida agiria antes de nós, impedindo que tocássemos nas outras caixas. Mas, sendo assim, não conhece nossas intenções e provavelmente nem sequer sabe que poderemos esterilizar suas tocas, para que não mais consiga usá-las. Agora já sabemos tanto a respeito do local onde se encontram as caixas, que, quando examinarmos a casa em Piccadilly, talvez consigamos localizar até a última delas. O dia de hoje nos pertence e nele se deposita nossa esperança. O sol que surgiu sobre nossa dor esta manhã vigia-nos em seu curso. Até que o astro-rei se ponha, o monstro terá de conservar a mesma forma que apresenta agora. Está preso dentro dos limites terrestres. Não lhe é possível dissolver-se no ar nem desaparecer por minúsculas fendas. Se quiser entrar por alguma porta, terá de fazê-lo como os outros seres humanos. Temos, portanto, o dia de hoje para caçar todas as suas tocas e esterilizá-las. Assim, se não conseguirmos agarrá-lo e destruí-lo, cercá-lo-emos em algum lugar onde tenhamos certeza de que poderemos alcançá-lo e destruí-lo.

Levantei-me naquele momento, não me podendo conter diante do pensamento de que minutos e segundos tão preciosos para a vida e a felicidade de Mina fugiam de nós, pois, enquanto falávamos, não era possível agir. Van Helsing, entretanto, ergueu a mão e me advertiu.

— Amigo John — disse ele —, muitas vezes o caminho mais longo é o mais curto, como diz o provérbio. Agiremos com a máxima rapidez, quando chegar a hora. Mas raciocine: o mais provável é que a solução de nosso problema se encontre na casa de Piccadilly. O Conde pode ter comprado muitas outras residências e deve ter escrituras dessas compras, chaves e outros objetos. Terá de guardar em algum lugar os papéis em que escreve, sua caderneta de cheques e outras coisas assim. Por que não colocá-las em Piccadilly, que é um lugar muito calmo, central, e onde poderá entrar e sair à vontade, sem ser notado, devido à intensidade do movimento? Iremos lá dar uma busca naquela casa e, quando soubermos o que há dentro dela, realizaremos o nosso cerco, como diz Arthur, e assim caçaremos nossa velha raposa.

— Então partamos imediatamente — gritei. — Estamos perdendo um tempo precioso!

O professor não se moveu, mas disse simplesmente:

— E como entraremos na casa de Piccadilly?

— De qualquer modo! — exclamei. — Arrombá-la-emos, se necessário.

— E o que fará a polícia?

Titubeei, mas sabia que se ele desejava adiar a ação tinha motivo para isso. Disse, portanto, tão calmo quanto possível:

— Não espere mais do que o necessário; tenho certeza de que sabe o quanto sofro.

— Ah, meu filho, sei muito bem e realmente não desejo aumentar sua angústia. Mas, pense bem, só poderemos agir quando todos estiverem em movimento. Chegará então a nossa hora. Raciocinei muito e cheguei à conclusão de que o modo mais simples é o melhor. Queremos entrar na casa, mas não temos chave, não é verdade?

Concordei.

— E se você fosse o dono da casa — prosseguiu o professor — e mesmo assim não pudesse entrar nem desejasse arrombar a porta? O que faria?

— Arranjaria um conceituado serralheiro e pediria que limasse a fechadura para mim.

— E a polícia de seu país não interferiria?

— Não, se soubesse que o homem fora legalmente autorizado.

— Então — prosseguiu ele, com perspicácia — a polícia se preocuparia apenas em saber se aquele que empregara o serralheiro tinha boas ou más intenções. Mas somente uma polícia muito zelosa se preocuparia com a adivinhação das intenções. Não, amigo John, poderá retirar a fechadura de centenas de casas vazias em Londres ou em qualquer outra cidade do mundo, desde que o faça na forma e no tempo certos. Desse modo, ninguém interferirá. Li o caso de um cavalheiro que possuía uma linda casa em Londres e que resolvera passar os meses de verão na Suíça. Um ladrão quebrou as janelas dos fundos e entrou. Em seguida abriu as persianas da frente; entrou e saiu pela porta, diante dos olhos da polícia. Resolveu realizar um leilão na casa, anunciou-o e colocou um grande cartaz; no dia marcado fez um importante leiloeiro vender todos os bens que pertenciam a outro homem. Depois procurou um construtor e vendeu-lhe a casa, com a condição de que a derrubasse e levasse tudo em certo tempo. A polícia e as autoridades o ajudaram o mais possível. Quando o proprietário regressou de suas férias na Suíça, encontrou apenas um buraco vazio, onde antes estivera sua casa. Aquilo tudo foi realizado *en règle*, e dessa forma também agiremos nós. Não iremos cedo demais, para não despertar as suspeitas da polícia, que naquela hora tem pouco que fazer; chegaremos às dez horas, porque então haverá movimento e porque seria essa a hora escolhida, caso fôssemos os verdadeiros proprietários.

Vi que ele tinha toda a razão e percebi também que Mina parecia mais aliviada; aquele bom conselho nos proporcionava esperanças. Van Helsing continuou:

— Quando estivermos dentro da casa, talvez encontremos mais pistas. De qualquer modo, alguns de nós permaneceremos lá enquanto os outros procuram mais caixas de terra em outros lugares... em Bermondsey e Mile End.

Lorde Godalming levantou-se.

— Poderei ser útil nesse ponto — disse ele. — Telegrafarei para meu pessoal, pedindo que coloquem cavalos e carruagens nos locais mais convenientes.

— Olhe aqui, camaradão, é uma grande ideia ter tudo pronto, caso necessitemos de cavalos — disse Morris. — Mas não acha que uma de suas elegantes carruagens com seus adornos heráldicos atrairá demasiada atenção numa rua secundária de Walworth ou Mile End? Parece-me que deveremos tomar carruagens de aluguel quando formos para o sul ou para o este, e, mesmo assim, saltar delas nas vizinhanças do local a que nos dirigirmos.

— O amigo Quincey tem razão! — disse o professor. — Ele tem a cabeça no lugar certo, como dizem. Nossa tarefa será difícil e não desejamos espectadores.

Mina se interessava muito por tudo, e regozijei-me ao verificar que a pressão dos acontecimentos a ajudava a esquecer por instantes a terrível experiência noturna. Ela estava quase cadavericamente pálida e tão magra que seus lábios se separavam, deixando que os dentes se projetassem. Não mencionei esse fato para não fazê-la sofrer desnecessariamente, mas sentia-me gelado ao pensar no que acontecera com a pobre Lucy, quando o Conde lhe sugara o sangue. Os dentes de Mina ainda não se mostravam afiados, porém fora pouco o tempo passado e talvez mais tarde isso ocorresse.

Quando discutimos qual deveria ser a ordem de nossas ações e de que modo disporíamos nossas forças, surgiram dúvidas. Finalmente concordamos em destruir a toca mais à mão do Conde, antes de partir para Piccadilly. Mesmo que ele descobrisse aquilo logo, estaríamos à sua frente no trabalho de destruição e a presença dele sob forma puramente material, quando era mais fraco, talvez nos desse nova pista.

Quanto à disposição das forças, o professor sugeriu que, após nossa visita a Carfax, entrássemos todos na casa de Piccadilly. Os dois médicos e eu ficaríamos lá enquanto lorde Godalming e Quincey encontrariam as tocas em Walworth e Mile End, para destruí-las. O professor insistiu afirmando que seria possível e provável que o Conde aparecesse durante o dia em Piccadilly, proporcionando-nos a oportunidade de lidar com ele ali, naquela ocasião. De qualquer modo, talvez pudéssemos coagi-lo. Opus fortes objeções a esse plano, pois não desejava ir, mas pretendia ficar junto de Mina para protegê-la;

ela, entretanto, não me quis ouvir. Declarou que eu poderia ser útil quanto a algum aspecto legal e que entre os papéis do Conde poderia existir alguma pista que eu compreendesse melhor do que os outros, devido à minha experiência na Transilvânia. Além do mais, afirmou que necessitaríamos reunir toda a nossa força para vencer o poder extraordinário do Conde. Tive de ceder, pois Mina conservou-se firme e disse que a última esperança de salvação para ela residia em trabalharmos unidos.

— Quanto à minha pessoa, nada temo — declarou ela. — Coisas piores do que as passadas não poderão ocorrer e os acontecimentos futuros terão de trazer alguma esperança e conforto. Vá, meu marido! Deus me protegerá, se o desejar, esteja eu sozinha ou acompanhada.

Levantei-me, portanto, exclamando:

— Então, em nome de Deus, partamos logo para não perdermos tempo. O Conde poderá ir a Piccadilly mais cedo do que imaginamos.

— Isso não acontecerá! — disse Van Helsing erguendo as mãos.

— Por quê? — perguntei.

— Esquece que ele se banqueteou fartamente a noite passada e que dormirá até tarde? — falou o professor, sorrindo.

Como poderia o professor julgar que eu esquecera? Isso jamais ocorrerá, jamais esqueceremos aquela terrível cena! Mina esforçou-se para conservar a coragem, mas a dor sobrepujou-a, fazendo-a cobrir o rosto com as mãos e estremecer enquanto gemia. Van Helsing não agira propositalmente para que ela recordasse a aterrorizante experiência; perdera-a simplesmente de vista e esquecera a parte que ela desempenhava no caso, devido ao esforço intelectual que ele realizara. Quando percebeu o que dissera, desgostou-se com sua insensatez e tentou consolá-la.

— Oh, sra. Mina, cara sra. Mina! — exclamou ele. — Maldito seja eu, que entre todos os que a estimam disse algo tão desagradável. Meus tolos lábios e minha estúpida cabeça não deveriam ter agido assim, mas a senhora desculpará, não?

Inclinou-se muito ao lado dela, quando falou. Mina segurou-lhe a mão e, olhando-o entre lágrimas, disse roucamente:

— Não, não esquecerei e é bom que me recorde disso. Tenho tantas lembranças ternas do senhor, que esta se unirá às outras. Brevemente deverão partir. O café da manhã está pronto e todos devemos comer para nos fortalecermos.

O desjejum foi uma refeição estranha para todos nós. Tentamos mostrar-nos alegres e nos encorajarmos uns aos outros; Mina parecia a mais espirituosa entre nós. Quando acabamos, Van Helsing levantou-se e disse:

— Agora, amigos, adiantemo-nos para nosso terrível empreendimento. Estamos todos armados não só contra ataques carnais, mas também fantasmagóricos, assim como na noite em que pela primeira vez visitamos a toca de nosso inimigo? — Depois de ouvir nossa resposta afirmativa, declarou: — Então está tudo bem. Agora, sra. Mina, saiba que estará em segurança aqui, até o pôr do sol. Antes disso, retornaremos... se... Retornaremos! Entretanto, antes de partirmos, quero vê-la armada contra ataques pessoais. Após sua descida, eu mesmo preparei seu quarto, colocando os objetos que já conhecemos, a fim de que ele não consiga entrar. Agora, permita-me protegê-la. Em sua testa colocarei este pedaço da Sagrada Hóstia, em nome do Padre, do Filho e...

Então, um terrível grito quase gelou nossos corações. A hóstia que ele colocara na testa de Mina queimara na carne, como se esta fosse uma chapa de metal incandescente. Minha pobre esposa percebeu o significado do fato, logo que seus nervos se recuperaram da dor. Aquilo fora demais para ela e sua exaustão expandiu-se também naquele grito. Mas rapidamente adquiriu palavras para exprimir seus sentimentos; o eco de seu grito ainda não cessara, quando sobreveio a reação e ela ajoelhou-se no chão em atroz desespero. Cobrindo o rosto com os lindos cabelos, como outrora o leproso cobria com seu manto, lamentou-se:

— Sou impura! Sou impura! Até o Todo-Poderoso evita minha carne poluída! Apresentarei esta marca vergonhosa em minha testa, até o dia do Julgamento Final.

Todos fizeram uma pausa. Atirei-me ao lado de Mina, envolto em dor, e abracei-a com força. Durante alguns minutos, nossos corações penalizados bateram juntos enquanto os amigos ao nosso redor afastavam os olhos, chorando silenciosamente. Em seguida, Van Helsing voltou-se e disse com tanta seriedade que o julguei inspirado, achando que seu estado lhe dava poderes sobrenaturais:

— Talvez tenha de apresentar essa cicatriz até o Dia do Julgamento, quando Deus remediará todos os males da terra e de Seus filhos. Então, sra. Mina, quem dera que todos aqueles que a estimem possam presenciar o desaparecimento dessa cicatriz vermelha, marca indicativa de que Deus conheceu os fatos passados aqui; que possamos ver sua testa tornar-se tão branca e pura quanto o coração que conhecemos. Sem dúvida, a cicatriz sumirá no momento em que Deus julgar adequado para libertar-nos do fardo que ora nos faz sofrer. Até lá, suportaremos nossa cruz, imitando o Filho que obedeceu à vontade do Pai. Talvez sejamos seus instrumentos escolhidos e talvez nos elevemos a Ele como Seu Filho, por meio de chicotadas e vergonha, lágrimas e sangue, dúvidas, temores e tudo aquilo que constitui a diferença entre o homem e Deus.

Em suas palavras, havia consolo e elas convidavam à resignação. Mina e eu sentimos isso, o que nos fez simultaneamente segurar uma das mãos do velho e beijá-la. Então, sem dizer palavra, todos nos ajoelhamos juntos e, enquanto segurávamos as mãos, juramos ser sinceros uns com os outros. Nós, homens, prometemos solenemente retirar da dor aquela que cada um de nós amava a seu modo, e pedimos ajuda e orientação na terrível tarefa que tínhamos diante de nós.

Chegara a hora de agir. Partimos, e eu e Mina jamais esqueceremos nossa despedida daquele momento.

Porém, uma coisa já resolvi: se no final descobrirmos que Mina terá de ser um vampiro, não permitiremos que ela penetre sozinha naquela terra desconhecida e terrível. Suponho que foi este o motivo pelo qual nos antigos tempos um vampiro gerava muitos; assim como seus medonhos corpos só podiam descansar em terra sagrada, assim também o mais santo amor era quem recrutava aquelas fileiras diabólicas.

Entramos sem dificuldade em Carfax e verificamos que tudo estava como deixáramos em nossa primeira visita. Era difícil acreditar que naquele ambiente vulgar de poeira, desarrumação e decadência, houvesse motivo para o medo que nos dominava. Mal poderíamos ter prosseguido com nossa tarefa, se nossas mentes já não estivessem decididas e terríveis recordações não nos incitassem. Não encontramos papéis nem sinais de que a casa houvesse sido utilizada; na velha capela as caixas pareciam exatamente como as víramos pela última vez. O dr. Van Helsing, diante delas, disse-nos solenemente:

— Agora, meus amigos, temos um dever a cumprir aqui. Temos de esterilizar esta terra que as santas relíquias tornam sagrada e que o Conde trouxe de um país muito distante, para um fim tão indigno. Escolheu esta terra porque é sagrada, porém nós o derrotaremos com sua própria arma, tornando-a ainda mais santa. Fora santificada para o uso do homem, mas agora nós a santificaremos para o uso de Deus.

Enquanto falava, o professor retirou de sua valise uma chave de fenda e outra inglesa; logo conseguiu abrir a tampa de uma das caixas. A terra tinha cheiro de mofo, mas não nos importávamos, porque concentrávamos nossa atenção no professor. Apanhando em sua caixinha um pedaço da Sagrada Hóstia, colocou-a reverentemente na terra e depois começou a aparafusar a tampa, enquanto o ajudávamos.

Fizemos o mesmo em cada uma das grandes caixas, tendo o cuidado de deixá-las com a aparência de não terem sido tocadas, apesar de agora conterem uma parte da Sagrada Hóstia.

Quando fechamos a porta atrás de nós, o professor disse com seriedade:

— Já fizemos muito. Talvez sejamos tão bem-sucedidos com todas as outras e o pôr do sol de hoje poderá brilhar na testa da sra. Mina, branca como o marfim e sem cicatrizes.

Quando atravessamos o gramado para nos dirigirmos à estação onde apanharíamos o trem, vimos a frente do hospício. Olhei ansiosamente e na janela de meu próprio quarto vi Mina. Acenei para ela, a fim de demonstrar que nosso trabalho fora realizado com sucesso. Balançou a cabeça em resposta, para indicar que compreendia, e, quando olhei pela última vez, vi-a agitar a mão dizendo adeus. Foi com tristeza que atingimos a estação e apanhamos o trem que já estava lá quando chegamos à plataforma.

Escrevi estas palavras já no trem.

Piccadilly, 12h30 — Pouco antes de atingirmos a rua Fenchurch, lorde Godalming me disse:

— Quincey e eu encontraremos um serralheiro. É melhor não vir conosco, pois, caso haja alguma dificuldade, não nos ficará muito mal arrombar uma casa vazia. Entretanto, como você é um advogado, a Sociedade das Leis julgará que você é obrigado a conhecer a ilegalidade do que faz, se tomar conhecimento do assunto.

Opus-me, alegando que desejaria compartilhar os perigos, mas ele prosseguiu:

— Além do mais, atrairemos menor atenção se formos também em menor número. Meu título ajeitará a situação com o serralheiro e com qualquer policial que por acaso surja. Seria melhor que você, Jack e o professor ficassem no Parque Green, em local de onde pudessem avistar a casa. Viriam quando verificassem que a porta estava aberta e que o serralheiro já partira. Ficaremos à espera de vocês, para deixá-los entrar.

Como Van Helsing achou bom o conselho, nada mais dissemos. Godalming e Morris se apressaram a tomar um coche de aluguel e nós entramos em outro. Na esquina da rua Arlington, saímos e fomos para o Parque Green. Meu coração pulou quando vi a casa em que centralizávamos nossas esperanças e que parecia contudo silenciosa e sombria em comparação com suas vizinhas mais vivas e enfeitadas. Sentamo-nos num banco de onde tudo avistávamos e principiamos a fumar charutos, a fim de despertar a menor atenção possível. Os minutos pareciam arrastar-se enquanto esperávamos a chegada dos outros.

Finalmente, vimos surgir uma carruagem. Lorge Godalming e Morris saltaram de dentro dela com a aparência despreocupada; da boleia desceu um operário atarracado com o cesto de vime que continha suas ferramentas. Morris pagou o cocheiro, que tocou o chapéu e se afastou. Juntos, os dois subiram os degraus e lorde Godalming indicou qual o serviço que deveria ser realizado. O operário retirou vagarosamente o casaco e pendurou-o numa das pontas da grade, dizendo algo ao policial que passeava por ali. O policial concordou e o homem ajoelhou-se, colocando o cesto ao seu lado. Depois de remexer dentro dele, selecionou algumas ferramentas, que dispôs em ordem, junto de si. Em seguida levantou-se, olhou a fechadura, soprou-a e exclamou algo para os seus empregadores. Lorde Godalming sorriu e o homem levantou um grande molho de chaves; selecionando uma delas, começou a experimentar a fechadura. Depois de tatear um pouco, experimentou uma segunda chave e uma terceira. Súbito, empurrou ligeiramente e a porta se abriu; em seguida, os três entraram no vestíbulo. Sentamo-nos imóveis; meu próprio charuto queimava violentamente, mas o de Van Helsing se apagara. Esperamos pacientemente e vimos o operário sair levando seu cesto. Em seguida, conservou a porta parcialmente aberta, firmando-a com os joelhos enquanto ajustava uma chave à fechadura. Deu essa mesma chave a lorde Godalming, que em troca retirou algo da carteira, pagando o serviço. O homem tocou o chapéu, apanhou o cesto, colocou o paletó e partiu; ninguém nos arredores tomara o menor conhecimento.

Depois que o operário saiu, nós três atravessamos a rua e batemos na porta. Esta foi imediatamente aberta por Quincey Morris, que tinha a seu lado lorde Godalming, acendendo um charuto.

— Há um cheiro terrível aqui — disse o lorde quando entramos.

Realmente, como na velha capela de Carfax, sentíamos indescritível fedor, o que nos indicava que o Conde utilizava o lugar com frequência. Movemo-nos para explorar a casa, conservando-nos juntos para o caso de um ataque, pois sabíamos que nosso inimigo era forte e vil e que não tínhamos certeza de que não estivesse ali. Na sala de jantar, situada atrás do vestíbulo, encontramos oito caixas de terra. Procurávamos nove, mas encontramos apenas oito! Nosso trabalho não estaria terminado enquanto não achássemos a que faltava. Abrimos inicialmente as persianas da janela, que dava para um pátio estreito, coberto de pedrinhas, à frente de um estábulo imitando uma casa em miniatura. Não tivemos medo de ser espionados, porque nela não havia janelas. Não perdemos tempo ao examinar as caixas. Com as ferramentas que trouxéramos, abrimos uma por uma, tratando-as como havíamos tratado as outras na velha capela. Logo verificamos que o Conde não se encontrava na casa, e procedemos à busca de seus bens.

Depois de examinarmos superficialmente os outros aposentos, do porão ao sótão, chegamos à conclusão de que na sala de jantar estavam os bens que deveriam pertencer ao Conde. Começamos a examiná-los minuciosamente. Haviam sido dispostos em ordem, porém desarrumados, na grande mesa da sala. Encontramos títulos de propriedade da casa de Piccadilly, num grande pacote, e escrituras das casas de Mile End e Bermondsey; além disso havia papéis, envelopes, canetas e tinta. Tudo estava coberto com fino papel de embrulho, para proteger contra a poeira. Encontramos a seguir escovas de roupa, escova de dentes, pente, um jarro e uma bacia contendo água suja, avermelhada como se contivesse sangue. Por último havia um pequeno monte de chaves de todos os tamanhos e tipos, provavelmente pertencentes às outras casas. Depois de examinarmos as chaves, Lorde Godalming e Quincey Morris anotaram os endereços de todas as casas no este e no sul. Levaram as chaves e partiram para destruir as caixas naqueles lugares. Nós outros esperamos com paciência o regresso dos dois... ou a chegada do Conde.

❖

CAPÍTULO XXIII

Relato cotidiano do dr. Seward

3 de outubro — O tempo nos pareceu interminável enquanto esperávamos a chegada de Godalming e Quincey Morris. O professor tentou conservar nossa mente em atividade, obrigando-nos a utilizá-la durante todo o tempo. Pude ver que, com isso, desejava beneficiar-nos, devido aos olhares de soslaio que lançava por de vez em quando para Harker. O pobre camarada está sobrepujado por tão grande desgraça que causa dó vê-lo. A noite passada, era um rapaz de aspecto alegre, franco, com um rosto firme e jovem, repleto de energia e de cabelos castanho-escuros. Hoje parece um velho abatido, cujos cabelos brancos combinam com os olhos fundos e as rugas de dor que apresenta no rosto. A energia ainda se conserva intacta, e ele é como uma chama viva. Talvez essa seja a sua salvação, pois a firmeza pode fazê-lo recuperar-se deste período desesperado, se tudo finalizar bem; acordará então para a realidade da vida. Coitado, julguei que meu infortúnio era terrível, mas o dele...! O professor sabe disso muito bem e faz o possível para conservar a mente de Harker em atividade. Naquelas circunstâncias, o que ele dizia era de capital interesse. Segundo o que me lembro, foi o seguinte:

— Desde que os papéis relacionados com aquele monstro me chegaram às mãos, estudei-os inúmeras vezes; e, quanto mais os estudo, maior parece a necessidade de destruir o vampiro. Há por todos os lados sinais de seu progresso, não apenas de seu poder, mas de seu conhecimento acerca desse poder. Como aprendi nas pesquisas de meu amigo Arminius de Budapeste, o Conde foi em vida um homem admirável. Soldado, estadista, alquimista... Nesta última especialidade, reunia os maiores conhecimentos de seu tempo. Tinha cérebro possante, inteligência incomparável e um coração que desconhecia o medo e o remorso. Ousou até mesmo comparecer a Sholomance e enveredou por todos os ramos de conhecimento do seu tempo. Nele, os poderes do cérebro sobrepujaram os da morte física, embora suas recordações não devessem ser completas. Relativamente a certas faculdades, a mente dele é igual à de uma criança; porém está crescendo, e muitos desses aspectos imaturos já se desenvolveram. Está adquirindo experiência e progride nesse sentido; se não tivéssemos atravessado seu caminho, ainda se tornaria o mais evoluído ou o pai de uma nova espécie de seres cuja estrada percorrerá o caminho da morte e não da vida. Isso ainda poderá ocorrer, se falharmos.

Harker gemeu e disse:

— Tudo isso se dispõe contra minha querida! Porém, que experiência realiza ele? O conhecimento disso talvez nos ajude a derrotá-lo!

— Desde sua chegada, ele vem testando seu poder, vagarosamente, porém com firmeza; seu cérebro infantil tem trabalhado. Contra nós, o cérebro dele é realmente ainda infantil, caso contrário já nos teria dominado a todos. Contudo, pretende vencer e, como um homem que tem séculos diante de si, pode esperar e prosseguir devagar. Sua divisa poderia muito bem ser *Festina lente*.

— Não compreendo — declarou Harker, cansado. — Oh, por favor, explique-me melhor! Talvez a dor e as dificuldades me estejam empanando o cérebro.

O professor colocou ternamente a mão sobre o ombro de Harker e falou:

— Ah, meu filho, explicarei. Não percebe que ultimamente esse monstro tem adquirido conhecimentos pela experiência? Utilizou-se do paciente zoófago para conseguir entrar na casa de John, pois o vampiro só pode penetrar pela primeira vez numa casa quando convidado por alguém dela, embora depois possa entrar e sair livremente. Entretanto, estas não foram as suas mais importantes experiências. Não percebeu que inicialmente todas essas grandes caixas foram transportadas por outros? Ele julgava que teria de ser assim. Porém, durante todo o tempo, seu cérebro infantil crescia e ele começou a pensar se não poderia transportá-las sozinho. A princípio apenas ajudava, mas quando descobriu que dava certo, passou a movê-las desacompanhado. Assim progrediu e espalhou seus túmulos, de modo que só ele sabe onde os escondeu. Pode ter pretendido enterrá-los profundamente na terra, onde poderia utilizá-los apenas durante a noite ou nos momentos em que fosse capaz de mudar de forma; assim, ninguém descobriria seus esconderijos! Mas não se desespere, meu filho, pois o vampiro só soube disso tarde demais! Já esterilizamos todas as suas tocas, com exceção de uma, e essa também ficará preparada antes do pôr do sol. Desse modo, ele não terá lugar para ir nem para esconder-se. Esta manhã demorei mais um pouco para que agíssemos com maior precisão; como arriscamos mais do que ele, também deveremos ser mais cuidadosos. Em meu relógio já é uma hora, o que indica que, se tudo correu bem, Arthur e Quincey já devem estar regressando. Hoje é o nosso dia e devemos agir com firmeza, ainda que vagarosamente; não podemos perder oportunidades. Veja! Quando os ausentes voltarem, seremos cinco.

Enquanto conversávamos, uma batida na porta assustou-nos, mas era o toque duplo do estafeta. Todos corremos ao vestíbulo de uma só vez e Van Helsing, estendendo a mão para nos manter em silêncio, adiantou-se para a porta e abriu-a. O rapaz entregou um telegrama e o professor fechou a porta novamente. Depois de olhar o endereço, abriu a mensagem e leu-a em voz alta.

"Cuidado com d. Agora, às 12h45, acaba de sair apressadamente de Carfax, dirigindo-se velozmente para o sul. Parece estar realizando a ronda e talvez queira vê-los. Mina."

Houve uma pausa, interrompida pela voz de Jonathan Harker:

— Agora, graças a Deus, cedo o encontraremos!

Van Helsing voltou-se para ele rapidamente e disse:

— Deus tem Seu modo e tempo próprios de agir. Não se regozije nem receie no presente, pois aquilo que desejamos talvez nos cause a destruição.

— Agora, nada mais me interessa, a não ser varrer esse bruto da face da terra! — exclamou Harker, furioso. — Eu venderia minha alma para fazê-lo!

— Acalme-se, acalme-se, meu filho! — insistiu Van Helsing. — Deus não negocia almas desse modo, e o Diabo, embora possa fazê-lo, não merece confiança. Porém Deus é piedoso e justo; conhece sua devoção pela sra. Mina e sabe o que sofre por ela. Pense em como ela padeceria ainda mais caso ouvisse essas palavras selvagens. Não receie por nenhum de nós, pois todos nos dedicamos a esta causa e hoje veremos seu fim. A hora da ação está chegando: hoje o poder do vampiro está dentro dos limites humanos e ele só poderá mudar de forma depois do pôr do sol. Veja, já passam vinte minutos de uma hora e ele ainda custará a chegar aqui, embora se apresse mais do que nunca. Temos de fazer votos para que lorde Arthur e Quincey venham primeiro.

Cerca de meia hora após recebermos o telegrama da sra. Harker, ouvimos uma batida baixa, porém resoluta, na porta do vestíbulo. Era um toque comum, como o de qualquer outro cavalheiro, porém fez que o meu coração e o do professor palpitassem. Olhamos uns para os outros e nos dirigimos ao vestíbulo, tendo à mão nossas diversas armas: na esquerda as que lutariam contra os espíritos e na direita as utilizadas contra os mortais. Van Helsing afastou o trinco e, segurando a porta entreaberta, recuou com ambas as mãos prontas para a ação. Creio que a felicidade transpareceu em nossos rostos quando vimos lorde Godalming e Quincey na escada, junto à porta. Entraram rápido e fecharam a porta. Quando caminharam pelo vestíbulo, o lorde falou:

— Está tudo bem. Encontramos ambas as casas e descobrimos seis caixas em cada uma. Destruímos todas.

— Destruíram? — perguntou o professor.

— Para ele!

Ficamos em silêncio durante um minuto e depois Quincey disse:

— Teremos de esperar aqui. Contudo, se ele não aparecer até às cinco horas, partiremos, pois não será bom que a sra. Mina fique sozinha depois do pôr do sol.

— Ele não custará a chegar aqui — disse Van Helsing, que consultara seu caderno de notas. — *Nota bene*: o telegrama da sra. Mina diz que ele partiu de Carfax para o sul, o que significa que teria de atravessar o rio. Ora, só poderia fazê-lo com a maré baixa, que deveria ocorrer pouco antes de uma hora. Sua ida para o sul significa algo para nós. Até aqui, apenas suspeitou do que acontecia e, saindo de Carfax, deve ter ido para o local onde julgaria menor a interferência. Vocês devem ter estado em Bermondsey pouco tempo antes dele, e o fato de ainda não ter chegado demonstra que em seguida foi para Mile End. Aquilo lhe tomou tempo, pois só poderia atravessar o rio se fosse transportado de algum modo. Creiam-me, amigos, não esperaremos muito. Elaboremos um plano de ataque, a fim de aproveitarmos todas as oportunidades. Silêncio, não há tempo agora. Preparem suas armas! Estejam prontos!

Ergueu a mão em advertência, enquanto falava; ouvimos alguém enfiar cuidadosamente uma chave na fechadura da porta do vestíbulo.

Não pude deixar de notar, mesmo num momento como aquele,

o modo pelo qual uma tendência de chefia se revelava. Em todas as nossas caçadas e aventuras nas diferentes partes do mundo, fora sempre Quincey Morris quem arquitetara os planos de ação; Arthur e eu nos acostumáramos a obedecer-lhe sem hesitação. Agora, o velho hábito parecia ter-se renovado instintivamente. Com uma rápida olhadela pela sala, Quincey imediatamente desenvolveu o plano para o ataque e, sem dizer palavra, apenas com gestos, colocou cada um em sua posição. Van Helsing, Harker e eu ficamos por trás da porta para que, quando esta se abrisse, o professor a defendesse enquanto nós dois nos colocássemos entre o recém-chegado e a porta. Fora das vistas, Godalming ficara por trás e Quincey na frente, prontos para se moverem junto à janela. Esperamos em tamanho suspense que os segundos se arrastaram com a vagarosidade de um pesadelo. Ouvimos no vestíbulo os passos lentos e cuidadosos; o Conde estava preparado para alguma surpresa.

De repente, lançou-se na sala com um pulo, conseguindo passar por nós sem que pudéssemos erguer a mão para detê-lo. Seus movimentos se assemelhavam de tal modo aos de uma pantera, e eram tão pouco humanos, que aquilo nos imunizou de certo modo contra o choque de sua chegada. O primeiro a agir foi Harker, que, com rápido movimento, atirou-se para a porta que comunicava com a sala da frente. Ao ver-nos, o Conde pareceu um tanto confuso e mostrou os dentes brancos e afiados, porém o sorriso maldoso rapidamente se transformou num olhar frio de desprezo animalesco. Mudou novamente de expressão quando nós todos avançamos para ele num único impulso. Foi pena que não tivéssemos organizado melhor plano de ataque, pois mesmo naquele momento fiquei imaginando o que faríamos. Não sabia se nossas armas causariam realmente algum mal, mas era evidente que Harker queria decifrar o enigma, pois preparou seu grande facão e tentou enfiá-lo violentamente no Conde. O golpe foi enérgico e apenas a rapidez do salto do Conde conseguiu salvá-lo. Se tivesse demorado um segundo mais, a lâmina afiada lhe teria atravessado o coração; entretanto, a ponta só cortou a fazenda do casaco, produzindo um rasgão de onde saiu um bolo de notas e muitas moedas de ouro. A expressão do rosto do Conde era tão vil que durante um momento temi que algo sucedesse a Harker, embora este erguesse novamente a faca para outro golpe. Adiantei-me instintivamente, num impulso de proteção, segurando o crucifixo e a hóstia na mão esquerda. Senti uma energia poderosa percorrer meu braço e verifiquei com surpresa que o monstro recuou quando cada um de nós realizou espontaneamente o mesmo movimento. Será impossível descrever a expressão de ódio e maldade frustrada, da raiva e fúria diabólica que se espelhou no rosto do Conde. Sua cor de cera tornou-se amarelo-esverdeada em contraste com seus olhos chamejantes, e a cicatriz vermelha de sua testa apresentava-se na pele pálida como um ferimento palpitante. No instante seguinte, atirou-se com grande rapidez sob o braço de Harker, antes que este pudesse desferir o golpe. Agarrando parte do dinheiro no chão, atravessou a sala como um dardo e jogou-se contra a janela. Foi cair no pátio embaixo, entre o brilho e o ruído do vidro quebrado. Apesar do som do vidro estilhaçado, pude ouvir o tilintar do ouro, quando algumas moedas caíram nos ladrilhos do pátio.

Corremos e o vimos levantar-se do chão, sem ferimento. Subindo apressadamente os degraus, atravessou o pátio e abriu a porta do estábulo. Depois voltou e nos dirigiu a palavra:

— Julgam poder iludir-me, vocês com seus rostos pálidos enfileirados como carneiros no matadouro. Cada um de vocês se arrependerá! Acham que destruíram todos os meus lugares de descanso, mas tenho outros. Minha vingança apenas principiou! Espalhei-a durante séculos e tenho o tempo a meu favor. Já me apoderei das moças que vocês amam e através delas também os possuirei... obedecer-me-ão e serão meus criados quando eu desejar alimentar-me. Ora!

Com uma exclamação de desprezo passou rapidamente pela porta e ouvimos o ferrolho enferrujado ranger, quando ele a fechou atrás de si. Enquanto percebíamos a dificuldade de segui-lo até dentro do estábulo e nos adiantávamos para o vestíbulo, o professor foi o primeiro a falar:

— Aprendemos muita coisa! Apesar de suas palavras parecerem corajosas, ele nos teme; também receia o tempo e a necessidade! Se isso não fosse verdade, por que se apressaria tanto? Se meus ouvidos não se enganam, o próprio tom de voz o traiu. Por que levou dinheiro? Vocês o seguem rapidamente porque são caçadores de animais selvagens e estão habituados a agir assim. Quanto a mim, quero certificar-me de que, se ele regressar, não encontrará nada aqui que lhe possa ser útil.

Enquanto falava, o professor colocou o dinheiro restante em seus bolsos, apanhou as escrituras no pacote em que Harker as deixara e jogou os outros objetos na lareira. Com um fósforo, ateou-lhes fogo.

Godalming e Morris saíram apressadamente para o pátio e Harker também fizera o mesmo para seguir o Conde. Contudo, este fechara a porta do estábulo e não havia sinal dele, quando conseguiram arrombá-la. Van Helsing e eu tentamos interrogar alguém nos fundos da casa, mas as cavalariças estavam desertas e ninguém vira o Conde partir.

A tarde já findava e o pôr do Sol não tardaria. Tivemos de reconhecer que nosso jogo terminara e concordamos com tristeza quando o professor falou:

— Voltemos para junto da infortunada sra. Mina. Nada mais nos resta fazer aqui, e lá pelo menos poderemos protegê-la. Não há necessidade de desesperarmos. Há apenas mais uma caixa de terra e temos de tentar encontrá-la. Quando conseguirmos isso, tudo poderá terminar bem.

Percebi que ele falava com a máxima coragem para consolar Harker, o qual se mostrava muito desanimado, não podendo conter por de vez em quando um gemido baixo... Pensava em sua esposa.

Penalizados, regressamos ao meu hospício, onde encontramos a sra. Harker à nossa espera, com uma aparência alegre que estava à altura de sua coragem e altruísmo. Quando nos viu, tornou-se pálida como a morte e, durante um segundo ou dois, seus olhos se fecharam como se orasse em silêncio. Depois disse com animação:

— Jamais poderei agradecer-lhes o suficiente. Oh, coitado do meu marido! — Segurou a cabeça encanecida de Jonathan e beijou-a. — Deite a cabeça aqui e descanse. Tudo acabará bem! Deus nos protegerá, se assim o desejar.

O desgraçado rapaz gemeu. Sua profunda amargura não permitia palavras.

Saboreamos juntos uma leve ceia e creio que aquilo nos alegrou um pouco, talvez pelo fato de significar calorias para pessoas que não haviam comido desde o desjejum; ou talvez devido ao sentimento de companheirismo. Por um motivo ou por outro, todos nos sentimos menos desgraçados e encaramos o futuro com maior esperança. Fiéis a nossa promessa, contamos à sra. Harker tudo o que se passara. Ouviu tudo com coragem e calma, embora se tornasse completamente branca quando a narrativa indicava ameaça a seu marido, e vermelha nos momentos que revelavam o amor que ele lhe dedicava. Quando atingimos o ponto em que Harker se atirara tão temerariamente contra o Conde, ela agarrou o braço do marido, como se o fato de apertá-lo pudesse protegê-lo contra o perigo. Entretanto, só falou depois que a narrativa terminara e depois de saber de todos os fatos até aquele momento. Então, sem largar a mão do marido, levantou-se e falou.

Oh, se eu pudesse dar uma ideia dessa cena: descrever aquela mulher tão terna e boa, com toda a fascinante beleza de sua juventude e animação! Oh, se pudesse descrevê-la com a cicatriz vermelha na testa, cicatriz que ela sabia existir e que víamos com os dentes rangendo; se pudesse exprimir com palavras sua bondade em contraste com nosso ódio sinistro, sua fé entre nossos temores e dúvidas! E nós, naquele momento, sabíamos que ela era excomungada de Deus, apesar de sua bondade, pureza e fé.

— Jonathan — esta palavra soou como música nos lábios dela, tão repleta estava de amor e ternura —, Jonathan querido, e todos os meus sinceros amigos... quero que tenham algo sempre em mente, nestes momentos terríveis. Sei que terão de lutar e destruir, embora do mesmo modo que destruíram Lucy, a fim de que ela verdadeiramente pudesse sobreviver. Recordem-se, entretanto, de que este não é um trabalho de ódio. A infortunada alma que ocasionou todas estas misérias é a que mais causa dó. Pensem em como ele ficará também alegre, quando sua parte má for destruída, a fim de que sua parte boa possa adquirir imortalidade. Devem ter piedade dele, embora sejam obrigados a destruí-lo.

Enquanto ela falava, vi o rosto do marido tornar-se mais sombrio e contrair-se, como se a ira lhe dominasse o âmago do ser. Instintivamente apertou mais a mão da esposa, até os nós dos dedos embranquecerem. Ela não pestanejou com a dor que deve ter sentido, mas fitou-o com olhos mais súplices do que nunca. Quando ela parou de falar, ele ficou em pé num pulo e, libertando sua mão com um arranco, declarou:

— Que Deus o coloque em minhas mãos o tempo suficiente para destruir-lhe a vida terrestre que agora perseguimos. Se, além disso, pudesse enviar-lhe a alma para queimar eternamente no inferno, fá-lo-ia!

— Silêncio, silêncio em nome de Deus. Não diga isso, Jonathan, meu marido, pois assim me destruirá de horror e medo. Meu querido, pense no que pensei durante todo o longo dia de hoje: que talvez também eu... algum dia... necessite de tal piedade, e que esta me seja negada por alguém que tenha tanta raiva quanto você! Oh, meu marido, ter-lhe-ia poupado tal pensamento, se ele não fosse necessário; porém rezo para que Deus não dê atenção a suas palavras selvagens, mas que ouça apenas o lamento de um homem muito terno e sofredor. Oh, Deus, que os cabelos brancos deste homem, que nunca fez mal em sua vida, provem o quanto ele sofreu.

Agora, todos os homens choravam. Não podíamos resistir e demos ampla vazão às lágrimas. Ela também chorou e viu que atendíamos a seus doces conselhos. O marido atirou-se de joelhos ao lado dela e, rodeando-a com os braços, escondeu o rosto nas pregas de seu vestido. Van Helsing nos chamou e saímos silenciosamente do quarto, deixando os dois corações apaixonados a sós com Deus.

Antes de nos retirarmos, o professor arrumou o quarto para impedir a chegada do vampiro e convenceu a sra. Harker de que poderia descansar sem receio. Ela esforçou-se para acreditar naquilo e, principalmente por causa do marido, tentou parecer contente. Realizou um bravo esforço, mas creio que foi recompensada. Van Helsing colocou junto deles uma campainha que qualquer dos dois poderia soar em caso de emergência.

Depois que o casal havia ido dormir, Quincey, Godalming e eu resolvemos vigiar durante a noite, a fim de zelar pela segurança da infortunada senhora. Dividimos os períodos de vigilância e, como o primeiro deles recaiu sobre Quincey, iremos para a cama o mais breve possível. Godalming já se recolheu, pois o segundo período será o seu. Agora que já realizei o meu trabalho, também irei para a cama.

Diário de Jonathan Harker

3-4 de outubro, perto da meia-noite — Julguei que o dia de ontem jamais terminasse. Desejava dormir, pois acreditava que encontraria as coisas modificadas quando acordasse, e achava também que qualquer mudança só poderia melhorar a situação. Antes de nos apartarmos, discutimos sobre qual seria o nosso próximo passo, mas não chegamos a resultado algum. Sabíamos apenas que ainda restava uma caixa de terra e que o Conde era o único conhecedor de seu paradeiro. Se quiser permanecer escondido, poderá iludir-nos durante anos e entrementes... O pensamento é por demais horripilante e não ouso exprimi-lo agora. Entretanto, estou certo de uma coisa: se existe mulher perfeita, esta é minha sofredora esposa. A terna piedade que demonstrou na noite passada e que tornou desprezível o ódio que nutro pelo monstro fez-me amá-la mil vezes mais. Certamente Deus não permitirá que o mundo sofra a perda de tal criatura, e é isso o que me dá esperanças. Navegamos em direção aos recifes e a fé é nossa única âncora. Graças a Deus, Mina dorme sem sonhar! Receio que com esses terríveis acontecimentos seus sonhos não sejam bons.

Não a via tão calma, desde a hora do pôr do sol. Neste momento, seu rosto espelhara uma paz semelhante à da primavera após as rajadas do inverno e eu julgara então que aquilo era o reflexo avermelhado do suave pôr do sol em seu rosto; entretanto, agora creio que significava algo mais profundo. Não sinto sono, embora esteja exausto. Contudo, devo tentar dormir em consideração ao dia de amanhã, pois não haverá descanso para mim até que...

Mais tarde — Devo ter adormecido, pois fui acordado por Mina, que se sentara na cama, assustada. Via tudo com facilidade, pois não deixáramos o quarto na escuridão. Ela colocara a mão sobre minha boca e agora murmurava em meu ouvido:

— Silêncio! Há alguém no corredor!

Levantei-me silenciosamente e atravessei o quarto; em seguida abri vagarosamente a porta.

Vi Quincey Morris do lado de fora, deitado num colchão, mas acordado. Ergueu a mão pedindo silêncio enquanto sussurrava:

— Silêncio, vá para a cama, está tudo bem. Um de nós estará sempre aqui esta noite. Não podemos arriscar-nos!

Como seu olhar e seu gesto não admitiam discussão, voltei para junto de Mina e lhe contei o que ocorria. Ela suspirou e o vestígio de um sorriso perpassou-lhe pelo rosto pálido, quando me abraçou, dizendo baixinho:

— Graças a Deus, existem esses homens bravos e bondosos!

Com outro suspiro recostou-se mais uma vez para dormir. Escrevo isto porque não tenho sono, embora deva tentar dormir novamente.

4 de outubro, pela manhã — Mina me acordou mais uma vez durante a noite. Desta vez já dormíramos bastante, pois o cinzento da madrugada transformava as janelas em retângulos bem delineados, e a chama do gás parecia uma pequena mancha, em vez de um disco de luz. Ela me disse apressadamente:

— Vá chamar o professor; quero vê-lo já.

— Por quê? — perguntei.

— Tenho uma ideia. Creio que deve ter surgido durante a noite e amadurecido inconscientemente. Se ele me hipnotizar antes da madrugada, poderei falar. Vá depressa, querido, pois o tempo está passando.

Fui até à porta e o dr. Seward, que descansava no colchão, pulou ao ver-me.

— Há algo errado? — perguntou alarmado.

— Não — repliquei —, mas Mina quer ver o dr. Van Helsing imediatamente.

— Irei chamá-lo — afirmou Seward, entrando apressadamente no quarto do professor.

Dois minutos mais tarde, o dr. Van Helsing estava de roupão no quarto do casal; o sr. Morris e lorde Godalming se encontravam junto da porta, interrogando o dr. Seward. Quando o professor viu Mina, um sorriso iluminou-lhe o rosto ansioso. Esfregou as mãos, dizendo:

— Oh, cara sra. Mina, que mudança! Veja, amigo Jonathan, hoje a sra. Mina voltou a ser o que era antigamente. — Depois, voltando-se para ela, falou-lhe com alegria: — O que poderei fazer pela senhora? Se me chamou a esta hora, é porque deseja alguma coisa.

— Quero que me hipnotize! — disse ela. — Faça-o antes do amanhecer, pois sei que então poderei falar livremente. Proceda com rapidez, pois o tempo é curto!

Sem dizer outra palavra, ele fez sinal para que ela se sentasse na cama. Olhando-a fixamente, principiou a mover as mãos, começando por cima da cabeça da senhora e depois descendo, com as mãos alternadas. Mina contemplou-o fixamente por alguns minutos e meu coração bateu descompassado, porque uma crise parecia prestes a surgir. Gradualmente fechou os olhos enquanto se sentava imóvel, e apenas o suave arfar de seu peito demonstrava que vivia. O professor realizou mais alguns passes e depois parou, com a testa coberta de gotas de suor. Mina abriu os olhos, mas não parecia a mesma mulher. Seus olhos se mostravam distantes e em sua voz havia um tom de tristeza que constituiu uma novidade para mim. Erguendo a mão para impor silêncio, o professor mandou-me trazer os outros. Vieram na ponta dos pés, fechando a porta, e observaram junto da cama. Mina não parecia vê-los. O silêncio foi interrompido por Van Helsing, que falava em tom baixo e uniforme, a fim de não interromper a corrente de pensamentos da jovem.

— Onde está?

A resposta foi pronunciada sem emoção:

— Não sei. Quando dormimos, não sabemos ao certo onde estamos.

Durante diversos minutos houve silêncio. Mina sentava-se rígida e o professor a contemplava fixamente enquanto os outros mal respiravam. Havia mais claridade no quarto e o prof. Van Helsing, sem desviar os olhos do rosto de Mina, pediu-me que suspendesse as persianas. Assim o fiz e o dia parecia estar surgindo. Uma lista vermelha invadiu o céu e uma luz rósea difundiu-se pelo aposento. No mesmo instante o professor falou novamente:

— Onde está agora?

Ela parecia sonhar ao falar, mas a resposta foi pronunciada com resolução, como se a jovem interpretasse algo. Já a vira falar no mesmo tom, quando lia as anotações em taquigrafia.

— Não sei, tudo me é estranho!

— O que vê?

— Nada, está tudo escuro.

— O que ouve?

Eu notava que a voz paciente do professor estava tensa.

— O murmúrio da água ao nosso redor e as batidas das pequenas ondas. Ouço-as no exterior.

— Então está num navio?

Olhamos uns para os outros, tentando captar os pensamentos alheios. Tínhamos receio de pensar, mas a resposta veio rápida:

— Oh, sim!

— O que mais ouve?

— O som dos passos de homens que correm em cima, o ranger de uma corrente e o alto tinido do cabrestante que para em cada lingueta.

— O que faz?

— Estou muito quieto. É como se estivesse morto!

A voz perdeu-se num suspiro profundo como o de alguém a dormir, e os olhos abertos se fecharam novamente.

Àquela hora o sol já se erguera e a luz do dia já nos envolvia completamente. O dr. Van Helsing colocou as mãos sobre os ombros de Mina, e cuidadosamente deitou sua cabeça no travesseiro. Durante alguns momentos, ela deitou-se como uma criança a dormir, porém depois acordou com uma respiração profunda e contemplou-nos perplexa.

— Falei enquanto dormia? — foram suas únicas palavras. Contudo, parecia conhecer a situação, embora estivesse ansiosa para saber o que dissera. O professor repetiu a conversação e ela declarou:

— Então, não há um momento a perder; talvez ainda não seja tarde demais!

O sr. Morris e lorde Godalming já se dirigiam para a porta, mas a voz calma do professor os deteve:

— Fiquem, amigos. Aquele navio mencionado por ela levantava âncora em algum lugar. Há muitas embarcações zarpando neste momento do grande porto de Londres, e como saberão qual delas procuram? Graças a Deus temos nova pista, embora não saibamos para onde nos possa levar. Decerto fomos cegos como os homens, pois, agora que podemos olhar para trás, verificamos que nos seria possível prever os acontecimentos futuros, se víssemos o que poderíamos ter visto. Meu Deus, esta sentença está confusa, não? Agora já sabemos o que pretendia o Conde quando apanhou aquele dinheiro, enfrentando a faca afiada de Jonathan, num perigo que até o próprio vampiro temia. Ouçam bem: queria ESCAPAR! Percebeu que tendo apenas uma caixa de terra e um bando de homens a persegui-lo como cães atrás de uma raposa, Londres não era lugar para ele. Colocou essa última caixa de terra a bordo de um navio e abandonou o país. Pensa que conseguirá fugir, mas nós o seguiremos. Nossa raposa é astuta e com ela temos de agir com igual astúcia. Entrementes, podemos descansar em paz, pois entre nós há águas que ele não deseja atravessar e que não o conseguiria, ainda que o desejasse... a não ser que o navio regressasse à terra e, assim mesmo, durante a maré cheia ou baixa. Vejam, o sol acaba de surgir e o dia inteiro será nosso, até ao anoitecer. Tomemos banho, vistamo-nos e comamos, pois necessitamos de um desjejum e podemos alimentar-nos confortavelmente, uma vez que o vampiro não está neste país.

Mina olhou-o súplice e perguntou:

— Para que segui-lo, já que se afastou de nós?

O professor afagou-lhe a mão e replicou:

— Não me pergunte nada agora. Responderei todas as perguntas depois do desjejum.

Nada mais quis dizer e nos separamos para nos vestir.

Depois da refeição matutina, Mina repetiu a pergunta. Ele contemplou-a sério durante um minuto e em seguida falou pesaroso:

— Porque agora mais do que nunca teremos de encontrá-lo, ainda que tenhamos de segui-lo até ao próprio inferno, cara sra. Mina.

Ela empalideceu e perguntou baixinho:

— Por quê?

— Porque ele poderá viver durante séculos e a senhora é apenas mortal — respondeu o professor, muito sério. — Temos de nos preocupar com o tempo, já que ele colocou essa marca em seu pescoço.

Ela desmaiou e adiantei-me justamente a tempo de impedir sua queda.

❖

CAPÍTULO XXIV

Diário gravado do dr. Seward, falado pelo dr. Van Helsing

Mensagem para Jonathan Harker:

Você deverá ficar com a estimada sra. Mina. Realizaremos nossa busca, se é que posso utilizar esta palavra, uma vez que não é na realidade uma busca, já que sabemos e procuramos apenas uma confirmação. Contudo, fique aqui para cuidar dela hoje, pois este é o seu melhor e mais santo dever. Você também saberá o que eu disse aos outros quatro: que nosso inimigo fugiu para o seu castelo na Transilvânia. Tenho absoluta certeza disso. De algum modo, ele se preparara para isso, e aquela caixa de terra estava em algum lugar, pronta para ser embarcada. Foi por esse motivo que necessitou de dinheiro e se apressou muito no final, pois temia que o apanhássemos antes do pôr do sol. Era sua última esperança, embora talvez julgasse poder esconder-se no túmulo da infortunada Lucy, pensando que ela o acolheria por ser ainda como ele. Mas não havia tempo. Quando isso falhou dirigiu-se diretamente para o seu último recurso... para a última caixa de terra. É realmente muito esperto! Como sabia que seu jogo aqui terminara, decidiu regressar a casa. Encontrou um navio que seguira o caminho pelo qual ele viera e nele embarcou. Partiremos agora para descobrir que navio foi esse e para onde ia; quando soubermos isso, regressaremos e tudo contaremos. Então consolaremos você e a estimada sra. Mina, proporcionando-lhes novas esperanças. Estas realmente surgirão quando verificarem que nem tudo está perdido. A criatura que perseguimos levou centenas de anos para conseguir vir a Londres e nós o expulsamos daqui num único dia, quando conhecemos seus arranjos. Ele também é finito, embora tenha força para realizar muitas vilezas e não sofra como nós. Entretanto, cada um de nós é forte em seu objetivo e somos ainda mais fortes juntos. Anime-se, marido da sra. Mina. A batalha apenas principiou, e no final venceremos... Tenho tanta certeza disso quanto do fato de que Deus lá no alto protege Seus filhos. Acalme-se, portanto, até nosso regresso.

Van Helsing

Diário de Jonathan Harker

4 de outubro — Mina animou-se bastante quando li para ela a mensagem gravada de Van Helsing. Sabendo que o Conde está fora do país se sente consolada, o que lhe proporciona energia. Quanto a mim, julgo quase impossível acreditar em tudo o que ocorreu, agora que aquele terrível perigo já não está tão perto de nós. Até mesmo minhas macabras experiências no castelo de Drácula parecem um sonho há muito esquecido. Aqui, no fresco ar do outono e à luz de um sol brilhante...

Céus, sou obrigado a crer, pois, enquanto pensava, avistei a cicatriz vermelha na testa alva de minha infortunada esposa. Enquanto essa marca persistir, terei de acreditar no que se passou. Como Mina e eu tememos a ociosidade, reexaminamos nossos diários inúmeras vezes e verificamos que, embora gradativamente tudo se tornasse mais real, a dor e o medo diminuíam sempre. Parece que algo nos guia através de todo o caso, o que nos consola. Mina diz, talvez com razão, que podemos ser instrumentos da Suprema Bondade; tentarei pensar como ela. Ainda não conversamos sobre o futuro e será melhor esperarmos até verificarmos o que descobriram nossos amigos, inclusive o professor.

Pensei que, para mim, dias tão rápidos como o de hoje jamais se repetiriam. Já são três horas.

Diário de Mina Harker

5 de outubro, às 5 horas da tarde — Relato aqui nossa reunião. Estiveram presentes: o professor Van Helsing, lorde Godalming, o dr. Seward, o sr. Quincey Morris, Mina e Jonathan Harker.

O dr. Van Helsing narrou tudo o que haviam feito para descobrir em que navio fugira o Conde Drácula e para onde se dirigia:

— Como sabia que ele desejava voltar para a Transilvânia, verifiquei que teria de ir pela embocadura do Danúbio ou através do Mar Negro, pois este fora o caminho pelo qual viera. Infelizmente, tínhamos um vácuo diante de nós; *omne ignotum pro magnifico*. Portanto, partimos desanimados para verificar quais os navios que haviam zarpado para o Mar Negro, a noite passada. Como a sra. Mina mencionara o ajustamento das velas, era evidente que o Conde se encontrava num veleiro. Estes são demasiado pequenos para aparecerem na lista de navegação do jornal *Times*, o que nos fez procurar, por sugestão de lorde Godalming, a Companhia Lloyd's, que anota as partidas de todos os navios, embora pequenos. Lá descobrimos que apenas uma embarcação largara o cais em direção ao Mar Negro, com a maré vazante: fora a "Czarina Catarina", que saíra do cais de Doolittle para Varna, de onde subiria o Danúbio, parando em outros portos. Percebi que este era o navio em que estava o Conde e por isso partimos para o cais de Doolittle onde, num minúsculo escritório de madeira, encontramos um homem que mal parecia caber dentro de tão pequena construção. Interrogamo-lo acerca da escuna "Czarina Catarina" e verificamos que, apesar de blasfemar muito, ter um rosto vermelho e falar em voz muito alta, era um bom sujeito. Quando Quincey lhe deu uma moedinha, que o funcionário colocou num saco que mantinha escondido em sua roupa, o indivíduo ainda se tornou mais humilde e cordato. Acompanhou-nos e interrogou muitos homens rudes e esquentados, que se mostraram mais amistosos quando receberam algum dinheiro. Apesar de empregarem uma linguagem que eu não compreendia muito bem, mas cujo significado adivinhava, deram-nos as informações que desejávamos.

Disseram que na tarde passada, cerca de cinco horas, surgira um homem muito apressado. Era alto, magro, pálido; tinha nariz aquilino, dentes muito brancos e olhos que pareciam chamejar. Vestia-se todo de preto, com exceção de um chapéu de palha que não se ajustava a ele nem ao tempo. Espalhara seu dinheiro ao realizar rápidos interrogatórios acerca do navio que passaria pelo Mar Negro e do local para onde se dirigiria. Alguns o levaram para o escritório e em seguida para o navio; não quis subir a bordo, mas ficou junto à prancha de embarque e pediu que chamassem o capitão. Este foi falar com o homem, quando soube que ele pagaria bem e, embora blasfemasse no princípio, chegou finalmente a um acordo. Em seguida, o homem magro perguntou onde poderia alugar carroça e cavalo. Partiu e logo depois regressou com a carroça que ele mesmo guiava e que transportava uma grande caixa. Teve força suficiente para levantá-la, embora fossem necessários diversos homens para colocá-la no navio. Discutiu muito com o capitão sobre como e onde a caixa seria colocada, mas seus modos não agradaram, e o capitão blasfemou em muitas línguas, dizendo-lhe finalmente que poderia subir no navio para ver onde a caixa ficaria. Entretanto, o Conde recusou, declarando que tinha muito o que fazer naquele momento; o capitão retrucou, afirmando entre blasfêmias que ele deveria ser rápido porque a embarcação partiria antes da mudança da maré. O homem magro sorriu, dizendo que o capitão partiria quando quisesse, mas não era provável que zarpasse logo. O capitão utilizou-se mais uma vez de palavras impróprias, em diversas línguas, e o homem magro inclinou-se, agradeceu-lhe e disse que ainda abusaria de sua bondade, indo a bordo antes do levantamento das âncoras. Finalmente o capitão se tornou mais vermelho que nunca, praguejou em línguas ainda mais diversas e disse-lhe que não desejava franceses a bordo. Assim, o magro partiu depois de perguntar onde poderia ajeitar os papéis para o embarque da mercadoria.

Ninguém quis saber para onde ele ia, pois tinham outras coisas para preocupá-los, uma vez que logo verificaram que a "Czarina Catarina" não partiria na hora marcada. Uma fina névoa principiou a espalhar-se rio acima e se tornou cada vez mais espessa, envolvendo completamente o navio. O capitão continuou a praguejar muito e em muitas línguas, mas nada pôde fazer. A água começou a subir sempre mais, e ele receou perder a maré propícia. Estava muito mal-humorado quando, justamente na maré cheia, o homem magro apareceu novamente junto da prancha de embarque e pediu para ver onde haviam acondicionado seu caixote. O capitão replicou declarando desejar que o francês e o seu caixote fossem para o inferno, mas o magro não se ofendeu e acompanhou o imediato, para realizar o seu intento. Depois subiu e ficou durante algum tempo no tombadilho, envolto pelo nevoeiro. Deve ter saído sozinho, porque ninguém mais o notou; esqueceram-no, pois logo o nevoeiro se desfez e tudo ficou claro.

Prosseguindo a narração, o professor declarou que aqueles homens, que tanto blasfemavam e falavam em sede, lhe haviam contado que o capitão praguejara mais do que nunca quando os outros marinheiros que subiam e desciam o rio afirmaram não ter visto nevoeiro algum, a não ser junto do cais. Apesar de tudo, o navio saiu na maré vazante e ao amanhecer já estava bem longe da embocadura do rio. No momento em que os funcionários nos deram aquela informação, a embarcação já se encontrava em alto mar.

Assim, estimada sra. Mina, teremos de descansar durante algum tempo, porque nosso inimigo está navegando a caminho da embocadura do Danúbio, tendo o nevoeiro sob o seu domínio. Um navio sempre demora, ainda que navegue com a máxima rapidez, por isso o cercaremos mais rapidamente por terra. Teremos maiores probabilidades de êxito se pudermos surpreender o vampiro no caixote entre o nascer e o pôr do sol, porque então poderemos fazer o que quisermos com ele, uma vez que nessas horas não poderá lutar. Teremos dias diante de nós para prepararmos nossos planos. Já sabemos para onde ele vai, pois já nos avistamos com o proprietário do navio, que nos mostrou as faturas e os outros papéis existentes. O caixote que procuramos desembarcará em Varna e será entregue a um agente, denominado Ristics, que apresentará então suas credenciais; aí terminará a tarefa do transportador. Se este desejar saber se houve algo errado, poderá telegrafar e realizar indagações em Varna. Contudo, diremos que tudo está certo, pois nosso serviço não é para a polícia nem para a alfândega. Terá de ser realizado por nós mesmos e a nosso modo.

Quando o dr. Van Helsing acabou de falar, perguntei-lhe se tinha certeza de que o Conde permanecia a bordo daquele navio. Replicou:

— Temos a melhor prova disso: seu testemunho quando em transe hipnótico, nesta manhã.

Perguntei novamente se seria indispensável perseguir o Conde, isso porque sabia que Jonathan certamente partiria com os outros e não desejava que ele me deixasse. O professor respondeu a princípio calmo e depois mais impetuosamente, tornando-se mais zangado e insistente, de modo que finalmente conseguimos notar em sua personalidade aquele traço autoritário que o tornara durante tanto tempo um mestre entre os homens:

— Sim, é necessário... muito necessário! Primeiramente em benefício da senhora e depois em favor da humanidade. Esse monstro já fez muito mal no limitado âmbito de sua ação e no curto espaço de tempo em que era apenas um corpo tateando na escuridão e na ignorância. Já contei tudo isso aos outros e a senhora saberá de tudo por meio do diário de meu amigo John ou de seu marido. Já lhes disse que foi necessário o trabalho de séculos para que o Conde deixasse seu próprio país desabitado e viesse para uma nova terra que regurgita de vida. Se outro Não Morto como ele tentasse agir da mesma forma, talvez nem todos os séculos da existência do mundo lhe fossem suficientes. No caso do vampiro que conhecemos, todas as forças profundas, ocultas e fortes da natureza devem ter agido de modo extraordinário. O próprio lugar em que viveu como Não Morto durante todos esses séculos está repleto de curiosidades do mundo geológico e químico. Há gretas e cavernas tão profundas que ninguém sabe ao certo até onde penetram. Lá existiram vulcões, alguns dos quais ainda expelem águas de estranhas propriedades e gases que matam ou revitalizam. Sem dúvida há algum magnetismo ou eletricidade em algumas dessas combinações de forças ocultas que trabalham de modo estranho para a vida física. O próprio Conde apresentou desde o início grandes propriedades. Em duros tempos de guerra, tinha a fama de possuir mais nervos de aço, mais inteligência e mais coragem do que os outros homens. Nele há um princípio vital em apogeu e, enquanto seu corpo se torna mais forte e se desenvolve, seu cérebro também evolui. Tudo isso sem mencionar a ajuda diabólica que recebe, mas que tem de ceder aos poderes que provêm do bem e que o simbolizam. Isso é o que ele significa para nós: o vampiro infectou-a... Desculpe-me o termo, estimada sra. Mina, mas falo em seu próprio benefício... infectou-a de tal modo que, se nada mais realizar, a senhora continuará a viver boa como antigamente, porém se tornará igual a ele, quando chegar a morte. Prometemos não permitir que isso suceda! Somos portanto instrumentos do próprio desejo de Deus: Este não quer ver o mundo nem os homens, por quem Seu Filho morreu, serem entregues a monstros, cuja própria existência O difamaria. Já permitiu que redimíssemos uma alma e partiremos como os antigos cruzados, a fim de redimir outras. Como eles, viajaremos em direção à luz e, também como eles, cairemos por uma boa causa, se cairmos.

Ele fez uma pausa e perguntei:

— Mas esse malogro não ensinará uma lição ao Conde? Como foi expulso da Inglaterra, não será mais provável que a evite como um tigre foge da aldeia onde o caçaram?

— Meu Deus! — exclamou o professor. — Achei boa essa comparação entre o vampiro e o tigre; adotá-la-ei. O comedor de homens, como na Índia chamam o tigre que já provou sangue humano, não se interessa pelas outras presas, mas ronda incessantemente até obter algum ser humano. Este que expulsamos de nossa terra é também um tigre, um comedor de homens que nunca cessa de rondar. Não é um indivíduo que possa fugir e se conservar afastado. Enquanto tinha vida real, foi para a fronteira da Turquia e atacou o inimigo em sua própria terra; foi vencido, mas não esmoreceu! Voltou novamente, inúmeras vezes. Observem sua persistência e capacidade de tudo suportar: com o cérebro infantil que possuía, há muito concebera a ideia de habitar numa grande cidade. O que fez? Procurou em todo o mundo o lugar que lhe parecesse mais promissor e depois deliberadamente pôs mãos à obra. Pacientemente procurou descobrir a extensão de sua força e de seus poderes. Estudou novas línguas, aprendeu nova vida social e modernas formas de antigas instituições, como a política, o direito, as finanças, a ciência e os hábitos de um povo e de uma terra que nasceram quando ele já existia. A visão superficial que teve serviu para estimular-lhe o apetite e aguçar-lhe o desejo. Ajudou seu cérebro a desenvolver-se, pois lhe provou que suas conjeturas estavam certas. Fez isso sozinho, arquitetando tudo num túmulo arruinado de uma terra esquecida! O que não realizará quando o mundo superior do pensamento lhe estiver aberto? Ele, que sabemos poder zombar da morte e florescer entre doenças que devastam povos! Oh, se um ser assim proviesse de Deus e não do Diabo, que tremenda força benéfica não seria neste nosso mundo? Mas juramos libertar a Terra. Nossa tarefa deverá realizar-se em silêncio e nossos esforços em segredo, pois neste século iluminado, em que os homens nem sequer acreditam no que veem, as dúvidas dos sábios constituiriam a maior força do vampiro. Seriam ao mesmo tempo seu escudo e sua armadura: as armas com que destruiria a nós, seus inimigos, que estamos dispostos a arriscar nossa própria alma pela segurança daquela que amamos, pelo bem da humanidade e pela honra e glória de Deus.

Depois de uma discussão geral, resolvemos nada decidir definitivamente naquela noite, mas dormir conhecendo os fatos e tentando descobrir uma solução adequada. Amanhã nos encontraremos novamente no desjejum e contaremos uns aos outros nossas conclusões; chegaremos então a um curso definitivo de ação...

Esta noite, sinto deliciosa paz e ausência de cansaço, como se algum perseguidor se afastasse de mim. Talvez...

Não pude terminar minha conjetura, pois vi no espelho a cicatriz vermelha em minha testa e comprovei que ainda sou impura.

Relato cotidiano do dr. Seward

5 de outubro — Levantamos cedo e creio que o sono nos beneficiou a todos. Quando nos encontramos no desjejum, uma alegria geral, que não esperávamos sentir novamente, nos animava.

É extraordinária a capacidade de recuperação da natureza humana. Se um obstáculo qualquer é removido por algum modo, seja mesmo pela morte, retornamos à esperança e animação primitivas. Mais de uma vez, enquanto nos sentávamos à mesa, meus olhos se abriram a imaginar se os dias passados não teriam sido apenas sonho. Voltava à realidade somente quando percebia o borrão vermelho na testa da sra. Harker. Mesmo agora, quando resolvo o assunto com seriedade, é quase impossível perceber que a causa de nossa dificuldade ainda existe. Até a sra. Harker parece esquecer seu problema durante longos períodos e é apenas por de vez em quando que se recorda de sua cicatriz, quando algo surge para lembrá-la. Encontrar-nos-emos aqui em meu gabinete, daqui a meia hora, e decidiremos o que fazer. Só vejo uma dificuldade imediata, que percebo mais por instinto do que pela razão: é que a sinceridade nos é necessária, mas receio que a infortunada sra. Harker esteja escondendo algo. Sei que ela atingiu conclusões pessoais e, devido a tudo o que já passou, imagino que devem ser apropriadas e verdadeiras; entretanto, não quer ou não pode revelá-las. Mencionei o fato a Van Helsing e nós dois conversaremos sobre o assunto, quando estivermos a sós. Creio que é aquele veneno terrível que ela tem nas veias e que começa a agir. O Conde tinha seus próprios objetivos quando deu a ela o que Van Helsing denomina "batismo de sangue do vampiro". Bem, talvez haja um veneno que surja dos bons elementos; neste século do mistério das ptomaínas, tudo é possível! Só sei de uma coisa: se minhas conjeturas a respeito do silêncio da sra. Harker são verdadeiras, haverá uma terrível dificuldade na tarefa diante de nós, um perigo desconhecido. O mesmo poder que domina seu silêncio pode dominar sua fala, e não quero pensar mais, para em meus pensamentos não desonrar tão nobre dama.

Mais tarde — Quando o professor entrou, debatemos a situação dos fatos. Percebi que ele queria dizer algo, mas hesitava em abordar o assunto. Depois de usar de rodeios, declarou subitamente:

— Amigo John, há algo que eu e você devemos mencionar a sós, pelo menos no início. Mais tarde, teremos de contar isso confidencialmente também aos outros. — Esperei quando ele parou, mas prosseguiu: — A sra. Mina, coitada, está se modificando.

Um arrepio gelado percorreu-me, quando percebi que meus piores receios se concretizavam. Van Helsing continuou:

— Com a triste experiência da srta. Lucy, devemos estar de sobreaviso para impedir que as coisas avancem longe demais. Na realidade nossa tarefa é agora mais difícil do que nunca, e esta nova dificuldade faz que cada hora tenha grande importância. Vejo que o rosto da sra. Harker principia a apresentar as características do vampiro, embora ainda muito leves. Se olharmos sem preconceitos, enxergá-las-emos: seus dentes estão mais afiados e em certos momentos seus olhos ficam mais cruéis; mas isso não é tudo, há momentos em que permanece em silêncio, como sucedia com Lucy. Esta não falou nem mesmo quando escreveu aquilo que desejava que lêssemos mais tarde. Meu receio é este: se ela, quando hipnotizada por nós, diz o que o Conde vê e ouve, é muito provável que ele obrigue a mente dela a revelar tudo o que sabe, já que foi o primeiro a hipnotizá-la, a beber de seu sangue e a obrigá-la a provar o dele.

Concordei e ele prosseguiu:

— Devemos, por conseguinte, mantê-la na ignorância de nossos projetos, para que não possa revelar aquilo que ignora. Nossa tarefa será penosa e sofro ao pensar nela, mas assim deverá ser. Quando nos reunirmos hoje, direi a ela que, de agora em diante, será apenas protegida por nós, sem participar de nossas reuniões, por motivos que não desejamos revelar.

O professor enxugou a testa, pois suava ao pensar que infligiria mais sofrimentos a uma alma já tão torturada. Julguei que lhe seria um consolo saber que eu também pensava da mesma forma, pois isso lhe eliminaria o sofrimento da dúvida. Disse-lhe isso e obtive o efeito esperado.

Agora está próxima a hora de nossa reunião geral. Van Helsing saiu a fim de preparar-se para a reunião e para o doloroso papel que nela desempenhará. Creio que se afastou para poder orar sozinho.

Mais tarde — Logo no início da reunião, Van Helsing e eu sentimos grande alívio. A sra. Harker enviara um recado por seu marido, dizendo que não compareceria porque julgava melhor discutirmos livremente nossos movimentos, sem sua presença para nos embaraçar. Por um instante, o professor e eu nos encaramos, ambos aliviados. Por mim, achei que, se a própria sra. Harker percebia o perigo, muitos riscos e sofrimentos seriam evitados. Devido às circunstâncias, com um olhar interrogador e uma resposta dada com um dedo nos lábios, resolvemos silenciar nossas suspeitas até podermos conferenciar a sós mais uma vez. Imediatamente abordamos nossos planos de ataque. Van Helsing esboçou superficialmente a verdadeira situação:

— A "Czarina Catarina" deixou o rio Tâmisa ontem de manhã. Ainda que utilize sua máxima velocidade, levará pelo menos três semanas para alcançar Varna; porém nós poderemos chegar ao mesmo lugar em três dias, se formos por terra. Agora, se concedermos dois dias menos para a viagem da embarcação, devido às influências atmosféricas que sabemos poder o Conde criar, e se admitirmos que nos poderemos atrasar um dia e uma noite, ainda assim teremos uma vantagem de aproximadamente duas semanas. Assim, a fim de agirmos com segurança, teremos de sair daqui no dia 17, o mais tardar. Estaremos em Varna, de qualquer modo, um dia antes da chegada do navio e poderemos realizar o que for necessário. É claro que iremos armados tanto contra males espirituais como contra os materiais.

Aqui, Quincey Morris acrescentou:

— Sei que o Conde veio de um país de lobos e poderá chegar lá antes de nós. Proponho que adicionemos carabinas Winchester a nosso armamento, pois creio nelas quando há dificuldades dessa espécie ao nosso redor. Art, recorda-se daquela época em que uma alcateia nos perseguiu em Tobolsk? Que fortuna não teríamos pago por uma carabina, então!

— Ótimo! — declarou Van Helsing. — Levaremos Winchesters. Quincey raciocina bem em todos os momentos, mas principalmente quando há caçadas; a metáfora desonra mais a ciência do que os lobos põem em perigo o homem. Entrementes, nada poderemos fazer aqui e, já que não conhecemos Varna, por que não irmos para lá? O tempo de espera será tão longo aqui como lá. Apront ar-nos-emos hoje de noite, e amanhã, se tudo correr bem, nós quatro iniciaremos a viagem?

— Nós quatro? — perguntou Harker olhando para cada um de nós.

— É claro — respondeu o professor rapidamente —, você terá de ficar para cuidar de sua terna esposa!

Harker quedou-se em silêncio durante algum tempo, mas depois falou com voz inexpressiva:

— Resolvamos isso de manhã, pois quero consultar Mina.

Julguei que aquela seria uma boa hora para Van Helsing aconselhar Harker a não revelar nosso plano à sra. Mina, porém o professor não deu atenção ao fato. Contemplei-o significativamente e tossi. Em resposta, ele colocou o dedo nos lábios e afastou-se.

Diário de Jonathan Harker

5 de outubro, à tarde — Esta manhã, não pude pensar até algum tempo após nossa reunião. O novo curso que as coisas tomaram me põe perplexo e impede que raciocine ativamente. A resolução de Mina, não querendo participar da reunião, fez-me pensar e pude apenas adivinhar o que ocorria, pois não quis discutir o assunto com ela. Agora, compreendo menos do que nunca. Também me surpreendi com o modo pelo qual os outros aceitaram as determinações, pois concordamos em nada esconder entre nós, a última vez que abordamos o assunto. Mina está dormindo, calma e docemente como uma criancinha; seus lábios se curvam e seu rosto irradia felicidade. Graças a Deus, ainda goza de momentos assim.

Mais tarde — Como tudo é estranho! Sentei-me a observar o feliz sono de Mina e também me senti quase feliz. À medida que a noite se aproximava e a terra adquiria as sombras do sol que se punha, o silêncio do quarto se tornava mais pesado para mim. Súbito, Mina abriu os olhos e, contemplando-me ternamente, disse:

— Jonathan, quero que me prometa algo, sob palavra de honra. Essa promessa será feita a mim, mas na santa presença de Deus, e não deverá ser quebrada, ainda que eu lhe implore de joelhos entre lágrimas amargas. Rápido, prometa-me logo.

— Mina, uma promessa assim não pode ser feita imediatamente. Não tenho o direito de fazê-la.

— Mas, querido, sou eu que o desejo e não por minha causa — disse ela com tanta insistência que seus olhos brilharam. — Pergunte ao dr. Van Helsing se não tenho razão; se ele discordar, você procederá como quiser. Ainda mais: se todos concordarem mais tarde, você estará livre da promessa.

— Prometo! — exclamei eu. Por um momento ela pareceu extremamente feliz, embora para mim toda a felicidade que pudesse sentir por ela me fosse negada pela cicatriz vermelha que apresentava na testa.

— Prometa-me que nada me dirá acerca dos planos que formularem para lutar contra o Conde, nem por meio de palavras, nem de insinuações — disse ela. — Prometa-me que assim será enquanto esta cicatriz não desaparecer! — Apontou muito séria para a marca na testa.

Vi que ela falava com sinceridade e prometi solenemente. Naquele instante, senti que uma porta se fechara entre nós.

Mais tarde, à meia-noite — Mina esteve animada e alegre durante toda a noite. Seu estado de espírito encorajou os outros e até mesmo eu julguei que nossos pesares tinham arrefecido. Todos nos recolhemos cedo e Mina agora dorme como uma criancinha; é ótimo que não sofra de insônia com tantas preocupações. Graças a Deus consegue dormir, pois somente assim pode esquecer suas dificuldades. Talvez o exemplo dela me contagie, como aconteceu com sua alegria desta noite. Tentarei dormir um sono sem sonhos.

Manhã do dia 6 de outubro — Outra surpresa: Mina acordou-me cedo, mais ou menos à mesma hora de ontem, e pediu-me que chamasse o dr. Van Helsing. Julguei que desejava ser hipnotizada e sem nada perguntar fui buscar o professor. Era evidente que já esperava ser chamado, pois encontrei-o vestido em seu quarto. Sua porta estava entreaberta, de modo que ouviu abrirmos nosso quarto e veio imediatamente; ao entrar, perguntou a Mina se os outros também poderiam aproximar-se.

— Não será necessário — disse ela simplesmente. — Depois o senhor contará a eles. Terei de acompanhá-los na viagem que farão.

O dr. Van Helsing assustou-se quase tanto quanto eu, e depois de uma pausa perguntou:

— Mas por quê?

— Terão de levar-me. Tanto eu como vocês gozaremos de maior segurança assim.

— Mas por que, cara sra. Mina? Sabe que sua segurança é o nosso mais solene dever. Participaremos de um perigo a que a senhora talvez seja mais vulnerável do que qualquer um de nós, devido aos fatos que se passaram.

Ele fez uma pausa, embaraçado.

Ao replicar, ela ergueu o dedo e apontou para sua testa:

— É por isso mesmo que tenho de ir. Posso dizer-lhes tudo, agora que o Sol sobe, mas talvez não consiga fazê-lo novamente. Sei que serei obrigada a ir quando o Conde me chamar. Se receber ordens para partir em segredo, serei astuta e enganarei qualquer um, até mesmo Jonathan.

Deus viu a expressão do olhar que ela me dirigiu ao falar e, se houver realmente um anjo anotador de tudo o que se passa na terra, aquele olhar a honrará eternamente. Não consegui falar, mas pude apenas apertar-lhe a mão; minha emoção era tão forte que nem sequer conseguia chorar.

— Vocês são bravos e fortes — prosseguiu ela. — E têm a vantagem de formar um grupo e de poderem assim suportar mais do que um único indivíduo obrigado a vigiar sozinho. Além do mais, talvez eu lhes seja útil, pois poderão hipnotizar-me e assim saber aquilo de que nem tenho conhecimento.

— A sra. Mina é muito sensata, como sempre — disse o dr. Van Helsing com seriedade. — Virá conosco e juntos realizaremos aquilo que devemos.

Depois que ele falara, Mina ficou durante longo tempo em silêncio, o que me fez olhá-la. Recostara-se no travesseiro e dormia; nem sequer acordou quando puxei as persianas e permiti que os raios solares invadissem o quarto. Van Helsing chamou-me para que o acompanhasse em silêncio. Fomos para o quarto dele e, após um minuto, lorde Godalming, o dr. Seward e o sr. Morris também estavam conosco. Ele contou aos outros o que Mina dissera e prosseguiu:

— Partiremos de manhã para Varna; temos agora de lidar com um novo elemento: a sra. Mina. Oh, mas ela tem a alma sincera, pois sofreu muito para contar o que contou; aquilo é verdade e fomos advertidos a tempo. Não podemos perder oportunidades e, em Varna, precisamos estar prontos para agir no instante em que o navio atracar.

— O que faremos realmente? — perguntou Morris, lacônico.

O professor fez uma pausa e depois replicou:

— Primeiramente, subiremos a bordo daquele navio e, depois de identificarmos a caixa, colocaremos nela um ramo de rosas silvestres. Ele não poderá sair enquanto elas estiverem amarradas lá, pelo menos é isso o que dizem as superstições, nas quais devemos crer porque os nossos antepassados acreditaram nelas e porque ainda hoje se baseiam na fé. Então, quando conseguirmos a oportunidade esperada, quando não houver ninguém por perto, abriremos a caixa e resolveremos tudo.

— Não esperarei oportunidade alguma — declarou Morris. — Quando vir aquela caixa, abri-la-ei e destruirei o monstro, ainda que mil homens me observem e ainda que me destruam no momento seguinte!

Agarrei-lhe a mão instintivamente e verifiquei que estava dura como aço. Creio e espero que ele haja compreendido minha expressão.

— Quincey Morris é um bom e bravo rapaz — disse o dr. Van Helsing. — Deus o abençoe. Creia-me, filho, o medo não fará nenhum de nós hesitar. Estou apenas formulando hipóteses sobre o que faremos, mas não poderemos afirmar com certeza qual será o nosso proceder. Estamos todos armados por todos os modos e, quando chegar a hora do fim, não relaxaremos nossos esforços. Coloquemos hoje nossos negócios em ordem e completemos tudo o que diz respeito àqueles que nos são caros, pois nenhum de nós poderá dizer exatamente quando e como será o fim. Quanto a mim, já regulei tudo, de modo que farei os arranjos para a viagem. Comprarei todas as passagens e cuidarei do que for necessário para a jornada.

Como nada mais tínhamos a dizer, apartamo-nos. Dedicar-me-ei agora a todos os meus assuntos materiais e ficarei preparado para o que suceder...

Mais tarde — Preparei tudo, até meu testamento. Se Mina sobreviver, será minha única herdeira, e, se isso não suceder, os outros que foram tão bons para nós tudo receberão.

O pôr do sol se aproxima e a inquietação de Mina me atrai a atenção. Tenho certeza de que ela tem algo a declarar e que o fará na hora exata do pôr do sol. Essas ocasiões nos são angustiantes, pois cada nascer e pôr do sol abre a perspectiva de novos perigos, de uma nova dor que talvez conduza a um bom fim, segundo a vontade de Deus. Escrevo estas palavras no diário porque minha querida não deve saber delas agora, porém, se no futuro puder conhecê-las, estarão aqui para serem lidas.

Mina me chama.

❖

CAPÍTULO XXV

Relato cotidiano do dr. Seward

11 de outubro, ao anoitecer — Jonathan Harker pediu-me que anotasse os fatos seguintes, pois acha que não está em condições de fazê-lo.

Creio que nenhum de nós ficou surpreso quando fomos chamados para ver a sra. Harker, pouco antes do pôr do sol. Recentemente compreendemos que os momentos em que o sol nasce e se põe lhe possibilitam estranha liberdade; nessas ocasiões, sua antiga personalidade se pode manifestar sem qualquer controle ou inibição proveniente de alguma força que a domina. Esse estado principia cerca de meia hora ou mais antes do nascer e pôr do sol e dura até o instante em que o sol já está alto ou em que as nuvens ainda apresentam o vermelho dos raios que se projetam acima do horizonte. Inicialmente há uma espécie de condição negativa, como se um nó fosse solto e, em seguida, ocorre a liberdade absoluta. Contudo, quando esta cessa, a modificação surge rapidamente, precedida apenas de um período de silêncio advertidor.

Quando nos encontramos hoje à noite, ela pareceu algo constrangida e apresentou todos os sinais de uma luta interna. Verifiquei que realizou violento esforço no primeiro momento em que o conseguiu.

Contudo, após pouquíssimos minutos, readquiriu pleno controle de si mesma; fez um sinal para que o marido se sentasse ao seu lado no sofá em que estava meio reclinada e pediu-nos que aproximássemos as cadeiras em que sentávamos. Segurando a mão do marido, principiou:

— Talvez pela última vez aqui estamos todos em liberdade! Sei que você ficará comigo até ao final, querido — disse isso ao marido, que lhe apertava as mãos. — Pela manhã prosseguiremos em nossa tarefa e só Deus sabe o que o futuro nos reserva. Foram bondosos em permitir que eu os acompanhasse e sei que farão tudo o que puderem por uma indefesa mulher cuja alma está perdida... ou que pelo menos está em perigo. Contudo, devem recordar-se de que não sou como vocês. Há um veneno em meu sangue que poderá destruir-me, a não ser que algo nos liberte. Oh, meus amigos, sabem tão bem quanto eu que minha alma corre risco, e, embora saiba que há uma saída, nem eu nem vocês poderemos utilizá-la.

De modo súplice, percorreu-nos com os olhos, principiando e finalizando com o marido.

— Que saída é essa? — perguntou Van Helsing em voz rouca. — Que saída é essa que não queremos nem podemos utilizar?

— Que eu morra por minhas próprias mãos ou pelas de outrem, antes que a calamidade maior se complete. Eu e vocês sabemos que, quando estiver morta, poderão libertar meu espírito, assim como fizeram com a pobre Lucy. Se o único obstáculo fosse a morte ou o medo dela, eu não fugiria dela agora, entre os amigos que amo. Mas a morte não é tudo. Não acredito que haja necessidade dela quando há esperanças diante de nós e uma tarefa amarga para ser realizada segundo a vontade de Deus. Assim, por mim, renuncio aqui à certeza do descanso eterno e parto no escuro para um lugar que pode reter coisas mais vis do que as existentes neste mundo e no outro!

Ficamos todos em silêncio, pois sabíamos que aquelas palavras eram apenas uma introdução. Os outros se mantinham firmes e Harker estava pálido, pois sabia melhor do que nós o que se passaria.

Ela prosseguiu:

— Aquela renúncia apresento à coleção de bens. — Tive de anotar a singular frase jurídica que utilizou naquele momento, com toda a seriedade. — O que dará cada um de vocês? Sei que darão a vida, o que é fácil para homens corajosos — continuou com rapidez. — Suas vidas pertencem a Deus e a Ele podem devolvê-las. Mas o que me darão?

Olhou mais uma vez interrogadoramente, mas evitou nessa ocasião o rosto do marido. Quincey pareceu compreender; balançou a cabeça concordando e o rosto dela se iluminou.

— Então direi claramente o que desejo, para que não existam mais dúvidas entre nós. Todos vocês, inclusive meu adorado marido, devem prometer que me matarão, quando chegar a hora.

— Que hora será essa? — perguntou Quincey em voz baixa e tensa.

— Quando estiverem convencidos de que minha modificação é tão grande que a morte será melhor do que a vida. Quando estiver fisicamente morta, decepar-me-ão a cabeça e me atravessarão com um espeto, sem perder o mínimo tempo. Ou então agirão de qualquer outro modo, para me dar descanso!

Quincey foi o primeiro a erguer-se após a pausa. Ajoelhou-se diante dela e, segurando-lhe a mão, afirmou solenemente:

— Sou um sujeito rude, que talvez não seja digno da tarefa que a senhora impõe, mas juro por tudo o que é sagrado que, quando chegar a ocasião, não recuarei diante do dever. E prometo também convencer os outros quando chegar a hora oportuna, pois, se tiver dúvidas quanto a esta, agirei presumindo que já chegou!

— Meu verdadeiro amigo! — isto foi tudo o que ela pôde dizer entre as lágrimas que caíam rapidamente. Inclinou-se e beijou-lhe a mão.

Van Helsing, lorde Godalming e eu fizemos um por um o juramento e finalmente chegou a vez do marido, que se voltou para a esposa com olhos vidrados e uma palidez verde que predominava sobre os cabelos brancos.

— Também eu devo prometer isso, minha esposa? — perguntou ele.

— Você também, queridinho — falou ela, demonstrando nos olhos e na voz infinita ansiedade. — Não deve recuar. Você é todo o meu mundo e nossas almas foram transformadas numa só, por toda a vida e toda a eternidade. Pense, querido, como em certas épocas os maridos mataram as esposas e outras mulheres, para impedi-las de cair nas mãos dos inimigos. Suas mãos não hesitaram mais quando as amadas imploravam que as matassem. Esse é o dever dos homens para com aquelas que amam, nos momentos de dor e provação! Oh, querido, se tenho de morrer pelas mãos de alguém, seja pelas do homem que mais amo. Dr. Van Helsing, no caso de Lucy não me esqueci de sua piedade para com aquele que a amava... — ela parou aqui com um rápido rubor e modificou a frase — ... para com aquele que tinha mais direito de dar-lhe paz. Se um momento como aquele chegar novamente, confio no senhor para que na vida de meu marido haja a feliz recordação de ter sido ele o que me libertou de tão terrível escravidão.

— Juro novamente! — soou a voz retumbante do professor.

Embora parecesse impossível, a sra. Harker sorriu, reclinando-se com um suspiro de alívio, e disse:

— Uma palavra de advertência que não deverão esquecer: dessa vez, a hora pode chegar rápida e inesperadamente; não deverão perder tempo, mas agir logo. É que, se chegar esse momento, é provável que eu me tenha aliado ao inimigo contra vocês. Há ainda um outro pedido — ela se tornou mais séria —, que não é tão importante e necessário como o primeiro. Quero que façam uma coisa por mim.

Todos concordamos, mas ninguém falou, pois não havia necessidade de palavras.

— Quero que leiam os ofícios fúnebres.

Foi interrompida pelo profundo gemido do marido; segurou a mão dele junto do coração e continuou:

— Algum dia, terão de ser lidos para mim. Será uma boa recordação para alguns ou todos nós, qualquer que seja o final deste tenebroso estado de coisas. Espero que você também os leia, meu adorado, pois assim me terá honrado para sempre... aconteça o que acontecer!

— Mas, querida, a morte está muito longe de você — implorou ele.

— Não — disse ela, erguendo a mão em advertência. — Sinto-me mais morta agora do que se tivesse o peso de uma laje tumular sobre mim!

— Oh, minha esposa, devo mesmo ler? — perguntou ele antes de principiar.

— Isso me consolaria, meu marido!

Ela disse apenas isso e preparou o livro. Ele principiou a ler em seguida.

Como poderia alguém descrever aquela cena tão lúgubre, solene, triste e horripilante, mas que era ao mesmo tempo terna? Até mesmo um cético, que enxerga nas coisas santas e emocionantes apenas uma deturpação da amarga verdade, teria abrandado caso visse o pequeno grupo de amigos devotos, ajoelhados junto daquela pesarosa dama; ou caso ouvisse a voz apaixonada do marido que lia com voz embargada o simples e lindo ofício dos mortos. Não posso continuar... a voz... m... me falha...

A intuição dela fora correta, pois, apesar de ser tudo aquilo muito estranho, mais tarde, quando nos recordamos do fato, sentimos grande consolo. O silêncio, que demonstrou a próxima ausência de liberdade espiritual da sra. Harker, não pareceu tão repleto de desespero quanto temíamos.

Diário de Jonathan Harker

15 de outubro, Varna — Deixamos Charing Cross na manhã do dia 12, atingimos Paris na mesma noite e tomamos os lugares que nos haviam reservado no Expresso do Oriente. Viajamos noite e dia, aqui chegando mais ou menos às cinco horas. Lorde Godalming foi ao consulado ver se chegara algum telegrama para ele enquanto nós viemos para este hotel, o "Odessus". Muita coisa poderia ter ocorrido durante a viagem, mas nada vi, pois estava ansioso demais para prosseguir. Agora, apenas uma coisa me interessa em todo o mundo: a chegada da "Czarina Catarina" ao porto. Graças a Deus, Mina está bem e aparentemente mais forte; suas cores retornam. Durante a viagem dormiu quase todo o tempo. Contudo, antes do nascer e do pôr do sol, fica acordada e alerta e Van Helsing adquiriu o hábito de hipnotizá-la nestes momentos. A princípio tinha de fazer muito esforço e recorrer a muitos passes, mas agora ela cede imediatamente e os gestos são quase desnecessários. A vontade dele adquire força nessas ocasiões especiais e os pensamentos dela lhe obedecem. Ele sempre lhe pergunta o que vê e ouve. Ela responde a princípio:

— Nada, tudo escuridão.

À segunda pergunta, declara: — Ouço as ondas batendo contra o navio e as águas apressadas ao meu redor; lonas e um ranger de cordames e mastros. O vento está forte... ouço-o nas enxárcias e a proa envia para trás a espuma.

É evidente que a "Czarina Catarina" ainda navega, apressando-se em seu caminho para Varna. Lorde Godalming acaba de regressar: recebeu quatro telegramas desde o dia de nossa partida, todos declarando a mesma coisa: que a "Czarina Catarina" não se comunicara com a companhia Lloyd's de parte alguma. Antes de sair de Londres, o lorde pedira a seu agente que lhe enviasse telegramas diários, declarando se o navio estabelecera alguma comunicação. Deveria telegrafar ainda que não recebesse notícias do navio, a fim de indicar que estava vigilante.

Jantamos e fomos cedo para a cama. Amanhã visitaremos o vice-cônsul e procuraremos obter uma licença para subir a bordo da embarcação, imediatamente após sua chegada. O Conde, ainda que adquira a forma de um morcego, não pode atravessar a água corrente segundo a sua vontade e, portanto, também não poderá abandonar o navio. E, como não pode adquirir forma humana sem despertar suspeitas, o que certamente deseja evitar, terá de permanecer dentro do caixote. Assim, se pudermos subir a bordo depois do nascer do sol, faremos o que quisermos com o vampiro; poderemos abrir a caixa e agir como na ocasião da morte verdadeira da infortunada Lucy, sem que ele acorde. Acho que não teremos dificuldades com os oficiais ou os marinheiros, pois graças a Deus estamos num país em que tudo se consegue com suborno e temos dinheiro suficiente. Se nos pudermos certificar de que o navio não atracará entre o pôr e o nascer do sol, sem que disso estejamos advertidos, saberemos que tudo sairá bem. Creio que o juiz-dinheiro resolverá este caso.

16 de outubro — As notícias que Mina dá ainda são as mesmas: ondas que batem, águas rápidas, escuridão e ventos favoráveis. Chegamos realmente em bom tempo e quando ouvirmos novas da "Czarina Catarina" estaremos preparados. Teremos de receber notícias dela, pois ela terá de atravessar os Dardanelos.

17 de outubro — Acho que agora está tudo arranjado para que possamos dar as boas-vindas ao Conde quando regressar de sua viagem. Godalming disse aos embarcadiços que julgava que a caixa enviada a bordo continha objetos roubados de um seu amigo e obteve consentimento para abri-la sob sua própria responsabilidade. O proprietário do navio lhe deu um papel declarando ao capitão que o lorde deveria ter todas as facilidades a bordo do navio, e também concedeu uma autorização semelhante a seu agente em Varna. Já o vimos e, como este ficou muito impressionado com os modos gentis de Godalming, sabemos que fará tudo para nos satisfazer. Já decidimos como agir, caso consigamos abrir a caixa. Se o Conde lá estiver, Van Helsing e Seward lhe deceparão a cabeça e enfiarão um espeto em seu coração. Morris, Godalming e eu impediremos que outros interfiram, ainda que tenhamos de utilizar as armas que levarmos. O professor diz que, se agirmos desse modo, o corpo do Conde se transformará em pó logo após. Desse modo, não haverá provas contra nós, caso suspeitem de assassinato. Mas, ainda que isso não ocorresse, teríamos de agir do mesmo jeito, enfrentando todas as consequências, e talvez algum dia esses nossos diários servissem de prova de nossa inocência, livrando-nos do cadafalso. Quanto a mim, assumiria todos os riscos, até mesmo com gratidão. Fizemos tudo o que era possível para o sucesso de nosso intento. Falamos com alguns oficiais para que nos informem no mesmo instante em que avistarem a "Czarina Catarina", por intermédio de um mensageiro especial.

24 de outubro — Uma semana inteira de espera, em que chegaram telegramas diários para Godalming, todos contendo a mesma informação: "A escuna ainda não se comunicou". As respostas hipnóticas de Mina, tanto de manhã quanto ao anoitecer, são as mesmas: ondas batendo, águas rápidas, mastros rangendo.

Rufus Smith, do Lloyd's de Londres, para lorde Godalming, aos cuidados do vice-cônsul de Sua Majestade Britânica em Varna

"Esta manhã recebemos comunicação da 'Czarina Catarina' nos Dardanelos."

Relato cotidiano do dr. Seward

25 de outubro — Como sinto falta de meu fonógrafo! Acho cansativo escrever um diário a caneta, mas Van Helsing diz que devo fazê-lo. Todos ficamos muito agitados ontem quando Godalming recebeu o telegrama do Lloyd's. Agora sei o que os homens sentem no campo de batalha quando ouvem o toque que os leva à ação. A única de nosso grupo que não demonstrou emoção foi a sra. Harker. Mas, afinal, outra não poderia ter sido sua reação, pois tivemos muito cuidado para nada lhe revelar e tentamos mostrar-nos calmos diante de sua presença. Em outros tempos, ela notaria nosso estado de espírito, apesar de tentarmos ocultá-lo, porém modificou-se muito durante as últimas três semanas. Torna-se mais letárgica e, embora esteja mais forte e readquira as cores, Van Helsing e eu não estamos satisfeitos. Temos falado muito dela, sem nada revelar aos outros. O pobre Harker ficaria desesperado e certamente sofreria dos nervos, se soubesse de nossas suspeitas. O professor disse-me que lhe examina os dentes cuidadosamente, quando está hipnotizada, pois declarou que, desde que estes não se tornem mais afiados, não há perigo de grande transformação nela. Se isso ocorresse, seria necessário agir! Ambos sabemos o que seríamos obrigados a fazer, mas não mencionamos nossos pensamentos um ao outro. Nenhum de nós poderia fugir ao cumprimento do dever, por mais terrível que fosse. "Eutanásia" é uma boa e consoladora palavra; sinto-me grato àquele que a inventou.

Com a velocidade com que a "Czarina Catarina" veio de Londres, levará apenas cerca de 24 horas para vir dos Dardanelos até aqui. A nau deverá chegar portanto pela manhã, mas não poderá atracar antes do meio-dia; dormiremos cedo, porque desejamos acordar à uma hora da madrugada, a fim de nos prepararmos.

25 de outubro, ao meio-dia — Nenhuma notícia da chegada do navio e esta manhã o relato da sra. Harker, durante o sono hipnótico foi o mesmo de sempre; assim, é possível que saibamos algo a qualquer momento. Todos nos encontramos intensamente agitados, com exceção de Harker, que se mantém calmo e tem as mãos frias; há uma hora vi-o amolando a lâmina do facão que sempre leva consigo. O Conde não escapará, se essa lâmina lhe tocar o pescoço impulsionada por aquelas mãos frias!

Van Helsing e eu nos alarmamos um pouco com a sra. Harker, hoje. Embora não comentássemos um com o outro, não ficamos satisfeitos com o estado letárgico em que ela caiu mais ou menos ao meio-dia. A princípio apreciamos o fato de ela dormir, pois ficara inquieta durante toda a manhã. Contudo, quando o marido declarou casualmente que seu sono era tão profundo que não conseguira acordá-la, fomos ao quarto do casal examiná-la pessoalmente. Respirava com tanta naturalidade, estava tão bem-disposta e aparentava tanta paz que julgamos ser o sono muito benéfico para ela. Coitada, tem tanto o que esquecer que não causa admiração o fato de o sono lhe fazer bem, já que lhe traz o esquecimento.

Mais tarde — Nossa opinião foi justificada, pois, quando acordou, após um sono reparador de algumas horas, parecia mais alegre e bem-disposta do que nos últimos dias. Hipnotizada durante o pôr do sol, apresentou o mesmo relato. Em alguma parte do Mar Negro, o Conde se apressa para o seu destino e também para a sua condenação, segundo creio!

26 de outubro — Outro dia se passou sem nada sabermos acerca da "Czarina Catarina". Já devia ter chegado, mas ainda viaja em alguma parte, pois o relato da sra. Mina durante o nascer do sol foi idêntico aos demais. É possível que a embarcação tenha parado algumas vezes devido ao nevoeiro, pois alguns dos vapores que chegaram à noite passada informaram que havia faixas de névoa tanto ao norte quanto ao sul do porto. Devemos continuar atentos, porque o navio pode surgir a qualquer instante.

27 de outubro — É muito estranho, mas não tivemos notícia da embarcação esperada. O relato da sra. Harker, a noite passada e nesta manhã, foi igual ao de sempre, embora acrescentasse que "as ondas são agora muito suaves". Os telegramas de Londres dizem o mesmo: "Não recebemos mais notícias". Van Helsing está terrivelmente ansioso e acaba de me dizer que receia que o Conde esteja fugindo de nós. Acrescentou significativamente:

— A letargia da sra. Mina não me agrada. A alma e a memória podem agir de modo estranho, durante o transe.

Queria indagar mais, porém Harker entrou e o professor ergueu a mão, detendo-me. Hoje, ao pôr do sol, temos de tentar obrigá-la a falar mais detalhadamente, durante o estado hipnótico.

"Recebemos comunicação 'Czarina Catarina' atracou porto Galatz, hoje uma hora."

Relato cotidiano do dr. Seward

28 de outubro — Creio que, ao contrário dos prognósticos, não recebemos um choque quando o telegrama surgiu anunciando a chegada em Galatz. Acho que todos esperávamos que algo de estranho acontecesse, embora não soubéssemos quando nem como o golpe chegaria. No dia em que atingimos Varna, julgamos que as coisas não se passariam exatamente como esperávamos e aguardamos apenas o momento de saber em que consistiria a modificação. Contudo, o fato não deixou de constituir uma surpresa. Suponho que a esperança nos faz acreditar que as coisas serão como deveriam ser, e não como são na realidade. O transcendentalismo é o guia dos anjos, embora seja apenas um fogo-fátuo para os homens. Durante um momento, Van Helsing ergueu a mão sobre a cabeça, como se conferenciasse com Deus; porém não disse palavra e, após alguns segundos, levantou-se com expressão séria. Lorde Godalming empalideceu muito e sentou-se arquejante. Eu mesmo fiquei um tanto perplexo e olhei aturdido para cada um de meus amigos. Quincey Morris apertou o cinto com aquele rápido movimento que eu conhecia tão bem e que em nossos antigos tempos de vadiagem significava "ação". A sra. Harker tornou-se cadavericamente pálida e a cicatriz de sua testa pareceu fumegar, porém uniu as mãos humildemente e levantou o olhar, rezando. Jonathan sorriu o sorriso sombrio e amargo de quem não tem esperanças, mas seu gesto desmentiu seus sentimentos, pois instintivamente suas mãos procuraram o cabo do facão, ali permanecendo.

— Quando parte o próximo trem para Galatz? — perguntou-nos Van Helsing.

— Às seis e meia da manhã!

Todos nos assustamos, pois a resposta proviera da sra. Harker.

— Céus, como pode saber? — disse Art.

— Esquece ou talvez não saiba que sou fanática por trens, fato que Jonathan e o Dr. Van Helsing conhecem. Em minha casa, em Exeter, costumava fazer tabelas de horários para ajudar meu marido e verifiquei que isso era tão útil, que ainda hoje costumo fazer o mesmo. Como sabia que, se tivéssemos de ir ao castelo de Drácula, deveríamos passar por Galatz ou por Bucareste, estudei cuidadosamente o horário dos trens que para lá se dirigem. Infelizmente, não houve muito o que aprender, porque amanhã só há esse trem que parte àquela hora.

— Mulher maravilhosa! — murmurou o professor.

— Não poderemos conseguir um trem especial? — perguntou Lorde Godalming.

Van Helsing sacudiu a cabeça:

— Receio que não. Esta terra é muito diferente da minha e da sua e, ainda que conseguíssemos um, provavelmente não chegaríamos antes do trem comum. Além do mais, temos de preparar algo. Pensemos e planejemos tudo. Você, amigo Arthur, vá à estação, compre as passagens e arrume tudo para que possamos partir de manhã. Você, amigo Jonathan, irá ao agente do navio e obterá dele cartas para o agente em Galatz, concedendo autorização para realizar a busca na embarcação, como se estivesse aqui. Quincey Morris, você irá ver o vice-cônsul para obter a ajuda dele e de seu colega em Galatz, e verificará tudo o que ele pode fazer para suavizar nossa viagem de modo a não perdermos tempo quando tivermos atravessado o Danúbio. John ficará com a sra. Mina e comigo, a fim de nos consultarmos. Assim, se vocês se atrasarem, nada se perderá, pois estarei aqui ao pôr do sol para fazer com que a senhora apresente seu relato.

— E eu tentarei ser o mais útil possível; pensarei e escreverei para vocês como costumava fazer — disse a sra. Harker com alegria e com modo mais semelhante ao dos antigos tempos. — Sinto uma mudança estranha dentro de mim e estou mais livre do que ultimamente!

No momento os três homens se alegraram ao perceberem o significado daquelas palavras, porém Van Helsing e eu nos contemplamos com um olhar sério e perturbado. Contudo, nada dissemos na ocasião.

Depois da partida dos três homens que realizariam seus encargos, Van Helsing pediu à sra. Harker que examinasse mais uma vez a cópia dos diários e que encontrasse para ele a parte da permanência de Harker no castelo. Ela saiu para apanhar os papéis e, depois que fechara a porta atrás de si, o professor declarou:

— Temos os mesmos pensamentos! Fale!

— Há alguma modificação aqui. Tenho certa esperança que me perturba, pois temo que seja ilusória.

— Realmente, sabe por que pedi que ela apanhasse o manuscrito?

— Não! — disse eu. — Talvez porque o senhor desejasse uma oportunidade de falar comigo a sós.

— Está certo apenas em parte, amigo John. Quero dizer-lhe algo: assumirei um terrível risco, mas espero ser bem-sucedido. Tive uma ideia no momento em que Mina pronunciou aquelas palavras que atraíram nossa atenção. Há três dias, o Conde enviou-lhe o espírito durante o transe, para ler seu pensamento; ou então fez que o espírito dela fosse vê-lo em seu caixote dentro do navio, no momento em que se libertava durante o nascer e o pôr do sol. Soube então que estamos aqui, pois atualmente ela está mais bem informada do que ele, porque não se encontra trancada num caixote, mas tem olhos para ver e ouvidos para ouvir. Ele acaba de realizar seu maior esforço para fugir de nós e, no momento, não precisa dela.

"O vampiro tem certeza de que ela responderá ao chamado dele, mas interrompeu os contatos que mantinha com ela, o que pode fazer com seus poderes. Ah, mas tenho esperanças de que nossos cérebros humanos, que ainda não perderam a graça de Deus, saibam agir melhor do que aquele cérebro de criança que permaneceu em seu túmulo durante séculos, que não se desenvolveu como o nosso e que só realiza trabalhos egoístas e, portanto, mesquinhos. Aí vem a sra. Mina, mas não lhe diga palavra sobre seu transe! De nada sabe e o conhecimento a tornaria desesperada justamente quando precisamos de toda a sua esperança, coragem e também do auxílio de seu poderoso cérebro, que é terno como o de uma mulher, porém instruído como o de um homem; e que, além do mais, retém poderes especiais que o Conde lhe concedeu e que não pode retirar-lhe completamente... fato que ele mesmo ignora. Silêncio! Falarei e você aprenderá. Oh, amigo John, em que terrível aperto nos encontramos! Resta-nos apenas confiar no bom Deus. Silêncio! Aí vem ela!"

Julguei que o professor fosse tornar-se histérico, justamente como ocorrera na ocasião da morte de Lucy, porém com grande esforço controlou-se e ficou perfeitamente calmo quando a sra. Harker entrou no quarto, alegre e com a aparência de quem esquecera os desgostos na realização do trabalho. Entregou umas folhas datilografadas a Van Helsing; ele olhou-as sério, mas seu rosto iluminou-se ao ler. Então, segurando as páginas entre o polegar e o indicador, disse:

— Aqui vai uma lição para você, amigo John, que já tem tanta experiência; e também para a senhora, d. Mina, que é jovem: nunca receiem pensar. Um meio pensamento tem estado a ressoar em meu cérebro, porém temi dar-lhe asas. Contudo, agora, que tenho maiores conhecimentos, volto para o ponto em que aquele meio pensamento surgiu e descubro que era não apenas um esboço de pensamento, mas um pensamento completo, embora ainda muito jovem e tenro para poder utilizar suas pequenas asas. Assim como o patinho feio de Hans Andersen, aquela ideia não se assemelhava a um patinho, mas a um cisne com capacidade para navegar imponentemente, utilizando suas grandes asas, quando chegasse o momento oportuno. Vejam, li aqui o que Jonathan escreveu:

"Aquele outro de sua raça, que em época anterior fez por inúmeras vezes que suas tropas atravessassem o Grande Rio e penetrassem na Turquia; aquele que mesmo derrotado retornou à luta inúmeras vezes, embora tivesse de sair só dos campos ensanguentados onde seus soldados tinham sido trucidados; aquele que assim agiu por saber que apenas ele poderia triunfar finalmente".

— O que nos diz este trecho? — prosseguiu o professor. — Acham que não diz muito? Como o cérebro infantil do Conde nada enxerga, ele fala livremente. Seus cérebros humanos e o meu nada viram até agora. Porém surgiu repentinamente a voz da sra. Mina que falou sem pensar, porque também não sabia o que suas palavras poderiam significar. Assim também a natureza apresenta certos elementos em repouso; entretanto, quando se movem e se tocam, explodem, produzindo o raio que risca o céu de alto a baixo, cegando e destruindo alguns indivíduos. Não é isso o que ocorre? Bem, explicarei. Para principiar, já estudou a filosofia do crime? John já, porque o estudo do crime é o da doença mental; a sra. Mina ainda não, porque só esteve em contato com o crime uma vez. Ainda assim, suas mentes raciocinam bem e não discutem *a particulari ad universale*. Os criminosos apresentam uma particularidade muito constante, que surge em todos os países e em todos os tempos e que até mesmo a polícia, que não conhece muita filosofia, aprende a distinguir empiricamente, isto é, pela experiência. O verdadeiro criminoso, que parece um predestinado aos delitos, dirige suas atividades para um só crime. Seu cérebro não é completamente desenvolvido, mas sob muitos aspectos é infantil, embora esse indivíduo seja hábil e desembaraçado. Ora, o vampiro também é um criminoso predestinado ao crime e possui igualmente um cérebro infantil, como provam suas ações. O pequeno passarinho, o peixe e o animal não aprendem por meio de princípios, mas empiricamente; quando já sabem realizar algo, têm a base para realizar mais. "*Dos pou Sto*", disse Arquimedes. "Deem-me um ponto de apoio e moverei o mundo!" A primeira realização constitui o ponto de apoio pelo qual o cérebro infantil se transforma num cérebro adulto; e, enquanto não tiver o objetivo de realizar mais, continuará a agir sempre do mesmo jeito! Oh, minha estimada senhora, percebo que seus olhos estão abertos e que agora enxerga muito longe.

É que a sra. Harker principiara a bater palmas e seus olhos brilhavam. Ele prosseguiu:

— Agora falará. Dirá a dois frios cientistas o que vê com esses olhos brilhantes.

O professor segurou a mão dela enquanto falava, apertando-lhe o pulso com o indicador e o polegar; julguei que ele agira instintiva ou inconscientemente. Ela discorreu:

— Nordau e Lombroso classificariam o Conde como pertencente ao tipo criminoso. Sendo assim, tem a mente imperfeita. Quando está em dificuldade, é obrigado a recorrer ao hábito. Seu passado constitui portanto uma pista, e dele só conhecemos um trecho que nos foi narrado pelos próprios lábios do vampiro: aquele que nos diz que, no momento em que se encontrava em dificuldade, regressou a seu próprio país pela terra que tentara invadir e de lá se preparou para novo esforço, sem esmorecer. Em seguida, retornou à luta mais bem equipado e venceu. Assim, foi a Londres para invadir uma nova terra. Derrotado, com todas as esperanças perdidas e em perigo de vida, atravessou o mar e fugiu correndo para a pátria, assim como em outros tempos fugira da Turquia pelo Danúbio.

— Ótimo, inteligente senhora! — exclamou Van Helsing, entusiástico, quando se inclinou para beijar-lhe a mão. Um momento mais tarde me disse, como se consultasse um doente comum: — Apenas setenta e dois de pulso, apesar de toda a excitação. Tenho esperanças. — Voltando-se novamente para ela, disse em grande expectativa: — Prossiga, prossiga! Poderá dizer mais, se o desejar. Não tenha medo, pois John e eu sabemos de tudo. De qualquer modo, pelo menos eu sei e lhe direi se está certa. Fale sem receios!

— Tentarei fazê-lo, mas desculpem-me se parecer egoísta.

— Nada receie, pois terá mesmo de ser egoísta, uma vez que é na senhora que pensamos.

— Prosseguindo, como ele é um criminoso é também egoísta; seu intelecto é medíocre, suas ações se baseiam no egoísmo e ele se dedica a um propósito que é desumano. Assim como fugiu sobre o Danúbio, abandonando suas tropas que seriam destroçadas, agora sua única intenção é colocar-se em segurança, custe o que custar. Assim, o incrível egoísmo que apresenta liberta um pouco minha alma do terrível poder que adquiriu sobre mim naquela noite tenebrosa. Graças a Deus, desde aquela terrível hora não sentia minha alma tão livre! Agora, tudo o que temo é que ele tenha usado meus conhecimentos em algum transe ou sonho, para suas finalidades.

Levantando-se, o professor declarou:

— De fato, utilizou desse modo sua mente e por meio dela nos trouxe para Varna, enquanto o navio que o levava se apressava entre o nevoeiro para Galatz, onde sem dúvida preparara tudo para a fuga. Mas o cérebro infantil do vampiro raciocinou apenas até aí, e pode ser que, como acontece com a providência divina, o feitiço vire contra o feiticeiro. O caçador cai em sua própria armadilha, como diria o grande salmista. Agora que julga estar completamente livre de nós, tendo para si muitas horas de vantagem, seu cérebro egoísta e infantil convidá-lo-á para o sono. Também acha que a senhora nada poderá saber acerca dele, porque cortou as relações com sua mente; mas aí é que se engana! Aquele terrível batismo de sangue que lhe deu faz que a senhora seja livre para procurá-lo em espírito, como já aconteceu diversas vezes em suas horas de liberdade, durante o nascer e o pôr do sol. Nesses momentos vai procurá-lo por ordens minhas e não dele. Esse poder benéfico para a senhora e para os outros foi adquirido por meio dos sofrimentos passados nas mãos do vampiro. Tal poder ainda é mais precioso porque o Conde não o conhece, tendo para proteger-se procurado isolar-se da senhora, desconhecendo portanto o que fazemos atualmente. Contudo, não somos egoístas e acreditamos que Deus está conosco em todos estes maus momentos e amargas horas. Perseguiremos o vampiro sem hesitar, ainda que nos arrisquemos a ficar com ele. Amigo John, a hora que passou foi muito importante e nos fez avançar muito. Escreva tudo o que ocorreu, a fim de que os outros saibam tanto quanto nós, quando regressarem do trabalho que foram realizar.

Por esse motivo, anotei os fatos enquanto esperávamos o regresso dos outros, e a sra. Harker datilografou tudo que aconteceu desde que trouxera os manuscritos.

❖

CAPÍTULO XXVI

Relato cotidiano do dr. Seward
(continuação)

29 de outubro — Isto foi escrito no trem que vai de Varna a Galatz. A noite passada, todos nos reunimos um pouco antes do pôr do sol. Cada um realizara seu encargo da melhor forma possível, e, no que concerne ao raciocínio, esforço e oportunidade, estamos preparados para a nossa viagem e o trabalho que realizaremos em Galatz. Quando chegou a hora usual, a sra. Harker preparou-se para o esforço hipnótico e mergulhou em transe após um empenho de Van Helsing, mais intenso do que habitualmente. Em geral fala obedecendo à sugestão, mas dessa vez o professor teve de formular muitas perguntas, resolutamente, antes que pudesse saber de alguma coisa. Afinal, ela respondeu:

— Nada vejo, tudo está calmo e não percebo ondas batendo, mas apenas o firme e suave girar da água junto ao cabo do navio. Ouço vozes de homens gritando longe e perto; também percebo o ruído dos remos nas cavilhas. Uma arma é disparada em algum lugar e seu eco parece distante. Há o som de passos acima e o barulho de cordas e correntes que são arrastadas. O que está acontecendo? Vejo uma faixa de luz e sinto o vento soprando sobre mim.

Parou, levantando-se instintivamente de onde estava, no sofá; ergueu ambas as mãos elevando as palmas, como se suspendesse um peso. Van Helsing e eu nos contemplamos, tudo compreendendo. Quincey ergueu levemente as sobrancelhas e observou a sra. Harker com atenção enquanto a mão de Jonathan apertou impulsivamente o cabo do facão. Houve longo silêncio. Apesar de sabermos que passava a hora em que ela poderia falar, sentíamos que nossas palavras seriam inúteis. Súbito, sentou-se ereta, abriu os olhos e disse ternamente:

— Nenhum de vocês gostaria de uma xícara de chá? Devem estar todos muito cansados!

Só nos restava agradá-la, e por isso aquiescemos. Ela saiu apressadamente para apanhar o chá e, depois de sua partida, Van Helsing declarou:

— Como veem, amigos, ele está prestes a desembarcar e já deixou seu caixote. Entretanto, ainda terá de alcançar a terra. Durante a noite, poderá esconder-se em algum lugar, mas não conseguirá desembarcar se não o carregarem para o cais ou se o navio não se encostar. Contudo, durante a noite, poderá mudar de forma e pular ou voar até a costa, como fez em Whitby. Mas, ao chegar o dia sem que tenha podido atingir a terra, só poderá escapar se for carregado. Se isso acontecer, os homens da alfândega talvez descubram o que o caixote contém. Assim, se não escapar para a costa durante a noite ou antes da alvorada, terá perdido um dia inteiro. Talvez então cheguemos a tempo, pois se não fugir de noite apanhá-lo-emos durante o dia, preso na caixa e à nossa disposição, já que não ousará apresentar-se visivelmente sob sua forma humana, com medo de ser descoberto.

Como nada mais havia a ser dito, esperamos com paciência até a alvorada, quando poderíamos obter maiores informações da sra. Harker.

A ansiedade quase nos fazia parar a respiração enquanto ouvíamos a resposta que dava durante o transe. Custou ainda mais a ser hipnotizada do que na vez anterior e, quando finalmente caiu em transe, faltava tão pouco para a subida do sol que principiamos a desesperar. Van Helsing parecia esforçar-se até a alma e, finalmente, ela obedeceu à vontade dele e relatou:

— Tudo está escuro; ouço a água batendo no mesmo nível em que estou, e também o ranger de madeira contra madeira.

Ela fez uma pausa e o sol vermelho subiu. Teremos de esperar até à noite.

Deste modo, viajamos para Galatz em terrível expectativa. Deveríamos chegar entre as duas e três da manhã, porém, como em Bucareste, já estamos três horas atrasados, só chegaremos quando o sol já estiver alto. Assim, ainda teremos mais duas mensagens hipnóticas da sra. Harker e uma delas ou ambas poderão trazer mais luz ao que acontece.

Mais tarde — O pôr do sol veio e foi. Felizmente chegou numa hora sem perturbações, pois, se tivesse ocorrido quando estávamos na estação, talvez não tivéssemos assegurado a calma e o isolamento necessários. A sra. Harker entregou-se à influência hipnótica com dificuldade ainda maior do que pela manhã e receio que seu poder de conhecer as sensações do Conde possa desaparecer justamente quando dele mais necessitamos. Parece-me que a imaginação dela principia a funcionar. Até este momento, quando se mantinha em transe, limitava-se simplesmente aos fatos. Se isso prosseguir, poderá confundir-nos. Julguei que o poder que o Conde exerce sobre ela desapareceria à medida que ela fosse adquirindo o poder do conhecimento, mas receio que isso não ocorra. Quando ela falou, suas palavras foram enigmáticas:

— Algo se afasta; sinto-o passar sobre mim como o vento frio. Ouço sons confusos e muito distantes, como o de homens falando em línguas estranhas, água caindo violentamente e o uivo de lobos.

Parou e apresentou tremuras que aumentaram de intensidade até que, no final, parecia ter uma convulsão. Nada mais disse, apesar das perguntas autoritárias do professor. Quando acordou do transe, tinha a mente alerta, apesar de estar fria, exausta e lânguida. Nada recordava e perguntou o que dissera; quando lhe contamos o que fora, permaneceu pensativa e em silêncio durante longo tempo.

30 de outubro, sete da manhã — Já estamos perto de Galatz agora e talvez não tenha tempo de escrever mais tarde. Esta manhã, todos esperamos com ansiedade o pôr do sol. Sabendo que seria difícil hipnotizar a sra. Mina, Van Helsing principiou seus passes mais cedo do que habitualmente. Entretanto, só obteve resultado na hora de sempre, quando ela se entregou com dificuldade ainda maior, apenas um minuto antes do nascer do sol. O professor formulou as perguntas sem perda de tempo e a resposta dela surgiu com igual rapidez:

— Tudo está escuro. Ouço a água ao meu redor, à altura de meus ouvidos, e também o rangido de madeira batendo contra madeira. Há gado em lugar mais baixo e distante. Distingo outro som estranho...

Parou e empalideceu ainda mais.

— Continue, continue, ordeno-lhe que fale! — disse Van Helsing em voz agoniada. Ao mesmo tempo seus olhos espelhavam desespero, pois o sol, que já nascera, avermelhara até mesmo o rosto pálido da sra. Harker. Ela abriu os olhos e todos nos assustamos quando falou suavemente e com aparente e absoluta despreocupação:

— Oh, professor, por que me pede para fazer o que sabe que não posso? Não me recordo de coisa alguma.

Depois, vendo a surpresa em nossos rostos, voltou-se para cada um de nós e falou preocupada:

— O que disse eu? O que fiz eu? Sei apenas que estava aqui meio adormecida e que o ouvi dizer: "Continue, continue, ordeno-lhe que fale!" Pareceu-me muito engraçado ouvi-lo a me dar ordens, como se eu fosse uma criança desobediente.

— Oh, sra. Mina — declarou o professor tristemente —, o fato de me ter dirigido com tanta autoridade a alguém a quem eu ficaria orgulhoso de poder obedecer é uma prova de que a estimo e respeito, pois assim falei em seu próprio benefício!

Soa o apito: aproximamo-nos de Galatz. O nervosismo e a ansiedade nos dominam.

Diário de Mina Harker

30 de outubro — Como o sr. Morris não sabia falar nenhuma língua estrangeira, ficou encarregado de me levar ao hotel onde havíamos reservado quartos por telegrama. Os serviços foram distribuídos como em Varna, com exceção do fato de lorde Godalming procurar o vice-cônsul porque seu título poderia ser útil junto ao oficial, o que nos seria benéfico devido à pressa que tínhamos. Jonathan e os dois médicos foram procurar o agente do navio para saber de particularidades acerca da chegada da embarcação "Czarina Catarina".

Mais tarde — Lorde Godalming já retornou. Como o cônsul estivesse ausente e o vice-cônsul doente, o trabalho rotineiro fora realizado por um funcionário que se mostrou muito cordato, oferecendo-se para realizar tudo o que estivesse ao seu alcance.

Diário de Jonathan Harker

30 de outubro — Às nove horas o dr. Van Helsing, o dr. Seward e eu procuramos a firma Mackenzie & Steinhoff, agentes de Hapgood em Londres. Em resposta a um pedido telegrafado de lorde Godalming, aqueles agentes haviam recebido de Londres outro telegrama. Mostraram-se muito amáveis e corteses e nos levaram imediatamente a bordo da "Czarina Catarina", que estava ancorada no porto fluvial. Em seguida, vimos o Capitão Donelson, que nos falou sobre a viagem, declarando que em toda a sua vida jamais realizara um tão favorável trajeto.

— Céus — disse ele —, tínhamos medo, pois esperávamos ter de pagar o que nos sucedia, com algum raro golpe de má sorte. Não foi bom agouro correr de Londres para o Mar Negro com o vento atrás, como se o próprio diabo soprasse nossas velas, com algum objetivo especial. Porém, quando passávamos por algum navio, porto ou promontório, incrível nevoeiro nos envolvia e só podíamos avistar novamente o que havia ao nosso redor quando nos afastávamos. Atravessamos Gibraltar sem conseguir sinalizar e só pudemos comunicar-nos com alguém quando chegamos aos Dardanelos e tivemos de esperar permissão para passar. A princípio tive vontade de afrouxar as velas e permanecer por lá até que o nevoeiro melhorasse, mas achei que, se o diabo queria chegar rapidamente ao Mar Negro, ele o faria quer quiséssemos, quer não. Além do mais, se realizássemos uma rápida viagem, os donos nos prestigiariam e o diabo que conseguira o que pretendia nos seria grato por não o termos atrapalhado.

Esse misto de simplicidade, astúcia, superstição e raciocínio comercial despertou Van Helsing, que disse:

— Meu amigo, o diabo é mais inteligente do que pensam e sabe quando encontra um competidor!

O capitão gostou do elogio e prosseguiu:

— Quando passamos pelo Bósforo, os homens começaram a resmungar e alguns dos romenos me pediram que atirasse ao mar uma grande caixa que fora colocada a bordo por um velho estranho, antes de sairmos de Londres. Vira que meus homens tinham olhado horrorizados para o sujeito, fazendo figa para evitar o mau-olhado. Céus, a superstição dos estrangeiros é muito ridícula! Rapidamente mandei que trabalhassem, mas logo após o nevoeiro nos envolveu e senti-me um pouco como eles, embora não dissesse que a causa daquilo era a grande caixa. Bem, prossegui e, como o nevoeiro se conservasse durante cinco dias, deixei que o vento nos carregasse, pois, se o diabo queria chegar a algum lugar, conseguiria descobri--lo. De qualquer modo, observaríamos atentamente. Navegamos em águas profundas durante todo o tempo e, dois dias após, quando o sol matutino atravessou o nevoeiro, vimos que estávamos no rio, em Galatz. Os romenos ficaram furiosos e não desistiram de atirar a caixa na água; tive de discutir com eles com um espeque nas mãos e, quando golpeei o último a se erguer no tombadilho, convenceram--se de que a carga confiada por meus chefes estava mais segura em minhas mãos do que no rio Danúbio. Já tinham levado a caixa para o tombadilho, prontos para se desfazer dela, e como estava marcada Galatz via Varna, achei melhor deixá-la lá até atingirmos o porto, onde a abandonaríamos definitivamente. Permanecemos ancorados durante a noite, mas muito cedo na manhã seguinte, uma hora antes do nascer do sol, um homem subiu a bordo com uma ordem enviada da Inglaterra para receber uma caixa destinada a um certo Conde Drácula. Já estava tudo preparado para ele, tinha os papéis em ordem e levou a maldita carga, o que me encheu de satisfação. Aquilo já me punha inquieto e achava que, se o diabo tinha alguma bagagem a bordo, teria de ser aquela caixa!

— Qual o nome do homem que a levou? — perguntou o dr. Van Helsing, contendo a ansiedade.

— Dir-lhe-ei rapidamente! — respondeu o capitão. Descendo à sua cabina, apanhou um recibo assinado "Immanuel Hildesheim; endereço: Burge-Strasse 16". Descobrimos que o capitão nada mais sabia e por isso nos afastamos, agradecendo-lhe.

Encontramos Hildesheim em seu escritório; era um judeu típico, com nariz adunco e um fez. Com dinheiro pago à vista, ele disse-nos tudo o que sabia; eram informações simples, porém importantes. Recebera uma carta de um sr. De Ville em Londres, dizendo-lhe que, se fosse possível, recebesse antes do pôr do sol uma caixa que chegaria a Galatz na "Czarina Catarina", a fim de evitar a alfândega. Deveria entregá-la a certo Petrof Skinsky, que lidava com os eslovacos que desciam o rio até o porto. Recebera em pagamento uma nota inglesa que fora trocada por moeda de ouro no Banco Internacional do Danúbio. Quando Skinsky surgira, o judeu o levara ao navio e lá lhe entregara a caixa, a fim de economizar as despesas do carreto. Nada mais sabia.

Em seguida, procuramos Skinsky, sem, contudo, o encontrar. Um dos vizinhos, que não parecia estimá-lo muito, declarou que o outro partira dois dias antes, sem dizer para onde. Este fato foi confirmado pelo proprietário do alojamento, que declarou ter recebido a chave da casa e o pagamento do aluguel em dinheiro inglês, por intermédio de um mensageiro. Isso ocorrera entre as dez e onze horas da noite anterior; portanto, tínhamos diante de nós novo vácuo.

Enquanto falávamos, alguém surgiu correndo e arquejante e declarou que o corpo de Skinsky fora encontrado dentro dos muros do cemitério de São Pedro, com o pescoço esfacelado por algum animal selvagem. Aqueles com quem falávamos correram para ver o horripilante espetáculo, e as mulheres gritaram: "Isso foi obra de algum eslovaco!". Afastamo-nos apressadamente, pois receamos que nos envolvessem no caso e nos detivessem.

A caminho de casa, não conseguimos encontrar uma solução definitiva. Todos estávamos convencidos de que a caixa prosseguia caminho para algum lugar, pela água, porém teríamos de descobrir para onde. Pesarosos, regressamos ao hotel onde se hospedava Mina.

Quando nos reunimos mais uma vez, discutimos se deveríamos ou não contar a ela o que se passava. A situação se torna desesperada e aquela seria uma oportunidade, embora arriscada. Como medida preliminar obtive a anulação da promessa que lhe fizera.

Diário de Mina Harker

30 de outubro, ao anoitecer — Os homens estavam tão exaustos e sem ânimo ao chegarem que nada se podia fazer até que descansassem; por isso, pedi-lhes que repousassem durante meia hora enquanto anotava tudo o que ocorrera até ali. Sinto-me muito grata ao homem que inventou a máquina de escrever portátil e agradeço ao sr. Morris por me ter arranjado uma. Não teria jeito para escrever com caneta...

Já escrevi tudo; pobre Jonathan, como deve ter sofrido e como deve sofrer agora! Está deitado no sofá, mal parecendo respirar e com aspecto de quem teve um colapso. Tem a testa franzida e o rosto contraído como se sentisse dor. Coitado, talvez esteja raciocinando, pois seu rosto apresenta as rugas da concentração. Oh, se ao menos pudesse ajudá-lo... verei o que posso fazer.

Pedi ao dr. Van Helsing e ele me entregou todos os papéis que eu ainda não tinha visto... Enquanto os outros descansam, examinarei todos cuidadosamente e talvez chegue a alguma conclusão. Tentarei seguir o exemplo do professor e pensarei sem preconceitos sobre os fatos que tenho diante de mim...

Acredito que descobri algo, graças à providência divina. Apanharei os mapas para examiná-los...

Tenho a convicção de que estou certa. Anotei minha nova conclusão e chamarei os amigos para lê-la. Poderão julgá-la e será bom agir com precisão, pois todo minuto é precioso.

Memorando de Mina Harker

(inserido em seu diário)

Assunto a ser investigado — O problema do Conde Drácula é retornar ao seu próprio castelo.

(a) Tem de ser *transportado* para lá por alguém. Isso é claro porque, se tivesse o poder de mover-se como desejasse, partiria como homem, lobo, morcego ou sob qualquer outra forma. Evidentemente, teme que o descubram ou atrapalhem no estado indefeso em que se encontra: preso em sua caixa de madeira, desde a alvorada até o pôr do sol.

(b) *Como será transportado?* Aqui, um processo de exclusão nos poderá ajudar. Irá pela estrada, por trem ou por água?

1 — *Pela estrada* — Haverá imensas dificuldades, especialmente para deixar a cidade.

(x) Encontrará pessoas e essas sempre são curiosas e investigam. Uma intuição ou dúvida acerca do que conteria a caixa poderia destruí-lo.

(y) Há ou poderá haver funcionários aduaneiros.

(z) Seus inimigos poderiam segui-lo. Isto constitui o seu maior receio e, a fim de prevenir qualquer traição, repeliu tanto quanto possível até mesmo a mim... sua vítima!

2 — *Por trem* — Não haveria ninguém encarregado de cuidar da caixa. Talvez sofresse atraso e isto seria fatal, com os inimigos no encalço. É verdade que poderia escapar durante a noite, mas o que faria ao encontrar-se num lugar estranho, sem um refúgio para onde voar? Não é isso o que ele quer e não pretende arriscar-se.

3 — *Por água* — Sob certo aspecto é o caminho mais seguro, porém sob outro o mais perigoso. Sobre a água, ele só tem poderes durante a noite e, mesmo assim, só pode chamar o nevoeiro, a tempestade, a neve e os seus lobos. Porém, se houvesse um naufrágio morreria afogado e indefeso. Poderia mover a embarcação até a terra, mas se esta não fosse amiga e ele não estivesse em condições de se mover, ficaria em situação desesperada.

Sabemos, pelo que relatei, que ele estava sobre a água; resta-nos verificar sobre que água.

Examinando o que realizou até aqui, talvez obtenhamos alguma pista sobre quais serão seus atos futuros.

Primeiramente, teremos de estabelecer diferenças entre aquilo que realizou em Londres, como parte de seu plano geral de ação, e aquilo que fez sob a pressão dos momentos difíceis, em que tinha de agir como melhor pudesse.

Em segundo lugar, temos de verificar, pelos fatos que conhecemos, como ele agiu aqui.

Evidentemente, pretendia chegar a Galatz e enviar a fatura para Varna, a fim de nos iludir caso descobríssemos o modo pelo qual fugira da Inglaterra; seu único objetivo então era escapar. Encontramos a prova disso na carta de instruções que enviou a Immanuel Hildesheim, contendo esclarecimentos de como retirar a caixa, *antes do nascer do sol*. Há também as instruções para Petrof Skinsky, que não conhecemos, mas que deveriam consistir em alguma carta ou mensagem, pois Skinsky foi encontrar-se com Hildesheim.

Sabemos que, até aquele momento, os planos do vampiro foram bem-sucedidos. A "Czarina Catarina" realizou uma viagem incrivelmente rápida; tão rápida que até as suspeitas do capitão Donelson foram ativadas. Entretanto, a superstição deste aliada à sua habilidade auxiliaram o Conde e fizeram que o próprio capitão corresse pelo nevoeiro, impelido pelo vento favorável, até chegar quase às cegas em Galatz. Temos provas de que o Conde tudo arranjara muito bem. Hildesheim apossou-se da caixa e entregou-a a Skinsky, que a levou... aí perdemos sua trilha. Sabemos apenas que a caixa está em algum lugar sobre a água, prosseguindo em seu caminho. A alfândega e os guardas aduaneiros, se é que surgiram, foram evitados.

Agora chegamos ao que o Conde deve ter feito após sua chegada à terra, em Galatz.

A caixa foi dada a Skinsky antes do nascer do sol, e, neste momento, o Conde poderia aparecer sob sua própria forma. Então por que escolheria Skinsky para ajudá-lo? No diário de meu marido há uma referência àquele homem, declarando que ele lidava com os eslovacos, que comerciam descendo o rio até o porto; e aquela exclamação, declarando que o assassínio fora trabalho de um eslovaco, demonstra o sentimento geral contra os indivíduos dessa nação. O Conde desejava isolamento.

Deduzi o seguinte: em Londres o Conde decidira regressar ao castelo por água, considerando este o mais secreto e seguro percurso. Quando veio, os ciganos o transportaram do castelo e provavelmente entregaram sua carga aos eslovacos, que levaram as caixas para Varna, pois foi lá o local de onde foram embarcadas para Londres. Assim, o Conde sabia quais as pessoas que poderiam cuidar desse serviço. Quando a caixa estava em terra, nessa última viagem, o Conde dela saiu antes do nascer do sol ou depois do anoitecer, encontrou Skinsky e lhe disse que cuidasse dos preparativos para o transporte da caixa, por algum rio. Depois de assim agir e saber que tudo estava arranjado, julgou apagar todos os traços de sua ação com o assassínio de seu agente.

Examinei o mapa e descobri que os rios mais adequados para os eslovacos seriam o Pruth ou o Sereth. Li no diário dos outros que, em meu transe, ouvia vacas mugindo baixo, água ao meu redor, no nível dos ouvidos, e o rangido de madeira. Portanto, o Conde deveria estar em sua caixa, num bote aberto sobre um rio... provavelmente impulsionado por remos ou estacas, pois as margens são próximas e o bote vai contra a correnteza. Se descesse a corrente flutuando apenas, não faria tanto barulho.

É claro que o rio escolhido talvez não seja o Sereth nem o Pruth, mas poderemos investigar mais. Desses dois, o Pruth é o mais facilmente navegável, porém o Sereth em Fundu se une ao Bistritza, que rodeia o Desfiladeiro de Borgo. Sua curva é o trecho de água mais próximo do castelo de Drácula.

Diário de Mina Harker

(continuação)

Quando terminei a leitura, Jonathan segurou-me em seus braços e beijou-me. Os outros continuaram a me apertar ambas as mãos e o dr. Van Helsing disse-me:

— A estimada sra. Mina é mais uma vez nossa professora; enxergou nos trechos em que estávamos cegos. Agora nos encontramos na pista novamente e, desta vez, poderemos ser bem-sucedidos. Nosso inimigo está indefeso e, se o surpreendermos durante o dia, na água, nossa tarefa terminará. Ele está à nossa frente, mas não tem poder para se apressar, pois, se sair da caixa, aqueles que o carregam poderão suspeitar e, se isso ocorresse, atirá-lo-iam ao rio, onde pereceria. Sabe disso e naturalmente não deseja que assim ocorra. Agora, homens, para o nosso Conselho de Guerra, pois teremos de planejar o que cada um fará aqui e agora.

— Arranjarei uma lancha a vapor para segui-lo — disse lorde Godalming.

— E eu, cavalos para seguir pela margem, caso ele desembarque — disse o sr. Morris.

— São duas boas ideias — falou o professor. — Mas nenhum deverá ir sozinho. Se necessário, teremos de sobrepujar a força com mais força. Os eslovacos são fortes e rudes; além do mais carregam armas.

Todos os nossos homens riram, pois cada qual levava um pequeno arsenal. O sr. Morris disse:

— Trouxe algumas carabinas Winchester; são muito cômodas entre a multidão e talvez haja lobos. Conforme se recordam, o Conde tomou outras precauções; pediu algo a outros que a sra. Harker não ouviu bem ou não compreendeu. Temos de estar preparados para todas as eventualidades.

— Creio que será melhor eu ir com Quincey — falou o dr. Seward. Costumávamos caçar juntos e nós dois, bem armados, poderemos competir com o que quer que surja. Não deve ficar só, Art. Teremos de lutar contra os eslovacos e, embora suponha que não carreguem armas, não facilitemos, pois poderiam estragar nossos planos. Desta vez não nos devemos arriscar; só descansaremos quando a cabeça do Conde estiver separada do corpo e não houver possilidade de reencarnação.

O dr. Seward olhou para Jonathan enquanto falava e este por sua vez também me contemplou. É claro que a mente de meu marido estava em conflito: desejava permanecer comigo, mas o serviço do barco seria aquele que mais provavelmente destruiria o... o... o... vampiro! (Por que hesitei ao escrever esta palavra?) Jonathan permaneceu em silêncio durante algum tempo e o dr. Van Helsing falou:

— Amigo Jonathan, esse serviço lhe será adequado por dois motivos. Primeiro, porque é jovem, bravo, pode lutar e talvez todas as energias sejam necessárias no final; segundo, porque tem o direito de destruir aquele que tanta desgraça causou a você e aos que lhe são caros. Não receie pela sra. Mina, pois ficarei cuidando dela, se mo permitir. Já estou velho, minhas pernas já não são mais rápidas como antigamente, não estou mais habituado a cavalgar durante muito tempo, nem a perseguições como a que ocorrerá; além do mais, também não estou acostumado com armas mortíferas. Entretanto, posso realizar outros serviços e lutar de outro modo. E também poderei morrer, se necessário, como os jovens. Agora, permitam-me declarar o que acho que será melhor fazer: enquanto lorde Godalming e o amigo Jonathan subirem o rio em seu rápido barco a vapor, enquanto John e Quincey guardarem as margens por onde o vampiro talvez desembarque, levarei a sra. Mina ao centro do país do inimigo. Enquanto aquela velha raposa estiver presa em sua caixa, flutuando sobre a corrente sem poder escapar para a terra (pois terá receio de levantar a tampa da caixa, o que poderia assustar os transportadores eslovacos que o abandonariam à morte), percorreremos a trilha por onde foi Jonathan: iremos de Bistritz a Borgo e encontraremos o caminho do castelo de Drácula. O poder que a sra. Mina adquire por meio do hipnotismo lá constituirá um auxílio e encontraremos o caminho escuro e desconhecido, depois do primeiro nascer do sol passado junto daquele maldito lugar. Há muito a ser realizado e outros locais a serem santificados, para que o ninho das víboras seja destruído.

Jonathan interrompeu-o, zangado:

— Professor Van Helsing, quer dizer que pretende levar Mina, contaminada como está pela doença do diabo, justamente para a armadilha mortífera do vampiro? Por nada neste mundo eu o permitiria!

Durante um minuto ficou quase sem fala, mas depois prosseguiu:

— Sabe como é aquele lugar? Já viu aquela toca diabólica, onde o próprio luar apresenta formas horripilantes e cada grão de poeira que dança ao vento é um monstro em embrião? Já sentiu os lábios do vampiro em seu pescoço? — Voltou-se para mim e, com os olhos em minha testa, ergueu os braços, exclamando: — Oh, meu Deus, o que fizemos para que essa desgraça caísse sobre nós!

Atirou-se no sofá mergulhado em sua dor. A voz do professor, falando em tons claros e bondosos que pareciam vibrar no ar, acalmou-nos a todos:

— Oh, meu amigo, quero ir porque desejo salvar a sra. Mina daquele terrível lugar. Que Deus faça com que não seja necessário levá-la para lá, pois terei de realizar naquele local um trabalho horripilante, que os olhos dela não deverão ver. Todos os homens aqui, com exceção de Jonathan, já viram com seus próprios olhos o que tem de ser realizado para purificar tal lugar. Recorde-se de que estamos em terrível situação. Se o Conde fugir desta vez (e ele é forte, hábil e astuto), talvez resolva dormir durante um século. Se isso acontecer, nossa querida — ele me segurou as mãos — iria fazer-lhe companhia e ficaria como aquelas outras que você viu, Jonathan. Viu-lhes os lábios que se satisfaziam malignamente, ouviu a risada obscena que emitiram ao agarrarem o saco que o Conde lhes atirara e que se movia. Você estremece e com razão; desculpe-me se lhe causo tanta dor, mas isso é necessário. Meu amigo, não é por uma triste necessidade que ofereço até mesmo minha própria vida?

Se alguém tiver de permanecer naquele lugar, serei eu que terei de ir para fazer-lhes companhia.

— Aja como quiser — disse Jonathan com um soluço que lhe fez estremecer o corpo inteiro. — Estamos nas mãos de Deus!

Mais tarde — A visão do trabalho desses homens corajosos me fez bem. Como pode uma mulher deixar de amar homens tão sinceros, verdadeiros e bravos! Aquilo também me fez pensar no intenso poder do dinheiro! O que não pode ele realizar quando devidamente aplicado, e o que não sucede quando utilizado para fins inferiores! Sinto-me muito grata porque o rico lorde Godalming e o sr. Morris, que também tem bastante dinheiro, mostram disposição para gastar livremente. Se isso não ocorresse, nossa pequena expedição não poderia partir dentro de uma hora, nem com tamanha rapidez nem tão bem aquipada. Há menos de três horas decidimos que papel caberia a cada um de nós e já lorde Godalming e Jonathan tinham uma lancha pronta para partir a qualquer momento. O dr. Seward e o sr. Morris arranjaram meia dúzia de bons cavalos, bem escolhidos. Conosco já estão todos os mapas e instrumentos de que necessitamos. O professor Van Helsing e eu partiremos hoje à noite, no trem das 11h40, para Veresti, onde arranjaremos uma carruagem que nos levará ao Desfiladeiro de Borgo. Levaremos muito dinheiro, pois seremos obrigados a comprar uma carruagem e cavalos. Nós mesmos guiaremos, porque não há ninguém a quem possamos confiar nosso encargo. Arranjar-nos-emos muito bem, pois o professor conhece inúmeras línguas. Todos levamos armas e até eu carrego um revólver de grande calibre; Jonathan só sossegou quando me viu armada como os outros. Mas que infelicidade! Não posso carregar uma certa arma que os outros levam, pois a cicatriz de minha testa o proíbe. O estimado dr. Van Helsing consolou-me dizendo-me que estarei completamente armada, caso surjam lobos. O tempo se torna mais frio a cada hora que passa e há nevadas que surgem e desaparecem como avisos.

Mais tarde — Precisei reunir toda a minha coragem para dizer adeus a meu querido marido, pois talvez nunca mais nos encontremos. Coragem, Mina! O professor observa-me atentamente e seu olhar é uma advertência. Não deve haver lágrimas... a não ser aquelas que Deus permitir que caiam por alegria.

Diário de Jonathan Harker

30 de outubro, à noite. — Escrevo à luz que surge da porta da fornalha da lancha, que lorde Godalming atiça. Ele tem muita experiência disso, pois há anos possui uma lancha no Tâmisa e outra em Norfolk Broads. Com relação a nossos planos, chegamos à conclusão de que Mina intuíra corretamente e que, se o Conde escolhera alguma via fluvial para refugiar-se em seu castelo, o Sereth ou a junção do Bistritza seriam os rios preferidos. Decidimos que o lugar situado a cerca de 47 graus de latitude norte seria o mais provável em que o vampiro atravessaria a terra entre o rio e os Cárpatos. Não receamos subir o rio em grande velocidade durante a noite; há muita água e as margens afastadas tornam fácil a navegação, mesmo no escuro. lorde Godalming mandou-me dormir durante algum tempo, pois no presente basta a vigilância de um só. Porém não posso dormir... como poderia fazê-lo quando um terrível perigo ameaça minha querida, que vai para aquele lugar tenebroso... Meu único consolo é o pensamento de que estamos nas mãos de Deus. Se não fosse essa crença, seria mais fácil morrer do que viver e assim eliminar todas as dificuldades. O sr. Morris e o dr. Seward partiram em sua longa cavalgada, antes de iniciarmos viagem; conservar-se-ão na margem direita, porém se afastarão dela o suficiente para subirem em terras mais altas, de onde poderão vigiar um bom pedaço do rio e assim evitar suas curvas. Para as primeiras mudas, levaram dois homens que cavalgarão, puxando também os cavalos para a troca, os quais serão ao todo quatro, a fim de não despertar a curiosidade de ninguém. Pouco depois despedirão os homens e cuidarão eles mesmos dos cavalos. Talvez todos tenhamos de agir juntos e, se isso acontecer, haverá montarias suficientes para todo o grupo. Uma das selas tem armação móvel e poderá ser facilmente adaptada para Mina, se necessário.

Embrenhamo-nos em selvagem aventura. Aqui vamos nós, disparando pela escuridão e sentindo o frio que vem do rio e parece cortar, e ouvindo ao nosso redor todos os sons misteriosos da noite. Parecemos penetrar em lugares e caminhos desconhecidos, num mundo lúgubre e negro. Godalming fecha a porta da fornalha...

31 de outubro — Ainda nos apressamos. O dia surgiu e Godalming ainda dorme, mas estou de plantão. A manhã está incomodamente fria e o calor que vem da fornalha é agradável, embora vistamos casacos de pele. Até agora passamos apenas por poucos barcos abertos, mas nenhum deles levava caixa ou volume semelhante ao que procuramos. Os homens se assustavam todas as vezes que lançávamos nossos faróis elétricos sobre eles; caíam de joelhos e oravam.

1º de novembro, à noite — Não recebemos notícias durante o dia, nem encontramos o que procuramos. Já penetramos no Bistritza, e se nossas conclusões estiverem erradas perdemos nossa oportunidade. Abordamos todos os barcos, grandes e pequenos. Cedo, nesta manhã, um tripulante pensou que nossa lancha fosse oficial e tratou-nos respeitosamente. Vimos que assim facilitaríamos a busca e, em Fundu, quando o Bistritza deságua no Sereth, colocamos uma bandeira romena em nosso barco e lá ela tremula. Esse truque foi bem-sucedido com todos os barcos que abordamos e todos nos trataram condignamente, sem opor obstáculos ao que desejávamos perguntar ou fazer. Alguns dos eslovacos nos informaram ter visto um grande barco passar com velocidade maior do que a comum, tendo a bordo tripulação dupla. Aquilo ocorrera antes de irem para Fundu, de modo que não sabiam dizer se o barco se voltara para o Bistritza ou continuara a subir o Sereth. Em Fundu, ninguém soube informar-nos a respeito de tal embarcação, o que nos fez concluir que devia ter passado por lá durante a noite. Estou muito sonolento; o rio principia a exercer sua influência sobre mim e sinto que preciso descansar. Godalming insiste em permanecer vigiando durante o primeiro período. Que Deus o proteja por sua bondade para com minha esposa querida e para comigo.

2 de novembro, pela manhã — Já é dia claro. Meu bom camarada não me quis acordar, pois disse que teria sido um crime despertar-me de um sono tão pacífico, que me fazia esquecer os sofrimentos. Sinto-me egoísta por ter dormido tanto e permitido que ele vigiasse durante toda a noite, mas ele tinha razão. Sou um novo homem esta manhã e, enquanto estou aqui sentado, vendo-o dormir, posso fazer tudo o que é necessário para cuidar da lancha, manobrá-la e manter a vigilância. Sinto as energias me invadirem novamente. Quisera saber onde Mina e Van Helsing estão agora. Devem ter chegado a Veresti cerca de meio-dia na quarta-feira e com certeza demoraram um pouco para conseguir carruagem e cavalos; mas, se principiaram logo a viagem e prosseguiram com afinco, devem estar agora no Desfiladeiro de Borgo. Que Deus os guie e ajude! Receio pensar no que poderá acontecer. Se ao menos pudéssemos ir mais rapidamente, mas isso não é possível porque o motor já dá o máximo. Será que o dr. Seward e o sr. Morris estão bem? Parecem existir intermináveis riachos descendo das montanhas e desaguando neste rio, mas como nenhum deles é grande (pelo menos no presente, pois no inverno é provável que com as neves derretidas se tornem mais impetuosos), os cavaleiros talvez não tenham encontrado obstáculos.

Espero que os encontremos antes de atingirmos Strasba, pois, se até lá não conseguirmos descobrir o Conde, será necessário nos reunirmos para decidir o que faremos.

Relato cotidiano do dr. Seward

2 de novembro — Passamos três dias na estrada. Não recebemos notícias nem tivemos tempo para escrever, pois todo minuto é precioso. Só paramos o suficiente para os cavalos descansarem, mas estamos suportando tudo muito bem. Aqueles nossos tempos de aventureiros agora nos são úteis. Temos de prosseguir, porque só nos sentiremos felizes novamente quando avistarmos a lancha.

3 de novembro — Em Fundu, soubemos que a lancha subira o Bistritza. Seria bom que o frio não fosse tão intenso. Há sinais de neve e, se esta surgir com violência, seremos detidos. Teremos então de conseguir um trenó e prosseguir, à moda dos russos.

4 de novembro — Soubemos hoje que um acidente deteve a lancha quando tentava abrir caminho, subindo uma corredeira. As embarcações dos eslovacos conseguem subir com a ajuda de uma corda e de manobras hábeis. Algumas haviam passado ali algumas horas antes. Godalming é um mecânico amador e evidentemente foi ele próprio quem consertou a lancha. Finalmente, com a ajuda local, conseguiram subir e já prosseguem na perseguição. Contudo, receio que a lancha não tenha ficado em muito boa condição depois do que ocorreu, pois de vez em quando a viam parar. Temos de prosseguir mais rapidamente do que antes, pois talvez haja necessidade de auxílio.

Diário de Mina Harker

31 de outubro — Chegamos a Veresti ao meio-dia. O professor narrou que, esta manhã, durante a alvorada, mal me pôde hipnotizar; quando o conseguiu, tudo o que pude dizer foi: "Escuridão e silêncio". Agora ele partiu para comprar a carruagem e os cavalos, para que possamos mudá-los no caminho, pois teremos de percorrer mais de 70 milhas. O país é lindo e muito interessante; se as condições fossem outras, seria muito agradável viajar por aqui. Como seria bom se Jonathan e eu passeássemos por cá a sós; se parássemos para ver o povo, aprender algo de seus costumes e encher nossa mente e memória com as cores e a beleza desta terra linda e agreste, e de sua estranha gente! Mas, infelizmente...

Mais tarde — O dr. Van Helsing já regressou. Conseguiu a carruagem e os cavalos; jantaremos e partiremos dentro de uma hora. A estalajadeira está preparando para nós uma grande cesta de provisões que seria suficiente para um regimento. O professor encorajou-a a prosseguir, dizendo-me baixinho que talvez só conseguíssemos alimentos novamente após uma semana. Ele também fez compras e enviou para casa maravilhosa porção de casacos de pele, estolas e agasalhos de toda espécie. Não haverá possibilidade de sentirmos frio.

Logo partiremos. Receio pensar no que possa suceder-nos. Estamos realmente nas mãos de Deus. Só Ele sabe o que acontecerá e rezo com todas as forças de minha triste e humilde alma, para que vigie meu adorado marido e para que, aconteça o que acontecer, Jonathan saiba que o amo e respeito infinitamente, e que meu último e mais sincero pensamento será para ele.

❖

CAPÍTULO XXVII

Diário de Mina Harker
(continuação)

1º de novembro — Viajamos durante o dia inteiro e a boa velocidade. Os cavalos parecem saber que são tratados bondosamente e percorrem seu caminho com a máxima rapidez. Agora, depois da relativa facilidade que encontramos para chegar até aqui, sentimo-nos encorajados e achamos que a viagem não será penosa. O dr. Van Helsing mostra-se lacônico; diz aos fazendeiros que deseja ir rapidamente a Bistritz e lhes paga bem para a muda dos cavalos. Nesses momentos tomamos sopa quente, café ou chá e depois partimos mais uma vez. Neste país admirável, repleto de belezas de todas as espécies, o povo é bravo, forte, simples e cheio de boas qualidades. Contudo, é muitíssimo supersticioso. Na primeira casa em que paramos, a mulher que nos serviu avistou a cicatriz em minha testa; benzeu-se e fez uma figa em minha direção, logo que viu aquela marca, a fim de evitar o mau-olhado. Creio que se deram ao trabalho de colocar grande quantidade de alho, condimento que não suporto, em nossa comida. Desde então, tenho tido o cuidado de não retirar o chapéu ou o véu, para assim escapar às suspeitas. Viajamos com rapidez, e como não temos cocheiro para contar mexericos, vamos à frente dos escândalos; porém, acho que o medo do mau-olhado nos seguirá durante todo o caminho. O professor parece incansável e não quis repousar durante o dia, embora me obrigasse a dormir durante um longo período. Hipnotizou-me ao pôr do sol e disse que minha resposta foi a mesma de sempre: "Escuridão, água batendo e madeira rangendo". Portanto, nosso inimigo ainda está no rio. Receio pensar em Jonathan, mas, não sei por que, agora já não temo por ele nem por mim. Escrevo isto numa casa de fazenda enquanto esperamos que aprontem os cavalos. O dr. Van Helsing está dormindo. Coitado, tem o aspecto cansado, envelhecido e pálido, porém sua boca se mantém firme como a de um conquistador; até mesmo dormindo vê-se o seu espírito resoluto. Depois que nos tivermos afastado, fá-lo-ei descansar enquanto guio. Dir-lhe-ei que ainda teremos dias diante de nós e que não deverá esgotar-se justamente quando todas as suas energias serão necessárias... Tudo está pronto e partiremos em breve.

2 de novembro, pela manhã — Consegui convencê-lo e nos revezamos durante toda a noite; agora o dia nos envolve, claro porém frio. O ar está estranhamente pesado... digo pesado porque não encontro melhor palavra, embora queira significar que nos deprime singularmente. Faz muito frio e só nos mantemos confortáveis devido a nossas peles quentes. De madrugada, Van Helsing hipnotizou-me e declarou que respondi "escuridão, madeira rangendo e estrondo de água"; percebemos portanto que o rio se modifica à medida que sobem. Espero que meu querido esposo não se arrisque mais do que o necessário; estamos nas mãos de Deus.

2 de novembro, à noite — Durante todo o dia, continuamos na carruagem. O país se torna mais agreste à medida que prosseguimos e os grandes espigões dos Cárpatos, que em Veresti pareciam tão distantes e baixos no horizonte, agora parecem envolver-nos, erguendo-se à nossa frente. Ambos estamos bem-humorados e creio que nos esforçamos para nos alegrarmos mutuamente, fato que acaba produzindo verdadeira alegria. O dr. Van Helsing disse que pela manhã chegaremos ao Desfiladeiro de Borgo. Os cavalos aqui são muito raros agora e o professor declarou que o último arranjado terá de continuar conosco até ao final, porque talvez não consigamos mudá-lo. Arranjou mais dois, além dos dois que já tínhamos, de modo que agora conduzimos quatro animais. São pacientes e bons; não nos dão trabalho. Como não há necessidade de nos preocuparmos com outros viajantes, até eu posso guiar os cavalos. Atingiremos o desfiladeiro durante o dia e não desejamos chegar lá antes; por isso prosseguimos devagar e nos revezamos em longos turnos de descanso. Oh, o que nos trará o dia de amanhã? Iremos para o lugar em que meu querido sofreu tanto. Que Deus nos dirija corretamente e zele por meu marido e por todos aqueles que nos são caros e que se encontram em tão grande perigo. Quanto a mim, não sou digna diante dos olhos d'Ele, sou impura e assim permanecerei até que o Onipotente admita minha presença diante de Si como alguém que não incorreu em Sua ira.

Memorando de Abraham Van Helsing

4 de novembro — Escrevo isto para meu velho e verdadeiro amigo John Seward, médico de Purfleet, Londres, caso não o veja mais. Talvez estas palavras consigam explicar tudo. É de manhã e escrevo junto à fogueira que mantive acesa durante toda a noite, com a ajuda da sra. Mina. O frio é demasiado intenso; tão intenso que o escuro céu está carregado com a neve que, quando cair, se estabelecerá durante todo o inverno, pois a terra se endurece para recebê-la. O tempo parece ter afetado a sra. Mina; sentiu a cabeça pesada durante todo o dia e não parecia a mesma. Dormiu muitíssimo e ela, que é quase sempre tão vivaz, nada fez durante o dia inteiro, perdendo inclusive o apetite. Não quis anotar seu diário, ela que sempre escreveu nos momentos disponíveis. Algo me sussurra que existe alguma coisa errada. Contudo, hoje à noite está mais alerta e o longo sono durante o dia serviu para recuperá-la, pois se mostra terna e alegre como sempre. Ao pôr do sol tentei hipnotizá-la, mas infelizmente não obtive resultado; meu poder diminuiu diariamente e hoje à noite falhou de modo completo. Bem, seja feita a vontade de Deus, qualquer que seja e para onde quer que nos leve!

Agora passemos aos fatos, pois como a sra. Mina não escreveu em taquigrafia, terei de recorrer à minha escrita comum e cansativa, a fim de que nenhum dia permaneça sem anotações.

Chegamos ao Desfiladeiro de Borgo logo após o nascer do sol, ontem. Quando vi os sinais da alvorada, preparei-me para hipnotizar. Paramos a carruagem e descemos para que nada nos perturbasse; em seguida fiz um leito com peles e a sra. Mina, deitada, entregou-se como habitualmente, sendo porém mais lenta e breve do que nunca, durante o sono hipnótico. A resposta surgiu como antes: "Escuridão e água a girar". Em seguida acordou radiante; prosseguimos em nosso caminho e logo atingimos o desfiladeiro. Naquela hora e lugar ela demonstrou ardente zelo; algum novo poder para guiar manifestou-se nela, pois apontou para a estrada, dizendo:

— Esse é o caminho.

— Como sabe? — perguntei.

— É claro que sei — respondeu ela, acrescentando com uma pausa: — Jonathan já não passou por aqui, anotando toda a sua viagem?

A princípio julguei aquilo estranho, mas logo verifiquei que havia apenas um atalho igual àquele. É muito pouco usado e muito diferente da estrada para carruagens que vai de Bucóvina a Bistritz, mais larga, dura e utilizada.

Assim percorremos aquele caminho e encontramos outros atalhos que às vezes nem percebíamos, mas apenas os cavalos distinguiam, pois aqueles caminhos estavam muito negligenciados e caíra uma leve geada. Soltei as rédeas aos animais e eles prosseguiram pacientemente. Pouco a pouco, fomos encontrando tudo o que Jonathan anotara em seu fabuloso diário. Em seguida, prosseguimos durante inúmeras e longas horas. A princípio, mandei que a sra. Mina dormisse; ela tentou e foi bem-sucedida. Dormiu durante todo o tempo até que, finalmente, desconfiei daquilo e tentei despertá-la, sem contudo o conseguir. Não quero fazer demasiada força para acordá-la porque temo prejudicá-la; sei que já sofreu muito e o sono às vezes lhe é benéfico. Creio que também cochilei, pois súbito me senti culpado, como se tivesse feito algo errado. Verifiquei então que segurava as rédeas e que os cavalos prosseguiam como sempre. Olhei para baixo e percebi que a sra. Mina ainda dormia. A hora do poente não está muito distante, e sobre a neve os raios do sol jorram inundando tudo de amarelo, o que nos faz atirar longas sombras sobre as montanhas íngremes. É que subimos sempre mais e a natureza aqui é muito agreste e rochosa, como se constituísse o fim do mundo.

Acordei Mina sem grande dificuldade e tentei hipnotizá-la. Entretanto, ela não dormiu, agindo como se eu não existisse. Mesmo assim, continuei tentando até que a escuridão nos envolveu; olhei então ao meu redor e verifiquei que o sol já desaparecera. A sra. Mina riu e voltei-me para contemplá-la; estava completamente acordada e não a via com aspecto tão bom desde aquela noite em Carfax, quando pela primeira vez entramos na casa do Conde. Senti-me surpreso e não muito à vontade, mas ela se mostrou tão alegre, terna e amável para comigo, que esqueci todos os temores. Acendi uma fogueira, pois trouxemos uma provisão de lenha conosco e a sra. Mina preparou a comida enquanto eu desatrelava os cavalos, cuidava deles e os alimentava. Quando voltei para junto da fogueira, ela deu-me o jantar, que já estava pronto. Eu quis ajudá-la, mas sorriu dizendo-me que já comera, pois sentira tanta fome que não pudera esperar. Não gostei daquilo e tive sérias dúvidas, mas silenciei porque temi assustá-la. Ela preparou tudo para mim e comi sozinho; em seguida, nos embrulhamos nas peles e deitamos ao lado do fogo. Disse-lhe que dormisse enquanto eu vigiava. Porém súbito adormeci, esquecendo a vigilância, e quando despertei verifiquei que ela estava deitada, quieta, porém acordada e que me contemplava com olhos muito brilhantes. Uma ou duas vezes aconteceu o mesmo e dormi bastante antes do amanhecer. Quando acordei, tentei hipnotizá-la mas, infelizmente, embora fechasse os olhos em obediência, não caiu em transe. O sol subiu cada vez mais e ela dormiu então; mas já era tarde e além do mais seu sono foi tão pesado que não consegui acordá-la. Tive de carregá-la para colocá-la adormecida na carruagem, onde já atrelei e preparei os cavalos. A sra. Mina ainda dorme e parece mais saudável e corada que antes. Não acho isso bom e tenho medo! Tenho medo de tudo... até de pensar que devo prosseguir neste caminho. Jogamos uma partida de vida ou morte, talvez até de algo mais, e não podemos hesitar.

5 de novembro, pela manhã — Anotarei tudo com a máxima precisão, pois embora vocês e eu tenhamos visto muitas coisas estranhas, juntos, poderão julgar que estou louco e que os muitos horrores e pressões sobre meus nervos finalmente desequilibraram meu cérebro. Viajamos durante todo o dia de ontem, sempre nos aproximando das montanhas e penetrando numa terra cada vez mais selvagem e deserta. Nela se encontram grandes e assustadores precipícios e muitas quedas de água; a natureza ali parece permanentemente em festa. A sra. Mina dorme continuamente e nem sequer acordou para comer, embora eu já tivesse sentido fome e me alimentado. Receei que o feitiço fatal do lugar já a tivesse dominado, ainda mais que já recebera o batismo do vampiro. "Bem, se ela dormir durante o dia inteiro, não poderei dormir durante a noite", disse para mim mesmo. Enquanto viajávamos pela estrada antiga, imperfeita e áspera, deitei a cabeça e adormeci. Acordei novamente com um sentimento de culpa e do tempo passado; Mina ainda dormia e o sol já estava bem baixo. Porém tudo mudara realmente; as montanhas sinistras pareciam muito distantes e estávamos próximos de um morro muito íngreme, no cimo do qual havia um castelo igual ao descrito por Jonathan em seu diário. Senti-me alegre e receoso ao mesmo tempo, pois agora o fim estava próximo, fosse ele bom ou mau.

Acordei a sra. Mina e novamente tentei hipnotizá-la, mas infelizmente só obtive resultado tarde demais. Depois, antes que a grande escuridão nos envolvesse (pois mesmo após o pôr do sol o céu refletiu os raios daquele astro, sobre a neve, produzindo um crepúsculo durante algum tempo), desatrelei os cavalos e cuidei deles como pude. Em seguida fiz uma fogueira e obriguei a sra. Mina, agora mais vivaz e encantadora do que nunca, a sentar-se confortavelmente entre suas cobertas. Preparei os alimentos, mas ela não quis comer, dizendo que não tinha fome. Não insisti porque sabia que era inútil, porém comi porque necessito estar forte para enfrentar tudo. Depois, receando o que poderia suceder, desenhei ao redor dela um círculo suficientemente grande para que pudesse sentar-se dentro dele em conforto. Sobre ele passei um pouco da massa da hóstia, quebrando-a bem para maior segurança. Durante todo o tempo, sentou-se imóvel como se estivesse morta, tornou-se mais pálida até adquirir a cor da neve e não disse palavra. Contudo, quando me aproximei me agarrou e percebi que a coitada tremia da cabeça aos pés, causando dó. Quando se acalmou mais, disse-lhe:

— Não quer aproximar-se da fogueira? — Assim perguntei para investigar seu poder. Ergueu-se obedientemente mas, quando deu um passo adiante, parou como que petrificada.

— Por que não continua? — indaguei.

Ela sacudiu a cabeça e, recuando, sentou-se em seu lugar. Depois, olhando-me com olhos arregalados, como alguém que acordasse repentinamente, disse apenas:

— Não posso! — e permaneceu em silêncio.

Regozijei-me, pois sabia que nossos inimigos não conseguiriam fazer o que ela própria não podia. Embora seu corpo talvez corresse perigo, sua alma estava em segurança!

Súbito os cavalos principiaram a relinchar e tentaram romper as amarras, até que me aproximei deles, tentando acalmá-los. Quando sentiram minhas mãos a afagá-los, relincharam baixo, como se estivessem alegres, lamberam minhas mãos e se conservaram quietos durante algum tempo. Cheguei-me a eles muitas vezes durante a noite, até aquele momento frio em que a natureza se apresenta mais imóvel; minha presença sempre serviu para acalmá-los. Na hora fria a fogueira principiou a extinguir-se e adiantei-me para atiçá-la, pois agora a neve caía violentamente, trazendo consigo uma névoa fria. Mesmo no escuro havia luz de alguma espécie, como sempre sucede sobre a neve, e parecia que os flocos desta e os fiapos de névoa adquiriam a forma de mulheres com vestes compridas. Tudo estava mergulhado em silêncio lúgubre e mortal; apenas os cavalos relinchavam e se encolhiam, completamente aterrorizados. Principiei a ter um medo terrível, mas logo me senti em segurança, dentro do círculo em que estava. Principiei também a pensar que minha imaginação era perturbada pela noite, pela terrível ansiedade e inquietação por que passara. Era como se minhas recordações acerca da apavorante experiência de Jonathan me iludissem, pois os flocos de neve e a névoa principiaram a girar até que pude avistar ligeiramente aquelas mulheres que o haviam desejado beijar. Os cavalos se encolheram mais e mais, gemendo aterrorizados como homens que sofressem. Mas o susto não os enlouquecia, para que fugissem. Receei pela sra. Mina, quando aquelas fantásticas figuras se aproximaram dela, circundando-a. Olhei-a, mas continuou sentada calmamente e sorriu para mim; quando eu quis adiantar-me para atiçar o fogo, segurou-me, fazendo-me recuar, e sussurrou com voz muito baixa, semelhante àquela que ouvimos em sonhos:

— Não! Não! Não saia do círculo. Aqui está em segurança!

Voltei-me para ela e, fitando-lhe os olhos, disse:

— Mas, e a senhora? É pela senhora que receio!

Ao ouvir isso, riu baixo e sem jeito, declarando:

— Receia por mim! Por quê? Ninguém no mundo está mais livre do perigo que elas possam causar do que eu.

Enquanto pensava no que ela queria dizer com aquelas palavras, um golpe de vento animou a fogueira e vi a cicatriz vermelha de sua testa. Então, infelizmente, entendi! Ainda que isso não tivesse ocorrido, logo teria compreendido, pois as figuras de neve e cerração rodopiante se aproximaram, conservando-se contudo sempre fora do círculo sagrado. Não sei se Deus me tirou a razão, mas vi com meus próprios olhos: principiaram a materializar-se até que enxerguei diante de mim, em carne e osso, as mesmas três mulheres que Jonathan vira no quarto, quando quiseram beijar-lhe o pescoço. Reconheci as redondas formas oscilantes, os olhos brilhantes e cruéis, os dentes brancos, a cor vermelha e os lábios voluptuosos. Sorriram para a infeliz sra. Mina e, enquanto o riso atravessava o silêncio da noite, entrelaçaram os braços e apontaram para ela. Em seguida, falaram com aquela doce voz que retinia e que Jonathan comparara ao ruído suave, porém insuportável, de copos que se tocam:

— Irmã, venha conosco. Venha, venha!

Receoso, voltei-me para a infortunada sra. Mina, mas meu coração pulou de felicidade; o terror e a repulsão que aqueles olhos ternos demonstraram contaram-me uma história repleta de esperanças. Graças a Deus, ela ainda não pertencia às outras. Agarrei um punhado de lenha que estava junto de mim, estendi um pouco de massa de hóstia e adiantei-me para aquelas mulheres, aproximando-me da fogueira. Recuaram e soltaram uma gargalhada baixa e horrível. Aticei o fogo sem temê-las, pois sabia que estávamos em segurança com nossos instrumentos de proteção. Não podiam se aproximar de mim enquanto eu estivesse assim armado, nem da sra. Mina dentro do círculo que não podia deixar e no qual as outras não conseguiam penetrar. Os animais haviam cessado de lamentar-se e deitavam-se imóveis; a neve caía sobre eles novamente, embranquecendo-os. Sabia que aqueles infortunados cavalos nunca mais sentiriam terror.

Assim permanecemos até que o vermelho da alvorada se refletiu sobre a escuridão e a neve. O terror e a angústia me envolviam, mas quando o maravilhoso sol principiou a subir no horizonte, renasci para a vida. Com os primeiros vestígios da madrugada, as horripilantes figuras dissolveram-se nos círculos da cerração e da névoa; as guirlandas transparentes moveram-se em direção ao castelo, sumindo.

Instintivamente, com a vinda da alvorada, voltei-me para a sra. Mina, pretendendo hipnotizá-la; porém ela caíra em súbito e profundo sono, do qual não consegui acordá-la. Tentei hipnotizá-la mesmo durante o sono, mas não apresentou reação alguma e o dia surgiu. Receio mover-me. Já fiz a fogueira e fui ver os cavalos, mas estavam todos mortos. Hoje, terei muito que fazer aqui, e estou à espera de que o sol se erga bem alto; é que em certos lugares para onde irei o sol me dará segurança, apesar de obscurecido pela cerração e pela neve.

Alimentar-me-ei para adquirir forças e depois me dedicarei ao meu terrível trabalho. Graças a Deus, a sra. Mina ainda dorme! O sono lhe dá tranquilidade...

Diário de Jonathan Harker

4 de novembro, ao anoitecer — O acidente com a lancha perturbou-nos muito. Se não fosse ele, já teríamos alcançado o barco do Conde há muito e a esta hora a adorada Mina já estaria livre. Nem quero pensar nela, lá nas florestas próximas daquele terrível lugar. Arranjamos cavalos e continuamos a seguir a trilha. Anoto isto enquanto Godalming se prepara. Estamos armados e se os ciganos quiserem lutar, terão de tomar cuidado. Oh, se ao menos Morris e Seward estivessem conosco! A esperança não nos deve abandonar! Se eu não puder escrever mais, adeus, Mina, que Deus a abençoe e proteja!

Relato cotidiano do dr. Seward

5 de novembro — Quando a madrugada chegou, vimos o grupo de ciganos diante de nós, afastando-se do rio em sua carroça. Rodeavam-na unidos e apressavam-se como se alguém os perseguisse. A neve caía levemente e o ar estava estranhamente agitado. Talvez estejamos imaginando coisas, mas há uma estranha depressão em tudo. Ouço o uivo de lobos distantes, que a neve traz descendo as montanhas; por todos os lados há perigos para nós. Os cavalos estão quase prontos e logo partiremos. Iremos ao encontro da morte de alguém, mas apenas Deus sabe de quem ou quando e em que circunstâncias isso ocorrerá...

Memorando do dr. Van Helsing

5 de novembro, à tarde — Agradeço a Deus porque pelo menos estou são, embora tenha passado por terríveis provações. Quando deixei a sra. Mina dormindo dentro do círculo sagrado, segui rumo ao castelo. O martelo de ferreiro que trouxe na carruagem desde Veresti me foi útil porque, embora as portas estivessem abertas, quebrei-as para que nem pessoas nem a fatalidade pudessem fechá-las, prendendo-me. A amarga experiência de Jonathan me foi útil e, recordando-me de seu diário, pude encontrar o caminho da velha capela, uma vez que era lá que teria de realizar meu trabalho. O ar estava abafado e parecia haver alguma emanação de gás sulfuroso que às vezes me entontecia. Em determinados momentos ouvia um estrondo em meus ouvidos e em outros percebia o uivo distante de lobos. Pensei então na sra. Mina e fiquei num horrível dilema.

Não ousara trazê-la para o castelo, mas deixara-a no círculo sagrado onde o vampiro não poderia fazer-lhe mal; contudo, haveria os lobos! Decidi entretanto que meu trabalho teria de ser realizado ali e que teríamos de submeter-nos aos lobos, se essa fosse a vontade de Deus. De qualquer modo, se aqueles animais a atacassem, haveria apenas a morte e a liberdade após. Assim, decidi deixá-la onde estava. Se tivesse de escolher a minha sorte, teria sido fácil: o estômago do lobo seria melhor do que o descanso no túmulo do vampiro! Decidi portanto terminar meu trabalho.

Sabia que teria de encontrar pelo menos três túmulos habitados; depois de muito procurar, descobri um deles. Sua dona dormia um sono de vampiro, tão cheia de vida e beleza sensual que julguei cometer um crime. Não duvido de que, antigamente, quando também existiam vampiros, muitos homens decidiram realizar uma tarefa igual à minha, porém no final ficaram penalizados e não tiveram coragem. Demoraram até que a beleza e fascinação das devassas Não Mortas os hipnotizaram, obrigando-os a permanecer onde estavam até ao pôr do sol, momento em que terminava o sono dos vampiros. Então, a linda mulher abria os bonitos olhos, adquiria aparência amorosa e a boca voluptuosa apresentava-se para o beijo. O homem é fraco... mais um caía vítima do abraço do vampiro e contribuía para o aumento das tenebrosas fileiras dos Não Mortos!...

Sem dúvida houve alguma fascinação, pois me senti tocado na presença daquela que estava deitada num túmulo corroído pelo tempo e repleto com o pó de séculos, embora apresentasse aquele terrível odor comum às tocas do Conde. Sim, eu, Van Helsing, apesar de toda a minha firmeza e ódio motivado, senti-me tocado por um desejo de retardar aquela ação; desejo esse que me parecia paralisar e embaraçar a própria alma. Talvez fosse a necessidade de dormir e o ar estranhamente abafado que me estivesse influenciando. A verdade era que principiava a adormecer de olhos acordados, como se cedesse a uma doce fascinação; porém, através da neve e do silêncio, ouvi um lamento longo e grave, tão repleto de angústia e piedade que me acordou como o som de uma trombeta. Era a voz da estimada sra. Mina.

Em seguida, me dediquei mais uma vez à minha terrível tarefa e, arrancando tampas de túmulos, encontrei outra das irmãs, a morena. Não ousei parar para contemplá-la, como fizera com sua irmã, pois temi sofrer novo encantamento. Contudo, continuei a procurar e descobri, num grande e alto túmulo, que parecia ter sido construído para pessoa muito amada, aquela clara mulher que Jonathan e eu víramos sair dos átomos de névoa. Sua beleza intensamente fascinante e voluptuosa atiçou meu instinto de homem, aquele instinto que faz que os de meu sexo amem e protejam as mulheres iguais a ela, porém no meu caso fez girar minha cabeça com nova emoção. Mas, graças a Deus, aquele lamento pungente da estimada sra. Mina não desaparecera totalmente de meus ouvidos e, antes que o feitiço me dominasse, já readquirira coragem para minha selvagem tarefa. Àquela hora já revistara todos os túmulos da capela e, como só avistara três daqueles fantasmas ao redor de nós durante a noite, presumi que não existissem mais Não Mortos ativos. Havia um grande túmulo, mais imponente do que os outros; era enorme e majestosamente bem-proporcionado. Havia nele apenas uma palavra:

Aquele era o lar do Rei-Vampiro, gerador de muitos outros. Nada existia dentro do túmulo, o que confirmou aquilo que eu já sabia. Antes de matar verdadeiramente aquelas mulheres, coloquei um pouco de massa de hóstia no túmulo de Drácula, banindo-o dali para sempre.

Em seguida, principiei a terrível tarefa que me causava horror. Se tivesse de matar apenas uma, teria sido relativamente fácil, mas três! Teria de passar três vezes por momentos horripilantes... Aquilo já fora terrível com a terna srta. Lucy; mas o que não seria agora com essas estranhas que haviam sobrevivido séculos, que se haviam fortalecido com o passar dos anos e que teriam lutado por sua vida impura, se pudessem?

Oh, amigo John, aquele foi um trabalho de carniceiro e eu não poderia ter prosseguido se não tivesse pensado nos outros mortos e nos vivos que estavam ameaçados por aquele manto de pavor. Tremo ainda agora, embora graças a Deus meus nervos tudo tivessem suportado até o final. Não poderia ter prosseguido com aquela destruição, caso não tivesse visto a expressão de paz e felicidade das Não Mortas, antes da dissolução final, demonstradora de que as almas haviam sido conquistadas. Não teria suportado o terrível grito emitido quando o espeto foi enterrado, as contorções e a espuma sangrenta que saía dos lábios. Teria fugido horrorizado, sem terminar meu trabalho. Mas já acabei tudo e agora posso chorar e ter piedade daquelas pobres almas, cada uma tão plácida no sono da morte, durante um curto momento antes de virar pó. Amigo John, mal acabava de cortar com minha faca a cabeça de cada uma e já todo o corpo principiava a dissolver-se, transformando-se no primitivo pó, como se a morte, que há muitos séculos se deveria ter instalado, surgisse finalmente de modo acintoso e dissesse: "Aqui estou eu!"

Antes de partir do castelo preparei as entradas, de modo que o Conde lá não penetrará enquanto for vampiro.

Quando entrei no círculo em que a sra. Mina dormia, acordou e ao me olhar gritou, declarando que eu já suportara demais.

— Venha, afastemo-nos deste lúgubre lugar! — disse ela. — Vamos encontrar meu marido que caminha em nossa direção, segundo o que sei.

Estava magra, pálida e fraca, mas seus olhos demonstravam pureza e brilhavam com fervor. Alegrei-me por vê-la pálida e doente, pois meu cérebro estava povoado com os recentes horrores do sono corado das Não Mortas.

Assim, esperançosos, porém com temor, voltamo-nos para o este, a fim de encontrar nossos amigos e também... *Ele*, que a sra. Mina declarou saber dirigir-se ao nosso encontro.

Diário de Mina Harker

6 de novembro — Sabia que Jonathan viria pelo este, e a tarde já ia adiantada quando o professor e eu nos dirigimos para lá. Apesar de o caminho ser muito íngreme e de descermos, não caminhamos com rapidez porque levávamos conosco pesadas mantas e agasalhos; não ousávamos prosseguir sem proteção contra o frio e a neve. Tivemos também de levar algumas de nossas provisões, pois estávamos em lugar deserto e, até onde podíamos ver através da neve, não havia sinal de habitação. Depois de caminharmos cerca de uma milha, senti-me cansada e me sentei. Olhamos para trás e vimos o castelo de Drácula recortado contra o céu; estávamos num ponto tão baixo no morro em que o castelo se situava, e que estávamos descendo, que, daquele local, não avistávamos os Cárpatos. Vimos o castelo em toda a sua imponência, a 3.480 metros de altura sobre o cimo de um abrupto precipício; entre ele e qualquer das faces da montanha adjacente parecia haver uma grande garganta. Havia algo de bárbaro e misterioso no lugar. Ouvíamos o distante uivar dos lobos, som que surgia cheio de terror, embora abafado pela neve. Pelo modo de olhar do dr. Van Helsing, percebi que procurava algum ponto estratégico onde nos pudéssemos defender-nos melhor, em caso de ataque. A estrada imperfeita ainda descia e nós a distinguíamos entre a neve acumulada.

Após pouco tempo o professor me fez sinal; levantei-me e uni-me a ele. Encontrara um ótimo lugar: uma espécie de gruta na rocha, com uma entrada semelhante a um portal, entre duas pedras. O dr. Van Helsing segurou-me a mão, fazendo-me entrar.

— Veja, encontrará abrigo aqui — disse ele. — E se os lobos vierem poderei enfrentá-los um a um.

Trouxe-nos nossas peles, arrumou um lugarzinho aconchegante para mim, apanhou umas provisões e obrigou-me a comer. Mas recusei, pois até mesmo o fato de tentar ingerir alimento me repugnava; embora quisesse agradar-lhe, não pude realizar a tentativa.

Mostrou-se triste, mas não me reprovou. Apanhando na caixa o binóculo, levantou-se e ficou em pé na rocha, principiando a examinar o horizonte. Súbito gritou:

— Olhe, sra. Mina! Olhe!

Levantei-me e fiquei ao lado dele na pedra; entregou-me o binóculo e apontou. A neve caía com mais força e rodopiava violentamente, pois um vento forte principiava a soprar. Contudo, em determinados momentos, havia pausas entre as rajadas de neve e eu podia ver bem longe. Isso era possível porque estávamos numa elevação. Bem distante, além da branca faixa de neve, eu avistava o rio como uma fita negra enroscando-se em seu caminho. Em nossa direção e tão perto, que fiquei imaginando por que não notáramos antes, um grupo de homens a cavalo se apressava. Entre eles havia uma longa carroça que balançava de um lado a outro, como um rabo de cachorro, a cada pequena saliência da estrada. Contrastavam com a neve e, devido a suas vestimentas, percebi que eram camponeses ou ciganos de alguma espécie.

Sobre a carroça havia uma grande caixa quadrada e meu coração pulou ao vê-la, pois senti que o fim estava próximo. A noite logo chegaria e eu sabia muito bem que ao pôr do sol a coisa que ali estava aprisionada adquiriria nova liberdade e poderia fugir sob muitas formas. Receosa, voltei-me para o professor, mas verifiquei pesarosa que ele não estava lá. Um instante mais tarde, vi-o mais abaixo de mim. Desenhara um círculo em volta da rocha, igual àquele em que nos abrigáramos na noite anterior. Depois que o completara, ficou novamente em pé junto de mim e disse:

— Pelo menos, *Ele* não poderá fazer-lhe mal aqui! — Apanhou o binóculo em minhas mãos e na estiada seguinte da neve examinou todo o espaço abaixo de nós. — Veja, eles vêm rapidamente; chicoteiam os cavalos e galopam com a máxima velocidade.

Fez uma pausa e prosseguiu em voz inexpressiva:

— Correm em direção ao poente. Talvez seja tarde demais para nós, porém seja feita a vontade de Deus!

Uma forte lufada de neve caiu, apagando toda a nossa visão, contudo logo passou e mais uma vez o binóculo do professor se fixou na planície. Súbito gritou:

— Olhe! Olhe! Olhe! Veja, dois cavaleiros seguem-nos com rapidez, vindos do sul. Só podem ser Quincey e John. Pegue o binóculo e olhe antes que a neve tudo apague!

Apanhei-o e olhei. Os dois homens poderiam ser o dr. Seward e o sr. Morris; de qualquer modo, sabia que nenhum dos dois era Jonathan. Naquele momento, porém, *sabia* que meu marido não estava muito distante, e olhando ao meu redor vi dois outros homens surgindo ao norte do grupo, em tremenda velocidade. Percebi que um deles era Jonathan e presumi que o outro seria lorde Godalming. Também perseguiam o grupo que conduzia a carroça. Quando disse aquilo ao professor, gritou alegre como um colegial; olhou atentamente até a neve nublar o panorama e encostou sua carabina Winchester na pedra à entrada da gruta, pronta para ser usada.

— Estão todos convergindo para um mesmo ponto — falou o professor. — Quando chegar a hora, os ciganos se espalharão por todos os lados.

Conservei meu revólver pronto para ser manejado, pois enquanto falávamos o uivo dos lobos se tornara mais próximo e forte. Quando a tempestade amainou por um momento, olhamos novamente. Era estranho, mas a neve caía em pesados flocos ao nosso redor, apesar de longe o sol brilhar cada vez mais enquanto desaparecia pelos picos das montanhas distantes. Movendo o binóculo, avistei pontos que se moviam, isoladamente ou em grupos... eram os lobos que se uniam para abocanhar a presa.

Enquanto esperávamos, cada segundo parecia um século. O vento soprava agora em violentas lufadas e a neve era atirada com fúria ao passar por nós, em turbilhões. Em certos instantes não conseguíamos ver a distância maior do que um braço, porém em outros, quando o vento passava por nós rugindo, parecia clarear todo o espaço ao nosso redor e víamos muito longe. Nos últimos tempos, nos habituáramos de tal modo a esperar o nascer e o pôr do sol que sabíamos com precisão quando chegaria; assim, podíamos afirmar que o ocaso logo surgiria. Era difícil acreditar no que nossos relógios revelavam: esperáramos menos de uma hora naquele abrigo rochoso, antes que os diversos grupos principiassem a convergir diante de nós. O vento agora surgia com lufadas mais violentas e cortantes; vinha mais firmemente do norte. Parecia haver afastado de nós as nuvens carregadas de neve, pois apenas ocasionalmente esta caía em jatos. Distinguíamos claramente os homens de cada grupo, os perseguidores e os perseguidos. Era estranho, mas os perseguidos não pareciam perceber que havia uma perseguição, ou pelo menos não davam importância a ela; contudo, redobravam a velocidade à medida que o Sol baixava mais entre os picos das montanhas.

Aproximavam-se cada vez mais. O professor e eu nos agachamos por trás de nossa rocha, mantendo as armas prontas; pude ver que ele estava resolvido a não deixá-los passar. Nenhum membro do grupo notou nossa presença.

Súbito, duas vozes bradaram: "Parem!". Uma delas era a de Jonathan, carregada de emoção; a outra era a voz firme do sr. Morris, em tom de calmo comando. Os ciganos poderiam não conhecer aquela língua, mas aquele tom era inconfundível, qualquer que fosse a língua falada. Pararam instintivamente e, no mesmo instante, lorde Godalming e Jonathan surgiram de um lado enquanto do outro o dr. Seward e o sr. Morris se aproximaram. O chefe dos ciganos, um homem de aspecto magnífico que, montado no cavalo, parecia um centauro, fez um gesto para os intrusos e depois ordenou aos companheiros que prosseguissem. Chicotearam os cavalos e se adiantaram, porém os quatro homens ergueram as carabinas Winchester e, de modo inconfundível, ordenaram que os ciganos parassem. No mesmo instante, o dr. Van Helsing e eu nos erguemos por trás de uma rocha e apontamos nossas armas para eles. Vendo que estavam cercados, apertaram as rédeas e pararam. O chefe voltou-se para os outros e disse algo que fez que todos os homens do grupo desembainhassem as armas que carregavam, faca ou pistola, preparando-se para o ataque. Logo seguiu-se a ação.

O chefe, com um rápido movimento de suas rédeas, atirou seu cavalo para a frente e apontou primeiro para o sol, agora bem baixo sobre os picos e, em seguida, para o castelo, dizendo algo que não compreendi. Em resposta, os quatro homens de nosso grupo saltaram dos cavalos e se atiraram sobre a carroça. Eu deveria ter sentido terrível medo ao ver Jonathan em tamanho perigo, mas o ardor da batalha envolveu-me, assim como aos outros; não tive medo, mas apenas um desejo muito intenso de agir. Ao ver o rápido movimento de nossos homens, o chefe dos ciganos deu uma ordem e cada um de seus seguidores imediatamente se enfileirou ao redor da carroça, de modo desigual e aos empurrões, ansiosos para cumprir a ordem.

Vi que Jonathan, num dos lados do círculo de homens, e Quincey, no outro, tentavam abrir caminho à força para a carroça; era evidente que tinham o firme propósito de realizar a tarefa a que visavam, antes do pôr do sol. Nada parecia conseguir detê-los ou mesmo atrasá-los. As armas erguidas, as facas rutilantes dos ciganos na frente, o uivo dos lobos por trás, nada parecia atrair-lhes a atenção. A impetuosidade de Jonathan e a firmeza de seu propósito pareciam intimidar aqueles à sua frente; recuaram instintivamente, deixando-o passar. Num segundo, conseguiu pular sobre a carroça e com força surpreendente ergueu a grande caixa, atirando-se sobre a roda e lançando-a ao chão. Entrementes, o sr. Morris utilizara sua força para romper do seu lado o círculo de ciganos. Durante todo o tempo em que eu observara Jonathan, contendo a respiração, também vira com o rabo dos olhos o sr. Morris, esforçando-se desesperadamente para a frente; as facas dos ciganos brilhavam e lançavam-se contra ele, à medida que avançava. Aparara os golpes com seu grande facão e a princípio julguei que também saíra ileso, mas, quando surgiu ao lado de Jonathan, que agora já saltara da carroça, vi que segurava um de seus lados e que o sangue jorrava entre seus dedos. Não se deteve apesar disso e, enquanto Jonathan atacava um dos lados da caixa com energia desesperada, tentando arrancar a tampa com o facão, Morris atirou-se ao outro lado também com sua lâmina. A tampa principiou a ceder sob os esforços de ambos os homens; os pregos entortaram com som estridente e a tampa foi atirada para trás.

Àquela hora, os ciganos, vendo-se sob a mira das carabinas e à mercê de lorde Godalming e do dr. Seward, entregaram-se sem maior resistência. O sol já havia quase descido sobre o cimo das montanhas, e as sombras de todos se projetavam sobre a neve. Vi o Conde deitado dentro da caixa, sobre a terra que se espalhara sobre ele, quando a caixa caíra abruptamente da carroça. Estava mortalmente pálido, semelhante a uma imagem de cera, e seus olhos vermelhos brilhavam com aquela terrível expressão de vingança que eu conhecia tão bem.

Ao olhar, percebi que o Conde avistara o sol poente e que a expressão de ódio se transformava em triunfo.

Mas, naquele instante, surgiu o golpe rápido do facão de Jonathan. Gritei ao vê-lo cortar o pescoço do Vampiro, enquanto no mesmo segundo a lâmina do sr. Morris mergulhava no coração do Não Morto.

Ocorreu algo semelhante a um milagre: diante de nossos olhos e quase durante o tempo de um fôlego, todo aquele corpo se transformou em pó, desaparecendo.

Durante toda a minha vida relembrarei com satisfação aquele momento de dissolução final, pois, naquele instante, houve uma expressão de paz no rosto do Conde, expressão esta que eu jamais imaginaria poder existir ali.

O castelo de Drácula projetava-se contra o céu vermelho e a luz do sol poente jorrava sobre todas as pedras das seteiras quebradas.

Os ciganos, julgando-nos responsáveis pelo extraordinário desaparecimento do morto, voltaram-se sem dizer palavra e fugiram como se desejassem salvar a própria pele. Aqueles que não tinham cavalos pularam sobre a carroça e gritaram para que os cavaleiros não os abandonassem. Os lobos, que haviam recuado para uma distância em que nos punham a salvo, seguiram os fugitivos, deixando-nos a sós.

O sr. Morris caíra ao chão e se apoiava sobre o cotovelo, segurando a ilharga; o sangue ainda jorrava por entre seus dedos. Corri para ele, pois o círculo sagrado já não me detinha, e o mesmo fizeram os dois médicos. Jonathan ajoelhou-se atrás do ferido, que recostou a cabeça em seu ombro. Quase sem forças, o sr. Morris segurou minha mão com uma das suas, com aquela que não estava suja de sangue. Deve ter percebido a angústia que se espelhava em meu rosto, pois sorriu ao dizer:

— Sinto-me muito feliz por ter sido útil! Oh, Deus! — exclamou súbito, esforçando-se para sentar e apontando para mim. — Vale a pena morrer por isto! Olhem, olhem!

O sol agora estava bem em cima do pico da montanha e seus raios avermelhados refletiam-se em meu rosto, inundando-o de luz rósea. De uma só vez os homens se ajoelharam, soltando um sincero "Amém" quando seus olhos acompanharam a direção do dedo que apontava para mim. O moribundo falou:

— Graças a Deus, não lutamos em vão! Vejam: a neve não é mais branca do que sua testa! A maldição passou!

E, para nosso pesar, ele morreu silenciosamente e com um sorriso, como um galante cavalheiro.

Nota

Há sete anos passamos por todos esses sofrimentos, mas creio que nossa felicidade desde então foi suficiente para compensar toda a dor que suportamos. Nosso filho aniversaria no dia em que Quincey Morris morreu, o que constitui mais um motivo de alegria para Mina e para mim. Sei que a mãe do menino mantém a secreta crença de que parte do bravo espírito de nosso amigo se incorporou no menino. Este tem muitos nomes, o de todos os homens que constituíam nosso pequeno grupo; porém, nós o chamamos de Quincey.

No verão deste ano realizamos uma viagem à Transilvânia e passamos pelas terras que para nós encerravam tão terríveis e vívidas recordações. Era quase impossível acreditar que os acontecimentos que presenciáramos com nossos próprios olhos e ouvíramos com nossos próprios ouvidos tenham ocorrido verdadeiramente. Não existia mais traço de tudo o que se passara. O castelo lá estava como antes, elevando-se sobre um panorama de desolação.

Regressamos ao lar falando sobre os velhos tempos, que agora recordamos sem desespero, pois tanto Godalming como Seward se casaram e são felizes. Retirei os papéis do cofre onde haviam permanecido desde nosso regresso, há tanto tempo. Ficamos chocados com o fato de que o farto material que relata estes acontecimentos mal contém um documento autêntico; tudo forma apenas uma grande quantidade de papel datilografado, com exceção das últimas anotações minhas, de Mina e do dr. Seward, assim como do memorando do dr. Van Helsing. Ainda que o desejássemos, dificilmente poderíamos pedir a alguém que os aceitasse como prova de tão estranha história. Van Helsing, com nosso filho nos joelhos, resumiu tudo ao dizer:

— Não queremos provas; não pedimos que acreditem em nós! Este menino saberá um dia como sua mãe foi valente. Ele já conhece a bondade e os carinhos dela, porém mais tarde compreenderá que certos homens a amaram tanto, que muito ousaram realizar para salvá-la.

Jonathan Harker

❖

O objetivo, a filosofia e a missão da Editora Martin Claret

O principal objetivo da Martin Claret é contribuir para a difusão da educação e da cultura, por meio da democratização do livro, usando os canais de comercialização habituais, além de criar novos.

A filosofia de trabalho da Martin Claret consiste em produzir livros de qualidade a um preço acessível, para que possam ser apreciados pelo maior número possível de leitores.

A missão da Martin Claret é conscientizar e motivar as pessoas a desenvolver e utilizar o seu pleno potencial espiritual, mental, emocional e social.

O livro muda as pessoas. Revolucione-se: leia mais para ser mais!

MARTIN CLARET

Relação dos Volumes Publicados

1. **Dom Casmurro**
Machado de Assis
2. **O Príncipe**
Maquiavel
3. **Mensagem**
Fernando Pessoa
4. **O Lobo do Mar**
Jack London
5. **A Arte da Prudência**
Baltasar Gracián
6. **Iracema / Cinco Minutos**
José de Alencar
7. **Inocência**
Visconde de Taunay
8. **A Mulher de 30 Anos**
Honoré de Balzac
9. **A Moreninha**
Joaquim Manuel de Macedo
10. **A Escrava Isaura**
Bernardo Guimarães
11. **As Viagens - "Il Milione"**
Marco Polo
12. **O Retrato de Dorian Gray**
Oscar Wilde
13. **A Volta ao Mundo em 80 Dias**
Júlio Verne
14. **A Carne**
Júlio Ribeiro
15. **Amor de Perdição**
Camilo Castelo Branco
16. **Sonetos**
Luís de Camões
17. **O Guarani**
José de Alencar
18. **Memórias Póstumas de Brás Cubas**
Machado de Assis
19. **Lira dos Vinte Anos**
Álvares de Azevedo
20. **Apologia de Sócrates / Banquete**
Platão
21. **A Metamorfose/Um Artista da Fome/Carta a Meu Pai**
Franz Kafka
22. **Assim Falou Zaratustra**
Friedrich Nietzsche
23. **Triste Fim de Policarpo Quaresma**
Lima Barreto
24. **A Ilustre Casa de Ramires**
Eça de Queirós
25. **Memórias de um Sargento de Milícias**
Manuel Antônio de Almeida
26. **Robinson Crusoé**
Daniel Defoe
27. **Espumas Flutuantes**
Castro Alves
28. **O Ateneu**
Raul Pompéia
29. **O Noviço / O Juiz de Paz da Roça / Quem Casa Quer Casa**
Martins Pena
30. **A Relíquia**
Eça de Queirós
31. **O Jogador**
Dostoiévski
32. **Histórias Extraordinárias**
Edgar Allan Poe
33. **Os Lusíadas**
Luís de Camões
34. **As Aventuras de Tom Sawyer**
Mark Twain
35. **Bola de Sebo e Outros Contos**
Guy de Maupassant
36. **A República**
Platão
37. **Elogio da Loucura**
Erasmo de Rotterdam
38. **Caninos Brancos**
Jack London
39. **Hamlet**
William Shakespeare
40. **A Utopia**
Thomas More
41. **O Processo**
Franz Kafka
42. **O Médico e o Monstro**
Robert Louis Stevenson
43. **Ecce Homo**
Friedrich Nietzsche
44. **O Manifesto do Partido Comunista**
Marx e Engels
45. **Discurso do Método / Regras para a Direção do Espírito**
René Descartes
46. **Do Contrato Social**
Jean-Jacques Rousseau
47. **A Luta pelo Direito**
Rudolf von Ihering
48. **Dos Delitos e das Penas**
Cesare Beccaria
49. **A Ética Protestante e o Espírito do Capitalismo**
Max Weber
50. **O Anticristo**
Friedrich Nietzsche
51. **Os Sofrimentos do Jovem Werther**
Goethe
52. **As Flores do Mal**
Charles Baudelaire
53. **Ética a Nicômaco**
Aristóteles
54. **A Arte da Guerra**
Sun Tzu
55. **Imitação de Cristo**
Tomás de Kempis
56. **Cândido ou o Otimismo**
Voltaire
57. **Rei Lear**
William Shakespeare
58. **Frankenstein**
Mary Shelley
59. **Quincas Borba**
Machado de Assis
60. **Fedro**
Platão
61. **Política**
Aristóteles
62. **A Viuvinha / Encarnação**
José de Alencar
63. **As Regras do Método Sociológico**
Émile Durkheim
64. **O Cão dos Baskervilles**
Sir Arthur Conan Doyle
65. **Contos Escolhidos**
Machado de Assis
66. **Da Morte / Metafísica do Amor / Do Sofrimento do Mundo**
Arthur Schopenhauer
67. **As Minas do Rei Salomão**
Henry Rider Haggard
68. **Manuscritos Econômico-Filosóficos**
Karl Marx
69. **Um Estudo em Vermelho**
Sir Arthur Conan Doyle
70. **Meditações**
Marco Aurélio
71. **A Vida das Abelhas**
Maurice Materlinck
72. **O Cortiço**
Aluísio Azevedo
73. **Senhora**
José de Alencar
74. **Brás, Bexiga e Barra Funda / Laranja da China**
Antônio de Alcântara Machado
75. **Eugênia Grandet**
Honoré de Balzac
76. **Contos Gauchescos**
João Simões Lopes Neto
77. **Esaú e Jacó**
Machado de Assis
78. **O Desespero Humano**
Sören Kierkegaard
79. **Dos Deveres**
Cícero
80. **Ciência e Política**
Max Weber
81. **Satíricon**
Petrônio
82. **Eu e Outras Poesias**
Augusto dos Anjos
83. **Farsa de Inês Pereira / Auto da Barca do Inferno / Auto da Alma**
Gil Vicente
84. **A Desobediência Civil e Outros Escritos**
Henry David Toreau
85. **Para Além do Bem e do Mal**
Friedrich Nietzsche
86. **A Ilha do Tesouro**
R. Louis Stevenson
87. **Marília de Dirceu**
Tomás A. Gonzaga
88. **As Aventuras de Pinóquio**
Carlo Collodi
89. **Segundo Tratado Sobre o Governo**
John Locke
90. **Amor de Salvação**
Camilo Castelo Branco
91. **Broquéis/Faróis/Últimos Sonetos**
Cruz e Souza
92. **I-Juca-Pirama / Os Timbiras / Outros Poemas**
Gonçalves Dias
93. **Romeu e Julieta**
William Shakespeare
94. **A Capital Federal**
Arthur Azevedo
95. **Diário de um Sedutor**
Sören Kierkegaard

96. Carta de Pero Vaz de Caminha a El-Rei Sobre o Achamento do Brasil
97. Casa de Pensão
Aluísio Azevedo
98. Macbeth
William Shakespeare
99. Édipo Rei/Antígona
Sófocles
100. Lucíola
José de Alencar
101. As Aventuras de Sherlock Holmes
Sir Arthur Conan Doyle
102. Bom-Crioulo
Adolfo Caminha
103. Helena
Machado de Assis
104. Poemas Satíricos
Gregório de Matos
105. Escritos Políticos / A Arte da Guerra
Maquiavel
106. Ubirajara
José de Alencar
107. Diva
José de Alencar
108. Eurico, o Presbítero
Alexandre Herculano
109. Os Melhores Contos
Lima Barreto
110. A Luneta Mágica
Joaquim Manuel de Macedo
111. Fundamentação da Metafísica dos Costumes e Outros Escritos
Immanuel Kant
112. O Príncipe e o Mendigo
Mark Twain
113. O Domínio de Si Mesmo Pela Auto-Sugestão Consciente
Émile Coué
114. O Mulato
Aluísio Azevedo
115. Sonetos
Florbela Espanca
116. Uma Estadia no Inferno / Poemas / Carta do Vidente
Arthur Rimbaud
117. Várias Histórias
Machado de Assis
118. Fédon
Platão
119. Poesias
Olavo Bilac
120. A Conduta para a Vida
Ralph Waldo Emerson
121. O Livro Vermelho
Mao Tsé-Tung
122. Oração aos Moços
Rui Barbosa
123. Otelo, o Mouro de Veneza
William Shakespeare
124. Ensaios
Ralph Waldo Emerson
125. De Profundis / Balada do Cárcere de Reading
Oscar Wilde
126. Crítica da Razão Prática
Immanuel Kant
127. A Arte de Amar
Ovídio Naso
128. O Tartufo ou O Impostor
Molière
129. Metamorfoses
Ovídio Naso
130. A Gaia Ciência
Friedrich Nietzsche
131. O Doente Imaginário
Molière
132. Uma Lágrima de Mulher
Aluísio Azevedo
133. O Último Adeus de Sherlock Holmes
Sir Arthur Conan Doyle
134. Canudos - Diário de Uma Expedição
Euclides da Cunha
135. A Doutrina de Buda
Siddharta Gautama
136. Tao Te Ching
Lao-Tsé
137. Da Monarquia / Vida Nova
Dante Alighieri
138. A Brasileira de Prazins
Camilo Castelo Branco
139. O Velho da Horta/Quem Tem Farelos?/Auto da India
Gil Vicente
140. O Seminarista
Bernardo Guimarães
141. O Alienista / Casa Velha
Machado de Assis
142. Sonetos
Manuel du Bocage
143. O Mandarim
Eça de Queirós
144. Noite na Taverna / Macário
Álvares de Azevedo
145. Viagens na Minha Terra
Almeida Garrett
146. Sermões Escolhidos
Padre Antonio Vieira
147. Os Escravos
Castro Alves
148. O Demônio Familiar
José de Alencar
149. A Mandrágora / Belfagor, o Arquidiabo
Maquiavel
150. O Homem
Aluísio Azevedo
151. Arte Poética
Aristóteles
152. A Megera Domada
William Shakespeare
153. Alceste/Electra/Hipólito
Eurípedes
154. O Sermão da Montanha
Huberto Rohden
155. O Cabeleira
Franklin Távora
156. Rubáiyát
Omar Khayyám
157. Luzia-Homem
Domingos Olímpio
158. A Cidade e as Serras
Eça de Queirós
159. A Retirada da Laguna
Visconde de Taunay
160. A Viagem ao Centro da Terra
Júlio Verne
161. Caramuru
Frei Santa Rita Durão
162. Clara dos Anjos
Lima Barreto
163. Memorial de Aires
Machado de Assis
164. Bhagavad Gita
Krishna
165. O Profeta
Khalil Gibran
166. Aforismos
Hipócrates
167. Kama Sutra
Vatsyayana
168. O Livro da Jângal
Rudyard Kipling
169. De Alma para Alma
Huberto Rohden
170. Orações
Cícero
171. Sabedoria das Parábolas
Huberto Rohden
172. Salomé
Oscar Wilde
173. Do Cidadão
Thomas Hobbes
174. Porque Sofremos
Huberto Rohden
175. Einstein: o Enigma do Universo
Huberto Rohden
176. A Mensagem Viva do Cristo
Huberto Rohden
177. Mahatma Gandhi
Huberto Rohden
178. A Cidade do Sol
Tommaso Campanella
179. Setas para o Infinito
Huberto Rohden
180. A Voz do Silêncio
Helena Blavatsky
181. Frei Luís de Sousa
Almeida Garrett
182. Fábulas
Esopo
183. Cântico de Natal/Os Carrilhões
Charles Dickens
184. Contos
Eça de Queirós
185. O Pai Goriot
Honoré de Balzac
186. Noites Brancas e Outras Histórias
Dostoiévski
187. Minha Formação
Joaquim Nabuco
188. Pragmatismo
William James
189. Discursos Forenses
Enrico Ferri
190. Medéia
Eurípedes
191. Discursos de Acusação
Enrico Ferri
192. A Ideologia Alemã
Marx & Engels
193. Prometeu Acorrentado
Ésquilo
194. Iaiá Garcia
Machado de Assis
195. Discursos no Instituto dos Advogados Brasileiros / Discurso no Colégio Anchieta
Rui Barbosa

196. Édipo em Colono
Sófocles

197. A Arte de Curar pelo Espírito
Joel S. Goldsmith

198. Jesus, o Filho do Homem
Khalil Gibran

199. Discurso sobre a Origem e os Fundamentos da Desigualdade entre os Homens
Jean-Jacques Rousseau

200. Fábulas
La Fontaine

201. O Sonho de uma Noite de Verão
William Shakespeare

202. Maquiavel, o Poder
José Nivaldo Junior

203. Ressurreição
Machado de Assis

204. O Caminho da Felicidade
Huberto Rohden

205. A Velhice do Padre Eterno
Guerra Junqueiro

206. O Sertanejo
José de Alencar

207. Gitanjali
Rabindranath Tagore

208. Senso Comum
Thomas Paine

209. Canaã
Graça Aranha

210. O Caminho Infinito
Joel S. Goldsmith

211. Pensamentos
Epicuro

212. A Letra Escarlate
Nathaniel Hawthorne

213. Autobiografia
Benjamin Franklin

214. Memórias de Sherlock Holmes
Sir Arthur Conan Doyle

215. O Dever do Advogado / Posse de Direitos Pessoais
Rui Barbosa

216. O Tronco do Ipê
José de Alencar

217. O Amante de Lady Chatterley
D. H. Lawrence

218. Contos Amazônicos
Inglês de Souza

219. A Tempestade
William Shakespeare

220. Ondas
Euclides da Cunha

221. Educação do Homem Integral
Huberto Rohden

222. Novos Rumos para a Educação
Huberto Rohden

223. Mulherzinhas
Louise May Alcott

224. A Mão e a Luva
Machado de Assis

225. A Morte de Ivan Ilicht / Senhores e Servos
Leon Tolstói

226. Álcoois e Outros Poemas
Apollinaire

227. Pais e Filhos
Ivan Turguêniev

228. Alice no País das Maravilhas
Lewis Carroll

229. À Margem da História
Euclides da Cunha

230. Viagem ao Brasil
Hans Staden

231. O Quinto Evangelho
Tomé

232. Lorde Jim
Joseph Conrad

233. Cartas Chilenas
Tomás Antônio Gonzaga

234. Odes Modernas
Anntero de Quental

235. Do Cativeiro Babilônico da Igreja
Martinho Lutero

236. O Coração das Trevas
Joseph Conrad

237. Thais
Anatole France

238. Andrômaca / Fedra
Racine

239. As Catilinárias
Cícero

240. Recordações da Casa dos Mortos
Dostoiévski

241. O Mercador de Veneza
William Shakespeare

242. A Filha do Capitão / A Dama de Espadas
Aleksandr Púchkin

243. Orgulho e Preconceito
Jane Austen

244. A Volta do Parafuso
Henry James

245. O Gaúcho
José de Alencar

246. Tristão e Isolda
Lenda Medieval Celta de Amor

247. Poemas Completos de Alberto Caeiro
Fernando Pessoa

248. Maiakósvski
Vida e Poesia

249. Sonetos
William Shakespeare

250. Poesia de Ricardo Reis
Fernando Pessoa

251. Papéis Avulsos
Machado de Assis

252. Contos Fluminenses
Machado de Assis

253. O Bobo
Alexandre Herculano

254. A Oração da Coroa
Demóstenes

255. O Castelo
Franz Kafka

256. O Trovejar do Silêncio
Joel S. Goldsmith

257. Alice na Casa dos Espelhos
Lewis Carrol

258. Miséria da Filosofia
Karl Marx

259. Júlio César
William Shakespeare

260. Antônio e Cleópatra
William Shakespeare

261. Filosofia da Arte
Huberto Rohden

262. A Alma Encantadora das Ruas
João do Rio

263. A Normalista
Adolfo Caminha

264. Pollyanna
Eleanor H. Porter

265. As Pupilas do Senhor Reitor
Júlio Diniz

266. As Primaveras
Casimiro de Abreu

267. Fundamentos do Direito
Léon Duguit

268. Discursos de Metafísica
G. W. Leibniz

269. Sociologia e Filosofiia
Émile Durkheim

270. Cancioneiro
Fernando Pessoa

271. A Dama das Camélias
Alexandre Dumas (filho)

272. O Divórcio / As Bases da Fé / e outros textos
Rui Barbosa

273. Pollyanna Moça
Eleanor H. Porter

274. O 18 Brumário de Luís Bonaparte
Karl Marx

275. Teatro de Machado de Assis
Antologia

276. Cartas Persas
Montesquieu

277. Em Comunhão com Deus
Huberto Rohden

278. Razão e Sensibilidade
Jane Austen

279. Crônicas Selecionadas
Machado de Assis

280. Histórias da Meia-Noite
Machado de Assis

281. Cyrano de Bergerac
Edmond Rostand

282. O Maravilhoso Mágico de Oz
L. Frank Baum

283. Trocando Olhares
Florbela Espanca

284. O Pensamento Filosófico da Antiguidade
Huberto Rohden

285. Filosofia Contemporânea
Huberto Rohden

286. O Espírito da Filosofia Oriental
Huberto Rohden

287. A Pele do Lobo / O Badejo / o Dote
Artur Azevedo

288. Os Bruzundangas
Lima Barreto

289. A Pata da Gazela
José de Alencar

290. O Vale do Terror
Sir Arthur Conan Doyle

291. O Signo dos Quatro
Sir Arthur Conan Doyle

292. As Máscaras do Destino
Florbela Espanca

293. A Confissão de Lúcio
Mário de Sá-Carneiro

294. Falenas
Machado de Assis

295. O Uraguai / A Declamação Trágica
Basílio da Gama

296. Crisálidas
Machado de Assis

297. Americanas
Machado de Assis

298. A Carteira de Meu Tio
Joaquim Manuel de Macedo

299. Catecismo da Filosofia
Huberto Rohden

301. Rumo à Consciência Cósmica
Huberto Rohden

302. Cosmoterapia
Huberto Rohden

303. Bodas de Sangue
Federico García Lorca

304. Discurso da Servidão Voluntária
Étienne de La Boétie

305. Categorias
Aristóteles

306. Manon Lescaut
Abade Prévost

307. Teogonia / Trabalho e Dias
Hesíodo

308. As Vítimas-Algozes
Joaquim Manuel de Macedo

309. Persuasão
Jane Austen

310. Agostinho - *Huberto Rohden*

311. Roteiro Cósmico
Huberto Rohden

312. A Queda dum Anjo
Camilo Castelo Branco

313. O Cristo Cósmico e os Essênios - *Huberto Rohden*

314. Metafísica do Cristianismo
Huberto Rohden

315. Rei Édipo - *Sófocles*

316. Livro dos provérbios
Salomão

317. Histórias de Horror
Howard Phillips Lovecraft

318. O Ladrão de Casaca
Maurice Leblanc

Série Ouro
(Livros com mais de 400 p.)

1. Leviatã
Thomas Hobbes

2. A Cidade Antiga
Fustel de Coulanges

3. Crítica da Razão Pura
Immanuel Kant

4. Confissões
Santo Agostinho

5. Os Sertões
Euclides da Cunha

6. Dicionário Filosófico
Voltaire

7. A Divina Comédia
Dante Alighieri

8. Ética Demonstrada à Maneira dos Geômetras
Baruch de Spinoza

9. Do Espírito das Leis
Montesquieu

10. O Primo Basílio
Eça de Queirós

11. O Crime do Padre Amaro
Eça de Queirós

12. Crime e Castigo
Dostoiévski

13. Fausto
Goethe

14. O Suicídio
Émile Durkheim

15. Odisseia
Homero

16. Paraíso Perdido
John Milton

17. Drácula
Bram Stoker

18. Ilíada
Homero

19. As Aventuras de Huckleberry Finn
Mark Twain

20. Paulo – O 13º Apóstolo
Ernest Renan

21. Eneida
Virgílio

22. Pensamentos
Blaise Pascal

23. A Origem das Espécies
Charles Darwin

24. Vida de Jesus
Ernest Renan

25. Moby Dick
Herman Melville

26. Os Irmãos Karamazovi
Dostoiévski

27. O Morro dos Ventos Uivantes
Emily Brontë

28. Vinte Mil Léguas Submarinas
Júlio Verne

29. Madame Bovary
Gustave Flaubert

30. O Vermelho e o Negro
Stendhal

31. Os Trabalhadores do Mar
Victor Hugo

32. A Vida dos Doze Césares
Suetônio

33. O Moço Loiro
Joaquim Manuel de Macedo

34. O Idiota
Dostoiévski

35. Paulo de Tarso
Huberto Rohden

36. O Peregrino
John Bunyan

37. As Profecias
Nostradamus

38. Novo Testamento
Huberto Rohden

39. O Corcunda de Notre Dame
Victor Hugo

40. Arte de Furtar
Anônimo do século XVII

41. Germinal
Émile Zola

42. Folhas de Relva
Walt Whitman

43. Ben-Hur — Uma História dos Tempos de Cristo
Lew Wallace

44. Os Maias
Eça de Queirós

45. O Livro da Mitologia
Thomas Bulfinch

46. Os Três Mosqueteiros
Alexandre Dumas

47. Poesia de Álvaro de Campos
Fernando Pessoa

48. Jesus Nazareno
Huberto Rohden

49. Grandes Esperanças
Charles Dickens

50. A Educação Sentimental
Gustave Flaubert

51. O Conde de Monte Cristo (Volume I)
Alexandre Dumas

52. O Conde de Monte Cristo (Volume II)
Alexandre Dumas

53. Os Miseráveis (Volume I)
Victor Hugo

54. Os Miseráveis (Volume II)
Victor Hugo

55. Dom Quixote de La Mancha (Volume I)
Miguel de Cervantes

56. Dom Quixote de La Mancha (Volume II)
Miguel de Cervantes

57. As Confissões
Jean-Jacques Rousseau

58. Contos Escolhidos
Artur Azevedo

59. As Aventuras de Robin Hood
Howard Pyle